Beziehungsreich, professionell, impulsgesteuert: Privatdetektivin V.I. Warshawski, die hier im Zuge einer Ermittlung folgenschwere Kapitel der Geschichte streift und ins Visier mächtiger Drahtzieher gerät, ist selbst ein Stück Literaturgeschichte. Ihre Schöpferin sorgte einst dafür, dass der feministische Aufbruch ins Hardboiled-Genre vorstieß: In schnell äußerst populären Romanen bevölkerte sich die Große Erzählung um Verbrechen und Gewalt mit aktiven weiblichen Figuren. Einige Namen strahlten besonders hell, allen voran Liza Cody (GB) und Sara Paretsky (USA), denen das politische Potenzial des Genres sehr bewusst war und die sich ihm mit Talent, Erfindungsreichtum und Hingabe verschrieben, um im urbanen Dickicht aus Sozialspannung und Korruption auch die Geschichten der nicht männlichen Weltbevölkerung anzusiedeln. So wurde V.I. Warshawski meine Heldin. Damals erschien sie hierzulande in einem großen Verlag – aber irgendwann nicht mehr.

Stellt euch mein verblüfftes Entzücken vor, als ich entdeckte, dass diese Quelle in Wahrheit nie versiegt ist! Als souverän weiterentwickelte Protagonistin folgt Warshawski bis heute konsequent ihrem ausgeprägten Gewissen. Sie ist eine unbefangene Seismografin für die Risse in der US-amerikanischen Gesellschaft und eine unverwüstliche Streiterin für die Art Gerechtigkeit, die nicht blind der herrschenden Norm vertraut. *Kritische Masse* ist ihr 16. Fall – und ein leuchtendes Beispiel dafür, wie ungeheuer viel Welt zwischen die Buchdeckel eines guten Krimis passt, ohne dass Paretsky es je nötig hätte, sich zu wiederholen oder mit Versatzstücken zu arbeiten: Jeder Warshawski-Fall hat die Standalone-Qualität eines starken Gegenwartsromans.

Kritische Masse schenkt uns neben packenden Szenarien aus der aktuellen Wirklichkeit auch geschmeidig verknüpfte Zeitreisen: von der Nazizeit über die Nachkriegspolitik zur *Duck and Cover*-Phase, als die US-Regierung im Namen von ›Zivilschutz‹ ähnlich infantile Indoktrination verbreitete wie später über Twitter. Doch das alles verdichtet nur beiher die akkurat in der Tradition des klassischen Detektivromans gewebte, vorwärtsdrängende Handlung. *Kritische Masse* ist pures Genre, ist Spannung, Unterhaltung und Bildung zugleich, eine Lupe in die Vergangenheit und ein Spiegel der Gegenwart, erzählt mit Herz und Verstand von einer großen Kriminalschriftstellerin unserer Zeit. *Else Laudan*

Sara Paretsky

KRITISCHE MASSE

Deutsch von Laudan & Szelinski

Ariadne 1267
Argument Verlag

Ariadne
Herausgegeben von Else Laudan

Sara Paretsky bei Ariadne:
Kritische Masse (Hardcover, Ariadne 1236)
Altlasten (Hardcover, Ariadne 1244)
Landnahme (Hardcover, Ariadne 1249)
Schiebung (Hardcover, Ariadne 1264)
Weitere V. I. Warshawski-Romane sind in Vorbereitung.

Titel der amerikanischen Originalausgabe:
Critical Mass

Published by Arrangement with SARA AND TWO C-DOGS INC.
Dieses Werk wurde vermittelt durch die Literarische Agentur
Thomas Schlück GmbH, 30161 Hannover.

Deutsche Taschenbucherstausgabe

Glashüttenstraße 28, 20357 Hamburg
Telefon 040/4018000 – Fax 040/40180020
www.argument.de
Umschlag: Martin Grundmann
Umschlagmotiv: Dark City Alley © Bruno Passigatti, fotolia.com
Lektorat & Satz: Iris Konopik
Druck und Bindung: CPI books, Leck
Gedruckt auf säure- und chlorfreiem Papier
ISBN 978-3-86754-267-8
Erste Auflage 2023

Inhalt

Wien 1913

Und es ward Licht

»Oh.« Die Silbe ist ein leiser Jauchzer des Entzückens. Noch nie hat sie solche Farben gesehen wie da auf dem Fußboden, Rot fließt in Orange, in Gelb, in Grün. Das Violett ist so üppig wie Traubensaft, sie möchte hineinspringen. Als sie hinläuft, um zu gucken, verschwinden die Farben. Ihr Mund wird rund vor Verblüffung, sie hat gedacht, Frau Herschel hat den Regenbogen auf den Fußboden gemalt. Dann entdeckt sie ihn wieder, er erscheint an ihrem Arm. Auf dem gestärkten Weiß ihres Matrosenhemds sieht sie das Violett, das der Holzboden verschluckt hat. Sie streichelt es und sieht zu, wie die Farben über ihre Hand rinnen.

»Martina!« Ein harsches Flüstern von ihrer Mutter. »Benimm dich.«

Widerstrebend dreht sie sich um und knickst vor Frau Herschel. Die schwarzen Stiefel umschließen ihre Knöchel so fest, dass sie sich kaum bewegen kann und beinahe hinfällt. Ihre Mutter runzelt die Stirn, es ist ihr so wichtig, dass ihr täppisches Kind einen guten Eindruck auf ihre Dienstherrin macht.

Birgit, das Kindermädchen, gibt sich keine Mühe, ihr Grinsen zu verbergen. Die kleine Sophie Herschel lacht nicht, sie dreht eine Pirouette in ihren weichen weißen Tanzschuhen und sinkt vor Martinas Mutter in einen tiefen Knicks.

»Ich glaube, das Kind hat das Schaukelpferd nicht einmal bemerkt«, sagt Frau Herschel, ein Auflachen bemäntelt kaum ihre Verärgerung. »Na, Sophie wird ihr schon helfen. Sie dürfen sie hier in der Kinderstube lassen, Frau Saginor. Sie können schon hinunter ins Nähzimmer gehen und mit dem Weißzeug anfangen. Birgit soll Martina mitversorgen, wenn sie Sophie ihr Mittagessen bringt.«

Die Sechsjährigen werden sich selbst überlassen und starren einander an. Sophies Haar hat die Farbe von Flachs, eine Rosettenschleife hält ihr die hübsch arrangierten Korkenzieherlöckchen aus dem Gesicht. Martinas Haar ist in strenge Zöpfe geflochten, so fest, dass man hinter den Ohren weiße Halbmonde von Haut sieht. Sophie trägt ein Kleid, wunderschön bestickt und gesmokt von Martinas Mutter, doch Martina selbst steckt in Matrosenhemd und dunklem Rock. Selbst wenn sie daheim Geld hätten für so feines Garn und edlen Stoff wie Sophies Kleider, würde es sich für Frau Saginors Tochter nicht geziemen, derart elegant herumzulaufen.

Später verbringen die Mädchen so viel Zeit miteinander, dass sie sich an diese erste Begegnung nicht mehr erinnern, nicht daran, wie gemein Sophie ein teures Spielzeug nach dem anderen zur Schau stellt, nicht daran, wie das Kindermädchen Martina ein Stück Brot mit Gänseschmalz zu Mittag gibt, während Sophie eine cremige Suppe und eine Apfelsine bekommt, und auch nicht daran, wie Martina Sophie bei Signor Caperelli aussticht, dem Italiener, der vielen Wiener Bürgerkindern Musikunterricht gibt.

»Und die da? Spielt sie auch?«, fragt Signor Caperelli Birgit, nachdem er eine halbe Stunde über Sophies planlose Darbietungen gegähnt hat.

»Sie ist bloß das Kind der Näherin, die hat sie mitgebracht, um Fräulein Sophie zu unterhalten.« Birgit rümpft die Nase.

»Aber zu Hause spiele ich auf Tantes Flöte«, sagt Martina. Die offensichtliche Enttäuschung des Fremden über Sophie macht sie kühn, und sie nutzt ihre Chance, der anderen ihre Überheblichkeit heimzuzahlen.

Signor Caperelli holt eine kleine Blockflöte aus der Reisetasche, in der er seine Musik aufbewahrt. Martina bläst hinein, um sie anzuwärmen, wie Tante es ihr beigebracht hat. Sie schließt die Augen und sieht wieder den Regenbogen auf dem Kinderzimmerfußboden vor sich. Jede Farbe hat einen Ton, und sie spielt den Regenbogen oder versucht es. Sie möchte weinen, denn sie hat den Klang der Farben nicht richtig getroffen. Sie gibt die Flöte zurück, rot vor Scham.

Signor Caperelli lacht. »Deine Tante, sie liebt wohl den Lärm von Herrn Schönberg? In meinen Ohren ist das keine Musik!«

Als Martina nicht antwortet, nur weiter zu Boden starrt, wühlt Caperelli erneut in seiner Tasche und entnimmt ihr ein Notenblatt mit einfacher Musik. »Du kannst Noten lesen, ja? Zeig das deiner Tante. Klein, wie du bist, liebst du schon die Töne, aber jetzt lernst du mal ein Lied spielen, nicht das Katzengeschrei, das Herr Schönberg sich ausdenkt, *si*?«

In späteren Jahren erinnert sich Martina an nichts davon, obwohl das Flötenspiel sie immer beruhigen wird. Sie erinnert sich ausschließlich an den Regenbogen auf dem Fußboden und die Entdeckung, dass das geschliffene Glas der Kinderzimmerfenster ihn hervorgebracht hat.

1

Teufels Küche

Die Sonne versengte meinen Rücken durch mein dünnes Shirt hindurch. Es war schon September, aber hier draußen in der Prärie hielt sich die Hitze noch mit hochsommerlichem Ungestüm.

Ich versuchte es an dem Tor im Stacheldrahtzaun, doch es war mit einem schweren Vorhängeschloss versperrt; als ich kräftig dagegendrückte, um zu sehen, ob ich durch den Spalt schlüpfen konnte, verbrannte das Metall mir die Finger. Oben auf dem Torpfosten waren eine Kamera und ein Mikrofon montiert, aber beides war zerschossen.

Ich trat ein Stück zurück und blickte mich in der leeren Landschaft um. Mein Wagen war weit und breit das einzige Auto gewesen, seit ich vom Abzweig in Palfry auf einer Schotterstraße hierher geholpert war. Bis auf die Krähen, die Kreise zogen und immer wieder auf das gegenüberliegende bräunliche Maisfeld hinabstießen, war ich völlig allein. Ich fühlte mich winzig und verwundbar unter der blauen Himmelsschüssel. Sie spannte sich in alle Richtungen über der Erde, schien die Luft auszusperren, ließ nichts durch als Licht und Hitze.

Trotz Sonnenbrille und Schirmmütze pochten meine Augen von dem grellen Hell. Als ich rund ums Haus nach einem Loch im Zaun suchte, waberten purpurrote Rauchkringel vor meinem Sichtfeld.

Das Haus selbst war alt und baufällig. Die meisten Fensterscheiben waren gesprungen oder herausgebrochen. Jemand hatte Sperrholzplatten davorgenagelt, sich aber keine große

Mühe gegeben: An etlichen Stellen hingen die Platten lose, nur von ein oder zwei Nägeln gehalten. Hinter dem Sperrholz hatte irgendwer Pappe oder schmuddeligen Stoff in die geborstenen Rahmen gestopft.

Über dem Stahlzaun war Natodraht gespannt, um Eindringlinge wie mich zu entmutigen. Schilder warnten vor Wachhunden, aber ich hörte kein Gebell oder Schnüffeln, als ich das Gelände umrundete.

Vorne stand das Haus dicht am Zaun und an der Straße, aber nach hinten fasste die Umzäunung einen Streifen Land ein. In einer Ecke war ein alter Schuppen in sich zusammengefallen. Daneben hatte jemand eine riesige Grube ausgehoben, die mit Unrat gefüllt war und nach Chemikalien stank. Allerlei Behälter, Sprühdosen mit Lösungsmittel und weiteres Zubehör einer Methküche rangen mit Kaffeesatz und Hähnchenknochen um die Geruchsdominanz.

Und hinter dem Schuppen fand ich auch die Öffnung, die ich brauchte. Jemand mit einem großen Bolzenschneider war vor mir da gewesen und hatte ein Stück Zaun entfernt, breit genug, um mit einem Auto hindurchzufahren. Die Schnitte sahen frisch aus, der Stahl an den Drahtenden blinkte noch im Gegensatz zu dem sonstigen stumpfen Grau. Als ich durch die Öffnung trat, kribbelte es in meinem Nacken, und nicht nur wegen der Hitze. Ich wünschte mir, ich hätte meine Kanone dabei, aber als ich Chicago verließ, hatte ich noch nicht geahnt, dass ich auf dem Weg zu einer Drogenküche war.

Wer immer den Zaun zerschnitten hatte, war ähnlich ökonomisch mit der Hintertür umgegangen, indem er sie so eintrat, dass sie nur noch an einer Angel hing. Der Geruch, der aus der Türöffnung drang – metallisch, wie eine Mischung aus Eisen und verwesendem Fleisch –, war nur allzu leicht einzuordnen. Ich zog mir mein Shirt über die Nase und spähte vorsichtig hinein. Ein Hund lag gleich hinter der Schwelle, die Brust aufgeplatzt. Etwas Großkalibriges hatte ihn niedergestreckt, als er versuchte, das Gesocks zu verteidigen, bei dem er lebte.

»Du armer alter Rottweiler, wenn deine Mama wüsste, dass du eine Drogenhöhle bewachen musstest«, flüsterte ich. »Nicht dein Fehler, Junge, falscher Ort, falsche Zeit, falsche Leute.«

Fliegen arbeiteten geschäftig an seinen Wunden, die Enden seiner Rippen lagen schon frei, weiße Flecken zwischen dem Schwarz aus geronnenem Blut und Muskeln. Seine Augen hatten die Insekten gegessen. Ich spürte, wie mir das Mittagessen hochkam, und eilte die Stufen hinunter, um neben die Grube beim Schuppen zu kotzen.

Auf wackligen Beinen ging ich zu meinem Wagen und ließ mich in den Fahrersitz fallen. Ich trank etwas Wasser aus der Flasche, die ich dabeihatte. Es war so warm wie die Luft und schmeckte nach Plastik, aber es besänftigte meinen Magen. Ein paar Minuten blieb ich sitzen und sah zu, wie in der Ferne ein Farmer auf einem Acker auf und ab fuhr, wobei er um sich herum eine Staubwolke aufwirbelte. Er war zu weit weg, um etwas zu hören. Die einzigen Geräusche kamen vom Wind im Maisfeld und den Krähen, die darüber kreisten.

Als meine Beine und mein Magen sich halbwegs erholt hatten, nahm ich das große Strandtuch vom Rücksitz, das ich für meine Hunde benutze. Im Kofferraum fand ich ein altes T-Shirt und schlitzte es auf, so dass ich es mir über Nase und Mund binden konnte. Mit dieser selbstgebastelten Maske bewehrt kehrte ich zum Haus zurück. Ich wedelte mit dem Strandtuch, bis die meisten Fliegen vertrieben waren, dann deckte ich es über den Hund.

Ich stieg über seine Leiche und trat in des Teufels Höllenküche. Ein zerschrammter, ehemals weißer Geschirrschrank stand voller Dosen mit Starthilfespray, Abflussreiniger, halbvollen Marmeladengläsern mit übel aussehenden Flüssigkeiten, Pipetten, Inhalatoren sowie Kanistern mit der Aufschrift

Salzsäure. Eine behelfsmäßige Abzugshaube mit einem Lüftungsrohr war über dem Geschirrschrank angebracht. Halb begraben unter dem ganzen Mist lagen ein paar Industrie-Atemschutzmasken.

Wer immer die Tür eingetreten hatte, hatte auch das Linoleum vom Boden gerissen und einige der modrigen Dielen darunter aufgehebelt. Ich ging in die Hocke und richtete meine Taschenlampe in eine Lücke zwischen den freigelegten Balken. Auf dem nackten Erdboden unter mir stand ein Boiler, eine Heizungsanlage, aber keine Leichen in meinem Sichtfeld. Kühle Luft stieg aus dem Keller auf, dazu ein Geruch modernden Laubs, der verglichen mit den Chemikalien ringsum urgesund wirkte.

Ich richtete mich auf und schwenkte mein Licht im Raum umher. Es war schwer zu sagen, welchen Teil des Chaos die Hundemörder angerichtet hatten und was von den Bewohnern stammte.

Ich stieg über achtlos zu Boden geworfene Kanister, umrundete ein paar Heizlüfter und drang in die hinteren Räume vor.

Es war ein altes Farmhaus mit einem Vorderzimmer, das einst ein repräsentativer Salon gewesen war, schloss man von den Scherben der Zierfliesen rund um den unbenutzten Kamin. Sie waren aus dem Sims herausgebrochen und zerschmettert worden. Den alten Sekretär hatte jemand als Zielscheibe benutzt. Eine wütende Hand hatte die Schubladen zertrümmert und Papiere über den Boden verteilt.

Ich bückte mich, um sie mir anzusehen. Hauptsächlich Mahnungen von der Kreisverwaltung für Steuern und Müllabfuhr. Die Bibliothek von Palfry forderte die *Vom Winde verweht*-Ausgabe zurück, die Agnes Schlafly 1979 ausgeliehen hatte.

In Fetzen gerissene Fotos waren alles, was von einem wild misshandelten Fotoalbum noch übrig war. Als ich es zurück auf den Haufen fallen ließ, rutschte jedoch ein unbeschädigtes

Bild heraus. Es war ein altes Foto, verblichen und leicht zerschrammt, und zeigte eine Gruppe Menschen vor einem großen Metall-Ei, das auf einem gigantischen Dreifuß befestigt war. Es sah aus wie die Comicversion einer eben gelandeten außerirdischen Raumkapsel, doch die Leute blickten mit feierlichem Stolz in die Kamera. Drei Frauen in den länglichen Kleidern und dickhackigen Schuhen der 1930er saßen in der Mitte, fünf Männer standen hinter ihnen, alle in Jackett und Krawatte.

Ich starrte es stirnrunzelnd an und fragte mich, was das Metall-Ei darstellen sollte. Röhren liefen hindurch, womöglich war es der Prototyp einer Maschine, die Milch direkt von der Kuh zum Kühlschrank beförderte. Weil es so bizarr aussah, steckte ich es ein.

Der angrenzende Raum enthielt ein paar Klapptische und Stühle mit abgebrochenen Rückenlehnen. Leere Pizzaschachteln, Hühnerknochen und eine Müslischale, in der Schimmel wuchs: ein Bosch-Stillleben.

Eine Treppe führte in den ersten Stock; darunter war eine verstopfte Toilette eingebaut. Eine bessere Detektivin als ich hätte vielleicht hineingesehen, doch der Geruch verriet mir schon mehr, als ich wissen wollte.

Am oberen Ende der Treppe lagen drei Schlafzimmer unter dem Dachstuhl. Zwei enthielten bloß Matratzen und Plastikkörbe. Die waren umgekippt und schmutzige Wäsche über den Boden verteilt. Die Matratzen waren aufgeschlitzt, Fetzen der Füllung bedeckten die Dreckwäsche. Im dritten Schlafzimmer hatten ein richtiges Bett und eine Kommode gestanden, aber auch sie waren jetzt Kleinholz. Ein Porträtfoto von einer jungen Frau mit Baby im Arm war aus dem Rahmen gerupft, der entzweigebrochen auf dem zerfetzten Bettzeug lag. Ich hob das Foto auf, vorsichtig, berührte es nur an den Rändern. Die Farben waren stark verblasst, so dass ich das Gesicht der Frau nicht richtig erkennen konnte, bloß einen Heiligenschein aus dunklen Locken. Ich schob das Bild in meine Schultertasche zu dem von der Milchkapsel.

Ein großes Poster von Judy Garland mit der Titelzeile *Somewhere Over The Rainbow* hing nur noch an einer Ecke über der Bettstatt, das Klebeband an den anderen Seiten war abgerissen. Sollte das der Witz eines Drogenkonsumenten sein? *Way up high?* Es fällt schwer, sich Methsüchtige als Meister der Ironie vorzustellen – aber es ist wiederum leicht, Vorurteile gegen Leute zu hegen, die man nie kennengelernt hat.

Die wenigen Sachen im Schrank – ein goldenes Abendkleid, ein Samtjackett, einst kastanienbraun, und eine Designerjeans – waren ebenfalls zerschlitzt. »Du hast wohl irgendwen stinksauer gemacht, was?«, murmelte ich der unbekannten Person zu, die diese Kleidung getragen hatte. Meine Stimme klang eigenartig in dem zerlegten Zimmer.

Falls in diesem verwüsteten Haus etwas zu finden gewesen war, hatten es jetzt die Hundemörder. In meiner Zeit als Pflichtverteidigerin war ich deprimierend häufig mit dieser Art von Zerstörung konfrontiert gewesen.

Höchstwahrscheinlich hatten die Eindringlinge nach Drogen gestöbert. Oder sie fanden, die Dealer hätten sie übers Ohr gehauen. Die Süchtigen, die ich kennengelernt habe, hätten für einen Kick den Ehering ihrer Mutter verscherbelt und wären später wiedergekommen, um den Laden in Stücke zu schießen und sich ihren Schmuck zurückzuholen. Ich hatte mal eine Frau vertreten, die ihren Sohn umbrachte, als er den Ring nicht wiederbeschaffen konnte, den er für ein Steinchen Crack verkauft hatte.

Ich stieg die steile Treppe wieder runter und fand die Tür zum Keller. Auf halbem Weg die Stufen hinab huschte eine Spinne durch meinen Lichtkegel, die größer war als meine Hand, und dämpfte meine Erkundungslust. Ich leuchtete mit der Taschenlampe umher, sah aber keine Spuren von Blut oder Kampf.

Um nicht noch mal durch die Küche waten zu müssen, verließ ich das Haus durch die Vordertür. Hier gab es eine ganze Reihe von Sperrriegeln, eine ebenso überflüssige Investition wie die Kamera überm Tor. Wer immer vor mir hier gewesen war, hatte sie kurzerhand weggeschossen.

Bevor ich mich durch die Lücke im Zaun verzog, suchte ich mir im Unkraut ein altes Brett und stocherte damit in der offenen Grube herum. Sie enthielt so viele leere Flaschen, dass ich nicht hineinklettern mochte, aber soweit ich feststellen konnte, war darunter niemand verborgen. Ich machte ein paar Aufnahmen mit der Handykamera und strebte dem Ausgang zu.

Eben wollte ich durch den Zaun schlüpfen, da hörte ich ein schwaches Winseln aus dem eingestürzten Schuppen. Ich kämpfte mich durch Unkraut und Schutt und drang durch die Reste der Seitenwand ein. Noch ein Rottweiler. Als er mich sah, wedelte er kraftlos mit dem Stummelschwanz. Ich bückte mich langsam. Er lag ganz still und unternahm keinerlei Versuch, mich anzugreifen, also tastete ich ihn vorsichtig ab. Eine Hündin, entsetzlich mager, aber soweit ich das beurteilen konnte unverletzt. Sie hing in einem Haufen aus alten Seilen und Stacheldrahtrollen fest. War wohl in den Schuppen geflüchtet, als ihr Partner erschossen wurde, und hatte sich dann in ihrer Panik völlig verheddert. Behutsam bog ich die Drähte nacheinander von ihrer Brust und ihren Beinen weg.

Als ich zurücktrat und mit ausgestreckter Hand in die Hocke ging, kam sie mühsam auf die Beine und wollte mir folgen, brach aber nach wenigen Schritten erneut zusammen. Ich lief zu meinem Wagen und holte die Wasserflasche und einen Strick. Ich goss ein wenig Wasser über ihren Kopf, gab ihr aus der hohlen Hand zu trinken und band ihr den Strick um den Hals. Als sie nicht mehr so ausgedörrt war, ließ sie sich von mir langsam am Zaun entlang zur Straße führen. Hier im Tageslicht sah ich die Stichwunden, wo der Draht sich in ihr Fleisch gebohrt hatte, aber auch tiefe Striemen in dem schmutzigen schwarzen Fell. Irgendein Widerling hatte sie geprügelt, und nicht nur einmal.

Als wir mein Auto erreichten, wollte sie nicht einsteigen. Ich versuchte sie hochzuheben, aber sie knurrte mich an, stemmte ihre schwachen Beine in das Unkraut am Straßenrand und zerrte am Strick, strebte auf die Straße. Ich ließ den Strick los und sah zu, wie sie quer über den Schotter humpelte. Am Maisfeld schnüffelte sie an den Stängeln, bis sie fand, wonach sie suchte. Sie drang in das Feld ein, war aber so geschwächt, dass sie immer wieder umfiel.

»Wie wär's, wenn du hierbleibst und mir die Suche überlässt?«

Sie sah mich skeptisch an, glaubte wohl nicht, dass eine Frau aus der Stadt in einem Feld zurechtkam. Schließlich befahl ich ihr, sich hinzulegen. Ob sie nun gut erzogen war oder einfach bloß zu schwach zum Weitergehen, jedenfalls ließ sie sich fallen, wo sie stand, und schaute zu, wie ich weiter ins Feld ging.

Die Stängel waren höher als mein Kopf, aber sie waren braun und trocken und boten keinen Schutz vor der Sonne. Überall um mich schwirrten und stachen Insekten. Präriehunde und eine Schlange huschten bei meinem Auftauchen davon.

Die Pflanzen standen knapp einen Meter auseinander, die Reihen sahen gleich aus, in welche Richtung ich auch blickte. Ich hätte mich leicht verlaufen können, wäre ich nicht einer Spur umgeknickter Stängel zu der Stelle gefolgt, über der die Krähen kreisten.

Die Leiche lag ausgebreitet auf dem Mais wie ein Schneeengel. Krähen saßen dicht an dicht auf Schultern und Händen und griffen mich mit wilden Schreien an.

2

Hundemüde

»Deine Freundin war nicht dort, aber ich bin auf einen ihrer Mitkommunarden gestoßen. Oder Dealer, wie wir so was an der South Side nennen.« Ich saß in Lotty Herschels Wohnzimmer, lehnte mich in ihrem Barcelona-Sessel zurück und prüfte, wie die Farben durch den Brandy aussahen, den sie mir gereicht hatte.

»Ach, Vic, oh nein.« Lottys Gesicht knautschte sich vor Sorge. »Ich habe gehofft – ich dachte – ich wollte so gern glauben, dass sie ihr Leben in den Griff gekriegt hat.«

Es war neun Uhr vorbei, und Lotty war fast so müde wie ich, aber keine von uns mochte das Gespräch auf den nächsten Morgen verschieben.

Ich hatte die Krähen von dem Kadaver vertrieben, indem ich meine stoßfeste Taschenlampe und einen Schraubendreher nach ihnen warf. Sie flogen auf und bildeten einen großen schwarzen Kreis, gerade lange genug, dass ich mir die Leiche ansehen und feststellen konnte, dass es ein Mann gewesen war, keine Frau. Danach verzog ich mich so schnell es ging durch den toten Mais. Ich rief den Sheriff erst an, als ich den Straßenrand erreichte.

Die Hündin wollte ihren Wachposten am Feldrand nicht aufgeben, egal wie ich bat und befahl. Während wir auf das Gesetz warteten, goss ich ihr nochmals Wasser über den Kopf und ins Maul. Sie versuchte meinen Arm zu lecken, schlief aber stattdessen ein und hob dann mit einem Ruck den Kopf, als zwei Streifenwagen vorfuhren. Zwei Deputys, ein junger Mann und eine ältere Frau, folgten den geknickten Maisstängeln zur Leiche. Der dritte funkte das Hauptquartier an und holte sich Anweisungen: Ich sollte mit in die Stadt und mich beim Sheriff persönlich legitimieren.

»O nein, scheuch bloß die Krähen von ihm runter!« Das kam von den Deputys im Feld. Wir hörten sie auf die Pflanzen einschlagen, um die Krähen zu vertreiben, schließlich gaben sie ein paar Schüsse ab. Die Krähen stiegen wieder auf.

Ich bat den Deputy, mir den Hund in den Wagen heben zu helfen. »Auch wenn der Tote im Feld vielleicht für etliche ihrer Verletzungen verantwortlich ist, will sie nicht weg, solange er da liegt«, sagte ich.

Als er näher trat, zog die Hündin die Lefzen hoch und knurrte ihn an.

Der Deputy wich zurück. »Die sollten Sie einfach erschießen, so geschwächt und heimtückisch, wie sie ist.«

Ich war hundert Meilen von zu Hause weg, das Gesetz hier war ein Gesetz für sich und konnte mir leicht das Leben zur Hölle machen. Ich musste mich zügeln. »Vielleicht haben Sie recht. Aber bis zum Beweis des Gegenteils gilt sie erst mal als unschuldig. Wenn Sie die Hinterbeine nehmen, packe ich sie um den Nacken, dann kann sie Sie nicht beißen.«

Die Hündin widersetzte sich, aber nur schwach. Bis wir sie hinten in meinen Mustang verfrachtet hatten, kamen die beiden anderen Deputys in wackligem Eiltempo aus dem Feld getaumelt. Beide sonnenverbrannten Gesichter waren grünlich grau.

»Wir brauchen hier schleunigst einen Leichenwagen, solange noch was zum Obduzieren übrig ist«, sagte die Frau mit belegter Stimme. »Glenn, du forderst ihn an. Ich werde …« Sie drehte sich von uns weg und übergab sich in den Straßengraben. Ihr Partner schaffte es bis zum Streifenwagen, bevor er kotzte.

Mein Deputy rief die Zentrale. »Hier Davilats. Wir haben

einen 0110 … Keine Ahnung, wer. Ich hab den langen Strohhalm gezogen und musste mir die Leiche nicht ansehen, aber Jenny meint, die Krähen haben sich schon ein üppiges Abendbrot geholt.«

Die Stimme am anderen Ende befahl, dass Jenny den Eingang zum Feld bewachte, mich sollte Officer Davilats zum Sheriff bringen. Zu meiner Überraschung und dankenswerterweise hielt Sheriff Kossel mich nicht allzu lange fest. Er ließ mich warten, während Davilats ihn zum Maisfeld rausfuhr. Als er zurück war, verlangte Kossel meine Papiere zu sehen. »Warshawski? Sind Sie mit diesen Auto-Ersatzteilhändlern verwandt?«, fragte er.

»Nein«, sagte ich zum fünfzigtausendsten Mal in meinem Berufsleben. »Die schreiben sich mit y. Ich bin mit dem jiddischen Schriftsteller I. V. Warshawski verwandt.« Keine Ahnung, warum ich das behauptete, da es nicht stimmte.

Kossel grunzte und fragte, was ich in der Gegend zu suchen hatte. Ich nannte ihm ein paar Namen von der Chicagoer Polizei als Referenzen.

»Ich bin auf der Suche nach einer gewissen Judy Binder«, erklärte ich, nachdem der Sheriff die Meinung Chicagos über mich eingeholt hatte. (»Rechtschaffen, aber eine Nervensäge«, hörte ich einen meiner Beleumunder poltern.) »Ich wusste nicht, dass die Adresse eine Drogenküche ist, aber ich hab die Bude durchsucht und keine Spur von ihr gefunden. Hat der Tote da allein gewohnt?«

Kossel knurrte. »Die Truppe wechselt, wir kennen nicht alle Namen. War bei jedem Zugriff eine andere Mannschaft. Das Haus stand leer, nachdem das alte Ehepaar, das das Land bewirtschaftet hat, gestorben war, dann tauchte einer der Enkel auf und machte auf Kommune mit seinen Kumpels und ihren Mädchen. Wir haben ihnen den Laden dreimal dichtgemacht, aber Sie wissen ja, es ist kein Problem, die Zutaten zu kaufen und von vorn anzufangen. Das Mädel, Judy sagen Sie? Die haben wir nie aufgegriffen. Es gab da kein Telefon, Festnetz mein ich. Falls sie einen Notruf abgesetzt hat, dann von einer Telefonzelle aus oder per Handy. Für mich sieht's aus, als hätten die Gauner sich zerstritten, und sie ist gerade noch mit heiler Haut davongekommen.«

»Das Haus war buchstäblich zerlegt«, sagte ich.

»Kann sein, die haben das selbst besorgt, als sie drauf waren. Die nächsten Nachbarn wohnen eine Viertelmeile südlich, und die haben immer mal wieder Schüsse gehört. Einmal haben diese Trottel ihre Ätherdämpfe abzusaugen vergessen, da sind ein paar Fenster zu Bruch gegangen. Haben die Explosion bis hier nach Palfry gehört, aber als wir hin sind, um nachzusehen, haben sie uns nicht reingelassen. Bei all den Drogen, Knarren und Hunden hat hier jeder lieber Abstand gehalten. Wir haben sie nur festgenommen, wenn sie anfingen, ihren Dreck an der Highschool zu verkaufen. Wie war das, warum suchen Sie noch mal nach diesem Mädel, dieser Judy?«

Das war das dritte Mal, dass er fragte: ein Test, ob die plötzlich und ohne Zusammenhang gestellte Frage ihm eine abweichende Antwort einbrachte.

»Sie hat auf einem Anrufbeantworter die Nachricht hinterlassen, dass jemand sie umbringen will. Ich bekam telefonisch den Auftrag, sie zu suchen. Die Adresse hier draußen war die einzige, die ich auftreiben konnte.«

Das war genau das, was ich die ersten beiden Male gesagt hatte, aber ich wiederholte es geduldig: Fremde, die in Methküchen aufkreuzen, müssen Fragen beantworten, ganz gleich, wie viele Chicagoer Cops für sie bürgen.

»Gehört dieser Anrufbeantworter irgendwem?«

»Ich krieg das raus und melde mich«, versprach ich.

»Sie sind ganz schön weit gefahren für jemanden, den Sie nicht kennen, auf der Suche nach jemandem, den Sie angeblich noch nie im Leben gesehen haben.« Kossel musterte mich eingehend. Ich bemühte mich um ein offenes Gesicht, vertrauenswürdig, naiv. »Aber ich hab ja Ihren Namen und Ihre Adresse, und die passen zu dem, was im Internet steht, also fahren Sie mal zurück in die große Stadt. Ich ruf Sie an, wenn ich was brauche. Und wenn Sie über weiteren Maisfeldern Krähen kreisen sehen, fahren Sie einfach weiter, verstanden?«

Ich fasste das als Verabschiedung auf und erhob mich. »Darauf können Sie Ihre Pension verwetten, Sheriff.«

Mir war leicht schwummerig von Anspannung und Flüssigkeitsverlust. Ich füllte am Trinkbrunnen des Reviers meine Flasche auf, ließ mir in der Frauentoilette Leitungswasser über den Kopf laufen und brach mit meinem verwaisten Hund auf nach Chicago.

Palfry lag hundert Meilen südlich der Stadt. Alles in allem hatten die Rettung des Hundes, das Auffinden der Leiche und das Gespräch mit dem Sheriff dazu geführt, dass ich den Dan Ryan Expressway auf dem Höhepunkt des Feierabendverkehrs erreichte, doch das war mir schnurz. Es fühlte sich gut an, von Tausenden Autos und Millionen Leuten umgeben zu sein. Selbst die verseuchte Luft kam mir nach dem grässlichen ländlichen Mief viel klarer vor.

Ich fuhr direkt zur Notaufnahme der Tierklinik an der North Side. Die Rottweilerin hatte während der Fahrt so still dagelegen, dass ich schon fürchtete, sie wäre mir weggestorben, doch als ich sie an der Klinik aus dem Wagen hob, fühlte ich ihren unregelmäßigen Herzschlag. Ich wollte sie auf dem Gehweg absetzen, aber sie war so schwach, dass ich sie tragen musste. Mit trockener Zunge leckte sie einmal über meine Hand, als ich sie auf den Tresen wuchtete. Ich berichtete an der Aufnahme, wie ich sie gefunden hatte, gab an, dass ich keine Ahnung hatte, wie alt oder ob sie sterilisiert war, aber ja, ich würde alle Rechnungen bezahlen, sofern sie im Rahmen blieben. Nach einer geschätzten halben Stunde kam eine junge Frau im weißen Kittel aus dem Untersuchungsraum, um mit mir zu reden.

»Im Augenblick ist das Hauptproblem, zumindest nach äußerem Anschein, die Unterernährung, aber sie ist schlimm geprügelt worden und könnte noch innere Verletzungen haben«, sagte die Tierärztin. »Außerdem wird ein Wachhund für eine Drogenküche vermutlich scharf sein, wenn sie also erst ihre Kräfte wiedererlangt, ist sie möglicherweise zu aggressiv, um sie zu behalten. Wir untersuchen sie noch mal gründlicher, sobald sie genug Infusionen und Futter bekommen hat, um das durchzustehen. Falls sie zu retten ist, gehört sie sterilisiert.«

»Ja, natürlich.«

Die Veterinärin fügte hinzu: »Wir kriegen dauernd solche Fälle rein. Hunde, die zu Brei geprügelt werden, weil sie nicht hart genug kämpfen, oder weil sie verloren haben, oder einfach so aus Jux. Wir tun unser Bestes für Ihre Kleine. Sie sollen aber wissen, dass nicht jeder gerettete Hund gerettet werden kann.«

Ich trat noch mal zu der Hündin und küsste sie auf die Nase. Doch als ich mich zum Gehen wandte, sagte die Ärztin, ich solle unbedingt duschen, Haare waschen und meine gesamte Kleidung direkt in die Maschine tun, ohne sie in einen Wäschekorb zu werfen, weil an meiner Schutzbefohlenen eine Unmenge Zecken und Flöhe hafteten.

Niemand, der mich kennt, hat mir je unterstellt, Angst vor Bazillen zu haben, aber Zecken und Flöhe machen sogar aus einer schlampigen Person eine Lady Macbeth mit Waschzwang. Ich hielt an der nächsten Autowaschanlage und warf sämtliche herumliegenden Handtücher und T-Shirts weg, während das Wageninnere chemisch gereinigt wurde. Zu Hause jagte ich meine Klamotten mit Bleiche durch den Heißwaschgang und schrubbte mich unter der Dusche, bis meine sonnenverbrannten Arme um Gnade winselten.

Lotty hatte mehrfach angerufen, als ich auf dem Heimweg war. Bei der Autowäsche hatte ich mich kurz gemeldet und gesagt, ich käme so bald wie möglich zu ihr. Sie wartete schon auf mich, als ich aus dem Fahrstuhl trat. Obwohl ihr Gesicht sorgenzerfurcht war, bestand sie darauf, dass ich zuerst eine Schale Linsensuppe aß, um wieder zu Kräften zu kommen.

Sobald ich die Suppenschale von mir schob, sagte Lotty: »Rhonda Coltrain hat mir berichtet, weshalb sie dich alarmiert hat, aber natürlich kamen wir erst nach meinem Dienst in der Chirurgie zum Reden.«

Rhonda Coltrain ist Geschäftsführerin in Lottys Tagesklinik. Als sie früh um halb acht hinkam, hörte sie eine angsterfüllte Nachricht von einer Frau ab, die sich nur als ›Judy‹ gemeldet hatte. So begann auch mein Tag: Ms. Coltrain weckte mich und flehte mich an, sofort in die Klinik zu kommen. Lotty war im staatlichen Krankenhaus und steckte mitten in der komplizierten Operation eines Gebärmuttervorfalls, die keine Unterbrechung gestattete.

In Lottys Tagesklinik an der Damen Avenue spielte ich das panische Gestammel mehrmals ab, bis ich die verschliffenen Worte verstand. »Dr. Lotty, ich bin's, Judy, die sind hinter mir her, die wollen mich umbringen, du musst mir helfen! Oh, wo bist du, wo bist du?«

Ich kannte keine Judys, die noch vor dem Morgengrauen bei Lotty anrufen könnten, aber Ms. Coltrain schon. Sie ist normalerweise absolut verschwiegen, aber diesmal fauchte sie: »Das überrascht mich kaum. Sie meldet sich nur bei Dr. Herschel, wenn sie zusammengeschlagen wurde oder eine Geschlechtskrankheit hat. Und warum die Frau Doktor ihr immer noch zu helfen versucht, ist mir ein Rätsel, auch wenn sie anscheinend eine gemeinsame Vorgeschichte haben. Ich bitte Sie nur ungern darum, aber Sie müssen versuchen, sie aufzuspüren.«

Sie fand die Adresse auf dem Land in Lottys privaten Unterlagen. Keine meiner Recherchedatenbanken spuckte eine Telefonnummer oder auch nur ein Foto aus. Mangels anderer Optionen war ich nach Palfry County gefahren.

Nachdem ich Lotty von der unbeschreiblichen Verwüstung in Judys sogenannter Kommune berichtet hatte, sagte ich: »Der Sheriff von Palfry will deinen Namen, und er will wissen, was du mit dieser Judy Binder zu schaffen hast. Ich hab dich heute noch rausgehalten, aber auf lange Sicht kann ich das nicht. Es wäre hilfreich, wenn ich wüsste, wer sie ist und warum dir so viel an ihr liegt.«

»Ich habe dich nicht aufgefordert, nach Palfry zu fahren. Wenn ich in der Klinik gewesen wäre, hätte ich dich gar nicht behelligt.«

»Lotty, jetzt komm mir nicht so. Wenn du in der Klinik gewesen wärst, und das weißt du ganz genau, dann hättest du als Erstes bei mir angerufen und mich gebeten, den Anruf zurückzuverfolgen, wozu mir nebenbei bemerkt jede behördliche Legitimation fehlt – du kannst ja Ms. Coltrain morgen früh auf die Telefongesellschaft ansetzen, wenn du wissen willst, von wo aus Judy angerufen hat. Und als Nächstes hättest du gesagt: *Victoria, ich weiß, es ist viel verlangt, aber könntest du vielleicht mal nach ihr sehen?*«

Lotty schnitt eine Grimasse. »Ach, mag sein. Genau wie du jedes Mal ankommst, wenn wieder jemand eine Kugel in dir versenkt hat, und sagst: *Ich weiß, es ist viel verlangt, aber meine Versicherung deckt das leider nicht ab.*«

Ich setzte mich in dem Barcelona-Sessel auf und starrte sie an. »Du versuchst doch nur, Streit mit mir anzufangen, damit ich nicht weiter nach Judy Binder frage. Ich bin zu müde für Spielchen. Ich gehe nicht weg, bis du mir erzählst, wer sie ist. Rhonda Coltrain glaubt, du fühlst dich für sie verantwortlich. Hier sitz ich nun, kenne dich seit dreißig Jahren und hab dich noch nie ihren Namen erwähnen hören.«

»Ich kenne jede Menge Leute, von denen du noch nie gehört hast«, sagte Lotty, dann lächelte sie schief, als sie einsah, wie bockig das klang. Sie setzte ihre Kaffeetasse ab und ging hinüber zu der Fensterwand mit Blick auf Lake Michigan. Lange starrte sie aufs dunkle Wasser, bevor sie wieder sprach.

»Ihre Mutter und ich sind in Wien zusammen aufgewachsen, das ist das Problem.« Sie drehte sich nicht um, ich musste angestrengt lauschen, um sie zu verstehen. »Ich meine, das ist der Hintergrund. Käthe, das war damals der Name ihrer Mutter, Käthe Saginor. Und als Käthes Tochter Judy immer mehr Aufmerksamkeit brauchte, als sie dann mit fünfzehn von zu Hause weglief, als sie sich mit einem gewalttätigen Kerl nach dem anderen einließ, dann mit sechzehn ihre erste Abtreibung brauchte – sie kam noch ein zweites Mal deswegen zu mir, als sie zweiundzwanzig war –, da hatte ich das Gefühl ... ich kann dir gar nicht sagen, was ich eigentlich fühlte. Ich habe Judy als Kind gar nicht oft gesehen, also warum sollte ich mich verantwortlich fühlen oder gar Liebe empfinden? Aber ich empfand etwas von beidem, und dazu noch einen Hauch Schadenfreude über Käthes völliges Versagen als Mutter. Ich weiß nur, wider besseres Wissen habe ich immer wieder versucht, Judy zu retten.«

Sie wandte sich um und sah mich an. »In meiner Innenstadtpraxis erlebe ich ständig Leute, die sich in der einen oder anderen Abhängigkeit verfangen und zu Sklaven ihrer Sucht werden. Ich weiß, um gerettet zu werden, müssen sie die Rettung selbst wollen, wovon ich, wenn ich ehrlich bin, bei Judy nie eine Spur gesehen habe. Ich weiß nicht, warum ich mir eingebildet habe, meine Willenskraft könnte diesen Wunsch in ihr entfachen.«

»Sie war die Tochter einer Freundin aus deiner Kindheit.« Ich glaubte zu verstehen. »Das kann –«

»Ich mag ihre Mutter nicht«, fiel mir Lotty scharf ins Wort. »Käthe Saginor war immer ein quengeliges, ängstliches Gör. Es war mir verhasst, dass meine Oma fand, ich sollte mit ihr spielen. Ich war nie sonderlich nett zu ihr, wenn Käthes Großmutter – ich meine Kitty, sie hat in England ihren Namen geändert – also Kittys Großmutter brachte sie mit in unsere Wohnung in der Renngasse. Nach dem Anschluss mussten wir aus der Wohnung raus, und da wurde es noch schlimmer, weil wir Tür an Tür im überfüllten Ghetto in der Leopoldstadt hockten. Käthe erzählte ihrer Großmutter immer … ach, was soll's!« Lotty warf eine Hand hoch, als müsse sie sich eine Spinnwebe aus den Haaren wischen. »Weshalb suhle ich mich in diesen bedeutungslosen alten Kränkungen und Wunden? Jedenfalls, als mein Opa in jenem Frühling, bevor der Krieg losging, Käthe mit Hugo und mir in den Zug nach London setzte, hatte ich furchtbare Angst, Käthe würde alles vermasseln. Ich fürchtete, sie würde so lange heulen und nörgeln, bis die deutschen Wachen uns aus dem Zug warfen, oder sie würde den Engländern so auf die Nerven gehen, dass sie Hugo und mich gleich mit zurück nach Wien verfrachteten. Es war eine unglaubliche Erleichterung, als wir London erreichten und sie weiter nach Birmingham geschickt wurde.

Im Aufruhr der Kriegsjahre habe ich sie völlig vergessen. Dann tauchte sie ohne Vorwarnung in Chicago auf, etwa zu der Zeit, als ich am Northwestern State Hospital mein Geburtshilfepraktikum machte. Sie war zu Kitty geworden – ich weiß nicht, warum ich mir das nicht merken kann. Schließlich habe auch ich die Schreibweise meines Namens anglisiert.«

»Ist sie auf der Suche nach dir nach Chicago gekommen?«, fragte ich.

»Nein – sie hatte ihre eigene verworrene Geschichte, die ich nach einer Weile nicht mehr hören mochte. Sie war inzwischen verheiratet, sie war nach dem Krieg zurück nach Österreich gegangen, um für die britische Armee zu übersetzen, und hatte dort einen amerikanischen GI geheiratet. Sie kamen nach Chicago, weil Kä– Kitty glaubte, ihre Mutter wäre hier, so lautete zumindest ihre Geschichte. Ich konnte es nicht *ertragen*, ständig von all den Leuten zu hören, die sie schlecht behandelten oder die sie angelogen hatten, und wie sie ihre Mutter gefunden hatte, aber sie hatte ihre Mutter gar nicht gefunden, ihre Mutter hatte Chicago verlassen, ohne sie zu treffen, ihre Mutter war tot. Wir hatten alle unsere Toten zu beklagen, mussten uns ein Leben aufbauen, niemand hielt deswegen mit mir Händchen, und ich wollte ganz sicher nicht ihrs halten.«

Ich saß ganz still: Wenn ich jetzt zu ihr ging, würde sie auch mich wie eine Spinnwebe fortwischen.

Schließlich schritt sie zurück zu ihrem Sessel. »Ich mochte Len – Leonard Binder, er war Kittys Ehemann. Judy ist ihr einziges Kind. Len ist vor ungefähr achtzehn Monaten gestorben, und das war das letzte Mal, dass ich Judy gesehen habe, auf seiner Beerdigung. Sie erzählte mir, dass sie sich einer Landkommune angeschlossen hat, dass sie ihr Leben ändert, und ich wollte ihr gern glauben, auch wenn ich ziemlich sicher war, dass sie in dem Moment high war.«

Jetzt ging ich zu ihr, kniete mich neben ihren Sessel und legte die Arme um sie. Lottys Atmung normalisierte sich allmählich. Dann setzte sie sich abrupt auf und sagte: »Hast du nicht gesagt, der Sheriff da unten hat Judy nie gesehen? Was, wenn sie bei dieser Drogenküche gar nicht mitgemacht hat?«

Ich ging rüber zur Couch, wo meine Umhängetasche lag, und zog die beiden Fotos heraus, die ich in den Trümmern gefunden hatte. Ich reichte Lotty das von der jungen Mutter mit dem Baby.

Lotty warf einen kurzen Blick darauf. »Oh, ja. Judy mit dem einzigen Kind, das sie ausgetragen hat. Das arme Ding, sie hat ihn Len und Käthe überlassen, als er ungefähr ein Jahr alt war.«

Ich sah mir das verblichene Foto noch einmal an. Judy Binders Ausdruck war schwer zu deuten, aber sie wirkte erstaunt, wie eine Träumerin, die nicht verstand, wo sie aufgewacht war. Sie hatte das Baby ihren Eltern überlassen, aber das Foto behalten, das musste doch etwas bedeuten.

Ich zeigte Lotty das ältere Bild mit dem Metall-Ei auf Stelzen. »Weißt du, was das ist?«

»Es sieht aus wie die Kinderzeichnung eines Raumschiffs. Aber die Leute …«, stirnrunzelnd starrte sie auf das Foto. »Es kommt mir vor, als müsste ich sie erkennen, aber … ich weiß nicht, es liegt wohl an den Kleidern. Die erinnern mich so an meine Kindheit.«

Die Kaminuhr schlug elf und erschreckte Lotty und mich gleichermaßen. Es war ein langer Tag gewesen. Ich war mehr als reif fürs Bett. Während sie mich zum Fahrstuhl brachte, bedankte sich Lotty förmlich für die Mühen, die ich auf mich genommen hatte.

Als das Taxi vorfuhr, ergriff sie meinen Arm und sagte mit ihrem selbstironischen Lächeln: »Victoria, ich weiß, es ist viel verlangt, aber könntest du noch Käthe aufsuchen – ich meine Kitty – und prüfen, ob sie irgendetwas weiß?«

3

Familienporträts

Kitty Binder wohnte in Stokie am Nordwestrand von Chicago in einem hellbraunen Backsteinhaus. Die meisten ihrer Nachbarn hatten kleine Vorgärten mit Ringelblumen und Rosensträuchern, die saubere Rechtecke makellosen Rasens säumten. Auf dem Binder'schen Grundstück lieferten sich Flecken ungemähten Grases mit Löwenzahn auf trockenem Boden einen Stellungskrieg. Der Lack blätterte von den Fensterrahmen,

Eichhörnchen hatten unter der Dachtraufe Löcher genagt. Wirtschaftskrise, Alter, Geldmangel oder auch alles zusammen. Ich atmete tief durch, um mich zu wappnen, und drückte auf die Klingel.

Zwei Finger teilten vorsichtig die Jalousien hinter dem Fenster. Nach einem Augenblick hörte ich, wie scheppernd mehrere Riegel zurückgezogen wurden. Die Vordertür öffnete sich bis zur Länge einer kräftigen Sperrkette. Durch den Spalt konnte ich mit Mühe ein verschattetes Gesicht erkennen.

»Ms. Binder? Ich bin V. I. Warshawski. Wir haben heute Morgen telefoniert.«

Es war ein schwieriges Gespräch gewesen. Zuerst hatte Kitty Binder gesagt, sie habe kein Interesse an ihrer Tochter, sie habe keine Ahnung, wo Judy sei, und im Übrigen auch keinerlei Verständnis dafür, dass ich Charlotte Herschel ermutigte, sich in Dinge einzumischen, die sie nichts angingen.

Als ich ihr Judys verängstigte Nachricht auf Lottys Anrufbeantworter schilderte, wurde Ms. Binder noch abweisender. Sie wünschte, sie hätte für jeden von Judys dramatischen Anrufen im Laufe der Jahre einen Nickel bekommen. Judy spiele mit Lottys Mitgefühl wie Isaac Stern auf einer Stradivari. Judy wisse genau, dass sie, Kitty, diesen Unfug nicht mitmachte, also hielte sie sich stattdessen an Lotty.

»Nicht dass Charlotte leichtgläubig wäre. Sie sieht ja in ihrer komischen Klinik jede Menge Drogensüchtige. Sie weiß genau, was los ist. Sie will nur, dass ich vor meiner Tochter schlecht dastehe, darum führt sie sich auf wie eine Heilige.«

Ich wand mich am Telefon. Lotty und Kitty waren entschieden keine Freundinnen. Ich wollte mir von keiner sämtliche Kränkungen der letzten Jahrzehnte anhören, also fiel ich Kitty energisch ins Wort. »Ich war gestern in Palfry, in dem Haus, in dem Ihre Tochter gewohnt hat. Ich habe Judy nicht angetroffen, aber das Haus ist übel verwüstet worden, und ich muss Ihnen leider sagen, dass ich auf die Leiche eines ermordeten Mannes gestoßen bin, der dort ansässig war. Ich fürchte, diesmal könnte Ihre Tochter –«

»Ein ermordeter Mann?«, unterbrach mich Kitty ihrerseits, ihre Stimme laut und ängstlich. »Wer war das?«

»Ich weiß es nicht, ich habe keine Papiere bei ihm gefunden.« Ich mochte nicht sagen, dass ich wegen der auf mich herabstoßenden Krähen, deren Krächzen und Krallen mich von ihrem Festmahl wegscheuchten, gar nicht danach gesucht hatte.

»Kommen Sie heute Mittag.« Damit legte sie auf.

Und jetzt war es so weit, Mittag, was ich nur geschafft hatte, indem ich mehrere KlIententermine verschob. Ms. Binder aber ließ mich nicht herein, sondern verlangte einen Nachweis, dass ich V.I. Warshawski war. Ich diskutierte nicht mit ihr, zeigte einfach meine diversen Lizenzen: Autofahren, Schusswaffen führen, Verbrechen untersuchen.

Schließlich löste sie die Kette. Sobald ich drinnen war, schob sie alle Riegel wieder vor. Das Haus roch nach nicht geöffneten Fenstern. Das einzige Licht im Flur kam durch ein dreckverkrustetes Oberlicht über der Eingangstür. Ich hatte Mühe, Ms. Binder zu erkennen, immerhin konnte ich feststellen, dass sie klein war, mit kurzgeschorenem weißem Haar, und trotz des heißen Tages eine dicke Strickjacke anhatte.

Statt mich vollends hereinzubitten, verblüffte sie mich, indem sie streng zu wissen verlangte, ob mir jemand gefolgt sei.

»Nicht dass ich wüsste. Mit wem rechnen Sie denn?«

»Wenn Sie wirklich eine Detektivin wären, hätten Sie ja wohl auf Verfolger geachtet.«

»Wenn Sie wirklich Kitty Binder wären, würden Sie ja wohl wissen wollen, was mit Ihrer Tochter ist, statt mich über die Feinheiten der Detektivarbeit zu belehren.«

»Natürlich bin ich Kitty Binder!« Ihre Miene war schwer zu erkennen, aber ihre Stimme klang empört. »Sie dringen in meine Privatsphäre ein, kommen zu mir nach Hause, stellen mir impertinente Fragen. Es ist mein gutes Recht, von Ihnen Professionalität zu erwarten.«

US-Bürger ziehen sich heutzutage viel zu viele schlechte Fernsehkrimis rein. Als Folge davon erwarten Geschworene bei Routinefällen teuren Forensikaufwand und Klienten erwarten Maßnahmen, als wären sie für die CIA tätig. Wobei Kitty Binder bisher gar keine Klientin war.

»Fürchten Sie sich vor der Drogenbehörde?«, fragte ich. »Wenn die DEA hinter Ihrer Tochter her ist, haben die Sie längst verwanzt, die müssen nicht jemandem wie mir hinterherdackeln.«

Ich hatte den Eindruck, dass Ms. Binder erschrocken die Augen aufriss. »Sie meinen, mein Telefon ist angezapft?«

»Nein, Ma'am.« Mich beschlich das Gefühl, mich in einem Gesprächsdickicht von der Größe des gestrigen Maisfeldes verlaufen zu haben. »Ich meine nur, wir sollten über den ermordeten Mann sprechen, den ich gestern gefunden habe. Wer, glauben Sie, war das?«

»Sie haben ihn doch gefunden«, sagte sie. »Sagen Sie es mir.«

»Entweder hat er mit Ihrer Tochter in dem Haus gewohnt, oder er gehörte zu den Eindringlingen. Aber Sie wissen, oder glauben zu wissen, wer es sein könnte, denn erst als ich ihn erwähnte, haben Sie eingewilligt, mit mir zu reden.«

»Charlotte hat Sie geschickt, um mich zu bespitzeln, nicht wahr?« Ihre Stimme zitterte leicht, als versuchte sie sich in einen Zorn hineinzusteigern, um ihre Angst vor irgendetwas zu kaschieren.

»Ma'am, wollen wir uns nicht setzen? Wenn jemand Sie belästigt oder beschattet oder bedroht, kann ich helfen.«

»Da Sie mit Charlotte Herschel befreundet sind, werden Sie ihr doch bloß alles brühwarm erzählen, damit ihr zwei euch auf meine Kosten totlachen könnt.«

»Nein, Ma'am, ich kann Ihnen versprechen, was Sie mir im Vertrauen erzählen, wird von mir auch vertraulich behandelt.«

Lottys Worte kamen mir in den Sinn: das Kind, das Judy ausgetragen hatte, sie hatte ihn Len und Kitty überlassen. War das womöglich der Mann im Maisfeld? Ich fragte mich, wie alt dieser Enkel jetzt sein mochte.

Kitty nagte an ihrer Lippe und rang mit sich: Sollte sie mit mir reden? Ich schob mich an ihr vorbei und blieb an einer Tür stehen, die in ein Wohnzimmer führte. Dank der fest verschlossenen Jalousien erkannte ich nur geisterhafte Schemen von Sesseln und einer Couch sowie das Flimmern eines Fernsehbildschirms. Ich roch Staub.

»Wo sitzen Sie am liebsten, Ms. Binder? Hier drin? Oder sollen wir in die Küche gehen?«

Ms. Binder drängte sich an mir vorbei ins Wohnzimmer. Schade eigentlich, in der Küche wäre sie vielleicht schneller aufgetaut. Sie knipste eine Tischlampe an und deutete auf einen Sessel, über dessen Arm- und Rückenlehnen Spitzendeckchen drapiert waren. Spitzen bedeckten auch die meisten anderen Möbel, einschließlich eines Beistelltischs mit Fotos, einige eher gestellt, formell und gerahmt, die Mehrzahl aber alte Schnappschüsse. Das Zimmer war aufgeräumt, wenn auch überladen, doch eine dicke Staubschicht zog sich über Tisch und Fernseher.

»Haben Sie die selbst gemacht?« Ich berührte die Spitze auf der Armlehne meines Sessels.

»Oh, ja, sicher. Ich war ja nicht so ein behütetes Hätschelkind wie Charlotte Herschel. Bei uns zu Hause wurde gearbeitet. Meine Großmutter hat dafür gesorgt, dass ich stricken und klöppeln konnte, noch ehe ich fünf wurde. So etwas verlernt man nicht, schon gar nicht, wenn man von klein auf ausgebildet wird. Sogar meine Mutter –« Kitty Binder biss das Ende des Satzes ab, als wäre es ein Faden zwischen ihren Zähnen.

Ich wartete, hoffte, sie würde noch etwas hinzufügen. Schließlich fragte ich: »Wann haben Sie Ihre Tochter zuletzt gesehen?«

Ihre Lippen wurden schmal. »Sie kam zum Begräbnis ihres Vaters. Ganz in Schwarz, mit großem Hut und in Tränen aufgelöst, als hätte sie Len Tag und Nacht gepflegt. Natürlich, er war immer lieb zu ihr, so lieb, man sollte meinen, sie wäre öfter mal vorbeigekommen, als sie erfuhr, dass er krank war. Oder vielleicht ist sie das sogar, sie hat ihn wahrscheinlich häufiger im Laden besucht, als er mich wissen ließ. Er wusste, ich war dagegen, dass er ihr Geld gab. Ich nehme an, wenn ich mal tot bin, bleiben ihre Augen trocken.«

Und wenn sie tot ist, werden deine Augen trocken bleiben?, ging mir durch den Kopf.

»Kann ich mit Ihrem Enkel sprechen? Vielleicht hat er –«

»Sie lassen Martin in Ruhe«, sagte sie in drohendem Ton.

»Wie alt ist er?«, fragte ich, als hätte sie nichts gesagt.

»Alt genug, um zu wissen, dass seine Mutter durch und durch Gift ist.«

Ich stand auf und sah mir die gerahmten Fotos an. Eine junge Kitty mit Blumenbouquet in einem New Look-Kostüm starrte streng in die Kamera. Der Mann neben ihr, in Uniform mit U.S. Army-Verdienstmedaille auf der Brust, das schwarze Haar nach hinten gegelt, glühte vor Stolz. Lotty zufolge waren sie sich im Nachkriegsösterreich begegnet. Aus der Uniform schloss ich, dass sie dort auch geheiratet hatten. Damals trugen viele Frauen ihr bestes Kleid zur Hochzeit, Brautkleider waren nicht drin. Meine Mutter hatte in einem ähnlichen Kostüm geheiratet, aber mein Vater hatte ihre Arme mit Rosen gefüllt.

Auf einem anderen Foto stand derselbe Mann, deutlich älter, aber immer noch stolz lächelnd, mit einem mageren ernsten Jungen vor einer Bima. Die Bar-Mizwa des Enkels. Die beiden standen auch zusammen hinter einer komplizierten Konstruktion aus Glasröhren und Drahtspulen mit einer *Erster Platz*-Banderole, die am Tisch befestigt war. Dasselbe stolze Lächeln bei Großpapa, derselbe ernste Blick bei dem Jungen. Das letzte Foto war ein verblichener Schnappschuss, drei Mädchen im Teenageralter und ein molliges Paar. Sie alle trugen altertümliche Badeanzüge und grinsten in die Kamera. Kitty stand in der Mitte, auch sie strahlte.

»Sind das Ihre Schwestern?«, fragte ich auf gut Glück.

Ihr Gesicht verfinsterte sich noch mehr, aber sie nickte andeutungsweise.

»Ist es denkbar, dass Ihre Tochter bei einer von –«

»Oh!« Ihr Ausruf war beinahe ein Schmerzensschrei. »Wie können Sie nur? Wie können Sie so grausam sein?«

Mein Magen zog sich zusammen. Ich hätte es wissen sollen, jüdische Flüchtlinge aus Wien: Ihre Familie war vermutlich ermordet worden wie die von Lotty.

»Verzeihen Sie.« Ich schob einen spitzenbedeckten Fußschemel neben ihren Sessel, so dass ich tiefer saß als sie. »Ich wusste das nicht. Ich habe nicht nachgedacht. Bitte erzählen Sie mir von Ihrer Tochter und Ihrem Enkel. Er ist es, um den Sie sich Sorgen machen, oder? Wenn Sie ihn mir beschreiben können, bin ich vielleicht imstande, Ihnen zu sagen, ob er die Person ist, deren Leiche ich gestern gefunden habe.«

»Sie haben ihn sich doch gerade angesehen.« Ihre Finger verknoteten sich in ihrem Schoß, bis ihre Knöchel weiß wurden.

»Wie alt ist er jetzt?«

»Er ist im Mai zwanzig geworden.«

»Der Mann, den ich gefunden habe, war bestimmt zehn, fünfzehn Jahre älter«, sagte ich, »auch wenn seine Leiche so schlimm zugerichtet war, dass ich nicht hundertprozentig sicher sein kann. Wann haben Sie Martin denn zuletzt gesehen?«

Sie runzelte die Stirn, antwortete aber nicht. Sie wirkte verlegen. Vielleicht war Martin wie seine Mutter geflüchtet, um diesem muffigen Haus mit seinen geschlossenen Jalousien und versiegelten Fenstern zu entkommen.

»Arbeitet er? Studiert er?«, fragte ich.

»Er besucht Abendseminare auf dem Circle Campus, aber er arbeitet für seinen Lebensunterhalt, wie meine Familie das immer getan hat.«

»Ms. Binder, wo liegt das Problem? Macht er etwas, das ihn in Schwierigkeiten bringen könnte?«

Sie fuhr auf. »Natürlich nicht. Er ist kein bisschen wie seine Mutter. Der beste Beleg, dass das ganze Geschwafel vom prägenden Umfeld völliger Quatsch ist. Wenn er hier aufwachsen und ein anständiger, hart arbeitender Junge werden konnte, hätte seine Mutter das auch schaffen können, wenn sie nicht so einen schwachen Charakter besäße.«

»Was macht Ihnen dann Sorgen?«, fragte ich.

Sie verflocht ihre Finger zu so festen Knoten, dass mir unklar war, wie sie den Schmerz ertrug. »Er ist vor zehn Tagen verschwunden«, flüsterte sie. »Niemand weiß, wo er steckt.«

4

Martins Höhle

Stück für Stück zog ich Kitty die Geschichte aus der Nase, es war wie Goldfädchen aus einem Felsen kratzen. Martin arbeitete bei einer Firma in Northbrook, er war so eine Art Computertechniker. Er ging zu Abendseminaren auf dem Chicago Circle Campus der Universität Illinois, aber er verdiente gutes Geld an seinem Arbeitsplatz, und Kitty fand, er brauchte kein Studium.

Martin hatte nie viel von der Arbeit erzählt, aber er schien sie zu mögen, er machte oft Überstunden, obwohl sie ihm nicht bezahlt wurden. »Ich habe ihm immer gesagt, dass die ihn einfach nur ausbeuten, aber er sagt, er lernt so viel dabei, dass er mit Gewinn rauskommt. Hat er jedenfalls früher gesagt.«

Dann, vor etwa sechs Wochen, hatte ihn etwas erschüttert. Er hatte schon immer viel Zeit allein in seinem Zimmer verbracht, aber jetzt hockte er entweder nur noch dort, oder er verschwand nach der Arbeit und blieb stundenlang weg. Er machte keine Überstunden mehr, er fing an, den Job wie einen Job zu erledigen. Kitty fand, so sollte es sein, oder vielmehr, das hätte sie gefunden, wenn er dabei nicht so düster geworden wäre.

»Hat er erzählt, was ihn bedrückt?«

»Er ist nicht gerade gesprächig. Ich auch nicht.« Kitty lächelte freudlos. »Ich schätze, wir waren ziemlich auf Len als Gesprächsführer angewiesen. Jedenfalls ging das so weiter, er brütete vor sich hin, ich musste ihn daran erinnern, etwas zu essen, und dann, vor zehn Tagen, ist er eines Morgens aufgebrochen wie immer. Nur kam er nach ein paar Stunden wieder nach Hause. Er blieb ein Weilchen in seinem Zimmer, dann, so gegen drei, ging er wieder weg.«

Das war das letzte Mal, dass seine Großmutter ihn gesehen oder von ihm gehört hatte.

»Wo wollte er hin?«

»Er hat es mir nicht gesagt. Er meinte nur, er hätte da etwas entdeckt, was nicht aufgeht, dann ist er los. Ich fing noch an zu putzen …«

Sie brach ab, als ich mich unwillkürlich in dem eingestaubten Wohnzimmer umsah.

»Ja, meine Großmutter hätte mir schön den Marsch geblasen, dass ich das Zimmer so verkommen lasse, aber seit Martin verschwunden ist, frage ich mich, wozu? Warum noch saubermachen, wenn eh alle weggehen?«

»Ihre Großmutter würde mich täglich ohrfeigen, wenn sie meine Wohnung sehen könnte«, versicherte ich ihr. »Etwas, was ›nicht aufgeht‹. Eine Rechnung? Ein Geldbetrag? Ist er vielleicht zur Bank gegangen?«

Sie schüttelte den Kopf, ihr Gesicht ganz verkniffen vor Unglück. »Ich weiß es nicht. Er sagte bloß, er müsste etwas prüfen, oder nachprüfen? Ich habe nicht richtig darauf geachtet. Ich dachte, es wäre nicht weiter wichtig, bis er dann nicht nach Hause kam.«

»Wann haben Sie angefangen, sich Sorgen zu machen?«

»Am Abend. Na ja, eigentlich am nächsten Tag. Ich dachte, wer weiß, vielleicht hat er ein Mädchen gefunden, mit der er die Nacht verbringt. Dann dachte ich, vielleicht ist er campen gegangen. Er hat manchmal einfach ein kleines Zelt eingepackt und ist für ein paar Tage runter nach Starved Rock oder rauf nach Wisconsin gefahren. Er hat ja keinen richtigen Urlaub mehr gemacht, seit er vor zwei Jahren diesen Job gekriegt hat – er hat da gleich nach der Highschool angefangen.«

»Würde er denn campen gehen, ohne es Ihnen zu sagen?«

»Schon möglich. Seit Len tot ist, erzählt mir Martin nicht mehr so gern von seinen Vorhaben. Aber als er dann immer noch nicht zurückkam, dachte ich, er hat sich vielleicht eine Wohnung gesucht. Wir hatten früher mal Diskussionen darüber. Aber er kann doch so viel Geld sparen, wenn er daheim lebt, und er hat ja seine eigene kleine Wohnung unten im Keller. Ich dachte, vielleicht ist er ausgezogen und hat nicht den Mut gehabt, es mir ins Gesicht zu sagen. Nur – er reagiert nicht auf Anrufe oder E-Mails oder sonst was.«

»Man kann doch einfach mal bei seinem Arbeitgeber nachfragen«, sagte ich.

Sie fing an, sich die dicken Kordeln ihrer Strickjacke um die

Finger zu wickeln, und ihre Stimme senkte sich zum Flüstern. »Letzte Woche hat sein Chef angerufen: Martin war seit dem Tag vor seinem Verschwinden nicht mehr bei der Arbeit. Er reagiert auch auf deren Anrufe und E-Mails nicht.«

»Das klingt gar nicht gut«, sagte ich unverblümt. »Was meint die Polizei dazu?«

»Ich habe es nicht gemeldet. Was hätte das für einen Sinn?«

Ich wollte sie packen und schütteln. »Ihr Enkel ist seit zehn Tagen weg. Keine Anrufe, richtig? Keine Postkarten oder E-Mails? Nein? Höchste Zeit, dass die Polizei nach ihm sucht.«

»Nein!«, schrie sie auf. »Lassen Sie ihn bloß in Ruhe. Und gehen Sie ja nicht zur Polizei. Die Polizei ist noch schlimmer als – egal jetzt. Aber wenn Sie mit meinen Angelegenheiten zur Polizei gehen, dann – dann verklage ich Sie!«

Irritiert starrte ich sie an. Es war schwer vorstellbar, dass eine ältliche weiße Frau hier und heute Opfer polizeilicher Übergriffe geworden war. Vielleicht war es ein Überbleibsel aus Österreich unterm Naziregime, als die Polizei die Jagd auf Juden eröffnet hatte, aber ihre Heftigkeit ließ mich annehmen, dass sie sich von einer aktuelleren Gefahr bedroht sah. »Ms. Binder, wovor haben Sie denn Angst? Hat jemand aus den Kreisen Ihrer Tochter Ihnen gedroht?«

»Nein! Ich will mit der Polizei nichts zu tun haben. Was, wenn die –« Sie brach mitten im Satz ab.

»Wenn die was?«, hakte ich scharf nach.

»Leute wie Sie denken, die Polizei wär Freund und Helfer, aber ich weiß es besser, das ist alles. In meiner Familie lösen wir unsere Probleme selber. Ich brauch keine Polizei. Ich brauche Charlotte Herschels Herablassung nicht, und ich brauche Sie nicht!«

Von dieser Einstellung konnte ich sie keinen Millimeter abbringen, obwohl ich in Bezug auf die Gefahr, in der ihr Enkel schweben könnte, kein Blatt vor den Mund nahm.

»Womit ist er denn unterwegs? Hat er einen Wagen?«, fragte ich schließlich. Mit einem Autokennzeichen könnte ich die State Police bitten, nach ihm Ausschau zu halten.

»Len hat ihm einen gebrauchten Subaru gekauft, als ich – als wir beschlossen – als Martin auch fand, dass ein College bloß Zeit- und Geldverschwendung wäre. Aber damit ist er nicht gefahren, er steht noch vor der Tür.«

Sie hatte keine Ahnung, wie er weggekommen war, sie meinte, ein Taxi hätte sie hören müssen. Vielleicht war er einfach zur Bushaltestelle gegangen.

»Was hat er bei sich?«, fragte ich.

»Ich weiß es nicht. Ich sagte Ihnen doch schon, ich habe nicht groß darauf geachtet.«

»Haben Sie in seinem Zimmer nachgesehen, was vielleicht fehlt?«

Sie starrte mich an, als hätte ich vorgeschlagen, sie solle ein Schaf opfern, um die Zukunft vorherzusagen. Als weiter keine Reaktion kam, sagte ich mit der aufgesetzten Munterkeit, mit der man wachsenden Ärger kaschiert: »Na, dann gehen wir jetzt mal in sein Zimmer, und Sie sagen mir, ob er sein Campingzeug oder sein Laptop mitgenommen hat oder was sonst.«

Sie knetete noch einen Moment an ihren Fingern und ihrer Strickjacke herum, aber schließlich kam sie auf die Füße und stapfte voran in den hinteren Teil des Hauses. Ich folgte ihr durch ein mit Anrichten und noch mehr Spitzendeckchen vollgestopftes Esszimmer in die Küche. Hier wohnte sie, hier gab es einen Fernseher, Bücherregale und Stapel ungeöffneter Post.

Sie öffnete eine Tür mit einer hölzernen Treppe dahinter und führte mich hinab, am Heizungskeller vorbei zu einer dunkel gebeizten Holzwand mit einer Tür in der Mitte.

»Das meiste hier hab ich gebaut«, sagte Kitty. »Mein Vater war Handwerker, und man wusste, wenn etwas kaputtging, konnte er es reparieren, egal was. Er hat uns Mädchen alles beigebracht. Als ich Len kennenlernte – das war in Wien, er war Mechaniker im Fuhrpark der Armee –, da dachte ich erst, er wäre wie mein Dad, aber Len war kein Handwerker. Er war gut mit Motoren, aber er konnte überhaupt nicht tischlern. Also blieb all so was an mir hängen.« Ihre Worte klangen nach einer wiederholt geäußerten Beschwerde, aber der Blick, den sie auf ihre schwieligen Hände warf, kündete von Stolz auf ihre Fähigkeiten.

Sie stieß die Tür zum Zimmer ihres Enkels auf. Eine tiefe Stimme erklang: »Nimm dich in Acht, Sterblicher, du betrittst Sovngarde, wo Alduin deiner Seele eine Falle stellt.«

Ich fuhr zurück und legte schützend meinen Arm um Kitty, doch sie blieb unbeeindruckt. Sie schmunzelte sogar über meine Reaktion.

»Ich bin so gewöhnt an Martins Technik-Schnickschnack, ich bemerke das gar nicht mehr. Martin ist sehr geschickt im Umgang mit Elektronik. Jeder außer ihm bekommt eine Warnung zu hören, wenn er die Tür aufmacht. Die Ansage wechselt, er hat vier oder fünf verschiedene programmiert.«

Bei näherem Hinsehen entdeckte ich im Türrahmen einen kleinen Lautsprecher und zwei winzige Kameraaugen. Martin musste in der Tat geschickt sein, die Installation war sehr gut getarnt.

Als ich den Raum betrat, stellte ich fest: Wenn Kitty dieses Zimmer eigenhändig gebaut hatte, war sie selbst bemerkenswert geschickt. In die niedrige Decke waren Laibungen gesetzt mit drei Gruppen eingelassener Lampen. Eine beleuchtete die fest eingebaute Arbeitsplatte mit zwei Computermonitoren, eine weitere den Alkoven, wo japanische Wandschirme um ein sorgsam gemachtes Bett standen. Die dritte erhellte eine abgeteilte kleine Sitzecke, wo Martin es sich mit Freunden gemütlich machen konnte – sofern er Freunde hatte.

Der Boden war mit Steinplatten in zarten Farben gefliest. Ich öffnete eine Tür und sah ein Bad aus denselben blassen Steinfliesen. Eine alte Tube Zahnpasta und ein ausgetrocknetes Stück Seife lagen auf dem Waschbeckenrand, aber an der Wand neben der Dusche rankte sich wilder Wein herab, die Blätter üppig und grün. Ich fragte mich, ob Kitty regelmäßig kam, um ihn zu gießen, dann sah ich den kleinen Schlauch darüber, der mit einem elektronischen Timer verbunden war. »War das Ihre Erfindung oder Martins?«

Sie lächelte leicht. »Das ist einer der Tricks, die wir noch von meinem Dad haben. Martin hat sich um die Elektronik gekümmert. Es war unser letztes gemeinsames Projekt.«

Zurück im Zimmer steckte ich den Kopf in einen begehbaren Kleiderschrank, in dem nur ein einsames Sportjackett hing. Ein Großteil des Schranks diente als Stauraum für Martins überschüssige Gerätschaften, alte Computer, ein Fagott, ein Paar Stereolautsprecher. Sein gesamtes kleines Apartment war bewusst kahl gehalten, in größtmöglichem Kontrast zu den muffigen Zimmern oben mit ihren Bergen von angesammeltem Plunder.

Zwei etwa ein Meter lange Raketenmodelle von akribischer Detailversessenheit standen aufrecht auf einem Bord über den Monitoren. Dazwischen ein gerahmter Schnappschuss von Martin als Teenager mit einem Schild, auf dem »Erster Preis« stand. Stolz strahlend stand sein Großvater neben ihm.

Die Raketen, das Foto und ein im Posterformat ausgedruckter Buchumschlag über dem Bett waren die einzigen dekorativen Elemente im Raum. Das Poster zeigte einen lachenden Autor namens Richard Feynman und war so aufgehängt, dass sein Blick aufs Kissen gerichtet schien.

»Martins Held«, kommentierte Kitty. »Martin hat alles von ihm gelesen, und danach bildete er sich ein, er müsste unbedingt auf so eine schicke Technik-Hochschule wie die, wo Feynman lehrte. Wir hatten Streit deswegen.«

Irgendwoher kannte ich Feynmans Namen. »Naturwissenschaftler, oder?«, riet ich.

»Physiker.« Kitty spuckte das Wort aus wie etwas Verachtenswertes – ein Symptom von Degeneriertheit wie der Drogenkonsum ihrer Tochter. »Er hat den Nobelpreis gewonnen, ich nehme also an, dass er klug war, aber was nützt das schon? Er ist so tot wie alle anderen auch, aber Martin sieht das nicht so. Martin sagt immer, Feynmans Arbeit hat ihn unsterblich gemacht.« Ihr Kiefer mahlte, sie starrte das Bild an. »Natürlich war Feynman längst gestorben, als Martin zur Welt kam, aber er hat schon in der Mittelschule etwas über ihn gelesen, und dann hat er alles gesammelt, was er in die Finger bekam, Bücher und anderes. Martins erstes naturwissenschaftliches Projekt mit zwölf war der Versuch, Feynmans Erklärung für die Challenger-Katastrophe zu demonstrieren.

Martin hat dafür sechs Raketen gebaut. Drei mit fehlerhaften O-Ringen und drei ohne. Er testete sie, er wollte, dass die fehlerhaften beim Science Fair abstürzen, aber er bekam es nicht hin, weil die Atmosphäre so nah am Boden nicht kalt genug ist, wie jeder Trottel weiß. Also versuchte er das Experiment mit Trockeneis durchzuführen, was Len für eine so tolle Idee hielt, dass er loszog und unsere Garage damit füllte. Toby Susskind, ein Nachbarsjunge, wurde von dem Trockeneis ohnmächtig, sein Vater hat sich aufgeführt, als hätte ich ihn ermordet.«

Sie zeigte auf die Modelle über der Arbeitsplatte. »Das da sind die letzten beiden. Martin hat sie aufgehoben, als er einsah, dass er die Idee aufgeben musste. Er war so verzweifelt, als wäre es das Ende der Welt. Len nahm die Geschichte auch ernst, obwohl ich ihnen gleich gesagt habe, dass sie das vergessen sollen. Raketen. Raketen können nur eins, nämlich Menschen umbringen, aber das hat die beiden keine Sekunde lang beunruhigt.«

Armer Martin, in dieser Einöde aufzuwachsen. Immerhin hatte sein Großvater seinen Enthusiasmus geteilt. Es musste dem alten Mann wie ein wundervolles Abenteuer vorgekommen sein, einen Raum mit ausreichend gefrorener Luft zu füllen, um eine Rakete zum Absturz zu bringen. Und dann kam Kitty mit ihren bitteren, beißenden Bemerkungen, kälter als eine Garage voll Trockeneis.

Ich wechselte rasch das Thema, sagte, dass ich Martins Papiere durchsehen und einen Blick auf seine Dateien werfen wollte. Kitty war damit gar nicht glücklich. Erst erklärte sie mir, dass das sinnlos sei, und als ich sagte: »Das weiß man nie«, bestand sie darauf, sich einen Stuhl neben Martins Bildschirme zu ziehen und mich zu beaufsichtigen.

»Ich weiß schon, dass Charlotte Ihnen vertraut, aber ich habe Sie nie zuvor gesehen, ich muss aufpassen, was Sie tun.«

Ich konnte ihr nicht verübeln, dass sie Fremden gegenüber Vorsicht walten ließ, aber als ich sie warnte, dass es eine ganze Zeit dauern konnte, klammerte sie sich bloß an ihrem Stuhl fest, als befürchtete sie, ich könnte sie hinaustragen.

Tatsächlich dauerte es überhaupt nicht. Als ich die Computer hochfahren wollte, passierte gar nichts. Ich starrte eine ganze Weile auf die Bildschirme. Auf Martins Tisch stand ein Tablett mit einem Satz kleiner Werkzeuge. Ich schraubte die Rückplatten der zwei Rechner auf. Als ich sie offen hatte, sah ich, dass beider Festplatten entfernt waren.

Was immer er entdeckt hatte, was nicht aufging, es beunruhigte ihn so sehr, dass niemand seine Dateien zu Gesicht bekommen sollte. Ich bin kein Computercrack, aber Martin war einer: Er musste sich gesagt haben, dass ein Profi Dateien auch von leergelöschten Festplatten noch wiederherstellen konnte.

Als ich Kitty erklärte, was er getan hatte, sah sie mich mit diesem leeren Blick an, der mir langsam auf die Nerven ging.

Wäre sie in meinem Alter oder jünger gewesen, ich hätte sie angebrüllt, mal aufzuwachen, sich zu konzentrieren, aber sie war eine alte Frau, sie hatte Probleme, sie brauchte nicht auch noch Ärger mit mir.

Geduldig versuchte ich ihrer Erinnerung auf die Sprünge zu helfen, was Martin in den vergangenen Wochen noch gesagt hatte. Wirklich nichts, als er am letzten Tag das Haus verließ? Nie ein Wort über Freunde oder Kollegen oder Projekte, mit denen er den Sommer über zu tun gehabt hatte? Auch nicht bei den gemeinsamen Mahlzeiten?

Nein, und es war typisch für ihn, so verschlossen zu sein. Er peinigte sie gern, indem er über Gleichungen nachdachte, wo sie doch ein bisschen Gesellschaft hätte gebrauchen können. Merkte Martin nicht, wie einsam sie seit Lens Tod war?

Schließlich gab ich es auf und machte mich daran, die Schreibtischfächer zu durchsuchen. Wie alles in Martins klösterlicher Klause waren sie weitgehend leer. Er hatte seine Hefter aus der Highschool aufbewahrt, die Ausdrucke seiner Aufsätze in Geschichte und Englisch enthielten. Er hatte mehrmals über Feynmans Leben und Werk geschrieben. Die Aufsätze waren voller Rotstift-Korrekturen und Anmerkungen wie »Du musst lernen, eine Gliederung zu machen und eine Argumentation zu entwickeln« oder »Wenn du das überarbeiten willst, melde dich bei mir«.

Andere Hefter enthielten Aufgabenkomplexe mit Martins Lösungsansätzen in einer winzigen, sorgfältigen Handschrift. Aus lang vergangenen Mathestunden erinnerte ich mich dunkel an einige der Symbole – Ableitungen, Integrale, Polynome. Bei einer Aufgabe hatte ein Lehrer an den Rand geschrieben: »Du könntest es dir leichter machen, wenn du diesen Rechenweg nimmst«, und dazu eine Reihe anderer Gleichungen. Fast alle Arbeiten waren mit hundert Punkten benotet, und zweimal stand darunter: »Bravo, Martin. Mehr als erstaunlich.«

Diese Kommentare schienen das Einzige in seinem Zimmer, was eine Verbindung zur Außenwelt zeigte. In einem Hefter steckte ein Foto von einer kargen Berglandschaft, aber es gab keine Bilder von Freunden, keine Erinnerungsstücke von Campingausflügen. Ein paar Abzeichen von Crosslauf-Wettbewerben, bei denen sein Team den zweiten oder dritten Platz belegt hatte, das war alles.

Für einen geselligen Jungen wäre dieses bildhübsche Nest die ideale Bude zum Abhängen gewesen. »Was ist mit seinen Freunden?«, fragte ich.

Kitty fing wieder an, ihre Finger zu flechten. »Er hat nicht viele Freunde. Da, wo Martin arbeitet, gab es diesen Sommer so eine Clique von Oberschichtzöglingen in seinem Alter. Sie sind ihm auf die Nerven gegangen, hielten sich wohl für was Besseres, weil sie in Harvard oder solchen Unis studierten, und er musste ständig ihre Fehler ausbügeln. Das hat ihn ganz schön fuchtig gemacht. Aber aus irgendeinem Grund haben sie ihn am letzten Abend zur Abschluss-Grillparty eingeladen. Martin ist hingegangen, aber er kam früh nach Hause. Ich dachte, es lag daran, dass sie solche Snobs sind, aber an dem Wochenende fing das an mit seinem Gegrübel über, na ja, was auch immer er da begrübelt hat.«

»Wissen Sie die Namen der jungen Leute auf der Grillparty?«, fragte ich. »Vielleicht hat er da mit jemandem geredet.«

Kitty kannte ihre Namen nicht. Martin hatte kaum von ihnen gesprochen, nur erwähnt, dass es da sieben Studenten gab, die miteinander gearbeitet hatten. Eins der Mädchen wohnte in einem Haus mit Strand und konnte dort eine Party schmeißen, aber Kitty wusste weder ihren Namen, noch wo genau ihre Eltern lebten.

»Hat er je eine Freundin gehabt? Oder einen Freund?«

»Martin ist nicht homosexuell«, protestierte sie sofort.

Martin hätte vom Mars kommen und mit einem Weltraumkalmar schlafen können, ohne dass seine Großmutter davon wusste, aber diese Bemerkung blieb zwischen mir und den Modellraketen. »Dann eben eine Freundin?«

»Martin hatte nicht viel Glück bei Mädchen. Ich habe ihm gesagt, das kommt davon, dass er sich einfach zu ernst nimmt, Mädchen mögen es, wenn ein Junge sich mal entspannt und nicht ständig über Theorien schwafelt. Glauben Sie mir, wer sich so aufführt, den mag niemand um sich haben.«

Man hört ja heutzutage viel von Helikoptereltern, die jede Regung ihres Nachwuchses belauern. Kitty war da mehr wie ein Maulwurf, so tief eingegraben, dass sie von ihrem Enkel praktisch nichts mitbekam.

»Fällt Ihnen denn niemand ein, mit dem er regelmäßig geredet hat? Was ist mit diesem Toby, der in der Garage ohnmächtig geworden ist? Haben Sie geprüft, ob er weiß, wo Martin hin ist?«, fragte ich geduldig.

»Das hätte auch nichts gebracht.« Sie sprach so leise, dass ich sie kaum verstehen konnte.

»Ms. Binder, wissen Sie, was mit Ihrem Enkel passiert ist?«

Sie zuckte die Achseln. »Vielleicht ist er tot oder einfach abgehauen.«

»Was verheimlichen Sie mir?«, rief ich.

Wieder dieser leere Blick. »Menschen sterben oder gehen weg. Wenn Sie das nicht gemerkt haben, liegt das daran, dass Sie nicht aufpassen.«

Ich öffnete den Mund und schloss ihn wieder. Ihr Mann war tot, ihre Familie im Zweiten Weltkrieg ermordet worden, ihre Tochter weggelaufen. Und nun Martin. Von ihrer Warte aus betrachtet hatte sie wohl recht.

Ich erkundigte mich nach der Familie ihres Mannes, womöglich hatte Martin sich aufgemacht, sie zu besuchen.

Kitty hatte keinen Kontakt zu Lens Schwestern. Sie waren nie miteinander ausgekommen; die hielten sie für eine Schmarotzerin, die Len nur geheiratet hatte, um an einen amerikanischen Pass zu kommen. »Sie haben mir sogar unterstellt, dass ich Len nach Chicago verschleppt hätte, statt nach Cleveland zu ziehen, wo sie alle lebten!«

»Warum sind Sie denn nach Chicago gekommen?« Persönliche Neugier lenkte mich ab. »Hatte es damit zu tun, dass Lotty hier war?«

»Charlotte Herschel, die Prinzessin aus der Renngasse? Das soll wohl ein Witz sein! Nein. Nach dem Krieg bin ich mit der britischen Armee nach Wien gegangen, um zu sehen, ob noch jemand am Leben war. Am ehemaligen Arbeitsplatz meiner Mutter hörte ich ein Gerücht, sie und mein Vater wären in Chicago, also sind Len und ich hergekommen. Es war eine Verwechslung, aber Len bekam eine gute Stellung in einer großen Werkstatt, und so sind wir geblieben. Was geht Sie das überhaupt an?«

»Da schließt sich der Kreis, Ms. Binder. Es geht um Ihre Tochter und den brutalen Mord da unten, wo sie gewohnt hat. Sie nahm an, in Lebensgefahr zu sein, und dann stellt sich heraus, dass vor zehn Tagen ihr Sohn verschwunden ist. Glauben Sie, das ist reiner Zufall?«

»Ja. Ja, allerdings«, fauchte sie. »Judy ist eine drogensüchtige Versagerin. Sie hat zweimal abgetrieben, und als sie Martin bekam, konnte sie sich nicht um ihn kümmern. Wenn Len und ich nicht gewesen wären, wo wäre der Junge dann jetzt? Ja, ich glaube, es ist reiner Zufall.«

»Vielleicht würde Martin keinen Aufwand treiben, um Kontakt zu ihr aufzunehmen, aber Judy könnte doch versucht haben, ihn zu erreichen.«

Die Furchen in ihrem Gesicht wurden tiefer. »Nein!«

»An wen würde Ihre Tochter sich wohl wenden, abgesehen von Lotty, wenn sie wirklich Angst hätte?«

»Sie meinen, wen sie sonst noch reinlegen könnte? Nach

all der Zeit kann ich glücklicherweise sagen: Ich habe keine Ahnung!«

Ich zögerte einen Augenblick, dann zog ich das Foto von dem Metall-Ei auf Stelzen heraus. »Kennen Sie vielleicht welche von diesen Leuten? Ich hab es in dem Haus gefunden, wo Judy –«

Sie schnappte es mir aus der Hand. »Das – ach! Das hat sie bei Martins Bar-Mizwa also auch noch gestohlen, genau wie meine Perlenohrringe und vierzig Dollar in bar. Was wollte sie bloß damit?«

»Was ist es, Ms. Binder?«, fragte ich. »Lotty meinte, die Leute kommen ihr bekannt vor, aber sie kann sich nicht an ihre Namen erinnern.«

»Natürlich kann sie das nicht: Sie war eine Herschel. Der Rest der Welt verdiente ihre Aufmerksamkeit nicht. Gehen Sie jetzt! Sie haben mir genug Schmerzen bereitet.« Sie stopfte das Foto in ihre Strickjacke und ihr Gesicht verzog sich zu einer Grimasse des Elends.

Ich legte eine meiner Karten neben die Raketen. »Falls Sie Ihre Meinung über Ihre Tochter ändern oder wenn Sie wollen, dass ich Ihren Enkel finden helfe, lassen Sie es mich wissen.«

5

Computerspiele

Ich drängte mich an Kitty vorbei und verließ Martins Einliegerwohnung, aber noch ehe ich die Kellertreppe erreicht hatte, rief sie nach mir. »Frau Detektivin! Laufen Sie nicht weg.«

Ich ging zurück in Martins Höhle. Nach einigem Hin und Her entschied sie, dass sie mich beauftragen wollte, ihren Enkel zu suchen. Ich erklärte ihr, dass es einen Standardvertrag gab, mein Stundenhonorar allerdings hundert Dollar betrug. Darauf folgte weiteres Hin und Her, aber letztlich überwog die Sorge um ihren Enkel die Sorge um Geld und Verträge. Sie sagte, sie wolle mir zwei ganze Tage Arbeit bezahlen, dann würden wir sehen, was ich geleistet hatte. Ich schaffte es auch noch, ihr den Namen der Firma zu entlocken, bei der Martin gearbeitet hatte: Metargon, etwa zehn Meilen weiter nördlich.

Als ich wieder draußen war, fühlte ich mich, als hätte man mich an eine Mauer gefesselt und mit Steinen beworfen. Ich wollte für ein oder zwei Jahre ins Bett, bis meine Muskeln nicht mehr wehtaten, aber nach einer kurzen Verschnaufpause in meinem Wagen ließ ich den Motor an und fuhr aus der Parklücke. Als ich die Kedvale Street hinter mir ließ, sah ich die Jalousien von Kittys Fenster zucken.

Da ich schon mal im Norden war, beschloss ich, als Erstes zu Metargon zu fahren und herauszufinden, was sie über ihren vermissten Computertechniker wussten. Vor der Auffahrt zum Expressway suchte ich die Firma auf meinem iPad. Der Name sagte mir natürlich etwas, da ihre Game-Box namens Metar-Genie zu den Marktführern gehörte und ihre Suchmaschine, Metar-Quest, derzeit in die Liga der Google-Rivalen aufstieg. Ich hatte jedoch nicht gewusst, dass Metargon so groß in Energietechnologie war. Sie hatten außerdem Verträge mit dem Verteidigungsministerium, sie besaßen Kraftwerke in siebzehn Ländern rund um die Welt. Martin hatte in ihrem Entwicklungslabor gearbeitet, ideal für einen jungen Mann mit einer Leidenschaft für Raketen und Computer.

Um diese Tageszeit war entspanntes Fahren möglich, aber dann, auf der Waukegan Road, war es schwer, die Firma zu finden. Jede große Ladenkette des Planeten hat an der Waukegan einen Lagerverkauf. Dazwischengestreut sind gigantische Filialen sämtlicher Fastfoodketten. Werbetafeln blitzen und blenden im ruppigen Wettstreit ums Bemerktwerden. Metargon machte durch nichts auf sich aufmerksam. Schließlich parkte ich vor einem Kentucky Fried Chicken und ging zu Fuß auf die Suche nach Hausnummern.

Metargon hatte sich in einen Wald aus Immergrün gehüllt. Ich fand das Firmenlogo und die Hausnummer auf einem kleinen Schild an einem hohen Doppelrolltor. Linkerhand befand sich auf Autofensterhöhe ein Telefon. Ich nahm den Hörer ab und erklärte der krächzenden Stimme am anderen Ende, dass ich gern mit jemandem über einen ihrer Computertechniker sprechen wolle. Die Stimme ließ mich Martins Namen buchstabieren und legte mich dann in die Warteschleife.

Während ich dastand und wartete, ging das Rolltor auf und ließ ein paar Wagen heraus. Ein UPS-Transporter kam angefahren und wurde durchgesummt. Ich war kurz in Versuchung, hinter ihm hineinzuschlüpfen, aber ich blieb in der Leitung, und eine Minute später wurde meine Geduld belohnt: Statt der Stimme meldete sich jemand anders, stellte sich mit einem unverständlichen Quäken vor, fügte jedoch hinzu, er könne mich in zwanzig Minuten in der Lobby treffen.

Das Rolltor ging auf, und ich betrat einen schicken Industriepark, der in starkem Kontrast zu dem grellen Getue draußen an der Straße stand. Das Labor sah aus wie das Nonplusultra eines modernen Zweckbaus, Stahl und Glas, Solarpaneele auf dem Dach, weiße Blenden an den Fenstern, um die Hitze zu minimieren. Jenseits der Auffahrt sorgte ein Teich, umgeben von dichten Sumpfgräsern, für eine völlig andere Stimmung: Kontemplation, Frieden. Als ich über den Parkplatz Richtung Haupteingang schritt, trat ein Mann aus einem Gehölz auf der gegenüberliegenden Seite des Teichs. Er blieb stehen und starrte aufs Wasser.

Da ich zwanzig Minuten herumzubringen hatte, ging ich rüber, um selbst aufs Wasser zu starren. Ich sah Karpfen unter der Oberfläche faulenzen. Enten jagten im Reet nach Futter, und die allgegenwärtigen Gänse, die Ratten der urbanen Parklandschaft, watschelten am Ufer entlang. Wenn man dringend eine gute Idee für eine neue Art von Energie oder Rakete brauchte, mochten das Wasser und die Vögel durchaus dabei helfen, zu jenem ruhigen inneren Bereich vorzudringen, wo die Kreativität wohnte. Nur schauen, an nichts denken – schon begannen sich meine Nackenmuskeln von Kittys Attacken zu erholen.

Schließlich wandte ich mich ab und ging zum Laborgebäude. Eine hochglanzpolierte Skulptur von unbestimmbarer Form stand neben dem Eingang, dazu ein Metallschild mit einer Aufschrift. »Metargon: Wo die Zukunft zurückliegt«. Ich fragte mich unwillkürlich, wie viel sie der Werbeagentur für diesen kryptischen Slogan hingeblättert hatten.

Die Eingangstüren waren geschlossen. Ich meldete mich erneut über eine Sprechanlage an und wurde in eine kleine Lobby gesummt. Ein Halbkreis aus naturfarbenen Ledersesseln und Fußbänkchen bildete eine Wartezone. Zwei Leute saßen da, einer blätterte in einem Magazin, die andere tippte etwas auf ihrem Laptop. Auf der anderen Seite der Lobby stand ein schimmernder Holztresen, hinter dem eine Frau ein Schaltpult aus Gegensprech- und Telefonanlagen bediente. Ich gab ihr meine Karte und erklärte ihr, jemand habe zugesagt, mit mir über Martin Binder zu sprechen.

»Ach ja, das ist Jari Liu. Ich gebe ihm Bescheid, dass Sie hier sind.«

Ich wanderte durch das kleine Areal, betrachtete Urkunden und Fotos oder Nachbildungen von allerlei Maschinen: Die Orestes Boosterraketen, die unbemannte Module zur Erforschung der galaktischen Weiten ins All gebracht hatten (Metargon-Photovoltaik versorgte die Weltraumsonde mit Energie), das Modell eines Atomreaktors (Metargons erste Anlage mit ihrem einzigartigen Kern, die heute noch den Süden von Illinois mit Strom versorgt), die Freiheitsmedaille des Präsidenten, dem Metargon-Gründer von Ronald Reagan verliehen.

»V.I. Warshawski?«

Ich fuhr zusammen und drehte mich um. Jari Liu hatte sich von hinten auf so weichen Kreppsohlen genähert, dass ich ihn nicht bemerkt hatte. Er war ein stämmiger Mann um die dreißig mit glattem schwarzem Haar, das ihm über die hohen Wangenknochen fiel. In alten Zeiten waren Ingenieure in weißen Hemden und Schlipsen herumgelaufen, Liu dagegen trug Jeans und ein T-Shirt, das verkündete: *In God We Trust, All Others Show Data*.

Er schüttelte mir die Hand und dirigierte mich zu den Türen, die ins Innere führten. »Ich bin Martin Binders Chef, vorausgesetzt, dass er je wieder auftaucht und wir ihn weiterbeschäftigen. Normalerweise ziehen wir es vor, wenn Leute vorher anrufen und einen Termin abmachen, aber ich bin zufällig gerade frei, also können wir nach hinten gehen und reden. Ich muss Ihnen Ihr Handy und Ihr iPad abnehmen – wir möchten nicht, dass jemand hier unter dem Vorwand, über verschollene Mitarbeiter zu sprechen, heimlich Bilder macht.«

Ich holte mein Handy aus der Tasche, nahm aber den Akku heraus, bevor ich es ihm gab. »Ich möchte nicht, dass jemand hier unter dem Vorwand, meine Fragen zu beantworten, meine Daten kopiert.« Was das iPad anging, so musste ich darauf hoffen, dass meine Zugriffsverschlüsselung Unbefugte abhielt, auch wenn sie wahrscheinlich für Leute in der Liga der Metargon-Belegschaft kein ernsthaftes Hindernis war.

Liu führte mich stracks zu den inneren Türen. Die beiden im Wartepferch starrten mich sauer an, als wir vorbeifegten: Sie waren vor mir da gewesen, warum also kam ich zuerst dran?

Liu bückte sich leicht, presste den Sicherheitsausweis, den er um den Hals trug, auf ein Bedienfeld, und mit einem pneumatischen Zischen glitten die Türen auf. Wir betraten einen langen hohen Raum voller Werkzeugmaschinen und reihenweise Computerkonsolen. Liu schleuste mich so schnell hindurch, dass ich kaum mehr mitbekam als einen konfusen Eindruck von einem gigantischen Magneten, der ein Stück Metall anhob, das an eine überdimensionale Frisbeescheibe erinnerte, von Männern mit Schutzbrillen, die sich über eine Drehbank beugten, und einer Frau im Laborkittel mit Schutzhelm, die Anzeigewerte an etwas überprüfte, das aussah wie ein Fass Hexentrank.

Wir kamen an einem Raum vorbei, an dessen Tür »Dekontamination« stand, an einem anderen mit den bekannten nach innen gerichteten Dreiecken, die Radioaktivität anzeigen, und eilten dann durch einen Korridor zur zweiten Sektion des Gebäudes. Hier war alles ruhiger.

Liu brachte mich in einen Raum mit mehreren Dutzend Computermonitoren, einige davon traditionelle Flachbildschirme, wie sie die meisten von uns kennen, andere mit den transparenten Displays, die mich in den Bond-Filmen mit Judy Dench so beeindruckt hatten.

Liu checkte mich im Internet, er benutzte einen der Glasschirme, so dass ich genau verfolgen konnte, was er tat. Meine Website wurde geladen. Liu drückte auf ein Feld am Rand des Glasschirms. Es gab einen winzigen Blitz, und plötzlich tauchte neben meinem Internetprofil mein Gesicht auf dem Monitor auf. Er zog es über das Foto, das ich auf meiner Homepage verwende.

Er grinste, als er meine großen Augen sah. »Jau, Sie sind es selbst. Ob Sie wirklich alles sind, was Ihre Website behauptet, kann ich nicht beurteilen. Jetzt erzählen Sie mir mal, warum Sie bei uns nach Martin Binder fragen.«

»Er ist verschwunden«, sagte ich ohne Umschweife. »Er wurde zuletzt vor zehn Tagen gesehen, und Sie müssten eigentlich Bescheid wissen: Jemand aus Ihrem Büro hat letzte Woche bei ihm zu Hause angerufen und nach ihm gefragt. Er lebt bei seiner Großmutter, aber er hat ihr nicht erzählt, wo er hinwollte. Er beantwortet keine E-Mails und geht nicht an sein Handy. Ich weiß, dass er mit ein paar College-Kids zu tun hatte, die diesen Sommer wohl als Praktikanten hier waren. Ich hätte gern ihre Namen, um zu prüfen, ob er jemandem erzählt hat, was ihm durch den Kopf ging, warum er sich abgesetzt hat.«

Liu lehnte sich zurück und schürzte die Lippen zu einer Wasserspeier-Fratze. »Ich glaube nicht, dass ich Ihnen Namen geben kann. Ich war der Mentor der Sommerstipendiaten – übrigens sind sie keine Praktikanten. Dafür sind sie viel zu brillant. – Nein, das wäre eine Verletzung der Privatsphäre. Was ich tun kann, ist allen eine E-Mail schicken und sie bitten, sich mit Ihnen in Verbindung zu setzen, wenn sie etwas zu sagen haben.«

Ich machte Druck, betonte die Dringlichkeit, erklärte: Es galt Fragen zu stellen, bevor die Spur noch kälter wurde. Als klar war, dass er nicht nachgeben würde, fragte ich: »Wie ist es mit Martins Telefonnummer und Mailadresse? Beides habe ich von seiner Großmutter nicht bekommen.«

Liu entschied schließlich, die könne er mir guten Gewissens überlassen. Er schrieb beides in eine E-Mail, die ich würde lesen können, sobald ich mein Handy und mein iPad von ihm zurückerhielt, aber er schickte zugleich auch eine Mail an Martin und erklärte, was er getan hatte. Er hatte nichts dagegen, dass ich ihm beim Tippen über die Schulter sah. Er schloss mit: »Wenn du das liest, funk mich an. Jari.«

Ich kehrte zu meinem Stuhl zurück. »Hat Martin mit Ihnen über irgendwas geredet, was ihm in seiner letzten Woche hier zu schaffen machte?«

Liu schüttelte langsam den Kopf. »Er war ein hochkonzentrierter Typ. Einer der kreativsten, die wir je hatten. Aber er blieb weitgehend für sich. Die Youngster im diesjährigen Sommerprojekt waren in seinem Alter. Deswegen wurde Martin meiner Gruppe zugeteilt – hier ist so eine Theorie in Umlauf, dass ich gut mit Millennials kann, Generation Y und so, aber diesmal passte es weniger gut. Martin ist schon fast zwei Jahre hier. Er war eine Vollzeitkraft mit ganz anderem Hintergrund und anderer Mentalität. Die Stipendiaten fühlten sich ihm überlegen, weil er Abendseminare besucht, entsprechend kamen sie schlecht damit klar, dass er in Logik und Mathe viel besser war als sie. Er wiederum war genervt von – ich weiß nicht – diesem Anspruchsdenken, das sie vor sich hertrugen. Ehrlich gesagt war ich überrascht, dass er zur Abschluss-Grillparty eingeladen war. Vielleicht war das die eine von den Frauen – so ein, zwei Mal hatte ich den Eindruck, dass da was lief.«

Darauf stürzte ich mich sofort, aber Liu rückte ihren Namen nicht raus.

Ich fragte, woran Martin gearbeitet hatte. »Und wenn wir schon dabei sind, was machen Sie hier eigentlich, wofür man Riesendrehbänke, Kranbrücken, radioaktive Strahlung und eine Fantastillarde Rechner braucht?«

Liu bedachte mich mit einem gespielt verletzten Blick. »Es ist doch immer dasselbe: Die Bell Laboratories kennt jeder, aber von Metargon hat niemand je gehört. Wir sind genauso groß, wenn nicht größer, wir haben fast genauso viele Forschungspreise gewonnen, und so wie Bell mit dem Transistor die Kommunikation revolutioniert hat, stellen wir heute die Energie auf den Kopf. Das ist es, was Metargon macht: über Energie hinausgehen. Beobachten Sie mal meine Augen und gleichzeitig den Bildschirm.«

Er drehte den Glasmonitor so, dass ich sein Gesicht und den Schirm zugleich im Blick hatte. Er blinzelte viermal, mein Gesicht und meine Website verschwanden. Er blinzelte zweimal, das Display füllte sich mit Icons. Er blickte auf ein Icon mit einem Schwert darauf, und die Anwendung öffnete sich – ein E-Game, eine Videosequenz mit einer Frau in türkis schimmernder Rüstung. Sie steckte mitten im hitzigen Schwertkampf gegen fünf große Männer. Liu bewegte die Augen, und der Arm der Frau änderte die Richtung, machte andere Bewegungen.

»Es ist noch unausgereift: Prinzessin Fitora stirbt immer binnen fünf Minuten, wobei Martin es fertigbrachte, sie bis zu acht durchhalten zu lassen. Er hat einen Teil ihrer Software entwickelt, aber es ist erst mal als Game konzipiert, weil es so mehr Spaß macht, es ist einfach mitreißender, daran zu arbeiten. Letztendlich, wenn wir es noch verfeinert haben, wird eine vollständig bewegungsunfähige Person imstande sein, dem Computer durch Blinzeln zu befehlen, ihm oder ihr etwas zu trinken zu geben oder den Rollstuhl zum Bett zu manövrieren oder den Katheterbeutel auszutauschen.«

»Das klingt wirklich großartig«, sagte ich ehrlich beeindruckt. »Als ich die Trophäen in der Lobby sah, dachte ich, Sie hätten vor allem mit Kernkraft zu tun.«

»Wir haben auch eine Kernphysik-Entwicklungsabteilung, aber der alte Mr. Breen hat seinerzeit mit Computern angefangen, damit hat er nach dem Zweiten Weltkrieg sein Geld gemacht. Metargon arbeitet auch an Energiegewinnung, in der Solartechnik liegen wir ganz vorn, aber diese Niederlassung hier ist mehr auf Elektronik spezialisiert.«

Prinzessin Fitora ging zu Boden, ihr Schwertarm sichtlich schwächer, als ihre Angreifer von allen Seiten auf sie eindrangen.

»Daran hat Martin für uns gearbeitet: Wie man mit der Stimme, mit Zungenschnalzen, sogar mit Mimik simuliert, eine Maus zu führen oder einen Touchscreen zu berühren. Jedenfalls, Martin war voll bei der Sache, er war kreativ, er hat das Projekt vorangebracht, aber falls er ein Privatleben hatte, hat er nie darüber gesprochen. Ich habe zum Beispiel nicht gewusst, dass er bei seiner Großmutter wohnt, bis Sie es erwähnt haben.«

Ich fragte Liu, ob er auch bei der Stipendiaten-Grillparty gewesen sei, aber er sagte, das hätte die Gruppe für sich organisiert. »Das war ihr Abschluss für den Sommer, kein Anlass, wo das Management was zu suchen hatte.«

Ein Klingelton aus seinem Computer zog seine Aufmerksamkeit wieder auf den Bildschirm. »Mein nächster Termin ist in fünf Minuten, ich muss Sie noch zur Lobby zurückbringen.«

Als ich aufstand, sah ich noch einmal auf den Glasschirm. Prinzessin Fitora lag am Boden, fünf Schwerter in der Brust. Die Männer um sie herum klatschten sich ab. Das Bild war zutiefst verstörend. Während Liu mich zurück zum Empfang begleitete, merkte ich, dass ich mir die Hand aufs Herz presste.

Als wir durch die Maschinenwerkstatt kamen, waren drei Männer dabei, die Frisbeescheibe über etwas auszurichten, das wie ein Brunnenrand aussah, aber Liu scheuchte mich zu schnell weiter, um länger hinzusehen. Am Ausgang gab er mir mein Telefon und mein iPad zurück. Ich ging die Auffahrt hinunter bis zum Rolltor, wo ich herumstand, bis die Frau an der Rezeption mich schließlich auf ihrem Monitor erspähte und es aufgleiten ließ.

Österreich 1943

Das Mutterherz

Es ist kalt auf dem Bahnsteig. Die Stationsschilder sind wegen des Krieges entfernt worden, aber Martina glaubt, sie muss in Wien sein. Irgendwie fühlt man eine große Stadt, auch wenn man nichts sieht als die Nacken von Hunderten Menschen, die ringsum zu einer dichten Herde zusammengedrängt sind.

Natürlich haben sie ihr nichts gesagt, als sie das Berglabor verließ, es gab nur den Tritt in die Seite, um sie aufzuwecken. »Steh auf, du gehst, wir brauchen dich nicht mehr.« Das unverschämte Duzen des pockennarbigen Wachmanns, der bestenfalls Schweine schlachten würde, wenn der Krieg ihm nicht zu einer Uniform und dem tretenden Stiefel verholfen hätte.

Ein Glück, dass ich mit leichtem Gepäck reise. Sie behält ihren Sarkasmus für sich. Nichts zu packen, das schmutzstarrende Kleid, in dem sie schläft, trägt sie auch am Tage. Zusammen mit den anderen Zwangsarbeitern hat man sie vor der Mündung eines Gewehrs aus der Höhle zu einem kleinen Zug auf einem Nebengleis getrieben.

Es gab seit Wochen Gerüchte, dass das Labor dichtgemacht wird. Sie haben keine Resultate erzielt, was bei der schlampigen Arbeit nicht verwunderlich ist. Mehrere Male hat die Wissenschaftlerin in ihr rebelliert, sie hat versucht, eine andere Versuchsanordnung vorzuschlagen, aber das hat ihr zweimal Prügel eingebracht, einmal wurde sie zusammengetreten, dazu jeweils einen Tag ohne Rationen. Danach hat sie nur noch die Achseln gezuckt, wenn sie einer weiteren Vergeudung schwer zu beschaffender Mineralien beiwohnte.

Der Zug ist klein, zwei Güterwaggons. Die Wachen haben dafür gesorgt, dass die Häftlinge sehen, wie die Waggons mit Obst und Fleisch von den umliegenden Höfen beladen werden, eine kleine Extrafolter für Menschen kurz vor dem Hungertod. Nachdem sie einige Stunden im Stehen verbracht haben, während die Bauern mit den Wachen scherzen, werden die Häftlinge in einen Personenwaggon getrieben, aus dem man die Bänke entfernt hat. Bretter sind über die Fenster genagelt, damit sie nicht hinaussehen können.

Für die ungreifbare Zeitspanne der Fahrt stehen sie dicht an dicht, sprachlos wie Schafe, die wissen, dass sie für den Schlachthof bestimmt sind. Hin und wieder hält der Zug an, schleudert die Schafe gegeneinander und an die Waggonwände, und dann tickt irgendein Zeitmesser, und sie ruckeln wieder vorwärts. Einsteins Uhren, Zenons Paradoxien, der Zug verlässt Innsbruck in Richtung Wien, und für die Insassen dauert die Reise zugleich eine Ewigkeit und einen Lidschlag.

Als sie vierzehn Jahre zuvor die Reise in umgekehrter Richtung antrat, Wien verließ, ihrer glorreichen Zeit in Göttingen entgegen, hat sie die Nacht davor vor Aufregung nicht schlafen können, kein Vergleich mit diesem Nahtodzustand, in dem sie jetzt verweilt. *Als würdest du zu einem Liebhaber fahren*, bemerkte ihre Mutter damals säuerlich und wurde noch saurer bei Martinas Rückkehr, denn deren Leidenschaft galt einzig der Vektoralgebra und der Quantenmechanik, nicht dem Vater, dessen Kind sie trug.

Als klar wurde, dass sie schwanger war, dachte Mama zuerst, nun verstünde sie Martinas Begeisterung dafür, nach Göttingen zu ziehen: Physik war bloß das Alibi, um einen Liebhaber zu treffen. Doch als sie begriff, dass das Kind nur ein Nebenprodukt war, etwas, das passiert, wenn die gemeinsame Leidenschaft für Zerfallskanäle ins Bett mündet, wurde Mama noch zorniger. Papa lag im Sterben, und wer würde sich um ihn kümmern und obendrein um ein Baby, wenn Martina sich am Institut für Radiumforschung bewarb?

Als sie in die enge Wohnung in der Novaragasse zurückkam, war Martina entsetzt, wie gebrechlich Papa in dem Jahr ihrer Abwesenheit geworden war. Doch seine Augen waren noch voller Leben, und er verärgerte Mama, indem er Martina nach allen Neuigkeiten über das schwer bestimmbare Atom ausfragte. Als dann das Kind kam, behielt er die Kleine bei sich im Bett; er zeigte der winzigen Käthe das Spiel des Lichts an der Decke durch die Prismen, die er einst Martina mitgebracht hatte, nachdem sie zum ersten Mal den Regenbogen in Sophie Herschels Kinderstube entdeckte.

Jetzt, eingesperrt in diesen dunklen Zug, erkennt Martina, welch absurde Ironie ihrer einzigen Quelle des Trostes zugrunde liegt: Papas tuberkulöse Lungen, ruiniert durch Gasangriffe in den Gräben des Großen Kriegs, ermöglichten es ihm, daheim im Bett zu sterben, während Martina seine zerbrechliche Hand hielt. *Spektrallinien.* Das waren seine letzten Worte, sehr zu Mamas Zorn.

Ihr müder, fiebriger Geist ist noch immer ein wildes Durcheinander, das um Papas Tod und Heisenbergs Matrix kreist, als der Zug erneut ruckartig bremst. Dieses Mal werden die Türen aufgesperrt. Wachen und Hunde befehlen sie raus auf den Bahnsteig, wo sie mitten in ein Rudel Menschen gestoßen werden, so heruntergekommen wie sie.

Niemand macht sich die Mühe, die Umstehenden zu fragen, wo sie hinkommen, wie lange sie noch in der Kälte stehen müssen. Solange sie hier stehen, werden sie weder erschossen noch kopfüber in Kalkgruben oder in Gaskammern gestoßen. Weiter vorauszudenken ist nutzlos.

Eine alte Frau neben Martina greift immer wieder nach ihrem Arm. Sie zergelt am Ärmel des fadenscheinigen Mantels, bis er hochrutscht und enthüllt, wie dünn ihre Arme geworden sind. Diese erbärmlich knochigen Ästchen, einst gerundet und muskulös, enden in noch dünneren Zweiglein, übersät mit Brandmalen von der vielen Strahlung.

Die alte Frau ist verstört. »Wo ist Joachim? Er hat gesagt, er geht nur einen Moment nach draußen, aber er ist nicht wiedergekommen. Haben Sie ihn gesehen? Er kommt sonst nie zu spät.« Joachim mag ein Ehemann, Sohn oder Bruder sein, das kann man unmöglich wissen.

Die meisten in der Menge sind stumm. Zu viele Jahre, zu viele Erniedrigungen, zu viele Verluste haben ihnen die Stimme genommen. Martina hat auch ihre Verluste erlitten. Ihre Mutter und ihre Tanten zum Beispiel: Vor einem Jahr standen sie auf einer Plattform wie dieser, verschwanden in einem Zug wie dem, auf den sie und ihre Mitschafe jetzt warten. Der Gedanke an die drei Frauen verspannt ihr Zwerchfell mit einem schärferen Stechen als der Hunger.

Sie hat jedoch ein Allheilmittel gegen Schmerz und Hunger, und nun wendet sie es an, stellt sich Differentialgleichungen für elektrische Felder vor. Von hier ist es nur ein kleiner Sprung zur Quantenmechanik. Eine Zeitlang hört sie weder Wimmern noch Gebell, spürt nicht die Angst der Frau neben ihr, die sich hartnäckig um Joachim sorgt, fühlt nicht das schmerzhafte Pochen in ihren von der Kälte und nicht passenden Schuhen geschwollenen Füßen. Geistesabwesend schiebt sie eine Hand in die Tasche, tastet nach einem Stift – Maxwells Gleichungen für den leeren Raum wollen ihr entschlüpfen –, dann fällt ihr ein, dass man all ihre Papiere und Stifte beschlagnahmt – gestohlen – hat, ehe sie irgendwo in der Nähe von Innsbruck in den Zug gepfercht wurde.

Vielleicht trifft es zu, was Benjamin gesagt hat, und sie ist zu abgehoben, um Leid und Leidenschaft so zu empfinden, wie es die meisten Leute fühlen. Ihre Mutter hat schließlich oft dasselbe behauptet, nur wütender und knapper. Wenn sie echte menschliche Gefühle hätte, müsste sie da nicht zum Beispiel in diesem Augenblick, wo sie fast sicher in den Tod geht, an ihr Kind denken statt an den leeren Raum? Ich sollte dir einen Brief schreiben, meine Tochter.

Liebe Käthe!

Sie stellt sich das Papier vor, die Tinte, den Füllfederhalter.

Meine Tochter, wir hatten so wenig Zeit miteinander, dass ich dich kaum kenne. Nicht nur, weil du vor mehr als drei Jahren nach England gegangen bist, vielmehr war ich während deiner gesamten Kleinmädchenzeit Tag und Nacht im Institut. Deine Großmutter sah dich deine ersten Schritte machen, und sie war es, die hauptsächlich über dein Schicksal wachte.

An dem Tag, als aus dem Cavendish-Laboratorium die Nachricht kam, die die Entdeckung des Neutrons verkündete, war Martina so aufgeregt, dass sie kaum das Stück Kuchen zu ihrem Nachmittagskaffee hinunterwürgen konnte. Noch lange nachdem Professor Meyer Feierabend gemacht hatte, blieben sie und Benjamin im Institut. Mit ein paar Studenten ins Gespräch vertieft, durchdachten sie die Implikationen. Benjamins ordentliche Gleichungen bedeckten die eine Hälfte der Tafel, ihre Diagramme füllten die andere. Ihre Studentin Gertrud schrie auf vor Begeisterung, weil dies auch den Effekt erklärte, den Irène Joliot-Curie und Frédéric Joliot in Paris entdeckt hatten. Allerdings sagte es noch nichts über die merkwürdige Halbwertszeit eines der Radiumisotope aus.

Dann schlug die Glocke des Stephansdoms elf, Benjamin schrak schuldbewusst hoch und sah sich um: Seine Frau musste längst zu Bett gegangen, sein Abendessen kalt und vertrocknet sein. Unausgesprochen: der Groll seiner Frau, ihr Argwohn, dass nicht nur die Quantenmechanik ihren Gatten so spät noch im Institut für Radiumforschung hielt.

Als Martina heimkam, verstaute sie ihr Fahrrad leise im Dienstboteneingang und stieg auf Zehenspitzen die Treppe hoch: Niemand in Wien blieb so lange auf, es sei denn, man war im Theater. Und doch saß mit zornig verkniffenem Mund ihre Mutter am Küchentisch. *Käthe hat heute ihren ersten Satz gesagt*, verkündete sie. »*Oma, Käthe brauch Milch.*«

Als Martina *wie schön* antwortete, indes ihr Verstand die Neuigkeit kaum verarbeitete, ohrfeigte die Mutter sie. »Die alte Pike da über der Anrichte hat mehr Gefühl als du. Du verdienst kein aufgewecktes Kleinkind wie Käthe. Warum hab ich mich nur von deinem Papa überreden lassen, dir die Reise nach Göttingen zu erlauben? Deine Ausbildung hat dich als Frau ruiniert.«

War Käthe ein aufgewecktes Kleinkind? Sie war ihr immer quengelig vorgekommen – aber vielleicht war das ja mein Fehler, nicht deiner, kleine Tochter. Du wolltest etwas von mir, was ich dir nicht geben konnte. Ich wollte meine Begeisterung für die Geheimnisse der Natur mit dir teilen; du wolltest, dass ich mit dir zu Hause bleibe anstelle deiner Oma oder Frau Herschels Kindermädchen. An den Tagen, an denen Martinas Mutter noch immer für Frau Herschel nähte, spielten Käthe und Frau Herschels Enkelin Lotte in der hellen bunten Kinderstube der großen Wohnung am Ring, aber als Martina Käthe fragte: *Hast du auf dem Kinderzimmerfußboden den Regenbogen aus Licht gesehen?*, starrte das Kind sie bloß stumm und mürrisch an.

Unmittelbar vor dem Anschluss nahm sie Käthe und Lotte mit zu einem Skiausflug nach Tirol. Sie versuchte Käthe für die Sterne zu interessieren, für das Geheimnis der Explosionen in ihrem Inneren, die diese Juwelen am Nachthimmel erglühen und funkeln ließen. Doch es war Lotte, deren Augen groß vor Staunen wurden, während Käthe mit der verkniffenen missmutigen Miene, die sie von ihrer Oma hatte, erklärte, es sei zu kalt, um in der Nacht herumzustehen.

Birgit, das Kindermädchen, tauchte aus den Schatten auf und sammelte die Mädchen ein. Es war schon lange Schlafenszeit und sowieso zu viel Aufregung für sie. Und dann, nur einen Monat später, der Anschluss, die neuen Gesetze, und Birgit, die sie hasserfüllt anstarrte. *Ich putze nicht mehr hinter euren Kindern her. Du kannst endlich auch mal arbeiten.* Sogar Frau Herschel sprach sie mit dem vertraulichen Du an, und sie alle waren machtlos.

Die Erinnerung ist zu schwierig, doch ehe sie sich wieder in statistischer Mechanik verlieren kann, wird der Radau ringsum plötzlich lauter; die Soldaten bellen wie ihre Hunde, pressen sie noch enger an die Alte, die weiterhin nach Joachim ruft. Der Zug fährt in den Bahnhof ein, färbt mit seinen Schwaden aus Kohlenqualm den Himmel der Morgendämmerung fleckig schwarz. Kein Pfeifenton, keine Scheinwerfer, nur das erbarmungslose Rumpeln der Laufachsen, schließlich will man den braven Wiener Bürgern, die auf der anderen Seite des Bahnhofs schlafen, den Anblick der Viehwaggons ersparen, die beladen werden mit, nun ja, mit was auch immer sie beladen werden. Nicht mit Landsleuten, Landsleute würde man so nie behandeln. Und auch nicht mit Menschen, denn sie sind als Ungeziefer deklariert. Aber – es ist schon ein Paradoxon – denn wenn sie keine Menschen sind, gibt es gar keinen Grund, den Rest von Wien vor dem Anblick zu schützen, wie sie verladen werden, gestoßen, getrieben, Hundezähne an den Fersen, während die alte Frau weinend nach Joachim ruft.

Ich habe mich nicht um meine Tochter geschert, wenn sie weinte, über irgendeins der unzähligen Dinge, die Käthe zum Weinen brachten, warum also soll ich mich um dich kümmern?, denkt Martina, dennoch legt sie sacht eine Hand unter den Ellbogen der Alten und hilft ihr in den Viehwaggon.

6

Rechenaufgaben

Es war noch nicht ganz vier Uhr, als ich wieder in meinem Büro ankam. Ich sehnte mich nach einem Schläfchen, aber der normale Werktag dauerte nur noch eine Stunde, und ich musste mich mit Anrufen und Nachrichten meiner Klienten befassen. Zuvor allerdings gab ich Martin Binders Telefonnummer und E-Mail in meine Adressdatenbank ein und schrieb ihm eine Nachricht. Ich erklärte, wer ich war und wie bekümmert seine Großmutter wegen seines Abtauchens war. »Wenn Sie sich bei mir melden, verspreche ich, alles, was Sie mir sagen, streng vertraulich zu behandeln.«

Ich überprüfte auch seine Präsenz im Social-Media-Universum. In der Facebookwelt nahm er an einem komplizierten Mathematikspiel teil und hatte Anfang August, unmittelbar vor seinem Verschwinden, einen entscheidenden Zug gemacht – das war seine letzte Statusmeldung. Er hatte ein Foto von sich eingestellt, aufgenommen im Schneetreiben vor einem Zelt. Er trug ein T-Shirt und abgeschnittene Jeans und grinste in die Kamera, stolz, so halbnackt im Schnee zu stehen. Leider hatte er Sonnenbrille und Baseballkappe auf, so dass sein Gesicht kaum zu erkennen war. Ich speicherte das Bild, aber für die Suche nach ihm würde ich ein anständiges Porträtfoto brauchen.

Martin hatte auch einen Twitter-Account und darin ein paar Tweets aus dem Sommer, hauptsächlich zum Thema Musik. Aber für ein Mitglied seiner Generation war er insgesamt außergewöhnlich schweigsam.

Ich loggte mich bei LifeMonitor ein, einem gebührenpflichtigen Datenbanksystem, das sich in die finanzielle Vorgeschichte von Leuten hackt. Martin hatte seiner Großmutter erzählt, dass etwas nicht aufging. Vielleicht hatte er entdeckt, dass seine Mutter ihn bestahl. Nur vorsichtshalber veranlasste ich eine Überprüfung von Martins Bankkonto. Dann wandte ich mich meinem eigentlichen Beruf zu.

Neben Anrufen und Beschwerden von Klienten gab es eine Nachricht von Doug Kossel, dem Sheriff von Palfry County. Ich erledigte zuerst die dringendsten Klientenanliegen, dann rief ich zurück. Kossel war in seinem Streifenwagen unterwegs, teilte mir der Diensthabende in Palfry mit, aber ich könne ihn auf dem Handy erreichen.

»Hey, PI V.I. Hab mich schon gefragt, wann Sie Zeit finden, mit uns Landeiern zu reden. Wir haben die Leiche identifiziert, die Sie im Feld gefunden haben. Ricky Schlafly. Sagt Ihnen der Name was? Nein? Ist ein Junge von hier, hat aber rund fünfzehn Jahre in Chicago gelebt.«

»Tut mir leid, Sheriff, manche unserer Mitbürger verliere ich doch von Zeit zu Zeit aus den Augen.«

»Nun werden Sie nicht gleich sarkastisch. Sie gehören zu uns Gesetzeshütern, auch wenn Sie bloß 'ne Mietschnüfflerin sind. Soll heißen, Sie haben reichlich mit Gesindel zu tun, also kann's gut sein, dass Schlafly mal auf Ihrem Radar aufgetaucht ist. Er ist noch vor Ende der Highschool hier weg, dachte sich wohl, wer auf Geld aus ist, muss dahin gehen, wo Leute Geld haben. Sei's drum, also das Haus gehörte der Familie seiner Ma, und als deren Mutter vor zwei Jahren starb, kam Ricky zurück und übernahm es. Er hat es zu dem netten Sommerfrische-Idyll gemacht, das es heute ist.«

»War Judy Binder bei ihm, als er einzog?«, fragte ich.

»Nach dem, was man sich so erzählt, ist sie etwa vor einem Jahr aufgekreuzt. Jedenfalls haben die Leute in Palfry da zum ersten Mal ein Mädchen bemerkt, das nach ihr klingt. Sie war wohl mal hier im Café oder hat vor dem Supermarkt westlich der Stadt geschnorrt. War sogar mal beim Friseur, als sie gerade Geld hatte. Seit das Haus zusammengeschossen wurde, hat sie keiner mehr gesehen, vielleicht ist sie irgendwo anders auf den Füßen gelandet.«

Vor einem Jahr, das war kurz nach Len Binders Tod. Len mochte seiner Tochter trotz Kittys Einspruch Geld zugesteckt haben, vielleicht ohne Kittys Wissen. Als er starb, musste Judy dringend nach einer Bleibe gesucht haben.

Es war unwichtig, wie Judy an Ricky Schlafly geraten war: User erkennen sich an bestimmten Signalen, ein Geruch, ein Zucken, wobei Methsüchtige eindeutig an den verrottenden Gaumen auszumachen sind. Vielleicht hatten sich Judy und Ricky schon irgendein Loch in Chicago geteilt, bevor Ricky zu seinen Wurzeln zurückkehrte.

Kitty Binders energische Beteuerungen, dass Martin sich konsequent von Judy fernhielt, überzeugten mich nicht – Kinder suchen immer nach Hinweisen, dass sie ihren Eltern etwas bedeuten, erst recht bei Müttern, die sie als Baby verlassen haben. Ich konnte mir gut vorstellen, wie Martin leise aus dem Haus schlüpfte, um ohne Kittys Wissen Judy zu besuchen. Er konnte auch Ricky Schlafly begegnet sein, als der noch in Chicago war.

Irgendwas hatte ihm zu schaffen gemacht, so dass er mehr als eine Woche in seinem Keller darüber brütete. Etwas, das nicht aufging, wie er zu Kitty gesagt hatte. Das konnte beinahe alles heißen, womöglich war es eine rein mathematische Frage. Oder es betraf seine Mutter. Hatte er eine Diskrepanz auf seinem oder Kittys Bankkonto entdeckt? War er vielleicht bis nach Palfry geradelt, um seine Mutter damit zu konfrontieren – obwohl, wieso sollte er da nicht sein Auto nehmen?

»Sind Sie noch da, Schnüfflerin?«, fragte Kossel energisch. »Ich hab hier 'n Verkehrsunfall, wo ich gebraucht werde.«

»Vor über einer Woche ist Judy Binders Sohn verschwunden«, sagte ich und erläuterte kurz Martins Situation. »Würden Sie mal rumfragen, ob jemand ihn gesehen hat? Er kann mit dem Bus gekommen sein oder per Anhalter. Er ist ein dünner junger Mann, dunkle Locken, schmales Gesicht, entfernt ein James Dean-Typ. Ich kann wahrscheinlich ein Foto auftreiben und es Ihnen mailen. Der Keller von Schlaflys Haus – da ist nackter Erdboden.«

Am anderen Ende entstand eine Pause. »Scheiße, Schnüfflerin. Sie denken doch wohl nicht, dass ich da buddeln gehe?«

»Ich denke, jemand mit einem Schutzanzug könnte mal prüfen, ob dort in letzter Zeit gegraben wurde. Und dann auch gleich noch in die Grube im Hinterhof steigen. Ich hatte gestern nicht die Ausrüstung dabei, um darin herumzustochern.«

Nach einer weiteren Pause gab der Sheriff ein Grunzen von sich. »Also der Knabe kommt vor einer Woche her, um zu ermitteln, ob seine Ma ihn bestohlen hat. Ricky erschießt ihn, verscharrt ihn, aber sie war bis vor zwei Tagen noch hier? Schwer vorstellbar. Andererseits, wer weiß schon, was eine Frau auf Meth so anstellt. Verdammt, vielleicht hat sie höchstselbst ihr eigenes Kind erschossen.«

Früher hatte ich Frauen vertreten, die für eine Crackpfeife ihre zehnjährigen Töchter an Zuhälter verkauften. Das war nicht der einzige Grund, warum ich als Pflichtverteidigerin aufgehört hatte, aber es stand weit oben auf der Liste.

Kossel sagte: »Wenn ich mir den Keller für Sie ansehe, können Sie auch was für mich tun. Sehen Sie zu, ob Sie welche von Rickys Chicagoer Kumpels auftreiben, kriegen Sie raus, ob irgendwer da oben ihn tot sehen wollte. Ich hab hier zwar ein paar Konkurrenz-Dealer im Auge, aber die haben alle wasserdichte Alibis für die Zeit, in der Ricky vermutlich erschossen wurde.«

Deshalb also hatte der Sheriff angerufen und sich so kooperativ gezeigt, wie es die Polizei einer Privatdetektivin gegenüber normalerweise nicht ist. »Ich hatte gehofft, ich müsste für den Rest meines Lebens nie wieder mit Junkies reden«, sagte ich.

»Ich sag doch, Sie haben reichlich mit Gesindel zu tun«, spöttelte er.

»Wie wär's, wenn wir tauschen? Ich besorg mir einen Schutzanzug und harke mich durch die Müllgrube in Rickys Hinterhof, und Sie kommen dafür rauf und hängen mit den hiesigen Dealern ab.«

»Ein Großstadtmädel wie Sie hält das bisschen Druck nicht aus? Ziehen Sie einfach eine schusssichere Weste an, bringen Sie Ihr Testament auf den Stand, und alles wird gut.« Der Sheriff lachte laut und herzhaft und unterbrach die Verbindung.

Eine Sekunde später rief er nochmals an: »Ricky steht für Derrick, nicht Richard.«

Mit dem Zeigefinger malte ich kleine Kreise auf meine Schreibtischplatte. Wenn ich nicht aufpasste, ließ ich zu, dass andere Leute ihre Probleme auf meiner Baustelle abluden. Es war nicht meine Sorge, wer Ricky Schlafly ermordet hatte. Es war nicht meine Sorge, was aus Judy Binder geworden war. Mein einziger Berührungspunkt mit der Welt der Binders bestand darin, Kitty sechzehn Stunden Jagd nach ihrem Enkel zu liefern.

Ich wandte mich wieder meinen regulären Ermittlungen zu. Als ich den dritten groben Fehler machte, indem ich die Probleme einer Buchhandlung mit denen eines Yogazentrums durcheinanderbrachte, obwohl es keinerlei Verbindung zwischen beiden gab, merkte ich, dass Martin Binder zwischen mir und meinen Klienten stand.

Kitty Binder hatte einen Jungen erwähnt, der Martins Schulfreund gewesen war. Toby Susskind? Sie war eine der unzuverlässigsten Erzählerinnen in meinem über Jahrzehnte angesammelten Fundus dubioser Geschichten, aber falls diese Behauptung der Wahrheit auch nur nahe kam, konnte ich ihn aufspüren.

Ich fand drei Susskinds in der Gegend von Skokie. LifeStory, eine meiner gebührenpflichtigen Personensuchmaschinen, lieferte mir eine Familie mit einem Tobias in Martins Alter. Sie hatten außerdem eine drei Jahre ältere Tochter und einen weiteren Sohn, der erst in die siebte Klasse ging. Jeanine Susskind war Sozialarbeiterin bei der Cook County-Behörde für Altenpflege und betreutes Wohnen, ihr Mann Zachary war für eine große Wirtschaftsprüfungsfirma tätig.

Es war jetzt fast sechs. Ich erreichte Jeanine zu Hause, aber sie erteilte Fremden am Telefon prinzipiell keine vertraulichen Auskünfte.

»Ich halte das für ausgesprochen klug, Ma'am«, sagte ich und wünschte, sie wäre dümmer. »Könnten wir uns heute Abend noch auf eine Tasse Kaffee oder ein Glas Wein treffen? Martin Binder ist verschwunden, und ich muss mit jemandem sprechen, der ihn kennt. Kitty Binder sagte, Ihr Sohn und Martin seien befreundet.«

Ich hörte Fett spritzen. Jeanine hatte wohl den Hörer zwischen Kopf und Hals geklemmt und rührte etwas in der Pfanne. Pilze und Brokkoli, stellte ich mir vor und wurde plötzlich hungrig.

Es gab eine gedämpfte Unterhaltung im Hintergrund. Dann sprach Jeanine wieder ins Telefon und wollte mehr wissen, zuerst über Martin und dann über mich. Nach einer weiteren Beratung entschied sie, ich könne nach dem Abendessen vorbeikommen. Sie war nicht gerade begeistert, aber wer konnte ihr das vorwerfen? Eine Fremde, angeblich Privatdetektivin, die am Abend eines langen Arbeitstags anrief und mit ihrem Sohn sprechen wollte – ich wäre selbst nicht begeistert.

Mir blieben etwa zwei Stunden, um nach Hause zu fahren, mit den Hunden zu gehen und mein eigenes Pilz-Brokkoli-Surprise zu essen. Stattdessen nahm ich das Telefon und wählte die Nummer eines alten Freundes im Pflichtverteidigerbüro. Stefan Klevic hatte die Stellung gehalten, nachdem der Rest von uns längst verzagt aufgegeben hatte.

Stefan war auch nicht begeisterter, von mir zu hören, als Jeanine Susskind. »Ich bin auf dem Heimweg, Warshawski. Kann es nicht bis morgen warten?«

»Ein Typ namens Derrick Schlafly ist gestern früh in Palfry ermordet worden«, sagte ich.

»Faszinierend. Vor allem, da ich noch nie von Schlafly oder Palfry gehört habe.«

»Hundert Meilen die I-55 runter. Schlafly war ein Methkocher.«

»Falls der Mörder in Cook County verhaftet wird, übernehme ich furios die Verteidigung von wer immer ihn erschossen hat«, versprach Klevic. »Aber jetzt wartet Doug mit dem Abendessen auf mich, also wenn es dir nichts ausmacht –«

»Schlafly war fünfzehn Jahre hier in der Stadt. Ich muss jetzt das Gesocks auftreiben, mit dem er abhing. Es geht um eine Frau, die mit Schlafly zusammengelebt hat. Etwa zum Zeitpunkt des Mordes hat sie total verängstigt angerufen, dann ist sie verschwunden.«

Klevic seufzte hörbar. »Überlass sie der Polizei, Warshawski. Gib ihnen die Einzelheiten. Wenn sie Schlafly erschossen hat, muss sich der Palfry County-Pflichtverteidiger um sie kümmern und nicht ich, vorausgesetzt, deren Budget reicht noch für einen Pflichtverteidiger.«

»Der Name der Vermissten ist Judy Binder«, fuhr ich fort. »Das schreibt sich B-i-n-d-e-r. Sie ist ein Schützling von Lotty Herschel.«

Lotty hatte Stefans Schwester vor einigen Jahren das Leben

gerettet. Ich hörte ihn mit den Zähnen knirschen, aber er murmelte, er würde zusehen, was er rausfinden konnte.

»Danke, Stefan«, sagte ich. »Ich wusste, ich kann auf dich zählen.«

»Du bist kein Stück besser als ein verfickter Erpresser, V. I.«

»Bin ich wohl«, sagte ich. »Ein verfickter Erpresser erzielt nicht annähernd so gute Resultate wie ich. Sag Doug liebe Grüße von mir.«

Ich checkte noch einmal meine Mails, bevor ich ging. Mein Schrieb an Martin war zurückgekommen mit einem langen Text über »fatale Fehler«, die entstehen, wenn man an eine nichtexistente Mailbox sendet. Ich glich den Empfänger noch mal mit Jari Lius Nachricht ab, aber ich hatte Martins Adresse korrekt eingegeben. Ich probierte es mit der Handynummer, die ich von Liu hatte. Es überraschte mich nicht zu hören, dass die Nummer nicht vergeben war.

Ich leitete meine Fatal-Error-Meldung an Liu weiter. »Haben Sie noch eine neuere Adresse für mich? Andere Handynummern? Was Sie mir gemailt haben, funktioniert nicht.«

Als ich mein Büro abschloss, fragte ich mich, ob ich nicht auch einen meiner Kontakte bei der Chicagoer Polizei anrufen sollte. Wenn es zu Schlafly eine Akte gab, was anzunehmen war, müsste sie auch seine Kumpels auflisten. Kitty Binder hatte so nachdrücklich darauf bestanden, nicht mit der Polizei zu reden, dass ich zögerte: Ihre Tochter hatte wahrscheinlich auch eine Akte. Ich stellte mir die Zerreißproben vor, als Judy noch ein Teenager war, Anrufe von der Polizei, Streitereien mit der Tochter kombiniert mit Wut auf die Cops. Ich würde abwarten, was Stefan zutage förderte, bevor ich mich an die Jungs in Blau wandte.

Auf dem Heimweg machte ich einen Schlenker über die Tierklinik, um nach meinem Findelkind zu sehen. Sie hatten operiert, um die gerissene Milz zu entfernen, und da sie gerade dabei waren, hatten sie gleich noch Eierstöcke und Uterus herausgenommen. Die Wunde war leicht entzündet, deshalb stand sie unter einer hohen Dosis Antibiotika. Und sie hatte Herzwurm, was eine spezielle Kur erforderte. Irgendwann in ihrem kurzen Leben – die Tierärztin schätzte sie auf drei Jahre – hatte sie ein gebrochenes Bein gehabt, das von selbst zusammengewachsen war.

»Trotz all ihrer Beschwerden und der Misshandlung, der sie ausgesetzt war, hat sie ein erstaunlich gutmütiges Naturell«, sagte die Ärztin. »Ein bisschen nervös, aber sie hat nicht ein Mal zu beißen versucht, also können Sie sie vielleicht sogar irgendwann mit nach Hause nehmen.«

»Vielleicht«, sagte ich zweifelnd. »Ich hab schon zwei Hunde und einen Fulltimejob. Wenn sie sich gut erholt, suche ich besser die richtige Familie für sie.«

Am Empfang wurde ich gebeten, die bis jetzt aufgelaufenen Rechnungen zu begleichen. Viertausendachthundert. Ich reichte meine Kreditkarte rüber, ohne zu protestieren. So viele Menschen, mit denen ich zu tun habe, beißen schnell mal zu, ganz gleich, wie vorsichtig man mit ihnen umgeht. Ich fand es eine sinnvolle Ausgabe, eine geduldige Rottweilerin zu retten.

Meine eigenen Vierbeiner – eine Golden Retriever-Hündin und ihr Halb-Labrador-Sohn – begrüßten mich, als wären wir zwölf Monate getrennt gewesen statt zwölf Stunden. Ich war seit zwei Tagen nicht dazu gekommen, sie sich richtig auslaufen zu lassen, also fuhr ich mit ihnen zum Lake Michigan, und wir gingen ausgiebig schwimmen. Mein Nachbar aus dem Erdgeschoss, mit dem ich mir die beiden teile, begleitete uns. Ich ließ mich ein Weilchen im See treiben, ließ das kühle Wasser etwas vom Stress des Tages wegspülen.

Zurück an Land warf ich Bälle für die Hunde, während Mr. Contreras und ich uns auf den neuesten Stand brachten.

Er war ob seines Ausgeschlossenseins aus meinen Abenteuern weniger vorwurfsvoll als gewöhnlich: Er hatte heute eine lange Mail von meiner Cousine Petra bekommen. Er betet sie an und war am Boden zerstört, als sie Chicago verließ und zum Friedenscorps ging. In ihrem abgelegenen Dorf in El Salvador gibt es nicht oft eine Internetverbindung, entsprechend hatte die E-Mail ihn richtig aufgemöbelt.

An meinem Bericht interessierte ihn vor allem die Rottweilerin. »Was meinst du, Spatz, wie wollen wir sie nennen?«

»*My Own True Love*«, sagte ich geistreich. »Wegen *Fare thee well, my own true love.*«

Mr. Contreras sah mich tadelnd an. »Sie wegzugeben ist nicht richtig, und du weißt das, Herzblatt. Es wirkt doch wie Bestimmung, du fährst da runter, um Dr. Lottys Mädel zu suchen, und rettest nebenbei dieser Hündin das Leben. Wir haben bereits zwei Hunde, was macht da schon ein dritter?«

Mr. Contreras ist fast neunzig und hat die Energie und Persönlichkeit eines Rammbocks. Trotzdem sind die Zeiten vorbei, in denen er große Hunde angemessen ausführen konnte. Ich legte einen Arm um ihn. »Wir überschlagen mal unser Budget. Wir prüfen, ob wir uns einen täglichen Hundeausführer leisten können und ob Mitch und Peppy eine halbwilde Außenseiterin ins Rudel aufnehmen. Fürs Erste bleibt die Rottweilerin in Quarantäne, bis sie keine Herzwurmlarven mehr verteilen kann.«

Mr. Contreras' Lippen bewegten sich, ich war nicht sicher, ob er überhaupt zugehört hatte. »Wir nennen sie Mottle, als Kurzform für *My Own True Love.*«

7

Raketenforschung

Jeanine und Zachary Susskind nahmen mich gemeinsam an der Haustür in Empfang. Also halbwegs gemeinsam. Zachary war ein massiger Kerl. Obwohl Jeanine dünn war, passte sie nicht neben ihrem Mann in den Türrahmen.

Noch ehe ich mich vorgestellt hatte, verlangte Zachary meinen Ausweis zu sehen. Skokie musste was an sich haben, was seine Einwohner ganz versessen auf meine Referenzen machte. Ich gab ihm meine Karte und zeigte ihm meine Lizenz als Privatdetektivin. Er studierte sie stirnrunzelnd, beschloss aber widerwillig, man könne mich einlassen. »Worum geht es hier? Wieso glaubt Kitty Binder, mein Sohn sollte mit einer Detektivin sprechen?«, fragte er.

Seine Plauze drückte mich gegen die Kante der offenen Tür. Ich lehnte mich nach vorn, und er trat einen Schritt zurück.

Ich hatte mein Sprüchlein zu Martins Verschwinden auf eine Dreißig-Sekunden-Sequenz komprimiert. »Ihr Sohn ist laut Kitty Binder der Einzige, der mit Martin befreundet war«, fügte ich hinzu. »Ich würde gern mit Toby reden, vielleicht weiß er, wo Martin hin ist.«

»Weiß er nicht«, sagte Zachary entschieden.

»Haben Sie ihn danach gefragt? Wussten Sie denn, dass Martin weg ist?«

Zachary machte ein böses Gesicht. »Wenn Martin losgezogen ist, um etwas Illegales oder Gefährliches anzustellen, ist Toby klug genug, sich da rauszuhalten. Ich will nicht – *wir* wollen nicht, dass Sie unseren Sohn belästigen.«

»Ich will ihn ja nicht belästigen. Nur fragen, ob Martin mit ihm gesprochen hat.« Ich war müde. Ich war dann doch nicht dazu gekommen, mehr zu essen als ein paar Bissen von Mr. Contreras' Makkaroni mit Käse – kein Brokkoli, keine Pilze –, bevor ich wieder losmusste. Es kostete mich Mühe, meinen Tonfall sachlich zu halten. »Wenn Martin nachher tot im Graben liegt und ein paar Worte mit Ihrem Sohn mich rechtzeitig zu ihm geführt hätten, dann werde ich eine ziemlich aufgebrachte Detektivin sein.« Von meinem Aufwand fing ich gar nicht erst an.

Jeanine Susskind verkündete liebenswürdig, im Wohnzimmer hätten wir es doch alle gemütlicher. »Und wir haben es auch gemütlicher, wenn wir einander nicht bedrohen«, fügte sie hinzu.

Die Susskinds wohnten eine Straße hinter den Binders in einem Haus, das größer und viel luftiger war. Wir begaben uns in ein Zimmer, dessen helle Sofas und Lehnsessel den passenden Rahmen für ein wandgroßes abstraktes Gemälde in Blau- und Goldtönen bildeten. Ein Tablett mit Kaffeetassen und einer Thermoskanne stand auf dem Glastisch vor einem Gaskamin.

»Hören Sie«, sagte Zachary, nachdem seine Frau das Kaffeeritual ausgeführt hatte. »Jeder weiß, dass Martin Binders Mutter ein ernstes Drogenproblem hat. Als Martin und Toby etwa zehn waren, ist sie eines Tages aufgekreuzt und mit den beiden einfach zum Vergnügungspark Great America gefahren, ohne Jeanine oder Kitty ein Wort zu sagen. Und auf dem Rückweg hat sie den Wagen auf dem Skokie Highway um eine Laterne gewickelt. Es ist ein Wunder, dass alle heil da rausgekommen sind, und sie hat verflucht noch mal Schwein, dass wir sie nicht in Grund und Boden verklagt haben. Ich habe Toby klargemacht, dass er nie wieder allein mit Martin irgendwohin geht, ohne vorher mich oder seine Mutter zu fragen, und er hat sich dran gehalten, auch als sie schon auf der Highschool waren. Sie waren ein paarmal zusammen campen, aber da habe ich jeden Tag mit Toby telefoniert und mich vergewissert, dass sich diese Süchtige nicht irgendwo in der Nähe herumtreibt.«

Ich rieb mir die Nasenwurzel. »Mr. Susskind, soll das heißen, dass Martin im August mit Toby gesprochen und ihm gesagt hat, er wolle zu seiner Mutter?«

»Ich – nein.« Zum ersten Mal achtete Susskind darauf, was er sagte. Als er weitersprach, war sein Ton deutlich weniger angriffslustig. »Aber wenn Martin Toby irgendeinen Alleingang vorgeschlagen hätte, hätte Toby mir davon erzählt.«

»Zach, sie sind jetzt zwanzig, nicht mehr zehn. Das kannst du nicht wissen«, warf Jeanine ein.

»Ich glaube nicht, dass Martin heute weniger leichtsinnig oder gefährlich ist als vor zehn Jahren«, sagte ihr Mann. »Seit Len gestorben ist, gibt es niemanden mehr, der Kittys Wahnvorstellungen in Schach hält. Ich könnte mir glatt vorstellen, dass sie Martin überredet, die Leute zu suchen, von denen sie immer behauptet, dass sie hinter ihr her sind.«

»Das ist eine Angstneurose, oder?«, fragte ich. »Ich hab mich schon heute Morgen gefragt, ob das von ihren Kindheitserlebnissen kommt oder in etwas Aktuellerem wurzelt, etwa die Drogenprobleme ihrer Tochter.«

»Sei's drum«, sagte Zachary, »mit so einer Stiefmutter oder meinetwegen Großmutter ist es wohl kein Wunder, dass aus Martin so ein einsamer Wolf geworden ist. Jeanine tut er leid, aber auch sie muss zugeben, dass manches, wo er Toby mit reingezogen hat, regelrecht gefährlich war.«

Der Kaffee war zu plörrig für meinen Geschmack. Aus Höflichkeit trank ich ein paar Schlückchen, bevor ich meine Tasse zurück aufs Tablett stellte.

Jeanine lachte leise. »Nicht gefährlich, das klingt irreführend. Martin wollte das Challenger-Unglück nachstellen. Als er so zwölf, dreizehn war, hat ihn die Geschichte sehr fasziniert. Er und Len haben eine Reihe Raketen gebaut. Martin wollte wiederholen, was schiefgegangen war, und Toby wollte dabei sein, ist doch klar, wenn ein Junge nebenan Raketen startet!«

»Er hätte Tobys Augenlicht ruinieren können, oder sein eigenes«, knurrte Zachary. »Und außerdem weißt du genau, Jeanine, dass sie fast erstickt sind, als Martin die Garage mit CO_2 gefüllt hat.«

»Ms. Binder hat mir schon erzählt, wie sehr dieser Vorfall Sie aufgebracht hat«, sagte ich.

»Zach«, sagte Jeanine. »Bitte. Du vermittelst Ms. Warshawski ein ganz verzerrtes Bild.« Sie wandte sich mir zu, lehnte sich über ihre Kaffeetasse. »Martin vergötterte Richard Feynman. Wissen Sie noch, er hat damals auf National Television vorgeführt, wie der O-Ring der Rakete kaputtging, als er im All gefror? Martins Begeisterung steckte Toby an, der die Geschichte mit nach Hause brachte.«

»Es lag an den Raketen«, sagte Zachary trocken. »Kein Zwölfjähriger hätte diesen Raketen widerstehen können.«

»Das stimmt«, gab Jeanine zu. »Sämtliche Kinder aus der Nachbarschaft, die Martin all die Jahre nur gehänselt hatten, drängten sich danach, sie wollten alle mit zum See, wo Martin und Len sie zünden wollten. Jedenfalls versuchte Martin seine Raketen zu vereisen, also brachte er Len dazu, einen großen Bottich Trockeneis zu kaufen. Sie haben die Garage damit gefüllt, und Martin stellte seine Raketen dazu, damit sie gefrieren – das war alles. Ihm und Toby ist dann ein bisschen schwindelig geworden, und weiter war nichts.«

»Und das mit den Raketen war auch nichts. Nur dass eine auf dem Dach der Tubmans landete und es in Brand setzte«, sagte Zachary.

»Das war so cool!«

Bei diesen Worten fuhren wir alle drei herum. Niemand hatte bemerkt, dass der jüngere Sohn der Susskinds in der Tür stand. Er hatte eine Wuschelmähne aus den dicksten und rötesten Haaren, die ich je bei einem Jungen gesehen hatte.

»Voss!«, sagte Jeanine. »Machst du nicht Hausaufgaben?«

»Ich bin fast fertig, ehrlich, nur Geschichte und Physik fehlen noch, und –«

»Ab nach oben mit dir«, sagte Jeanine. »Ich will nicht, dass du schon wieder erst nach Mitternacht ins Bett kommst.«

»Voss«, schaltete ich mich ein, »hast du mitbekommen, wo Martin Binder hinwollte, als er letzten Monat wegging?«

»Stellen Sie meinem Sohn gefälligst keine Fragen ohne mein –«, fing Zachary an, doch seine Frau brachte ihn mit einem mahnenden Kopfschütteln zum Schweigen.

»Voss, das ist Ms. Warshawski«, sagte Jeanine. »Sie ist Detektivin und versucht herauszufinden, was mit Martin passiert ist.«

Voss nickte: Er hatte schon gelauscht, seit ich gekommen war. Ein unbehaglicher Blick streifte seinen Vater, der ihm mürrisch das Wort erteilte.

»Ich und Sam Lustic waren –«

»Sam und ich«, unterbrach Jeanine.

»Sam und ich, wir waren drüben am Pool, und Martin kam aus der Garage, er hatte sein ganzes Campingzeug auf sein Fahrrad geschnallt. Wissen Sie, er hat dieses coole Zelt, das man zusammenfalten kann wie einen Drachen, also dachte ich mir, dass er zelten geht. Aber nicht mit Toby.«

»Würde das deinem Bruder etwas ausmachen?«, fragte ich.

»Das bezweifle ich«, sagte Jeanine. »Toby hat so viele Freunde, hatte er immer schon, während Martin eher der Ein-Freund-Typ ist. Wenn er ohne Toby zum Zelten ist, dann weil Toby nicht mitwollte. Sie sind sowieso nicht mehr viel zusammen, seit Toby aufs College geht.«

»Martin ist jetzt fast zwei Wochen weg«, wiederholte ich. »Ich muss es der Polizei melden, auch wenn Kitty das partout nicht will.«

Voss lauschte mit offenem Mund. »Ist Martin ermordet worden?«

»Das glaube ich nicht«, sagte ich mit einer Zuversicht, die ich nicht empfand. »Wenn er tot wäre, hätte man das seiner Großmutter inzwischen gemeldet.«

»Bist du immer noch hier?«, sagte Jeanine zu ihrem Sohn. »Dieses Gespräch ist nicht für dich bestimmt, und es geht auch nicht um dich.«

Als sie ihren Sohn nach oben in sein Zimmer gescheucht hatte, griff ich ihre Bemerkung auf, die Kinder aus der Nachbarschaft hätten Martin gehänselt. »Worum ging es da?«

Jeanine sah verlegen aus. »Kitty ist so seltsam. Der Umgang mit ihr war anstrengend, also gingen die Kinder nicht hin, nicht mal zu Martins Geburtstag. Len hat ein paar Anläufe gemacht – er hat die Nachbarschaft abgeklappert und alle persönlich eingeladen. Niemand ist gekommen, nur die Kleine von Gluckmans, aber die hatte noch weniger Anschluss als Martin.

Natürlich kannte jeder irgendeine verstümmelte Fassung von Judy Binders Lebensgeschichte, also sagten die Kinder alles Mögliche, erst recht, als Kitty ihn in Lens abgelegten Sachen in den Kindergarten schickte, zwar gekürzt, aber eindeutig keine Kinderkleidung. Wir haben ein ernstes Wort mit Toby gesprochen, damit er sich nicht an dem Gehänsel beteiligt, aber erst ab den Raketen haben er und Martin Zeit miteinander verbracht.« Sie unterbrach sich, um mir noch mehr Kaffee anzubieten. »Jedenfalls«, fuhr sie fort, als ich hastig dankend ablehnte, »würde ich sagen, dass Martin sich in seine Experimente und Computer flüchtete, um nicht über seine Einsamkeit nachdenken zu müssen. Auf der Highschool entpuppte er sich als sehr guter Crossläufer und wurde ein echter Computercrack, da ließen die Kids ihn dann in Ruhe, aber ich glaube nicht, dass er richtige Freunde hatte. Wobei ich zugeben muss, dass das Oberstufenprojekt mit Martin wahrscheinlich Tobys

Eintrittskarte für Rochester war – seine SAT-Testergebnisse in Mathe waren bei weitem nicht so gut wie die von Martin.«

»Da Martin die volle Punktzahl gemacht hat, konnten sie das auch nicht sein«, warf Zachary ein. »Das war eine große Überraschung, wahrscheinlich auch für Martin selbst. Kitty meinte, er hätte eine Zukunft als Buchhalter. Das einzige Mal, dass sie mit mir gesprochen hat, ich meine, dass sie von sich aus auf mich zukam, war, als sie mich fragte, ob ich Martin eine Stelle in meiner Firma vermitteln könnte.«

»Haben Sie es versucht?«, fragte ich.

»Wenn Martin interessiert gewesen wäre, hätte ich vielleicht einen Anlauf gemacht, aber ein Computercrack und eingefleischter Eigenbrötler – ich hätte mir bloß Sorgen gemacht, dass er sich in unsere Kundenkonten hackt.«

Das eröffnete eine neue Denkrichtung: Martin war ein Hacker, und das FBI war ihm auf den Fersen. »Glauben Sie, dass er ein Hacker ist? Würde Toby davon wissen?«, fragte ich.

Jeanine zog eine Grimasse. »Ich glaube nicht, dass Martin und Toby sich diesen Sommer öfter als zwei Mal gesehen haben. Wenn Martin mit etwas Illegalem angefangen hätte – ich weiß nicht. Zu schade, dass Kitty ihn nicht aufs College gehen lassen wollte. Sie sagte dauernd, Handwerker seien das Fundament einer guten Gesellschaft, und dass ihr Vater und ihr Mann großartige Beispiele dafür wären. Sie sagte, wenn Martin aufs College ginge, würde er sich in einen Wissenschaftler verwandeln und arrogant werden.«

»Was hat sie da bloß?«, fragte ich. »Ist sie Fundamentalistin? Oder wurde sie von einem Wissenschaftler sitzengelassen?«

Zachary gab ein abfälliges Gelächter von sich. »Was für ein Kerl soll der nahe genug kommen, um sie sitzenzulassen?«

Jeanine schüttelte drohend den Kopf. »Wir kennen sie erst, seit sie alt ist. Wir sind hergezogen, als Toby zwei war, aber wir wissen nichts über sie. Ich glaube, es geht um etwas, was im

Krieg passiert ist. Den Zweiten Weltkrieg meine ich. Wir haben viele Holocaust-Überlebende in Skokie, oder vielmehr hatten: Sie sind alt, sie sterben weg. Kittys seltsame Schrullen können durchaus mit dem Krieg zu tun haben.«

»Sie ist in Wien aufgewachsen«, sagte ich, »aber sie kam mit einem Kindertransport nach London, als sie neun war.«

Jeanine nickte. »Wenn sie alle verloren hat, die zurückblieben, und wenn einer davon Wissenschaftler war, hat sie das vielleicht gefühlsmäßig als Verrat durch die Wissenschaft verarbeitet. Sie ist eigentlich keine Fundamentalistin, aber sie murrt jedes Mal, wenn in den Nachrichten etwas über Klimawandel kommt oder gar über medizinische Forschung. Sie liegt ihrer Umgebung ständig damit in den Ohren, dass Wissenschaftler sich alles Mögliche ausdenken, nur um den Menschen Angst vor der Zukunft zu machen.«

»Ich hab mich auch gefragt, ob ihre Kindheit in Wien erklärt, warum sie so strikt dagegen ist, dass ich mit der Polizei über Martin spreche.«

»Das ist wegen Judy«, sagte Zachary. »Wir waren damals noch nicht hier, aber die Lustics und andere Familien haben uns erzählt, wie es da zuging – jeden Abend Cops, die um den Block patrouillierten, Judy bis an die Kiemen zugekokst, Judy verhaftet, weil sie auf dem Schulhof Drogen verkauft hat. Wenn Kitty nicht will, dass Sie zu den Cops gehen, dann weiß sie, dass Martin bei Judy ist.«

»Schon möglich«, räumte Jeanine ein. »Aber das heißt nicht, dass Martin in Sicherheit ist. Vielleicht hat er gedacht, er kommt mit seiner Mutter und ihren Kumpanen zurecht, und es ist ihm über den Kopf gewachsen.«

Vor der Tür nieste jemand. Ich ging hin und stieß auf Voss, der sich am Fuß der Treppe herumdrückte. Jeanine folgte mir in den Flur.

»Du bist eine Plage, was?«, sagte ich, bevor seine Mutter ihn herunterputzen konnte. »Was hat Martin gesagt, als er losradelte?«

»Also erst meinte er: *Hasta la próxima*. Weil, als ich noch klein war, hat er mit mir immer mexikanische Banditen gespielt.«

»Und dann?«, hakte ich nach, als Voss innehielt.

Er warf seiner Mutter einen Seitenblick zu. »Er hat gefragt, ob ich für ihn ein Buch zur Bücherei bringen kann, falls er es nicht nach Hause schafft, bevor die Leihfrist abläuft, da hab ich na klar gesagt, und er ist rein und mit dem Buch wieder rausgekommen.«

»Und, hast du?«, fragte seine Mutter.

Er scharrte mit dem nackten Fuß auf dem Treppenläufer. »Ich hab's wohl irgendwie vergessen.«

»Dann erinnerst du dich jetzt und holst es runter. Du weißt, wenn eine Strafgebühr fällig ist, musst du sie zahlen.«

Voss rannte die Treppe hoch. Wir hörten es poltern, als er sein Zimmer durchwühlte, dann Stille.

»Ich weiß nicht, ob das Teenagerverpeiltheit ist oder zu viele Games und Tweets, aber er hat die Aufmerksamkeitsspanne einer Mücke. Voss! Jetzt sofort!«

Wir hörten wieder Gepolter und dann Rascheln. Eine weitere Minute verging, dann stieg Jeanine die Treppe hoch. Aufgebracht kam sie wieder runter.

»Er hat das Buch verschlampt. Ich hab zwar keine Lust, Martins Büchereiprobleme zu lösen, aber ich wünschte, Voss würde sich erinnern, was er damit angestellt hat.«

»Weiß er, was es war?«, fragte ich.

Voss erschien hinter ihr. »Keine Ahnung«, sagte er unglücklich. »Das Cover war voll schräg, da war drauf, wie einer die Freiheitsstatue ersticht.«

Der Traum aller Menschen in Buchhandlungen und Büchereien, wenn nach einem Titel gefragt wird: Das Cover war rot. Vorne drauf war ein Hai/ein Hündchen/die Freiheitsstatue.

Jeanine scheuchte ihren Jüngsten in sein Zimmer zurück. Ich wartete, bis ich hörte, wie seine Tür zuging, dann erzählte ich ihr, was ich gestern in Palfry gefunden hatte. »Ich muss wirklich dringend mit Toby reden, oder mit irgendwem, den Martin eingeweiht haben kann. Es sah schlimm aus da unten …«

Jeanine warf einen Blick ins Wohnzimmer zu ihrem Mann. Jetzt war er es, der drohend den Kopf schüttelte. »Wir wollen nicht, dass Sie Toby behelligen«, rief Zachary nachdrücklich. »Wir können ihn ja anrufen, dann lassen wir Sie wissen, was er dazu sagt.«

Wie Jari Liu. Was war bloß mit meinem Gesicht, dass die Leute fanden, ich sollte nicht mit ihren Angestellten oder Kindern sprechen? »Ich kann nicht versprechen, dass ich nicht mit Ihrem Sohn rede. Ich muss jemanden aufspüren, der weiß, was Martin in den letzten Wochen durch den Kopf ging. Selbst wenn Toby es nicht weiß, könnte er mir ein paar Leute nennen, die sie beide kennen.«

»Toby ist noch nicht volljährig«, sagte Zachary. »Es verstößt gegen das Gesetz, wenn Sie ohne unser Einverständnis mit ihm sprechen.«

»Ich bin kein Cop, Mr. Susskind, ich habe keine Befugnis, jemanden zu verhaften oder vor Gericht zu bringen, insofern ist dieses spezielle Gesetz auf mich nicht anwendbar.«

Jeanine murmelte eine Entschuldigung, als sie mich zur Tür brachte.

»Das bin ich durch meine Arbeit gewöhnt«, sagte ich. »Falls das Buch noch auftaucht, das Martin Voss gegeben hat, könnten Sie mich anrufen und mir den Titel nennen?«

Jeanine versprach es mir. Ich sah ihr an, dass sie hoffte, sie könnte die Ungehobeltheit ihres Mannes wiedergutmachen, wenn sie es fand.

8

Abendessen mit dem König von Schweden

Es war schon nach neun, als ich von den Susskinds aufbrach, aber ich fuhr trotzdem noch zu Lotty. Wir hatten kurz telefoniert, sie wollte wissen, was ich in Erfahrung gebracht hatte.

»Läuft das Binder'sche Haus immer noch schier über von Spitzen?«, fragte sie, als wir auf ihrem Balkon saßen und über den Lake Michigan blickten.

Ich hatte die Spitzen auch als überkandidelt empfunden, aber etwas in Lottys Tonfall weckte ein perverses Bedürfnis in mir, Kitty Binder zu verteidigen. »Das sind wunderschöne Arbeiten. Sie erzählte mir, dass ihre Großmutter ihr das beigebracht hat.«

»Ja, Käthes Großmutter war eine fähige Schneiderin. Sie konnte sticken, Spitze klöppeln, all so was, außerdem nähte sie Kleider und Vorhänge und stopfte meinem Großvater die Socken. Ich habe immer auf sie herabgesehen, eine Haltung, die ich meiner Großmutter abgeguckt habe, fürchte ich, wobei natürlich jede Frau aus der Generation meiner Oma sticken, häkeln und stricken konnte. Als wir alle uns im Ghetto durchschlagen mussten, gab es für die Fähigkeiten von Frau Saginor deutlich mehr Nachfrage als für das Talent meiner Großmutter, feine Gesellschaften auszurichten.« In Lottys Stimme schwang Verbitterung mit.

»Ich bin bei Ms. Binder ins Fettnäpfchen getreten. Sie hatte da einen Schnappschuss von sich mit ihren beiden Schwestern –«

»Sie hat dir erzählt, sie hat Schwestern?«, unterbrach mich Lotty. »Sie war ein Einzelkind, genau wie ich.«

Mich packte Verunsicherung. »Sie hatten alle Badeanzüge an«, beharrte ich. »Ihre Eltern und drei Mädchen.«

»Wie sahen sie denn aus, diese sogenannten Eltern?«, forschte Lotty.

»Rundlich, vergnügt. Der Mann hatte dunkle Haare, in der Mitte schon licht, die Frau, schwer zu sagen, sie hatte einen großen Strohhut auf.«

»Ich kannte Käthes Mutter. Ich kann mich gut an die Streitereien erinnern, weil sie es nie schaffte, rechtzeitig zum Abendessen zu kommen. Essen interessierte Fräulein Martina nicht – das war Käthes Mutter. Sie war dünn, mit einem kantigen, angespannten Gesicht. Wie dem auch sei, Käthe und ich hatten noch etwas gemeinsam. Keine von uns hatte einen anwesenden Vater. Wir lagen ständig in einem dummen Wettstreit, wessen Papa besser war. Käthe hasste es, dass ich meinen Vater immerhin kannte, dass ich ihn besuchen konnte, wenn meine Mutter beschloss, in der winzigen Bude zu nächtigen, die er sich mit seinen Eltern und seinen Schwestern teilte. Käthe revanchierte sich, indem sie sich über ihren Vater fantastische Geschichten ausdachte.« Lotty stieß ein raues Lachen aus. »Wir wussten beide, dass mein Vater Straßenmusiker war, also musste ihrer natürlich etwas Vornehmes sein. Käthe langweilte mich zu Tränen mit ihrer Prahlerei, wie er Albert Einstein getroffen und mit dem König von Schweden zu Abend gegessen hatte. Wer ist dieses hohe Tier?, fragte ich, aber sie konnte ja nicht mal mit einem Namen aufwarten. Eines Morgens hatte ich es so satt, dass ich ihr eine geklatscht habe, und da hat meine Oma mich gezwungen, mich zu entschuldigen. *Ich habe Verständnis für dein Gefühl, Lottchen, aber nicht für diese Äußerungsform,* erklärte sie mir.«

»Abendessen mit dem König von Schweden, Bekannter von Einstein – klingt, als ob ihr Vater oder der Mann, den sie dafür hielt, den Nobelpreis gewonnen hat«, sagte ich.

»Ja, meine Liebe, darauf bin ich auch ohne Einsteins Hilfe gekommen«, sagte Lotty trocken. »Der Punkt ist, Käthe hat keine Schwestern, sie hat bloß einen Schnappschuss aus ihrer Kindheit mit zwei anderen Mädchen und deren glücklichen Eltern, und daraus hat sie sich ein Märchen gestrickt, genau wie früher das Märchen vom Nobelpreisträger. Und jetzt glaubt sie daran und hält es für wahr.«

»Bist du ganz sicher?«, fragte ich. »Ich weiß, du magst sie nicht …«

»Das wäre ja wohl kein Grund, mir selber Märchen über sie auszudenken!«, schnappte Lotty. »Ihre Mutter lehrte Naturwissenschaft an der Technischen Hochschule für Mädchen in Wien, wahrscheinlich war Käthes Fantasievater deshalb Wissenschaftler. Ich glaube, ihre Mutter hat am Radium-Institut geforscht. Vielleicht schwärmte Käthe für einen der Magister dort oder für jemanden vom Institut, der Fräulein Saginor mal besucht hat.«

Ich runzelte die Stirn. »Mir hat Ms. Binder erzählt, dass ihr Vater Handwerker war. Sie sagte, sie wollte nicht, dass ihr Enkel Theorien studiert, weil nichts als Ärger dabei herauskommt. Welche Geschichte ist nun wahr? Der Nobelpreisträger oder der Handwerker?«

Lotty machte eine hilflose Geste. »Wir waren noch ziemlich klein, als wir Wien verließen, und es war alles furchtbar traumatisch – ich kann dir in Wirklichkeit gar nicht sagen, wie ihre wahre Geschichte verlaufen ist. Die Familie, bei der sie in England gelebt hat, das könnten Handwerker gewesen sein – ich weiß nichts über sie.«

»Sie klang, als sei ihre ganze Familie umgebracht worden. Aber sie hat auch gesagt, sie wäre nach dem Krieg hierhergekommen, weil ihr in Wien jemand erzählt hatte, ihre Eltern seien am Leben und in Chicago. Die ganze Geschichte ist so verworren, ich kann mir keinen Reim darauf machen, aber eines scheint klar: Kittys Enkel ist verschwunden. Außerdem hat sie Angst vor der Polizei. Mit denen muss ich trotzdem reden, aber es ist gegen ihren ausdrücklichen Wunsch.«

»Oh, dieses ewige Gezeter über die Polizei!«, rief Lotty. »Immer muss Käthe alles in Drama und Mysterium hüllen. Genau wie bei dem angeblichen Nobelpreis ihres Vaters: Sie ist so wichtig, dass das FBI ihr Kommen und Gehen überwacht. Kein Wunder, dass Judy aus der Spur geraten ist, wenn sie in diesem Irrenhaus leben musste. Wie Len das all die Jahre ausgehalten hat, ist mir ein Rätsel.«

»Den Nachbarn zufolge hatten die Binders in Judys Pubertät oft mit der Polizei zu tun«, sagte ich. »Ms. Binder hat es vielleicht einfach satt, dass die in ihrem Privatleben herumstochern.«

»Ja, aber diese Macke hat sie doch schon, seit sie nach Chicago kam. Sie schwor mich ein, ich dürfte nie mit der Polizei über sie sprechen, sonst würde sie umgebracht. Ich hielt das zuerst für die Paranoia einer Überlebenden: Wie du weißt, habe ich selbst eine gewisse Allergie gegen Leute in Uniform. Wenn du zusehen musst, wie die Polizei auf deinen Großvater einprügelt – vergiss es. Das Frustrierende an Käthe ist, dass sie sich einfach nicht die Mühe machen will, zwischen Vergangenem und Gegenwärtigem zu unterscheiden. Zwischen realen und eingebildeten Bedrohungen.«

Lotty atmete schwer. Ich wartete ab, betrachtete die beweglichen Lichter der Boote auf dem tintenschwarzen See unter uns. Lotty schenkte sich Kaffee nach. Widerstrebend hatte ich eine Tasse ihres aromatischen Wiener Kaffees ausgeschlagen, ein gewaltiger Unterschied zu der labberigen Plörre bei den Susskinds. Aber Koffein beeinträchtigt in letzter Zeit meinen Nachtschlaf, während es Lotty nichts auszumachen scheint.

»Was wirst du tun?«, fragte Lotty mich schließlich.

»Den einzigen Freund aufspüren, den Martin auf der Highschool gehabt haben soll. Ich hab vorhin seine Eltern kennengelernt. Sie haben erwähnt, dass ihr Sohn in Rochester studiert, da sollte ich doch fähig sein, das College zu ermitteln, auf das er geht. Ich will auch versuchen, Bekannte von Judy Binder aufzustöbern. Fällt dir noch jemand ein, an den sie sich gewendet haben kann, als sie solche Angst hatte?«

»Dafür kenne ich sie nicht gut genug«, sagte Lotty. »Ich bin nur die Anlaufstelle, wenn sie in Schwierigkeiten steckt, was anfing, als sie ein Teenager war. Als sie zum ersten Mal in meiner Klinik auftauchte, war ich überrascht, danach wurde das ziemlich notorisch – sie hatte eine Geschlechtskrankheit, sie war schwanger, eines Abends kam sie auf dem Höhepunkt einer entsetzlichen Panikattacke durch Mischkonsum. Damals landete sie für einen Monat in der Geschlossenen. Danach habe ich sie jahrelang nicht mehr gesehen, bis zu dem Tag, als sie schwanger mit Martin aufkreuzte. Da dachte ich, sie hätte ihr Leben umgekrempelt: Sie blieb die ganze Schwangerschaft über clean und auch noch vier oder fünf Monate danach. Aber es hielt nicht an.«

»Weißt du, wer der Vater war? Kann sie mit ihm in Kontakt geblieben sein?«

Lotty hob hilflos die Arme. »Ich war bloß ihre Ärztin, nicht ihre Vertraute. Im Übrigen hat Judy ständig mit so vielen Kerlen geschlafen, dass sie wahrscheinlich gar nicht wusste, welcher Mann sie geschwängert hat. Das große Wunder ist in meinen Augen, dass Martin nach alledem einen brillanten Verstand besitzt. Wenn der verantwortliche oder eher der unverantwortliche Mann drogenabhängig war, war das Risiko einer Hirnschädigung enorm hoch.«

»Tja«, sagte ich. »Der Junge hat bei den SAT-Tests in Mathe nicht einen einzigen Punkt verschenkt. Von Hirnschaden kann wohl keine Rede sein, allerdings gibt es wohl genug Psychoschäden vom Aufwachsen bei deiner alten Freundin.«

»Victoria, bitte. Du triffst mich da an einem wunden Punkt.« Sie zögerte, drehte die Kaffeetasse in ihren Fingern. »Judy hat mich gefragt, ob ich Martin adoptiere, als ihr klar wurde, dass sie sich nicht um ihn kümmern kann. Ich sagte, ich würde ihr helfen, ihm eine gute Familie zu suchen, denn ich leitete eine ausgelastete chirurgische Klinik. Wenn ich ihn genommen hätte, hätte ihn ein Kindermädchen großgezogen.«

Ich griff über den Metalltisch, um ihre Hand zu drücken, aber sie zog sie weg.

»Sag mir nicht, ich hätte das Richtige getan. Ein Kindermädchen wäre besser gewesen als Käthe, aber bevor ich etwas tun konnte, hatte Judy das Baby zu ihren Eltern gegeben.«

Im schwachen Licht, das aus dem Wohnzimmer fiel, sah ich, wie sich ihr Mund zu einer bitteren Linie zusammenzog. »Sie fühlte sich von mir hängengelassen. Ich habe sie seitdem nur noch zweimal gesehen. Sie und ich, wir sind beide zu Martins Bar-Mizwa gegangen. Und dann zu Lens Begräbnis. Sie sah nicht gut aus, beide Male. Sie muss etwa in deinem Alter sein, aber sie sah fertig aus und alt genug, um deine Mutter zu sein Bei Lens Beerdigung sagte sie, sie wolle auf eine Farm ziehen und sehen, ob das Landleben ihr hilft, clean und bodenständig zu werden. Ich wollte ihr glauben. Natürlich habe ich mir etwas vorgemacht, wie man das eben tut, wenn man das Gefühl hat, jemanden im Stich gelassen zu haben. Man hofft, die Probleme dieser Person lösen sich von allein. Hoffentlich hat sie ihren Sohn nicht in ihre ungesunde Welt hineingezogen.«

»Das glaube ich nicht. Er ist zwanzig – wenn er diesen Weg eingeschlagen hätte, wären inzwischen Anzeichen sichtbar.« Ich erzählte Lotty, was Martin zu Kitty gesagt hatte, dass ›etwas nicht aufging‹, was er buchstäblich mathematisch gemeint haben konnte oder auch im übertragenen Sinn. »Vielleicht ist er dahintergekommen, dass seine Mutter ihn irgendwie bestahl, und nach Palfry gefahren, um sie zur Rede zu stellen. Aber warum sind dann beide verschwunden? Unwahrscheinlich, dass er bei ihr war, als sie auf deiner Mailbox um Hilfe rief.«

»Was kannst du tun?«, fragte Lotty.

»Ich kenne jemand im Pflichtverteidigerbüro, der sucht für mich Bekannte des Mannes, dessen Leiche ich gefunden habe. Martin hat seine Computer demontiert, aber wenn ich eine aktive Mailadresse hätte, könnte ich vielleicht rauskriegen, von wo er sich einloggt. Und dann will ich prüfen, ob die Möglichkeit besteht, dass Kitty Binders Eltern nach dem Krieg hier waren. Martin hat bestimmt Geschichten über sie gehört – vielleicht hat er versucht, sie aufzuspüren. Wie lautet Kittys Mädchenname?«

»Saginor«, sagte Lotty. »Das war ihre Mutter, ihren Vater kennen wir nicht.«

»An eine Liste von Nobelpreisträgern zu kommen ist leicht«, sagte ich. »Jemand, der zwischen 1920 und 1939 ausgezeichnet wurde, das müsste doch passen. Es sei denn, ihr Vater war doch Handwerker. Ein Handwerker, der mit dem König von Schweden zu Abend aß. Vielleicht war er gar kein Nobelpreisträger, sondern einfach der Tischler des Königs.«

Darüber musste Lotty lachen, aber ihre Miene blieb umwölkt, als sie mich zum Fahrstuhl brachte.

Auf dem Nachhauseweg fiel mir ein, etwas spät, dass ich Kitty Binder versprochen hatte, ihr Anliegen vertraulich zu behandeln. Außerdem fiel mir ein, dass ich mir vorgenommen hatte, andere Leute nicht ihre Probleme auf meiner Baustelle abladen zu lassen. Nur noch ein Tag, schwor ich mir: ein weiterer Tag für das Binder-Saginor-Rätsel, dann würde ich dem Fall den Rücken kehren.

Es war fast elf, als ich nach Hause kam, aber ich blieb noch eine Stunde auf, um mit Jake Thibaut zu sprechen, dem Bassisten, mit dem ich seit ein paar Jahren zusammen bin. Eins der Kammermusikensembles, bei denen er mitspielt, war an der Westküste auf Tournee. Sie hatten in Alaska angefangen und arbeiteten sich langsam südwärts. Inzwischen hatten sie Victoria auf Vancouver Island erreicht.

Seine Abwesenheit vereinfachte in gewisser Hinsicht meinen Stundenplan, aber sie bedeutete auch, dass ich am Ende eines langen Arbeitstags allein dasaß. Ich blieb wach, bis sein Konzert zu Ende war, damit wir noch die Neuigkeiten des Tages austauschen konnten. Seiner hatte definitiv mehr Spaß gemacht als meiner: Das Konzert, aufgeführt in einer restaurierten Kirche, war ein großer Erfolg gewesen. Morgen hatten sie frei, da würde ein Freund sie zum Hochseefischen mitnehmen. »Wenn ich einen Lachs fange, schicke ich ihn dir.«

»Den setze ich dann an den Tisch und unterhalte mich beim Abendessen mit ihm.«

Ganz nebenbei erwähnte ich die Hündin, die ich aus dem Meth-Haus gerettet hatte, und er stöhnte auf. »Nicht noch mehr Hunde, bitte, V.I. Peppy ist ja lieb, aber Mitch ist schon grenzwertig, ein dritter Hund, und wir müssten ernsthaft reden.«

»Ein dritter Hund, und ich muss ins Zeugenschutzprogramm«, versicherte ich ihm. »Schert es dich gar nicht, dass ich in einem Meth-Haus Leib und Leben aufs Spiel gesetzt habe?«

»Victoria Iphigenia, was kann ich schon dagegen tun? Wenn ich dir sage, du sollst dich von so was fernhalten, machst du auf Kaktus. Außerdem bin ich dreitausend Meilen entfernt. Und selbst wenn ich neben dir säße, weiß ich genau, du bist in unserem Team diejenige, die Methdealer zur Strecke bringt, nicht ich. Ich hätte höchstens Angst um meine Finger, und du müsstest uns beide beschützen.«

Ich musste lachen. Ich ließ davon ab, ihm besorgte Geräusche entlocken zu wollen, und kam auf Kitty Binder und ihre verschwundene Familie zu sprechen.

Das erregte seine Aufmerksamkeit. »Du sagst, der Mädchenname dieser Kitty ist Saginor? Ist sie mit einer Wiener Musikerin namens Elsa Saginor verwandt?«

»Keine Ahnung.« Ich war überrascht. »Wer ist das?«

»Sie war eine der Musikerinnen von Theresienstadt. Sie spielte

Flöte, aber sie hat auch komponiert, man fand einiges von ihr im Fundus des Lagers, der erst vor ein paar Jahren entdeckt wurde. Wir spielen von Zeit zu Zeit ihre Musik. Sie ist sehr ausgeklügelt, fugenartig, aber als serielle Musik. Was daran unheimlich Spaß macht, sofern es kein Sakrileg ist, bei Musik aus dem Todeslager von Spaß zu reden, ist, zehn Spuren übereinander aufzunehmen und dann live dazu zu spielen. Es ist extrem belebend, sich so konzentrieren zu müssen.«

Ich fragte mich, ob die Erwähnung einer musizierenden Tante Kitty Binder auftauen könnte oder ob sie die Lippen nur noch fester zusammenpressen und grimmige Flüche ausstoßen würde über Leute, die eine Flöte im Mund statt ein Ziel im Blick haben.

Bevor wir auflegten, sagte Jake: »Übernimm dich nicht, V. I. Ich vermisse dich. Es wär mir ein Gräuel, dich den Rest meines Lebens vermissen zu müssen statt nur die nächsten drei Wochen.«

9

Der Schatten des dünnen Mannes

In meinem Traum spielte Jake Bass für den König von Schweden, der sagte, er würde in den Todeslagern verschwinden, wenn er ihm bis zum Morgen keine neue Küche gebaut hätte. »Lass den Kopf in den Wolken«, schrie der König, »oder ich hacke ihn ab!«

Ich verbrachte eine anstrengende Nacht, kämpfte mit dem König, versteckte Jakes Bass, ging in den Wolken verloren. Als ich am Morgen aufstand, war ich fast genauso müde wie beim Zubettgehen. Ich lief eine große Runde, allein, ohne die Hunde, um den Kopf frei zu kriegen.

Jakes Reaktion auf meine arme gerettete Rottweilerin ging mir zwar gegen den Strich, aber sie traf des Pudels Kern. Es war schon haarig, sich um zwei große Hunde kümmern zu müssen, selbst mit Mr. Contreras' Hilfe. Ich hatte kaum je genug Zeit, auf die meditative Art zu laufen, die mir guttut. Ein dritter Hund würde das vollends unmöglich machen.

Beim Duschen entwarf ich das Programm für den Tag. Martins Freund Toby Susskind aufspüren. Bibliotheksrecherchen über Nobelpreisträger: Martin Binder jagte womöglich seiner mutmaßlichen Familie nach. Zur Abrundung dieser Lustbarkeiten würde ich bei meinem Kumpel vom Pflichtverteidigerbüro nachhaken, ob er Bekannte meines toten Methkochers ausgegraben hatte.

Es wäre leichter gewesen, Toby zu finden, wenn ich seine Handynummer gehabt hätte, aber schließlich ermittelte ich, dass er am Rochester Institute of Technology studierte. Die Verwaltung rückte seine Nummer nicht heraus, wohl aber seine Uni-Mailadresse, denn die galt als mehr oder weniger öffentlich. Während ich darauf wartete, dass er auf meine E-Mail antwortete, knöpfte ich mir die Nobelpreisträger zwischen 1920 und Ende der Dreißiger vor.

Eine Liste war schnell gefunden, doch die Recherche erwies sich als weniger simpel, als ich mir vorgestellt hatte. Man musste persönlich zur wissenschaftlichen Bibliothek der University of Chicago, um Zugriff auf ihr Archiv zu erhalten. Ich ging davon aus, dass ich binnen einer Stunde wieder draußen sein würde. Das war nicht mein größter Irrtum an diesem Tag, nur der erste.

Ich musste tief eintauchen, aber dann fand ich eine Erwähnung von Martina Saginor in einer Abhandlung – auf Deutsch – über Frauen am Wiener Institut für Radiumforschung. Ich wollte nicht abwarten, bis Max oder Lotty dazu kamen, mir die Abhandlung zu übersetzen, also trug ich mein Laptop mit der kopierten Datei zum Auskunftsschalter, wo sie einen jungen Mann herbeiriefen, der Deutsch lesen konnte. Mit seiner drahtgerahmten Brille und dem weißen Hemd unter einem Pullunder erinnerte er mich an William Henry, den jungen Möchtegernkriminalisten aus *Der dünne Mann*.

Er stellte sich als Arthur Harriman vor, ich mich als V.I. Warshawski. Als ich ausführte, dass ich Detektivin und bemüht sei, mit der Machete durch das Dickicht von rund siebzig Jahren zur Fährte einer toten Physikerin vorzustoßen, wurde Harriman noch mehr zu William Henry. »Wir jagen eine verschwundene Person? War sie eine deutsche Spionin? Muss ich wissen, wie man mit einer Kanone umgeht?«

»Sie müssen nur Deutsch lesen können, denn das kann ich nicht.« Ich reichte ihm mein Laptop mit der deutschen Abhandlung auf dem Bildschirm.

»Das klingt interessant«, sagte Harriman, als er sich durch einen Teil des Textes gescrollt hatte. »Es geht um das Wiener Institut für Radiumforschung, das IRF. Auf der Suche nach den Geheimnissen des Atoms wollte Wien mit Paris und Cambridge und Kopenhagen konkurrieren. Bemerkenswert ist, dass die Forschungsabteilung dort zu vierzig Prozent aus Frauen bestand, im Vergleich dazu gab es in den USA praktisch gar keine, genau wie im Rest von Europa – das schließt sogar das Labor von Irène Curie mit ein, obwohl sie relativ oft Frauen eingestellt hat.«

Er scrollte weiter, bis er zu Saginor kam. »Ihre Lady hat von 1926 bis 1936 an der Technischen Hochschule für Mädchen Chemie und Mathematik gelehrt. Zwischendurch ging sie nach Deutschland, nach Göttingen, um ihren Doktor in Physik zu machen, anschließend wurde sie Forscherin am IRF. In Göttingen hat Heisenberg eine Algebra der Quantenmechanik entwickelt, alle Physiker kamen zur einen oder anderen Zeit dorthin. Oppenheimer, Fermi, einfach alle.«

»Steht da irgendetwas über Saginors Privatleben?«, fragte ich. »Hatte sie Kinder, einen Ehemann, ist von so was die Rede?«

Er las weiter bis zum Ende der Abhandlung. »Nichts über ihr Privatleben. Als Deutschland Österreich annektiert und die Rassegesetze der Nazis eingeführt hat, verlor Saginor ihren Lehrauftrag, aber das IRF hat aus irgendeinem Grund sein jüdisches Personal nicht sofort entlassen. Warum ist unklar. 1941 wurde Saginor dann zum Uranverein abgestellt.«

»Was ist das?«

Harriman klickte sich durch ein paar Links. Ich wartete, während er weitere Dokumente überflog, seine Lippen bewegten sich, als er stumm übersetzte.

»Es nannte sich Uranverein, aber es waren mehrere Forschungseinrichtungen, in denen Deutschland versuchte, die physikalischen und technischen Voraussetzungen für den Bau einer Atombombe zu entwickeln. Es gab sechs Labore des Uranvereins in Deutschland und eins in Österreich. Ihre Lady wurde in das in den österreichischen Alpen geschickt.«

Er las weiter, immer noch vor sich hin murmelnd. »Also: 1942, als es an der Ostfront schlecht lief, ging Deutschland das Geld für seine Bombenprojekte aus. Zudem hat Hitler nie wirklich geglaubt, dass die Spaltung des Atoms möglich ist. Das zeigt, wieso es ein Fehler ist, wenn man die Forschung von einem Diktator diktieren lässt.« Er grinste über sein kleines Wortspiel, wurde aber schnell wieder ernst. »So leid es mir tut, man hat Saginor 1943 deportiert, als die Anlage in Österreich stillgelegt wurde. Saginor wurde nach Theresienstadt geschickt, dann auf einen Zwangsmarsch weiter nach Osten, wahrscheinlich zum Vernichtungslager Sobibor. Sie muss unterwegs gestorben sein, denn das ist der letzte Eintrag über sie.«

Ich kniff die Augen zu und versuchte das Bild einer zerlumpten, im Schnee sterbenden Frau zu vertreiben. »Heißt das, bevor sie starb, war sie an einem deutschen Äquivalent zum Manhattan-Projekt beteiligt?«, fragte ich. »Ich wusste gar nicht, dass es so was gab.«

»Oh doch, und ob. Das war ein irrer weltweiter Rüstungswettlauf«, sagte Harriman fröhlich.

»Aber – hat sie denn in Wien an diesem IRF auch an Waffen gearbeitet?«

»Nein, nein.« Er setzte mein Laptop ab. »Es ging ihr wie praktisch allen Physikern in den Dreißigern: Sie versuchte die Architektur des Atoms zu verstehen. In der Abhandlung über die Frauen am Institut für Radiumforschung kommt eine ihrer Mitarbeiterinnen zu Wort, die sagt, Saginor war mit Leib und Seele Forscherin.«

Er sah wieder auf den Bildschirm und klickte zurück zum ersten Artikel. »Sie kam nach ihrer Arbeit in der Hochschule immer noch ins Institut und führte Experimente durch. Die Frau, die in dem Artikel zitiert wird, sagt, Saginor schien nie etwas zu essen – es gab im Gemeinschaftsraum Kaffee und Kuchen, aber Martina hielt es kaum aus, ihr Labor zu verlassen. Die zitierte Frau meint, Martinas Hauptinteresse galt der Interaktion von Neutronen mit schweren Nukliden, aber die Forschungsfelder von Physikern, Chemikern und Geologen der Dreißigerjahre überschnitten sich ständig.«

Er tippte auf den Bildschirm. »Es ist schon klar, warum sie sie zum Uranverein holten, wenn auch nur als Zwangsarbeiterin. Saginor war wahrscheinlich eine der Ersten, die an Kernspaltung glaubten. Sie scheint schon 1937 mit verschiedenen Materialien experimentiert zu haben, um eine Methode zu entwickeln, den Resonanzquerschnitt von Uran und Thorium ohne allzu viele Störgeräusche zu erfassen.«

Ich versuchte verständig zu nicken, aber innerlich stöhnte ich auf. Warum hatte ich in Professor Wrights Vorlesungen nicht besser aufgepasst, als ich hier mein Grundstudium absolvierte?

Ich brachte Harriman dazu aufzuschreiben, was er mir referiert hatte, und es mir als E-Mail zu schicken. Als er das sehr zuvorkommend erledigt hatte, fragte ich ihn nach Nobelpreisträgern, die Martina Saginor getroffen haben könnte, entweder in Wien oder in Göttingen. »Es müsste jemand sein, der um 1955 in Chicago war, denn Martinas Tochter kam her, um nach ihm zu suchen.«

Auch dies erwies sich als eher komplizierte Recherche. Physiker in den Dreißigern waren die reinsten Wandervögel, flatterten von Kopenhagen nach Cambridge, von Kalifornien nach Kolumbien, mit Zwischenstation in Göttingen oder Berlin und Paris.

Wir gingen die Liste der Nobelpreisträger in Physik und Chemie von den Zwanzigern bis 1950 durch. Jede Menge Preisträger konnten in Deutschland oder in Wien gewesen sein, als Kitty Binder zur Welt kam. Die meisten der Europäer unter ihnen waren während des Krieges nach England oder in die USA geflüchtet, Harriman sagte, jeder davon könnte eine Weile in Chicago gelebt haben. Einige, wie Fermi, traten dem Fachbereich der Universität von Chicago bei. Andere arbeiteten hier am Manhattan-Projekt oder hatten Kurzauftritte als Gastdozenten.

»Chicago war nach dem Zweiten Weltkrieg der absolute Hot Spot für Physiker. Fermi, Teller, sie zogen die nächste Generation von Wunderkindern an. Spielt die Nationalität eine Rolle?«

Ich schüttelte den Kopf. »Saginor bekam ihr Baby 1930 oder '31, also ist der Vater jemand, dem sie zwischen '29 und '30 entweder in Wien oder in Deutschland begegnet ist. Nach dem, was Sie gesagt haben, könnte es von Werner Heisenberg bis Robert Oppenheimer jeder sein.«

»Schon«, sagte Harriman, »aber Heisenberg war nach dem Krieg nicht hier, es ist also kein ganz so weites Feld.«

Meine heimliche Sorge behielt ich für mich: Kittys Fantasien über ihren Vater konnten auch heißen, dass er gar kein Wissenschaftler gewesen war, geschweige denn Nobelpreisträger. Es mochte wirklich ein Wiener Handwerker gewesen sein, der bereits eine Frau und zwei Kinder hatte. Der Schnappschuss auf Kittys Anrichte zeigte vielleicht einen Strandtag, an dem seine Gattin die Tochter seines Liebchens großzügig hatte teilnehmen lassen.

Harriman gab mir mein Laptop zurück. Ich schloss die Fenster, die er geöffnet hatte, da sah ich die Fotografie. In der Mitte eines der deutschen Zeitungsartikel, die Harriman ausgegraben hatte, prangte das Bild, das ich im Meth-Haus gefunden hatte: das riesige Metall-Ei auf dem Dreifuß mit feierlichen Männern und Frauen, die stolz in die Kamera schauten.

»Was ist das hier? Wer sind diese Leute?«

Harriman starrte mich verwundert an, weil meine Stimme so belegt klang, aber er nahm mir den Computer wieder ab. »Ein früher Teilchenbeschleuniger, der am Institut für Radiumforschung entwickelt wurde. Was ist daran so aufregend?«

»Ich habe kürzlich einen Abzug von diesem Bild gesehen, und zwar an einem Ort, wo ich jede Wette eingehe, dass dort niemand je von einem Teilchenbeschleuniger gehört hat, geschweige sich dafür interessiert. Wer sind die Leute da?«

»Es gibt keine Bildunterschrift«, sagte Harriman, »aber die waren alle am IRF. Ich nehme an, Ihre Martina ist eine von den Frauen, das sollte nicht allzu schwer herauszufinden sein. Der zweite Mann von rechts, sein Gesicht kenne ich. Ich glaube, ich hab es in unseren Archiven gesehen.«

Er sah auf die Uhr an der Wand. »Ich muss gleich zu einem Treffen, aber ich kann nach dem Mittagessen noch ein bisschen rumstöbern. Wenn Sie mich schon keine Kanone tragen lassen, kann ich vielleicht diese Leute aufspüren.«

Ich dankte ihm überschwänglich: Es war eine Erleichterung,

wenigstens eine Aufgabe delegieren zu können. Während er in den Innereien der Bibliothek verschwand, suchte ich mir eine freie Lesekabine und setzte mich, um meine Mails zu checken.

Jari Liu hatte zurückgeschrieben, dies sei die einzige Mailadresse, die er von Martin hatte. Er hatte dieselbe Fehlermeldung erhalten.

Martins Freund Toby Susskind hatte geantwortet. Er wusste nicht, wo Martin war, aber er hatte seine Handynummer dazugeschrieben. Als ich anrief, erklärte Toby mir stockend und unsicher, warum er und Martin keinen Kontakt mehr hatten.

»Martin wollte aufs College, aber seine Großmutter, sie war so dagegen, dass er am Ende in Chicago blieb und sich einen Job suchte. Ich selbst hätte es wahrscheinlich nie nach Rochester geschafft, wenn Martin mir nicht mit dem Oberstufenprojekt geholfen hätte, und, na ja, das machte alles irgendwie schwierig, wenn Sie wissen, was ich meine.«

Ich murmelte etwas Mitfühlendes. Ich konnte mir Martins Kummer und Tobys Verlegenheit vorstellen, viel Spannung in einer Beziehung, die von Anfang an nicht sehr vertraut gewesen war. Ich fragte Toby, ob er wüsste, wer das Grillfest im August veranstaltet hatte. »Ich muss mit jemandem reden, der mit Martin gesprochen hat, ehe er verschwand«, erklärte ich, aber Toby sagte, Martin und er hätten sich diesen Sommer kaum gesehen und überhaupt hätte Martin nie etwas von seinen Kollegen erzählt.

»Was hat Martin denn von Besuchen bei seiner Mutter erzählt?«, fragte ich.

»So was hat er nie erwähnt. Natürlich wusste jeder, dass sie eine Drogensüchtige ist. Manche Kids haben Martin deswegen ziemlich übel zugesetzt, wenn er also los ist, um sie zu treffen, hätte er das wohl für sich behalten.«

Martin hatte offenbar früh gelernt, sich abzuschirmen. Vielleicht war sein Großvater der Einzige, der wirklich zu ihm durchgedrungen war. Ich dachte an das Grinsen der beiden, als Martin beim Science Fair den ersten Platz gemacht hatte.

Toby war nervös: Er musste zu einem Seminar, er musste noch jemanden zurückrufen, er konnte mir wirklich nichts weiter sagen. Er hatte keine Handynummer von Martin. Aber Ms. Hahne, die an der Highschool Physik auf College-Niveau unterrichtete, könnte vielleicht Martins Pläne kennen; Toby glaubte, dass Martin ihr nahestand.

Nadja Hahne war im Unterricht. Die Frau im Sekretariat nahm eine Nachricht entgegen und versprach, sie der Lehrerin zukommen zu lassen. Während ich in einem der kleinen Cafés in Uninähe ein Sandwich und einen überraschend guten Cappuccino zu mir nahm, schickte mir mein alter Freund Stefan Klevic eine E-Mail: Er hatte die Cook County-Akte von Ricky Schlafly aufgetrieben und für mich gescannt.

Ich las sie und versuchte, kein Hummus auf meine Tastatur zu schmieren. Schlafly war ein paarmal festgenommen worden, Drogenbesitz, Dealen und Einbruch. Er war an einem verpfuschten bewaffneten Raubüberfall auf einen Spätkauf beteiligt gewesen. Niemand wurde ernstlich verletzt, aber er hatte sich fünf Jahre in Stateville eingebrockt.

Schlaflys letzte bekannte Adresse in Chicago war in Austin, am äußersten Ende der heruntergekommenen West Side. Der Mietvertrag lief auf einen Mann namens Freddie Walker.

Stefan schloss seine Mail mit den Worten: »Walker hat keine Akte, aber in Oak Park und Chicago PD heißt es übereinstimmend, er ist die treibende Kraft hinter einem Haufen Koks, der in diesem Teil der Stadt in Umlauf ist. Du weißt jetzt alles, was ich weiß, und falls du vorhast, ihm einen Besuch abzustatten, solltest du dein bestes Sonntags-Kevlar anlegen.«

Ich tat noch mehr: Nicht nur fuhr ich zu Hause vorbei, um mir eine Weste und meine Waffe zu holen, ich kündigte meine Expedition auch einem Bekannten bei der Chicagoer Polizei an, auch wenn Conrad Rawlings' Bezirk im Südosten, wo ich aufgewachsen war, auf der anderen Seite des Stadtplans lag.

In ferner, nebliger Vergangenheit waren wir mal ein Paar gewesen. Unsere Trennung war nicht harmonisch verlaufen, besonders weil er sich dabei eine Kugel einfing, aber in einem gut versteckten Winkel seines Herzens bedeutet es Conrad noch etwas, ob ich lebe oder sterbe.

»Ich hoffe, du stellst dir nicht vor, dass ich dich in ein Meth-Haus eskortiere, Ms. W. Wenn du auf die Art von Kick aus bist, kannst du jederzeit nachmittags in meinem Revier vorbeikommen.«

»Ich würde nicht im Traum daran denken, dich von den Latin Cobras und euren anderen Gangs abzuziehen, Conrad. Ich dachte nur, vielleicht lässt du einen deiner Kumpels in der Fifteenth wissen, dass ich komme, damit sie mich nicht verhaften, wenn sie mich diese Adresse an der Lorel betreten sehen. Außerdem möchte ich, dass sich jemand um meine Hunde kümmert, falls ich nicht zurückkehre.«

»Ich kann dir die rührseligste Grabrede halten, die du je gehört hast, aber diese verdammten Hunde nehme ich nicht. Der Rüde, wie heißt er noch? Mitch? Er ist meiner Männlichkeit viel zu oft viel zu nahe gekommen. Worum geht es hier wirklich, Vic?«

Ich berichtete ihm von Derrick Schlaflys Tod und Judys Hilferuf. »Ich versuche rauszukriegen, wo sie hin ist, als sie Lotty nicht erreicht hat.«

Ich hörte, wie Conrad auf einer Tastatur tippte. »Vermisste Person, Mordfall im Drogenmilieu. Wage es ja nicht, in diese Wohnung zu gehen, Warshawski. Ich schicke gerade eine Nachricht an Frettchen Downey, er soll sich einen Durchsuchungsbeschluss holen und den Laden überprüfen. *Du* hältst dich da fern. Dafür zahlen sie uns Bullen schließlich das große Geld. Hast du kapiert?«

»Aye, aye, Sergeant«, sagte ich.

»Sei nicht neunmalklug, Vic. Das steht dir in deinem Alter nicht mehr. Wenn ich rausfinde, dass du auf eigene Faust da rein bist, erschieße ich dich persönlich.«

10

Impulskontrolle

Ich trug meine Knarre in die Küche, um sie zu reinigen. Ich war seit Anfang des Sommers nicht mehr auf dem Schießstand gewesen. Wenn ich vorhatte, mich auf Konfrontationskurs mit Drogenbossen zu begeben, sollte ich besser mit täglichen Zielübungen beginnen und auch in Taser und Automatikpistolen investieren.

Dem Waffenarsenal, das ich mir mit ein paar Abstechern in die richtigen Bars beschaffen könnte, sind praktisch keine Grenzen gesetzt, aber schon die eine Kanone, die ich besitze, trage ich selten mit mir herum. Wenn du eine Waffe hast, willst du sie benutzen, und wenn du deine benutzt, will dein Gegenüber seine auch benutzen, und dann wird einer von euch schwer verletzt oder stirbt, während die andere eine Menge Zeit damit verbringen muss, sich dem Staatsanwalt zu erklären. Das alles raubt Zeit, die für sinnvollere Arbeit gedacht ist, obwohl man natürlich auch argumentieren könnte, einen Drogenhändler zu töten sei sinnvolle Arbeit.

Conrads Warnung war weise. Nur eine Neunmalkluge, die sich für ihr Alter unpassend aufführte, würde sie missachten. Ich legte ein Beinholster an, das konnte ich am besten erreichen, wenn ich mich ducken oder abrollen musste, um einem

Angriff auszuweichen. Frettchen Downey, sinnierte ich, als ich meine Wohnung verließ. Das musste ein Spitzname sein, der Conrad unabsichtlich herausgerutscht war.

Ich überlegte kurz, ob ich bei Mr. Contreras vorbeischauen und Mitch mitnehmen sollte als Rückendeckung, doch da fiel mir der tote Rottweiler im Meth-Haus ein. Und wenn ich Mr. Contreras erzählte, was ich vorhatte, würde er darauf bestehen, mich mit einer Rohrzange bewaffnet zu begleiten.

»Sie, die allein reist, reist am schnellsten«, deklamierte ich großspurig. Wobei sie nicht so schnell reisen sollte, dass sie über die Klippe springt.

Als ich auf den Expressway fuhr, versuchte ich das Timing abzuschätzen. Angenommen, Frettchen Downey las Conrads Nachricht sofort und nahm sie auch ernst. Beantragte einen Durchsuchungsbeschluss. Oder überging diese Formalität – der Oberste Gerichtshof hat der Polizei alarmierend viel Handlungsspielraum gewährt, auf bloßen Verdacht hin gewaltsam in Häuser einzudringen, in Autos, sogar in unsere Büstenhalter.

Doch selbst wenn alle sich ins Zeug legten und mit Warpgeschwindigkeit voranmachten, würde es meiner Schätzung nach mindestens vier Stunden dauern, bis die Cops bei Freddie Walkers Haus eintrudelten. Meine Sorge war eher, dass der Vorgang erst mal ein, zwei Tage liegenblieb. Die Polizei ist überlastet und unterbesetzt, sie haben ihre Routinen, eine verschollene Junkiefrau würde kein gesteigertes Interesse entfachen, weder auf dem Revier noch beim Staatsanwalt.

Als ich den Abschnitt der Lorel Avenue erreichte, in dem Walker Hof hielt, war von Streifenwagen weit und breit nichts zu sehen und auch sonst nicht viel. Die ganze Straße hatte die tragisch-erschöpfte Stimmung, die in Chicagos West Side immer mehr überhandnahm. Unkrautüberwucherte Freiflächen, mit Brettern vernagelte Türen und Fenster, eine Handvoll ausgezehrter Männer, die auf Bordsteinkanten hockten und gewissenhaft ins Nichts starrten.

Das Mietshaus mit sechs Apartments sah so heruntergekommen aus wie der Rest des Blocks, das Mauerwerk hatte dringend Mörtel nötig, die Farbe blätterte von den Fensterrahmen, an den Betonsimsen lösten sich große Brocken. Die Fenster waren allerdings intakt und mit dicken Gitterstäben bewehrt. Die Vordertür massiv. Eine Kamera überwachte den Zugang. Die Sprechanlage hatte nur einen Knopf, keine Namen, keine Nummern.

Ich starrte auf den Eingang, versuchte mir etwas auszudenken, irgendeinen Klinkenputzertrick, der mich nicht nur rein-, sondern auch wieder heil herausbringen würde. Ich drückte auf den Knopf. Nichts geschah. Ich drückte noch mal.

Einer der Männer am Kantstein beobachtete mich. »Kaufen oder verkaufen?«

»Hat das Einfluss darauf, ob ich reingelassen werde?«

Er blinzelte, langsam, wie eine Schildkröte. Das Weiße in seinen Augen war gelb mit roten Streifen – er hatte schon viel zu lange gekauft. »Kommt nicht drauf an. Da macht schon den ganzen Tag keiner auf. Aber wenn du verkaufst, könnt ich wohl 'n Käufer organisieren.«

Ich sah mir die schwere Vordertür genauer an. Sie hatte zwei Schlösser, Sperrriegelschlösser, die man nur mit einem gewissen Aufwand aufkriegt. »Die Kamera ist mächtig schick«, sagte ich zu meinem Gesprächspartner. »Kabellos. Freddie muss ja dick im Geschäft sein.«

»Ich glaub, es läuft ganz gut«, stimmte der Mann zu.

Normalerweise trete ich nicht vor Publikum auf, aber ich glaubte nicht, dass der gelbäugige Mann mich genauer beschreiben könnte, falls ihn jemand befragte. Ich ging kurz zu meinem Wagen und holte mir mein Pickset und eine Rolle Klebeband.

Mein neuer Freund folgte mir zum Hauseingang und bot an, das Klebeband zu halten oder die Dietriche oder was immer hilfreich war. Nachdem ich ein kurzes Stück abgerissen hatte, gab ich ihm die Rolle. Seine Hände zitterten stark und er ließ sie ständig fallen, sah aber mit hellwachem Interesse zu, wie ich das Kameraauge abklebte.

Als hätte er selbst ein kabelloses Signal ausgesandt, tauchten hinter uns weitere Leute auf, zwei Männer und eine schwergewichtige Frau in meinem Alter, die nach Luft rang, als sie uns erreichte.

»Was macht sie da, Shaq?«, fragte die Frau. Das laute Rasseln in ihren Lungen klang schmerzhaft nach meinem Vater, dessen Raucherkarriere mit einem Emphysem geendet hatte.

»Ich weiß nicht, Ladonna«, brummte Shaq. »Sie bricht ein, denk ich. Guck, wie sie die Kamera verdeckt hat, geht kinderleicht.«

Ich wollte nicht nur kein Publikum, ich wollte auch keine Eskorte, aber mir fiel nichts ein, womit ich das Quartett loswerden könnte. Ich zog mir eine weggeworfene Autobatterie als Tritt heran und begann am oberen Schloss zu arbeiten.

»Freddie wird das nicht gefallen«, sagte einer der anderen Männer.

»Was wird Freddie nicht gefallen, Terrell?« Jemand war so schnell und leise um die Ecke des Gebäudes gekommen, dass er alle überraschte, mich eingeschlossen. Die 45er in seiner Hand ließ meine Entourage zurückweichen.

»Ich hab ihr gesagt, sie soll das nicht machen, Bullet«, sagte Shaq und stopfte nervös das Klebeband in eine Hosentasche. »Sie so: ›Ich muss da rein‹, und ich so: ›Bist du lebensmüde? 'n weißes Mädchen wie du hat hier nix verloren‹, aber sie be–«

»Ja, Shaq, du bist ein Held«, knurrte Bullet. »Wir gucken uns schon den ganzen Tag eure Versagerparade an, wie ihr hier vor der Tür rumhängt. Aber du kennst Freddies Regel, Mann, kein Kredit! Wir wissen, wann du deine Stütze kriegst, also verpiss dich bis zum Monatsersten. Ihr auch, Ladonna und Terrell.

Und du, weißes Mädchen, du erklärst Freddie besser, was du da machst, an seiner Kamera rumfummeln und so.«

Er wedelte mit der Waffe. Ich stieg von der Autobatterie. Impulskontrolle. Wann würde ich das mal lernen?

Bullet drückte auf den Knopf, einmal kurz, zweimal lang, und drinnen schob jemand die Riegel zurück. Er bohrte mir die Knarre in den Rücken, genau an dem Punkt, wo der Th1 die Halswirbelsäule mit dem Torso verbindet. Die Härchen an meinem Nacken richteten sich auf. Angst – noch so ein Impuls, den ich nicht unter Kontrolle habe.

»Ich kann mir nicht vorstellen, dass deine Mutter dich Bullet genannt hat«, plauderte ich, als er mich ins Treppenhaus stieß.

»Halt's Maul!« Er drückte die Waffe fester in mein Rückgrat.

»Wenn sie dich für was Besonderes gehalten hätte, hätte sie dir auch einen besonderen Namen gegeben«, sinnierte ich laut. »Lancelot oder Galahad oder –«

»Hackfresse!«, schrie er. »Sie nannte mich Hackfresse, was auch zu dir passen wird, wenn Freddie mit dir fertig ist. Er mag nicht, wenn Schlampen seine Geschäfte stören.«

»Das erklärt vieles.«

Auf der Treppe stolperte ich, drehte mich um und rammte ihm meine Schulter ins Zwerchfell. Er flog rückwärts, stürzte schwer und schlug mit dem Kopf auf die Kante einer Stufe. Im Fallen ging seine Kanone los. Der Schuss echote durchs Treppenhaus.

Schritte dröhnten im Stockwerk über mir. Rufe: »Bullet, was zur Hölle? Hast du die Schlampe gekillt?«

Ein Mann lehnte sich auf dem oberen Absatz übers Geländer, sah Bullet, brüllte nach Hilfe. »Freddie! Bullet, er – sieht aus, als ob er tot ist, Mann!«

»Scheiße, Vir, hat die Schlampe ihn abgeknallt? Schnapp sie dir, du Penner!«

Bullets Körper blockierte die Stufen hinter mir. Ich kam nicht um ihn herum, ohne Virs Kanone meinen Rücken zu präsentieren. Ich schwang ein Bein übers Geländer und rutschte runter, genau als Vir schoss. Ich hatte einen kleinen Vorsprung, denn Vir musste erst noch an Bullet vorbei und blieb stehen, um wild durchs Treppenhaus zu feuern.

Ich erreichte die Eingangstür, aber sie war von innen zugeschlossen. Ich zog meine Waffe aus dem Beinholster und suchte bestmögliche Deckung in der Dunkelheit des Eingangsflurs. Jemand hatte dort ein Fahrrad abgestellt. Ich stolperte darüber, fiel hin und verlor meine Kanone. Ich kämpfte mit dem Fahrrad, kam frei und schleuderte es nach Vir, als er auf mich losging.

Das Rad traf ihn voll ins Gesicht. Ich krabbelte auf dem Boden herum, suchte meine Waffe, bekam sie in dem Moment zu fassen, in dem die Treppenhausbeleuchtung anging. Einen Augenblick später tauchte Freddie selbst auf. Er war ein großer durchtrainierter Kerl mit Stoppelbart und schwarzem Haar, das ihm in die Stirn fiel. Er hob das Fahrrad auf und warf es Vir vor die Füße.

»Wer zum Teufel hat das verdammte scheiß Rad im Flur stehen lassen? Trottel, hab ich denn nur Trottel, die für mich arbeiten? Wer bist du, Schlampe, und was fällt dir ein, Scheiße noch mal an meinen Schlössern rumzufummeln?«

»Ich suche Judy Binder.« Ich keuchte, meine Worte klangen atemlos.

»Judy Binder? Scheiße, du bringst meinen Mann Bullet um, weil du nach dieser nutzlosen Schlampe suchst?«

»Ist Bullet tot?«, fragte ich. »Ich hab nicht auf ihn geschossen, er ist hingefallen und hat sich den Kopf angeschlagen.«

»Ja, erklär das dem Richter und der Jury, Schlampe.«

»Schlampe, Scheiße, Schlampe – du wärst origineller, wenn du mal dein Vokabular erweitern würdest.« Freddie hatte eine Halbautomatische in der Rechten, aber ich zielte mit meiner

Waffe weiterhin direkt unter seine Gürtelschnalle, weshalb er sich unbewusst eine Hand vor den Schritt hielt.

»Ich red nicht mit dir, weil ich originell sein will, Schl– wer immer du bist. Was willst du mit der Binder?«

»Kennst du Ricky Schlafly?« Eine Person mit Moral hätte Freddie kurzerhand erschossen und es hinter sich gebracht.

»Ricky? Klar kenn ich den Typ. Wir machen –« Er unterbrach sich. »Was ist mit ihm?«

»Noch nicht gehört? Ricky macht mit keinem mehr Geschäfte. Ich hab seine Leiche in einem Maisfeld gefunden. Krähen haben ihm die Augen rausgerupft. Haben auch seine Eier gefressen. Ein hässlicher Anblick. Da kommt man ins Grübeln, über Sterblichkeit und all so was.«

»Ricky is' tot?«

Vir trat das Fahrrad beiseite und machte einen Schritt auf mich zu. Ich behielt Freddies Augen fest im Blick. Je irrer sie wurden, desto wahrscheinlicher würde er zu schießen anfangen.

»Ms. Binder war da unten bei ihm, aber sie ist abgehauen. Ich versuche sie zu finden, sie ist eine Belastungszeugin.«

»Was? Bist du ein Bulle?«

»Anwältin«, sagte ich, das kam mir geringfügig ungefährlicher vor, als mich als Detektivin zu outen. »Wir müssen Judy finden. Ist sie hier?«

»Sie bringt bloß Ärger, Freddie, ich hab dir gleich gesagt, lass sie nicht rein. Ich geh rauf und kümmer mich um sie.«

»Kümmer dich erst um die hier.« Freddies Schusshand kam hoch. Ich warf mich zu Boden, rollte herum, schoss, duckte mich unter den Treppenabsatz. Acht Schuss im Magazin, drei weg. Freddie kam schießend auf mich zu.

Über den infernalischen Krach hinweg gellte ein Megafon: »Hier spricht die Polizei. Legen Sie die Waffen nieder und kommen Sie mit erhobenen Händen heraus.«

11

Chemieladen

»Sie sind die Schnüfflerin, der Conrad Rawlings vertraut? Einer von euch muss mir das mal genauer erklären.«

Frettchen Downey unterhielt sich mit mir in der leeren Wohnung gegenüber von Freddies Drogenbude. Sobald er auftauchte, zwei Streifenpolizisten im Kielwasser, wusste ich, wer das war: Mit der langen Nase und dem hängenden Schnurrbart sah er exakt wie ein Frettchen aus. Er erschien erst, nachdem ich über eine halbe Stunde mit Handschellen an Vir gekettet verbracht hatte.

Vir erwies sich als Kurzform von Virus, was sich als Spitzname von Erwin Jameson herausstellte. Erwin. Mickriger Name für einen Bodyguard.

Meine Beine waren wacklig: Schock und zu viel Anstrengung. Das Feuergefecht im Treppenhaus hatte in meinen Ohren einen lauten Heulton hinterlassen; ich hatte Mühe zu verstehen, was irgendjemand sagte, ob Räuber oder Gendarm.

»Wir haben nichts gemacht«, sagte Freddie zu den Einsatzkräften. »Die Schlampe kommt an und will meine Schlösser knacken, können Sie das glauben? Am hellerlichten Tag?«

»Junkie oder Dealer?«, fragte mich einer der Beamten.

»Mein Name ist V.I. Warshawski, ich bin zugelassene Privatermittlerin. Sie finden meine Papiere in meiner Brieftasche. Eine seit zwei Tagen vermisste Frau ist in diesem Gebäude. Diese Schläger hier haben gedroht, sie zu erschießen. Wir müssen *sofort* nach ihr suchen, vielleicht ist sie noch am Leben.«

Die Cops zeigten kein Interesse. Sie warfen kaum einen Proforma-Blick auf meine Lizenz, so sicher waren sie, dass ich im Drogengeschäft war. Als klar wurde, dass sie die Tatort-Crew nicht veranlassen würden, Judy zu suchen, stellte ich meine Teilnahme am Gespräch ein – auch als Freddie behauptete, ich sei eingebrochen, hätte seinen besten Freund Bullet getötet und sein Haus geschrottet, indem ich wild um mich schoss. Im Grunde, fügte er hinzu, war er bloß ein Mann, der ein friedliches Leben zu leben versuchte; er hätte seine Halbautomatische nur in Notwehr abgefeuert.

Verschiedene Beamte fragten mich, ob mich jemand geschickt hätte, um Freddie auszuschalten. Wer war mein mexikanischer Kontakt? Wo hatte ich gestanden, als ich Bullet erschoss?

Ich sagte nichts, starrte nur auf die Straße, verfluchte mich im Stillen, Conrads Rat nicht befolgt zu haben. Irgendwann erschien ein Krankenwagen, ein Sanitätertrupp brachte Bullet auf einer Trage raus. Sein Gesicht war nicht zugedeckt, sie hatten ihm aber eine Halskrause angelegt, was mich vermuten ließ, dass er nicht tot war.

»Er atmet noch«, sagte ich zu Freddie. »Wenn du eine gute Krankenversicherung für deine Spielkameraden hast, kann er bald wieder antreten.«

Freddie spuckte mir ins Gesicht. Ein echter Prinz.

Als Lieutenant Downey schließlich eintraf und erfuhr, wer ich zu sein behauptete, geriet er nicht gerade in Verzückung. »Ja, wir wurden vorgewarnt, dass sie hier auftauchen könnte. Was ist passiert?«

Die Einsatzkräfte erklärten, ihnen sei eine Schießerei in der Lorel Avenue gemeldet worden, und sie hätten uns drei aufeinander schießend angetroffen. Freddie fing wieder mit seiner Einbruch- und Notwehr-Leier an, bla bla bla.

»Sind Sie taubstumm, Warshawski, oder gewähren Sie uns Ihre Version?«, fragte Downey.

Ich drehte den Kopf und starrte auf meine Handschellen, sagte aber nichts.

»Na schön, macht sie los«, sagte Downey im Ton lange strapazierter Geduld zu einem der Cops. »Rawlings drüben im Vierten legt für sie seine Hand ins Feuer, weiß der Teufel warum.«

Als meine Hände frei waren, rieb ich sie langsam, massierte meine Schultern, dehnte die Nackenmuskeln. »Judy Binder ist oder war im zweiten Stock.« Ich hatte immer noch Mühe mit dem Hören und fragte mich, ob ich tatsächlich sprach. »Ich bin hier, um sie aufzuspüren, was ich Ihrem Team auch gesagt habe; bislang hat sich aber keiner die Mühe gemacht, nach ihr zu suchen. Als ich ankam, haben Freddie und seine Kumpel nicht auf die Klingel reagiert.«

»Und deshalb haben Sie das Schloss geknackt?«, fragte mich Downeys Sergeant.

Bullet hatte mir meine Picks weggenommen, als er mich ins Haus schubste, die Kriminaltechniker hatten sie beim Reingehen gefunden.

»Mann, wir haben sie doch einbrechen sehen, oben auf dem Monitor«, platzte Vir heraus. »Bullet ist runter, um sie aufzuhalten!«

»Und deshalb haben Sie Bullet Bultman das Genick gebrochen?«, fragte mich der Sergeant.

»Er hat mir eine Waffe ins Rückgrat gebohrt. Mir gefiel die Aussicht nicht, so mit ihm die ganze Treppe hochzusteigen, da hab ich mich geduckt und ihm einen Schubs verpasst. Ich habe nicht auf ihn geschossen. Wenn eine Kugel in ihm steckt, ist sie von Erwin. Erwin war ziemlich hysterisch. Er kam die Treppe runtergerast und ballerte um sich wie ein Verrückter. Keine Ahnung, wie er mich verfehlen konnte.«

»Ich heiß Virus«, fauchte Erwin.

»Steckt eine Kugel in Bullet?« Frettchen Downey drehte sich und blickte seine Truppe an.

»Ich glaub nicht, Looey.« Einer aus seinem Team trat vor. »Das wird sich im Krankenhaus klären.«

»Bringt mich rein, wir wollen mal gucken gehen. Warchosi oder wie Sie heißen, Sie kommen mit. Wir finden für Sie ein Plätzchen, wo Sie nicht die Beweisaufnahme stören.«

»Erwin hier hat gesagt, dass Judy Binder im Haus ist«, wiederholte ich. »Er hat angeboten, sie zu töten, wenn Freddie das will, aber Freddie befahl ihm, erst mich umzubringen. Ich will sie finden, bevor noch einer von Freddies Schlägern versucht, sie zu ermorden.«

Downey pustete auf die Zipfel seines schlaffen Schnurrbarts. »Ich weiß, Sie sind Gottes Geschenk an Conrad Rawlings, aber ich habe zwanzig Jahre ohne Ihre Hilfe Durchsuchungen gemacht. Schwer zu glauben, dass jemand Zeit und Geld damit vergeudet, einen Junkie zu suchen, aber falls wir einen finden, der sich hier versteckt, lasse ich Sie das ganz bestimmt wissen.«

Sein Sergeant kicherte beifällig. Ich atmete tief durch und schärfte mir ein, dass eine schlagfertige Antwort nur flüchtige Befriedigung nach sich zog. Was ich wirklich wollte, war nicht das letzte Wort haben, sondern zügig hier weg. Mit meiner Waffe und ohne eine Vorladung.

Ein Kriminaltechniker kam mit Überschuhen und Handschuhen für Downey, seine beiden Ministranten und mich. Es gab sechs Apartments, aber keinerlei Anzeichen von Bewohnern. Der Drogenladen im zweiten Stock war geöffnet. Ein Fernseher lief, die Sox führten mit drei Punkten im achten Inning. Die Übertragung von der Kamera, die die Straße filmte, zeigte nur schlierige Streifen: Niemand hatte das Klebeband entfernt. Ein lärmender Rap-Beat drang aus einem Raum irgendwo im Hintergrund. Er knirschte in meinem Ohr, aber ich war froh, ihn überhaupt hören zu können. Das Fiepen von der Schießerei ließ allmählich nach.

Downey wies seinen Sergeant an, das Apartment gegenüber

zu überprüfen. Die Tür war unverschlossen, ein weiteres Indiz, wenn man noch eins brauchte, dass Freddie das Gebäude kontrollierte.

»Gehen Sie da rein«, sagte Downey zu mir. »Wir kommen zu Ihnen, wenn wir zu Ihnen kommen.«

Der Sergeant stieß mich in das Zimmer. Ich stolperte wieder und kam nicht umhin, ihm voll auf den linken Fuß zu treten. »Tut mir leid, Sarge«, sagte ich. »Erst die Schießerei und dann so lange in Handschellen, meine Koordination hat wohl etwas gelitten.«

Er musterte mich abschätzend und betastete seinen Revolver. »Soll ich hier bei ihr bleiben, Looey?«, fragte er Downey.

»Sie geht nirgendwohin, solange wir ihre Waffe haben«, sagte der.

Traurig, aber wahr. Der Sergeant schloss die Tür und ließ mich mit einem versifften hellbraunen Sessel und einem tragbaren Fernseher auf einem Blechtischchen allein. Meine Knie zitterten ernstlich, als ich hinübertorkelte und mir den Sessel ansah. Er war übersät mit Brandlöchern und anderen Flecken, über deren Herkunft ich nicht nachdenken mochte. Kippen und Jointstummel füllten die Ritzen zwischen Sitzpolster und Armlehnen. Ich hätte mich gern etwas ausgeruht, aber nicht in einem Sessel, der ein Arsenal todbringender Bakterien enthielt. Ich tappte in den hinteren Teil der Wohnung und fand ein Zimmer mit einem schmalen Bett, dessen Laken süßlich-sauer rochen, an dem Kissen war Blut verschmiert. Auf dem Boden lagen ein BH, einst weiß, jetzt grau und ausgeleiert, sowie ein paar zusammengeknüllte Papiertücher mit getrocknetem Blut daran. Unterm Bett eine dicke Staubschicht, die mich niesen ließ.

Ich ging in die Hocke, mochte mich weder aufs Bett noch auf den Boden setzen. Der BH gehörte einer Frau, die kein Geld hatte und der ihr Aussehen gleichgültig war. Höchstwahrscheinlich Junkie. Zum Beispiel Judy Binder. Das Motto auf Jari Lius T-Shirt kam mir in den Sinn: *In God We Trust, All Others Show Data.* Gott vertrauen wir, alle anderen müssen Beweise vorlegen. Meine Beweise waren eher dürftig: nur Virs Frage an Freddie, ob er sich um »die Schlampe« kümmern sollte. Trotzdem ging ich davon aus, dass Judy hier geschlafen hatte.

Ich stand auf und trottete in die Küche. Etwas schmutziges Geschirr stand in der Spüle, wo eine Bande Kakerlaken sich rasch einen kleinen Imbiss gönnte. Eine weitere Versammlung huschte auseinander, als ich einen Küchenschrank öffnete. Er enthielt nichts als zuckerstrotzende Frühstücksflocken, eine Schachtel Mikrowellenpopcorn und ein paar schmierige Gläser.

Es gab noch zwei Türen, die eine neu, wohl nachträglich eingebaut, um die Wohnung mit dem Tempel des Verderbens zu verbinden, die andere angelehnt. Ich zog sie ganz auf und sah eine Hintertreppe. Ich versuchte die Tür zum Tempel des Verderbens zu öffnen, doch sie war abgeschlossen.

Ich holte mir eins der Gläser, um es als primitiven Verstärker zu benutzen. Als ich mein Ohr daran legte, würgte es mich bei dem Gedanken, was die Person, die es zuletzt angefasst hatte, an den Händen gehabt haben mochte. Richtige Detektivinnen haben keine Bakterienphobie, ermahnte ich mich streng. Denk an Mickey Spillane. Denk an Amelia Butterworth. Beide hätten sich nie vor einem dreckigen Job gedrückt. Mit dem ans Schlüsselloch gepressten Glas konnte ich die Cops in der Nachbarwohnung hören, aber keine Worte ausmachen. Dem Unruhepegel nach zu schließen waren noch mehr Einheiten eingetroffen.

Wenn Judy Binder hier gewesen war, hatte sie die Schießerei zwischen Vir, Freddie und mir gehört. Und war getürmt, genau wie vor zwei Tagen, als jemand Derrick Schlafly im Maisfeld erschoss.

Ich überließ das schmierige Glas den Kakerlaken in der Spüle und ging zur Hintertreppe. An der Wand war ein Lichtschalter, aber keine Birnen in den Fassungen an der Decke. Ich holte mein Handy raus und tippte auf die Taschenlampen-App.

Auf halbem Weg nach unten stieß ich auf einen abgetragenen Slipper, etwa Größe neununddreißig. Da hatte jemand zu viel Eile und Angst gehabt, um wegen eines Schuhs stehen zu bleiben. Im Erdgeschoss führte eine Tür auf einen unkrautigen Hof. Die Tür hatte an der Außenseite weder Klinke noch Schloss. Ich leuchtete mit meinem Telefon den Boden ab und fand einen zerbrochenen Stuhl, der mir als Türstopper diente.

Der Hof war offenbar Freddies Deponie für leere Bierdosen und Tequilaflaschen. Die Brennnesseln und Gänsedisteln wuchsen hoch genug, dass ich immer wieder über Flaschen stolperte, als ich zu dem hohen Zaun vorstieß, der den ganzen Hof umschloss. Ein Tor war überkreuz schwer mit Ketten gesichert. Ich arbeitete mich an der Umzäunung entlang. An der Südseite war die Erde an einer Ecke so weit erodiert, dass eine dünne oder verzweifelte Person unterm Zaun durchkriechen konnte. Hier lag der zweite abgetragene Slipper. Judy oder wer immer in dem übelriechenden Bett da oben gelegen hatte, war auf diesem Weg nach draußen gelangt. Barfuß über Schutt und Scherben.

Wo würde sich Judy nun verkriechen? Wenn überall, wo sie auftauchte, Dealer starben oder sich die Schädel anschlugen, würde keiner ihrer alten Bekannten sie gern aufnehmen.

Für mich hätte es eine ziemliche Quetschpartie bedeutet, ihr zu folgen, aber ich hätte es schaffen können. Dummerweise stimmte, was das Frettchen gesagt hatte: Ich wollte meine Waffe zurück. Ich ging wieder rein und stieg langsam die Treppe hoch, massierte mir alle paar Stufen die Waden. Als ich in die Küche kam, wartete einer aus Downeys Truppe auf mich. Er sagte nichts zu meinem Ausflug, nur dass der Lieutenant jetzt Zeit für mich hatte.

Downey saß in einem Zimmer, das Freddie offenbar als Büro

nutzte. Computer, Kassenbuch, verschließbare Aktenschränke – jetzt weit geöffnet, was den Blick auf eine beeindruckende Menge Heroin freigab, wenn es kein Koks war, sowie altmodische Apothekenfläschchen voller Pillen –, ein Fünfzig-Zoll-Flachbildfernseher, ein großer Stapel Nummernschilder, eine Bose-iPod-Dockingstation und ein Lehnsessel mit schwarzrotem Bezug, von dem mir die Augen wehtaten.

Downey thronte in dem Sessel. Sicher besser, als draufgucken zu müssen. Ich rollte mir einen Bürostuhl heran und setzte mich ihm gegenüber.

Er starrte mich eine ganze Weile an. »Ich bin gewillt, Ihre Geschichte zu glauben. Fürs Erste. Wir haben in der Kameraaufzeichnung gesehen, wie Sie klingeln, dann haben Freddie und seine Blödmänner sich selbst gefilmt, wie sie Sie auslachen und beschimpfen. Danach ist nichts mehr drauf, also falls Sie das Schloss geknackt haben, kann das keiner wissen.«

Es schien klug, darauf nichts zu erwidern.

»Was ist nun mit der Junkiebraut, die Sie suchen?«, fragte er.

»Judy Binder. Ich glaube jetzt, dass sie in der Nachbarwohnung einquartiert war. Ich habe die Stelle entdeckt, wo sie oder jedenfalls irgendeine Frau hinten raus und unterm Zaun durchgeschlüpft ist. Vor zwei Tagen ist sie im Süden vom Schauplatz eines anderen Drogenmordes geflüchtet.«

Das weckte Downeys Interesse. Wir verbrachten gut zehn Minuten damit, den Mord in Palfry durchzugehen, die Verbindung zwischen Freddie Walker und Ricky Schlafly und die zwischen Judy Binder und beiden Männern. Ich gab ihm die Telefonnummer von Sheriff Kossel in Palfry, fügte aber hinzu, dass ich sehr wenig wüsste und nur nach Judy suchte, um ihrer alten Mutter einen Gefallen zu tun.

»Haben Sie nicht gesagt, eine Ärztin wäre beteiligt, Warchosi?«

Also hatte er doch die ganze Zeit zugehört. »Warshawski«, korrigierte ich.

Er starrte mich wieder an. »Sind Sie verwandt mit den Autoschraubern?«

»Nein.« Ich seufzte und spulte meine Standardantwort ab, einschließlich des jiddischen Schriftstellers. »Zurück zu Judy Binder. Sie hat ihre Ärztin angerufen, ich hab die Nachricht auf dem Anrufbeantworter gehört. Judy war in Panik. Die Ärztin hat mich zu Judys Mutter geschickt. Sheriff Kossel bat mich, Freddie Walker zu überprüfen.« Ich machte eine Pause, aber Downey knibbelte nur an seinem Schnurrbart herum. Ich fügte hinzu: »Judy Binder hat einen Sohn, jetzt um die zwanzig, der auch verschwunden ist. Ich hab nebenan keine Spuren von ihm gesehen. Haben Sie was gefunden, was darauf schließen lässt, dass er hier war?«

»Warshawski, als jiddisch schreibende Privatdetektivin wissen Sie doch, was in einem Drogenhaus läuft. Unten in den leeren Wohnungen haben alle möglichen Kerle und die eine oder andere Braut campiert, haben gedrückt, geraucht, gesnieft, gerotzt und Dreck hinterlassen, den ich nicht mit sechs Paar Handschuhen übereinander anfassen will. Selbst wenn die Heiligen Drei Könige hier gewesen wären, wüssten wir nichts davon, höchstens wegen der Kamelscheiße. Falls Sie Fingerabdrücke von dem Jungen haben oder Genproben, dann können wir die vergleichen, sobald die Kriminaltechnik mit dem Tatort fertig ist. Eins jedenfalls kann ich Ihnen so schon sagen: Irgendwer hat eine der Schubladen da aufgebrochen«, er zeigte auf den Schreibtisch, »und sich mit einer Handvoll Dollars bedient. Wir haben Zwanziger und Hunderter gefunden, die noch hier rumflogen. Der Sarge und ich waren schwer in Versuchung, stimmt's, Rodman?«

Sergeant Rodman grunzte, lächelte aber nicht. Man machte wohl lieber keine Witze über zigtausend Dollar Drogenknete.

Downey behielt mich noch weitere fünfzehn Minuten da, einfach nur aus Frust, aber am Ende wies er Rodman an, mir meine Smith & Wesson auszuhändigen.

Als der Sergeant meine Pistole aus der Tasche zog, kamen meine Picks mit raus und fielen auf den Boden.

»Wenn wir die einbehalten, kaufen Sie sich neue?«, fragte Downey.

»Stark anzunehmen.«

»Gib sie ihr«, sagte Downey zu Rodman.

»Looey – das sind Beweisstücke von einem Tatort«, protestierte sein Sergeant.

»Nee, bloß Beweisstücke für die Blödheit einer jiddisch schreibenden Detektivin. Ich weiß nicht, was Rawlings in Ihnen sieht«, fügte Downey hinzu, als ich meine Picks in eine Westentasche stopfte.

»An der frischen Luft sehe ich besser aus«, sagte ich.

»Das glaube ich gern.« Sein Telefon klingelte, er drückte den Sprechknopf und vergaß mich.

Es war kurz nach fünf, auf dem Expressway die Zeit des zähen Klebens. Ich hielt mich an die Seitenstraßen. Das dauerte etwa gleich lang, zerrte aber nicht so an den Nerven. Kinder spielten draußen, Leute saßen auf den Veranden und schwätzten. Ich kam an Halbwüchsigen vorbei, die Körbe warfen, und betete, dass sie niemals einen Ort wie Freddies Apartment betreten würden.

Ich fuhr bei der Tierklinik vorbei, um kurz nach meinem Findel zu sehen, und erfuhr, dass Mr. Contreras schon da gewesen war. Sie hatten ihn die Hündin besuchen lassen und er hatte die siebenhundert Dollar hingeblättert, die sie für die Fortsetzung der Behandlung brauchten. Die Veterinärin meinte, wenn alles gut verlief, könnten wir die Hündin in einer Woche nach Hause holen, wodurch mir bewusst wurde, dass das Leben jederzeit noch komplizierter werden kann.

In meiner Wohnung nahm ich wieder mal eine kochend heiße Dusche, wusch mir das schmierige Glas ab, die Kakerlakeneier, den Anblick von Blut und Kippen, den Klang von

Ladonnas rasselndem Husten. Ich hatte gehofft, mich auf einen ruhigen Abend für mich allein hinausstehlen zu können, dabei aber vergessen, dass ich einem befreundeten Reporter eine Textnachricht geschickt hatte, ehe ich zu Walker ging.

Murray Ryerson kam, als ich gerade in ein schwarzes Sommerkleid und Sandalen schlüpfte.

»Ich dachte, dein Freund ist an der Westküste. Hast du nebenbei was laufen?«, fragte Murray.

»Kaum verspüre ich etwas Wohlwollen für dich, machst du mir klar, wieso ich das lassen sollte«, sagte ich und drängte mich an ihm vorbei zur Tür.

»Tut mir leid, Warshawski, tut mir leid!« Er hob die Hände wie ein Verkehrspolizist, um mich aufzuhalten. »Gönn mir doch die Höhepunkte oder Tiefpunkte oder irgendwas von der Schießerei in Austin. Ich hab die Eckdaten aus den Fernsehnachrichten, aber du hattest ja einen Logenplatz.«

Kaum hatte ich ihm von Palfry, meiner Suche nach Judy und der Schießerei berichtet, da erschien Mr. Contreras. Er hatte in den Sechs-Uhr-Nachrichten von dem Schusswechsel gehört, also musste ich noch mal von vorn anfangen. Mr. Contreras mag Murray nicht, deshalb war er verstimmt, dass er die Geschichte nicht als Erster zu hören bekommen hatte. Er ritt zehn Minuten darauf herum, dass ich ihn nach Austin hätte mitnehmen müssen. Das war ein guter Augenöffner: Ich hatte schon geglaubt, schlimmer könnte es nicht kommen, aber immerhin war mir erspart geblieben, wie Mr. Contreras versuchte, mit einer Rohrzange Freddies und Virs Kugeln aufzuhalten.

Wir drei gingen essen. Nicht das feine Abendessen in der Trattoria, das mir vorgeschwebt hatte, sondern die Gastro an der Ecke, wo Mr. Contreras und Murray die dicken Burger bekamen, nach denen es sie verlangte. Nach einem Tag mit Schusswaffen und Blut drehte mir rot triefendes Fleisch den Magen um. Ich ließ die beiden Männer in beklommenem Schweigen weiteressen und ging heim, um mir einen Topf Pasta zu kochen. Ich hatte noch guten Käse, eine halbe Flasche Wein. Ich setzte mich mit den Hunden auf die Veranda, lauschte der CD von Jakes High-Plainsong-Gruppe und fühlte, wie langsam etwas Frieden in meinen Geist zurückkehrte.

Jake selbst rief etwas später an. Er hatte nichts gefangen auf seiner Hochseeexpedition, aber dafür jede Menge Spaß gehabt. Ich hatte zwar wen gefangen, aber überhaupt keinen Spaß gehabt. Das zeigt mal wieder, ich weiß nicht genau, was es eigentlich zeigt. Aber während ich noch auf der Veranda saß, spielte er mir ein Schlaflied auf seinem Bass. Ins Bett ging eine viel glücklichere Detektivin, als ich es eine Stunde zuvor gewesen war.

12

Keine Gefallen mehr

Mein Schlaf war erfüllt von unruhigen Träumen. Freddie, Vir und Bullet jagten mich durch ein Maisfeld voller Leichen, während Judy Binder hinter den Maisstängeln Verstecken spielte. Sie kicherte und höhnte: *Du findest mich nie, und meinen Sohn findest du auch nicht.*

Ich wachte wieder früh auf, aber diesmal fuhr ich mit den Hunden zum Schwimmen an den See. Als ich geduscht und mich umgezogen hatte, bot Mr. Contreras an, mich zum Frühstück im Belmont Diner einzuladen.

»Liebend gern«, sagte ich, »aber nur, wenn wir weder über Murray noch über die verwaiste Rottweilerin reden.«

Er schaffte es einen ganzen Teller French Toast hindurch,

nicht von der Hündin anzufangen. Erst als ich mir ein BLT-Sandwich zum Mitnehmen für meine Mittagspause bestellte, kam er auf sie zu sprechen. »Hör mal, Spatz, diese Hündin muss doch ein ruhiges Leben führen, bis sie ihren Herzwurm los ist, was bedeutet, ich könnte –«

Ich schnitt ihm rücksichtslos das Wort ab, stand auf und küsste ihn auf die Stirn. »Ich muss in die Innenstadt. Später, mein Freund. Danke für das Frühstück.«

Mein erster Termin galt meinem wichtigsten Klienten, Darraugh Graham. Ich parkte bei meinem Büro und nahm die L zum Loop. Es war die morgendliche Rushhour, alle Sitze waren belegt, also lehnte ich mich an eine Stange, die Aktentasche zwischen die Füße geklemmt. Ich zückte mein Telefon, um meine SMS zu checken, womit ich es den übrigen Fahrgästen gleichtat, die Aufmerksamkeit auf eine andere Welt gerichtet als die vor unserer Nase.

Ich fragte mich, ob andere Fahrgäste ebenfalls wütende Textnachrichten von Polizeisergeanten erhielten, die sofortigen Rückruf forderten. Das betraf nicht nur die erste SMS auf meinem Telefon, sondern auch die fünfte, sechste und neunte. Ich wusste, das würde ein anstrengendes Gespräch werden, also brachte ich es besser hinter mich, bevor Conrad Rawlings noch einen ganzen Tag Druck aufbaute. Es zeigte sich, dass er schon reichlich davon angestaut hatte.

Hatte er oder hatte er mir nicht gesagt, dass ich keinesfalls allein in diese Wohnung gehen sollte? Er hatte mit Frettchen Downey jede Menge Schadensbegrenzung betreiben und sich dafür verbürgen müssen, dass, falls ich Bullet umgebracht hatte, das hundertprozentig ein Unfall war. »Bitte mich nie wieder um einen Gefallen, Warshawski. Ich hab die Schnauze voll bis zu den Backenzähnen von deinem Leichtsinn. Wenn du dich das nächste Mal mit einem Drogenboss von der West Side anlegen willst, nimm dein bekifftes Weichei von Geiger mit.«

»Verstanden, Sergeant. Keine Gefallen mehr. Hab's kapiert. Allerdings spielt Jake Bass, nicht Geige.«

»Geige, Ukulele, was macht das schon? Er ist trotzdem ein Weichei, und du bist ein verdammt anstrengendes Stück.« Conrad legte auf.

Irgendwie war es ein bisschen schmeichelhaft, dass Conrad eifersüchtig auf Jake war. Ich wandte mich wieder meinem Posteingang zu. Eine Anwaltskanzlei, für die ich arbeite, wollte eine Untersuchung gewisser Unregelmäßigkeiten bei ihren Außenständen. Ein Weinhändler wollte wissen, ob Ware aus Lieferungen verschwand, bevor oder nachdem sie seinen Laden erreichten.

Nadja Hahne, Martin Binders Physiklehrerin, hatte heute ab halb vier Zeit für mich, sie würde beim Sicherheitsdienst der Schule meinen Namen hinterlegen, falls ich es schaffen konnte zu kommen. Ich schickte ihr eine Zusage. Der Universitätsbibliothekar hatte die Namen der acht Leute auf dem Foto mit dem Metall-Ei auf dem Dreifuß herausbekommen bis auf einen. Ich rief ihn sofort an.

Obwohl Mobiltelefone die Emotionen in der Stimme stark verflachen, merkte ich deutlich, wie aufgeregt Arthur Harriman war. »Haben Sie das Bild vor sich?«, fragte er.

»Ich stehe in der L«, sagte ich. »Ich komme nicht an meinen Computer.«

»Okay, versuchen Sie es sich vorzustellen. Wissen Sie noch die fünf Typen, die stehen? Der in der Mitte ist Stefan Meyer, er war in den Dreißigern Direktor des IRF, jedenfalls bis die Nazis an die Macht kamen. Die Dame in der Mitte, die genau vor ihm sitzt, ist eine norwegische Physikerin. Sie hat mit Meyer eine Menge Experimente durchgeführt. Ihre Martina sitzt links von der Norwegerin, und Gertrud Memler, eine von Martinas Studentinnen, ist die auf der anderen Seite. Aber ich bin sicher, der Mann, den Sie suchen, ist der links von Meyer, Benjamin

Dzornen. Er hat 1934 für seine Arbeit über Elektronenzustände in Transuranen den Nobelpreis bekommen, aber der Punkt ist: Er verließ Wien 1936, ging an die Universität Wisconsin, und dann, 1941, wurde er zum Manhattan-Projekt berufen. Nach dem Krieg verbrachte er den Rest seines Lebens hier an der Uni von Chicago.«

»Und offenbar kannte er Martina Saginor, da sie zusammen auf dem Bild sind«, sagte ich.

»Die kannten sich damals alle«, sagte Harriman. »Aber Dzornen hat Saginors Dissertation betreut. Sie ging im Sommer 1929 nach Göttingen, um mit ihrer Doktorarbeit zu beginnen. Er war zur selben Zeit dort und erklärte sich bereit, die Betreuung zu übernehmen, so dass sie ihre Arbeit in Wien zum Abschluss bringen konnte.«

Mir wurde jäh bewusst, dass ich längst an meiner L-Haltestelle vorbei war, wir fuhren auf der Trasse zwischen den Fahrbahnen des Eisenhower Expressway nach Westen. Unaufmerksame Blindheit, eine zunehmende Krankheit der vernetzten Welt. Ich dankte Harriman mit mehr Hast als Eleganz und raste die Treppen hoch, um auf die stadteinwärts fahrende Seite zu wechseln.

Ich kam fast zehn Minuten zu spät zu meinem Termin, was unentschuldbar war. Schlimmer noch, ich konnte nicht widerstehen, Dzornens Namen in meine Personensuchmaschinen einzugeben, während ich mir eigentlich Fragen zu drei möglichen Kandidaten für die Leitung von Darraughs südamerikanischer Techniksparte anhören sollte. Ich versprach, dem Personalausschuss binnen fünf Tagen meinen Bericht vorzulegen, aber als ich die Sitzung verlassen hatte, merkte ich, dass ich anstelle des einen Kandidaten den Namen Martina Dzornen aufgeschrieben hatte. Ich musste noch mal zurück und beim Chef der Sicherheitsabteilung den richtigen Namen erfragen, und er war sowieso kein Fan von mir.

Bis ich wieder in mein Büro kam, hatten meine Suchmaschinen Dossiers über Benjamin Dzornen bereitgestellt. Er war 1896 in Bratislava geboren und dort zur Schule gegangen und hatte während des Ersten Weltkriegs im Heer Österreich-Ungarns gedient. Nach dem Krieg verließ er die Tschechoslowakei und ging nach Berlin, wo er in den Bann von Einstein, Max Planck und ihrem Umfeld geriet.

In Berlin heiratete Dzornen eine Deutsche, Ilse Rosenzweig, die aus einer wohlhabenden gebildeten Familie stammte. In den Zwanzigern zog er nach Wien, um am Institut für Radiumforschung zu arbeiten. Er und Ilse hatten drei Kinder, zwei Töchter, die in den Zwanzigern in Wien geboren waren, und einen wesentlich jüngeren Sohn, der erst zur Welt kam, als sie schon in den Vereinigten Staaten lebten.

Ich überflog den Rest des Dossiers. Tatsächlich war er 1929 in Göttingen gewesen und hatte mit Heisenberg zu Matrizenalgebra und Quantenmechanik geforscht. Unter den Studenten, die an dem Projekt beteiligt waren, stand M. Saginor, Geschlecht ungenannt.

Wenn Dzornen und Martina ein Liebespaar gewesen waren, dann entsprach Kittys Behauptung, ihr Vater habe mit dem König von Schweden zu Abend gegessen, der Wahrheit. Aber wie konnte ich das verbindlich ermitteln? Ich stellte mir vor, wie ich mitten in der Nacht in Kittys Schlafzimmer schlich, um eine Genprobe zu entnehmen, und wie ich bei einer Party auf eine von Dzornens Nachfahren zuhechtete und ihr ein Q-Tip in den Mund steckte. Es musste einen gangbareren Weg geben.

Ich lehnte mich in meinem Stuhl zurück. Die Frage war gar nicht, ob Dzornen wirklich Kittys Vater war. Es ging darum, ob sie glaubte, dass er es war. Der Familienroman, so nannte Freud die Fantasievorstellung, man sei nach der Geburt von seinen wahren Eltern getrennt worden, die etwas ganz Besonderes waren, womöglich von königlichem Blut. Meine Großmama

Warshawski glaubte, dass sie von Jadwiga, Königin von Polen, abstammte und mit diesen Genen allen anderen Immigrantinnen, die in Chicagos Schlachthöfen malochten, überlegen war.

Kitty hätte den Glauben an ihre erlauchte Abstammung nicht vor ihrer Familie geheim gehalten. Ich konnte mir gut vorstellen, wie sie vor ihrem Mann damit prahlte oder sich bei ihrer Tochter beschwerte: *Mein Vater hat den Nobelpreis bekommen, du musst deine schwachen Gene von deines Vaters Familie haben.*

Wenn Martin an etwas dran war, das nicht aufging – war das etwas, was er über seine Mutter herausgefunden hatte? Seine Großmutter? Was, wenn es gar nichts mit Geld oder Drogen zu tun hatte? Befürchtete er womöglich, Symptome einer Erbkrankheit aufzuweisen? Dann wäre er wohl nach Cleveland zur Familie seines Vaters gefahren, aber er hätte auch die Leute sprechen wollen, von denen er seine Kindheit lang hörte, sie seien Blutsverwandte seiner Mutter.

Dzornen war 1969 gestorben. Ilse lebte noch bis 1989, ohne wieder zu heiraten. Ich sah mir an, wo ihrer beider Kinder gelandet waren. Der Sohn hatte nie geheiratet, die beiden Töchter schon. Sie hatten Kinder produziert und Enkel. Ich zählte durch: fünf Enkel für Benjamin und Ilse, elf Urenkel. Eine von Dzornens Töchtern war gestorben, damit blieben immerhin noch achtzehn Menschen, die etwas über Martina Saginor und ihre Tochter wissen konnten. Sie waren weit verstreut – zwei lebten in Südamerika, drei in Europa, die anderen waren über Nordamerika verteilt.

Keins von Dzornens drei Kindern hatte es in die Wissenschaft gezogen. Den Sohn, Julius, schien es überhaupt nirgendwohin gezogen zu haben. Er war jetzt um die siebzig und lebte ohne nennenswertes Vermögen in einem Kutschenhaus unweit der Universität von Chicago. Ganz anders die noch lebende Tochter: Sie residierte an Chicagos Gold Coast mit einem fetten Portfolio Wertpapiere und einem Winterdomizil in Arizona.

Der Computer zeigte ein altes Foto von Ilse, Benjamin und ihren beiden Töchtern vor einem Fachwerkhaus in Madison, Wisconsin. 1937, Ilse war sichtbar schwanger. Ich versuchte mich an den Schnappschuss auf Kittys Anrichte zu erinnern. Hatten die Mädchen darauf diesen entfernt ähnlich gesehen?

Kitty hatte angedeutet, ihre ganze Familie sei im Krieg umgebracht worden. Sie hatte auch gesagt, sie sei nach Chicago gekommen, weil sie gehört hatte, ihre Eltern seien hier. Hatte sie Eltern oder Vater gesagt? Vielleicht hatte sie Dzornen ausfindig gemacht, aber er hatte sie abgewiesen. Er war ein wichtiger Akteur der wissenschaftlichen Welt im Amerika der Nachkriegszeit, er konnte so ein unbequemes Andenken an seine Protegée beziehungsweise seine Mätresse, die den Krieg nicht überlebt hatte, nicht brauchen. Oder er war gar nicht Kittys Vater, und sie war bloß ein Quälgeist.

Dzornens Kinder mochten etwas über Kitty wissen, oder über Martina, oder gar über Martin. Julius Dzornens Kutschenhaus lag an der University Avenue, nicht weit von da, wo ich gestern erst gewesen war. Etwas daran kam mir schräg vor, je länger ich darüber nachdachte: Er hatte keinerlei erkennbares Einkommen, er war dicht beim Wohnsitz seiner Eltern geblieben. Es wäre ein beträchtlicher Umweg, ihn aufzusuchen, bevor ich mich mit Nadja Hahne an der Highschool traf, aber ich konnte es einschieben, wenn ich mich mit meiner Pflichtenliste sehr sputete.

Ich verdiente mir einen Stundensatz in der Angelegenheit des Weinhändlers und übernahm es, ihn bei der Anschaffung und Installation unauffälliger Überwachungskameras zu unterstützen. Ich sprach mit der Anwaltskanzlei über ihre Außenstände und vereinbarte einen Telefontermin mit einer Minengesellschaft in Saskatchewan. Honorarpflichtige Stunden in Höhe von zweihundert Dollar wanderten ordnungsgemäß in meine Buchführung.

Auf dem Weg nach Süden überschritt der Zähler meines Mustangs die Hunderttausendmeilenmarke. Wenn ich mir je ein neues Auto leisten wollte, musste ich aufhören, so viel in der Stadt herumzurasen. Ich schätze, manche Detektive berechnen ihr Honorar wie Anwälte, auch wenn sie bloß sechs Minuten an einen bestimmten Klienten gedacht haben, aber ich fand, dass die arme Kitty nicht für die Zeit zahlen musste, die ich mit Autofahren zubrachte, ganz zu schweigen von dem Tumult, den ich in Freddie Walkers Drogenbude veranstaltet hatte.

Es war noch so früh am Tag, dass ich es zügig nach Hyde Park schaffte. Julius' Kutschenhaus lag hinter einem breiten Fachwerkhaus versteckt an der University Avenue. Die Krone einer Esche, die Blätter schon gelb, ragte von hinten über das Haus.

Ich fragte mich, ob ich quer über den Rasen gehen sollte, um zu Julius zu gelangen, dann bemerkte ich einen Plattenweg, der am Zaun entlang verlief. Ich folgte ihm hinter das große Haus auf einen weitläufigen Hof mit Schaukelgerüst und Badminton-Netz, auch wenn die riesige Esche so viele höckerige Wurzeln ausgetrieben hatte, dass es eine gewaltige Herausforderung wäre, hier weiten Schlägen nachzulaufen. Das Kutschenhaus stand unter dem Baum, die Fenster so mit Efeu zugewachsen, dass ich nicht sehen konnte, ob drinnen Licht brannte.

Die Sträucher am Zaun hingen voller Vogelfutterspender. Die Vögel stiegen kreischend auf, als ich näher kam, was mich unangenehm an die Krähen bei Derrick Schlafly erinnerte.

Ich hämmerte gegen die Tür, Klingel oder Klopfer schien es nicht zu geben. Hinter der Tür vernahm ich gedämpfte Geräusche, vielleicht ein Radio. Nachdem ich drei oder vier Minuten geklopft hatte und mich bereits fragte, ob Julius vielleicht gestorben war, machte er plötzlich auf. Er war ein kleiner stämmiger Mann mit der hohen gewölbten Stirn seiner Mutter. Er hatte einen Zweitagebart und seine Augen waren rot: zu viel Bier, zu wenig Schlaf.

»Mr. Dzornen? Mein Name ist V.I. Warshawski, ich bin Ermittlerin –«

Er schickte sich an, mir die Tür vor der Nase zuzuschlagen. »Keine Cops ohne richterlichen Beschluss.«

Ich steckte meine Taschenlampe in den Türspalt und stemmte mich gegen sein Gewicht. »Ich ermittle privat, nicht bei der Polizei.«

»Dann kriegen Sie sowieso keinen richterlichen Beschluss, also verpissen Sie sich. Ich rede nicht mit Detektiven.«

»Ist das ein Grundpfeiler Ihrer Überzeugungen?«, fragte ich. »Sie haben vor fünfzig Jahren die Grundsatzentscheidung getroffen, Detektive prinzipiell zu meiden, und seitdem ist nichts passiert, was Ihre Meinung ändern konnte?«

Die Tür ging so plötzlich auf, dass ich das Gleichgewicht verlor und gegen ihn purzelte. Einen Augenblick lang tanzten wir einen unfreiwilligen Tango aus Armen, Beinen, Aktentasche und Taschenlampe, bis er zurücktrat und ich auf die rechte Seite fiel. Als ich wieder auf die Füße kam, war sein Gesicht so weiß und teigig, als hätte er sich schnell mit Crisco-Bratfett eingeschmiert.

An einem Haken hinter mir hing eine abgetragene hellbraune Jacke. Die legte ich ihm um die Schultern und führte ihn in sein Wohnzimmer, wo ich ihn in einem verschlissenen Lehnsessel ablud. Der Raum war dunstig vor abgestandenem Zigarettenqualm, ein Aschenbecher auf dem Kaffeetisch quoll über von Kippen. Ansonsten war das Zimmer nicht unaufgeräumt, es hätte nur mal gründlich Staubsaugen nötig gehabt. Nicht dass ich mir da ein Urteil anmaßen sollte.

Zu meiner Überraschung waren sämtliche Wände mit Landkarten und Fotografien von Zugvögeln bedeckt. Eigene Beobachtungen waren in einer pedantischen Handschrift auf Papierstreifen notiert, die auf den Routenkarten klebten. Auf dem Sims neben einem der winzigen Fenster standen Fernglasfutterale: ein abgenutzter Lederkasten, auf dem »Carl Zeiss« eingeprägt war, und ein größeres, modernes von Nikon.

Als Julius Dzornens Gesichtsfarbe sich langsam wieder normalisierte, fragte ich: »Was ist vor fünfzig Jahren passiert, Mr. Dzornen?«

»Ich habe mein Studium abgebrochen.«

»Lag das an etwas, was ein Detektiv getan hat?«

Sein Mund verzog sich höhnisch. »Eher daran, was kein Detektiv getan hat.«

Ich durchdachte das. »Ein Verbrechen wurde begangen, aber ein Detektiv hat es nie aufgeklärt, und Sie wurden falsch beschuldigt und mussten die Uni verlassen?«

»Interessante Mutmaßungen, Detective. Wo waren Sie denn vor fünfzig Jahren?«

»Ich lag wahrscheinlich in einer Wiege. Mögen Sie mir erzählen, was der Detektiv vor fünfzig Jahren nicht untersucht hat?«

Er grinste böse. »Der Detektiv ist nie aufgetaucht. Anders als Sie. Sie sind unglaublich spät dran. Was wollen Sie?«

»Hatte dieser nicht aufgetauchte Detektiv etwas mit Kitty Binder zu tun?«

»Oh, Kitty.« Er machte eine wegwerfende Geste. »Sie haben mit Herta gesprochen?«

»Bisher nicht«, sagte ich. »Sollte ich?«

»Meine Schwester hatte schon immer einen Knoten im Schlüpfer, was Kitty angeht. Herta hält sich für die Hüterin des Gedenkens an Benjamin Dzornen. Sie hat ihm in dem Mausoleum, in dem sie lebt, einen Altar errichtet. Sie redet sich ein, dass Kitty diesen Altar schänden will – Herta kapiert nicht, dass Kitty genau wie sie und Ilse ist, einfach noch so ein verkorkster Flüchtling aus Hitlers Europa.«

Mir war nicht ganz klar, wovon er sprach. »Glaubt Herta, dass Kitty sie angreifen will?«

»Sie macht sich eher Sorgen, dass Kitty ihre Bankkonten

angreift. Hat Kitty Sie angeheuert, um Geld bei Herta rauszuleiern? Richten Sie ihr von mir aus, dass Herta viel zu fest an ihrem Schatz klebt, sie öffnet ihr Portemonnaie nur zu ganz seltenen und ungewöhnlichen Anlässen.«

»Wie als sie Ihnen die da gekauft hat?« Ich zeigte auf die Ferngläser.

Er spreizte die Lippen zur Parodie eines Lächelns, entblößte von Zigaretten grau gefleckte Zähne. »Mitnichten. Das Zeiss hat mir mein Vater hinterlassen, das Nikon hat die Sozialhilfe bezahlt.«

»Kitty hat mich beauftragt, ihren Enkel Martin zu suchen«, sagte ich. »Ich dachte, er hat vielleicht Sie oder Ihre Schwester kontaktiert, bevor er verschwand.«

»Denken Sie schön weiter, Detective. Vielleicht bekommen Sie dafür noch den Nobelpreis wie mein alter Herr. Aber glauben Sie mir, alles Denken und alle Preise schützen Sie nicht davor, letztlich einfach dumm zu sein. Ich versuche, nicht zu denken, beobachte nur die Vögel. Die halten sich abseits von menschlichem Mist.«

»Stark anzunehmen.« Unter der Patina seines weltmüden Geplappers beobachtete er mich argwöhnisch, dachte angestrengt nach, nur worüber? »Hat Martin Sie kürzlich aufgesucht?«

»Warum sollte er?«

»Weil er etwas entdeckt hat, das für ihn nicht aufgeht, und ich mich frage, ob das mit seiner Familiengeschichte zusammenhängt, die wahrscheinlich auch Ihre Geschichte ist.«

»Dann fragen Sie sich mal schön weiter, Detective, denn, wie sie in den Fernsehkrimis immer sagen, dieses Gespräch ist hiermit beendet.« Er lehnte sich im Sessel zurück und begann demonstrativ die Pantomime eines Mannes, der tief und fest schläft.

Ich sah ihm eine Weile dabei zu, aber er gab nicht nach: die

Augen fest geschlossen, der Kiefer schlaff, kurze laute Schnarcher durch die Nase. Als ich aufstand und mich an den Schubladen eines alten Schreibtischs zu schaffen machte, kam er hoch wie der Blitz. Er war über siebzig, aber er war stark, und er packte fest genug zu, dass ich zusammenzuckte. Ich befreite mich aus seinem Griff, setzte ihm aber nicht weiter zu: Er war im Recht – ich hatte in seinen Papieren nichts verloren. Und wie er gleich zu Anfang richtig gesagt hatte, konnte ich keinen richterlichen Beschluss beibringen.

13

Der Dzornen-Effekt

»Ich unterrichte jetzt seit sechzehn Jahren. Ich hatte viele wirklich begabte Schüler, aber Martin Binder lässt mich bis heute nicht los. Eine einmalige Kombination aus angeborenem Talent und schwacher Orientierung.«

Nadja Hahne sprach mit mir in einer Ecke des Schulfoyers, wo wir die Köpfe fast bis zur Berührung zusammenstecken mussten, um uns hören zu können. Am Ende des Arbeitstags ließen die Lehrenden hier Dampf ab, manche lauter als andere. In Jeans und weißem Hemd, mit braunem Haar, das ihr in ungeordneten Strähnen ins Gesicht fiel, sah Hahne nicht alt genug aus, um seit sechzehn Jahren zu unterrichten.

»Wie meinen Sie das, Ms. Hahne?«

»Sagen Sie Nadja. Ich bin acht Stunden am Tag Ms. Hahne, nach Feierabend will ich es persönlicher. Die haben Martin in meinen Physik-Leistungskurs gesteckt, als er bei den SAT-Tests in Mathe alle Punkte geholt hat. Er hätte von vornherein ins

Begabtenprogramm gehört, aber irgendein Idiot hat ihn als UHB eingestuft.«

Ich machte ein verständnisloses Gesicht, und sie lächelte verlegen.

»Eins von diesen schrecklichen informellen Akronymen. Ungeeignet für höhere Bildung. Martins Noten waren mittelmäßig, weil man weder zu Hause noch in der Schule große Erwartungen an ihn stellte. Seine Großmutter hatte diesen unbegreiflichen Widerwillen dagegen, dass er Akademiker wird. Martin kam zu mir und war bereits in die Physik verliebt, er hatte das Ganze erfasst, wenn Sie verstehen, was ich meine.«

Ich schüttelte den Kopf.

»Physik kann einfach nur aus Gleichungen und Formeln und Diagrammen bestehen. Die Maxwell-Gleichungen für Elektrizität, die Feynman-Diagramme für Wechselwirkungen von Teilchen, all so was. Wir haben jede Menge gescheite Schüler hier, die das begreifen. Aber die Physik ist auch ein Kosmos, in dem man seinen Geist auf die Jagd nach der Unendlichkeit schickt, auf die Suche nach den Harmonien, die im Herzen der Natur liegen. Das konnte Martin sehen.

Er musste ein paar Monate lang aufholen, aber er stellte von Anfang an die besten Fragen, die mir in dem Semester unterkamen. Und dann, als er das Hintergrundwissen draufhatte, hüpfte sein Geist in großen Bocksprüngen los, mir weit voraus. Ich bin gerade eben gut genug in dem, was ich tue, um zu erahnen, wo er hinstrebte. Ich konnte ihm ein paar Dinge beibringen, aber meistens lehnte ich mich zurück und sah ihm beim Forschen und Wachsen zu.

Er war mein einziger Schüler, der je die volle Punktzahl im fortgeschrittenen Leistungskurs Physik schaffte, den nur ganz wenige überhaupt belegen, aber seine Großmutter sperrte sich beharrlich dagegen, dass er sich an einer Elitehochschule bewarb. Ich versuchte ihr klarzumachen, wie Martin an einem guten College aufblühen würde. Ich glaube, der Großvater stimmte mir zu, aber er war sehr krank, und Ms. Binder war wild entschlossen zu verhindern, dass Martin ein, ich weiß nicht mehr genau, ein Zeit vergeudender Träumer wird, ich glaub, das hat sie gesagt. Nichts konnte sie umstimmen. Das war unerträglich frustrierend. Es tat regelrecht weh.« Nadja trommelte mit den Fäusten auf ihre Oberschenkel, die Frustration machte sie immer noch wütend.

»Was ist er für ein Mensch?«, fragte ich. »Ich habe mit den Eltern eines seiner Freunde geredet, sie sagten, er sei sozial recht unbeholfen.«

Nadja lächelte traurig. »Er hat kaum je über sein Zuhause gesprochen, ich glaube, er hat sich von dort in die Physik geflüchtet. Er war ein bisschen unbeholfen, ja, aber er hatte auch was Niedliches, und er sah gut aus, auf diese grüblerische Art, die in Mädchen den Impuls weckt, einen Jungen retten zu wollen.«

»Irgendwelche Freundinnen?«, fragte ich hoffnungsvoll.

»Glaub ich nicht«, sagte Nadja. »Auf der Highschool zumindest fand er keinen richtigen Zugang zum Leben anderer.«

Ich spielte mit einem Bleistift, der auf dem Nebentisch gelegen hatte. »Er ist seit zehn Tagen spurlos verschwunden. Es ist ja kein Geheimnis, aber seine Mutter ist drogenabhängig. Ich mache mir Sorgen, dass er in irgendwas Schlimmes verwickelt ist, das mit ihr zu tun hat, denn in dem Haus auf dem Land, wo sie zuletzt gewohnt hat, ist ein Mann ermordet worden.«

»Ermordet? O mein Gott. War Martin –« Sie brach mitten im Satz ab, ihre Miene ganz verknautscht vor Betroffenheit.

»Ich weiß es nicht. Ich bin der Spur seiner Mutter zu einem Drogenhändler an der West Side gefolgt und prompt in eine Schießerei geraten. Sie war weg, als ich ins Gebäude konnte. Ich hatte gehofft, Martin hätte im Laufe des Sommers mal mit Ihnen gesprochen, Ihnen erzählt, was ihm im Kopf herumging, bevor er verschwand. Seine Großmutter sagt, etwas hat ihn schwer beschäftigt in den Wochen, ehe er abgetaucht ist, aber sie weiß nicht, was.«

Hahne schüttelte bekümmert den Kopf. »Als klar war, dass er nicht auf die Uni gehen würde, hat Martin aufgehört, mit mir zu reden. Ich nehme an, er schämte sich und dachte, ich würde schlecht über ihn denken. Bevor seine Studienträume zerbrachen, haben wir uns oft unterhalten, aber meistens über Abstraktes, gelegentlich über Musik oder Vererbung. Er war eine Weile regelrecht besessen von Erbanlagen, ich habe ihn sogar gefragt, warum er sich nicht auf Biologie verlegt, aber er meinte, die Antwort auf eine spezifische Frage zu suchen sei etwas anderes als die ungetrübte Liebe zu einem ganzen Fach. Na ja, ich dachte mir, er macht sich wahrscheinlich Sorgen, süchtig zu werden wie seine Mutter.«

»Es könnte mehr dahinterstecken«, sagte ich. »Seine Großmutter war ein uneheliches Kind aus Wien, und sie macht widersprüchliche Angaben zu der Frage, wer ihr leiblicher Vater war. In der Version, die sie als Kind verbreitet hat, war es ein Wissenschaftler, der den Nobelpreis gewann – Benjamin Dzornen.«

»Oh!« Nadjas Augen öffneten sich weit. »Der hat den Dzornen-Pauli-Effekt entdeckt. Die Gleichungen sind beeindruckend.«

Ich grinste. »Da verlasse ich mich ganz auf Ihr Wort. Jedenfalls scheint Kitty Binder ihre Abstammung sehr zu beschäftigen, so dass Martin wahrscheinlich mit vielen offenen Fragen zu seiner Herkunft aufwuchs. Ganz abgesehen von dem Umstand, dass wohl nicht klärbar ist, wer sein leiblicher Vater war.«

Hahne spielte mit einer Haarsträhne. »Martins Mutter hat ein paarmal in der Schule angerufen, hat sich nach ihm erkundigt oder wollte ihn sprechen. Der Direktor hat es mir erzählt, weil er wusste, dass ich Martin von den Lehrkräften hier am nächsten stand. Wir mussten seine Großmutter darüber informieren, da sie sein gesetzlicher Vormund war. Sie entschied, dass Martin nichts davon wissen soll.«

Ich nickte. »Die Großmutter glaubt, Martin hat ihr gehorcht und seine Mutter nie besucht, aber ich wette, das hat er doch; Kinder wollen einfach ihre Eltern treffen. Sie geben die Hoffnung auf Liebe nicht auf, auch wenn ein Elternteil so labil ist wie Judy Binder.«

»Hat Ms. Binder, ich meine die Großmutter, Sie beauftragt, Martin zu suchen?«, fragte Hahne.

»Zumindest für heute«, sagte ich. »Kitty – Ms. Binder, die Großmutter – wollte erst, dass ich Martin in Ruhe lasse, aber dann bat sie mich doch, ihn aufzuspüren. Ich habe mehrere Dutzend wilde Theorien, die sich alle widersprechen. Eine davon ist, dass Martin irgendwie abgedreht ist und angefangen hat, Leute umzubringen, von denen er denkt, dass sie seine Mutter ins Verderben ziehen.«

»Ich weigere mich, das zu glauben!« Hahne lief rot an bis zu den Wurzeln ihrer mattbraunen Haare. »Nein! So einer war er nicht. Unbeholfen, ja, aber nicht … nicht instabil!«

Ein paar Leute, die in der Nähe ein Schwätzchen hielten, sahen uns neugierig an, fragten sich wohl, was ich gesagt hatte, um sie so aufzuregen. Ich widersprach Hahne nicht. Martin war ihr Lieblingsschüler. »Wenn er nicht verschwunden ist, um seine Mutter zu suchen, wo könnte er sonst sein?«, fragte ich. »Seine Großmutter meint, in den letzten Wochen ist etwas vorgefallen, was ihn irgendwie mitgenommen hat. Ihrer Erinnerung nach hat er gesagt, dass etwas nicht aufgeht. Er ist am Morgen für ein paar Stunden aus dem Haus gegangen, kam noch mal kurz zurück und verschwand dann endgültig.«

Hahne runzelte die Stirn. »Das klingt, als ob er ein mathematisches Problem am Wickel hatte, nicht nach Racheplänen. Er hat diese Formulierung oft benutzt: wenn sich ihm eine

Fragestellung oder eine Theorie nicht erschloss, oder wenn er glaubte, seine Herangehensweise funktioniert nicht, oder wenn er annahm, die Theorie sei falsch.«

»Martin hat sich wirklich nicht bei Ihnen gemeldet? Wenn doch, wenn Sie wissen, dass er in Sicherheit ist, hake ich nicht weiter nach, aber – er ist spurlos verschwunden, und seine Mutter wechselt von einer Drogenhöhle zur nächsten, während ihr eine Truppe wütender Methkocher auf den Fersen ist.«

Ich hatte mich beim Reden angespannt vorgebeugt und merkte, wie Hahne auf ihrem Stuhl zusammenschrumpfte.

»Tut mir leid«, sagte ich. »Aber die Leute, mit denen sie zu tun hat, sind absolut skrupellos. Wenn das, was Martins Ansicht nach nicht aufgeht, mit ihr oder mit denen zu tun hat, muss ich es wissen.«

Hahne hob hilflos die Hände. »Wenn ich es wüsste, würde ich es Ihnen sagen, aber ehrlich, Martin hat nicht mehr mit mir geredet, seit er die Highschool verlassen hat.«

Wir sprachen noch etwas eingehender über Martin, seine Vernarrtheit in Feynman, seine Begabung als Musiker – er spielte Fagott, wobei er auch gelegentlich auf Bongos herumtrommelte, aber nur, weil Feynman das getan hatte.

»Ich habe ihm immer gesagt, am Ende verwandelt sich das hässliche Entlein in einen Schwan«, meinte Hahne, als sie mich zum Ausgang begleitete. »Ich glaube das immer noch. Wenn er irgendwelchen Ärger hat, wenn Sie ihn finden und er Unterstützung braucht, juristisch, finanziell, egal was, müssen Sie es mich sofort wissen lassen.«

Ich versprach es, fuhr aber besorgter von der Schule weg, als ich hingefahren war. Ein mathematisches Problem. Etwas, das er sich nicht erklären konnte, rein intellektuell? Natürlich hatte Hahne das Bedürfnis, ihren begnadeten, linkischen Schüler zu beschützen. Vielleicht wollte sie nur nicht wahrhaben, dass da ein Riss in ihm verlief, der unter Druck im falschen Moment aufbrechen konnte. Außerdem war da noch die Tatsache, dass er seine Computer ausgeweidet hatte. Etwas ging nicht auf, aber er wollte auf keinen Fall, dass jemand anderes davon erfuhr? Wer sollte sich denn seine Rechner vorknöpfen, abgesehen von seiner Großmutter? Sie würde vielleicht eine abfällige Bemerkung über Leute machen, die ihre Zeit mit Theorien verschwenden, aber ich konnte mir nicht vorstellen, dass sie seine Computer hackte.

Vor ähnliche Rätsel stellte mich Julius Dzornens Benehmen. Er hatte konsequent abgeblockt, als ich wissen wollte, ob Martin ihn besucht hatte, bevor er verschwand. Also nahm ich an, dass genau das der Fall war. Um ihn – was zu fragen? Was konnte Martin erzählt haben, was seinen Großonkel – sofern Julius tatsächlich Kittys Halbbruder war – derart mauern ließ?

Genauso undurchsichtig war, was Julius vor fünfzig Jahren aus der Bahn geworfen hatte, und zwar so drastisch, dass er sein Studium abgebrochen hatte und beim Anblick einer Detektivin fast in Ohnmacht fiel. Er war jetzt drei- oder vierundsiebzig. Also ein Vorfall in seiner späten Teenagerzeit oder seinen frühen Zwanzigern.

Ich hielt an der Irving Park Road bei einer Tankstelle und suchte die Telefonnummer seiner Schwester Herta heraus. Herta Dzornen Colonna. Ich begann zu wählen, zögerte aber. Ich wollte, dass sie mich empfing, und am Telefon ist es so leicht, nein zu sagen und das Gespräch abzubrechen. Im Übrigen war mit den vorbeiröhrenden LKWs auf dem nahen Expressway ein Handy der sichere Weg zu einer erfolglosen Kommunikation.

Ich fuhr also runter zur Gold Coast, dreißig Meilen Stoßstange an Stoßstange. Ich fand einen Parkplatz in der Nähe des Gebäudes, in dem Herta wohnte, eins der wahrhaft großfürstlichen Chicagoer Apartmenthäuser am Lake Shore Drive East. Sie gewähren Aussicht auf den See und den Oak Street Beach, mit Hypotheken, an denen eine arbeitende Frau wie ich hundertfünfunddreißig Jahre lang abzahlen müsste.

Ich war ganz steif von der langen Fahrt. Nachdem ich den Parkticketautomaten mit Bergen von Vierteldollarstücken gefüttert hatte – fünfundzwanzig Stück braucht man für eine Stunde –, ging ich in den kleinen Park, der die Großfürstlichen vom Strand trennt, und streckte meine Schultern. Und überlegte, wie ich an Herta Dzornens Portier vorbeikam.

Innsbruck 1942

Kiesel in einem bodenlosen Brunnen

Nach Monaten Kälte und Hunger halluzinieren alle Häftlinge. Teller voll herrlicher Speisen erscheinen knapp außer Reichweite. Eltern oder einstige Geliebte verschmelzen mit den Gesichtern anderer Häftlinge oder gar Wächtern. Alte Feinde finden sich in den Schatten an den Höhlenwänden ein.

Eines Tages glaubt Martina, ihren Mathematikprofessor von der Hochschule, Herrn Papp, zu sehen, wie er ihre Arbeit korrigiert.

»Aber Sie sind doch blind«, sagt sie laut.

Ein Wächter zückt die kurze Peitsche, die sie alle tragen, und lässt sie pfeifend durch die Luft sausen. »Ich seh dich genau, du faules Dreckstück. Reden mit anderen Häftlingen verboten.«

Sie versucht gerade, die Reinheit eines Stückchens Kohlenstoff zu ermitteln, doch ihre Hände sind schwach vor Hunger. Kälte und Feuchtigkeit in der Höhle wirken sich auch auf die Waagen aus, so dass es fast unmöglich ist, das korrekte Gewicht festzustellen. Als sie sich wieder ihrer Aufgabe zuwendet, sieht sie Herrn Papp auf sich zukommen.

Sie hat ihn in seiner schäbigen Dreizimmerwohnung am Volksgarten besucht, als er endlich auf ihren Brief antwortete. Die Antwort hat so lange auf sich warten lassen, dass sie sich schon gefragt hat, ob er gestorben ist oder denkt, ihr Schreiben ist bloß ein Streich. Er ist ein spöttischer Professor gewesen, der die Mädchen oft überheblich behandelte. Als Revanche haben ihm mehrere Schülerinnen aus Martinas Jahrgang blumige

Liebesbriefe geschickt und mit den Namen von Kabarettsängerinnen oder Operntänzerinnen unterschrieben.

Zu der Zeit, als sie ihn anschrieb, war sie bereits vollwertige Forscherin am Institut für Radiumforschung, auch wenn sie es sich nicht leisten konnte, ihre Lohnarbeit, Mathematik- und Physikunterricht an der Technischen Hochschule, zu kündigen.

Als sie Herrn Papps Wohnung erreichte, wartete eine Haushälterin oben an der Treppe. Die Frau nahm Martinas »Grüß Gott« nicht zur Kenntnis, wies nur auf die offene Tür, tiefe Falten der Missbilligung um den Mund.

Herr Papp stand nicht auf, als Martina ihn begrüßen wollte. Aus alter Gewohnheit, bevor sie sich in einen Sessel in seiner Nähe setzte, machte sie einen Knicks – auch nicht anmutiger als der vor Frau Herschel fünfundzwanzig Jahre zuvor.

Seine dünne Stimme mit dem sarkastischen Unterton hatte sich nicht verändert. »Ah, ja, Sie waren die junge Dame, die ihre Aufgaben immer so gründlich gelöst hat. Ich erinnere mich, dass Sie immer kerzengerade gesessen haben, so dass ich mich manchmal fragte, ob Ihre Mutter Ihnen ein Waschbrett unter die Jacke gebunden hat. Und Sie halten sich immer noch aufrecht. Bitte nehmen Sie Platz, damit Ihre Stimme auf meiner Höhe ist.«

Erst nachdem sie sich gesetzt hatte, wurde Martina klar, dass er blind war. Die Haushälterin schenkte beiden Tee ein, dann hockte die Frau sich neben ihn, führte seine Hand zur Tasse, platzierte ein Stück Kuchen auf seiner Gabel, vergewisserte sich, dass er die Gabel im Griff hatte, bevor sie losließ, wischte ihm verschütteten Tee oder Kuchenkrümel vom Revers seines abgetragenen Jacketts. Diese Haushälterin musste seine Antwort für ihn aufgeschrieben haben: Die runden, sorgfältigen Buchstaben hatten Martina überrascht. Das war nicht die stachelige Handschrift aus den Anmerkungen, die ihr früher einen ökonomischeren Weg zur Lösung eines Problems gewiesen hatten.

»Ich hätte Sie nie für die Sorte junge Dame gehalten, die den

Alten und Gebrechlichen Anstandsbesuche abstattet«, sagte Herr Papp. »Sie schienen mir eine zielstrebige Persönlichkeit, mehr wie eine Hypotenuse, die den kürzesten Weg zwischen Ausgangspunkt und Ziel nimmt.«

Seine Worte ähnelten so alarmierend denen ihrer Mutter, dass sie kurz sprachlos war. Nicht dass Frau Saginor sich je auf eine Hypotenuse beziehen würde, aber ihre Wutanfälle über die Besessenheit ihrer Tochter von Mathematik und Wissenschaft liefen im Kern auf das Gleiche hinaus: Martina war selbstsüchtig, gedankenlos; sie stellte das, was sie wollte, über die Bedürfnisse aller um sie herum.

Frau Saginor hatte sich lange an die Hoffnung geklammert, Martina würde im Examen durchfallen, sie bombardierte sie mit Forderungen, ihr Studium aufzugeben und sich eine Arbeit als Buchhändlerin oder Ladengehilfin zu suchen. »Das würde helfen, Essen auf den Tisch zu bringen und Papas Medizin zu bezahlen.« Da war Martina siebzehn. Papa befand sich im Frühstadium der Tuberkulose, er hustete jeden Tag so viel Blut, dass man sich fragte, wie sein Körper noch genug davon produzieren konnte. Aber selbst in seinen Schwächeanfällen sagte Papa wieder und wieder, er wolle, dass sie studierte. Auf dem Tisch neben seinem Bett hütete er die Aufsätze und Arbeiten von ihr, auf denen »mit Auszeichnung« oder »Erster Preis im Fach Mathematik« stand. Bis zu den letzten Tagen seines Lebens las er darin in den langen durchwachten Nächten, wenn er nicht schlafen konnte.

Martina saß immer neben ihm, wenn sie ihre Matheaufgaben löste, und wenn sie damit fertig und er noch wach war, spielte sie ihm etwas vor: Auch ihre Flöte hatte ihr schon einen Preis eingetragen. Sie spielte oft noch um drei Uhr morgens, bis die Nachbarn an die dünnen Wände zwischen den Wohnungen hämmerten.

»Sogar in Wien hat Mozart Feinde«, scherzte Papa dann.

Es war Papa, der von der Technischen Hochschule für Mädchen erfuhr. Er hatte als Zimmermann an dem Gebäude gearbeitet, als es 1912 errichtet wurde. Als Martina völlig bezaubert von dem Regenbogen in Frau Herschels Kinderstube heimkam, brachte Papa von einer Baustelle kleine Stücke Bleiglas mit, aus denen er und Martina Prismen machen konnten. Er besorgte ihr Bücher über Licht und Farbe, die er in Antiquariaten aufstöberte. Als Martina sieben war, stellten sie zusammen Newtons Spektralfarben-Experimente nach, sie schufen mit einem Prisma einen Regenbogen und verwandelten ihn mit einem zweiten wieder in weißes Sonnenlicht.

Mama schaute mit zusammengepressten Lippen zu, dann zerrte sie Martina zurück an den Tisch zu der Stickereiarbeit. Ständig verhedderte sich bei Martina der Faden, riss oder spliss sich auf. Ihre Übungen auf Leinenlumpen brachten Mama zur Weißglut.

Papa regte an, dass Martina lernen könnte, ihren Namen in Stickstichen auszudrücken, eine spezielle Signatur, die sie benutzen konnte, wenn sie ihre Studienpapiere unterschrieb. Martina erfand ein Motiv aus Newtons Prismen als Symbol für sich selbst, aber das gestickte Ergebnis war genauso abscheulich wie ihre anderen Handarbeiten. Mama gestattete ihr nicht, mit dem Sticken aufzuhören, aber sie verwarf den Gedanken, sich je von Martina in der Schneiderei helfen zu lassen.

Papa erkundigte sich nach den Aufnahmebedingungen an der Technischen Hochschule. Er und Mama stritten sich bis tief in die Nacht darüber, welche Berufe für Mädchen angemessen waren und ob Martina durch ihr Lernen hochnäsig wurde, aber als sie zwölf war und Österreich den Krieg verlor, nahm sie an den Prüfungen für die Aufnahme und fürs Stipendium teil. Sie war die Beste der Stadt in Mathematik. Im folgenden Jahr, dem ersten Jahr nach Kriegsende, begleitete Papa sie zu dem erhabenen Steinbau in der Elisabethstraße.

Martina trug die Uniform der Hochschule, von ihrer Mutter mit peinlicher Sorgfalt geschneidert: Die Wut auf Mann und Tochter wegen ihrer überhöhten Ziele war das eine, aber keine der reichen Bürgertöchter würde Martina wegen ihrer Kleidung verspotten.

Die Straßenbahn war überfüllt mit Leuten, die zur Arbeit fuhren oder Arbeit suchten, doch als Papa Martina beim Aussteigen die hohe Stufe herabhalf, mussten sie an den Klumpen arbeitsloser Männer vorbei, die sich tagtäglich auf den Straßen fanden. Viele trugen noch die kaiserliche Uniform, zerlumpt von vier Jahren an der einen oder anderen Front und jetzt die einzige Kleidung, die sie besaßen. Wie die meisten Wiener waren sie bestürzt, den Krieg verloren zu haben, bestürzt über den Verlust von Kaiserreich und Kaiser durch einen einzigen Streich französischer, amerikanischer und britischer Füllfederhalter. Ein mageres jüdisches Mädchen in Oberschicht-Schuluniform war ein leichtes Ziel für den Volkszorn.

Damals hat Martina gelernt, sich so gerade zu halten, dass sie hoheitsvoll wie eine Kaiserin wirkt: unnahbar, unberührbar. Besser als ein Waschbrett unter der Jacke.

Selbst jetzt noch, in der Höhle in den österreichischen Alpen, macht ihre Haltung die Wachen wütend, die wollen, dass sie den Kopf senkt, dass sie vor ihnen kriecht. Mehr als einmal ist sie für ihre unbeugsame Arroganz geprügelt worden.

Bei jenem Besuch bei Herrn Papp schien seine Blindheit ihm einen sechsten Sinn für Gefühle zu verleihen. Obwohl Martina ganz still dasaß, das Kreuz gerade, wusste er, dass seine Bemerkung über die Hypotenuse einen wunden Punkt getroffen hatte. Er lachte sanft, ein Klang wie trockene Blätter, die unter den Füßen rascheln. »Zielstrebigkeit ist kein Verbrechen, Fräulein Saginor. Es heißt, der große Newton habe tagelang nicht geschlafen, er wendete seine Fragen im Kopf, drehte sie wie ein Kaleidoskop, bis die Anordnung farbiger Kiesel die Muster zeigte, die er in der Natur suchte. Es ist also kein Verbrechen, Fräulein, wenn Sie hierherkommen, weil Sie etwas wollen. Ich frage mich nur, was ein blinder alter Mathematikprofessor für Sie tun kann, wenn Sie nicht mal Frau Werfels Kuchen mögen.«

Das stimmte. Martina dachte dieser Tage selten an Essen, und der Kuchen sah wenig reizvoll aus. Aus reiner Höflichkeit aß sie ein kleines Stück, aber es war so üppig, dass sie es schnell mit einem Schluck Tee hinunterspülte.

»Leibniz«, sagte sie.

»Leibniz?«, echote Herr Papp ungläubig. »Sie sind doch wohl nicht hergekommen, um über einen Mathematiker des siebzehnten Jahrhunderts zu sprechen, nicht, wenn Ihnen die Wiener Universität und das Institut für Radiumforschung zur Verfügung stehen.«

»Lesen Sie englische – liest Ihnen jemand englische Journale vor?«, fragte Martina.

»Ein ehemaliger Schüler liest mir gelegentlich Französisch vor, aber mich besucht niemand, der Englisch kann.«

»Ein Engländer namens Turing hat letztes Jahr eine Abhandlung über berechenbare Zahlen verfasst und wie sie mit dem *Entscheidungsproblem* zusammenhängen. Er widerspricht Professor Hilberts Paradigma, was zunächst wie Ketzerei erschien. Allerdings frage ich mich in letzter Zeit, wie man die Struktur eines Atoms bestimmt, wenn man eine Elektronenstreuung sehen kann, aber keine Ahnung hat, welches Atom sie streut. Die Berechnungen sind möglich, in der Theorie, aber in der Praxis …« Martina spreizte die Hände, ein Ausdruck ihrer Erschöpfung, den Herr Papp natürlich nicht sehen konnte.

»In der Praxis kann Sie diese Arbeit Jahre kosten«, beendete er den Satz für sie. »Und weshalb bringt Sie das auf Leibniz, oder auf mich?«

»Sie haben uns im Unterricht einmal erklärt, wie tiefgründig seine Arbeiten waren.«

Das war in Wahrheit eine sehr diplomatische Wiedergabe von Herrn Papp bei einem seiner bissigen Auftritte: *Meine verehrten jungen Damen. Ich weiß, von dem Wort »Philosophie« werden Ihnen die wunderschönen Äuglein glasig und Sie wiederholen brav, was ich Ihnen sage, ohne mehr als ein winziges Aufblitzen davon zu erfassen. Deshalb ist mir klar, wenn Sie jetzt den Namen Leibniz hören, werfe ich nicht mal Kiesel in einen bodenlosen Brunnen, ich lasse sie allenfalls von einer Glaswand abprallen. Und doch besaß er den tiefgründigsten Geist der deutschen Renaissance.*

»Sie sagten uns, dass er neben der Entdeckung der Infinitesimalrechnung viele andere mathematische Probleme durchdacht hat einschließlich der Frage, wie man alle Rechenprozesse mit binären Zahlencodes durchführen kann. Und Sie zeigten uns die Fotografie eines Medaillons, in das der Entwurf zu seiner Rechenmaschine eingraviert war.«

Herrn Papps rastlose blinde Augen richteten sich auf ihr Gesicht. Er wandte sich abrupt an Frau Werfel, sie solle ihn zu einem Bücherschrank am Fenster bringen.

Frau Werfel sprach zum ersten Mal. »Herr Papp, Sie sind zu müde, diese Frau, sie belästigt Sie nur zu ihrem eigenen Vorteil.«

Martina wollte Einspruch erheben, doch Herr Papp kam ihr zuvor, indem er Frau Werfel erklärte, dass sie Unfug rede. »Wenn eine junge Dame, die sich mit Elektronenstreuung befasst, sich noch an meine Vorlesung von vor fünfzehn Jahren erinnert, bin ich beinahe unsterblich. Führen Sie mich zu dem Bücherschrank, dem aus Mahagoni.«

Die Haushälterin brachte den Professor zu dem Schrank, nicht ohne Martina einen giftigen Blick zuzuwerfen. Er ließ Frau Werfel die Dokumente nicht berühren, sondern tastete sich durch, Bord für Bord. Zum Schluss brachte er ein Manuskript, dessen Titel in den kunstvollen Lettern des siebzehnten Jahrhunderts lautete: *De progressione dyadica.*

»Bringen Sie es mir wieder, wenn Sie es gelesen haben, Fräulein Saginor. Es ist ein Faksimile, versteht sich. Ein einfacher Hochschulprofessor kann sich das Original von Leibniz nicht leisten.«

Sie hatte beim Abschied wieder einen Knicks gemacht, und Herr Papp hatte die Geste irgendwie gespürt und mit einer ironischen Verbeugung erwidert. Martina eilte ins Institut zurück und vergaß völlig, dass sie versprochen hatte, Käthe um sechs in der Wohnung der Herschels abzuholen.

Sie saß bis weit nach Mitternacht in der Institutsbibliothek und kam mit dem alten Latein nur langsam voran. Es kostete sie über eine Woche Nachtarbeit, die wichtigsten Passagen in verständliches Deutsch zu übersetzen: mit Sprachen hatte sie an der Schule keine Preise gewonnen. Am Ende bekam sie es gut genug hin, um die Passagen ihren Studenten zu zeigen.

Als sie wieder zum Prater ging, um Herrn Papp das Manuskript zurückzubringen, erklärte ihr Frau Werfel, der Professor müsse ruhen und habe keinerlei Interesse, sich noch weiter mit ihr zu unterhalten.

»Die alte Kuh ist eifersüchtig«, krähte ihre Studentin Gertrud Memler, als sie ihrer Gruppe von dem Zwischenfall erzählte.

»Seien Sie nicht so vulgär, Fräulein Memler«, rügte Martina, obwohl sie sich fragte, ob Memlers Bemerkung nicht zutraf. War dies ein weiteres Beispiel für das, was ihre Mutter und Benjamin ihr vorhielten? Blindheit gegenüber gewöhnlichen menschlichen Gefühlen?

Die Studenten ihrer Gruppe schafften es nicht, Leibniz' theoretische binäre Rechenmaschine in der Praxis zu verwirklichen. Martina ließ sie mit verschiedenen Röhren experimentieren, die eine elektrische Ladung hielten, um herauszufinden, ob sie Signale nutzen konnten, um die mechanischen Weichen und Register, die Leibniz sich vorgestellt hatte, zu replizieren, doch bevor ihre Arbeit Ergebnisse zeitigte, brach der Krieg aus.

Martina selbst zeichnete eine Reihe sorgfältiger Grafiken, die darstellten, wie ihrer Ansicht nach Elektroneneinfang für die Konstruktion einer automatischen Rechenmaschine nutzbar war.

Fräulein Memler war eine hart arbeitende Wissenschaftlerin ohne großes Vorstellungsvermögen, aber willens, Martina bei langen nächtlichen Experimenten mit den elektrischen Signalen von Elektronenröhren zur Seite zu stehen. Nach dem Anschluss erwies sich allerdings, dass sie bereits seit 1935 geheimes Mitglied der Nazipartei war. Die war in Österreich bis zum deutschen Einmarsch verboten gewesen, aber sobald die Nazis an die Macht kamen, weigerte sich Memler, von einer Jüdin Anweisungen entgegenzunehmen.

Zu der Zeit hatte Martina Elektronenröhren als Speichermedium für Rechenergebnisse verworfen. Eine Lektüre von Onsagers Arbeit zum Einfluss magnetischer Felder auf die räumliche Oszillation lenkte sie in eine andere Richtung: Sie erkannte, dass Onsagers Studien unter anderem bedeuteten, dass eine ferromagnetische Fläche Daten speichern könnte. Martina kam nicht an die Materialien heran, um selbst etwas zu bauen, aber sie konnte imaginäre Experimente durchführen. Die setzte sie fort, bis man sie zwang, Wien zu verlassen.

1939 nahm Martina an, sie würde Fräulein Memler nach dem Tag, als die sie aus dem Institut für Radiumforschung warf, nie wiedersehen. Doch einen Monat nach Martinas Verfrachtung hierher zu Uranverein 7 traf die Memler ein – mit dem Auftrag, die Abteilung für spaltbares Material zu leiten.

Die Memler hat Martinas Rügen für ihr vulgäres Betragen nicht vergessen. Memler genießt es, Martina zu schikanieren, spricht sie mit dem vertraulichen Du an. *Du hast dich für ungemein wichtig gehalten, hast gedacht, eine Jüdin könnte meine Methoden kritisieren. Jetzt siehst du, was dir das eingebracht hat, Jüdin Martina.*

Martina hat angeregt, eine automatisierte Rechenmaschine könnte bei den Kalkulationen helfen, die ihre Gruppe anstellt. Fräulein Memler fährt sie an: Martina ist hier, um zu prüfen, wie Kohlenstoff auf den nötigen Reinheitsgrad gebracht werden kann, damit er schweres Wasser als Spaltstoff zu ersetzen vermag, nicht um die Vorgehensweise des Oberkommandos infrage zu stellen. Martina argumentiert dagegen an, aber nur einmal, im Gegenzug gibt es Prügel und vierundzwanzig Stunden keine Rationen.

Martina weiß, jeder Erfolg, zu dem sie Uranverein 7 verhilft, unterstützt Deutschlands Kriegsanstrengungen, aber sie kann nicht anders. Die Frage, wie sich die bei einer Kernspaltung frei werdende Energie nutzen lässt, ist so spannend, dass sie nicht anders kann, als es zu studieren. Es ist ihre Schwäche, ihre Stärke, sich so tief in die Ergründung der Naturgeheimnisse zu vergraben, dass sie die Welt um sich herum vergisst.

14

Die Kehrseite der Medaille

»Ihr Bruder sagt, Sie sind diejenige, die am meisten über die Familiengeschichte weiß.«

Herta Dzornen Colonna beäugte mich argwöhnisch. Ich hatte den Portier mit meiner Visitenkarte raufgeschickt sowie einer Notiz des Inhalts, dass ich einer Ermittlung nachging, die mit ihrem Vater zu tun habe. Diese simple Botschaft brachte sie dazu, mich einzulassen, doch der Portier verweilte im Türrahmen und passte auf, dass ich sie nicht überfiel oder eine der hochglanzpolierten Statuen umwarf, die das Apartment zierten.

Herta war mindestens zehn Jahre älter als ihr Bruder. Ihr weißes Haar stand um ihren Kopf wie eine mittelalterliche Nonnenhaube und ließ die gleiche hohe Stirn frei, die ihr Bruder hatte, die gleichen runden, blassen Augen. Ihr Khakikleid war streng geschnitten wie eine Uniformjacke, aber der Stoff seidenweich, die Art Material, die immer schön fällt und dich in den Boutiquen der nahen Oak Street ein paar Tausender ärmer macht.

»Schon in Ordnung, Gordon«, sagte sie zu dem Portier. Er wich nur zögernd, erklärte, er werde die äußere Tür nicht schließen, dann könne er es hören, falls sie Hilfe brauchte.

Leicht humpelnd führte mich Herta durch einen Bogengang in ihren Salon, den mit dem Seeblick. Der Abend dämmerte, man sah die Lichter der Boote draußen auf dem Wasser. Herta nahm auf einer genoppten weißen Couch Platz. Nur eine sehr saubere und ordentliche Person konnte sich auf solchen Möbeln niederlassen.

Sie warf mir einen raschen Blick zu, unbehaglich, beinahe furchtsam, und schaute dann zu einer gläsernen Etagere, deren Borde mit Fotografien bestückt waren. Es war ein unwillkürlicher Seitenblick, als sei sie besorgt um die Sicherheit der Bilder. Natürlich brachte mich das dazu, stehen zu bleiben und sie mir anzusehen. Die meisten waren aus jüngerer Zeit, Kinder, Enkel – eine Tochter mit drei Kleinen, die alle die hohe gewölbte Stirn der Familie geerbt hatten. Ein Sohn, der dem sandhaarigen Mann auf Hertas Hochzeitsfoto glich. Es gab auch eine Anzahl älterer Bilder, mehrere zeigten zwei kleine Mädchen in den kurzen puffärmeligen Kleidern, die in den 1920ern und 30ern Mode gewesen waren. Die kleinen Mädchen auf Ponys, die kleinen Mädchen und ein riesiger Hund folgen ihrer Mutter. Beide Mädchen und die Mutter tragen Gewehre. Ich sah Herta verstohlen an: Sie mochte jetzt lahm und alt sein, aber sie konnte schießen.

Eine Fotografie von Dzornen mit weißer Krawatte, der sich vor dem König von Schweden verbeugt, fiel mir ins Auge. Daneben stand in einem Kästchen auf marineblauem Samt seine Nobelpreismedaille. Ich beugte mich vor und starrte sie an. Diesen Preis umgibt eine Aura, und das liegt nicht am Gold, auch wenn es in dem dunkler werdenden Raum leuchtete. Dies war wohl der Schrein, den Julius erwähnt hatte.

Herta hinter mir hüstelte laut. »Sie sagten, Sie haben mit Julius über unsere Familie gesprochen.«

Ich richtete mich auf und gesellte mich zu ihr ans Fenster. In der Ecke stand ein Stahlrohrstuhl, schwarzes Leder, verchromte Armlehnen. Ich zog ihn zu ihr rüber – keinesfalls wollte ich auf dem weißen Polster Schmutz oder Schweiß oder irgendwas Menschliches hinterlassen. »Ja, ich war wegen Martin Binder bei ihm. Martins Großmutter hat mich engagiert, um ihn zu suchen, und wie ich weiß, haben Sie sie in Wien gekannt. Als sie noch Käthe Saginor war.«

Sie atmete scharf ein. »Warum hat sie Ihnen gesagt, Sie sollen zu mir kommen? Zu uns, meine ich?«

»Hat sie nicht«, sagte ich. »Aber Ihre Familiengeschichten überschneiden sich, ihre Mutter hat bei Ihrem Dad studiert. Ms. Binder glaubt, er war ihr Vater.«

»Hat sie Ihnen diese Lüge erzählt?« Herta verknotete ihre Finger, was mich an Kitty erinnerte.

»Ist es denn eine Lüge?«, fragte ich.

»Aber selbstverständlich. Käthe war ein grässliches Kind. Sie tat alles, um Aufmerksamkeit zu bekommen, und als Erwachsene blieb sie sich weitgehend treu. Es stimmt, dass ihre Mutter eine von Papas Studentinnen war. Er schätzte ihre Arbeit, jedenfalls zunächst. Aber Käthe – Kitty nennt sie sich jetzt wohl. Meine Schwester Bettina und ich konnten sie nicht ausstehen. Wir mussten manchmal mit ihr spielen, wenn sich die Familien vom Institut für Radiumforschung zu Ausflügen trafen oder zur Silvesterfeier. Käthe war jünger als wir, also mochten wir ohnehin nicht mit ihr spielen, aber sie war so ein garstiges Mädchen und neigte dermaßen zu Wutanfällen, dass wir fortliefen, sobald wir sie kommen sahen.«

Sie schaute mich mit grimmigem Blick an. »Vor dem Krieg, als wir noch in Wien lebten, machte sich Papa zuweilen Gedanken um Fräulein Saginors trauriges Schicksal. Ich glaube, er versuchte sich um Käthe zu kümmern, weil er um ihre Mutter besorgt war, die ja kaum Bezüge hatte und allein dastand. Und Käthe hat sich das so hingedreht, dass er ihr Vater ist!«

»Mir wurde erzählt, dass Ms. Binder nach Chicago kam, um Ihren Vater zu sprechen, weil sie dachte, er wüsste, wo ihre Mutter ist.«

»Fräulein Saginor hat den Krieg nicht überlebt«, sagte Herta steif. »Wenn Julius Ihnen etwas anderes erzählt hat, dann nur, weil er Leute gern zum Narren hält.«

»Julius hat Fräulein Saginor gar nicht erwähnt. Er sagte allerdings, Sie hätten sich sehr daran gestört, dass Ms. Binder in Ihr Leben trat.«

»Der Krieg war seit über zehn Jahren vorbei«, flüsterte Herta. »Wir waren uns sicher, dass Käthe tot ist. Als sie plötzlich hier auftauchte – Papa war natürlich nicht da. War er ja nie, immer unterwegs in Washington oder Berkeley, trotz seiner schlechten Gesundheit.«

»Wann war das?«, fragte ich.

»Ich erinnere mich, als wäre es gestern gewesen. Wenn ich eines Tages sterbe, wird das wahrscheinlich mein letzter Gedanke sein, nicht meine Hochzeit oder meine Enkel, sondern Mamas Anruf, weil Käthe vor der Tür stand und eine entsetzliche Szene machte. Julius wohnte noch zu Hause, aber er war bei irgendeinem Seminar an der Uni. Das war, noch bevor er vollends alles hinwarf, obwohl er ohnehin rausgeflogen wäre, weil er nie an einer Prüfung teilnahm.«

»Dann war es nicht Kitty Binders plötzliches Auftauchen, das Julius aus der Bahn geworfen hat?«

»Er hatte nie etwas gegen sie«, sagte Herta bitter. »Er bekam Schlagseite, Jahre bevor sie auftauchte und unser Leben ruiniert hat. Er hat sich oft über Bettina und mich lustig gemacht, über unsere, wie er es nannte, hysterische Reaktion auf Käthe. Wenn er an diesem Morgen daheim gewesen wäre, würde er meinen Standpunkt besser verstehen.«

»Was hat sie denn gemacht?«, fragte ich.

»Mama war allein zu Hause. Da waren Bettina und ich beide schon verheiratet, aber Bettina lebte in Los Angeles, also blieb es an mir hängen: Mama rief an, und ich nahm mir ein Taxi und fuhr hin.« Herta schüttelte den Kopf, immer noch erbost über etwas, das ein halbes Jahrhundert her war. »Ich habe Käthe sofort erkannt, obwohl ich sie nicht mehr gesehen hatte, seit wir 1936 Wien verließen. Sie suchte natürlich nach Papa, wegen – na ja, wegen ihrer komischen Vorstellungen über ihn und ihre Mutter. Käthe rannte durch die Nachbarschaft, klingelte an Türen, erzählte den Leuten, dass Papa – es war ekelhaft! Obwohl uns alle sagten, dass sie ihr nicht glaubten, sah man an den mitleidigen Blicken auf Mama, dass sie dachten: Wo Rauch ist, ist auch Feuer.«

»Wie lange ging das?«, fragte ich. »Ich hörte, es gab auch am Fachbereich Physik in der Universität eine Szene.«

»Papa ist sie dann losgeworden«, sagte Herta.

»Wie das?«, fragte ich.

Sie schüttelte den Kopf. »Ich weiß es nicht, aber als er endlich zurückkam, wo auch immer er gerade gewesen war, meinte er, er würde sich darum kümmern. Eine Woche lang war sie jeden Tag aufgekreuzt, zu Hause oder an der Universität. Sie hat am Fachbereich Physik einen furchtbaren Aufstand gemacht. Sie ist sogar zum Argonne-Labor rausgefahren, wo sie einen neuen Meiler in Arbeit hatten, und hat versucht, an den Wachen vorbeizukommen. Ich bin wieder in das Haus an der Greenwood Avenue gezogen, damit Mama tagsüber nicht allein sein musste. Ich war mit meinem ersten Kind schwanger, und abgesehen von dem Ärger mit Käthe war es herrlich, wieder in Hyde Park zu sein, mich von Mama umsorgen zu lassen, statt einen eigenen Haushalt führen zu müssen.« Ihr Gesicht wurde weich, als sie an ihre jungen Jahre zurückdachte.

Sie blickte auf. »Jedenfalls, was immer Papa auch gemacht hat, Käthe kam nicht mehr, und nach einer Woche fand ich es vertretbar, Mama wieder sich selbst zu überlassen. Jahrelang hat Käthe sich still verhalten, sie hat uns nicht belästigt, aber wir hatten immer das Gefühl, sie war, na, wie eine Granate, die noch nicht explodiert ist. Und prompt tauchte eines Tages aus heiterem Himmel ihre schreckliche Tochter auf, widerwärtig besoffen oder auf Drogen. Das jedenfalls hat Stuart – mein Ehemann – gesagt. Und jetzt sind Sie hier.«

Ich glaubte zu verstehen: Kitty mochte aufgehört haben, die Dzornens zu drangsalieren, doch sie hatte sie vor ihrer Tochter erwähnt. Junkies kennen keine Scham. Judy hatte in den Dzornens eine mögliche Nachschubquelle erkannt. »Judy hat versucht, Geld aus Ihnen herauszuholen«, sagte ich.

Herta nickte, ihr Mund ein fester Rosenknospenflunsch. »Mehr als einmal. Das erste Mal, als sie noch jung war, etwa zwanzig. Sie kam mehrmals wieder. Sie hat versucht – ach, lassen wir das. Mein Mann war Rechtsanwalt, er hat sie flugs in die Schranken gewiesen.«

»Sie sagten, Ms. Binders Mutter hat den Krieg nicht überlebt«, sagte ich. »Wissen Sie, was aus ihr geworden ist? Wie kam Ms. Binder darauf, ihre Mutter könnte noch leben und in Chicago arbeiten?«

»Oh, sie inszeniert sich gerne dramatisch!« Herta warf verächtlich die Hände in die Luft. »Ich weiß nicht im Einzelnen, was aus Fräulein Saginor wurde oder warum sie Österreich nicht verlassen hat, als es noch möglich war.«

»Aber Sie haben gehört, wie Ihre Eltern über ihre Lage sprachen«, tastete ich mich vor.

»Oh, oft«, bestätigte Herta. »Papa war schon immer ausgesprochen weichherzig. Mama musste das Wohl der ganzen Familie im Auge behalten.«

»Ihr Vater wollte sie also mitnehmen?«, fragte ich. »Und Ihre Mutter hat es nicht gestattet?«

Hertas Gesicht war dick gepudert, aber ich sah trotzdem, wie sich ihre Wangen röteten. »Fräulein Saginor war kein Familienmitglied. Die Amerikaner hätten ihr nie gestattet, mit auf unserem Visum einzureisen. Papa wollte sie wohl als Forschungsassistentin mitbringen, aber wovon hätte sie leben sollen, selbst wenn das Visum genehmigt worden wäre? *Er* hatte keine frei verfügbaren Mittel, um ihr ein Gehalt zu zahlen, so wie der Direktor des Instituts. Sie müssen bedenken, dass es viel mehr

Juden gab, die aus Europa rauswollten, als Länder, die gewillt waren, sie aufzunehmen.«

»Ja, aber die großen Wissenschaftler sind alle unterkommen, denken Sie an Ihren Vater«, sagte ich.

»Das ist doch der Punkt«, sagte Herta geringschätzig. »Mein Vater war ein großer Wissenschaftler, Martina Saginor nicht. So traurig ihr Schicksal auch erscheinen mag, im damaligen Klima war es nicht möglich, ein Labor zu finden, das bereit war, ihr eine Stelle anzubieten.«

»Vielleicht war sie ja eine große Wissenschaftlerin mit einem Genderproblem?«

»Ja, das wollte Käthe auch gern glauben«, sagte Herta, »dass mein Vater Martina Saginor im Stich gelassen hat, weil er eifersüchtig auf ihre Fähigkeiten war, oder weil meine Mutter wegen dieser eingebildeten Affäre eifersüchtig war. Die drogensüchtige Tochter hat das Gleiche gesagt. Sie meinte, Papa schulde ihr etwas, weil Mamas Eifersucht ihre Großmutter umgebracht hätte!« Wild fügte sie hinzu: »Mein Vater war nicht der Vater dieser dummen Binder. Martina Saginor hat in einem Ghetto voller armer Juden aus Osteuropa gelebt. Vermutlich hat sie mal mit einem vagabundierenden Trödler eine Nacht verbracht und wollte es anschließend gern so hindrehen, als sei die Sache etwas glamouröser gewesen. Benjamin Dzornen hat meine Mutter niemals betrogen, und er war zu ehrenhaft, um eine Affäre mit einer Studentin anzufangen. Sollten Sie je öffentlich etwas anderes behaupten, wird die Kanzlei meines Mannes eine Verleumdungsklage gegen Sie anstrengen!«

»Ja, natürlich«, sagte ich. »Es ist jedenfalls eine beruhigende Legende. Was ist mit Martin Binder, Kittys Enkel, hat er sich bei Ihnen gemeldet?«

Sie beäugte mich mit einer Wachsamkeit, die mich an ihren Bruder denken ließ.

Ich fügte hinzu: »Ich weiß, dass er Ihren Bruder aufgesucht hat, aber Julius wollte mir nicht erzählen, was sie besprochen haben.«

»Dann gibt es nichts, was ich Ihnen in dieser Sache sagen könnte«, erklärte Herta.

Es war als Abschluss des Gesprächs gemeint, aber ich ging darüber hinweg und fragte sie stattdessen nach Julius' seltsamer Bemerkung. »Ihr Bruder sagte, vor fünfzig Jahren hätte ein Detektiv ermitteln sollen und tat es nicht. Was meint er damit?«

Erleichterung, dass ich das Thema mit ihrem Vater und Martina Saginor fallen ließ, nahm den Zorn aus Hertas Miene, die nun Kummer oder Ratlosigkeit zeigte. Vielleicht beides. »Zwischen ihm und Papa ist irgendwas vorgefallen, aber keiner von beiden hat je gesagt, was. Das war noch bevor Käthe auftauchte, etwa drei Jahre früher. Davor ist Julius Papa immer nachgedackelt wie ein Entenjunges, er liebte die Wissenschaft, genau wie Papa, und dann war es plötzlich vorbei. Julius begann am Esstisch Papa gegenüber hässliche Bemerkungen zu machen, und Papa saß da und antwortete nicht. Mama versuchte Julius Einhalt zu gebieten, aber Papa zuckte nur mit den Schultern und verschwand in sein Arbeitszimmer. Ich bin überzeugt, dass Julius' Veränderung Papas Tod beschleunigt hat.«

Ich stand auf und gab ihr meine Karte. »Rufen Sie mich an, wenn Ihnen wieder einfällt, warum Martin Binder Sie aufgesucht hat.«

Auf dem Weg zur Tür blieb ich noch einmal stehen, um mir Dzornens Medaille anzusehen. »Ich werde einem Nobelpreis nie wieder so nahe sein«, sagte ich.

Herta stellte sich neben mich. Sie nahm das Kästchen und öffnete den Glasdeckel, damit ich die Münze anfassen konnte. Ich fuhr mit den Fingerspitzen über die Figuren auf der Kehrseite der Medaille: zwei Frauen, in Roben des klassischen Altertums gehüllt. *Ihr wart da, als der König von Schweden euch ihm überreichte*, sagte ich im Geiste. *Was ging in ihm vor? War Kitty Binder seine Tochter?*

Ich gab Herta das Ehrenzeichen zurück. Erneut fiel mir der Schnappschuss in Kitty Binders Wohnzimmer ein. »Sie haben es gehasst, als Mädchen in Wien mit Kitty spielen zu müssen. Erinnern Sie sich, sie bei einem Ausflug mit Ihren Eltern mal mit zum Strand genommen zu haben?«

Herta lachte verächtlich auf. »In Wien gibt es keine Strände. Nur die Donau. Seit dem Ende des Habsburgerreichs ist Österreich ein kleines, küstenloses Land.«

»Ein Ausflug in den Park vielleicht, Sie, Bettina und Ihre Eltern?«

»Ich weiß nicht, was Sie da andeuten wollen, vielleicht dass mein Vater Käthe in unsere Familie aufnahm, aber ich kann Ihnen versichern, wir haben sie nie bei Ausflügen dabeigehabt. Außerdem kann ich mich nicht erinnern, dass Papa je irgendwohin mitkam, nicht mal nach Mährisch Schönberg zum Sommersitz von Mamas Familie. Sein Leben war das Institut für Radiumforschung, nicht seine Frau und seine Töchter.«

Ihr Ton war von Verachtung zu Bitterkeit übergegangen. Ich mochte eine ordinäre Amerikanerin sein, die nichts über die Landkarte Österreichs wusste, aber es war ihr Vater, der sie enttäuscht hatte. Als ich zur Lobby hinunterfuhr, warf ich eine Münze. Zahl: Benjamin Dzornen hatte nie mit einer seiner Studentinnen geschlafen. Kopf: Er war Kitty Binders Vater. Dreimal hintereinander lüftete ich meine Hand und sah Thomas Jeffersons Profil. Zwingender Beweis.

15

Frau Doktors Dilemma

Ich rief Lotty an, als ich nach Hause kam. »Ich komme gerade von Herta Colonna«, sagte ich. »Ihr könntet euch in Wien begegnet sein, als ihr acht oder neun wart, da hieß sie Herta Dzornen. Sie und ihre Schwester Bettina sind die Töchter von Benjamin Dzornen.«

»Ich erinnere mich nicht an sie«, antwortete Lotty. »Dzornen – aber der Name sagt mir was. Ist er nicht Wissenschaftler?«

»Nobelpreisträger. Manhattan-Projekt. Martina Saginors Doktorvater, als er beim Radiuminstitut in Wien war.«

»Oh!« Ich hörte Lotty scharf Luft holen. »Er war Käthes – Kittys Vater?«

»Sie glaubt das, ja. Herta sagt, ihr Vater war ein Ehrenmann, der nie Affären hatte, schon gar nicht mit einer Studentin. Herta hat bestätigt, was du mir schon erzählt hast, dass Kitty, als sie nach Chicago kam, sich nach Strich und Faden unbeliebt machte. Sie hat den Dzornens eingeheizt, sie hat an der Universität Chicago einen Aufstand gemacht, sie ist nach Argonne zu einem Labor gefahren und hat dort randaliert. Benjamin hat sie dann irgendwie unter Druck gesetzt, danach ließ Kitty die Familie in Ruhe. Judy trat Jahre später als zweiter Akt auf, versuchte bei Herta Geld rauszuleiern, vielleicht auch bei der Schwester, obwohl die an die Westküste gezogen ist. Ich bin ziemlich sicher, dass Martin beide aufgesucht hat, Herta und ihren Bruder Julius. Keiner von beiden gibt es zu, aber ihre Körpersprache spricht Bände. Und Julius ist ein komischer Vogel.«

Ich war enttäuscht, dass Lotty die Familie gar nicht kannte –

ich hatte gehofft, sie wüsste vielleicht, warum Julius zufolge vor fünfzig Jahren ein Detektiv hätte ermitteln sollen.

»Er fühlt sich wegen irgendetwas schuldig«, mutmaßte Lotty. »Hat er gesehen, wie sein Vater etwas Unaussprechliches tat? Oder war sein Vater unfähig, ihn vor einem Angriff zu beschützen? Hyde Park war in den Fünfzigern eine gefährliche Gegend. Kannst du Gewaltverbrechen aus der Zeit aufspüren?«

»Nur mit noch mehr Blut, Schweiß und allem, was ich zu bieten habe. Vielleicht nicht mal dann – die Polizei führt nicht Buch über alle fruchtlosen Einsätze, zu denen sie tagtäglich gerufen wird.«

»Würde es dir Martin finden helfen, wenn du wüsstest, was vor fünfzig Jahren passiert ist?«, fragte Lotty.

»Wie kann ich das sagen? Mir kam eine Idee, die aber sehr weit hergeholt ist: Was, wenn Julius herausgefunden hat, dass der Nobelpreis seines Vaters ein Schwindel ist?«

»Ein Schwindel?« Lottys Stimme knisterte durch die Leitung. »Dieser Preis ist absolut echt – das ist nicht so, wie wenn einer erzählt, er war bei den Navy SEALs, nach dem Motto, wer soll das schon überprüfen. Nein, da ist man eine Persönlichkeit, die Augen der Welt sind auf einen gerichtet.«

»Schwindel ist das falsche Wort«, gab ich zu. »Herta hat geradezu aggressiv betont, dass Martina Saginor keine gute Wissenschaftlerin war. Aber Martina war Dzornens Studentin: Was, wenn er die Lorbeeren für eine Arbeit kassiert hat, die in Wahrheit ihre war? Dzornen ließ Martina und Kitty in Wien verschmachten, während er den Krieg behaglich in den USA aussaß. Julius war anscheinend ebenfalls ein begnadeter Mathe- und Physikstudent. Wenn er alte Forschungsunterlagen durchgeackert und entdeckt hätte, dass sein Vater Martina Saginors Arbeit gestohlen hat, hätte er den Respekt vor dem Vater verloren. Das würde auch erklären, warum Dzornen nicht mit Frau und Töchtern darüber reden wollte.«

»Ich nehme an, Martin Binder könnte über dieselben Beweise gestolpert sein, wenn sie noch da waren«, sagte Lotty zweifelnd, »aber warum sollte er dann verschwinden?«

»Vielleicht hat Herta ihn erschossen, um das Andenken ihres Vater zu verteidigen«, spekulierte ich müßig. »Sie hat eine Fotografie von sich als Kind mit einem Jagdgewehr.«

»Damals haben alle wohlhabenden jüdischen Familien die reichen Gojim nachgeäfft. Auf der Pirsch nach dem Hirsch, aber sie schossen Hasen. Meine Großeltern hatten ein Haus in den Bergen, wo Freunde vorbeikamen, um zu jagen, wobei meine Großeltern das nicht taten. Meine Oma Herschel mochte keinen blutigen Sport.«

Ich lenkte das Gespräch wieder auf Martina. »Erinnerst du dich an etwas, irgendwas aus deiner Kindheit, vielleicht einen Streit, den du mitangehört hast, woraus hervorging, dass Martina sauer oder enttäuscht über die Ehrung ihres Professors war?«

»Ach, Victoria, ich war acht oder neun, als ich sie zum letzten Mal sah. Dass sie die Wissenschaft liebte, weiß ich, weil sie mich und Käthe oft mit in ihr Labor nahm. Zu Hause war sie verkrampft, aber im Institut sprühte sie vor Leben. Ob ihr Talent mit ihrer Begeisterung Schritt hielt, woher soll ich das wissen? Wie viel Beachtung hast du den Gesprächen der Erwachsenen geschenkt, als du in dem Alter warst?«

Ich musste zugeben, dass sie recht hatte: Kinder sieben aus, was für sie keine Bedeutung hat.

»Es muss Professor Dzornen gewesen sein, der das Geld geschickt hat, damit Käthe mit Hugo und mir auf den Kindertransport nach London konnte«, sagte Lotty. »Die Entscheidung fiel erst in letzter Minute. Mein Großvater hätte nie auf Kosten meiner Cousins Käthe mitgeschickt: Er hatte nur Geld für meinen Bruder und mich, und dann war Käthe plötzlich mit von der Partie. Wenn Professor Dzornen ihr Vater war, hat er sie immerhin gerettet. Vielleicht hat er so ihre Aufdringlichkeiten beendet, als sie achtzehn Jahre später nach Chicago kam: Er hat ihr gesagt, dass er ihr Leben gerettet hat und das alles ist, was sie von ihm bekommt.«

Wir sprachen noch ein paar fruchtlose Minuten darüber, aber letztlich mussten wir zugeben, dass Jari Lius T-Shirt-Slogan uns ausmanövrierte: Wir hatten keine Beweise, nichts von unseren wilden Spekulationen ließ sich belegen.

»Ich muss ins Bett, Victoria, mein Wecker klingelt um vier Uhr früh.«

Bevor ich auflegte, fragte ich noch, ob sie wirklich keine Ahnung hatte, wo Judy hin sein könnte.

»Wenn sie von einem Dealer zum nächsten flüchtet, kann ich nur sagen, du darfst ihr nicht nachjagen: Dein nächstes Zusammentreffen mit einem von denen könnte weniger glimpflich ausgehen als das gestern.«

Ernüchtert gab ich ihr recht. Das Letzte, was man als Nachruf möchte, ist, dass alle Freunde am Grab stehen und erklären: »Ich hab's dir doch gleich gesagt.«

Ich musste klüger vorgehen, härter arbeiten, schneller vorankommen. Jede Spur, die Martin hinterlassen hatte, war so gut wie ausgelöscht. Je älter und kälter die Fährte war, desto mehr unbezahlte Zeit kostete es mich, sie wieder aufzuspüren. Das Problem war, ich kam auf keinen Ansatzpunkt, der mich klüger, härter, schneller machte.

Am Morgen schwanden meine Ängste, wie sie es oft im Sonnenlicht tun. Die Hunde und ich trabten ungestört zum See. Nachdem wir alle geschwommen waren, schlüpfte ich in meine alten abgeschnittenen Jeans. Ich hatte keine Termine – es war ein Tag zum Schürfen in der Datengrube, also konnte ich mich gemütlich kleiden.

Bevor ich anfing, für die Klienten zu arbeiten, die die Butter aufs Brot brachten, konnte ich nicht widerstehen, Arthur

Harriman anzurufen, den Deutsch lesenden Unibibliothekar. Als ich ihm meine Theorie unterbreitete, dass Benjamin Dzornen die Arbeit seiner Studentin gestohlen haben könnte, geriet Harriman in helle Aufregung: Nick und Nora waren wieder am Ball. Er sagte, seine Physikkenntnisse seien zu oberflächlich, um die Arbeit zu analysieren, aber er habe eine Freundin, die ihre Dissertation über Dzornen schrieb, die werde er fragen, ob sie bei Dzornen je irgendwelche Anzeichen von Ideendiebstahl entdeckt hätte.

Ich versenkte mich glücklich in Nachforschungen, bei denen ich mich kompetent fühlte: keine Dzornen-Pauli-Effekte, nur ganz normale Wald-und-Wiesen-Betrügereien. Es war zehn Uhr vierzig, mitten in einem langen Gespräch mit dem Projektmanager einer Mine in Saskatchewan, als mein Computer mich anbimmelte. Mein Anrufdienst, wo eingehende Telefonate landen, wenn ich nicht rangehe, meldete ein Gespräch, von dem sie meinten, es sei dringend. Ich blickte auf den Monitor. Ein Cordell Breen wollte mich schnellstmöglich sprechen.

Ich klickte ein Symbol auf dem Bildschirm an, das dem Anrufdienst rückmeldete, dass ich die Nachricht gesehen hatte. Während ich mein Gespräch mit Kanada zu Ende führte, was noch mal fünfzehn Minuten dauerte, rief Breen erneut an. Zweimal.

Ich tippte rasch ein paar Notizen, bevor ich sie vergaß, dann sah ich nach, wer Breen war. Natürlich: Ich wurde wohl langsam zu alt für diese Arbeit. Als ich vor drei Tagen im Labor von Metargon war, hatte ich ein Foto von Edward Breen gesehen, wie er von Ronald Reagan eine Auszeichnung für ein schickes Reaktorkonzept überreicht bekam. Cordell war sein Sohn, er hatte Metargon übernommen, als Edward starb.

Ich rief Cordell Breen unverzüglich zurück und hoffte, die dringenden Nachrichten bedeuteten, dass er wusste, wo Martin war. Seine Sekretärin bedauerte sehr, aber der Schuh saß genau am anderen Fuß: Mr. Breen wolle wissen, ob ich Martin Binder gefunden hatte. Er hatte gar keine Kenntnis von Martins Verschwinden gehabt, bis seine Tochter ihm davon erzählte. Mr. Breen würde es begrüßen, wenn ich so bald wie möglich in sein Büro käme, um durchzusprechen, was ich unternahm.

Ich war so enttäuscht, dass ich ziemlich reserviert entgegnete, ich hätte heute keine Zeit, außer er wolle am Telefon sprechen. Die Sekretärin legte mich in die Warteschleife, und nach kurzer Zeit ertönte der warme Bariton eines Mannes in der Leitung.

»Ms. Warshawski? Cordell Breen. Ich weiß, es ist eine Unannehmlichkeit für Sie, eine große, extra nach Northbrook zu kommen, aber ich hoffe, ich kann Sie doch dazu überreden. Ich habe das Problem, dass alles, was wir bei Metargon tun, höchst sensibel ist. Wir haben es mit Hackern und Schnüfflern zu tun, die uns abzuhören und unsere Firewalls zu knacken versuchen, rund um die Uhr. Selbst wenn ich glaube, dass meine Telefonverbindungen sicher sind, könnte es anders sein. Ich hätte gern die Freiheit, ganz offen mit Ihnen zu sprechen.«

Wenn er es so ausdrückte, war es natürlich schwer, sich nicht überreden zu lassen. Ich murmelte unelegant, wenn ich es schaffte, meinen Mittagstermin auf den Nachmittag zu verschieben, könnte ich gegen ein Uhr dreißig da sein.

»Terry!«, hörte ich ihn rufen. »Mach mich ab halb zwei frei und gib Ms. Warshawski den Weg durch.«

Die Sekretärin kam wieder in die Leitung und erklärte, ihr Hauptquartier läge in einem Gebäude westlich des Labors, das ich vor drei Tagen besucht hatte. Ihre vordringliche Botschaft neben der Anweisung, welche Zufahrt ich nehmen sollte, bestand darin, mir einzuschärfen, dass der Name, den sie dem Sicherheitsdienst gab, exakt damit übereinstimmen musste, was auf meinem Lichtbildausweis stand.

Ich machte mich an den Bericht für den Projektmanager in Saskatchewan, aber im Hinterkopf wälzte ich die Hoffnung, dass Breen mich engagieren wollte. Außerdem rätselte ich, wie Breens Tochter dazu kam, ihm von Martins Verschwinden zu erzählen. Sobald ich den Bericht abgeschlossen hatte, konsultierte ich eine meiner Personendatenbanken für einen schnellen Überblick über die Familie. Das Ergebnis war mager, vermutlich sorgte die Kombination von Metargons digitalen Ressourcen und ihrer Angst vor Sicherheitslücken dafür, dass Breens private Daten privat blieben. Alles, was ich erfuhr, war, dass Breen offenbar spät geheiratet oder sich jedenfalls mit der Familiengründung Zeit gelassen hatte: Er war vierundsiebzig und sein einziges Kind, Alison, war zwanzig. Alison nahm gerade ein Semester Auszeit von Harvard. Kein Wort darüber, was sie tat. Er und seine Frau Constance wohnten in einem Achtzehn-Zimmer-Schuppen in Lake Forest.

Es gab ein bisschen Hintergrund zur Frühgeschichte von Metargon, als Edward Breen unter strengster Geheimhaltung an Raketen und Waffen gearbeitet hatte. Er war bei Kriegsende in Europa gewesen und hatte bei einem Manöver namens Operation Paperclip mitgewirkt. Anscheinend die Codebezeichnung für eine Maßnahme, bei der Nazi-Wissenschaftler und Militärtechniker in die USA überführt wurden. Als ich dem nachging, stellte ich fest, dass wir reichlich notorische Kriegsverbrecher ins Land geholt und später auch eingebürgert hatten, ohne ihre Vergangenheit zu hinterfragen, angeblich, damit die Sowjets sie sich nicht schnappten.

Es war allerdings mehr Edward Breens frühe Arbeit an Computern als seine Raketentechnik, was seine kleine Firma voranbrachte. Gerade als John von Neumann in Princeton den ersten großen Universalrechner in Betrieb nahm, kam Edward Breen mit einem relativistischen Modell für eine Matrix, die die Funktionsweise der Kernspeicherung revolutionierte. Ich las diesen letzten Satz drei Mal und entschied, dass Englisch vielleicht doch nicht meine Muttersprache war.

In meinen abgeschnittenen Jeans fühlte ich mich so wohl, dass es mir widerstrebte, seriöse Arbeitskleidung anzulegen, aber Breen würde mich ernster nehmen und ich professioneller auftreten, wenn ich Jackett und lange Hosen trug. Ich fuhr kurz in meine Wohnung und zog meine weichen Lario-Stiefel an, in denen ich mich immer millionenschwer fühle – vielleicht weil ich mal fast so viel für sie bezahlt habe.

16

Quellcode

Da ich so viel Theater um meine begrenzte Zeit gemacht hatte, ließ ich das Mittagessen ausfallen und fuhr direkt nach Northbrook. Der Verkehr floss zügig, was nur alle Jubeljahre vorkam. Ich erreichte die elektrischen Rolltore am Eingang zum Metargon-Park zehn Minuten zu früh – ich hätte also doch noch zu Mittag essen können.

Das Security-Personal winkte mich mit erstaunlicher Geschwindigkeit durch, aber als die Tore sich geöffnet hatten und ich durchfuhr, wurde mir klar, dass ich fotografiert worden war. Auf den Computerbildschirmen der Wachstation war der Verkehr sämtlicher Zufahrten des Geländes zu beobachten, einschließlich Nahaufnahmen der Nummernschilder und der Gesichter von allen Insassen. Bei meinem Besuch im Labor war mir das nicht aufgefallen, weil ich zu Fuß gekommen war.

Einmal im Park, folgte ich einer Straße, die um die Südseite des Labors herumführte, weg vom Teich. Während das Laborgebäude kompromisslos funktional wirkte, verbreitete der Sandsteinbau der Hauptverwaltung eine Aura von Wohlstand und Gediegenheit. Ein Dickicht aus Bäumen schirmte jeden Blick Richtung Labor ab, und dieser Teil des Geländes hatte seinen eigenen Teich, auf dem ein Schwanenpärchen schwamm. Andere Klasse: viel nobler als Enten.

Breen und sein Personal waren darauf eingestellt, meiner knappen Zeit gerecht zu werden. Sobald ich den Empfang erreichte, tauchte ein selbstsicherer junger Mann auf, um mich nach oben zu geleiten. *Gut durch den Verkehr gekommen? Hatte ich einen schönen Sommer verbracht? Er würde mich jetzt an Terry Utas übergeben, Mr. Breens Sekretärin, bei ihr war ich in guten Händen.*

Gegen Terry Utas mit ihren Perlenohrringen zum lachsfarbenen Kleid mit tiefer Taille fühlte ich mich schäbig, sogar in meinen Lario-Stiefeln. Ihr Make-up war mit sicherer Hand perfekt aufgetragen, während ich nicht daran gedacht hatte, mir auch nur einen Lippenstift über den Mund zu ziehen. Sie brach ab, was immer sie gerade tat, um einer Sprechanlage die frohe Botschaft meiner Ankunft mitzuteilen.

Breen selbst erschien unmittelbar darauf, ein großer Mann, dessen breite Schultern und flacher Bauch auf rigorose Nutzung eines Fitnessstudios schließen ließen. Sein dichtes Haar zeigte noch einzelne dunkle Strähnen.

»Ms. Warshawski, danke, dass Sie für mich Ihren Tagesplan umgestellt haben. Ich habe erst heute Morgen erfahren, dass Martin Binder sich unerlaubt von der Truppe entfernt hat, und das gibt Grund zur Besorgnis.« Er legte mir eine Hand zwischen die Schulterblätter und stupste mich in Richtung seines Büros. »Terry, besorgen Sie uns etwas Kaffee. Oder Tee, wenn Ihnen das lieber ist?«, fügte er für mich hinzu.

Ich murmelte, Kaffee ginge in Ordnung. Breen winkte mich zu einer Ecke, wo ein Glastisch unter einem großen Gemälde mit purpurroten Vierecken stand. Für Ignorantinnen wie mich stand auf einer diskreten Tafel Rothkos Name. Als ich mich setzte, sah ich, dass in die gläserne Tischplatte ein Strang Kabel eingelassen war.

Breen lächelte über meinen erstaunten Blick. »Die Belegschaft hat das für meinen Vater gemacht, zum vierzigsten Jubiläum der Breen Machine. Wir alle einschließlich seiner selbst wussten, dass er das fünfzigste nicht mehr erleben würde.«

»Die Breen Machine?«, fragte ich höflich.

»Ja, ja, der Apparat, der Apple und die Cloud und den Rest erst möglich gemacht hat. Mein Dad wollte ihn erst BREENIAC nennen, als hämische Geste in Richtung John von Neumann und des MANIAC in Princeton, aber seine Anwälte überzeugten ihn, dass das keinen Prozess wert war. Ich war sechzehn, als der Prototyp ans Netz ging. Edward holte mich aus der Schule, damit ich dabei sein konnte, wenn sie ihn einschalteten. Alles bei Metargon entwickelte sich aus diesem Nachmittag.«

Der junge Mann, der mich zu Terry Utas hochgebracht hatte, kam mit einem Tablett durch eine Seitentür. Der Kaffee überraschte mich: Er war cremig und höchst aromatisch. Breen nickte beifällig über meine genießerische Reaktion.

»Ja, ja, ich sehe schon, Sie haben einen feinen Gaumen. Adam, sag Terry, wir brauchen zwanzig Minuten für uns, ohne Unterbrechungen.« Er wartete, bis sich die Tür wieder schloss, um hinzuzufügen: »Nun, dann hoffen wir mal, dass Ihr detektivischer Gaumen ebenso gut ausgebildet ist. Erzählen Sie mir, was Sie über Martin Binder wissen.«

Ich ließ mir Breens Worte und den Seitenblick unter buschigen Augenbrauen hervor auf meiner Detektivinnenzunge zergehen. Ich sah keinen Grund zu lügen, zumal ich so herzlich wenig wusste. Ich wiederholte die schon etwas abgenutzte Episode der Flucht von Martins Mutter, schilderte meinen Besuch bei seiner Großmutter, erwähnte, dass er ein Einzelgänger war und niemand von ihm gehört hatte.

»Ms. Utas sagte mir, Sie haben von seinem Verschwinden

durch Ihre Tochter erfahren«, fügte ich hinzu. »Nicht durch Jari Liu.«

»Ja, ja, ich habe schon mit Jari gesprochen, er ist ein brillanter Ingenieur, aber manchmal können auch brillante Ingenieure nicht zwei und zwei zusammenzählen. Meine Tochter Alison gehört zu der Collegetruppe, die diesen Sommer im Labor gearbeitet hat, deshalb bekam sie die E-Mail, die Jari nach dem Treffen mit Ihnen am Dienstag rausgeschickt hat. Sie hat mich heute Morgen angerufen, äußerst besorgt und das zu Recht.«

Er machte eine Pause und schüttelte den Kopf. »Jari sagt, er hat Ihnen ein Demo von dem System gezeigt, an dem der junge Binder arbeitete, richtig? Wir lassen niemanden Programmiercode mit aus dem Gebäude nehmen. Wir überwachen auch ausgehende Nachrichten, um alles abzufangen, was aus unserem System hochgeladen werden könnte, aber Binder ist ein eigenartiger junger Mann, in mancherlei Hinsicht eine Art Savant, ein Inselbegabter. Er könnte sich, oh, nicht eine Million Codezeilen, aber womöglich die groben Umrisse des Systems eingeprägt haben. Es ist sehr viel besser als alles andere, was auf dem Gebiet derzeit entwickelt wird, selbst am Weizmann-Institut in Israel. Es wäre allen möglichen Konkurrenten in und außerhalb der Rüstungsindustrie sehr viel wert.«

»Ich nehme an, Sie überprüfen den Hintergrund von jedem, den Sie in Ihre Laboratorien lassen«, sagte ich.

»Natürlich, aber bei Binder haben wir ein paar Dinge übersehen.«

»Was zum Beispiel?« Ich nahm noch einen Schluck Kaffee, mein Ton war beiläufig, milde Verwunderung. Eifer erkennen zu lassen ist immer ein Fehler.

»Wir wussten, dass er bei seinen Großeltern lebte, aber uns war nicht klar, dass seine Mutter drogenabhängig ist. Uns ist auch entgangen, dass er eigentlich studieren wollte, aber seine Familie interveniert hat. Wir haben gedacht, er ist ein

Computercowboy. Die findet man oft in diesem Geschäft – sie sind Autodidakten und an formaler Ausbildung nicht interessiert. Liu zufolge hatte Martin Minderwertigkeitskomplexe gegenüber den Efeuliga-Studenten, mit denen er am Fitora-Projekt gearbeitet hat. Falls er unser System verkauft hat, kann er es sich leisten, für den Rest seines Lebens Vorlesungen am Caltech oder MIT zu belegen. Was mich wirklich alarmiert, ist, dass er dunkel gemacht hat.«

Ich schüttelte fragend den Kopf.

»Binder hat seine gesamten Netz- und Handypräsenzen stillgelegt.« Breens Ton war jetzt ungeduldig, mein Gaumen erwies sich wohl als eher durchschnittlich. »Er hat seine Onlinedienste und Social-Media-Accounts dichtgemacht, er sendet und empfängt keine Mails oder Textnachrichten, zumindest unter keiner Adresse, die Jaris Team aufspüren kann, und das sind erfahrene Jäger. Deshalb bin ich so in Sorge, er könnte mein System für eine andere Firma nachbauen oder gar für eine andere Regierung.«

Also hatte Jari mich nicht irregeführt, indem er mir eine falsche Mailadresse gab, wie ich halb befürchtet hatte. »Ich bin Martin nie begegnet, also kann ich Ihnen da kaum weiterhelfen«, sagte ich. »Alle, mit denen ich gesprochen habe, sind sich einig, dass er sowohl brillant als auch im Sozialen etwas unbeholfen ist, aber daraus lässt sich nicht ableiten, ob er im Begriff ist, eine Art Unabomber zu werden oder ein neuer Feynman.«

Breen guckte säuerlich. »Sunny – Alison hält ihn für einen neuen Feynman. Jari sagt, er kann sich nicht vorstellen, dass Binder Firmengeheimnisse veräußert, aber ehrlich gesagt, in fast fünfzig Jahren im Geschäft habe ich schon die stabilsten Typen ihren Laden ans Messer liefern sehen, wenn der Haufen Geld vor ihrer Nase nur hoch genug war. Was mich mindestens genauso aufregt, ist, dass Alison ihn in unser Haus gelassen hat.«

»Die beiden waren doch aber nicht liiert, oder?«. Das hätte

mich überrascht – ich stellte mir Breens Tochter zu elegant und weltläufig vor, um einem linkischen Nerd zu verfallen. Dann dachte ich an Nadja Hahnes Beschreibung von Martin: gut aussehend auf grüblerische Art, ein bisschen entrückt – vielleicht würde eine elegante, weltläufige junge Frau darin eine Herausforderung sehen.

Breen stutzte bei der Frage. »Alison scheint eine romantische Vorstellung von Binder zu haben, als wäre er so eine Art Groschenromanheld. Als meine Frau und ich in unserem Haus in Bar Harbor waren, hat Alison für die Stipendiaten des Sommerprogramms eine Grillparty ausgerichtet. Sie lud auch Martin ein, obwohl er eigentlich nicht zu der Collegetruppe gehört, aber er ist im gleichen Alter und hat am selben Projekt gearbeitet. Und sie dachte wohl, sie könnte etwas für ihn tun.« Er zog eine Grimasse, halb erbost, halb stolz. »Ich liebe mein Mädchen, aber sie hatte schon immer den Tick, streunende Katzen mit nach Hause zu bringen. Jedenfalls, sie ließ die jungen Leute in die Werkstatt meines Vaters. Edward hat früher viele seiner Zeichnungen und Prototypen in seinem Arbeitszimmer im zweiten Stock angefertigt, er liebte den Blick auf den Lake Michigan. Sunny ließ Martin und die anderen da einfach herumstöbern. Wer weiß, was er vielleicht hat mitgehen lassen.«

Der erste saure Geschmack an meinem Gaumen. »Ich hätte gedacht, alle Erfindungen Ihres Vaters sind in den Metargon-Räumlichkeiten gebunkert und liegen nicht offen in Ihrem Haus herum, wo die streunenden Freunde Ihrer Tochter sie begrabbeln können.« Ich goss mir mehr Kaffee ein, lehnte mich im Sessel zurück und sah ihn über den Tassenrand hinweg an.

»Ja, ja«, sagte Breen. »Sie haben schon recht, bis zu einem gewissen Grad.«

Er fingerte an seiner Tasse herum, sagte dann: »Mein Vater hatte nach dem Krieg mit ein paar Topsecret-Sachen zu tun. Rüstungsfragen, Sie verstehen. Er war sehr stolz auf seine Briefe, persönlich unterschrieben von Präsidenten und Nobelpreisträgern. Und er hatte noch andere Dinge in seiner Werkstatt, die im Panzerschrank besser aufgehoben wären. Irgendwie bin ich nach seinem Tod nie dazu gekommen, das alles mal wegzuräumen. Ehrlich gesagt habe ich mir keine Gedanken darüber gemacht, das alles gehört einfach zum Hintergrund meines Lebens. Erst als Alison mir erzählte, dass sie den Kids die Werkstatt gezeigt hat, fielen mir die Briefe wieder ein. Metargons interne Daten und Programmiercodes, kombiniert mit diesen Schreiben – nun, sagen wir einfach, mein Vater hat bei der Entwicklung thermonuklearer Waffen eine gewisse Rolle gespielt, und Sie begreifen sicher, dass es besser wäre, wenn wir einige dieser Briefe Außenstehenden nicht zu lesen geben.«

»Ohne sie zu kennen, kann ich das schlecht beurteilen, aber bestimmt steht diese ganze Geschichte doch längst öffentlich im Netz«, sagte ich.

»Nicht alles«, sagte Breen scharf. »Das ist ja der Punkt.«

Ich glaubte ihm nicht. Da gab es was in Vaters Werkstatt, was ihm vor Fremden unangenehm war, aber ich hatte keine Ahnung, wie ich das aus ihm herauslocken sollte. Ich wechselte das Thema. »Ihr Vater kannte Benjamin Dzornen, nicht wahr?«

»Woher wissen Sie das?« Breen setzte sich aufrecht, sein Ton immer noch scharf.

Ich machte große Augen, die naive Detektivin. »Sie sagten doch, er präsentierte gern seine Briefe von Nobelpreisträgern. Dzornen hat am Manhattan-Projekt mitgearbeitet, Ihr Vater war am Rüstungsprogramm beteiligt. Da liegt das doch nahe.«

Breen entspannte sich wieder. Offenbar hatte ich den heiklen Punkt verfehlt.

Etwas ging nicht auf, hatte Martin gesagt. Hatte er in Edward Breens alter Werkstatt einen Brief gesehen, der ihm etwas über seine Familiengeschichte verriet? Oder womöglich gar meine Theorie vom gestohlenen Nobelpreis erhärtete?

Breen und ich sprachen, oder vielmehr fochten, noch ein Weilchen miteinander; als ich mich zum Gehen bereit machte, fühlten wir uns beide etwas zerzaust.

»Martin ging am Morgen des Tages, an dem er verschwand, für ein paar Stunden aus dem Haus, vermutlich um mit jemandem zu reden. War das Ihre Tochter?«

»Unwahrscheinlich«, sagte Breen. »Sie ist nach Mexico City geflogen, gleich nachdem die Sommerstipendiaten weg waren. Sie ist schon fast sechs Wochen dort.«

»Nach Mexico City?«, echote ich. »Was, macht sie ein Praktisches Jahr im Ausland?«

»Es ist bloß ein Semester Auszeit«, sagte Breen säuerlich. »Sie hilft da beim Aufbau eines Techniklabors für mehrere Schulen. Metargon unterstützt das Projekt mit Computern und Metar-Genie-Gameboxen. Alles schön und gut, wenn man ›der Gesellschaft etwas zurückgeben‹ möchte, aber doch nicht bei einer Erbin, die mit einer Firma wie Metargon verbunden ist. Da geht man nicht ausgerechnet in die Hauptstadt des Kidnappings. Aber natürlich konnten ihre Mutter und ich es ihr nicht ausreden.«

»Besteht die Möglichkeit, dass Martin bei ihr ist?«, fragte ich.

Das erwischte Cordell unvorbereitet. Spontan wollte er es energisch von sich weisen, doch dann lehnte er sich zurück, die Finger zum Dächlein aneinandergelegt. »Jemand ist damit betraut, für mich ein Auge auf sie zu haben, aber ich schätze, Alison könnte das unterlaufen, wenn sie will, und sie hat ein Treuhandkonto. Ich werde das FBI darauf ansetzen, Martin aufzuspüren. Falls er mit meinem Mädchen in Mexiko ist, sollten die das schnell in Erfahrung bringen. In der Zwischenzeit gilt: Falls Sie irgendetwas mitkriegen, was verrät, wo er steckt, will ich es sofort wissen.«

»Schwebt Ihnen vor, mich zu engagieren, Mr. Breen?«, fragte ich. »Wenn Sie mein Klient werden, haben Sie selbstredend

Anspruch auf Berichterstattung – sofern meine Arbeit für Sie nicht zu einem Interessenkonflikt mit bereits vorhandenen Klienten führt.«

Er stutzte erneut, dann produzierte er ein Lächeln, das ihm schon viele Keksdosen geöffnet haben musste. »Ja, ja, ich verstehe Ihren Standpunkt. Ich bezweifle zwar, dass eine allein operierende Ermittlerin ohne großes Computerfachwissen einen Digitalakrobaten wie Martin aufspüren kann, aber falls Sie es schaffen, wäre ich durchaus bereit, Ihnen ein, nun, nennen wir es eine Vergütung anzubieten. Eine Vergütung für die Information, wo er ist.«

»Ich werde darüber nachdenken.« Ich erhob mich. »Wie gesagt: Ohne Einverständnis meiner Klienten kann ich Ihnen nichts zusagen, aber vorbehaltlich dessen teile ich es Ihnen mit, wenn ich Martin geortet habe. Immer vorausgesetzt, die Feds erschießen ihn nicht gleich oder etwas ähnlich Drastisches.«

Breen fand das amüsant genug, um mir zu erklären, ich hätte alles in allem ja doch einen guten detektivischen Gaumen, aber wir wussten beide, dass ich seiner Ansicht nach dieselben Chancen hatte, Martin aufzuspüren, wie einem Zwinger voller Chihuahuas relativistische Modelle der Matrix zu erklären.

17

Waffensysteme

Auf dem Weg zum Expressway kam ich an einem Forstgehege vorbei und lenkte den Wagen hinein. Die Bäume begannen sich zu verfärben, ungeachtet der nach wie vor warmen Tage war der Sommer zu Ende. Vor uns lag Chicagos Winterroulette:

mild wie letztes Jahr, oder wie vorletztes Jahr Schnee und bittere Kälte ohne Ende?

Ich saß in meinem Auto, betrachtete die Eichhörnchen und Vögel, ohne sie wirklich zu sehen, und versuchte mein Gespräch mit Cordell Breen zu analysieren.

Martin Binder hatte dunkel gemacht. Breen glaubte, der Grund dafür sei, dass er sich mit den kostbaren Programmiercodes von Metargon abgesetzt hatte und nicht gefunden werden wollte. Nennen wir das mal Möglichkeit A. Ich fing an, es in mein iPad zu tippen, dann dachte ich an Breens Prahlerei über die Fähigkeiten der Datenjäger von Metargon. Wenn Breen annahm, ich könnte wissen, wo Martin steckte, würde er Liu auf meinen Computer ansetzen.

Ich zog einen Stift und einen Schreibblock aus meiner Aktentasche – nichts gegen Wandel, aber altehrwürdige Methoden haben doch ihre Vorzüge. Möglichkeit A: Martin Binder ist in Shanghai oder Teheran, oder sogar Tel Aviv, und rekonstruiert ein oder zwei Millionen Codezeilen, die Prinzessin Fitora befähigen, fünf Angreifer gleichzeitig abzuwehren.

Liu hatte das System als Durchbruch für Menschen gepriesen, die wegen Schlaganfall oder Rückenmarksverletzungen gelähmt waren. Breen hatte angedeutet, das Projekt hätte auch Rüstungsrelevanz. Ich versuchte mir vorzustellen, worin die bestehen könnte.

Meine Mutter hatte Pistolen und Waffen aller Art verabscheut. Die Dienstwaffe meines Vaters musste jeden Abend hoch oben in einem Schrank weggeschlossen werden, außer Reichweite der neugierigen Finger meines Cousins Boom-Boom. Auch Spielzeugwaffen waren bei uns von Haus und Hof verbannt, aber Boom-Boom schnappte sich einen Donut und hielt ihn wie eine Pistole. Menschen können alles in eine Waffe verwandeln.

Metargon als ein Weltmarktführer in der Entwicklung und Anwendung von Computern konnte sicher mühelos Cyberkrieg-Viren entwickeln, vielleicht steckte das hinter dem Geblinzel auf Prinzessin Fitoras Schwertarm. Was mich zu Möglichkeit B brachte: Weit entfernt davon, den Metargon-Programmiercode an die Chinesen zu verkaufen, war Martin dahintergekommen, dass er in Wahrheit eine Waffe für den Cyberkrieg entwickeln half, so was wie einen verbesserten Stuxnet-Wurm. Er war untergetaucht, bis er in WikiLeaks-Manier veröffentlichen konnte, was die Firma wirklich tat.

Martin war im richtigen Alter, am Scheitelpunkt des Erwachsenwerdens, wo der Idealismus blüht und gedeiht. Jemand wie er, ohne Freunde, die ihn erdeten, konnte alles Mögliche anstellen – zum Djihad gehen oder dem Friedenscorps beitreten oder in einem Kloster verschwinden.

Ich war allein auf dem Waldparkplatz und saß so still, dass Kaninchen um mein Auto hoppelten. Ich weiß, dass sie in Gärten Schlimmes anrichten, aber mit ihrem weichen braunen Fell und den großen dunklen Augen wirken sie unschuldig und hilflos.

»Was denkt ihr?«, fragte ich durch mein Fenster. »Unabomber oder Ultraidealist?«

Sie hörten nicht auf zu mümmeln. Sie schienen mir zu sagen, dass ich etwas Offensichtliches übersah.

Eine dritte Möglichkeit lag in dem, was Martin in der Werkstatt des alten Edward Breen gesehen hatte. Es hatte mit Benjamin Dzornen zu tun, denn da war Cordell Breen nervös geworden. Aber wenn es etwas Schmähliches war, hätte Edward es nicht sichtbar zur Schau gestellt. Oder er hatte Dzornen übers Ohr gehauen, Dzornen hatte einen empörten Brief geschrieben und Edward hatte den Brief gerahmt, um sich daran zu erinnern, dass er zwar nicht die schöne goldene Medaille hatte, aber trotzdem schlauer war als ein Nobelpreisträger.

Wenn ich Alison fand, würde sie mir sagen können, ob etwas in der Werkstatt Martin in Erregung versetzt hatte? Es gab ja in Mexico City nur zwanzig Millionen Menschen, da sollte es nicht allzu schwer sein, sie ausfindig zu machen.

Ich trommelte mit den Fingern auf meinem Lenkrad herum. Ich musste wissen, wen Martin noch aufgesucht hatte, bevor er verschwand. Cordell konnte es nicht sein, denn Cordell war zu dem Zeitpunkt in Bar Harbor. Es könnte Jari Liu gewesen sein. Vielleicht hatte Liu vor mir bloß eine Schau abgezogen, Verblüffung und Besorgnis nur gespielt.

Ich war mir sicher, dass Martin mit Julius und Herta Dzornen in Kontakt zu treten versucht hatte, aber ich hatte keinen Schimmer, ob das vor oder nach seinem Besuch in der Breen'schen Villa gewesen war. Vielleicht hatte er von ihnen das Eingeständnis verlangt, dass ihr Vater sein Urgroßvater gewesen war und sie Dzornens Preisgeld aufteilen müssten. Der König von Schweden verschenkt da eine Million oder so, wenn Dzornen das klug investiert hatte, musste ein beträchtliches Erbe vorhanden sein. Natürlich sah Julius Dzornens Kutschenhaus eher nicht danach aus.

Ich zeichnete Kaninchenohren und Schnurrhaare auf meinen Block. Lotty meinte, Dzornen musste die nötigen Schmiergelder und Reisekosten bezahlt haben, um Kitty Binder 1939 aus Wien rauszuholen. Das würde bedeuten, dass er seine Vaterschaft anerkannt hatte und seine Kinder das wussten. Aber was nützte mir das? Sie hätten Martin nicht um die Ecke gebracht. Es sei denn, Martin hatte Beweise, dass der Preis erschwindelt war. Ich drehte mich im Kreis.

Welch finsteres Geheimnis Martin in Edward Breens alter Werkstatt auch entdeckt haben mochte, es konnte kein direktes Eingeständnis von Dzornen sein, dass seine Forschung unrechtmäßig ergaunert war. Wobei da noch ein großes Vielleicht dranklebte. Es konnte auch kein Foto von Dzornens Frau sein, wie sie Kitty erschoss, weil Kitty noch am Leben war. Vielleicht hatte sie sie nur am Arm oder ins Bein getroffen.

Basta, Vic!, rief ich mich zur Raison. Schluss jetzt mit den wilden Fantasien!

Edward Breen hatte nach dem Krieg mit all diesen Nazi-Raketenwissenschaftlern gearbeitet. Die Vorkriegsphysik war eine so kleine Welt gewesen, auch Nazi-Physiker hatten Dzornen gekannt. Das Foto aus dem Radiuminstitut in Wien zeigte ihn und Martina mit norwegischen und deutschen Wissenschaftlern. Diese Raketentechnik-Nazis, die Breen in die Staaten geholt hatte, mussten auch Martina gekannt haben. Ich konnte mir den Tratsch gut vorstellen. *Oh, Dzornen, er hat seine Haut gerettet, aber seine Studentin geopfert. Ja, sie starb bei der Zwangsarbeit für unser Raketenprogramm.* Und dann Breen, wie er das Dzornen unter die Nase reibt.

Ich imaginierte den jungen Martin, wie er einen Brief über seine Großmutter fand. War es das, was für ihn nicht aufging? Hatte es gar nichts mit seiner Arbeit für Metargon zu tun, sondern nur mit den bohrenden Fragen zu seiner Familie? In dem Fall war er womöglich zu dem Meth-Haus gezuckelt, wo seine Mutter angeblich Entzug machte. Sieh mal, Mama, jetzt können wir die Dzornens erpressen. Nicht wegen Dzornens Forschung, sondern mit seiner Vaterschaft. Ihre Drogenkumpels fanden die Idee vom schnellen Geld super und fingen an, Herta Dzornen zu erpressen, und sie hetzte ihnen ein paar Schläger auf den Hals.

Frustriert warf ich meinen Stift auf den Sitz. Spekulationen, Spekulationen, ohne jede Grundlage, ich kannte ja nicht mal Martin Binders Charakter.

Die Kaninchen flüchteten von der Wiese ins Unterholz, aber nicht wegen mir. Eine grauhaarige Frau kam in meinem Traumwagen angeröhrt, einem roten Jaguar XJ12. Sie ließ einen blassgoldenen Retriever aus dem Heck hüpfen, und die beiden trabten davon, an einem Bach entlang, der durch den Wald floss. Das sollte ich eigentlich tun: genug Geld scheffeln, um für den

Rest meiner Tage meine Hunde im Jaguar herumzukutschieren und keinen Gedanken an Leute zu verschwenden, die was von Relativitätstheorie verstanden.

Auch ich flüchtete von der Wiese. Aber nicht ins Unterholz, sondern nach Skokie. Aggressiv presste ich den Finger auf Kitty Binders Klingel. Nach ein paar Minuten sah ich, wie die Jalousie fingerbreit gelupft wurde. Zeit verging. Ich klingelte erneut, und schließlich öffnete sich die Tür um die Länge einer Sperrkette.

»Ms. Binder, war Ihre Tochter hier?«, fragte ich, bevor sie etwas sagen konnte. »Ich habe das Haus an der West Side gefunden, wo sie untergeschlüpft war. Als ich hinkam, haben ihre Kumpane auf mich geschossen. Vielleicht haben Sie es in den Nachrichten gesehen – einer ihrer alten Bekannten wurde festgenommen, ein anderer wohl schwer verletzt. Judy ist eine Zeitbombe. Wenn Sie von ihr gehört haben oder sie hier ist, wäre das ein verdammt guter Grund, die Polizei zu rufen.«

Sie stierte mich durch den Spalt in der Tür an, ihr Gesicht zu einem Mischmasch bedrückender Gefühle erstarrt: Angst, Zorn, Kummer. »Ich hab's doch gesagt: keine Polizei. Wenn die Polizei kommt, werde ich umgebracht.«

»Ist Judy hier?«, fragte ich. »Oder Freunde von ihr? Haben die Sie bedroht? Wenn Sie mich reinlassen, kann ich helfen.«

»Ich will Sie nicht noch mal in meinem Haus haben«, sagte sie streng.

»Martin«, sagte ich und versuchte verzweifelt, das Gespräch aufrechtzuerhalten. »Er hat alle Verbindungen zur Außenwelt gekappt. Sein Chef bei Metargon sagt, sie können nicht mal eine IP-Adresse finden, die er benutzt. Ich habe gestern mit Herta und Julius Dzornen gesprochen. Martin hat sie aufgesucht, aber sie wollen mir nicht sagen, warum. Wissen Sie es?«

Prompt gewann ihre Wut die Oberhand. »Dieses Ungeziefer! Schlimmer als Ratten und Kakerlaken, sie lügen, sie stehlen!«

»Worüber haben die Sie belogen?«, fragte ich.

»Sie wissen Bescheid, aber sie tun so, als wüssten sie nichts. Es ist jetzt seit mehr als siebzig Jahren die gleiche Geschichte.«

»Was wissen sie denn? Dass Benjamin Dzornen auch Ihr Vater war?«

Sie drehte den Kopf weg, um ihre Tränen zu verbergen. Ich sollte sie nicht so schwach sehen. »Mein Vater, mein wahrer Vater war Handwerker. Das habe ich Ihnen schon gesagt.«

»Warum sind Sie dann zu Benjamin Dzornen gegangen, als Sie nach Chicago kamen?«, fragte ich.

Ihr Mund arbeitete. »Meine Mutter. Über sie wollte ich mit ihm sprechen. Er war ihr Professor, sie hat ihn verehrt. Nicht mich, nicht ihr Kind, ich war ihr nie wichtig. Nur diese unsichtbaren Teilchen, mit denen sie Tag und Nacht zubrachte. Sie sah Atome, aber mich sah sie nicht. Selbst als wir das letzte Mal zusammen waren, in den Bergen, kurz bevor Deutschland Österreich übernahm, hat es sie nicht interessiert, als ich ihr zeigen wollte, wie ich tanzen kann. Sie wollte nur, dass ich mir Bilder von etwas Unsichtbarem in der Atmosphäre ansehe!«

»Das muss sehr schwer gewesen sein.« Ich meinte das aufrichtig: Für Mütter ist der Balanceakt zwischen elterlicher Pflicht und persönlichen Interessen schwieriger, als mit einer Zehe auf einer Nadelspitze zu stehen. Es ist unmöglich, das perfekt hinzukriegen, aber manche Frauen machen mehr Fehler als andere.

»Meine Großmutter hat mich aufgezogen«, knurrte Kitty grimmig. »Sie war streng, aber sie hat für mich gesorgt. Sie zwang meine Mutter, das Geld zu erbetteln, damit ich mit Charlotte und ihrem Bruder nach London konnte. Und dann wurde meine Großmutter ermordet. Pffft, einfach so! Erst Terezin, dann ab nach Sobibor, dann – nichts Schriftliches mehr, aber ziemlich sicher tot. Das alles habe ich herausgefunden, als ich 1952 als Übersetzerin nach Wien zurückkam.«

»Ihre Mutter hat Geld erbettelt, um Sie nach London zu schicken? Sie bekam es von Professor Dzornen, oder?«

Kitty starrte mich an, als hätte ich Zauberkräfte. »Er hat verlangt, dass ich nie darüber rede. Er hat es mir erzählt, als ich ihn hier in Chicago traf, aber er ließ mich versprechen, niemandem etwas zu sagen. Niemandem. Woher wissen Sie es? Hat diese blasierte Hexe Herta es Ihnen gesagt?«

Ich lächelte traurig. »Das war bloß geraten. Der Krieg hatte noch nicht angefangen, Ihre Mutter konnte noch Post aus Amerika bekommen.«

»Wenn Sie mit Herta über mich gesprochen haben, sind Sie gefeuert. Die tragen die Nase noch tausendmal höher als die Herschels. Diese Dzornens, für die war ich immer nur das Enkelkind der Schneiderin. Wenn Herta und Bettina mit mir allein gelassen wurden, musste ich sie bedienen. Sie verlangten, dass ich ihnen die Haare machte oder ihre kleinen Liebesbriefchen zu den dummen Knaben brachte, mit denen sie sich trafen. Sie fanden auch, ich sollte ihre Schuhe putzen, aber die habe ich in die Güllegrube geworfen.«

»Ich habe mit Ms. Colonna nicht über Sie geredet«, sagte ich. »Was hat Benjamin Dzornen Ihnen erzählt, als Sie 1956 im Fachbereich Physik auftauchten? Dass Martina tot ist?«

Sie starrte mich an. »Denken Sie, Sie können mich austricksen, Miss Detective? Nichts da. Dieses Kapitel meines Lebens ist abgeschlossen. Ich rede nie darüber. Ich habe nie gesagt, dass der große Professor meine Reise nach London bezahlt hat – Sie haben mir das nur abgeluchst. Also falls Sie jemand danach fragt, die Polizei, Prinzessin Charlotte Herschel, das FBI, irgendwer, können Sie denen sagen, dass ich niemals darüber rede.«

Ich stand halb gebückt mit dem Ohr an der Tür, um sie zu verstehen. Mein Nacken wurde steif, doch sie würde auf keinen Fall die Tür für mich öffnen, so wütend, wie sie jetzt war. »Aber Judy hat darüber geredet, oder?«, sagte ich.

»Judy ist verrückt, ich dachte, das hätten Sie begriffen. Man weiß nie, was sie im Schilde führt.«

»Und Martin?«

»Fangen Sie nicht an, mir Lügen über Martin zu erzählen. Er würde nie mit diesen Dzornens reden, um nichts in der Welt, also hören Sie auf, Mist über ihn zu verbreiten.«

»Wenn ich ihn finden soll, brauche ich eine gute Fotografie.« Ich tat, als hätte ich sie nicht gehört. »Ein Bild, das ich Leuten zeigen kann, die ihm vielleicht begegnet sind. Können Sie mir ein gutes Foto von ihm geben?«

»Hören Sie nicht, was ich Ihnen sage?«, fauchte sie. »Sie und Ihre Ermittlerei, Sie sind ja genauso schlimm wie Martina mit ihren Atomen! Lassen Sie mich in Ruhe, lassen Sie Martin in Ruhe. Wenn Sie mit Judy in Drogenhäuser gehen wollen, viel Spaß dabei!« Sie knallte die Tür zu.

Hieß das, ich war gefeuert? Ganz sicher hieß es, dass ich nicht bezahlt wurde. Eine kluge Frau würde diesem Tohuwabohu hier und jetzt den Rücken kehren.

18

Tagebuch eines kalten Kriegers

In meinem Büro erwartete mich eine Nachricht von Doug Kossel, Sheriff von Palfry County. Nach meinem Gespräch mit Kitty Binder war ich auf das Schlimmste gefasst. Hatte er Martins Leiche in der Jauchegrube hinter dem Meth-Haus gefunden?

»Warshawski!« Er klang unnötig aufgekratzt für das Ende eines Arbeitstages. »Ihr Großstadtmädels habt es wirklich drauf. Ihr Polizeikumpel, wie heißt er gleich?« Es entstand eine Pause, während Papier raschelte. »Hier hab ich's schon, Downey. Er rief mich an, um über Schlafly zu reden. Der hat ja als Krähenscheuche ziemlich versagt. Als ich den Wengers – die bewirtschaften das Maisfeld – erzählt hab, wie die Leiche aussah, wurde sogar Frank Wenger grün um die Kiemen. Ich bin nicht sicher, aber ich schätze mal, das Stück Maisfeld, wo Sie Ricky Schlafly gefunden haben, lässt er dieses Jahr bei der Ernte außen vor.« Er lachte so dröhnend, dass meine Trommelfelle schlotterten. »Jedenfalls, Downey hat erzählt, Sie haben in Chicago mächtig auf den Putz gehauen, ein böser Kerl ist ausgeschaltet und zwei verhaftet. Was machen Sie denn an freien Tagen?«

»Da bin ich Ersatzpitcher bei den Cubs«, war mein halbherziger Versuch, mich dem Geist des Gesprächs anzupassen. Ich bereute es sogleich, da Kossel erneut in ohrenzerschmetterndes Gelächter ausbrach. »Haben Ihre Jungs die Grube hinterm Haus durchsucht?«, fragte ich.

»Konnte keinen auftreiben, der sich ausrüsten und da reinwaten wollte«, sagte er. »Aber wir sind mal mit 'ner Harke durch. Keine Leichen, bloß ein Haufen leerer Ätherkanister und et cetera.«

Und et cetera? Vielleicht sagte man das so in Palfry County. »Was meint Lieutenant Downey?«, fragte ich. »Glauben Sie beide, dass Freddie Walker Schlafly ermordet hat?«

»Nicht anzunehmen. Wir hatten schon auf Abrechnung im Milieu gehofft, aber Walker war auf dem Rückflug von Mexiko, als Schlafly erschossen wurde. Nicht dass Walker uns gern erzählen wollte, wo er war, aber als er vor der Wahl stand, das oder eine Mordanklage, brachte er Belege, dass er in einem Privatflugzeug saß, das um vier Uhr am selben Morgen Juárez verließ. Unser Doc sagt, die Tat wurde spätestens um sechs verübt, wahrscheinlich eher. Schwer zu sagen, nachdem die Vögel seinen Schniedel geschnetzelt haben.«

Ich hielt das Telefon gerade rechtzeitig vom Ohr weg, um dem nächsten donnernden Ausbruch zu entgehen. Vielleicht war

Kossel ja ein Psychopath, hatte Ricky Schlafly selbst erschossen und amüsierte sich jetzt köstlich mit Witzen über Körperteile des Toten. Schniedel schnetzeln, Fratze schmatzen, Augen saugen. Oder der Sheriff war einfach einer dieser Männer ohne Nerven, die man Bombermissionen fliegen ließ.

»Natürlich kann einer von Walkers Jungs die Tat in seinem Auftrag begangen haben. Ihr Lieutenant geht dem nach, vielleicht war's ja der Typ, dem Sie das Hirn weichgeklopft haben. Eigentlich schade, man kriegt ja kein Geständnis mehr von einem, der nicht sprechen kann.«

Ich war es müde, zu erklären, wie das mit ›Bullet‹ Bultman auf der Treppe gewesen war. Sollten Murray und der Sheriff von Palfry County sich doch einreden, dass ich mit Bultmans Kopf absichtlich auf die Kante einer Stufe gezielt hatte wie ein Kampfkunst-Ass. Vielleicht führte das dazu, dass der nächste Sausack zögerte, sich mit mir anzulegen. Oder der nächste Sausack geriet so in Panik, dass er mich sofort erschoss.

Ich hatte ein paar von Kossels Sätzen verpasst, aber ich hörte seinen Schlusssatz: »Wir schicken Ihnen zur Beweisaufnahme eine Vorladung, Warshawski, also fahren Sie nicht zu weit weg.«

»Ich liebe Sie auch«, sagte ich, aber er hatte schon aufgelegt.

Ich warf einen Blick auf meine Notizen. Freddie Walker war in Mexiko gewesen; die Metargon-Erbin Alison Breen half da unten ein Techniklabor aufbauen. Mexiko war ein großes Land, konnten sie sich begegnet sein? War sie eine verwöhnte reiche Rauscherin? Sie wäre nicht die Erste, deren Eltern keine Ahnung von ihrem Drogenkonsum hatten.

Ich rief Jari Liu bei Metargon an. Ich wollte ihm sagen, dass ich am Nachmittag mit seinem Boss gesprochen hatte, aber das wusste er längst.

»Cordell hat mich angewiesen, Ihnen auf jede Art behilflich zu sein. Wir haben großes Interesse daran, den jungen Martin aufzuspüren.«

Das machte es leicht: Ich brauchte ein Foto, und sie hatten garantiert ein gutes Porträt von ihm, so schnell, wie Liu neulich mein Gesicht auf dem Schirm gehabt hatte. Er meinte, ich würde es in meinem Maileingang vorfinden, sobald ich auflegte.

»Was noch?«, fragte er.

»Eine Kristallkugel«, sagte ich. »Jemanden, der Martin Binders Persönlichkeit versteht. Mr. Breen fürchtet, er könnte den Prinzessin-Fitora-Code für die Chinesen rekonstruieren, oder für Microsoft oder Apple.«

»Ja, ich weiß«, sagte Liu säuerlich. »Er hat mir mächtig den Arsch aufgerissen, weil ich ihm nicht sofort persönlich gemeldet habe, dass Martin weg ist. Es ist so normal, dass Programmier-Cowboys ohne Vorwarnung weiterziehen, da fand ich es völlig ausreichend, der Personalabteilung und meiner Abteilungsleitung Bescheid zu sagen. Stattdessen hätte ich davon ausgehen sollen, wenn Martin vermisst wird, besteht die Gefahr, dass er unsere Geheimnisse an den Meistbietenden verhökert.«

»Halten Sie das wirklich für wahrscheinlich?«, fragte ich.

»Geld schien Martin nie viel zu bedeuten, aber Vergeltung könnte ein Motiv sein. Nicht Metargon gegenüber, wir hatten einen ganz guten Draht, zumindest dachte ich das, aber vielleicht wollte er den reichen und viel cooleren Kids zeigen, dass er auf eine Art ins Rampenlicht treten kann, die weit jenseits ihrer Möglichkeiten liegt.«

»Sie glauben, er könnte Ihren Programmiercode nachbauen?«

»Es gibt eine Geschichte über Mozart, die mir mein alter Herr erzählt hat, als er noch hoffte, ich könnte ein zweiter Yo-Yo Ma werden«, sagte Liu. »Es war eine große Enttäuschung, dass ich kein Ohr für Töne hatte. Egal, jedenfalls sitzt Wunderkind Mozart in der Sixtinischen Kapelle und lauscht einer Messe. Die Musik wird eifersüchtig bewacht, nur vatikanische Musiker bekommen die Noten zu sehen. Mozart hört sie ein einziges Mal, geht nach Hause und schreibt die Partitur auf.«

»Selbst wenn Martin die Art von fotografischem Gedächtnis hätte, wo er alles im Kopf genau vor sich sieht – Mr. Breen hat gesagt, der Code besteht aus Millionen von Zeilen«, wandte ich ein.

»Wir lassen die Leute auch immer nur an einzelnen Komponenten eines Programms arbeiten, damit niemand in Versuchung kommt, es mit der großen weiten Welt zu teilen. Aber einer wie Martin bräuchte gar nicht den ganzen Code, um bedeutende Teile des Programms nachzubauen, weil er die zugrunde liegende Architektur versteht. Das ist es, was Cordell Sorgen macht, aber wir haben weit und breit nichts auf dem Radar, was darauf hindeutet, dass eine dritte Partei unseren Code gesehen hat.«

»Davon hätten Sie gehört?«

»Computerhochtechnologie ist wie jedes Spiel mit hohen Einsätzen. Alle spionieren sich gegenseitig aus, versuchen zu ermitteln oder zu stehlen, was die Konkurrenz gerade am Wickel hat. Wir kriegen nicht immer alles mit, aber speziell nach dem Gespräch mit Cordell heute früh sind wir in dieser Sache extrem wachsam, und bisher ist da nichts im Busch.«

Ich sah, dass ich meiner Kaninchenzeichnung inzwischen rasiermesserscharfe Zähne verpasst hatte. Bugs Bunnys böser Zwilling, drauf und dran, jemandes Eingeweide auszuweiden. »Mr. Breen hat erwähnt, dass Prinzessin Fitora über rüstungsrelevante Eigenschaften verfügt.«

Liu holte scharf Luft. »Wenn der alte Mann so aus der Schule plaudert, wie zum Geier kann er da – egal, vergessen Sie, was ich gerade sagen wollte.«

»Wie kann er Ihnen für den Patzer bei Martins Verschwinden so den Arsch aufreißen?«, beendete ich den Satz für ihn. »Er hat mir erzählt, seine Tochter ist in Mexiko. Ein Dealer, der bei meinen Nachforschungen eine Rolle spielt, war vor vier Tagen auch dort. Haben Sie je Anzeichen bemerkt, dass Alison –«

»Drogen? Alison? Nie und nimmer. Und fragen Sie bloß nicht Cordell danach – Sie würden so schnell vor Gericht stehen, dass Ihr Körper eine Meile hinter Ihren Füßen zurückbleibt. Was hat Martin mit mexikanischen Drogen zu tun?«

»Ich sagte nicht, dass er was mit Drogen zu tun hat. Ich sagte, bei meinen Nachforschungen spielt ein Dealer eine Rolle. Niemand erzählt mir viel, Mr. Liu. Ich muss alle möglichen Fragen stellen, um mit dieser Ermittlung weiterzukommen, auch wenn sie Ihnen oder Mr. Breen nicht zusagen.«

»Wenn Sie Beweise haben, dass Martin Drogen nimmt –«

»Sie sind sicher, dass Alison Breen keine Drogen anrührt, aber nach zwei Jahren als Martin Binders Supervisor wissen Sie nicht, ob er Drogen nimmt? Das ergibt doch keinen Sinn.«

Liu hielt inne, dann sagte er steif: »Ich bin sicher, dass Martin niemals high zur Arbeit kam, aber er ist ein sehr reservierter junger Mann. Er könnte ein Drogenproblem vertuscht haben.«

»Sie sind ein aufgeweckter Computerkünstler, Mr. Liu, aber Sie sind auch ein Mannschaftsspieler. Ich stelle mir vor, sobald wir hier durch sind, jagen Sie eine E-Mail an Cordell Breen raus und schlagen ihm vor, das FBI auf Martins vermeintliches Laster hinzuweisen.« Ich verpasste meinem rasierklingenzahnigen Kaninchen noch ein Maschinengewehr. »Sollte sich herausstellen, dass Sie Verleumdungen über Martin verbreiten, bringe ich Sie vielleicht nicht so schnell vor Gericht, dass Ihnen die Kleider vom Leib fliegen, aber ich finde andere Wege, Sie daran zu erinnern, dass man in diesem Land ein Recht auf Privatsphäre hat. Und das Recht, als unschuldig zu gelten, bis die Schuld erwiesen ist. Vielleicht wachen wir morgen auf und stellen fest, dass die Grundrechte nur noch für das eine Prozent Vermögender gelten, aber zumindest bis dahin erhält Martin genau denselben Vertrauensbonus wie Alison.«

»Sie haben natürlich recht«, sagte Liu leise. »Es tut mir leid, ich kenne Alison, seit sie zwölf war. Martin habe ich erst vor zwei Jahren kennengelernt. Ja, ich bin voreingenommen, aber das kommt von meiner langen Bekanntschaft mit ihr, nicht vom Geld ihrer Familie.«

Ich ruderte zurück – zwar traute ich seinem Urteil über Alison genauso wenig wie dem über Martin, aber ich konnte es mir nicht leisten, diese Kommunikationslinie zu Metargon zu kappen. Als ich aufgelegt hatte, klickte ich meine E-Mails an. Tatsächlich hatte Liu mir ein Foto geschickt, auf dem Martin nüchtern dreinblickte, vielleicht ein wenig beklommen. Sein Gesicht war reifer geworden, aber viel mehr Fleisch hatte das dürre Kind mit dem Großvater beim Science Fair inzwischen nicht angesetzt. Jari Liu hatte noch ein zweites Bild angehängt, einen Schnappschuss von Martin, wie er seinem Team etwas demonstrierte. Mit den hohen Wangenknochen und den dunklen Locken sah er exotisch aus, ein bisschen wie ein Kosak, auf jeden Fall erotisch anziehend. Vielleicht hatte Alison Breen ihn in ihren Koffer gesteckt und mit nach Mexico City genommen.

Ich druckte mir ein Dutzend Kopien beider Bilder aus. Morgen würde ich damit losziehen, angefangen an der Bushaltestelle bei Martins Wohnsitz, dann zum Bahnhof Skokie Swift, und in Erfahrung bringen, was noch zu erfahren war.

Ich wandte mich wieder dem Auftrag von Darraugh Graham zu. Ich steckte mitten in einem komplizierten Telefonat mit dem Manager einer Uranmine, als auf meiner anderen Leitung Jeanine Susskind anrief. Die Mutter von Martin Binders Freund, erinnerte ich mich, wobei ich ein paar Sätze meines kanadischen Gesprächspartners verpasste.

Sobald ich mit dem Minenmanager durch war, rief ich Jeanine zurück.

»Wir haben das Buch gefunden, das Martin zum Abgeben bei Voss gelassen hat. Sie wollten doch den Titel wissen – es heißt *Das geheime Tagebuch eines gewissenhaften Beobachters des Kalten Krieges: Arnold Zachny und die Zeitschrift American View*. Wir mussten fünf Dollar Leihgebühr nachzahlen, und sie wollten außerdem, dass ich für die Beschädigungen aufkomme, die Martin dem Buch zugefügt hat. Legen Sie sich bloß keinen Teenager zu, Ms. Warshawski.«

Ich konnte das guten Gewissens versprechen, weil es höchst unwahrscheinlich war, dass ich mich dieser speziellen Herausforderung noch stellen würde. Als Jeanine aufgelegt hatte, suchte ich das Buch im Netz. Ich sah sofort, warum Voss das Cover verstörend fand: Es zeigte die Freiheitsstatue mit zugeklebtem Mund, Hammer und Sichel ins Herz gerammt.

Ich erinnerte mich dunkel an die *American View*, eine der wenigen überregionalen Publikationen, die aus Chicago kamen. Wie *The Atlantic* erschien sie monatlich, mit einer mild-liberalen Meinungsseite, Kurzgeschichten und Reportagen über Leute oder aktuelle Ereignisse. Meine Eltern abonnierten keine Zeitschriften, aber ich las die *View* gelegentlich in der Bibliothek der Law School, als ich an meinem Juraabschluss arbeitete.

Die öffentliche Bücherei von Chicago hatte in ihrer Zentrale eine Ausgabe des *Geheimen Tagebuchs*. Ich war mit Max und Lotty zum Abendessen im Pottawattamie Club verabredet – Lotty hatte Max gebeten, in seinen alten Flüchtlingsnetzwerken nach Informationen über Martina Saginor zu fischen –, da lag es nahe, auf dem Weg bei der Bibliothek zu halten.

Da ich vor Max und Lotty im Club eintraf, setzte ich mich in die Lobby und blätterte in dem Buch, neugierig, was Martin daran interessiert hatte. *Das geheime Tagebuch* war nicht so sehr eine Biografie von Arnold Zachny, als vielmehr eine Geschichte der *View* vor dem Hintergrund des Kalten Krieges. Zachny war ein früher Befürworter der Abrüstung gewesen, er veröffentlichte eine Sammlung von Briefen japanischer Frauen über die Versehrungen durch radioaktiven Fallout an ihren

Männern und Söhnen, die es im Pazifik erwischt hatte, als die USA Wasserstoffbomben auf den Marshallinseln zündeten.

Als ich die Seiten überflog, sprang mir ein Name ins Auge.

Einer der sonderbarsten Zwischenfälle in der Geschichte der *View* war die Veröffentlichung des Briefes einer Frau namens Gertrud Memler. Memler war eine hochrangige Nazi-Technikerin, die Ende des Zweiten Weltkriegs bei der großen russisch-amerikanischen Talentsuche in die Vereinigten Staaten geholt wurde. Sie war eine kontroverse Gestalt, sie war die Frau mit dem höchsten Rang, die die Deutschen in ihrem Kernwaffenprogramm beschäftigt hatten. Tatsächlich war sie als Mitglied des Uranvereins, wiewohl sich eindeutige Beweise schwer finden lassen, wahrscheinlich für das Reaktorprojekt bei Innsbruck verantwortlich.

Als Memler nach dem Krieg in die USA kam, wurde sie laufenden Projekten auf dem Nevada National Security-Testgelände unter der Ägide des Nobelpreisträgers Benjamin Dzornen zugeteilt. Sie verschwand 1953 und wurde nie wieder gesehen. Allerdings schrieb sie von Zeit zu Zeit Briefe an Fachjournale oder Tageszeitungen. Diese Briefe waren radikal kernkraftkritischen Inhalts. Ihre Kehrtwende von der Aufseherin in Innsbruck zur Anti-Atom-Aktivistin wirkt höchst ungewöhnlich.

Das FBI versuchte immer wieder erfolglos, sie aufzuspüren, immerhin war sie mit streng geheimen Einzelheiten der amerikanischen Kernforschung vertraut. Es ist möglich, dass sie in die Sowjetunion übergelaufen ist, einer der Botschaftsangestellten könnte ihre Briefe zur Post gebracht haben. Ein Brief, den Memler an die *View* schrieb, sowie die Reaktion von FBI-Agenten darauf vermitteln einen

Eindruck von den vergeblichen Bemühungen des FBI, sie zu fassen zu bekommen.

Mai 1962
An Arnold Zachny
Herausgeber
American View

Betrifft: Edward Teller und *Die Gefahren nuklearen Niederschlags*

Dr. Teller ist weithin bekannt als ›Vater der Wasserstoffbombe‹. In seinem kürzlich in Ihrem Magazin erschienenen Essay versichert er uns ganz wie ein guter Vater, dass sein Kind keine Gefahr für das Wohlbefinden anderer Kinder auf diesem Planeten darstellt. Er schreibt, radioaktiver Niederschlag von Atomtests sei langfristig nicht gefährlicher für unsere Gesundheit als ein paar Hundert Gramm Übergewicht. Dr. Teller schließt daraus: Die Angst vor Strahlung ist irrational und führt die Amerikaner nur zu dem gefährlichen Anliegen, die Tausende von Tests mit Wasserstoff- und Atombomben zu beenden, die wir in der Erde, auf dem Meer und in der Luft haben explodieren lassen.

Wie viele Eltern, deren Kinder sich bösartig benehmen, war Dr. Teller entweder zu beschäftigt oder zu blind, um zu erkennen, welchen Schaden sein kleines Schätzchen anrichtet. Vielleicht verbringt er so viel Zeit damit, in Washington für eine Fortsetzung der Nukleartests zu kämpfen, dass er nicht dazu kommt, zum Testgelände nach Nevada zu reisen, um zu sehen, wie menschliches und tierisches Leben von seinem Kind verändert wird.

Ich habe zu meinem Bedauern einige Zeit auf diesem Testgelände verbracht. Und dies habe ich gesehen: Es war Routine bei der US-Army, ihre Soldaten detonierenden Bomben in weniger als einer Meile Entfernung auszusetzen. Es wurden keine Schutzanzüge an sie ausgegeben, nicht mal Sonnenbrillen. Sie wurden lediglich angewiesen, die Hände über die Ohren zu legen und mit dem Rücken zur Explosion zu stehen.

Es war Routine bei der US-Navy, Schweine, Schafe und Hunde, angekettet in Käfigen, am Ground Zero dieser Tests zu platzieren. Tiere am Ground Zero sind ausgelöscht. Die in weiterer Distanz in Käfigen Angeketteten werden zurück in die Labore der Navy verbracht, mit Geschwüren auf der Haut, die sich vom Körper löst.

Die Daten über die Gesundheit der Menschen, Soldaten wie Zivilisten, die solcher Strahlung ausgesetzt waren, sind ein eifersüchtig gehütetes Geheimnis der Regierung, aber ich habe die Verbrennungen auf ihrer Haut selbst gesehen. Wenn Hiroshima und Nagasaki uns noch nicht genügend Daten über die hohe Wahrscheinlichkeit (60 %) der Entstehung von Knochen- und Blutkrebs bei den Überlebenden einer Atomexplosion geliefert hätten, so hätte schon ein einziger Test in Nevada ausgereicht, uns alles über die enorme zerstörerische Kraft von Dr. Tellers Baby zu verraten, was wir wissen müssen.

Das erste Mal, dass wir Hunde abgeschlachtet haben, hätte auch das letzte Mal sein sollen. Sie sind keines Verbrechens schuldig außer ihrer unerklärlichen Liebe zu Menschen, dank der sie uns in Käfige folgen, wo wir sie in schrecklicher Angst zum Sterben zurücklassen. Aber wir konnten uns nicht mit einem Test begnügen, wir mussten noch mehrere Hundert weitere machen, mit Hunden, Schafen, Schweinen, deren Schreie mich ins Grab verfolgen werden, so wie die Schreie der Häftlinge in der Waffen- und Reaktorfabrik des Uranvereins.

Zivilisten, die 135 Meilen entfernt wohnen, erkranken in völlig disproportionalem Verhältnis an grauenhaften Krebsarten. Wir sehen das, aber wir bauen immer noch größere Bomben, von denen wir mittlerweile genügend haben, um die gesamte Menschheit mehrere Male auszulöschen.

Wenn ich ein so gefährliches Kind gezeugt hätte, würde ich es nicht stolz in der Welt herumposaunen und damit prahlen, dass ich der Vater bin.

Hochachtungsvoll
Gertrud Memler, Doktor der Physik

16. Juli 1962
Telegramm von: Cal Hooper
Verantwortlicher Special Agent
Washington
An: Agent Luke Erlichman
Chicago Office
Federal Bureau of Investigation

Luke: Wie zur Hölle konnte es passieren, dass in einem landesweit erscheinenden Magazin ein Brief über Tierversuche auf dem Testgelände in Nevada veröffentlicht wird? Und wer, Scheiße noch mal, ist Gertrud Memler? Der Kongress hat Tausende von Briefen erhalten, in denen Anhörungen verlangt werden oder ein Ende der Verwendung von Tieren bei Atomtests, und wir stehen mächtig unter Druck. Sogar RFK* will

* Robert Francis Kennedy, Justizminister 1960–64

wissen, wer diese Memler ist und ob sie eine verlässliche Quelle ist.
Finde so schnell wie möglich heraus, wie das durchsickern konnte. Der Boss ist nicht glücklich.

28. Juli 1962
Brief von: Agent Luke Erlichman
Chicago Office
Federal Bureau of Investigation
An: Cal Hooper
Verantwortlicher Special Agent
Washington

Cal: Das Magazin hat Brief und Umschlag von Gertrud Memler rausgerückt, Absender in Fort George, Utah. Habe Agent Titheredge hingeschickt, um sie zu finden und zum Schweigen zu bringen, aber dort gibt es keine Gertrud Memler, kein Eintrag im Telefonbuch, auch nicht bei der Kirche etc., die Absenderadresse ist ein lokaler Friedhof. Habe Memler in unseren Akten überprüft. Eine österreichische Wissenschaftlerin dieses Namens ist 1946 ins Land gekommen, wurde wegen ihrer Erfahrung bei deutschen Vorarbeiten zur Atombombe im Zweiten Weltkrieg der Waffen- und Raketenentwicklung in Nevada zugeteilt. Nach 1953 keine Einträge mehr in ihrer Akte. Ist sie repatriiert worden? Hat sie geheiratet?

Das *Geheime Tagebuch* enthielt hier einen langen Auszug aus Arnold Zachnys Tagebuch, in dem er über den Tag schrieb, an dem das FBI anrückte, seine Akten beschlagnahmte und ihm befahl, nie wieder einen Brief von Gertrud Memler zu veröffentlichen. Die Passage endete mit der Fotokopie eines weiteren Telegramms zwischen FBI-Agenten in Chicago und Washington.

```
2. August 1962
Privates Schreiben von Cal Hooper
Washington, DC
An Luke Erlichman
6937 S. South Shore Drive
Chicago

Cal, zu deinem eigenen Wohl und auch zu
meinem, gib dein scheiß Bestes, um diese
Memler zu finden. Von jetzt an fängst du die
Post ab, sowohl bei der American View als
auch Zachnys private Korrespondenz. Können
uns keine wandelnde Zeitbombe leisten, die
öffentlich Geheimbotschaften an Onkel Niki*
schickt, während wir Wache schieben.
```

Mein Bibliothekar an der University of Chicago hatte Gertrud Memler als eine der Frauen identifiziert, die auf dem alten Foto, das ich in Palfry gefunden hatte, um die Kapsel herumsitzen. Memler hatte mit Martina Saginor und Benjamin Dzornen zusammengearbeitet, beides Juden. Dann war sie zum Nazi geworden, hatte ein Waffenlabor geleitet und ihren Lebensabend als fachkundig untergetauchte Anti-Atom-Aktivistin in den USA verbracht. Falls sie noch lebte, musste sie mindestens hundert sein, vielleicht älter, da war es eine ziemlich sichere Wette, dass sie es ins Grab geschafft hatte, ohne vom FBI erwischt worden zu sein.

* Nikita Chruschtschow

Wenn Martin auf der Jagd nach einer Verbindung zwischen Dzornen und seiner Urgroßmutter war, hätte er Memler zu finden versucht. Hatte er im Haus der Breens etwas gesehen, das ihn auf die Idee brachte, er könnte Memler aufspüren, wo das FBI versagt hatte?

Ich war so in Gedanken versunken, dass ich einen unterdrückten Schrei ausstieß, als Max mir auf die Schulter tippte. Lotty war bei ihm, wir tauschten die üblichen Begrüßungen aus und gingen in das Séparée, das Max reserviert hatte.

Nachdem ich die verschiedenen Szenarios skizziert hatte, die ich mir vorstellte, stöhnte Max auf und vergrub das Gesicht in den Händen. »Victoria, du machst mich ganz schwindelig. Ermordet Martin nun Dealer, die seine Mutter ins Verderben gestürzt haben? Rächt er seine Urgroßmutter, weil deren Arbeit gestohlen wurde? Oder verkauft er Geheimnisse an die Chinesen, die Israelis oder vielleicht Google? Kein Wunder, dass du nicht vorankommst. Du musst dich für einen Ansatz entscheiden und ihm folgen.«

»Tja, wenn ich auch nur eine einzige verlässliche Tatsache aus irgendwem herausbekommen würde, hätte ich das längst getan«, schimpfte ich. »Ich habe genau zwei Fakten, sagen wir drei. Nachdem Martin bei einer Grillparty im Haus des Metargon-Chefs war, fand er, dass etwas nicht aufgeht. Seine ehemalige Physiklehrerin meint, das sagt er immer, wenn entweder sein Lösungsansatz oder die Aufgabenstellung falsch ist. Nach der Grillparty geht er noch ein paar Wochen zur Arbeit, dann verschwindet er und lässt ein Buch über Gertrud Memler und den Kalten Krieg bei einem Nachbarsjungen, damit der es für ihn in der Bibliothek abgibt. Der zweite Fakt ist, dass seine Mutter auf der Flucht ist. Sie ist aus zwei Drogenhäusern abgehauen und ebenfalls verschwunden. Besteht eine Verbindung zwischen den Drogen und dem Kalten Krieg? Besteht eine Verbindung zwischen ihm und seiner Mutter?«

Ein Kellner wartete unaufdringlich, und Max unterbrach mich kurz, um unser Essen zu bestellen.

»Als eine Art Semi-Fakt betrachte ich, dass Martin die zwei noch lebenden legitimen Kinder von Benjamin Dzornen kontaktiert hat. Und um dem Ganzen die Krone aufzusetzen, hat Kitty mich heute Nachmittag praktisch gefeuert. Ich kann daher keine kostspielige Ermittlung weiterführen, aber ich kann Martin auch nicht im Regen stehen lassen. Schon gar nicht, wenn er sich wirklich mit Dealern herumschlägt und nicht mit hundertjährigen verschollenen Wissenschaftlerinnen.«

Ich zeigte Max und Lotty den Abschnitt über Gertrud Memler, den ich gerade gelesen hatte. »Du sagst, du könntest vielleicht Teile deines alten Flüchtlingsnetzwerks reaktivieren. Siehst du da eine Möglichkeit, diese Memler aufzuspüren?«

Max verdrehte die Augen. »Als Lotty mich darauf ansprach, dachte ich eigentlich mehr an Martina in Wien, an Nachforschungen, wo sie hingekommen sein könnte, nachdem die Einrichtung in Innsbruck geschlossen wurde. Keins meiner Netzwerke ist besser als das FBI, glaub mir.«

»Okay. Finde heraus, was aus Martina wurde. Das könnte immerhin Kitty einen gewissen Trost bringen.«

Er wollte gerade nach Einzelheiten fragen, da klingelte mein Telefon. Ich sah auf das Display. »Kitty Binder«, formte ich tonlos mit den Lippen und drehte mich vom Tisch weg, um den Anruf entgegenzunehmen.

»Ist da die Detektivin?«, fragte sie ohne Einleitung. »Die belauern mich schon wieder.«

»Wer, Ms. Binder?«

»Die Leute, die das immer tun. Ich will, dass Sie herkommen.«

»Ich bin fast eine Stunde weit weg, Ms. Binder. Besser, Sie wählen 911.«

»Kapieren Sie's denn nicht?«, kreischte sie. »Die Polizei ist doch das Problem. Sie haben gesagt, Sie wollen helfen. Jetzt brauche ich Ihre Hilfe.« Sie legte auf.

»Käthe ist paranoid«, erklärte Lotty, als ich das Gespräch wiedergab. »Das hab ich dir von Anfang an gesagt. Wenn sie die Polizei nicht rufen will, musst du das machen.«

»Wisst ihr noch, was der Typ in *Catch-22* gesagt hat? ›Nur weil du paranoid bist, heißt das nicht, dass sie nicht hinter dir her sind.‹ Irgendwer hat vor fünf Tagen Judys Mitbewohner umgebracht. Wenn die glauben, dass Judy zu ihrer Mutter zurück ist, dann ist Kitty wirklich in Gefahr.«

»Umso mehr Grund, die Polizei zu rufen!«, sagte Lotty.

»Sie glaubt anscheinend, dass die mit drinhängen.« Ich stand auf.

»Das Problem ist ihre Paranoia!«, rief Lotty. »Ich hab dir das doch erzählt. Sie veranstaltet dieses Theater schon, seit sie in dieses Land gekommen ist, behauptet, dass Polizei und FBI ihr nachstellen.«

»Lotty, ich komm jetzt an den Punkt, wo du böse mit mir wirst. Ich kann die Polizei rufen, aber ich kann Kitty nicht vor Angst quakend hinter ihren ganzen Riegeln sitzen lassen.«

Lottys Blick war voller Kummer. »Ich verstehe das, Victoria. Aber kannst du dir nicht fünf Minuten nehmen und überlegen, ob es einen leichteren Weg, eine bessere Lösung gibt?«

Ich schnitt eine bedauernde Grimasse, aber ich verließ den Club. Auf der Fahrt setzte ich ein halbes Dutzend Mal an, 911 zu wählen, und ließ es doch bleiben. Kitty Binder war paranoid. Es gab nichts zu verlieren, wenn ich die Profis hinzuzog – nur jedes brüchige bisschen Vertrauen, das sie vielleicht zu mir hatte.

19

Blut

Als ich vor dem Binder'schen Haus hielt, brannte Licht im Keller und im Obergeschoss, aber nicht im Erdgeschoss. Ich nahm die Taschenlampe aus dem Wagen mit und ging auf die Haustür zu. Verschlossen und verriegelt. Ich klingelte Sturm. Keine Reaktion.

Das gefiel mir nicht. Heute Nachmittag hatte sie die Jalousien im Wohnzimmer gelupft, und das, obwohl sie mich nicht erwartet hatte.

Ich lief um das Haus herum. Die Küchentür hing aus den Angeln. Ich nahm mir kostbare Extrasekunden, 911 zu wählen. *Einbruch in der Kedvale in Skokie*, meldete ich rasch.

»Das Haus der Binders?«, kam die Gegenfrage. »Wir haben doch gerade einen Streifenwagen vorbeigeschickt, die haben nichts gesehen.«

»Hintertür«, sagte ich. »Gewaltsam aufgebrochen.«

Die Dispatcherin versprach einen weiteren Wagen zu schicken, aber ihr Tonfall ließ keinen Enthusiasmus erkennen. Ich hatte meine Waffe nicht bei mir, aber ich wollte jetzt nicht auf die Truppe warten. Ich duckte mich zum kleinstmöglichen Ziel und schlüpfte in die Küche. Kauernd tastete ich nach Lichtschaltern, rutschte auf etwas aus und fiel hin. Ich schaltete meine Taschenlampe an. Alle Bücher und Unterlagen, die sich auf dem Tisch gestapelt hatten, lagen über den Boden verstreut, ich war auf einem Blatt Papier ausgerutscht.

Ich fand den Lichtschalter und fing an, Kittys Namen zu rufen. Im Erdgeschoss war kein Mensch, aber im Wohnzimmer waren die Spitzendeckchen zerfetzt, die vielen kleinen Stehrümchen zerschmettert. Oben in den Schlafzimmern hatten barbarische Hände die Betten zerrupft, die Matratzen aufgeschlitzt und die Schubladen umgestülpt.

Ich stolperte die Treppe wieder runter, in den Keller, zu Martins Einliegerwohnung. Kitty lag auf dem Boden neben dem Bett ihres Enkels. Sie war auf Hals und Arme geschlagen worden und ihr Kopf blutete heftig.

Ihre Lider öffneten sich flatternd, als sie meine Finger an ihrem Hals spürte. *»Oma?«*, flüsterte sie. *»Oma?«*

»Ich bin die Detektivin, Ms. Binder«, murmelte ich sanft. »Halten Sie durch, ich ruf den Krankenwagen.«

Ich legte einen Arm um sie, während ich nochmals 911 wählte. »Wir schicken ja jemanden«, sagte die Dispatcherin, »es kann eben ein paar Minuten dauern.«

»Einen Krankenwagen!«, blaffte ich. »In den Keller. Eine Frau wurde schlimm zusammengeschlagen, sie ringt mit dem Tod. Machen Sie zu.«

»Oma?« Kitty rührte sich.

Ich schaltete rasch mein Handy auf Aufnahme, vielleicht sagte sie etwas Wichtiges.

»Oma, wozu das alles?«, flüsterte sie auf Deutsch.

Ihr Atem wurde mühsamer. *»Das war ja alles sinnlos.«*

Der Krankenwagen kam kurz darauf, doch die Leute vom Notfallteam schüttelten nur grimmig die Köpfe: Kitty war tot.

Ich rückte zur Seite, als sie ihren Körper auf die Trage hievten, aber ich hatte nicht gleich die Kraft aufzustehen. Während ich da mit dem Kopf auf den Knien kauerte, sah ich, dass Blut unter dem Bett hervorsickerte. Ich brauchte eine ganze Weile, um zu begreifen, dass dort noch ein zweiter Körper lag. Als ich endlich die Sanitäter alarmierte, hoben sie das Bett von der Wand weg.

Da lag eine Vogelscheuche von einer Frau, die noch atmete,

wenn auch in schwachen, röchelnden Krämpfen. Ihre dunklen Locken waren von grauen Strähnen durchzogen, ihre Haut trocken und schuppig. Blut quoll aus ihrem Bauch. Judy Binder. Kitty war gestorben, als sie ihre Tochter beschützen wollte.

20

Wozu das alles?

Eine raue Hand schüttelte meine Schulter. »Wach auf, Spatz! Tschuldige, dass ich so im Bett über dich herfalle, aber die Frau Doktor ist hier, wir haben uns deinetwegen schier zu Tode gesorgt.«

Langsam, wie aus weiter Ferne, kam ich zu mir. Ich hatte fest geschlafen, steckte tief in einer Szene aus meiner frühen Kindheit, als meine Mutter mir Kakao gemacht hatte, um mich nach einem Überfall böser Nachbarjungs zu trösten. Mr. Contreras starrte auf mich herab, seine welken braunen Augen blickten ängstlich. Als ich den Kopf auf dem Kissen drehte, sah ich Lotty hinter ihm. Ich schloss die Augen, hoffte das Bild meiner Mutter wieder einzufangen, aber es war weg. Ich schlug die bleiernen Lider wieder auf und drückte mich hoch, wobei ich mir die Decke um die Hüften zog, um Mr. Contreras nicht in Verlegenheit zu bringen, als ich mich im Schneidersitz aufsetzte.

»Bist du hier, um mir zu sagen, wie recht du hattest?«, fragte ich Lotty über Mr. Contreras' Schulter hinweg. »Hätte ich gleich die Polizei in Skokie angerufen, dann wäre Kitty Binder vielleicht noch am Leben.«

Lotty schob sich an Mr. Contreras vorbei. »Ich bin hier, um

mich zu vergewissern, dass es dir gut geht«, sagte sie. »Es war eine lange und schlimme Nacht. Ich habe durch Helen Langston in Glenbrook davon erfahren.«

»Die kenne ich nicht«, sagte ich. »Sie muss eine der wenigen Personen sein, die mich gestern Nacht nicht verhört haben.«

Ich hatte Stunden mit der Polizei von Skokie verbracht, und dann war Frettchen Downey vom Chicago Police Department aufgetaucht und wollte seinen eigenen Durchgang. Und Murray Ryerson hatte Wind von der Geschichte bekommen und bei meinem Wagen gewartet, bis die Cops mit mir fertig waren. Er fuhr mit mir zusammen ins Glenbrook Hospital, um festzustellen, was sie uns über Judy Binders Zustand sagen konnten, aber sie wurde noch operiert. Dort im Warteraum rezitierte ich meinen Bericht zum dritten Mal. Das einzig Gute daran, meine Fehlentscheidung so viele Male darzulegen, war, dass es sich mit jedem Durchgang weiter weg anfühlte, fast als ob ich die Handlung eines Films schilderte.

»Helen – Dr. Langston – ist die Chirurgin, die Judys Darm zusammengeflickt hat«, sagte Lotty.

»Sie hat es überlebt?«

»Sie war so vollgepumpt mit Drogen, dass die sie vor dem Schock bewahrt haben. Kokain, Meth, vor allem aber Oxycodon. Der Anästhesist hatte Mühe herauszufinden, was er ihr noch gefahrlos verabreichen konnte.« Lottys Mund wurde zu einer zornigen Linie. »Die Polizei hat mit Judy gesprochen, sobald sie aus dem Aufwachraum kam, aber sie kann sich an nichts erinnern, nicht, wer im Haus war, nicht, warum man auf sie geschossen oder ihre Mutter totgeschlagen hat. Alles, was sie zustande brachte, war zu gackern wie ein kleines Mädchen und immer wieder ›Duck and Cover‹ zu sagen. Sie sagte noch, irgendwer habe es für eine grausame Lüge gehalten, aber es würde echt funktionieren, es wäre das Beste.«

»Duck and Cover?«, wiederholte Mr. Contreras verwirrt. »Ist

das ein Jagdruf? Wollte Judy damit sagen, dass jemand hinter ihrer Ma her war?«

»Judy redet immer so unergründliches Zeug, ich fürchte, ich hab schon vor Jahren jeden Versuch aufgegeben, es zu verstehen.« Lotty lächelte trostlos. »Ich muss allein mit Victoria sprechen.«

Ich sah die Kränkung im Gesicht meines Nachbarn und drückte seine Hand. »Ist schon in Ordnung. Wenn sie sich was von der Seele reden muss, ist es besser, wir sind allein. Willst du im Wohnzimmer warten?«

»Ich geh mit den Hunden raus, Spatz.« Mr. Contreras machte eine galante Anstrengung, seinen Gleichmut zu bewahren. »Frau Doktor wollte nicht, dass ich sie mit raufbringe.«

Als er weg war, starrten Lotty und ich uns schweigend an.

»Ich hätte wohl auf dich hören sollen«, sagte ich. »Wenn du mir einen Vortrag über Hitzköpfigkeit oder Starrsinn halten willst, tu dir keinen Zwang an.«

Lotty setzte sich auf die Bettkante. Sie hatte Falten im Gesicht, die ich noch nie bemerkt hatte. Sie wurde alt, noch so ein Umstand, den aufzuhalten ich machtlos war.

»Als du gestern Abend aufgebrochen bist, habe ich die Polizei in Skokie angerufen«, sagte sie. »Sie versprachen, einen Wagen zum Haus zu schicken, aber als ich noch mal anrief, hieß es, sie hätten dort nichts bemerkt. Die Nachbarn haben sie in früheren Jahren häufig gerufen, vermutlich wegen Judy, aber die Familie hat ihnen nie aufgemacht. Als die Polizisten gestern Abend geklingelt haben und niemand reagierte, dachten sie, es sei wieder mal falscher Alarm. Ich weiß nicht, ob Judys Leben es wert ist, viel Zeit, Können und Geld hineinzustecken, aber sie würde tot neben ihrer Mutter liegen, wenn du mit deinem Starrsinn nicht gewesen wärst – mit deiner beherzten Art.«

»Der Ausgang rechtfertigt also die Mittel?«, fragte ich heiser. »Ich weiß nicht, Lotty. Im Moment ist mir danach, mich in eine

Höhle über Kabul zurückzuziehen und für den Rest meines Lebens Reisig zu knabbern.«

»Das würdest du zwei Tage durchhalten, dann hättest du genug davon, zuzusehen, wie Frauen überfallen werden, weil sie zur Schule gehen, oder verbrannt, weil sie aus einer Zwangsehe geflohen sind. Du würdest losziehen und ein paar Talibanmännern die Schädel einschlagen, und dann, fürchte ich, würde es schnell sehr hässlich werden«, sagte sie trocken.

Sie spielte an den Fransen der Überdecke herum. Es sah Lotty nicht ähnlich, so nervös zu sein, dass sie Schnüre flocht und wieder löste.

»Kitty und ich waren fast im gleichen Alter, mit fast derselben Geschichte. Davon hab ich dir erzählt. Uneheliche Kinder, aufgezogen von den Eltern ihrer Mütter. Meine Großeltern vergötterten meine Mutter und behandelten mich wie eine kleine Prinzessin, aber Kittys Großmutter, Frau Saginor, hatte keine Geduld mit Martina – ihrer Tochter, du weißt, Martina Saginor. Frau Saginor hat für Kitty gesorgt, aber ich glaube nicht, dass sie eine warmherzige …« Lotty hielt inne, schüttelte den Kopf. »Das ist gar nicht das, was ich sagen wollte. Die Wahrheit ist, ich wusste nichts über sie. Frau Saginor hat für meine Oma genäht, wie auch für andere reiche Familien in unserem Viertel. Ich habe auf Kitty herabgesehen, weil meine Oma auf Frau Saginor herabsah. Vermutlich habe ich dadurch bei Kitty und ihrer Großmutter immer das Ärgste zum Vorschein gebracht.

Aber Fräulein Martina, so nannten wir Frau Saginors Tochter, Fräulein Martina faszinierte mich. Bestimmt lag das auch daran, dass Kitty und Frau Saginor sie so geringschätzten. Aber nicht nur. Fräulein Martina führte uns den großartigen Apparat vor, den sie am Institut gebaut hatte. Sie zeigte mir, wie sich das Licht im Prisma meines Kinderzimmerfensters brach, und erklärte uns Spektrallinien und den fotoelektrischen Effekt.

Kitty reagierte jedes Mal beinahe gewalttätig, wenn Martina anfing, über Experimente mit Licht zu sprechen.«

Lotty rang sich ein schmales, bitteres Lächeln ab. »Wenn die beiden heute in meine Klinik kämen, würde ich Martina erklären, dass ihre Tochter sich nach der Zuwendung und Aufmerksamkeit verzehrte, die sie Prismen und Gammastrahlen vorbehielt, aber mit acht, neun Jahren wusste ich nur, dass ich Kitty in Naturkunde überflügeln konnte, also habe ich mich ein wenig aufgespielt, um ihr die Aufmerksamkeit ihrer Mutter streitig zu machen, und war wohl manchmal ein kleines Miststück. Immerhin war es Fräulein Martina, die mein Interesse an den Geheimnissen des Universums geweckt hat.«

Lotty biss sich auf die Lippen, wütend auf sich selbst. »Was ich eigentlich zu sagen versuche, ist: Ich nahm meinen alten Wiener Klassendünkel Kitty gegenüber mit nach London und dann mit in die neue Welt. Als sie wieder auftauchte, mochte ich ihr nicht zuhören. Sie mag sogar recht haben, wenn sie mir unterstellt, dass ich auf Judys Hilferufe nur ansprang, um Kitty zu blamieren.« Sie holte tief Luft. »Victoria, könntest du die Idee mit der Höhle vertagen, bis du Martin Binder gefunden hast? Ich brauche das von dir, ich übernehme auch dein Honorar. Ich habe Martin auf die Welt geholt. Judy übrigens auch. Schon deshalb hätte Kitty mir nie vergeben. Sie kam zu mir, weil sie Angst hatte. Jemand hatte ihr gesagt, ich sei die Beste in meinem Fach – aber es ist nicht gut, wenn die Nemesis deiner Kindheit dich im Kreißsaal mit gespreizten Beinen in deinem Blut liegen sieht.«

Ich hielt ihre Hand wie gestern Abend die von Kitty Binder. »Ich tu mein Bestes, Lotty.«

Wir saßen ein Weilchen schweigend da, dann fragte sie verlegen, ob Kitty schon tot gewesen war, als ich ankam. »Ich brauche keine Einzelheiten des Desasters, aber ich hoffe, sie starb in Frieden«, sagte Lotty, »und hatte keine Schmerzen.«

»Sie hat Deutsch gesprochen.« In der langen Nacht, die auf Kitty Binders Tod gefolgt war, hatte ich die letzten Minuten mit ihr ganz vergessen. »Ich hab es aufgenommen, falls sie was gesagt hat, was ihre Angreifer finden hilft.«

Ich stieg aus dem Bett und in meine Jeans, um Mr. Contreras nicht zu schockieren, und holte meine Tasche.

Lotty nahm das Handy und spielte die Aufnahme ein paarmal ab. »Sie sagt: ›Großmutter, wozu das alles?‹, dann fügt sie hinzu: ›Das war ja alles sinnlos.‹« Wieder und wieder drehte sie mein Handy in den Fingern. »Das ist so tragisch, Victoria. Kitty hatte ein schwieriges Leben, und dann musste sie so sterben, in der Überzeugung, dass ihr Leben keinen Sinn gehabt hatte. Wenn du alle verloren hast, und dann bringst du eine Drogenabhängige zur Welt, und dein einziger Enkel läuft weg, um vielleicht Terrorist oder Verräter zu werden – ja, dann fühlt sich das Leben sinnlos an.«

»Meine Interpretation ist weniger weltumfassend«, sagte ich trocken. »Erstens, Kitty glaubte bei ihrer Oma zu sein, das war ihr ein Trost, als sie starb. Zweitens, was, wenn es nicht ihr Leben ist, nach dessen Sinn sie fragt, sondern das, wonach die Einbrecher gesucht haben – warum hat es ihnen so viel bedeutet?«

Lotty legte mein Handy weg. »Ich hoffe, du hast recht. Das würde helfen, mir zumindest. Wie kannst du es herausfinden?«

»Cordell Breen, dem die Firma gehört, wo Martin arbeitete, glaubt nicht, dass eine allein operierende Ermittlerin wie ich etwas ausrichten kann, aber ich bin bereit, viel Beinarbeit auf mich zu nehmen. Wer sich ganz auf Technologie verlässt, übersieht manchmal das Kleine und auf der Hand Liegende. Ich hatte überlegt, Suchzettel an Bushaltestellen auszuhängen, aber es ist zwei Wochen her, die Spur ist kalt. Ich fahre noch mal dahin, wo Judy gewohnt hat, und kriege raus, ob sich irgendwer in der Stadt an Martin erinnert.«

Wien 1938

Teddybär, Teddybär, dreh dich um

Die kleine Charlotte umwickelt den Kopf ihres Bären mit Bandagen. »Er ist vom Dach gefallen, Opa, und hat sich den Kopf verletzt«, erklärt sie ihrem Großvater.

»Er ist geplatzt wie ein fauler Kürbis«, Käthe lacht laut auf. »Der ganze Boden war voll mit Matsch und Kernen.«

Frau Herschel runzelt die Stirn. »Benimm dich, Käthe!«

»Aber das ist dem Mann passiert, der gestern aus dem Fenster gestoßen wurde. Alle haben gelacht, und ein Mann hat das gesagt, dass sein Kopf wie ein fauler Kürbis aufgeplatzt ist. Ein fauler Judenkürbiskopf. Ich kann dem Teddy mit einem Messer den Kopf aufschlitzen und es euch zeigen.«

Seit die Deutschen in Österreich einmarschiert sind, gibt Käthe Frau Herschel ständig Widerworte. Als ob die Unverschämtheit, mit der österreichische Christen die Herschels neuerdings behandeln, ihr das Gefühl gibt, dass sie jetzt auch mit ihnen anbinden kann.

»Wo war das, Lotte?«, fragt der Großvater seine Enkelin.

»Vor Fräulein Martinas Labor. Sie hat uns gestern zum Naturkundeunterricht mit dahin genommen. Das hat Spaß gemacht. Wir durften Filme sehen, die sie vom Innern der Atome gemacht hat, weißt du, die hat sie gemacht, als wir in den Osterferien alle in den Bergen waren. Aber Käthe war das langweilig – sie ist so *dumm*, dass es ihren Kürbiskopf ermüdet, eine Stunde Naturwissenschaft mitzumachen.«

»Du bist der Kürbiskopf!«, schreit Käthe. »Ich bin klug genug, um zu wissen, dass Wissenschaft nichts bringt. Du musst Geld haben, um den Nazis zu entkommen, oder ihnen deine Titten zeigen. Wissenschaft bringt dich nur um.«

»Charlotte! Käthe!«, ruft Oma streng. »Ich dulde diese Redeweise nicht. Wir müssen vielleicht im Ghetto leben, aber wir sprechen keine Ghettosprache.«

Die kleine Charlotte entschuldigt sich bei ihrer Großmutter mit einem Knicks, aber Käthe beugt sich stumm über ihr Strickzeug, die Lippen in wildem Groll zusammengepresst.

Sie haben eine Literaturstunde bei Großvater Herschel gehabt und Schiller-Gedichte rezitiert, die keins der Mädchen versteht. Herr Herschel unterrichtet die beiden in Deutsch und Literatur, seit die jüdischen Kinder der Schulen verwiesen wurden. Fräulein Martina soll eigentlich Naturwissenschaft und Mathematik lehren, aber sie vergisst oft, wie klein sie noch sind. Sie spricht mit ihnen über Alphastrahlung und Neutronen. Sie rätselt laut über die Instabilität des Urankerns und lässt die Mädchen im Labor Szintillationen zählen.

Frau Herschel, der »großen Charlotte«, behagt das wenig. Ihr gefällt nicht, dass ihre Enkelin mit fleckigen Fingern nach Hause kommt, dass ihr Kittel merkwürdig nach Chemikalien stinkt und nach den Zigarren, die die Männer im Radiuminstitut rauchen. Herr Herschel sieht ein, dass das bei der Wasserknappheit und der Unerschwinglichkeit von Wäscheseife eine Beschwerlichkeit darstellt, aber im Labor zu arbeiten hält die kleine Charlotte davon ab, sich allzu sehr zu ängstigen.

An diesem Abend warten sie nach der Literaturstunde auf die Rückkehr von Käthes Großmutter, die unterwegs ist und versucht, ihre bestickten Servietten gegen etwas zu essen einzutauschen.

Großvater nimmt der kleinen Charlotte den Teddy ab. »Ich bin sicher, deine Verbände werden ihn bald heilen, Lotte. Fräulein Martina hat euch also gestern mit ins Labor genommen und mit Atomen spielen lassen?«

»So ist es nicht, Opa. Atome sind zu klein, um sie zu sehen, und sie haben noch viel kleinere Dinge in sich. Du kannst nicht mit ihnen spielen, nicht wie mit Teddy, aber du kannst sie studieren, dann weißt du, wie das Sonnenlicht gemacht ist. Fräulein Martina hat uns auf einem Stück Papier schwarze Linien von der Sonne gezeigt. Sieh mal, da ist dieses Atom in der Sonne, das heißt Helium, und wenn du das auf der Erde machst, hast du Strahlung. Dann kannst du auf einem Stück Papier die Linien sehen, die das macht. Es ist wie ein Geist, deshalb haben sie es ›Spektral‹ genannt.«

»Diese Linien können dich im Winter nicht wärmen, wenn es keine Kohlen gibt«, sagt Käthe. »Wozu sind sie also gut?«

Ein Lachen an der Tür erschreckt sie alle. Sie drehen sich um und sehen Käthes Mutter dort stehen.

»Lotte, Liebling, die Linien gehören zu einem Spektrum aus Licht, das die Sonne und die Sterne aussenden, deshalb werden sie spektral genannt, aber mir gefällt die Vorstellung, dass der Geist der Sonneneruptionen sie macht. Und du, meine kleine Tochter, du hast wieder mal zu viel deiner Oma zugehört, nicht wahr?« Fräulein Martina geht zu ihrer Tochter und versucht die Haarsträhnen zu ordnen, die aus dem Zopf gerutscht sind, aber Käthe reißt den Kopf weg.

»Oma hat doch recht«, sagt Käthe, das kleine Kinn eigensinnig vorgereckt. »Deine Atome können wir nicht essen.«

»Alles, was du essen kannst, besteht aus Atomen«, sagt Fräulein Martina, »aber ich verstehe schon, was deine Oma meint. Immerhin zahlen sie mir am Institut ein kleines Gehalt, das hilft auch, ein paar Atome in eure Mägen zu füllen.«

»Was haben die Mädchen gestern gesehen?« Frau Herschel zieht Fräulein Martina zurück zur Tür und fragt unterdrückt: »Käthe sagte etwas von einem Mann, der von einem Haus gestürzt ist?«

Fräulein Martina sieht die beiden Mädchen an. In dem winzigen Raum, in dem die Herschels jetzt leben, ist ein vertrauliches Gespräch nicht möglich, dasselbe gilt für ihre eigene Behausung auf der anderen Seite des Flurs. Als sie heranwuchs, fand sie die vier Räume bei ihren Eltern beengt und ärmlich im Vergleich zu der großen, lichtdurchfluteten Wohnung der Herschels in der Renngasse. Jetzt hat die neue Regierung noch drei weitere Familien in ihrem Heim einquartiert. Sie und ihre Mutter trauern um den eingebüßten Platz genauso wie Frau Herschel um ihre zehn Zimmer mit angrenzenden Bädern.

»Ein Mann wurde von einem Dach gestoßen«, sagt Käthe laut. »Wir haben es dir auf dem Heimweg erzählt, aber du hast ja nicht zugehört. Wir haben es gesehen. Die anderen Männer haben ihn hochgehoben und runtergeschmissen, als ob er eine Puppe wäre, und sie haben gelacht. Sie haben gesagt, als er noch gelebt hat, war er ein hässlicher Jude, und jetzt ist er hübscher, weil er ein toter Jude ist! Und deine blöden Atome werden dich nicht davor beschützen, dass jemand das auch mit dir macht.«

»Jetzt reicht es aber mit dem rüpelhaften Gerede«, sagt Frau Herschel scharf und an Fräulein Martina gewandt: »Ihre Mutter hat Angst, wir haben alle Angst, deshalb sagt Frau Saginor solche Sachen. Ich berichte ihr oft, dass Käthe das nachplappert und sie sich vielleicht nicht so viel über Sie beschweren sollte, aber …«

Fräulein Martina lächelt, als Frau Herschel nicht weiterspricht. »Ich weiß, was Mama sagt: Wenn ich mein Kind so lieben würde wie die Physik, würde Käthe sich nicht über meine Arbeit beschweren. Es tut mir leid, dass ich den Mann nicht bemerkt habe, der vom Dach gestoßen wurde. Wie schrecklich, dass die Kinder das gesehen haben. Das Problem ist, wir mussten wegen der Ausgangssperre das Labor früher verlassen, aber mein Geist war noch in der Bibliothek, nicht bei dem, was auf der Straße geschah. Meine Mutter hat recht: Es ist meine größte

Schwäche, dass ich nicht sehe, was vor meiner Nase ist. Oder vielleicht die zweitgrößte.«

Die größte, folgt man Frau Saginor, besteht in Martinas Gefühlskälte, aber selbst jetzt, während sie mit Frau Herschel spricht, huscht ihr Geist von ihrer Tochter und dem toten Mann weg zurück in die Institutsbibliothek.

»Ich konnte die Referenz nicht finden, nach der ich suchte«, bemüht sie sich zu erklären. »Es ist ein altes Manuskript von einer deutschen Chemikerin, Ida Noddack, heute Nachmittag habe ich es endlich entdeckt. Niemand hat es beachtet, als sie es veröffentlichte, weil sie Fermis Studien zum Uranzerfall bemängelte, und sein Werk wurde als über jede Kritik erhaben betrachtet. Als ich es zum ersten Mal las, fragte ich mich, ob wir Fermis Experimente nicht wiederholen und zu Elementen übergehen sollten, die unterhalb von Blei liegen. Das habe ich auch Professor Dzornen vorgeschlagen, aber er meint, wir haben nicht die Ressourcen dafür und müssen Fermis Resultate akzeptieren. Immerhin gibt es bis heute keinen besseren Experimentator in der Physik. Aber Noddack weist darauf hin, dass ^{235}U nicht in Transurane zerfällt, sondern in –«

Käthe unterbricht ihre Mutter mit einem lauten Schrei. Sie entreißt Herrn Herschel den Teddy, rennt zum Fenster und wirft den Bären in den Hof hinaus. »Jetzt ist er tot, und das ist gut so, der hässliche Judenbär. Kein nutzloses *klatsch-klatsch-klatsch* mehr aus seinem dummen Maul!«

Der Schock in den Gesichtern aller Erwachsenen lässt Käthe aus dem Zimmer flüchten, wobei sie ihr Strickzeug hinter sich verteilt. Die kleine Charlotte, nur eine Sekunde starr vor Überraschung, springt auf und folgt ihr. Die Erwachsenen hören, wie die beiden Mädchen sich im Flur treten und anschreien.

Herr Herschel geht hinaus und trennt sie. Er spricht mit einer strengen Stimme, die ungewöhnlich für ihn ist. »Käthe, du musst jetzt zu dir hinüber gehen. Wir werden dich beim

Unterricht wiedersehen, sofern du dich auf zivilisierte Art zu benehmen weißt.«

Er zieht seine Enkelin von dem Saginorkind weg, entsetzt, wie sehr ihr kleines Gesicht vom Hass verzerrt ist. Es reicht noch nicht, dass die Österreicher uns hassen – wir müssen uns auch noch gegenseitig hassen, denkt er. Die Antipathie zwischen der kleinen Charlotte und Käthe schien von klein auf zu bestehen, lange bevor die Nazis Österreich übernommen haben, aber die Art, wie sie jetzt leben müssen, zu fünft oder mehr in einem Zimmer, macht alle überreizt.

Die Mazzesinsel, so hat Frau Herschel früher die Leopoldstadt genannt, wo die Saginors wohnten. Wie die meisten Leute ihres Alters und ihrer Klasse hegte sie Verachtung für das Elendsviertel, wo nach dem großen Krieg die armen Juden aus den östlichen Teilen des Habsburgerreichs zusammengeströmt waren. Jetzt, wo sie selbst hier leben, benutzt sie diese Bezeichnung nicht mehr.

Auf der Mazzesinsel flirtete und schmollte, tanzte und sang ihre Tochter mit Moishe Radbuka, einem Geiger. Niemand konnte Sophie widerstehen, wenn sie unwiderstehlich sein wollte, schon gar nicht ein Geiger von der Mazzesinsel. Der Geiger bescherte Sophie Herschel ein Baby, das sie kleine Charlotte nannte, ein Olivenzweig für ihre Mutter, die mit dankbarer Hand das Kind zu sich nahm. Als nur ein paar Monate später Martina Saginor ein Baby bekam, wusste niemand, wer es ihr beschert hatte.

»Martina, so ein seltsames Kind, und eine noch seltsamere Frau, man fragt sich, wie die kleine Käthe empfangen wurde«, lästerte Frau Herschel früher gern. »Vielleicht hat eine Explosion im Labor das Kind gezeugt.«

Heute Abend, anstatt die kleine Charlotte dem Wunsch ihrer Großmutter gemäß zu bestrafen, weil sie gekämpft hat wie eine Ghettokatze, trägt Herr Herschel sie vier Treppen hinunter und hinaus in den Hof. Sie finden Teddy, schmutzig vom Schlamm und den Pfützen auf dem Kopfsteinpflaster, aber ansonsten unversehrt.

Herr Herschel hebt einen Fetzen von einer Zeitung auf und säubert den Bären notdürftig mit ungeschickten Fingern. Vielleicht kann seine Frau den Teddy mit einer dieser mystischen Mixturen reinigen, die sie aus ihren Minimalrationen zu bereiten versteht.

Er zieht Lotte an sich. Sie stolpert über einen losen Pflasterstein und fällt hin, aber sie verbeißt sich einen Aufschrei, denn sie weiß, Käthe beobachtet sie und wartet nur darauf, sich über ihr Ungeschick lustig zu machen.

Herr Herschel bückt sich, um den lockeren Stein wieder einzusetzen. Der Boden darunter ist abgesackt, hat ein großes Loch hinterlassen. Alle Steine in diesem Teil des Hofs sind lose. Der Hof – welch großer Name für eine kleine Lücke zwischen den Häusern, die absolut nichts Höfisches an sich hat. Nur tote Bäume und nackte Erde voller Scherben, auf der früher mal Gras wuchs. An einen mittelalterlichen Hof erinnert einzig der Gestank des verrottenden Mülls.

Er legt den Arm um seine Enkelin und führt sie ins Haus zurück.

21

Draußen auf der Farm

Von Privatdetektivinnen wird verlangt, dass wir es den Gesetzeshütern vor Ort melden, wenn wir in ihrem Revier herumschnüffeln oder -stochern. In Chicago schere ich mich nicht darum: Die Cops würden mich bloß anknurren, ihnen nicht auf den Sack zu gehen, oder mich stundenlang festhalten für sinnlose Befragungen über meine Ermittlung. In Palfry allerdings begann ich meinen Besuch lieber bei Doug Kossels Hauptquartier. In einem County wie diesem kennt jeder jeden. Wenn die erste Person, mit der ich spreche, mich nicht an den Sheriff verpfeift, tut es die zweite mit Sicherheit.

»Es ist ja Ihre Beerdigung«, sagte er. »Mir hat keiner was über den Jungen erzählt, aber wenn er sich dasselbe Zeug in die Nase jagt wie seine Ma, dann hat er sich wahrscheinlich nachts rein- und rausgeschlichen, wenn die Farmer schlafen. Das ist hier eine Früh-ins-Bett-Gegend, wissen Sie?«

Ich nickte fromm: Es gab keinen Grund, dem Sheriff meine Sicht von Martin Binder anzudienen. Das Sheriffbüro befand sich im Verwaltungsgebäude am südlichen Ende der Hauptstraße. Ich hatte mühelos einen Parkplatz bekommen: Der Billigsupermarkt draußen vor der Stadt hatte die Läden in Palfry schon dezimiert, bevor die Wirtschaft zusammenbrach. Nun gab es nur noch eine Handvoll Überlebende: ein kleiner Drugstore, der rege Geschäfte mit Alkohol und Lotterielosen machte, ein verstaubter Möbelladen und ein paar Lokale.

Ich hatte Chicago um sechs verlassen und die hundert Meilen auf der I-55 in unter zwei Stunden geschafft, aber, wie der

Sheriff gesagt hatte, in dieser Stadt gingen die Leute früh ins Bett und begannen noch vor Sonnenaufgang, ihre Felder zu bestellen. Um halb neun machten sie eine Pause in *Lazy Susan's Coffee Shop*, der nach dem einzig lebendigen Laden in der ganzen Straße aussah.

Als ich hineinging, drehten sich Köpfe. Fremde waren selten genug hier draußen, da sah man besser zweimal hin, aber ich war bloß irgendeine Frau in Jeans, deren dunkles Haar weiße Strähnen zeigte, nichts Außergewöhnliches. Die Gespräche wurden wieder aufgenommen.

Lazy Susan's war ein gänzlich rüschenfreies Lokal. Gepolsterte rote Sitzbänke entlang der Wände, Chromstahlstühle um Resopaltische mit Papiersets und drei Kellnerinnen, die alle viel zu schnell durch die Gegend flitzten, um der Bezeichnung *lazy* gerecht zu werden. Die meisten Tische waren besetzt, aber ich fand einen freien Barhocker am Tresen.

»Was darf's sein, Schätzchen?« Eine Kellnerin erschien aus dem Nichts, schenkte ungefragt Kaffee in meinen Becher.

Die Papiersets waren mit der Speisekarte bedruckt. Eier, Kartoffelpuffer, Waffeln. Ich hatte einen Kaffee gehabt, bevor ich in Chicago aufbrach, aber jetzt merkte ich, dass ich am Verhungern war.

»Einen kleinen Stapel Pancakes und O-Saft«, sagte ich.

Sie schrieb es nicht auf, sondern brüllte es einfach dem Pfannenmann hinter sich zu und sauste davon zu ihrem nächsten Kampfeinsatz.

»Wie geht's dem Hund?«

Ich fuhr herum und sah eine Frau in Uniform hinter mir. Jenny Orlick stand auf ihrem Abzeichen. Eine der Deputys im Einsatz, als ich Ricky Schlaflys Leiche im Maisfeld gefunden hatte. Sie machte ihren Job besser als ich – ich hätte sie nicht wiedererkannt.

»Sie erholt sich gut, Deputy. Würden Sie sie nehmen wollen,

wenn sie ihre Herzwurmlarven los ist? Sie scheint ein gutmütiges Naturell zu haben.«

»Kein Hund aus diesem Höllenloch kann ernsthaft ein gutmütiges Naturell haben«, sagte Orlick. »Außerdem hab ich drei Katzen, die sie binnen einer Woche in kleine Streifen zerlegen würden. Sind Sie deshalb hier rausgekommen? Um ein Heim für sie zu suchen?«

Ich zog Martin Binders Foto aus meiner Aktentasche. »Ich hoffe, dass ihn irgendjemand hier mal gesehen hat. Ich muss ihn finden.«

»Ist er aus Chicago? Was hätte er hier zu suchen?«

»Er ist der Sohn einer Frau aus dem Meth-Haus.« Ich gab Orlick eine schnelle Zusammenfassung von Martins Verschwinden, dem Mord an seiner Großmutter, dem Drogenhaus in Chicago, wo ich Judy Binder aufgescheucht hatte.

Orlick betrachtete stirnrunzelnd Martins Gesicht. »An den würde ich mich erinnern, er sieht so nach, nun ja, nach New York aus. Wir haben nur zwei jüdische Familien hier in Palfry, also würde er schon irgendwie auffallen, wenn Sie wissen, was ich meine. Wenn Sie wollen, nehm ich es mit zum Supermarkt und häng es da ans schwarze Brett. Im Sheriffbüro auch, wenn Sie noch eins haben.«

Ich zog ein halbes Dutzend aus meinem Koffer und schrieb auf den unteren Rand jedes einzelnen deutlich meine Handynummer. Mein Stapel Pancakes traf ein, als Jennys Partner rüberkam, ihr auf die Schulter klopfte und sagte, es sei Zeit zum Segelhissen. Sie sahen beide besser aus als bei unserem Treffen im Maisfeld.

»Das hier ist meine Nummer«, sagte Orlick und gab mir eine Karte vom Palfry County Sheriff's Departement. »Ich ruf Sie an, wenn ich was höre, und Sie melden sich, wenn irgendwas verquer ist oder wenn Sie noch einen Rauscher mit geschnetzeltem Schniedel finden.«

Schniedelschnetzeln musste ein lokales Idiom sein, kein Indiz, dass der Sheriff ein Psychopath war. Jenny und ihr Partner brachen auf, aber meine Kellnerin und einer meiner Tresennachbarn hatten das Gespräch mitbekommen, was bedeutete, dass es sich mit Warpgeschwindigkeit im Coffeeshop verbreitete. Während ich meine Pancakes verspeiste, kamen die meisten Leute im *Lazy Susan's* bei mir vorbei, um einen Blick auf Martins Bild zu werfen. Niemand gab zu, ihn schon mal gesehen zu haben.

Als sich das Lokal leerte, machten die Kellnerinnen ein Päuschen. Zwei gingen raus zum Rauchen, aber die dritte erklomm den Barhocker neben mir.

»Sind Sie wirklich Detektivin?«, fragte sie.

Ich nickte. »Diese Pancakes sind köstlich. Hausgemacht?«

Sie grinste breit. »Wollen Sie sich einschmeicheln, weil Jenny Orlick Ihnen erzählt hat, dass ich Susie Foyle bin?«

Ich schüttelte den Kopf. »Lazy Susan? Wie kommt es dazu? Selbst Schauerleute im Hafen arbeiten nicht so hart wie Sie.«

Sie freute sich über das Kompliment, sagte aber: »Ach, wissen Sie, da geht's eigentlich mehr um den Klang. Als ich klein war, haben meine Brüder mich immer geneckt und Lazy Susie genannt. Wie kommt's, dass Sie nach diesem Martin-Knaben suchen?«

»Seine Großmama hat ihn aufgezogen«, sagte ich. »Er verschwand vor zwei Wochen. Vorletzte Nacht ist seine Großmutter in meinen Armen gestorben. Ich schulde es ihr, ihn zu finden.«

Susie nickte nüchtern. »Das hört man jetzt oft. Also nicht, dass einem Großmütter in den Armen sterben, aber dass die Großmamas die Kinder ihrer Kinder großziehen müssen. Das erleben wir hier genauso wie ihr in Chicago. Es ist schwer.« Sie nahm das Bild in die Hand und starrte es an. »Ich hab den Jungen nicht gesehen, aber ich bin sicher, er war in der Stadt, auch wenn es hier jeder vor Ihnen abstreitet. Eins von diesen Gerüchten, Sie kennen das bestimmt. Wenn ich Sie wär, würd ich mit den Wengers reden. Deren Farm liegt am nächsten bei dem Schlafly-Haus.«

»Der Sheriff sagte mir, es wäre eine Viertelmeile entfernt, aber niemand dort hätte etwas gesehen.«

Susie grinste wieder. »Ich weiß nicht, warum er so was sagt. Wenn Sie glauben, dass irgendein Farmer im County je den Überblick verliert, wer im Radius einer Meile bei seinen Nachbarn ein und aus geht, beweist das nur, dass Sie ein Stadtmensch sind. Ich muss es wissen – ich bin auf so einer Farm aufgewachsen. Der Tratsch kann einen Mähdrescher schrotten. Übrigens, Sie haben mir nicht gesagt, ob Sie wirklich Detektivin sind.«

»Privatdetektivin.« Ich nahm meine Lizenz aus meiner Brieftasche und zeigte sie ihr, dann gab ich ihr meine Karte.

»Gut, V.I. Warshawski, viel Glück für Sie. Falls Sie zur Mittagszeit noch hier sind, wette ich, dass Sie noch nie ein so gutes BLT-Sandwich probiert haben, wie ich es hier auftische.«

Sie zeichnete mir eine Karte auf die Rückseite eines Papiersets, wie ich zum Haus der Wengers kam. Sie riet mir auch, Martins Foto an die Korktafel vorn an der Tür zu pinnen. Ich fand einen Platz zwischen Anzeigen für gebrauchte Trecker, einem Tauschangebot Haareschneiden gegen frisches Gemüse und einer Ankündigung für das Palfry County-Heuballenwettwerfen.

In meinem Wagen studierte ich Susies Karte. Östlich aus der Stadt raus Richtung Schlafly-Haus, dann an der Kreuzung rechts, dann links auf eine Schotterstraße parallel zu der, die zu Schlafly führte. Ich nahm mir eine Minute, um die Familie Wenger auf meinem iPad zu überprüfen: Frank und Roberta, beide Anfang fünfzig, ein Sohn namens Warren an der Highschool, noch zu Hause wohnhaft, und zwei große Töchter, beide weggezogen, eine nach St. Louis, die andere nach Columbus, Ohio.

Bevor ich zur Wengerfarm fuhr, machte ich einen Schlenker zu Schlaflys Haus. Es gab kein Absperrband, nicht am Haus und nicht auf dem Feld, nur die umgelegten Stängel, wo der Transporter reingefahren war, um Ricky Schlaflys Leiche einzusammeln. Das Haus sah verlassen aus, aber ich umrundete es und beobachtete genau, ob sich hinter den Fenstern, die nicht mit Brettern vernagelt waren, etwas bewegte. Ich hoffte, der Sheriff hatte jemanden angewiesen, den toten Rottweiler aus der Küche zu holen.

Die Straße zu den Wengers war eine übel zerfurchte Schotterpiste. Ich fuhr langsam, um meine Reifen zu schonen. Ein paarmal musste ich an den Rand fahren, als Pick-ups an mir vorbeirasten und meinen Mustang mit feinem weißem Staub bedeckten. Als ich so dahinholperte, kam ich an einem handgemalten Schild vorbei, das mir ankündigte, Wengers Präriemarkt läge direkt voraus. Frische Eier, Blumen, Tomaten und »Imaginalien«, was immer das sein mochte.

Der Mais zu beiden Seiten der Straße sah braun und müde aus, Zeichen der schrecklichen Dürre, die Illinois im Griff hatte. Amseln und Krähen schossen durch die Stängel, obwohl ich keine Kolben sah, die das Ernten gelohnt hätten. Außer es lag noch eine Leiche im Feld.

Als ich das erste Mal in der Gegend gewesen war, hatten Frank oder Roberta in der Ferne einen Traktor gefahren, aber an diesem Morgen waren die Felder leer. Ich hatte jedoch Glück, als ich auf den Hof fuhr: Ein Mann arbeitete an einem Trecker, der vor einem baufälligen Schuppen geparkt war. Hinter ihm lag ein weiteres Nebengebäude mit einer Art Parkplatz davor, einem großen Frontfenster und einem Schild, das verkündete: *Wengers Präriemarkt*.

Ich kannte das Protokoll nicht, das den Besuch bei einem

arbeitenden Farmer mitten am Vormittag regelt. Ich schritt über den Hof und sah ihm aus respektvollem Abstand zu – nah genug zum Sprechen, aber ohne ihm in den Nacken zu atmen. Er werkelte nicht direkt am Trecker herum, sondern an einem Gerät, das daran befestigt war, etwas mit runden scharfzahnigen Platten dran. Einer der Zähne war zerbrochen, und er tat sich schwer damit, die Platte aus der Verankerung zu hebeln. Er drosch mit einem Hammer auf den Bolzen ein und machte sich nicht die Mühe, einen Blick auf mich zu werfen.

»Brauchen Sie Hilfe?«, fragte ich höflich.

Er sah auf. »Sind Sie Mechanikerin?«

»Nein, aber ich kann den Bolzen gerade halten, während Sie mit dem Hammer draufhauen.«

»Das können Sie, ja? Sind Sie auch drauf gefasst, sich Ihre hübschen Sachen mit Schmieröl einzusauen?«

Ich trug Jackett und Bluse über meinen Jeans, aber ich hatte ein T-Shirt im Auto. Ich zog mich im Schutz der geöffneten Wagentür um, legte Bluse und Jackett über den Fahrersitz. Als ich zurückkam, sah ich eine Bewegung hinter der Frontscheibe des Präriemarkts. Eine Frau, etwa in meinem Alter, die sonnenverbrannte Haut rötlich braun, trat heraus und gesellte sich zu uns.

»Der Markt ist wochentags nicht geöffnet, wenn das Schuljahr angefangen hat«, sagte sie.

»Ich komme nicht wegen des Marktes, ich bin hier, um mit Ihnen und Ihrem Mann zu sprechen, wenn Sie die Wengers sind.«

»Wer sind Sie denn überhaupt?«, fragte sie.

»V. I. Warshawski«, sagte ich. »Sind Sie Ms. Wenger?«

»Sind Sie hier, um was zu verkaufen? Wir haben alle Versicherungen, die wir brauchen.«

Frank Wenger, der er meiner Ahnung nach war, sagte: »Sie war gerade dabei, mir zu helfen, diesen Bolzen zu lösen, Bobbie.

Wenn sie was verkauft, warte, bis wir fertig sind, bevor du sie vom Hof jagst.«

Ich hockte mich neben das Gerät. Der Boden war steinhart gebacken mit tiefen Furchen von den vielen großen Reifen, die durchgerollt waren, als die Erde noch nass war. Ich stellte mich mit beiden Füßen fest in eine dieser Rillen, bevor ich von Wenger den Schraubenschlüssel entgegennahm. Ich beugte die Arme, um den Aufprall mit dem Bizeps aufzufangen. Auch so brauchte ich all meine Kraft, um nicht loszulassen, als er draufdrosch. Fünf gewaltige Schläge, und ich fühlte, wie der Bolzen sich drehte.

»Okay, das war's«, sagte er. »Sie sind stärker, als Sie aussehen. Farmermädel?«

»Nö. Großstadt durch und durch. Ich weiß nicht mal, was das für ein Ding ist, an dem wir hier arbeiten.«

»Scheibenegge. Braucht man, um die Stängel umzuhauen und zu mulchen, so wie sie sind, nachdem wir den Mais geerntet haben – so wie er nun mal ist. Was können wir für Sie tun, Stadtmädel?«

Ich setzte mich auf die Kante einer der tiefsten Furchen und rieb mir die Arme. »Ich bin Ermittlerin, aus Chicago. Ich bin die, die Derrick Schlaflys Leiche im Maisfeld gefunden hat.«

»Haben Sie Doug Kossel Bescheid gesagt, dass Sie hier sind?«, fragte Frank.

»Jawohl. Ich war gleich als Erstes in seinem Büro. Wir haben auch immer mal wieder telefoniert, seit ich die Leiche fand. Er hat mich darauf angesetzt, einen von Rickys alten Spielgefährten in Chicago aufzuspüren, was ich auch getan hab, aber jetzt bin ich wieder hier und suche nach einer vermissten Person.«

»Die einzigen vermissten Personen in unserem Leben sind unsere Töchter«, sagte Frank.

»Ach?« Ich tat, als hätte ich keine Ahnung. »Wie lange sind sie denn schon weg?«

»Seit wir sie zu Ostern gesehen haben«, sagte Roberta scharf, während Frank lachte. »Hören Sie, wir wissen gar nichts, was Ihnen weiterhelfen könnte, und ich bin mitten in den Vorbereitungen für die Halloweendekoration.«

Meine Hände waren voller Schmieröl, aber Frank hatte eine Rolle Papiertücher griffbereit. Ich wischte das Gröbste ab und ging erneut zu meinem Wagen. Mit einem Handtuch, das ich für die Hunde benutzte, zog ich ein Foto von Martin aus meiner Aktentasche und trabte zurück zu den Wengers.

»Seine Mutter war eine von denen, die in Schlaflys Haus gewohnt haben«, sagte ich und hielt es ihnen hin. »Er ist jetzt seit ein paar Wochen verschwunden. Ich frage mich, ob er hier rausgefahren ist, um mit ihr zu reden.«

»Schauen Sie doch mal da übers Feld und sagen Sie mir, was Sie sehen können, und dann fragen Sie mich noch mal, was ich von meinen Nachbarn mitkriege«, sagte Roberta.

Mein Blick folgte ihrem Finger, der auf das Haus von Schlafly wies, ein kleines graues Kästchen in der Ferne. Menschen möchten nicht, dass man sie für neugierig oder klatschhaft hält. Ob Stadt oder Land, die, die sich am lautesten distanzieren, sind in den meisten Fällen die wissbegierigsten, aber ich murmelte etwas Verständnisvolles. »Sie bestellen diese Felder, sagte mir Sheriff Kossel. Das hat Ihnen bestimmt Sorgen gemacht, all diese Chemikalien, mit denen Schlafly und seine Kumpane gekocht haben.«

»Oh ja«, sagte Frank. »An die drei Mal haben sie die Fenster rausgesprengt. Beim ersten Mal dachte ich, al-Qaida greift an. Und diese Hunde – ich bin mal rüber und wollte fragen, ganz freundlich, wissen Sie, ob sie die Chemiegrube hinterm Haus nicht abdecken können. Die riecht man hier nämlich, wenn der Wind bläst. Wir haben ein Kind, wir wollen nicht, dass er das Zeug einatmet.« Zur Betonung drosch er noch mal auf den Bolzen ein. »Jedenfalls, die hatten das Tor verriegelt und verrammelt. Als ich geklingelt hab, haben die nicht mal mit mir geredet, haben nur durch ihre Videokameras geguckt und dieses Höllenvieh losgelassen, verzeihen Sie den Ausdruck. Die haben per Fernbedienung das Tor geöffnet, und der Hund kommt da rausgeschossen. Ich hab's gerade noch in meinen Truck geschafft, bevor er mir die Kehle aufreißt. Seitdem hab ich immer meine Schrotflinte dabei, so viel kann ich Ihnen sagen.«

Ich dachte an den Hund, den ich in Chicago päppeln ließ. Vielleicht ja doch nicht so ein gutmütiges Naturell. »Haben Sie das Sheriff Kossel erzählt?«, fragte ich.

»Was denn, Großsprech-Tunichts-Kossel?«, sagte Roberta.

Ich blieb still, legte nur hoffnungsvoll den Kopf schief.

»Komm schon, Bobbie«, protestierte Frank. »Klar, ich hab's Doug erzählt, aber Rickys ist ja nun mal nicht das einzige Meth-Haus hier in der Gegend. Es gibt noch drei Stück drüben bei Hansville.«

»Und wann macht er endlich mal eins davon dicht?« Sie funkelte ihn an.

»Kriegt Kossel vielleicht ein Stück vom Kuchen?«, fragte ich.

»Natürlich nicht«, sagte Frank. »So einer ist er nicht.«

»Nein«, knurrte Roberta, »er ist nicht korrupt, nur stinkend faul. Er war schon ein fauler Verteidiger, als du an der Palfry High Football gespielt hast, weshalb du nie die Punkte gemacht hast, die dir vielleicht ein Stipendium gebracht hätten. Und er ist auch nicht gerade tüchtiger davon geworden, dass er ein großer Händeschüttler ist und immer Leute auftreibt, die ihn wählen. Sieh dir bloß an, wie er die Frau hier – wie war Ihr Name gleich? Warshawski. Wie er sie dazu gebracht hat, in Chicago hinter Rickys Drogenhändlern herzusteigen.«

Ich ließ den Streit noch ein paar Minuten laufen, erfuhr aber nichts, was mich annehmen ließ, dass Kossel die Hand aufhielt. Bevor Roberta so zornig wurde, dass sie zu ihrer Halloweendeko davonstürmte, hielt ich Martins Bild noch einmal hoch. »Seine Mutter hat bei Leuten wie Schlafly gehaust, deshalb hat ihn seine Großmutter aufgezogen. Ich war bei ihr, als sie vorgestern Abend gestorben ist. Ich muss Martin finden, um ihm von seiner Großmama zu berichten und um mich zu vergewissern, dass er klarkommt. Haben Sie beim Eggen oder Ernten oder was immer Sie mit diesem tödlichen Ding da machen«, ich tippte mit der Fußspitze an den abgebrochenen Zahn, »vielleicht mal in der Nähe von Schlaflys Haus zu tun gehabt und ihn gesehen?«

Frank sah seine Frau an, die unter ihrem Sonnenbrand noch röter wurde. Er schien darauf zu warten, dass sie sprach, aber sie sagte nur, dass sie nie die großen Felder bestellte. »Ich mach die Gewächshäuser und die Gemüsegärten auf der anderen Seite des Hauses, da bauen wir das Biozeug für den Präriemarkt an. Ich muss jetzt zurück an die Arbeit. Man glaubt es ja nicht bei dieser Hitze, aber Halloween steht schon fast vor der Tür.«

Sie wandte sich wieder dem Gebäude zu, das den Markt beherbergte. Bei einer Großstadtfrau hätte ich gesagt, sie trippelte, aber in ihrem Fall eilte sie wohl nur zurück zu ihrer Deko.

Ich fragte Frank, aber er erklärte, beim Fahren auf dem Traktor gäbe es zu viel Lärm und Staub, um viel von der Umgebung mitzukriegen. »Ich kann Ihnen nur sagen, dass da ein ständiges Kommen und Gehen war, aber seit sie sich gegenseitig erschossen haben, steht die Bude leer.«

Er war mit dem Bolzen zugange, den zu lösen ich geholfen hatte. Als er weitersprach, senkte er den Kopf, als wollte er mit dem Zahn der Egge reden. »Gehen Sie sich mal den Markt ansehen. Roberta macht da drin erstaunliche Sachen.«

22

Gruben

Wie die anderen Nebengebäude war auch der Markt aus ungehobeltem Holz, das an einigen Verbundstellen Fäulnis zeigte. Das machte das Innere umso verblüffender. Es war ein sauberer, heller Raum mit großen Fenstern, die im Norden Ausblick auf die Felder gewährten und im Süden auf das Haus der Wengers und die Scheunen. Eine Seite war mit Kühlregalen für die landwirtschaftlichen Erzeugnisse bestückt. Den Rest des Raums nahmen die »Imaginalien« ein: alles Mögliche von »Biologischer Ziegenmilchseife aus der Region« über Vogelhäuschen und Babydecken bis zu überschwänglich verzierten Blumentöpfen, sogar Quilts, alles garantiert handgemacht in Palfry County.

Roberta hantierte an einem langen Arbeitstisch. Sie blickte auf, als ich reinkam, aber sie war ganz von ihrer Arbeit in Anspruch genommen, die darin bestand, eine Reihe winziger Figurinen in einen getrockneten Flaschenkürbis einzuführen. Ein großer Weidenkorb stand mit Kürbissen gefüllt neben ihr auf dem Boden, zwei fertige lagen vor ihr.

Sie hatte Quadrate in die Schale der ausgehöhlten Kürbisse geschnitten und das Innere mit Hexen bestückt, die schwungvoll um einen Kessel tanzten, zu ihren Füßen winzige Katzen und Kürbisse, während ein Erntemond mit Girlanden aus Fledermäusen über ihnen hing.

»Die sind ja grandios«, sagte ich. »Wie haben Sie bloß diese Hexen gemacht?«

»Pfeifenreiniger mit Gaze umwickelt. Am schwersten sind

die Gesichter, weil ich sie auf Stoff male. Die gehen dieses Wochenende in den Verkauf. Fünfundachtzig Dollar, wenn Sie jetzt einen wollen.«

Ich schlenderte zu dem Fenster, aus dem man Schlaflys Haus sah. Ich hörte, wie sie scharf Luft holte; als ich zu ihr hinsah, starrte sie auf das Regal neben dem Fenster, dann nahm sie schnell ihre Arbeit wieder auf.

Das Regal war mit Päckchen getrockneter Kräuter gefüllt, aber direkt neben dem Fenster bedeckte eine blaue Babydecke etwas Unförmiges. Ich hob sie an und fand ein Fernglas darunter. Als ich es nahm und damit über das Feld zu Schlafly rübersah, schnellte mir der ganze hässliche Hof hinter dem Haus entgegen und begrüßte mich: die tiefe Grube mit ihrem giftigen Inhalt, die aus den Angeln hängende Hintertür. Ich konnte sogar Wespen erkennen, die unter der Dachtraufe kreisten.

Roberta starrte mich finster an. »Sie können nicht einfach reinkommen und in meinen Sachen rumwühlen, das ist Privatbesitz hier.«

Ich stellte das Fernglas ins Regal zurück. »Wenn ich ein Haus voller irrer Drogenfreaks gleich nebenan hätte und dazu einen Sheriff, der im Ernstfall nicht schnell genug aus der Hüfte kommt, dann würde ich die Bude auch scharf im Auge behalten. Haben Sie gesehen, wer Ricky Schlafly erschossen hat?«

Die Röte unter ihrem Sonnenbrand verschwand. »Ich hab einen Schuss gehört, als ich am Aufstehen war, aber da war es noch keine fünf Uhr, um die Jahreszeit also noch dunkel. Ich bin runter, Kaffee aufsetzen, da hörte ich noch einen Schuss. Natürlich, wie Frank schon sagte, gab es in dem Haus öfter mal Explosionen und so was, aber eine Schusswaffe klingt ganz anders als ein rausgesprengtes Fenster. Ich also raus und hier rüber in den Markt.« Das Phantom eines Lächelns huschte über ihr Gesicht. »Frank und Warren – Warren ist unser Sohn, er ist in der Oberstufe drüben an der Highschool – die beiden finden es falsch, wenn ich die Nachbarn beobachte. Bespitzeln nennen sie es.«

»Konnten Sie irgendwas sehen?«, fragte ich.

Sie schüttelte den Kopf. »Es war noch zu dunkel. Wenn ich gewusst hätte, dass sie Ricky umbringen, hätte ich natürlich den Sheriff angerufen, aber ich hörte, sie haben ihn draußen auf dem Nordfeld getötet. Ich hab nicht mal den Schuss gehört, mit Schlaflys Haus dazwischen und allem. Das Einzige, was ich in der Frühe gesehen hab, war ein Wagen, der wegfuhr. SUV denk ich, nach der Höhe der Scheinwerfer. Jetzt weiß ich, dass er den Mördern gehört haben muss, die hatten da geparkt, wo sie den Zaun zerschnitten haben, als sie rein sind. Ich schätze, das Mädel ist damit abgehauen, weil ich dann Geschrei gehört hab und noch mehr Schüsse.«

Sie fing an, einen Pfeifenreiniger um den Finger zu wickeln. »Ich hab es Frank erzählt, als ich wieder rein bin, um Frühstück zu machen, aber er meinte, ich soll mich raushalten; wenn Drogensüchtige aufeinander schießen, dankt es mir keiner, wenn ich mich da einmische. Natürlich hatte er recht. Wäre ich rübergefahren, wozu ich schon fast entschlossen war, hätten sie mich bloß ermordet wie Ricky.«

»Sehr wahrscheinlich«, stimmte ich zu. Wer immer das Haus zerlegt hatte, war wesentlich brutaler als Rickys armer toter Hund.

»Ricky Schlafly war vom ersten Tag an eine Plage. Aber ich bin mit seiner älteren Schwester zur Schule gegangen. Sie ist vor drei Jahren an Brustkrebs gestorben, sonst hätte sie das Haus geerbt. Ich mag gar nicht dran denken, wie sie sich mit dem Wissen gefühlt hätte, dass Ricky den ganzen Tag in dem Feld lag und von Krähen gefressen wurde.«

Der Pfeifenreiniger zerbrach zwischen ihren Fingern, aber sie wickelte die Enden weiter zu Spiralen. »Ich hab an dem Tag immer mal wieder rübergeguckt. Irgendwann sah ich diese

Frau –« Sie brach ab und wurde wieder rot. »Das waren Sie, oder? Sie kamen mir gleich so bekannt vor. Haben Sie eine Ahnung, was mit dem Mädel passiert ist, die da gewohnt hat, die mit dem SUV abgehauen ist? Sie ist nicht durch die Stadt gekommen, denn das hätte uns jemand erzählt.«

»Sie ist rauf nach Chicago, zu einem Drogenhaus an der West Side«, sagte ich. »Aber von da ist sie weiter zum Haus ihrer Mutter geflüchtet. Wer immer hinter ihr her war, hat sie da eingeholt. Sie haben auf sie geschossen, aber sie lebt noch. Ihre Mutter, die Großmutter von Martin Binder, starb bei dem Versuch, sie zu schützen.«

Robertas Gesicht wurde weich. »Was wir für unsere Kinder tun, selbst wenn sie uns das Herz brechen. Ich kenne das Lied, von Anfang bis Ende.«

»Haben Sie Martin da drüben gesehen?«, fragte ich.

Sie nahm sich einen neuen Pfeifenreiniger und begann ein Stück Gaze darumzuwickeln. »Möglich wär's. Da kamen und gingen so viele Kids, kauften Drogen, Sie wissen schon, ich hab kaum noch auf die Einzelnen geachtet. Aber dann vor ein paar Wochen, etwa um die Zeit, als dieser Martin verschwand, wie Sie sagten, war da ein Junge, der hatte Streit mit der Frau – Judy sagten Sie?«

»Mit Handgreiflichkeiten?«

»Nicht richtig. Sie zankten sich um irgendwelche Papiere, einen alten Umschlag mit Papieren. Er zog daran, und sie ließ nicht los. Er hatte sie schließlich und ist damit weg.« Sie hielt inne. »Ich weiß nicht, ob Ihnen das irgendwie nützt, aber ein paar Seiten sind in die Grube gefallen, die sie hinten im Hof haben.«

Ich stöhnte auf. Das Letzte, was ich wollte, war, in diese Grube zu klettern. Außerdem würde sich jedes Blatt Papier nach dreißig Minuten in dieser Brühe auflösen. Was sollte nach zwei Wochen noch davon übrig sein?

Nachdem sie mich ein Weilchen schweigend betrachtet hatte, legte Roberta ihre Pfeifenreiniger weg und verließ den Markt. Sie kam etwa zehn Minuten später wieder und trug ein Bündel, das sich als eine Wathose, armlange Gummihandschuhe und eine Industrie-Atemmaske entpuppte.

»Wir haben früher Kühe gehabt, bis es zu viel Arbeit wurde. Das hier hab ich noch aus der Zeit, als ich den Gülletank reinigen musste. Sie sind zwar größer als ich, aber das Zeug ist großzügig geschnitten.«

Ich bedankte mich bei ihr, ohne echte Dankbarkeit zu verspüren. Aber ich wusste, wenn ich nicht in die Grube stieg, würde mich der Gedanke verfolgen, dass ich eine wichtige Fährte schnöde überging. Ich stieg probehalber in die Wathose, nur um sicherzugehen. Sie hatte recht, sie war dafür gedacht, über mehrere Lagen Kleidung und schwere Schuhe zu passen. Mit meinen Laufschuhen und Jeans hatte ich reichlich Platz.

Als ich das Zeug zu meinem Auto trug, wartete Frank auf mich. »Können Sie mit einer Knüppelschaltung umgehen? Schätze ja. Nehmen Sie den Truck. Er hat eine Seilwinde, für den Fall, dass Sie was Schweres rausziehen müssen.«

Ich beäugte ihn argwöhnisch. »Haben Sie da was Bestimmtes im Kopf, etwa eine Leiche?«

Er lachte, ein rostiger Hupenklang. »Nö, aber Bobbie hat gesehen, dass die da von Zeit zu Zeit Stühle und so was reingeschmissen haben. Die waren high, wer weiß, womit rumzuwerfen sie dann lustig fanden.«

Er kletterte auf den Beifahrersitz des Trucks und sah zu, wie ich mit Kupplung und Knüppel herumfuhrwerkte. Der Truck war alt und das Getriebe stark abgenutzt. Jedenfalls würgte ich den Motor ein paarmal ab, bevor ich die Kiste zum Laufen brachte.

Frank fuhr bis zum Ende der Ausfahrt mit. Ich dachte erst, er wollte kontrollieren, wie ich klarkam, aber er wollte mir einen

Pfad über das Feld zeigen, das zwischen seinem und Schlaflys Haus lag. »Nicht dass das noch groß von Bedeutung wäre, jetzt wo der Mais von der Dürre zerstört ist, aber es gibt neben jedem großen Feld eine Fahrspur, auf der man Ausrüstung transportieren kann, ohne die Frucht zu beschädigen. Wenn Sie der hier folgen, kommen Sie zu Schlaflys rückwärtigem Zaun. Das Loch, das die Mörder geschnitten haben, ist breit genug, um mit dem Truck durchzufahren.«

Er zog eine alte Quittung aus dem Handschuhfach und fand einen Bleistiftstummel. »Hier ist meine Handynummer. Fahren Sie den Truck möglichst nicht in die Grube, da hängt nämlich meine einzige Winde dran. Wenn Sie sonst irgendwelche Schwierigkeiten haben, melden Sie sich. Lassen Sie mir den Schlüssel von Ihrem kleinen Mustang da, dann komme ich Sie holen.«

Ich holperte mit dem Truck die Fahrspur entlang, die er mir gezeigt hatte, und fuhr durch das Loch im Zaun hinter Schlaflys Haus. Bevor ich das ganze schwere Gummizeug anlegte, zog ich meine Pistole und machte einen Rundgang durchs Haus. Ich bin nicht ängstlich oder gar zimperlich, aber es kostete mich Überwindung, hineinzugehen. Ich schwitzte schon, als ich mich zwang, die Schwelle zur Küche zu überschreiten, aber die Leiche des Rottweilers war weg. Ich stieß nur auf Kakerlaken und ein Pärchen Stare, das die Chance der offenen Tür genutzt und sich in der Wohnzimmerlampe eingenistet hatte.

Ich legte an der Vordertür die Riegel vor, so dass jeder, der mich stören wollte, die Tür aufbrechen oder an der Seite zu dem Loch im Zaun kommen musste. Ich ließ meine Kanone auf dem Boden des Trucks liegen, die Tür neben mir offen, und zog die Gummirüstung an, schlang mir die Träger um den Nacken, damit die Hose oben blieb, und streifte Robertas achselhohe Industriehandschuhe über.

Die Dürre hatte die Grube fast bis zum Grund ausgetrocknet,

und das war das einzig Gute, was man darüber sagen konnte. Ich ließ die Wathose trotzdem an, nicht nur, weil meine Füße immer noch in Schlicklöchern versanken, sondern auch, um meine Beine vor Äther, Abflussreiniger und dem Rest der ekelhaften Brühe zu schützen.

Wer immer diesen Tatort oberflächlich aufgeräumt hatte, hatte den toten Rottweiler mitsamt dem Handtuch in die Grube geworfen. Insekten hatten das meiste von seinem Fleisch verzehrt, und Fell und Knochen fielen auseinander, als ich versuchte, ihn mit Franks Winde herauszuziehen.

»Ich begrab dich später irgendwann«, murmelte ich. »Auch wenn du Frank Wenger an die Kehle gehen wolltest, du hast ja nur versucht, es denen recht zu machen, die zu lieben du das Pech hattest.«

Ich hatte vergessen, meine Wasserflasche aus dem Mustang mitzunehmen. Nach einer Stunde in der Septembersonne dachte ich mehr über Wasser nach und weniger über den Gestank und die Giftstoffe, mit denen ich hantierte.

Als der Vormittag voranschritt, hatte ich genug leere Behälter und Ätherkanister herausgeholt, um eine große Plane damit zu füllen, die ich unter der Veranda gefunden hatte. Wie von Frank erwähnt, hatte die Schlafly-Menagerie auch Stühle versenkt (zwei) sowie Dachlatten (elf), Bierfässer (drei) und Kommoden (eine).

Ich kühlte Kopf und Nacken unter einem Gartenschlauch, aber ich konnte mich nicht überwinden, das Wasser aus dem Meth-Haus zu trinken. Gegen halb zwei zog ich Robertas Ausrüstung aus und fuhr mit dem Truck nach Palfry. Ich hielt bei einem Laden am äußersten Rand der Stadt und kaufte zwei große Kanister Trinkwasser. Dann saß ich im Wagen, ruhte mich aus und trank, und da fiel mir Lazy Susies BLT-Sandwich ein. Genau das, was ich jetzt brauchte, um meinen Salzhaushalt zu regulieren.

Die Mittagsgäste hatten sich schon verzogen, nur noch eine weitere Person saß am Tresen.

»Sie wollen das BLT?«, fragte Susie. »Wie läuft's an der Todesgrube?«

»Und Sie wissen davon, weil ich stinke wie ein Chemielabor?«

»Da sehen Sie mal, dass hier in Palfry jeder weiß, was alle gerade tun. Wollen Sie Fritten dazu oder Krautsalat?«

Ich nahm Krautsalat, nicht aus Leidenschaft für Gesundes, sondern weil mich die viele Kartoffelstärke in meinem Magen nur belasten würde, wenn ich wieder an die Arbeit ging. Susie hatte recht gehabt mit ihrem BLT-Sandwich: Noch nie hatte ich ein besseres probiert. Ich trank noch eine Tasse von ihrem dünnen Kaffee, bevor ich mich vom Hocker löste. Susie erklärte mir den Weg zu Herbs Eisenwarenladen, wo ich weitere Planen und eine fein gezinkte Harke kaufte.

Zurück beim Meth-Haus harkte ich den Bodensatz der Grube durch. Ich förderte eine Unmenge verfaulter Blätter zutage. Als ich in ihnen herumstocherte, stieß ich auf Spritzen, Zigarettenkippen, die Überreste von mindestens einem Dutzend Kentucky Fried Chicken-Verpackungen und Pizzakartons sowie eine große Sammlung Kondome, aber keine Dokumente, zumindest nicht in einem Zustand, in dem ich sie als solche erkannt hätte.

Und keine menschlichen Knochen. Den ganzen Nachmittag über hatte ich beim Unratharken Angst, eine Spur von Martin zu finden.

Ich zog die Handschuhe aus und trank meinen zweiten Wasserkanister leer. Meine Arme und Beine waren wackelig von Anstrengung und Salzverlust. Ich stieg aus der Wathose, kletterte in die Fahrerkabine und stellte den Beifahrersitz zurück, so weit es ging. Als ich mich hineinsacken ließ, die Füße auf dem Armaturenbrett, stellte ich fest, nun konnte ich nach Chicago zurück in der Gewissheit, dass ich kein Kondom auf dem anderen gelassen hatte.

Das Dröhnen einer Autohupe weckte mich schlagartig. Ich erinnerte mich, wo ich war, und griff reflexhaft nach meiner Waffe. Frank und Roberta standen mit meinem Mustang vor dem Loch in Schlaflys Zaun. Schnell legte ich die Waffe auf den Boden des Trucks.

»Sie sehen aus wie das bedauernswerteste Überbleibsel einer Detektivin, das ich je gesehen habe«, sagte Frank. »Wir wollten mal nachsehen, wie's Ihnen geht. Außerdem spielt Warren, unser Junge, heute Abend Football. Wir brauchen den Truck, um hinzufahren, außer Sie wollen, dass wir Ihren Wagen nehmen.«

Ich schwang die Beine aus dem Truck und ließ mich vorsichtig zu Boden gleiten. Meine Knie waren immer noch wacklig, aber sie gaben immerhin nicht unter mir nach. »Ich hab den ganzen Modder durchgeharkt und nichts gefunden, was nach den Papieren aussah, um die sich Martin mit seiner Mutter gestritten hat.«

Frank inspizierte die drei Planen, die ich mit Zeug bedeckt hatte. »Ich würde sagen, Sie haben alles gefunden, was zu finden war.«

»Die haben sie weggeworfen?« Roberta war zu der Kommode gegangen. »Das war Agnes' Schränkchen. Sie war die Großmutter von Ricky und Janice. Die Lady, die Ricky das Haus vermacht hat. Das hier ist ein Erbstück. Ihre Urgroßmutter hat sie schon gehabt, als sie in den 1840er Jahren nach Illinois kam, und sie sagte immer, dass die Großmutter ihrer Urgroßmutter sie damals aus Deutschland mit nach Pennsylvania gebracht hat, um 1750 oder so. Was für ein Jammer. Diese wunderschönen Intarsien sind alle beschädigt, und die Schubladenknöpfe – sie waren golden. Ich nehme an, Ricky hat sie abgerupft und verkauft und den Rest dann in die Grube geschmissen, weil er sonst nichts damit anzufangen wusste.«

Frank ging zu ihr und legte einen Arm um sie. »Wir können

sie ja mitnehmen und sehen, ob wir sie irgendwie restauriert kriegen.«

Er holte hinter dem Fahrersitz des Trucks eine Decke hervor und breitete sie auf der Ladefläche aus. Als er die Kommode anhob, rutschten die Schubladen heraus. Ich stakste rüber und hob sie auf. Und stellte fest, dass an zwei der Unterseiten Papiere klebten. Ich legte die Schubladen mit dem Boden nach oben auf den ausgedörrten Lehmboden des Hinterhofs und ging meinen ächzenden Schenkeln zum Trotz in die Hocke, um sie zu besichtigen.

Die Zeit mit dem Abflussreiniger hatte ihre Spuren auf dem Papier hinterlassen, aber man konnte leicht erkennen, dass es etliche Schichten waren. Die oberste Lage bestand aus Fragmenten von unbezahlten Rechnungen, Fetzen einer Werbung für Pizza Hut und verblichenen Fotos, die aussahen, als wären sie aus einem Pornoheft herausgerissen. Roberta streckte die Hand aus, um die oberste Schicht abzuziehen, aber ich rückte hastig die Schublade aus ihrer Reichweite.

»Wir brauchen so was wie Pinzetten, sonst zerstören wir, was darunter ist.«

Ihre hellen Brauen hoben sich überrascht, aber sie sagte: »Ich fahre rüber in meine Werkstatt. Hab da jede Menge kleines Werkzeug.«

Sie stieg in den Truck und sah meine Waffe. »Wollten Sie sich in dem Müll der Grube den Weg freischießen?«

Ich lächelte schwach und nahm die Smith & Wesson entgegen. »Ich habe Ricky Schlaflys Leiche gefunden und den armen Hund da drüben. Ich wollte nicht in einer Giftgrube sterben.«

23

Heckschau

Robertas Erfahrung mit der Herstellung von Miniaturen hatte ihr eine sichere Hand im Umgang mit sensiblem Material beschwert. Binnen einer Stunde zogen wir die meisten Papiere von den beiden Schubladen und legten sie auf eine saubere Plastikplane, die sie aus ihrer Werkstatt mitgebracht hatte.

Es gab nur zwei Dokumente, um die sich Martin mit seiner Mutter gestritten haben konnte. Eins davon klebte so fest am Schubladenboden, dass wir uns nicht trauten, es abzupulen, aber es sah aus wie die Überreste eines alten Sparbuchs.

Ich hielt mein Vergrößerungsglas darüber. »Die Adresse ist irgendwas mit Lincoln, glaube ich.«

Roberta sah mir über die Schulter. »Lincolnwood?«

»Könnte sein. Das wäre in der Nähe des Ortes, wo Judy Binder aufgewachsen ist. Ihr Sparbuch oder das ihrer Mutter.«

Ich dachte an Kitty Binders Reaktion auf das Foto mit Martina im Radiuminstitut: Judy hatte es gestohlen, zusammen mit Kittys Perlenohrringen und Bargeld. Judy konnte genauso gut auch das Sparbuch ihrer Mutter geklaut und das Guthaben abgehoben haben.

Das andere interessante Papier war eine Fotokopie von einem Regierungsdokument, teilweise mit schwarzen Balken zensiert. Roberta und ich kauerten zusammen darüber. Der Kopf des Dokuments bestand aus drei Zeilen:

»Abte…g …igr…n … E…erung«, dann »Ins…al's Of…« und »H…elsm…m d… Vere… St…n«. Das Datum war unleserlich.

»Erneuerung?«, sagte ich unschlüssig.

»Einbürgerung?«, schlug Roberta vor. »Wir bekommen manchmal Post vom Handelsministerium der Vereinigten Staaten, ich denke, das steht in der dritten Zeile.«

Ich fand, das ergab Sinn, aber keiner von uns fiel etwas zu »Ins-al's Of« ein. Gemeinsam studierten wir den Text. Zwischen Zensurbalken und Zerstörung durch Abflussreiniger konnten wir nur noch winzige Bruchstückchen entschlüsseln.

»... Stadt Inns ...twickl... Chemieingenieur ausgebildet ... unterirdische Te... Prototypen ... Mitgliedsch ... gegebenen Erfordernissen geschuldet ...ge zur Bombenpro... ...eits- und Lebensbedingu... Einrichtungen möglicherweise ... (Name geschwärzt) niemals Zeuge von Pr...«

Frank hustete. »Anstoß in vierzig Minuten, Mädels. Könnt ihr das dann mal beiseitelegen?«

Roberta und ich erhoben uns zögernd. Wir schlugen Plastikfolie um die einzelnen Blätter, die wir gelöst hatten, einschließlich des zensierten Dokuments, und verstauten das ganze Paket dann in einer der Schubladen, um es zu schützen. Die andere Schublade, an deren Boden das Sparbuch klebte, wickelte ich in eine Decke. Dann hob ich beide Laden in den Kofferraum meines Mustangs.

Roberta erhob Einspruch. »Die gehörten Agnes. Ich möchte sie gern restaurieren und neue Griffknöpfe für sie finden.«

»Ich bringe sie Ihnen zurück«, versprach ich. »Ich will die Papiere zu einem forensischen Labor in Chicago schaffen, um zu sehen, ob die vielleicht mehr von dem Brief oder dem Sparbuch entzifferbar machen können.«

Roberta runzelte unglücklich die Stirn, aber Frank legte einen Arm um sie. »Bobbie, die Kommode wäre doch vollends verrottet, wenn diese Detektivin hier nicht den ganzen Tag die Grube ausgehoben hätte. Und was Sie angeht, Frau Detektivin, Sie sehen aus wie die Unterseite einer toten Kuh. Falls Sie vorhatten, heute Abend noch nach Chicago zurückzufahren, sollten Sie sich das gründlich überlegen. Ratsamer wäre, sich ein Motelzimmer und eine Dusche zu gönnen. Haben Sie schon mal ein Highschool-Footballspiel gesehen?«

»Ich hab früher Basketball gespielt, mein Cousin Hockey«, sagte ich.

»Ich sag Ihnen was: Sie checken in dem Motel am anderen Ende der Stadt ein und kommen sich ansehen, wie mein Junge gegen Hansville spielt.«

Als ich kurz die Augen schloss, um das zu durchdenken, fing die Welt an zu trudeln. Wenn ich bedachte, wie ich mich fühlte, war die Unterseite einer toten Kuh eigentlich sehr schmeichelhaft ausgedrückt.

Roberta zog ein T-Shirt mit *Palfry Panthers*-Aufdruck aus ihrer Tasche. »Das leihe ich Ihnen. Sie können es in Chicago waschen und mir mit der Post schicken.«

Ich nahm es gehorsam entgegen und folgte ihnen in die Stadt. Frank hupte und zeigte auf das Highschoolstadion, dann auf die Straße, die zum Motel führte. Nachdem ich eingecheckt und den schlimmsten Gestank weggeduscht hatte, sehnte ich mich danach, mich hinzulegen und einfach ohnmächtig zu werden, aber Frank und Roberta hatten sich heute für mich ein Bein ausgerissen. Ich musste meine müden Knochen ins Footballstadion schleppen und den jungen Warren bewundern.

Am Ende war ich froh, hingegangen zu sein. Die Septemberluft wurde kühl, nachdem die Sonne untergegangen war. Das Publikum war laut, aber freundlich. Und als ich mich durch die Menge drängte, um zu Frank und Roberta zu gelangen, stellte ich fest, dass ich Teil des Unterhaltungsprogramms war.

In einer Stadt, die unter einer verheerenden Missernte litt, war eine Detektivin aus Chicago, die nicht nur die Leiche von Ricky Schlafly – kein großer Verlust, so die allgemeine Einschätzung – entdeckt, sondern auch noch eine Art vergrabenen Schatz gehoben hatte, besser als jeder Fernsehkrimi. In der

Halbzeitpause, als Frank in der Pizza-Schlange anstand, kamen fünfzehn oder zwanzig Freunde der Wengers vorbei, um sich aus erster Hand von der Wühlerei durch die Methgrube berichten zu lassen. Roberta hatte Freude daran, die Legende noch mit dem Fehlen der goldenen Schubladenknöpfe auszuschmücken.

Ich blieb nach dem Spiel lange genug, um Warren vorgestellt zu werden, hatte ihn während des Spiels auch pflichtbewusst angefeuert: Er war Linebacker und hatte eine Interception erzielt und ein Fumble verursacht. Obwohl Hansville durch ein spätes Field Goal noch gewonnen hatte, war er eine vergnügte jüngere Ausgabe seines Vaters, der bei seiner Familie vorbeischaute, bevor er mit seinen Kumpels zum Burgeressen verschwand.

Im Motel blieb ich gerade noch lange genug wach, um eine E-Mail an die Cheviot-Labs zu senden, ein forensisches Privatlabor, dessen Dienste ich gern in Anspruch nehme. Ich wollte ihnen die Schubladen und das Brieffragment vorbeibringen, wenn ich morgen in die Stadt zurückkam. Ihre Sonntags-Notbesetzung konnte den Zugang eintragen und sie sicher verwahren.

Mit der Radio-App meines iPads machte ich mir das Midnight Special von WFMT in Chicago an, so fühlte ich mich wie zu Hause. Bei Gordon Boks Version von *The Golden Vanity* schlief ich ein. Die Musik spielte weiter, während ich schlief, und meine Träume waren angenehm, nicht die Alpträume, die mich in letzter Zeit heimgesucht hatten.

Schmerzen in den Beinen weckten mich auf, schossen von den Füßen meine Schienbeine hoch. Als ich mir die Waden massierte, hörte ich über die leise Musik hinweg vom Parkplatz her Geräusche. Vier Uhr achtzehn, seltsame Zeit, um ins Motelzimmer zurückzukehren in einer Stadt, wo die Bars am Samstag um Mitternacht schließen. Ich teilte die Vorhänge.

Zwei große Männer stemmten gerade mit einem Brecheisen den Kofferraum meines Mustangs auf.

Ich sprang in Jeans und T-Shirt, ohne mich mit Schuhen aufzuhalten, und war aus dem Zimmer, die Waffe in der Hand. Ich rannte den Flur entlang bis zu der Tür, die auf den Parkplatz führte, und stieß sie gerade so weit auf, dass ich die Männer sehen konnte.

Die beiden erstarrten kurz, dann wandten sie sich noch energischer meinem Wagen zu. Ich stürmte barfuß über den Platz, aber sie hatten den Kofferraum offen, bevor ich bei ihnen war. Sie schnappten sich die Schubladen und rannten zu ihrem eigenen wartenden Wagen, da flatterten die Papiere, die ich in Plastikfolie gewickelt hatte, über den Asphalt. Ich war als Erste bei ihnen, aber einer der beiden Gorillas rannte zurück und versuchte sie mir zu entreißen. Beim Tauziehen zerfiel das Papier.

Ich zog dem Kerl den Griff meiner Waffe hart über die Visage. Er brüllte vor Schmerz, schlug sich die Hände vors Gesicht. Sein Partner war ins Auto gesprungen und wendete. Ich versuchte den Kerl an der Schulter zu packen, aber er riss sich los und schaffte es in den Wagen.

Ich suchte in meinen Jeans nach meinen Autoschlüsseln, aber ich hatte sie mitsamt dem Zimmerschlüssel und den Schuhen drinnen liegen lassen. Mein Kofferraum war offen und leer. Ich hatte zwar ihren Wagentyp erkannt, ein Dodge Charger, aber vor lauter Sorge um die Papiere nichts vom Kennzeichen mitbekommen. Ich war so wütend über meine Dummheit, dass es nicht mal mehr zum Fluchen reichte.

Verschiedene Leute erschienen im Eingang und riefen verwirrte Fragen. Ich schob mir die Smith & Wesson hinten in den Hosenbund.

»Jemand hat mein Auto aufgebrochen«, sagte ich. »Als ich rauskam, haben sie die Brechstange fallen lassen und sind abgehauen.«

Meine Mitgäste strömten an mir vorbei, um ihre Autos auf Beschädigungen zu untersuchen. Ich ging zum Empfangstresen, wo ich einige Mühe hatte, die Rezeptionistin wach zu bekommen. Ich erklärte, was passiert war und dass ich mich in meiner Hast, die Eindringlinge zu stellen, aus meinem Zimmer ausgesperrt hatte.

Die Rezeptionistin wollte meinen Ausweis sehen, der ebenfalls in meinem Zimmer war, erklärte sich aber schließlich einverstanden, mich zu begleiten und die Tür aufzuschließen. Sie blieb im Türrahmen stehen und verlangte eine Beschreibung, was sich im Zimmer befand.

»Ich habe ein sandfarbenes Jackett und ein rosenrotes Seidenhemd auf Bügeln im Schrank. Die Aktentasche auf dem Tisch enthält mein iPad und meine Brieftasche, und ich kenne das Passwort für das iPad.«

Nun, da ich sie geweckt hatte, war sie entschlossen, sich pflichtbewusst zu zeigen: Sie sah zu, wie ich mein iPad entsicherte, auf dem jetzt etwas unpassend eine Haydn-Sonate lief, bevor sie zu ihrem Tresen zurückkehrte und den Sheriff anrief.

Die Deputys von der Nachtschicht, zwei Männer, denen ich noch nicht begegnet war, trafen mich bei meinem Mustang. Inzwischen war ich wieder mit meinem Seidenhemd und dem Jackett bekleidet und trug meine Waffe im Schulterholster. Ich hatte alle Flächen in meinem Zimmer sorgsam nach meinen Habseligkeiten abgesucht. Ich hatte nicht viel – iPad, Handy und Robertas *Palfry Panthers*-T-Shirt. Das hatte alles in meine Aktentasche gepasst, zusammen mit Kleinkram wie meinen Picks.

Als ich den Deputys erklärte, was aus meinem Kofferraum verschwunden war, rollten sie nicht etwa die Augen oder starrten mich so genervt an, wie ich es halb erwartet hatte.

»Ach ja. Sie sind die Detektivin aus Chicago, die in Schlaflys Haus einen vergrabenen Schatz gefunden hat. Wie wertvoll war er, was glauben Sie?« Der größere, ältere Deputy fand es nötig, sich praktisch in mein Gesicht zu lehnen, so konnte ich trotz des schwachen Lichts seine Marke lesen: Herb Aschenbach.

»Ich glaube, dass er überhaupt keinen Wert hatte«, sagte ich. »Die Kommode hatte einen ideellen Wert für Roberta Wenger, weil sie von Agnes Schlafly stammt.«

»Wir haben was anderes gehört«, sagte Herb. »Da war die Rede von Gold.«

Ich seufzte. »Ms. Wenger sagt, die Schubladen hätten früher goldene Knöpfe gehabt. Wenn jemand stille Post gespielt hat, kann sich das zu einem Berg von Gold ausgewachsen haben, aber alles, was ich gefunden habe, waren Hühnerknochen, Ätherkanister und Tampons.« Wie ich gehofft hatte, zog sich Herb bei dem Wort ›Tampons‹ ein Stückchen zurück.

»Was haben Sie überhaupt gesucht? Warum haben Sie die Schubladen mitgenommen?«

»Ich bin nicht die, die hier ein Verbrechen verübt hat«, sagte ich. »Ich bin das Opfer. Die Sausäcke sind in einem Dodge Charger abgehauen, nur falls hier einer durch die Gegend brummt, der mit Einbrüchen in Zusammenhang gebracht werden kann.«

Die beiden Deputys wechselten einen verblüfften Blick. Sie kannten den Charger.

»Sie müssen doch was gesucht haben«, sagte der jüngere Deputy. »Wir waren da und haben einen Blick in die Grube hinter Schlaflys Haus geworfen. Sie haben da ja richtig aufgeräumt.«

»Wenn Sie so viel darüber wissen, was ich hier mache, muss Ihnen Jenny Orlick auch erzählt haben, dass ich einen jungen Mann namens Martin Binder suche. Er war vor ein paar Wochen bei Schlaflys Haus. Vielleicht sind ihm Papiere in die Grube gefallen, die ein Licht darauf werfen könnten, wo er als Nächstes hin ist.«

»Das klingt mir nach 'ner Menge Mühe für fast nichts«, sagte Herb.

»Da kann ich schlecht widersprechen, Deputy, besonders seit ich obendrein noch einen aufgebrochenen Kofferraum habe. Reden Sie doch einfach mit Ms. Wenger, wenn es Morgen ist, also eigentlich jetzt, wenn ich es recht bedenke, und holen Sie sich ihre Version.«

Die Rezeptionistin kam durch die Hintertür heraus. »Kyle, ich hab da drin einen Haufen nervöser Gäste, die wissen wollen, ob die Gefahr besteht, dass ihre Autos aufgebrochen werden. Kannst du mal reinkommen und mit ihnen reden?«

Kyle und Herb sahen sich an, betrachteten den Mustang, nickten. Kyle sagte: »Klar, Tina, wir kommen gleich. Wir können hier nichts für Sie tun, Miss. Ich meine, wir könnten den Kofferraum nach Fingerabdrücken pudern, aber ehrlich gesagt ist das reine Zeitverschwendung, egal was sie in den Fernsehkrimis sagen. Wir fertigen einen Bericht an und sagen dem Team, dass alle aufmerken sollen, falls jemand was von diesen Schubladen hört. Ich würde sagen, jemand hat gestern beim Spiel das Gerücht gehört und sich hinreißen lassen, dachte, Sie hätten Gold ausgegraben, und wollte es sich unter den Nagel reißen.«

Herb fügte hinzu: »Wir schicken Jenny Orlick nachher zu den Wengers rüber, vielleicht kann sich Roberta noch an irgendwas erinnern. Wie lange haben Sie vor zu bleiben?«

»Nicht mehr lange, Deputy.«

»Sie kommen noch beim Revier vorbei und unterschreiben eine Anzeige, ehe Sie nach Chicago aufbrechen, okay? Und verlassen Sie nicht den Zuständigkeitsbereich, ohne uns vorher Bescheid zu geben.«

»Na klar, Deputy.«

Ich sah zu, wie die beiden Männer Tina ins Motel folgten. Ich nahm das Brecheisen an einem Ende und legte es in den Kofferraum. Ich bezweifelte, dass es Fingerabdrücke oder Genspuren aufwies, aber man weiß ja nie. Die verdammten Gorillas hatten das Schloss so schwer beschädigt, dass es nicht mehr zuging. Ich musste es mit einem Spanngurt fixieren, damit der Kofferraumdeckel nicht aufschwang.

Wie die Deputys fand auch ich es nicht sinnvoll, zu viel Aufwand zu treiben wie etwa eine Anzeige unterschreiben oder die Erlaubnis einholen, das County zu verlassen. Ich fuhr hinten raus, Scheinwerfer aus, Kanone neben mir auf dem Sitz. Erst als ich außer Sichtweite des Motels war, suchte ich mir auf meinem iPad eine Route nach Chicago. Ich wollte die alten State Highways und Landstraßen nehmen. Ich war müde, meine Beine taten immer noch weh, mir war nicht danach, in der Dunkelheit über die Interstate zu rasen. Außerdem wollte ich sichergehen, dass ich allein war.

Kreaturen der Nacht huschten aus meinen Scheinwerferkegeln, Waschbären, Füchse und rattenartige Geschöpfe. Ab und an rumpelte ein Traktor die Straße entlang, um zu einer dieser Fahrspuren neben den Feldern zu fahren. Sonnenaufgang war noch zwei Stunden hin, aber in vielen der Farmhäuser, an denen ich vorbeikam, brannte schon Licht.

Ich glaubte nicht, dass die beiden Schlägertypen hinter einem Schatz her gewesen waren. Sie wollten diese ramponierten Dokumente, die Roberta und ich gefunden hatten. Judy Binder und ihr Sohn hatten sich um irgendwelche Papiere gezankt, hatte Roberta gesagt: Sie hatte sie durch ihr Fernglas beobachtet, aber nicht gehört. Eindringlinge hatten Kitty Binders Haus verwüstet, auf der Suche nach – was?

Ich rutschte unbehaglich auf dem Sitz herum, rieb mir das Bein. Hatte ich das Naheliegende verworfen, weil ich es lieber kompliziert wollte? Judy und Martin konnten sich genauso gut über ihre Drogensucht gezankt haben. Sie konnten gestritten haben, weil er wütend war, dass sie sich mehr für Crack und Meth interessierte als für ihn. Ricky Schlaflys Tod trug alle Insignien einer Abrechnung unter Drogenhändlern. Und Dealer waren ein wilder, unberechenbarer Haufen. Roberta und Frank zufolge gab es noch mehr Drogenhäuser im County. Andere Methköche hatten womöglich beim Footballspiel von meinem Fund gehört: Sie hätten das Märchen vom vergrabenen Schatz leicht glauben können.

Selbst wenn das die korrekte Analyse wäre, beantwortete sie eine große Frage nicht: Wo war Martin Binder?

24

Überfällig

Die Sonne ging auf, als ich in meiner Wohnung in der Racine Avenue ankam. Früh in die Federn und früh wieder munter macht mir Augenringe und zieht mich runter.

Mr. Contreras war auf, klapperte in seiner Küche herum. Ich beschrieb ihm das gestrige Drama, einschließlich des Raubs der Kommodenschubladen. Es wurde eine lange Erzählung, weil mich der alte Mann ständig unterbrach, teils besorgt, ob es mir wirklich gut ging, teils empört, weil ich ihn nicht als Beschützer mitgenommen hatte.

Nachdem wir es schließlich so gründlich durchgekaut hatten, wie ich es aushielt, begleitete er mich zum See. Ich schwamm mit den Hunden raus bis zur entferntesten Boje und ließ mich eine Weile im Wasser treiben, sah zu, wie die Möwen einander jagten, bis mir so kalt wurde, dass ich mit Höchstgeschwindigkeit zurückschwimmen musste. In gewisser Weise hatte mich die Stunde im Wasser mehr erfrischt als eine Nacht im Bett. Nur in gewisser Weise.

Zu Hause teilten Mr. Contreras und ich uns einen Teller French Toast und diskutierten über den Raub: Waren es Junkies auf der Suche nach Gold gewesen oder jemand Unheilvolleres auf der Suche nach Dokumenten?

Ich dachte wieder an Jari Lius Slogan über Gott und Beweise. Die einzigen Beweise, die ich gesehen hatte, waren zwei gestohlene Schubladen, ein Sparbuch von einer Bank, vielleicht in Lincolnwood, was im Norden von Chicago nicht weit von Skokie liegt, und ein Schrieb von einer Abteilung für Einbürgerung im Handelsministerium.

Ich half Mr. Contreras beim Abwasch, dann ging ich in meine Wohnung, um an meinem Laptop zu arbeiten. Auf der Website des Handelsministeriums gab es keine Abteilung für Einbürgerung. Vielleicht hatten Roberta und ich die Kopfzeilen missdeutet. Letztlich hatten wir bloß geraten.

Ich schloss die Augen, atmete langsamer, versuchte mich an das Bild der fleckig-verblichenen Seite mit ihren Zensurbalken zu erinnern. Da war die Rede von Bomben. Ein Chemieingenieur. Ein zensierter Name war niemals Zeuge von etwas. Eine Stadt Inns. Mehr fiel mir nicht ein.

Ich recherchierte »Stadt Inns«. Etliche Kleinstädte brüsteten sich mit ihren gastfreundlichen »Inns«, aber dann tauchte in den Suchergebnissen Innsbruck auf. Innsbruck lag in Österreich. Martina Saginor, Lotty, Kitty Binder und Martinas Studentin Gertrud Memler – sie alle kamen aus Österreich. Und im Zweiten Weltkrieg hatte laut dem jungen Bibliothekar an der Uni die Kriegsmaschine der Nazis bei Innsbruck versucht, einen Nuklearreaktor zu bauen. Das klang aussichtsreich.

Im *Journal of Science and War* fand ich einen Artikel über den Innsbrucker Standort für Waffenentwicklung. 1940 wusste noch niemand, ob eine selbsterhaltende Kettenreaktion möglich war, was offenbar Voraussetzung ist, um Atome in Bomben zu verwandeln. Physiker wie Heisenberg in Deutschland und

Fermi in Amerika bauten Kernreaktoren, um dahinterzukommen, wie sie eine Kettenreaktion auslösen konnten. Wie wir heute wissen, hat Fermi es geschafft, Heisenberg nicht.

Auch Japan und England hatten versucht, eine Bombe zu bauen, unsere Geschichtsbücher erwähnen das selten. Jedes Oberkommando überall war auf der Suche nach der verheerendsten Waffe, um möglichst viele Frauen, Kinder, Männer, Hunde und Bäume auszulöschen.

Herta Dzornen zufolge war Martina während des Krieges zur Waffenforschung gepresst worden, wahrscheinlich in Innsbruck. Mir war bewusst, dass ich eine enorme Pyramide aus Ziegeln ohne Stroh errichtete, aber ich fragte mich, ob Martin vielleicht in Bezug auf Martina einen *Freedom of Information Act*-Antrag gestellt hatte. Nein, das ergab keinen Sinn, sie war ja vor Kriegsende gestorben. Die USA würden gar keine Akten über sie haben. Wenn überhaupt, hätte Martin im Holocaust-Museum Nachforschungen anstellen können. Er könnte auch nach Gertrud Memler gesucht haben, erst Martinas Nazi-Studentin, später Anti-Atom-Aktivistin – er hatte ja in dem Buch über den Kalten Krieg von ihr erfahren.

Aber wenn Martin über die *Freedom of Information Act*-Behörden an das Dokument vom Handelsministerium gekommen war, brauchte er sich nicht mit seiner Mutter darum zu streiten. Es sei denn, er hatte es mitgebracht, um es ihr zu zeigen und sie zu fragen, was sie über Memler oder Martina wusste. Ich konnte mir gut vorstellen, dass Kitty in ihrer Verbitterung über Martina wie über die Wissenschaft an sich ihren Enkel hatte abblitzen lassen. Vielleicht war es seine letzte Hoffnung, dass seine Mutter irgendwas wusste, bedröhnt, wie sie war.

Noch mehr Herumgerate. Ich hatte in der Binder-Akte bereits fünf vollgeschriebene Seiten mit nutzlosen Spekulationen.

Das Sparbüchlein war schon aussichtsreicher. Es war ein altes Sparbuch aus der Zeit lange vor dem Internet. Ich konnte mich noch erinnern, wie ich jede Woche mit in die Steel City Bank ging und meiner Mutter zusah, wie sie Türmchen aus Vierteldollarstücken über den Tresen schob, die sie mit Musikunterricht verdient hatte. Der Kassierer zählte nach und trug die Summe von Hand in ihr Sparbuch ein. Mein Lieblingsteil war der rote Datumstempel, der neben den Eintrag kam.

Ein altes Sparbuch von einer Bank in Lincolnwood mochte Kitty gehört haben, geklaut von Judy. Es war denkbar, dass Benjamin Dzornen es angelegt hatte, um ihr Schweigen zu erkaufen, nachdem sie an der South Side solchen Rabatz gemacht hatte. Diese Fährte war etwas willkürlich, aber verführerisch.

Ich schlüpfte in ein Paar gute Hosen und ein Strickleibchen und legte einen rotgoldenen Schal um, dann zog ich los. Meine erste Etappe führte zur Autowerkstatt in der Lawrence Avenue. Obwohl Sonntag war, stand Luke Edwards, vermutlich der schwermütigste Mechaniker auf dem Planeten, in seiner Werkstatt und baute eine Welle aus. Er betrachtete den Kofferraum, als hätte ich das Schloss persönlich mit dem Brecheisen bearbeitet. »Warum tust du so was, Warshawski?«

»Manchmal überkommt es mich eben, Luke, dann muss ich einfach mit der Axt auf meine Karre losgehen. Wie lange wird es etwa dauern, das in Ordnung zu bringen?«

»Hängt davon ab, wie lang es dauert, die Ersatzteile aufzutreiben. Du weißt, bei diesen alten Mustangs sind die Maße anders, das Zubehör kann man nicht einfach bei Ford bestellen.«

»Aber du wirst für mich ein paar Äste schütteln und sehen, was runterfällt. Mit offenem Kofferraum lässt sich der Wagen nicht abschließen. Gibt's eine Möglichkeit, die Alarmanlage für die Türen zu aktivieren, obwohl das Kofferraumschloss kaputt ist?«

Luke warf mir einen vernichtenden Blick zu. »Natürlich nicht, Warshawski. Jeder kann durch den Kofferraum in den Wagen, wo läge also der Sinn? Ich ruf dich nächste Woche an. Es ist zwar nicht die gleiche Klasse wie dein alter Trans Am, aber es wär mir trotzdem lieb, wenn du besser auf die Kiste achtgibst.«

Ich grinste wild, statt ihm eine zu knallen, und fuhr zur Gold Coast.

Ich rief Herta Dzornen Colonna in ihrer Wohnung an, während ich gegenüber in meinem Wagen saß. »Ms. Colonna, hier ist V.I. Warshawski. Wir sind uns letzte Woche begegnet.«

»Begegnet? Sie nennen Ihren Überfall ›uns begegnen‹?«

»Ich bin im Begriff, Sie erneut zu überfallen. Ich weiß, dass Ihr Vater ein Sparbuch für Kitty Binder angelegt hat. Können wir darüber reden?«

Sie war einen Moment lang still, dann flüsterte sie: »Was wollen Sie? Versuchen Sie mich um Geld anzugehen?«

»Nein, Ma'am. Alles, was ich will, sind Informationen. Kann ich raufkommen und von Angesicht zu Angesicht mit Ihnen reden? Oder wollen Sie das am Telefon fortsetzen?«

»Sie sind vor meinem Haus?«, schrie sie. »Oh, tun Sie mir das nicht an!«

»Ms. Colonna, ich will Sie nicht quälen, und ich will ganz bestimmt nicht Ihre Geheimnisse in die Welt hinausposaunen, aber wenn Sie mir erzählen, was zwischen Ihrem Vater und Kitty Binder wirklich passiert ist, könnte das ein paar alte Gespenster zur Ruhe bringen.«

»Nichts ist zwischen meinem Vater und Kitty Binder passiert.«

»Was ist mit dem Sparbuch der Bank in Lincolnwood?«

»Woher wissen Sie – oh, was tun Sie da?«

»Ich komme rauf, Ma'am. Dieses Gespräch ist zu kompliziert, um es am Telefon zu führen.« Ich schaltete meinen Warnblinker ein und ging rüber zum Hauseingang. Der Portier rief nur höchst unwillig oben an, meine gepflegte Erscheinung ließ mich wohl auch nicht vertrauenswürdiger erscheinen als bei meinem ersten Besuch.

Herta wartete an der Wohnungstür, eine Hand an der Kehle. Sie trug einen Stock, auf den sie sich schwer stützte, als sie mich ins Wohnzimmer führte – und ebenso schwer seufzte. Nachdem sie sich vorsichtig auf dem weißen Sofa niedergelassen hatte, zog ich mir wieder den Stahlrohrstuhl heran.

»Wann haben Sie das mit dem Sparbuch herausgefunden?«, fragte ich.

»Als Papa starb«, flüsterte sie. »Ich ging damals zwei- oder dreimal die Woche nach Hyde Park, um Mama zu helfen. Julius war völlig nutzlos. Sie haben ihn ja gesehen. Er saß nur die ganze Zeit in seinem Zimmer und spielte Gitarre und rauchte Marihuana. Er kam noch nicht mal runter, um Mama zu helfen, wenn sie Papa anheben musste, um sein Bettzeug zu wechseln.«

Sie ließ sich bereitwillig vom alten Kummer ablenken, scheute sich vor dem heiklen Teil der Erzählung. Ich saß ganz still da, kein Eindringling, bloß eine von ihren Fotografien, hörte zu, urteilte nicht.

»Eines Morgens, als Mama im Lebensmittelladen war, sagte Papa, er brauche meine Hilfe. Er wollte, dass ich mich um das Konto kümmere, aber Mama oder Julius oder meiner Schwester Bettina nichts davon sage.«

»Hat er gesagt, warum das ein Geheimnis bleiben sollte?«

»Er hatte Angst, wenn ich es Julius erzähle, würde der nur an das Geld zu kommen versuchen, und von Bettina dachte er, sie würde es Mama erzählen. Die litt so sehr unter den Gerüchten über Käthe Saginor, dass er ihr nicht noch mehr Kummer bereiten wollte. Sie sollte besser glauben, die Saginors würden sie nie wieder behelligen.«

»Hat er Ihnen erzählt, warum er das Konto angelegt hat?«, fragte ich. »Wenn die Geschichten über ihn und Martina Saginor nur Gerüchte waren …« Ich ließ den Satz suggestiv unvollendet.

»Selbstverständlich waren das nur hässliche Gerüchte«, erwiderte Herta indigniert. »Es machte ihm schrecklich zu schaffen, dass Martina im Krieg in Österreich geblieben war. Papa meinte, als er nach dem Krieg erfuhr, was mit Martina Saginor passiert war, schuldete er es ihrem Andenken, etwas für ihre Tochter zu tun. Ich widersprach ihm, er war Käthe gar nichts schuldig: Sie war verheiratet, sie hatte ihr eigenes Leben. Und wenn Mama dahinterkam, würde sie denken, all die Gerüchte wären wahr, Sie wissen schon, das, was die Nachbarn so tratschten, als Käthe 1956 auftauchte. Aber er sagte, er hätte Käthe dazu gebracht, uns in Ruhe zu lassen, indem er ihr etwas Geld zugestand.«

Vielleicht hatte Dzornen das seiner Tochter Herta erzählt, aber ich glaubte diese Version nicht, und ich war auch nicht überzeugt, dass sie es glaubte.

»War das Konto für Kitty selbst oder für ihr Kind?«, fragte ich.

»Er gab Käthe ein wenig Geld, als sie das erste Mal auftauchte, damit sie und ihr Mann sich ein Haus leisten konnten. Dann, als sie ihr Baby bekam, zahlte Vater mehr auf das Konto ein, damit Judy Binder später auf die Universität gehen oder einen Beruf erlernen konnte. Er konnte nur jedes Quartal ein bisschen Geld abzweigen, sonst hätte Mama was gemerkt, und deshalb sollte ich ihm versprechen, dass ich weiter darauf einzahlen würde. Er gab mir die Bankverbindung und die Unterlagen. Sie wissen schon, das war lange vor Geldautomaten und dergleichen.«

»Und haben Sie weiter auf das Konto eingezahlt?«, fragte ich.

Herta drehte ihren Stock um und um, grub ein Loch in den chinesischen Teppich unter ihren Füßen. »Nein«, flüsterte sie schließlich. »Stuart – mein Mann – meinte, Kitty wäre eine Erpresserin. Er schickte einen Ermittler seiner Kanzlei hin, der die Binders unter die Lupe nahm, damit wir entscheiden konnten, ob Judy die Unterstützung wert war. Judy war dreizehn, aber, nun ja, frühreif, wenn Sie verstehen, was ich meine.«

In dieser Bedeutung hatte ich das Wort schon ewig nicht mehr gehört. Frühreif im Sinne von sexuell entwickelt, nicht musikalisch oder mathematisch begabt.

»Und wir hatten doch drei Kinder, das war ja nicht billig: Zahnspangen, College-Gebühren ...«

»Also nahmen Sie das Geld vom Konto und gaben es für Ihre eigenen Kinder aus?« Ich gab mir wirklich Mühe, die Entrüstung aus meinem Ton herauszuhalten, aber offenbar ohne Erfolg, denn Herta zuckte zusammen.

»Es war doch unser Geld«, jammerte sie. »Papa hat unser Geld genommen und es Kitty und ihrer drogensüchtigen Tochter nachgeworfen. Und dann fand diese Tochter das Sparbuch. Sie kam doch tatsächlich zu unserem Haus in der Greenwood Avenue, als Mama noch am Leben war! Es war grauenhaft – sie war betrunken oder auf Drogen. Mama rief die Polizei, sie rief mich an, es war ein solcher Schock für sie, erfahren zu müssen, dass Papa das Geld ihrer Kinder unterschlagen hatte. Und Julius, der wohnte *immer noch* zu Hause, und da war er schon fast vierzig! Er fragte Mama, ob es sich lohnte, Kittys Tochter zu ermorden. Er saß da und lachte und sagte, für ein gutes Honorar würde er das übernehmen.« Hertas Gesicht lief bedenklich rot an.

Ich kniff die Augen zu, wusste, ich sollte auf keinen Fall mit dem herausplatzen, was mir durch den Kopf ging: Wie konntest du, nachdem du von dem Sparbuch wusstest, noch so tun, als wäre Kitty nicht deine Schwester? Und was ist mit dem ganzen Nobelpreisgeld passiert? »Wann war das?«, fragte ich stattdessen. »Als Judy dreizehn war und frühreif genug, um zu ahnen, was ihre Mutter mit Ihrem Vater verband?«

»Da noch nicht, ein paar Jahre später. Judy fand das Sparbuch und versuchte auf der Bank Geld abzuheben. Ich weiß nicht, wie sie herausfand, dass Papa das Geld eingezahlt hatte – ich traue Kitty zu, dass sie sie angestiftet hat, herzukommen und uns zu belästigen. Judy kam dreimal, glaube ich: das erste Mal, als Mama noch lebte, und dann, als sie in der Zeitung von Mamas Tod las! Sie kreuzte bei der Beerdigung auf, oh mein Gott, das war so schrecklich!«

»Und dann, vor etwa einem Monat, kam Martin? Und Sie dachten, er macht da weiter, wo Judy aufgehört hat.«

»Er hat immer wieder nach Martina gefragt«, flüsterte Herta. »Was ich über ihre Arbeit wüsste. Er deutete an, dass Papa ihre Arbeit gestohlen hätte! Ich weiß genau, er wollte, dass ich sage, der Nobelpreis hätte Martina gebührt! Und dann hätte er verlangt, dass wir ihm das Preisgeld geben.«

»Hat er das gesagt, oder war das nur Ihre Befürchtung?«

»Ich habe ihm erklärt, dass die Polizei anrückt, wenn er nur noch ein Wort sagt! Allein die Vorstellung, Papa könnte stehlen, ganz zu schweigen von der Vorstellung, die Tochter einer Näherin könnte Ideen produzieren, die es zu stehlen lohnt!«

Diesmal konnte ich mich nicht beherrschen. »Was, die Tatsache, dass Martinas Mutter ihren Lebensunterhalt mit Nähen verdient hat, bedeutet, dass Martina nicht zu schöpferischem Denken fähig war? Wenn die Ideen Ihres Vaters so mumienhaft waren wie Ihre, dann ist klar, dass er seine Studentinnen bestehlen musste.«

Wenig verwunderlich, dass unser Gespräch damit beendet war. Ich versuchte mich noch mal zu sammeln, doch Herta griff zum Telefon und rief beim Portier an. Ich ging, bevor er mich hinausbegleiten kam.

25

High sheriff and police riding after me*

In meinem Büro versuchte ich das, was Herta Dzornen gesagt hatte, mit dem zusammenzusetzen, was ich über Martins Verschwinden wusste. Als er nach Palfry kam, fand er das Sparbuch, das ihn veranlasste, Julius und Herta Dzornen aufzusuchen. Herta sagte, Julius hätte einst angeboten, Judy Binder umzubringen. War das nur ein geschmackloser Witz gewesen, oder konnte sich Julius deshalb die Körner für all die Vogelfutterspender leisten? Tja, Judy war noch am Leben, also wenn Julius ein Profikiller war, war er ausnahmemäßig ineffektiv.

Frustriert knallte ich meinen Stift auf den Schreibtisch. Es war höchste Zeit, dass ich meinen anderen Klienten Aufmerksamkeit widmete. Ich schrieb schnell meine Notizen zu Herta in Martin Binders Fallakte und schloss den Ordner.

Richtig, es war Sonntag, aber richtig war auch, dass ich mit meiner Arbeit um Tage hinten lag. Gegen halb zwei wollte ich in die Mittagspause, da fielen mir die Cheviot-Labs ein, und ich schickte ihnen rasch eine Nachricht, dass der Job geplatzt war. Kurz vor sechs machte ich Feierabend und fühlte mich unbeschreiblich tugendhaft angesichts des Riesenbergs Arbeit, den ich bewältigt hatte. Der wichtigste Bericht, der für Darraugh Graham, war fertiggestellt und abgeschickt. Die meisten anderen standen kurz vor der Vollendung. Ich würde am Montag Rechnungen verschicken können und den September mit

* Refrainzeile des alten Folksongs »Gotta Travel on«

schwarzen Zahlen abschließen – wenn man von der sechsstelligen Summe absah, mit der ich bei meinem Anwalt in der Kreide stand.

Eine meiner Freundinnen spielte kontaktlosen Football, und ihr Team hatte ein Spiel an der South Side. Spontan fuhr ich auf dem Weg dorthin noch bei Julius Dzornens Kutschenhaus vorbei. Ein paar Kinder saßen auf der Schaukel, stritten sich mit schrillen Stimmen. Sie hielten inne, um zu beobachten, wie ich an die Tür des Kutschenhauses klopfte: Ich war etwas Neuartiges, Besuch bei dem mürrischen Einsiedler, der hinter ihrem Haus lebte.

Julius ließ sich wieder viel Zeit, ehe er öffnete, aber schließlich kam er in ausgebeulten Khakihosen und einem alten T-Shirt, aber ohne Schuhe oder Socken an die Tür. »Herta hat erzählt, dass Sie da waren und ihr mit dem Geld der Binder in den Ohren gelegen haben. Wenn Sie glauben, Sie könnten aus mir welches rausholen, müssen Sie fähig sein, Blut aus einem Stein zu quetschen.«

Ich lehnte mich in den Türrahmen, damit er mir nicht die Tür vor der Nase zuschlagen konnte. »Fehlanzeige. Ich bin nicht wegen des Geldes hier. Herta hat Judys Geld für die Zahnkosmetik ihrer Kinder verpulvert und ich weiß, Sie haben keine. Aber sie sagte, Sie hätten angeboten, Judy umzubringen, weil sie Ihre Mom so schlimm aufgeregt hat. Ist es das, was vor fünfzig Jahren passiert ist? Sie haben jemanden umgebracht, aber die Detectives haben Sie nicht verhaftet?«

Julius' Gesicht wurde weiß wie Kitt und er schwankte. Einen Augenblick dachte ich, er würde vornüberfallen, doch er hielt sich an der Türklinke fest.

»Vor fünfzig Jahren«, wiederholte er. »Habe ich das gesagt? Vielleicht meinte ich sechzig. Es könnten auch siebzig gewesen sein. Ich hab den Überblick verloren. Vor fünfzig Jahren war ich ein Studienabbrecher und Tagedieb, der bei Muttern wohnte, während meine Schwestern sich die Kehle wund schrien, ich soll mir endlich Arbeit suchen. Als unsere Mutter starb – und nebenbei, niemand hat sie je Mom genannt. Ilse war definitiv kein ›Mom‹-Material. Als sie starb, war ich tief enttäuscht zu erfahren, dass sie altmodische Korsetts trug. Ich hatte immer geglaubt, sie besäße ein Exoskelett, das sie an Herta vererbt hat. Ich war weicher, wie unser Vater. Panikanfällig in Krisen. Ich bezweifle, dass ich Judy Binder hätte töten können, selbst wenn Ilse es mir befohlen hätte.«

»Haben Sie vermutet, Ihr Vater hätte seine Nobelpreis-Forschung einer Studentin gestohlen?«, fragte ich.

Julius brach in ein unangenehmes Gelächter aus. »Martina Saginor zum Beispiel? Das würde einen schönen Dan Brown-Roman hergeben, was? Verschwörung, Tod, Martina verschwindet, so kann keiner prüfen, wer die Arbeit gemacht hat. Nein. Benjamin war in seiner Jugend ein brillanter Wissenschaftler. Das ist erwiesen und belegt, für jeden einsehbar.«

»Ist er die Person, die Sie umgebracht haben? Hätten das die Detektive, die nie kamen, aufklären sollen?«

Sein Gesicht verzog sich zu einem grässlichen Grinsen. »Man könnte sicherlich sagen, Benjamin und ich haben uns gegenseitig umgebracht. Er war nicht der nietzscheanische *Übermensch*, und das war ich auch nicht. Als wir uns unvereinbaren Realitäten stellen mussten, brachen wir beide zusammen. Anders als Edward und Cordell Breen, die aufgeblüht sind wie der berühmte biblische Baum. Sagen Sie das Herta, und auch Martin, und jedem, der fragt. Gute Nacht.«

Ich gab die Tür frei. Er hatte sich wieder im Griff, er würde nicht noch mal zusammenklappen, nicht, bevor ich einen besseren Hammer und Meißel fand, um ihm damit zu Leibe zu rücken.

Ich kam noch rechtzeitig im Park an, um meine Freundin in den letzten Minuten des Spiels anzufeuern, was mich befugte, an einem veganen Barbecue mit dem Team teilzunehmen. Es war längst neun vorbei, als ich heimkam, so vergnügt, als hätte ich noch nie von Binders oder Dzornens oder Nobelpreisen gehört.

Mr. Contreras kam gerade von dem taschentuchgroßen Park am Ende der Straße und hatte den Hunden den letzten Auslauf des Tages verschafft. Wir gingen zusammen ins Haus, aber plötzlich drängte sich Mitch an mir vorbei und jagte die Stufen hoch. Peppy schloss sich ihm an, ihr Schwanz wehte wie eine rote Fahne.

Ich rief die beiden scharf zurück, aber sie reagierten nicht. Ich rannte hinterher. Auf dem Treppenabsatz schaffte ich es, Mitch auf die Leine zu treten, aber er bellte nur kurz auf und riss sich los.

»Hast du Mäuse, oder ein Steak, irgendwas, das er riecht?«, keuchte mein Nachbar, der hinter mir die Treppe hochgestampft kam.

Die zwei Hunde waren längst oben, als ich den letzten Absatz erreichte. Mitch warf sich gegen meine Wohnungstür, fletschte die Zähne und knurrte drohend. Peppy fing an, laut und scharf zu bellen: Achtung, Gefahr!

»Schnell nach unten«, rief ich. »Ruf 911, jemand ist in meiner Wohnung.«

Der alte Mann fing an, mit mir zu diskutieren: Er würde mich auf keinen Fall allein –

»Geh einfach, mach es, ich will nicht, dass du erschossen wirst.« Ich zerrte die Hunde zurück. Meine Arme schwächelten noch von der gestrigen Plackerei. Ich schaffte es höchstens, die Hunde in die potenzielle Schusslinie zu ziehen. Also ließ ich die Leinen los, und sie griffen erneut die Tür an. Ich stand mit dem Rücken an der Wand, die Waffe in der Hand.

Im ersten Stock fing das Baby der Soongs zu schreien an. Die neue Nachbarin im Haus, eine Frau, die Gastronomieausstattung verkaufte, erschien im ersten Stock. »Diese Hunde sind eine unerträgliche Störung für jeden hier im Haus. Ich rufe –«

»Ja, los doch!«, schrie ich. »Rufen Sie die Cops! Jemand ist bei mir eingebrochen, deshalb spielen die Hunde verrückt.«

»Genau, schwingen Sie Ihren Sie-wissen-schon hier weg«, fügte Mr. Contreras hinzu. »Wir wären alle schon tot, wenn die Hunde nicht –«

»Raus aus der Schusslinie!«, brüllte ich ihn an. Ich zog mein Handy aus der Hüfttasche, um selbst 911 zu rufen. »Einbruch und Hausfriedensbruch.« Ich sprudelte meine Adresse heraus, wiederholte sie noch zweimal über dem Lärm der Hunde.

»Bleiben Sie in der Leitung, Ma'am. Wir schicken sofort jemanden vorbei. Sprechen Sie weiter, erzählen Sie uns, was vorgeht.«

Meine Tür hat einen Stahlkern. Da hindurch hört man nicht viel, aber trotz des Radaus, den die Hunde machten, vernahm ich, wie der Riegel bewegt wurde. Erneut griff ich hastig nach den Hundeleinen, aber ich musste das Telefon fallen lassen.

Ein Pistolenlauf erschien im Türspalt. Ich presste mich wieder eng an die Wand und brüllte Mr. Contreras an, in Deckung zu gehen.

Mitch riss sich los und sprang erneut gegen die Tür. Sein Gewicht drückte sie auf. Der Bewaffnete schoss, aber weit daneben. Mitch warf den Mann zu Boden, stemmte die Vorderpfoten auf seine Brust, die Schnauze dicht vor seiner Kehle. Ich schlüpfte hinter ihm hinein und ging neben ihm in die Hocke, die Waffe am Kopf des Einbrechers. Er rollte wild mit den Augen.

Ein zweiter Mann tauchte vor mir auf. »Rufen Sie den Hund zurück, oder ich erschieß ihn.«

Meine Türklingel schrillte.

»Das ist die Polizei«, sagte ich. »Ihr könnt hinten raus verschwinden. Oder uns alle töten und dann von den Cops erschossen werden. Oder du da nimmst die Waffe runter und kommst ganz ruhig her.«

»Oder Sie rufen Ihren Hund zurück und kriegen trotzdem zwanzig Jahre in Leavenworth wegen Angriff auf einen Bundesagenten«, sagte der zweite Einbrecher.

»Ja, na klar.« Ich hielt meine Waffe weiter auf den Mann am Boden gerichtet.

Jemand ließ die Cops herein. Sie kamen sprechfunkknisternd die Treppen raufgepoltert und riefen Fragen. Die Frau, die Gastro-Zubehör verkaufte, gab ihren wütenden Senf dazu. Peppy bellte. Mr. Contreras rief den Cops Anweisungen zu.

Im nächsten Moment füllte sich der Raum mit Schutzhelmen und Kampfmonturen. Ich zog mich ein Stück von dem Einbrecher am Boden zurück, packte Mitchs Leine und schaffte es, ihn von der Brust des Mannes zu zerren.

Noch minutenlang herrschte wilde Verwirrung: Schusswaffen runter, gebrüllte Fragen, Hunde, Nachbarn, das schreiende Baby der Soongs. Die Polizei ließ sich erst von mir und beiden Einbrechern die Waffen aushändigen und verlangte dann eine Erklärung.

»Wir sind Bundesagenten –«, begann der zweite Einbrecher.

»Ich wohne hier«, unterbrach ich ihn. »Ich bin gerade nach Hause gekommen. Mein Hund hat den Einbruch bemerkt, und als der da am Boden die Tür geöffnet hat, um uns zu erschießen, hat mein Hund ihn angesprungen und umgeworfen. Jetzt behaupten sie, Bundesagenten zu sein in der Hoffnung, dass Sie sie dann nicht festnehmen.«

»Wir mussten schießen, weil Sie uns angegriffen –«

»Halten Sie den Mund«, fauchte ich. »Man bricht nicht in fremder Leute Wohnungen ein und erschießt sie, wenn sie nach Hause kommen. Das tun höchstens Drogenhändler, die vorgeben, Bundesagenten zu sein. Wenn Sie Bundesagenten wären, würden Sie Ihre Ausweise zeigen, und selbst dann bräuchten

Sie noch einen Durchsuchungsbeschluss, und selbst dann brechen Sie nicht einfach ein. Sondern warten, bis die Wohnungsinhaberin nach Hause kommt.«

»Also schön«, sagte der Sergeant im Einsatz. »Eins nach dem anderen. Wer ist der Wohnungsinhaber?«

»Die Lady«, sagte Mr. Contreras. »Wie sie Ihnen gerade gesagt hat, sie ist eben nach Hause gekommen ...«

»Wohnen Sie hier, Sir?«, fragte der Sergeant.

»Im Erdgeschoss, aber sie und ich, wir teilen uns die Hunde, wissen Sie, und als wir vom Abendspaziergang zurückkamen ...«

Eine Frau löste sich aus der Truppe, ging zu Mr. Contreras und bat ihn, sich mit ihr auf meine Couch zu setzen. »Lassen Sie den Sarge das regeln, ja, Sir?«

Der Sergeant beschloss, mit den Einbrechern anzufangen. »Was haben Sie hier gemacht?«

Der Mann, der am Boden gelegen hatte, war aufgestanden und hatte sich zu seinem Partner neben mein Klavier gestellt. Ich sah, dass sie die Abdeckung geöffnet und den Saitenraum durchsucht hatten, und mein Blutdruck schoss in die Höhe.

»Was habt ihr in meinem Klavier gesucht?«, fragte ich. »Wenn ihr die Saiten beschädigt habt, ist mir egal, ob ihr für Janet Napolitano oder Pablo Escobar arbeitet, ihr zahlt jeden Cent, den die Reparatur –«

»Ma'am«, sagte der Sergeant, »ich verstehe Ihren Zorn, aber wir wollen uns jetzt setzen und das alles in Ruhe klären.«

»Ich will erst die Wohnung überprüfen«, sagte ich. »Wenn sie die Hintertür aufgebrochen haben, muss ich einen Notfalldienst rufen. Außerdem will ich nachsehen, ob sich noch irgendwo jemand versteckt.«

Der Sergeant fand das vernünftig, und eine Polizistin begleitete mich durch die vier Räume. Ich nahm Mitch mit. Jedes Mal, wenn einer der Einbrecher etwas sagte, stellten sich seine Nackenhaare auf.

Die Dreckskerle hatten meine alte Truhe aus dem begehbaren Kleiderschrank im Flur gezerrt. Sie hatten Musik und Papiere über den Boden verstreut, einschließlich Gabriellas handschriftlicher Partitur von *Don Giovanni*. Drei oder vier Seiten durch Achtlosigkeit eingerissen. Ich blinzelte Tränen der Wut und der Trauer weg.

Im Schlafzimmer hatten sie meine Kommodenschubladen herausgerissen, die Bücher auf meinem Nachttisch durchsucht. Ich warf einen Blick in den Kleiderschrank. Der Safe hinter meinem hängenden Schuhregal war ihnen entgangen, das war eine Gnade.

In der Küche hatten sie zehn Tage Recyclingmüll auf dem Boden verteilt. Ich sah nach der Hintertür. Alle Schlösser intakt. Sie waren durch die Vordertür gekommen, mit irgendwelchen hübsch komplizierten Werkzeugen.

Im Esszimmer, wo ich die Einbauschränke als Bücherregale nutzte, hatten sie die meisten Bücher herausgezogen und offen auf dem Tisch liegen lassen. Eine Reihe war auf den Boden gefallen. Ich hockte mich vor das Regal, in dem ich meinen kostbarsten Besitz aufbewahre: die roten Weingläser, die meine Mutter mitnahm, als sie 1941 aus Italien floh.

Die Gläser waren intakt, mit dem Rest der Verwüstung würde ich klarkommen. Ich hob die Bücher auf – und stellte fest, dass meine Arbeitsunterlagen fehlten.

»Alle Papiere, an denen ich am Esszimmertisch gearbeitet habe, sind weg«, sagte ich. »Ich kann auf den ersten Blick nicht sagen, ob sie sonst noch etwas genommen haben – das Chaos ist zu schlimm«, sagte ich zu der Polizistin.

Sie tippte die Information in eine Textnachricht an ihren Sergeant. Dann gingen wir zurück ins Wohnzimmer und stellten fest, dass die Einbrecher FBI-Ausweise zutage gefördert hatten: Heimatschutz.

Der Sergeant sah die beiden Männer säuerlich an. »Kann sein, dass die echt sind, aber erst mal rufe ich an und lass mir das bestätigen. Sie sind ohne einen Durchsuchungsbeschluss und ohne Wissen der Wohnungsinhaberin hier eingedrungen.«

»Wir sind vom Heimatschutz. Wir führen eine Ermittlung durch, die die nationale Sicherheit betrifft. Das verleiht uns gewisse Sonderrechte.« Das war der Einbrecher, den Mitch umgehauen hatte. Guter Hund.

»Und zu diesen Sonderrechten gehört auch das Recht, die Wohnungsinhaberin bei der Heimkehr zu erschießen?« Es kostete mich enorme Willenskraft, aber ich schaffte es, im Plauderton zu reden.

»Wir handeln aufgrund von Informationen und der Vermutung, dass Sie im Besitz von Dokumenten sind, welche die nationale Sicherheit betreffen.« Das war Einbrecher zwei.

»Also sind Sie bei mir eingebrochen und haben die Musik meiner Mutter zerrissen?«

»Wir haben sie nicht zerrissen – wir haben nur nach Dokumenten gesucht. Das war ein naheliegendes Versteck.«

»Und Sie haben meine Arbeitspapiere gestohlen –«

»Wir haben sie konfisziert«, schnappte Einbrecher zwei. Er hatte einen hübschen Schopf welliges braunes Haar, dessen Pflege er offensichtlich viel Zeit widmete.

»Ooh, der war gut, Locke. Konfisziert. Als ich noch Pflichtverteidigerin war, hatte ich viele Klienten, die Kameras, Schmuck und dergleichen konfisziert haben. Ach hätte ich doch damals gewusst, dass wir uns auf die nationale Sicherheit berufen können. ›Euer Ehren, wir mussten des Klägers Eigentum mit vorgehaltener Waffe konfiszieren, denn wir vermuten, dass seine Brieftasche die nationale Sicherheit bedroht.‹ Ich habe noch Kollegen bei der Pflichtverteidigung –«

»Das genügt jetzt«, sagte der Sergeant. »Ich weiß nicht, wer hier im Recht und wer im Unrecht ist, aber selbst wenn Sie beide Bundesagenten sind, in einem bewohnten Mietshaus eine

Waffe abzufeuern ist ein Rezept für Desaster. Es gibt Kleinkinder im Haus. Es gibt alte Leute.«

Er empfing ein Quaken auf seinem Handy, sprach ein paar Worte hinein und wandte sich an mich. »Sieht aus, als ob sie wirklich Bundesagenten sind und nicht bloß Schmierenkomödianten, Ms. Warshawski. Keine Ahnung, wieso sie keinen Durchsuchungsbeschluss haben, aber der zuständige Richter hat Befehl gegeben, dass wir uns raushalten.« Er betrachtete die Einbrecher oder Heimatschutz-Agenten, wie sie gern genannt werden wollten. »Sie stellen der Lady eine Quittung für diese Papiere aus?«

»Wenn es eine Frage der nationalen Sicherheit ist, müssen wir keinen Durchsuchungsbeschluss haben und keine Quittungen ausstellen«, sagte Mitchs Opfer-Einbrecher, kurz Moe.

»Ich nehme das in meinen Bericht auf«, sagte der Sergeant. »Ma'am, könnten Sie mir eine Liste aller Unterlagen anfertigen, die sie haben mitgehen lassen? Falls sie wertvoll sind und irgendwo auftauchen, bei einer Auktion oder so, können wir mit einem Polizeibericht aufwarten, der feststellt, dass sie Ihnen bei einem Einbruch entwendet wurden.«

»Das ist kein Einbruch«, sagte Locke. »Wir hatten –«

»Ja, ich weiß, ich weiß«, sagte der Sergeant. »Möchten Sie mir erklären, wie Sie sich Zutritt zur Wohnung der Lady verschafft haben? Ich habe mir die Schlösser angesehen. Dafür braucht man Safeknackerwerkzeug, nicht irgendwelche Dietriche von der Straße.«

»Warum sind Sie so erpicht darauf, unsere Ermittlungen zu behindern?«, fragte Moe. »Sie haben unsere Ausweise überprüft und wissen, dass wir aus gutem Grund hier sind …«

»Das ist genau das, was ich nicht weiß«, sagte der Sergeant. »Ich weiß nicht, warum Sie meinen, die Musik von der Ma dieser Lady müsste zerrissen werden. Ich weiß, dass der Vater der Lady meinen alten Herrn ausgebildet hat, als er zur Truppe kam, und dass Mrs. Warshawski, ihre Ma, eine große Sängerin war, wenn es nach meinem alten Herrn geht. Es gab in ganz Chicago keinen besseren Officer als Tony Warshawski. Da können Sie jeden aus den alten Tagen fragen. Als ich ein Junge war, hat mein Vater ihn ständig zitiert: Tony sagte immer, der einzige Zweck, der die Mittel rechtfertigt, ist Bequemlichkeit. Ein bequemer Cop ist genauso schlimm wie ein korrupter Cop, das hat Tony Warshawski meinem Dad beigebracht, und ich wette, er hat die Lady hier das Gleiche gelehrt. Hab ich recht?«

Ich setzte mich gerade hin, blinzelte. »Ja, Sergeant.« Ein Mal hatte ich bei einem Test in Sozialkunde geschummelt. Als Tony dahinterkam, holte er mich einen Monat lang jeden Tag eine Stunde früher aus dem Bett, um Einkäufe für eine Frau in unserer Straße zu erledigen, die ans Haus gefesselt war. *Deine Mutter und ich haben dich bequem werden lassen. Du machst Erledigungen für Mrs. Poilevsky, und du ackerst dir die Bequemlichkeit aus dem System. Lass mich nicht noch mal hören, dass du geschummelt hast.*

Der Sergeant versammelte seine Einheit, bückte sich, um Mitch unterm Kinn zu kraulen, und winkte mich in den Flur. »Die werden Sie mitnehmen, um Sie zu befragen. Ich lasse Ihre Waffe unten bei Ihrem Nachbarn. Ich will nicht, dass Sie Ihre Probleme verschlimmern, indem Sie einen von diesen Heimatschutz-Feds erschießen, so verlockend das auch scheinen mag.«

Er gab mir seine Karte: Anton Javitz, Town Hall Station. »Wenn Sie was brauchen, rufen Sie an, in Ordnung?«

Er war weg, bevor ich mehr tun konnte, als danke zu stammeln.

26

Mitternachtsritt

Ich verbrachte einige Stunden mit Locke und Moe, während eine Bundesrichterin danebensaß. Als sie mich wegfuhren, versprach Mr. Contreras, meinen Anwalt anzurufen. Im Laufe der Befragung tauchte Deb Steppe auf, eine der Teilhaberinnen meines Anwalts.

Es war gut, dass ich Deb dabeihatte, denn als ich erfuhr, dass die Feds, bevor sie zu mir nach Hause kamen, in meinem Büro gewesen waren und die Festplatten meines Computers ausgebaut hatten, wurde der Raum rot vor meinen Augen. Debs Hand lag auf meiner Schulter, als ich aufspringen wollte. Locke warnte mich zum zweiten Mal, dass ich eine Anklage wegen tätlichen Angriffs auf einen Bundesagenten gewärtigen müsste, zusätzlich zu allem, wofür der Heimatschutz mich sonst noch zu verklagen beschloss. Ich beriet mich ein paar Minuten flüsternd mit Deb.

Sie wandte sich an die Agenten. »Sie haben ganz offensichtlich Ms. Warshawskis Büro beobachtet, bis sie um fünf Uhr fünfundvierzig Feierabend gemacht hat. Dann sind Sie unter Einsatz hochmoderner elektronischer Technologie dort eingedrungen. Wir sind noch nicht dazu gekommen, das Büro in Augenschein zu nehmen, aber wenn es sich in ähnlichem Zustand befindet wie ihre Wohnung, haben Sie gehandelt, ohne die Angemessenheit der Mittel zu wahren, auf der Suche nach Material, das zu benennen Sie sich weigern.«

Locke fing wieder mit seiner abgenutzten Leier von der nationalen Sicherheit an, doch Deb hob autoritär eine Hand.

»Sie haben Ms. Warshawskis Festplatten mitgenommen. Es ist leicht zu sagen, Sie seien um die nationale Sicherheit besorgt, aber Sie schieben das vor, um einen Diebstahl zu bemänteln. Ms. Warshawski ist in Chicago gut bekannt. Wenn sie an einem Fall arbeitet, der sich mit einer Bundesermittlung überschneidet, wäre es einfacher gewesen, sie mit einem Beschluss und einer Erklärung aufzusuchen. Was haben Sie gesucht?«

Jetzt war es an ihnen, eine leise Beratung abzuhalten, nämlich mit der Bundesrichterin, die den Wochenenddienst erwischt hatte. Deb und ich konnten das Gespräch nicht verstehen, aber die Richterin sah überrascht aus, dann wütend. Sie sagte ein paar scharfe Worte zu den Agenten, dann rief sie Deb und mich zurück an den Konferenztisch.

»Ms. Warshawski, Sie sind gestern in Palfry, Illinois, in den Besitz einiger Dokumente gelangt, die diese Beamten unbedingt wiederbeschaffen müssen. Wenn Sie diese Dokumente vorlegen, werden die Agenten Ihnen Ihre Festplatten zurückgeben und mit ihrer Ermittlung fortfahren.«

Ich konnte fühlen, wie meine Augen groß wurden. »Meine Ermittlung hat doch nichts mit Terrorismus zu tun! Es ist eine schnöde Geschichte zwischen Drogensüchtigen und Dealern.« Ich gab eine kurze Zusammenfassung von Judy Binders Geschichte. »Ich bin gestern noch mal zu dem Meth-Haus gefahren, weil ich etwas zu finden hoffte, das mir sagt, warum auf sie geschossen wurde. Ich stieß auf eine weggeworfene Kommode, unter deren Schubladen Papiere klebten. Ich wollte sie zu einem privaten forensischen Labor bringen, um zu sehen, ob sich etwas von dem Text rekonstruieren lässt. Jemand hat heute früh um vier auf dem Parkplatz des Motels meinen Wagen aufgebrochen und Schubladen und Dokumente gestohlen. Die örtliche Polizei wurde gerufen. Mit denen können Sie reden und sie fragen, ob sie schon irgendwelche Fährten haben.«

»Das passt ja supergut«, höhnte Moe. »Tolle Geschichte.«

Ich ignorierte ihn und sprach mit der Richterin. »Wenn die Agenten irgendeine Ahnung hatten, dass die Methgrube Geheimnisse zum Thema Terrorismus enthält, hätten sie eine Woche Zeit gehabt, hinzufahren und sie auszugraben. Da sie sowohl in mein Büro als auch in meine Wohnung eingebrochen sind, liegt es nahe, dass sie auch meinen Wagen aufgebrochen haben.«

Die Staatsanwältin fragte Moe und Locke, was sie über den Diebstahl aus meinem Auto wüssten.

»Nichts. Es ist eine tolle Geschichte, aber sie hatte den ganzen Tag Zeit, die Dokumente verschwinden zu lassen«, sagte Locke. »Natürlich waren wir schon bei den Cheviot-Labs, aber die behaupten, dass die Täterin –«

»Die was?«, unterbrach Deb Steppe.

»Die Verdächtige«, korrigierte Locke schmollend.

»Wie wäre es mit ›die Detektivin‹?«, fragte Deb.

»Wie wäre es mit ›Ms. Warshawski‹?«, fragte die Richterin trocken. »Es ist Mitternacht. Vertagen wir doch diese fruchtlose Aussage-gegen-Aussage-Episode. Wenn das Labor die Dokumente nicht hat und Ms. Warshawski sie ebenfalls nicht hat, sind sie höchstwahrscheinlich im Besitz von wer auch immer ihren Wagen aufgebrochen hat. Falls sie sie gescannt und auf ihrem Computer gespeichert hat, sollte es ein Leichtes sein, die Festplatten zu untersuchen und zu prüfen, was sich darauf befindet. Ich werde mit Richter Frieders sprechen. Ich bin sicher, er wird einen Zeitraum festlegen, bis wann Sie die Festplatten behalten dürfen.«

»Ihre Agenten sind mit dem gesamten Arbeitsleben meiner Klientin abgezogen. Sie vernichten ihre Lebensgrundlage nur wegen einer Ermittlung ins Blaue«, sagte Deb scharf. »Ich stehe morgen früh persönlich vor Richter Frieders und verlange die unverzügliche Rückgabe der Festplatten und Dokumente, die aus Ms. Warshawskis Wohnung entwendet zu haben sie zugeben.«

»Wir brauchen die Geräte mindestens eine Woche«, protestierten die Agenten.

»Ihre IT-Abteilung muss ziemlich jämmerlich sein, wenn sie meine Festplatten nicht kopieren und sofort zurückgeben kann«, sagte ich. »Nicht dass es mir passt, meine vertraulichen Klientendaten in Ihren schmierigen –«

»Vic!«, stieß Deb hervor. »Ich dachte, wir hätten uns geeinigt, dass ich das Reden übernehme.«

Die Richterin schloss die Augen und rieb einen Kreis in der Mitte ihrer Stirn. Sie war müde, und sie wollte diesen Fall los sein. »Ich spreche mit Richter Frieders, aber Ms. Warshawski hat nicht ganz unrecht: Wenn Sie die Festplatten untersuchen wollen, kopieren Sie sie doch einfach.«

Deb drängte mich aus dem Richterbüro, bevor Moe und Locke mich doch noch unter Anklage stellten. Das war auch besser so: Was den Raub der Festplatten aus meinem großen Computer im Büro anging, war mir sehr Mitch-mäßig zumute. Ich hatte zwar noch mein Laptop. Jedenfalls hoffte ich, dass es noch in der Aktentasche war, die ich heute Abend auf der Treppe hatte fallen lassen. Aber es enthielt nicht die Gesamtheit der ausführlichen Berichte und nicht meine Klienten-Datenbank.

Deb wartete noch, während ich mir ein Taxi ranwinkte. Die Zeit begann zu verschwimmen. War es Tag oder Nacht, war ich in Palfry oder Chicago, hatten heute früh beim Motel die Heimatschutz-Gorillas in mein Auto eingebrochen oder waren das Gelegenheitsdiebe gewesen, wie die Deputys gerne glauben wollten?

Die Straßen der Innenstadt waren leer. Ich hatte nicht den Eindruck, dass jemand das Taxi verfolgte, aber ich war zu müde, um besonders genau darauf zu achten. Und mal im Ernst, welchen Unterschied machte das noch? Die wichtige Frage war, wieso man beim Heimatschutz wusste, dass ich die Schubladen gefunden hatte, aber nicht wusste, dass sie mir kurz darauf gestohlen worden waren. Entweder die rechte Hand wusste nicht, was die rechten Finger taten, oder eine zweite Partei interessierte sich für die Papiere, die Martin Binder vielleicht in die Methgrube gefallen waren.

Ich döste im Taxi ein. Als der Fahrer vor meinem Haus in der Racine hielt, wachte ich mit einem Ruck auf. »Die haben meine E-Mails gelesen«, sagte ich laut. »Darum hat Martin dunkel gemacht.«

»Macht achtzehn Dollar, Miss, ob E-Mail oder SMS und ob dunkel oder hell.«

Ich fischte in meinen Taschen nach meinem Geldbeutel, bis mir einfiel, dass auch der in meiner Aktentasche war. Ich hoffte bloß, Mr. Contreras hatte sie gefunden und nicht Moe oder Locke oder die wütende Nachbarin aus dem ersten Stock.

Immerhin hatte ich die Schlüssel in der Tasche. Der Taxifahrer fluchte, aber er musste warten, während ich reinging und nach Geld suchte. Mein erstes Stück vom Glück: Mr. Contreras hatte eine Notiz hinterlassen, dass er meine Aktentasche hatte. Ich fand sie hinter seiner Wohnungstür, mit meiner Brieftasche und meinem Laptop. Als ich wieder beim Taxi ankam, stand der Zähler auf einundzwanzig Dollar. Ja, Heimatschutz ist nicht billig, aber was, das zu haben sich lohnt, ist das schon?

Zurück in meiner Wohnung war es nicht nur die angerichtete Verwüstung, die mich runterzog, sondern auch das Gefühl von Verwundbarkeit, dass diese Gorillas einfach in meine Wohnung marschiert waren, alle meine Sachen angefasst hatten, die Musik meiner Mutter berührt, sogar ihr Konzertkleid. Ich nahm die Schlüssel zu Jakes Wohnung aus einer Schale in meinem Küchenregal.

Jakes Bude war so reinlich wie zum Zeitpunkt seines Aufbruchs. Ich spülte mir den Bundesagentendreck in seinem Badezimmer ab und kroch dankbar in sein Bett.

Meine Träume waren turbulent, aber ich schlief tief und wachte nicht auf, bis fast Montagmittag war. Ich machte das Bett, ordentlich, wie meine Mutter es mir beigebracht hatte, alle Ecken im Winkel. Gewöhnlich mache ich mir mit meinem Bett nicht solche Umstände, aber nach dem Chaos in meiner Wohnung hatte ich das Bedürfnis nach Akkuratesse.

Für einen Fall, den ich diesen Sommer geklärt hatte, hatte ich einen fünfstelligen Bonus bekommen. Ein Teil davon war in eine High-End-Cappuccinomaschine geflossen. Während ihr Boiler sich erhitzte, räumte ich meine Küche auf. Warum waren Moe und Locke so zerstörerisch gewesen? Normalerweise, wenn Gesetzeshüter sich ohne richterlichen Beschluss irgendwo reinschleichen, achten sie sorgfältig darauf, keine Spuren zu hinterlassen, warum also war dieses Pärchen so brutal vorgegangen? Hatten sie gehofft, ich würde an einen Einbruch von Straßengangstern glauben?

Ich stellte an den Reglern der Maschine herum, schüttete ein paar Aufgüsse weg, bis ich einen vollkommenen gezapft hatte. In diesem Augenblick mochte ich nichts Mittelmäßiges. Ich nahm meinen Cappuccino mit und mein Zuhause in Angriff: das Konzertkleid meiner Mutter falten und wieder in seiner Schutzhülle aus Seidenpapier verstauen, die Partitur von *Don Giovanni* an ihren Platz legen, die Bücher zurück ins Regal stellen.

Wenn Moe und Locke wussten, dass ich Cheviot-Labs eine Mail geschickt und die Schubladen angekündigt hatte, dann hatten sie sich in meinen Server gehackt und sich Zugang zu meiner Korrespondenz verschafft. Das bedeutete, der vertrauliche Bericht, den ich gestern Darraugh Graham geschickt hatte, war jetzt im Besitz der Regierung.

Mir ging schon wieder der Hut hoch. Ich wollte etwas tun, die Regierung verklagen oder Moe und Locke wegpusten oder – nein, lass es, ermahnte ich mich. Zorn ist der sicherste Weg, schreckliche Fehler zu machen. Beruhige dich, denk nach.

Frage eins. Warum liest der Heimatschutz meine Mails? Wir wissen alle, dass diverse Regierungsdienste, von den lokalen bis zur NSA, E-Mails nach gefährlichen Schlüsselwörtern absuchen. Was für welche hatte ich benutzt, wieso hatten sie es auf das Meth-Haus in Palfry abgesehen?

Ich setzte mich an meinen Esszimmertisch, eine Ausgabe von Sciascias *Il Contesto* in der Hand, die ich gerade hatte ins Regal stellen wollen. Es war gar nicht das Meth-Haus. Es war Martin Binder, hinter dem sie her waren. Der Heimatschutz hatte erfahren, dass ich nach ihm suchte, wahrscheinlich von Cordell Breen. Er hatte mir gesagt, er wolle das FBI darauf ansetzen.

Roberta hatte die Geschichte, wie wir Agnes Schlaflys Kommodenschubladen unter die Lupe genommen hatten, bei dem Footballspiel breit gestreut. Jeder konnte es weitererzählt haben. Beim Heimatschutz aber wusste man, dass ich die Schubladen gefunden hatte, weil sie meine E-Mail überwachten – sie hatten die Nachricht an Cheviot-Labs gelesen.

Dass dem Heimatschutz die Information über den Diebstahl der Schubladen entgangen war, hieß, dass zwei Gruppen von Gorillas nach Martin suchten. Gruppe eins brach meinen Mustang auf, während die Feds darauf warteten, die Schubladen zu konfiszieren, sobald ich nach Chicago zurückkam. Also waren Gruppe eins wohl Drogenhändler. In dem Fall hätten die Deputys, die gestern früh um vier zum Motel gekommen waren, recht gehabt – Methheads glaubten, ich hätte einen Schatz ausgegraben, und wollten ihn haben.

Wenn Cordell Breen Martin verfolgte, konnte er jeden bestochen haben, ihm zu stecken, was in dem Meth-Haus noch entdeckt wurde. Mein Kopf schmerzte davon, dass ich meine Ideen im Kreis jagte. Ich sah Drogenhändler Ricky umbringen. Ich sah sie schlussfolgern, dass Judy mit einem Batzen von Ricky Schlaflys Kohle aus Palfry abgehauen war. Und dann bildeten sie sich ein, dass ich in der Methgrube Gold gefunden hatte, als die Geschichte beim Footballspiel die Runde machte.

Ich schrieb in großen Blockbuchstaben ›DGs‹ als Kürzel für Drogen-Gorillas. ›DGs haben Schlafly und (wahrscheinlich) Kitty erschossen. HSGs – Heimatschutz-Gorillas – überwachen meine E-Mail, weil Cordell Breen das FBI ersucht hat, Martin Binder aufzuspüren. Cordell denkt, Martin veräußert Metargon-Programmiercodes, aber nirgends findet sich eine Andeutung, dass jemand kaufen oder verkaufen will.‹

Die DGs würden die Papierreste an den Schubladen wahrscheinlich in den Müll werfen. Tatsächlich würden sie wohl auch die Schubladen in den Müll werfen, wenn sie dahinterkamen, dass der einzige Schatz daran Narrengold war.

Was stellten sich die HSGs vor, was ich gefunden hatte? Nicht das Sparbuch. Den Schrieb vom Handelsministerium über Innsbruck? Aber das war ein über den *Freedom of Information Act* erwirktes Dokument und konnte also von jeder beliebigen Person eingesehen werden.

Ich zog das Laptop aus meiner Aktentasche und begann es hochzufahren, hielt dann aber inne. Wenn die HSGs meine Mail überwachten, konnten sie auch in meinen Accounts lauern und jede Recherche beobachten, die ich unternahm. Sie würden sehen, dass mein Laptop online ging, und prompt angeprescht kommen, um mich und mein Gerät zu kassieren. Ich brauchte einen Computer, auf dem sich niemand an meine Fersen heften würde. Ich stellte *Il Contesto* weg, ließ aber den Rest der Bücher auf dem Tisch liegen.

27

King Derrick, Herrscher der Verdammten

Anfang dieses Sommers war eine gute Freundin von mir durch einen schlimmen Sturz ums Leben gekommen. Ich hatte ihre privaten Unterlagen in meinem Safe gesichert, als sie im Koma auf der Intensivstation lag. Als sie ein paar Tage später starb, hatten Schock und Trauer jeden Gedanken an ihren Papierkram aus meinem Gedächtnis gelöscht. Ich war erst wieder darauf gestoßen, als ich den Inhalt meines Safes sichtete, um mich zu vergewissern, dass der Heimatschutz wirklich nicht drin gewesen war.

Leydon Ashford war nicht nur eine liebe wilde Freundin gewesen, sondern auch eine Gefahrensucherin, die der Obrigkeit gern eine lange Nase drehte. Ich war sicher, sie hätte applaudiert und es gefeiert, wenn ich mir für ein paar Tage ihre Identität ausborgte.

Ich nahm den öffentlichen Nahverkehr zur South Side, um die Bibliothek der University of Chicago nutzen zu können. Bevor ich ging, schaute ich bei Mr. Contreras rein. Er wollte sofort wissen, wie es mir letzte Nacht ergangen war, aber ich legte ihm einen Finger auf die Lippen und nahm ihn und die Hunde mit nach draußen. Während wir am Strand standen und Bälle für die Hunde warfen, berichtete ich ihm, was gestern Abend bei der Richterin gelaufen war. Ich bat ihn, über keinen Aspekt des aktuellen Falls zu sprechen, wenn wir zu Hause oder in meinem Wagen waren.

»Diese Heimatschutz-Gorillas machen mich nervös. Wenn sie sich in meinen Mailaccount gehackt haben, können sie ganz leicht auch mein Telefon verwanzt haben und den Wagen und unser Haus.«

Die Warnung machte meinen Nachbarn zornig: Dafür hatte er doch vor all den Jahren in Anzio nicht sein Leben aufs Spiel gesetzt. Und dafür hatte er auch nicht vierzig Jahre bei Diamond Machining gearbeitet, wo er Fahrwerke für die B-52 herstellte.

Ich konnte ihm da keinen Trost bieten. Diese Nummer war auch nicht das, wofür ich mein Leben lang gearbeitet hatte. »Das Problem ist, sie scheinen anzunehmen, ich wüsste etwas über unser Atomprogramm oder Waffen oder so, und bis ich das geklärt kriege, habe ich keine Möglichkeit, sie dazu zu bringen, dass sie mich in Ruhe lassen.«

In meiner Wohnung nahm ich den Akku aus meinem Handy, so dass sein GPS-Signal mich nicht verraten konnte. Mein iPad und mein Laptop ließ ich bei Mr. Contreras, damit ich gar nicht in Versuchung kam, meine Mails zu checken.

Ich wollte nicht mein Auto nehmen, falls jemand es verwanzt hatte. Auf dem Weg zur L blieb ich ein paarmal stehen, band mir die Schuhe, kaufte mir eine Zeitung, aber ich bemerkte keine offensichtlichen Anzeichen von Verfolgern. Entweder die HSGs waren zu subtil für mich, oder ich überschätzte die Wichtigkeit, die sie mir beimaßen. Immerhin verkleinerte es meinen ökologischen Fußabdruck, dass ich mit der L fuhr: Ich fühlte mich tugendhaft, als die Bahn auf ihrer schleppenden Nachmittagsfahrt in Richtung Stadtzentrum zuckelte.

Das war so in etwa das Highlight des Tages. Bis ich genau wusste, warum sich der Heimatschutz auf mich konzentrierte, würde ich keine glückliche Detektivin sein. Eine Anhörung hatte vor einiger Zeit ans Licht gebracht, dass der Heimatschutz nach Gusto E-Mails und Telefone der US-Bevölkerung überwachte, ohne auch nur den Versuch zu machen, uns mit Terrorismus in Verbindung zu bringen. Die haben kein limitiertes Budget, die tun einfach, was sie wollen. Das Problem ist, wenn die Regierung dich erst mal überwacht, begnügen sie sich nicht mit den paar Kleinigkeiten, die sie glauben wissen zu müssen, sondern führen gleich eine Invasion in alle Bereiche deines Lebens durch.

Ich musste mit Judy Binder sprechen. Sie hatte ihrem Sohn bestimmt von dem Sparbuch erzählt, das Benjamin Dzornen angelegt hatte, aber ich würde wetten, dass Martin das nicht weiter interessierte – es war für ihn bloß Schnee von gestern. Er hatte seine Mutter aufgesucht, weil er glaubte, dass Judy Dokumente über die Bedeutung von Martinas Arbeit besaß, etwas, das weder Judy noch Kitty erkannt oder wichtig gefunden hätten.

Mir gefiel diese These, denn das bedeutete, dass Ricky Schlafly deswegen umgebracht worden war. Ricky hatte mitangehört, wie Mutter und Sohn sich stritten. Er schloss daraus, dass Judy wertvolle Dokumente gebunkert hatte. Für ein Dopehirn ist etwas dann wertvoll, wenn man es teuer verkaufen oder gegen Drogen eintauschen kann. Ricky hatte also versucht, die Dokumente zu verscherbeln. Ich war ihm nicht lebend begegnet, aber ich nahm an, dass er genauso faul und gierig war wie die Süchtigen, die ich früher vertreten hatte. Er hätte es nicht auf die behutsame Art versucht, indem er sich zum Beispiel an Archivare wandte, um ihnen wichtige Papiere anzubieten. Er wäre direkt auf Ebay gegangen oder auf eine Anzeigenwebsite wie Craigslist, und damit konnte jeder von den Dokumenten erfahren: Julius Dzornen, andere Drogenhändler, und natürlich auch der Heimatschutz, wie mir jetzt auffiel.

Im Zentrum verließ ich die L und stieg in einen Bus nach Hyde Park. Wenn Chicago wirklich ein schnelles Nahverkehrsnetz hätte, würde ich nicht so viel Auto fahren: Für die fünfzehn Meilen von meiner Wohnung zur Universität brauchte ich achtzig Minuten.

In der Bibliothek ließ man mich mit Leydons Führerschein ein. Ich konnte keine Bücher ausleihen, aber alles dort sichten und die Computer benutzen.

Als Erstes loggte ich mich anonym bei der Online-Auktionsseite Virtual Bidder ein. Ich versuchte mir vorzustellen, wie Schlafly gedacht hatte. Wahrscheinlich kannte er Martina Saginors Namen gar nicht, aber ich fing trotzdem mit ihr an, dann versuchte ich Benjamin Dzornen, machte weiter mit Physik in Wien und landete schließlich sozusagen einen Volltreffer mit ›Atomwaffen‹, wo sich Hunderttausende von Angeboten fanden: Handbücher vom Testgelände in Nevada, Fotos von Hiroshima und Nagasaki, Videos von alten Spielfilmen mit Titeln wie *Atom Bomb*.

Ein Verkäufer namens King Derrick hatte »authentische Nazi-Atomgeheimnisse« angeboten. King Derrick, Herrscher im Reich der Verdammten. Ich sah wieder seinen zerschundenen Körper, die Augäpfel weg, die Krähen kreisten, und schauderte.

Als Startgebot für seine authentischen Geheimnisse waren hundert Dollar vorgeschlagen, doch die Auktion war geschlossen worden. Ein großes rot-schwarzes Banner bedeckte den größeren Teil der Seite und verkündete, dass die Auktion gegen die Regeln von Virtual Bidder verstieß. Hinter dem Banner waren Teile eines Screenshots sichtbar, den King Derrick mit »Beweis für echte Nazi-Waffengeheimnisse« betitelt hatte.

Wenn $k_{eff} = 1$*, dann ist … kritisch. Wenn Neutronen … hinzu … von … extern… und wenn das System nicht mit einem starken …dämpfer … können sie eine Explosion auslösen. Ein externes Ra-Be Neutron … in Innsbruck* $S_0 = 10^6$ *Neutronen/Sekunde emittiert hat … kennen die Neutronen-Mul…*

Am unteren Rand war ein kleiner Kreis mit einer Art Emblem darin. Es sah aus wie überlappende Dreiecke mit einem weiteren Symbol, das auf dem Bildschirm zu verschwommen war, um es zu erkennen. Ich fragte mich, ob das so ein Authentizitätsmerkmal war, wonach Sammler von Nazi-Memorabilien Ausschau halten.

Der Text, soweit er hinter dem Banner zu erkennen war, sagte mir nichts, außer dass es wohl um die Waffenentwicklungseinrichtung ging, in der Martina einen Teil des Krieges verbracht hatte. Ein Waffenexperte könnte vielleicht sagen, ob dies bewies, dass sie in Innsbruck an der Bombe gearbeitet hatten. War das der Grund, weshalb der Heimatschutz an mir dran war? Nicht wegen Martin und dem Metargon-Code, sondern weil sie glaubten, ich wüsste etwas über Kernwaffenforschung?

Ich hörte auf, Auktionsseiten zu betrachten, und machte mich daran, das Internet zu durchsuchen. Der Heimatschutz hatte Zugriff auf meine Log-ins. Folglich würden sie es mitkriegen, wenn ich auf einen meiner Dienste zugriff. Das beschränkte mich auf die Standardsuchmaschinen, Yahoo, Dogpile, Metar-Quest. Erneut begann ich mit meinen Wiener Wissenschaftlern.

Ich bekam zu viele Treffer für Benjamin Dzornen, um ihnen nachzugehen. Es gab nichts zu Martina Saginor außer einer Erwähnung zusammen mit Memler in einem Buch über Frauen am Radiuminstitut im Wien der Zwanziger- und Dreißigerjahre. Die Bibliothek besaß eine Ausgabe davon. Ich schloss meine Suche und alle Tabs. Die Bibliothek löschte zwar regelmäßig die Buffer leer, aber ich wollte trotzdem keine meiner Seiten offen lassen.

Das Buch stand in der naturwissenschaftlichen Abteilung. Ich war neugierig genug, um über das Campusgelände zum Geviert der Naturwissenschaften zu pilgern. Mein junger Bibliothekar Arthur Harriman hatte Dienst an der Rezeption.

»Nora! Ich hab mich schon gefragt, wann Sie wiederkommen«, begrüßte er mich. »Haben Sie die fehlenden Sprengköpfe aufgestöbert?«

»Genau wie der entwendete Brief lagen sie direkt im Atomwaffenarsenal, wo jeder sie sehen konnte«, stieg ich auf seinen Scherz ein.

»Wissen Sie, ich hab doch gesagt, ich frag mal eine Freundin, die ihre Doktorarbeit über Dzornen schreibt, ob er die Forschung Ihrer Lady gestohlen haben könnte, aber sie hat das sofort als Blödsinn abgetan. Dzornen hat den Preis für Arbeiten erhalten, die schon abgeschlossen waren, bevor Ihre Ms. Saginor seine Studentin wurde.«

Noch eine Sackgasse. Ich dankte ihm, dass er daran gedacht hatte, sie zu fragen, und erhielt von ihm einen Tagespass. Noch ein paar schnöde Nick-und-Nora-Witze, und ich verschwand zwischen den Regalen, um über die Frauen in der Wiener Physik zu lesen.

Ich setzte mich im Schneidersitz auf den Boden und überprüfte nur die Seiten, auf denen Martina erwähnt war. Ich stieß auf eine kurze Vita: Sie wurde vor dem Ersten Weltkrieg in einer Arbeiterfamilie geboren und bekam mit zwölf ein Stipendium an der damals neuen Technischen Hochschule für Mädchen, die zugleich ein Gymnasium war (sie hatte die besten Mathematiknoten der Stadt. Ich dachte an Martin mit seinen stratosphärischen Testergebnissen). Sie unterrichtete an dieser Hochschule von 1928 bis 1938 und machte in Göttingen zwischen 1929 und 1930 ihren Doktor in Physik.

In einem anderen Abschnitt, der ihre berufliche Laufbahn beschrieb, hieß es:

> Saginors unveröffentlichte Arbeiten wurden während der Nazizeit durch einen Brand im Archiv des Instituts fast vollständig zerstört, wahrscheinlich auf Befehl ihrer

früheren Studentin, der Nazi-Waffenspezialistin Gertrud Memler, so dass wir nur auf wenige erhalten gebliebene Notizbücher zurückgreifen können sowie die Artikel, die sie zwischen 1931 und 1938 veröffentlicht hat.

Saginor folgte wie Fermi bei physikalischen Phänomenen ihrer starken Intuition. Die Bestrebungen, ihre Fähigkeiten herabzuwürdigen, gehen teilweise auf L. F. Bates' höchst problematischen Besuch des Radiuminstituts 1934 zurück und teilweise auf das Betreiben Memlers, die das Andenken ihrer einstigen Professorin auszulöschen versuchte.

Ich stellte das Buch zurück ins Regal und lehnte mich an die metallene Trennwand. Lotty zufolge hatte Kitty die Hingabe ihrer Mutter an die Physik verabscheut. Hätte es Kitty gefreut, dass die Fähigkeiten ihrer Mutter von jemandem hoch geschätzt wurden? Sie wäre wohl eher unangenehm berührt gewesen, zumal der Lebenslauf kein Kind erwähnte. Nicht dass Martina Kittys Geburt geheim gehalten hätte – nicht nur Lotty, auch Dzornens Töchter hatten als kleine Mädchen mit Kitty gespielt. Was immer uneheliche Kinder in den Dreißigerjahren in Wien auch an Stigmatisierung erfuhren, Martina hatte nicht versucht, ihr Kind zu verstecken. Ebenso wenig wie Lottys Großeltern ihre Enkelin.

Das eigentlich Interessante an der Sache, zumindest für mich, war Gertrud Memler. Nach dem Mord an Kitty hatte ich das Buch, in dem ich gelesen hatte, als sie mich anrief, völlig vergessen. *Das geheime Tagebuch eines gewissenhaften Beobachters des Kalten Krieges.* Auch darin war Memler vorgekommen.

Memler hatte den Krieg unbeschadet überlebt, kam dank Operation Paperclip in die USA, arbeitete an Kernwaffen, und dann verschwand sie plötzlich, trat einige Zeit darauf undercover wieder in Erscheinung, um das Atomprogramm der Regierung anzugreifen. Hatte die Erfahrung, in Nevada Bomben explodieren zu sehen, die Hunden wie Menschen schwere Schäden zufügten, bei Memler zu einem Saulus-artigen Sinneswandel geführt?

Ich hatte zu lange gesessen, mein Hirn verwandelte sich in Klebstoff. Ich stand auf und streckte mich, beugte mich rückwärts in die Regale und löste die Knoten in meinem Rückgrat, einen nach dem anderen.

Draußen hatten wir einen dieser goldenen Nachmittage, die Chicago im September manchmal zuteilwerden. Ich ging ein paar Meilen zu Fuß, bevor ich mir an der Nordostgrenze des Viertels unweit vom Expressway am See eine Bushaltestelle suchte. Während ich wartete, baute ich mein Telefon wieder zusammen.

Ich hatte sieben Nachrichten, eine von Jake, der fragte, wo ich steckte, er hatte es die letzten paar Abende vermisst, mit mir zu reden. Lotty hatte angerufen und mitgeteilt, dass Judy Binder stabil war und aus der Intensivstation verlegt werden konnte.

Ich rief Jake an, dabei stand ich auf einer Überführung und blickte auf den Lake Michigan. Ruhige Wasser, die Stimme des Liebsten, ich war glücklich. Der Bus kam, während wir sprachen. Ich legte auf, wollte mein privates Gespräch nicht mit einem Bus voller Fremder teilen.

Vom Zentrum aus nahm ich ein Taxi nach Hause. Genug der schadstoffarmen Tugendhaftigkeit. Im Taxi rief ich Lotty zurück. Der Fahrer murmelte in einer Sprache, die ich nicht erkannte, in sein eigenes Telefon und schenkte mir überhaupt keine Aufmerksamkeit, dem Verkehr nur sehr wenig.

»Kann ich schon mit Judy reden?«, fragte ich Lotty.

»Das kannst du, wenn du willst«, sagte Lotty, »aber sie ist wohl in einer ziemlich hässlichen Gemütsverfassung.«

Ich erwiderte, ich wolle nur wissen, was Judy zu dem Überfall sagen konnte.

»Helen Langston, die Chirurgin am Glenbrook, meint, dass Judy sich nicht daran erinnert. Helen glaubt eher nicht, dass es eine retrograde Amnesie durch Trauma ist. Sie denkt, Judy hatte so viel Oxycodon im System, dass sie um sich herum nichts mehr wahrnahm.«

»Wenn ich sie nach ›Duck and Cover‹ frage, löst das vielleicht etwas aus«, sinnierte ich.

»Ich komme mit«, sagte Lotty. »Ich konnte mich nicht überwinden, sie allein zu besuchen. Ich bin wütend auf sie, weil sie ein Wrack aus sich gemacht hat und, im Ernst, auch weil sie Kitty den Tod gebracht hat, aber es hat keinen Sinn, in ihr Krankenzimmer zu gehen und ihr das vorzuwerfen. Bist du zu Hause oder im Büro?«

»Auf dem Heimweg.« Ich musste mir mein Büro vorknöpfen, sehen, was der Heimatschutz im Namen der Verteidigung Amerikas angerichtet hatte, aber das konnte bis morgen warten.

»Ich hol dich in einer halben Stunde ab.« Lotty legte auf, ehe ich protestieren konnte.

Nun ja, ich hatte in der letzten Woche so viele lebensbedrohliche Abenteuer überstanden, dass eine Fahrt mit Lotty wohl vergleichsweise harmlos war. Lotty begegnete allen anderen Fahrenden mit einer High-Noon-Attitüde: Sie wurden vorauseilend eingeschüchtert, damit sie sie ja nicht von der Straße drängten. Einen Vorteil hatte es allerdings, Lotty fahren zu lassen: Sie würde jedem, der mich beschattete, die ultimative Trainingseinheit verpassen.

Mir fiel etwas auf. Seit Kittys Tod hatte Lotty aufgehört, sie ›Käthe‹ zu nennen. Das war wohl eine Art indirekte Abbitte für die Jahrzehnte der Herablassung, die sie mir gebeichtet hatte.

Lotty fuhr neuerdings einen silbernen Audi, ein kleines Coupé, das ich heimlich begehrte. Es schloss sich um mich wie ein Eierbecher, als ich einstieg. Ich wusste nicht recht, ob mich das nun schützte oder im Falle eines Unfalls eher verwundbarer machte. Während Lotty den Edens Expressway hochraste, versuchte sie mich über den Stand der Ermittlung auszufragen. Ich antwortete einsilbig und jaulte jedes Mal auf, wenn wir in Scheuerdistanz zu einem anderen Fahrzeug gerieten.

Als sie einen Transporter schnitt und in die Ausfahrt zum Glenbrook Hospital einbog, sagte ich: »Lotty, das ist so ein schöner Wagen. Gib ihn mir und nimm meinen alten Mustang, wenn du was zu Schrott fahren willst.«

Sie glitt auf einen Ärzteparkplatz, legte eine Parkscheibe aufs Armaturenbrett und stieg aus. »Du machst dir zu viele Gedanken über Banalitäten, Victoria. Wichtig ist nur, ob du einen Weg gefunden hast, aufzuklären, was mit Martin passiert ist.«

»Selbst wenn ich das hätte, würde es mir nicht viel nützen, wenn ich im Streckverband liege«, knurrte ich und folgte ihr nach drinnen.

28

Duck and Cover

Judy hatte die Intensivstation verlassen, doch ihr Zustand war immer noch ernst. Die Stationsschwester hatte Lotty und mich vorgewarnt, dass sie exzessiv herumbrüllte und nach Morphium und Oxycodon gegen ihre Schmerzen verlangte.

»Aufgrund ihrer Sucht ist es schwierig, ihre Medikation einzustellen. Wir haben sie vom Morphiumtropf entwöhnt und auf Kanalblocker umgestellt, aber es ist schwer zu sagen, ob sie anschlagen, weil sie die ganze Zeit nach Morphium verlangt. Wir mussten sie fixieren, weil sie sich die Arme aufgekratzt hat.«

»Das hatte ich befürchtet.« Lotty runzelte die Stirn.

Die Stationsschwester führte uns zu Judy Binders Zimmer. Sie war an Maschinen angeschlossen, die ihr schnell schlagendes Herz überwachten, ihr Flüssigkeiten verabreichten, ihre Atmung prüften. Ihre Augen waren geschlossen, aber ich glaubte nicht, dass sie schlief. Die Wolke grau gesträhnter Locken bewegte sich auf dem Kissen, während sie zuckte und stöhnte. Ihr Gesicht war rot und aufgedunsen, ihre Lippen schlimm geschwollen.

»Ist sie allergisch gegen etwas in den Medikamenten?«, fragte ich.

Lotty und die Stationsschwester wechselten einen finsteren Blick. »Opiatentzug«, sagte die Stationsschwester. »Sie hat eine sehr lange Rehabilitation vor sich. Sie wird sich von der Schusswunde nicht gut erholen, wenn sie das Entzugsprogramm nicht ernst nimmt. Sobald wir sie körperlich halbwegs stabilisiert haben, muss sie erst mal in ein gutes Therapieprogramm.«

Lotty ging zur Bettkante und legte zwei Finger an Judys Puls. Ich sah die verschorften Striemen auf den Armen, wo sie sich wüst gekratzt hatte. Bei Lottys Berührung schlug sie die Augen auf.

»Dr. Lotty! Ich wusste, ich kann auf dich zählen. Ich hab schreckliche Schmerzen, ich brauch Morphium oder Oxys, Vicodin tut's auch, wenn die Dosis hoch genug ist. Ich kann nicht schlafen, meine Organe brennen wie Feuer. Gib mir meine Morphiumpumpe zurück.«

Lotty ignorierte die Forderung. »Das ist V.I. Warshawski, Judy. Sie hat dir das Leben gerettet.«

Judy sah mich kaum an. »Na dann danke, dass Sie mich für diese Folterkammer gerettet haben. Dr. Lotty, ich brauch mein Morphium. Ich brauch es jetzt, du kannst nicht herkommen und mir nicht helfen.«

»Ich bin hier nicht deine Ärztin, Judy. Ich bin eine Besucherin. Ms. Warshawski muss dich fragen –«

»Diese Fotze, die Schlampe, sie hat gesagt, du sollst nein sagen, hat sie doch, oder?« Judys Stimme hob sich.

Ich war kurz sprachlos, dachte, sie meinte mich, merkte aber dann, dass sie an uns vorbei die Stationsschwester ansah.

»Sie ist eine von den Frauen aus Belsen, nicht? Kommt in Weiß gekleidet und tut, als wär sie Krankenschwester, aber in Wirklichkeit ist sie ein Nazi und Folterknecht. Du weißt das doch, du hast den Holocaust überlebt, stell dich nicht auf ihre Seite. Schmeiß sie raus, du bist Chirurgin, die werden tun, was du sagst. Schmeiß das Arschloch raus und bring mir meine Pumpe.«

»Ms. Binder«, sagte ich. »Es tut mir leid, dass ich Sie behellige, da Sie Schmerzen haben und in Trauer sind.«

»Und ob ich verdammte Schmerzen hab. Und Trauer auch.«

»Wegen Ihrer Mutter?«, fragte ich.

»Jeder, der mit so einer Mutter gestraft ist, wär darüber traurig«, knurrte sie.

»Sie erinnern sich nicht, dass sie erschlagen wurde? Ich fürchte, sie hatte weniger Glück als Sie, sie ist an ihren Verletzungen gestorben.«

»Die kirre Kitty ist zu Gott gegangen? Ich bin sicher, er ist hell begeistert. Und ihr richtiger Vater, na, der gerät ja in Ekstase, wenn sie auftaucht. Wer zum Teufel sind Sie, und warum kümmern Sie sich nicht um Ihren eigenen Scheiß?«

Ich wollte ihr die Schläuche rausrupfen und sie ein bisschen würgen, aber ich hielt meine Stimme ganz ruhig. »›Duck and Cover‹. An dem Abend, als Sie angeschossen wurden, sagten Sie, dass Duck and Cover funktioniert, auch wenn irgendwer es für eine Lüge hält. War es Ihre Mutter, die es für eine Lüge hielt?«

»Ich habe Schmerzen!«, schrie Judy. »Ich habe Schmerzen, und Sie wollen mich verhören. Sie sind kein scheiß Bulle. Ich muss Ihnen gar nichts sagen.« Sie zerrte so wild an ihren Gurten, dass sie sich den Sauerstoffzugang von der Nase riss.

»Natürlich müssen Sie das nicht«, sagte ich. »Es war doch sehr klug, sich so unter dem Bett Ihres Sohnes zu verstecken. ›Duck and Cover‹ hat Ihnen das Leben gerettet. Wer hat behauptet, es wäre eine schlechte Idee?«

Für einen Moment hörte Judy auf, an ihren Gurten zu reißen. Ich konnte den Ausdruck in ihren Augen nicht deuten, die Pupillen waren geweitet, aber als sie sprach, war ihre Stimme ganz leise und leblos. »Hab ich das wirklich laut gesagt? Gebt ihr mir deshalb kein Morphium, zur Strafe?«

Ich versuchte ihr zu versichern, dass niemand sie bestrafen wollte und dass ich den Einfallsreichtum bewunderte, mit dem sie ihren Verfolgern entgangen war, aber ihr unruhiges Zappeln begann von Neuem. Sie wich dem Thema ›Duck and Cover‹ aus und wollte oder konnte nicht sagen, wer auf sie und ihre Mutter geschossen hatte.

»Sie waren wirklich erstaunlich in Palfry«, sagte ich, »als Sie den Kerlen ein Schnippchen geschlagen haben, die Ricky Schlafly erschossen. Dazu braucht man echt Nerven.«

Judy sah mich zum ersten Mal richtig an, die dunklen Augen groß in ihrem ausgezehrten Gesicht. Das Palfry-Debakel war in ihrem Bewusstsein etwas Reales, das sie ihr verzweifeltes Verlangen nach Betäubungsmitteln vorübergehend vergessen ließ. »Keine Nerven, ich war in Panik«, flüsterte sie. »Die haben Bowser erschossen. Ich schlief, und plötzlich fing Bowser an zu bellen. Ricky schrie, er hätte es satt, dass der verdammte Hund immer wegen nichts bellt. Aber ich hab aus dem Fenster geguckt, und da kam ein schwarzer SUV. Ich hab Ricky angebrüllt, er soll aufwachen und seine Schrotflinte holen. Diese Typen stiegen aus dem SUV und schossen unsere Kamera kaputt. Dann schnitten sie ein großes Loch in unseren Sicherheitszaun und brachen die Hintertür auf. Bowser wollte sie anspringen, aber sie haben ihn erschossen. Ricky und ich hockten auf der Treppe und sahen es, es war so schrecklich. Delilah, die war schon immer ängstlich wie ein Kätzchen. Ricky hat sie oft getreten, weil sie abgehauen ist, oder er hat mich getreten, weil ich sie liebte. Sie ist getürmt, als sie Bowser erschossen.«

Delilah, das Findelkind, das Mr. Contreras und ich in der Tierklinik hatten.

Judy fing an, nach Luft zu ringen. Lotty steckte die Sauerstoffzufuhr wieder in ihre Nase. Schon kurz darauf klang ihr Atmen weniger mühsam.

»Delilah kommt wieder in Ordnung«, sagte ich. »Ich hab sie mit nach Chicago gebracht, sie ist hier in der Tierklinik.«

Judys Augen öffneten sich weit, ein überraschter Ausdruck, der zu Argwohn wurde: War ich vertrauenswürdig oder versuchte ich, sie mit ihrem Hund zu ködern?

»Wie sind Sie da rausgekommen?«, fragte ich.

»Als Ricky sah, wie sie Bowser abknallten, hat er die Schlösser aufgemacht und ist vorne raus und weggerannt. Sie haben ihn ins Maisfeld verfolgt, und ich bin in ihren SUV gesprungen und nach Chicago gefahren.«

»Kühler Kopf«, sagte ich. »Sie sind also zu Freddie Walker nach Austin gefahren. Wo haben Sie den SUV gelassen?«

»Ich hab ihn Freddie gegeben. Es war ein Lincoln Navigator, brandneu, aber er meinte, der wär zu heiß, um ihn im Stück abzusetzen, da haben seine Jungs und er ihn zerlegt, um die Einzelteile zu verkaufen.«

Deshalb also hatte Freddie ihr Obdach gewährt und ihr erlaubt, sich mit seinem Stoff abzuschießen. Die Teile eines brandneuen Navigators würden ihm einen netten Batzen einbringen.

»Die Männer, die Bowser und Ricky erschossen haben, waren das zwei?«

Sie nickte entschieden. »Ich kannte die nicht. Das waren keine von den Methheads aus der Gegend, mit denen Ricky gelegentlich Stress hatte. Es ist mir zu schwer, mich jetzt an das alles zu erinnern, ich hab Schmerzen, ich erzähl Ihnen Scheiß für nichts, Freddie hat mir wenigstens Oxys für den SUV gegeben.«

»Tja, Sie sind in einer schlimmen Lage«, sagte ich mit so viel Mitgefühl wie möglich. »Ich war in Palfry und habe die alte Kommode gefunden, die Ricky in die Methgrube geschmissen hat. Ich habe das Sparbuch entdeckt, das Benjamin Dzornen für Ihre Mutter eingerichtet hatte.«

»Diese Scheißbande, die Dzornens? Arbeiten Sie etwa für die? Die gottverdammte Schlampe Herta hat mein Geld geklaut. Ihr Daddy wollte, dass ich aufs College gehe, aber sie hat sich die Kohle geschnappt und ihren Kindern gegeben. Wenn Sie für die arbeiten, können Sie sich selbst ficken und die gleich mit.«

»Ich arbeite nicht für die Dzornens. Das letzte Mal, als ich versucht habe, mit Herta Dzornen zu sprechen, warf sie mich raus, weil ich sie dafür zur Rede gestellt habe, wie sie die Familie Ihrer Mutter verunglimpft.«

Ich sprach laut und langsam. Judy betrachtete mich misstrauisch.

»Wie hat Martin von dem Geld erfahren?«, fragte ich. »Haben Sie es ihm erzählt, oder war es Ihre Mutter?«

»Oh-oh, nein, nein, so nicht. Stoff, ich will Stoff, Stoff, Stoff, Stoff«, skandierte Judy. »Sie kriegen hier nichts für nichts. Bringen Sie mir Oxys, bringen Sie mir Morphium, und ich geb Ihnen Antworten.«

Lotty und ich wechselten einen Blick und ein Kopfschütteln, was Judy mitbekam.

»Ja, ihr zwei Schlampen, ihr denkt, Gott hat euch die Verantwortung für den Planeten übertragen, aber das hat Er nicht.«

»Ms. Binder«, versuchte ich es ein letztes Mal, »Ihr Sohn kam vor ein paar Wochen nach Palfry, um Sie zu besuchen. Sie haben sich um irgendwelche Dokumente gestritten. Ich weiß, dass Sie das Sparbuch hatten und das Foto von Martina im Labor mit

Dzornen und Gertrud Memler. Gab es auch Dokumente über das, was Martina in Innsbruck gemacht hat? Haben Sie sie entwendet, als Sie vor sieben Jahren bei Martins Bar-Mizwa …«

»Das war *mein* Erbe!«, brüllte Judy. »Kitty hat Martina gehasst, sie hasste ihre Wissenschaft, ich war es, die ihren Namen am Leben hielt. Ich hab mein Kind nach ihr genannt, um ihr Andenken zu ehren. Diese Papiere hab ich nicht geklaut, ich hab sie *verwahrt*!«

Judy ›verwahrte‹, der Heimatschutz ›konfiszierte‹. Lauter hübsche Namen für Diebstahl. In den Nachrichten hört man in einer Woche mehr Euphemismen für Stehlen und Lügen, für Betrug und Pädophilie als Wahrheit in einem ganzen Jahr.

Ich wechselte das Thema. »Martin hat Sie schon zu Schulzeiten besucht, ohne dass Kitty davon wusste.«

Judy sagte nichts, aber ihre Mundwinkel hoben sich zu einem verschlagenen Lächeln.

»Martin hat das Bild von Martina in ihrem Wiener Labor schon gesehen, als er noch jünger war«, beharrte ich, »aber irgendetwas ist passiert, was ihn dazu brachte, nach Palfry zu kommen, um das Bild und die Papiere zu holen, die Sie bei seiner Bar-Mizwa, ähm, in Verwahrung genommen haben. Weshalb wollte er sie gerade jetzt?«

»Es ist Ihre Geschichte, erzählen Sie's mir.« Judy wand sich in ihren Kissen, soweit sie das mit ihren festgeschnallten Armen konnte.

»Er hat mit Ihnen um die Papiere gestritten. Er hat versucht, sie an sich zu nehmen, Sie wollten sie ihm wegschnappen, ein paar sind dabei in die Methgrube gefallen, wo Sie sie liegen ließen. Da haben Sie gemerkt, dass diese Papiere nicht nur sentimentalen Wert besitzen. Und dann haben Sie und Ricky versucht, sie online zu verkaufen. Sie dachten, Sie hätten Nazi-Atomgeheimnisse, immer ein populäres Thema. Jemand ist auf die Auktion gestoßen und kam, um sich die Papiere zu holen.«

»Ich war das nicht«, sagte sie hastig. »Nur Ricky. Er sah Martin mit mir streiten und kam runter, um zu sehen, was los war. Ich hab ihm gesagt, das ist das Erbe meiner Großmutter und sie ist durch den Holocaust gestorben, aber Ricky hatte vor nichts Respekt. Er hat sogar die Schubladenknöpfe seiner Großmutter vertickt, weil er dachte, sie wären aus Gold. Wo sie doch poliertes Messing waren. Ich hätte doch nie verkauft, was von meiner Großmutter …«

»Natürlich nicht«, sagte ich beruhigend. »Wer waren die Käufer? Hat Ricky tatsächlich Geld dafür bekommen, oder sind sie in ihrem Lincoln Navigator vorgefahren und haben mit vorgehaltener Waffe die Papiere kassiert?«

»Sie sind ja so schlau, Sie wissen alles, Sie sollten auch das wissen.« Sie begann zu schluchzen. »Ich hab Schmerzen, ihr lasst mich nicht in Ruhe, ihr helft mir nicht. Ich muss alles alleine machen, den Tod meiner Mutter, den Tod meines Daddys, die Dzornens haben mein Geld geklaut, und alles, was ihr wollt, ist reden, reden, reden. Verschwindet, ich hasse euch, ich hasse euch!«

Lotty versuchte ihr auch noch ein paar Fragen zu stellen, unter anderem die, wie wir mit Kittys Leiche verfahren sollen, aber Judy fing an, lauthals nach Medikamenten zu brüllen. »Bringt die kirre alte Kitty doch irgendwie unter die Erde, mir egal, verpisst euch einfach, wenn ihr mir nicht helfen wollt.«

Ich betrachtete ihr dünnes, gequältes Gesicht, der Mund eine einzige schmerzgefüllte Wunde in ihrem Kopf. Sie hatte mich ausgelaugt. Ich blickte Lotty an und nickte nachdrücklich Richtung Tür.

Lotty blieb noch etwas im Zimmer. Sie kam ein paar Minuten später nach und sah grimmig aus. Auf dem Weg zum Parkplatz sprachen wir nicht. Als ich mich auf dem Beifahrersitz des Audi anschnallte, sagte Lotty, sie wolle nach Evanston, das hieß zu Max.

Ausnahmsweise fuhr sie normale Geschwindigkeit, scherte in den verstopften Straßen nicht wild aus, raste nicht über rot werdende Ampeln. Wir kamen gegen sieben Uhr dreißig bei Max an. Sein schönes altes Haus, wo er und Térèz, seine lange verstorbene Frau, ihre zwei Kinder großgezogen hatten, liegt an einer Straße direkt am Lake Michigan. Während Lotty ihm von dem nervenaufreibenden Treffen mit Judy berichtete, stromerte ich rüber zum See.

Die Sonne war eben untergegangen, es waren noch ein paar Familien an dem abgeschiedenen Strand, aber niemand konnte mich wirklich sehen. Ich zog meine Sachen aus und legte sie auf eine Bank. Das Wasser war noch warm von dem langen, heißen Sommer. Ich watete hinein und ließ es meinen nackten Körper einhüllen. Es war, als würde der See mich mit liebenden Armen umschließen. Wie wenn Jakes lange Finger mich streichelten, ja auch, aber noch mehr war ich an meine Mutter erinnert, deren Liebe sowohl stürmisch als auch zärtlich gewesen war.

Kitty und Judy Binder hatten so eine Verbindung nie gehabt. Aus den wilden Schmähungen, die Judy in die Gegend spuckte, sprach ihr Entzug, aber darunter lag eine schmerzende Wunde. Kitty wiederum hatte eine giftige Mixtur getrunken, die aus Sorge, Wut und Verlust bestand – ihr wirklicher Vater, der Handwerker, wer immer das war, tot im Krieg, ihr leiblicher Vater weigerte sich sie anzuerkennen, ihre Mutter scherte sich mehr um Protonen als um Kitty, die Großmutter, die sie aufzog, wurde in der Schoah ermordet. Es hatte für Kitty verdammt wenig Liebe gegeben, die sie an ihre Tochter hätte weitergeben können.

Ich schwamm ans Ufer und tastete mich in der Dunkelheit zu der Bank, auf der ich meine Sachen gelassen hatte. Ich fand ein Handtuch auf dem Stapel. Max oder Lotty hatte bemerkt, dass ich Schwimmen gegangen war.

Ich trocknete mich ab und stieß in Max' Rosengarten zu ihnen, wo er kalte gebratene Ente und Salat bereitgestellt hatte. Er und ich tranken eine seiner Flaschen Échezeaux. Wir redeten über Jakes Westküstentour und andere musikalische Themen.

Erst als Lotty und ich ihm den Tisch abräumen halfen, kam ich wieder auf unseren Besuch bei Judy zu sprechen. »Meine Frage nach ›Duck and Cover‹ drang eindeutig zu ihr durch, machte ihr Angst. Warum?«

»Meinst du?«, fragte Lotty. »Ich weiß nur noch, wie sie mich beschimpft hat.«

»Sie war einen Moment lang still und fragte dann, ob wir sie bestrafen, weil sie das gesagt hat. Was ist daran so bedeutsam?«

»Es war der Slogan der Zivilschutz-Werbefilme der Fünfziger«, sagte Max. »Térèz und ich waren fuchsteufelswild, als wir die gesehen haben. Eine lachende Schildkröte erzählte den Kindern sehr vergnügt, wenn sie unter ihre Schultische kriechen, sobald Feuer vom Himmel fällt, sind sie so sicher wie eine Schildkröte unter ihrem Panzer. Der helle Wahnsinn.«

Ich schüttelte verdutzt den Kopf. »Klar, ich weiß von diesen Filmen, obwohl sie in meiner Schulzeit schon lange nicht mehr gezeigt wurden. Ich verstehe bloß nicht, wieso Judy dachte, sie wird bestraft, wenn sie davon spricht.«

»Das hat Judy so nicht gesagt«, wandte Lotty ein. »Ich vermute, Kitty wird Judy eingeschärft haben, ihre Ansichten zur Verteidigungspolitik Amerikas auf keinen Fall in der Schule zu wiederholen. Man kann nicht in Nazi-Österreich aufgewachsen sein, ohne zu verinnerlichen, dass man sich bedeckt halten muss, wenn man gegen die Regierungspolitik ist. Ganz zu schweigen von der extremen antikommunistischen Hysterie hier in den Fünfzigern. Wer gegen Atomwaffen war, war automatisch ein Roter oder Sympathisant der Roten.«

Ich stellte mir Judy als kleines Mädchen vor, wie ihre Mutter sie warnt, die subversiven Ansichten der Familie ja nicht in der Öffentlichkeit wiederzugeben, sie so streng davor warnt, dass in dem drogenverwirrten Hirn der Erwachsenen die Vorstellung hängen bleibt, dass ihr drakonische Strafen drohen, wenn sie ausposaunt, dass ›Duck and Cover‹ als Überlebensstrategie absurd ist.

»Die Erklärung ist so gut wie jede andere«, sagte ich. »Es ist nur – ich weiß nicht – aufgrund ihrer Reaktion habe ich etwas Düstereres erwartet. Vielleicht nur, weil ich den Heimatschutz an der Hacke habe oder weil Metargon davon ausgeht, dass Martin sich mit ihrer Version des Stuxnet-Wurms abgesetzt hat. Geht es hier nun eigentlich um Familiengeheimnisse oder um nukleare Geheimnisse?«

»Vielleicht beides«, sagte Max. »Martins Urgroßmutter starb, obwohl Benjamin Dzornen sie hätte retten können. Edward Breen holte Martinas Nazi-Studentin in die USA, um Raketen und Waffen zu bauen. So verbindet sich Martins Familie mit nuklearem Geheimwissen.«

Ich nahm Lotty eine Handvoll Besteck ab, um es abzutrocknen. »Ich fühl mich schon wie in dem alten Dylan-Song, *Ballad Of A Thin Man*:

Because something is happening here
But you don't know what it is
Do you, Warshawski-Jones?«

An den Herausgeber
Physics Today

Juli 1985

Seit den Tagen von ›Duck and Cover‹ haben wir nicht mehr mitansehen müssen, dass dermaßen viel Zeit, Geld und Energie in etwas so Unnützes investiert wird wie Präsident Reagans ›Star Wars‹-Programm. Der große Kommunikator weiß, Geld regiert die Welt: 500 Millionen in bar sind direkt an die zehn größten Rüstungskonzerne gegangen, verteilt über genug Bundesstaaten, um reichlich gut geschmierte Kongressmitglieder hinter diese aberwitzigen Pläne zu bringen. Nicht eingerechnet die mehreren Hundert Milliarden an Fördermitteln für die Entwicklung von Weltraum-Röntgenlasern und andere kostspielige Fantastereien. Ich war froh, Edward Breens Unternehmen Metargon unter den Begünstigten zu finden: Mr. Breen und ich sind alte Kollegen, und ich weiß, er wird tun, was immer nötig ist, um seinen Verpflichtungen nachzukommen.

Trotz der wunderschönen Grafiken in Ihrer Juniausgabe ist diese Initiative mehr eine Lektion in überteuerter Science-Fiction als in anwendbarer Physik und Technologie. Bislang haben die einzigen Tests mit Laserwaffen zur Zerstörung beweglicher Ziele eine Fehlerquote ergeben, die allenfalls für statistische Studien taugt, doch dessen ungeachtet eskalieren fröhlich alle Budgets.

Das Programm ist hochgradig destabilisierend, sowohl für unsere zerbrechlichen Beziehungen mit unseren europäischen Verbündeten als auch mit der Sowjetunion. Es bringt uns dem präventiven Erstschlag näher, den die Scharfmacher so lieben.

Es ist erst zwei kurze Jahre her, dass wir einen in die Öffentlichkeit durchgesickerten Pentagon-Bericht zur Kenntnis nehmen mussten, der behauptete, die USA könnten einen ›langfristigen‹

d.h. fünf Jahre andauernden Atomkrieg überleben. Verteidigungsminister Weinbergers Staatssekretär für Strategische und Taktische Kernwaffen führte aus, bei einer guten Zivilschutzpolitik könnten die Vereinigten Staaten im Falle eines Atomkriegs nach fünf Jahren wieder zur Normalität zurückkehren.

Letztes Jahr fuhr der Energieminister der Vereinigten Staaten am Jahrestag von Hiroshima zum Testgelände in Nevada, wo er seinen ersten thermonuklearen Test erlebte. Er sagte, es sei ›aufregend‹ gewesen und dass er der Überzeugung von einem gewinnbaren Atomkrieg treu bleibe.

Ich hatte das zweifelhafte Privileg, einige Zeit auf dem Atomtestgelände in Nevada zu verbringen. Das Grundwasser dort ist bis heute untrinkbar, die Rinder, die sich beim Grasen auf das Land verirren, entwickeln schreckliche Deformationen, und in Städten, die Hunderte Kilometer weit weg liegen, treten bis zum heutigen Tag seltene Krebsarten auf.

Die Apologeten von Star Wars haben keine Vorstellung davon, was passiert, wenn wir unsere Nuklearwaffen über der Bevölkerung zur Explosion bringen, aber der römische Historiker Tacitus hatte sicherlich ihre Herangehensweise vor Augen, als er schrieb: »Plündern, morden, rauben nennen sie mit falschem Namen ›Imperium‹, und wo sie eine Wüste schaffen, nennen sie es Frieden.«

Hochachtungsvoll
Gertrud Memler, Doktor der Physik, Universität Wien

2. Juli 1985
An: alle Agenten im Außendienst
Von: Barney Montoya, zuständiger Senior Agent

Finden Sie Gertrud Memler. Die Suche nach ihr hat oberste Priorität. Sie blamiert den Präsidenten, und es ist ein Schandfleck für unsere Abteilung, dass wir es in fünfundzwanzig Jahren nicht fertiggebracht haben, sie aufzuspüren.
Unsere Akten verzeichnen, dass sie eine Nazi-Sympathisantin oder -Unterstützerin war, die 1946 in die USA gebracht wurde, um bei der Waffen- und Raketenentwicklung zu helfen, und 1955 aus Nevada verschwand. Sie ist vollständig untergetaucht, tritt kurz mit Briefen und Artikeln über Rüstung in Erscheinung, benutzt aber stets falsche Absender.
Habe Physics Today dringlichst nahegelegt, ohne Genehmigung der Abteilung keine weiteren Briefe von ihr abzudrucken, Herausgeber allerdings unkooperativ. Widersetzte sich einer Durchsuchung der Räumlichkeiten, zwang uns, bundesrichterlichen Beschluss vorzulegen. Habe alle ein- und ausgehende Post unter Beobachtung gestellt, aber Memler bedient sich selten zweimal derselben Zeitschrift.
Memler hat sich übergangslos von der Nazi-Kollaborateurin zur Kommunistenhelferin gewandelt. Sie hat Zugang zu Geheimdokumenten. Anbei das letzte bekannte Foto, mit einer Bearbeitung unserer forensischen Spezialisten, wie sie heute, mit 73, aussehen könnte. Weisen Sie alle Einwanderungsbeamten an, Passbilder damit abzugleichen; falls sie im Ausland lebt, reist sie wahrscheinlich unter falschem Namen.

29

Besuch am Abend

Ich ließ mich von Lotty unter der Hochbahnbrücke Belmont Ecke Sheffield absetzen, vier Blocks von meiner Wohnung. Ich wollte nicht, dass ihr Audi auf die Überwachungsliste kam. Während der Fahrt sprach keine von uns beiden viel, doch als ich die Beifahrertür öffnete, sagte Lotty: »Judys Dramen verursachen schlimme Verwüstungen in ihrem Umfeld. Ihre Mutter, ihr Sohn, jetzt bist du dran damit, dich an ihren Feuern zu verbrennen.«

»Gab es jemals Freude in diesem Haushalt?«, fragte ich. »Auf dem Bild von Leonard mit Martin beim Science Fair sah er so glücklich aus, stolz auf seinen Enkel. Hat er für seine Tochter auch so empfunden?«

Lotty sprach langsam, dachte sich zurück. »Als Judy geboren wurde, war Leonard hingerissen, als hätte er ohne sein Zutun das große Los gezogen. Natürlich war ich nie Teil des Alltags der Familie, ich kann dir also nicht sagen, was er gemacht hat, wenn sie eine schlechte Mathenote nach Hause brachte oder nicht Klavier spielen wollte. Ich vermute, so was war ihm egal. Er scherte sich nie um Zeugnisse oder Leistungen.«

Jemand hupte hinter uns, Lotty fuhr rechts ran und parkte halb auf dem Kantstein. Das fluoreszierende Licht rund um das Stadion färbte ihre walnussbraune Haut grün.

»Ich glaube, Kitty war da ganz anders«, sagte sie. »Ihr ständiges Gewese um ihren richtigen Vater, den Handwerker, und dass sie keine Akademiker oder Wissenschaftler um sich haben will – das ist doch ein klassischer Fall von ›Die Dame, wie mich dünkt, gelobt zu viel‹. Sie wollte, dass ihr wahrer Vater ein Nobelpreisträger ist. Zumindest glaube ich das. Ich kenne ja die Geheimnisse ihres Herzens nicht.«

»Arme Judy«, sinnierte ich. »Wobei sie eigentlich alle arm dran sind. Manchmal ist all der Schmerz, dem ich in meinem Job begegne, mehr, als ich verkraften kann.«

Lotty drückte meine Hand. »Ja, geht mir auch so.«

Als ich ausstieg, sah ich Tränen in ihren Augen schimmern. Ich ging ganz langsam nach Hause, machte mir keine Gedanken über Verfolger, war nur bedrückt. So viel Rotwein am Ende eines langen Tages war keine gute Idee. Er macht dich für eine Stunde locker, danach zieht er dich runter.

Als ich zur Racine Avenue kam, ging ich auf der gegenüberliegenden Straßenseite, blickte in Autos, hielt Ausschau nach jemandem, der zwischen den gewohnten Gassi- und Kneipengängern unpassend wirkte. Sie schienen alle harmlos. Doch als vor meinem Haus plötzlich eine junge Frau neben mir auftauchte, tat mein Herz einen Satz. Unwillkürlich duckte ich mich weg und rollte ab. Als sie leise und zweifelnd meinen Namen rief, stand ich auf und fühlte mich wie eine Idiotin.

»Ja, ich bin V.I. Warshawski. Wer sind Sie?«

»Alison Breen. Ich wollte Sie gern sprechen.« Ihre Stimme klang noch zweifelnder: Eine Detektivin, die unter die nächste Buchsbaumhecke taucht, wenn sie erschrickt, wirkte wohl nicht sehr standfest.

»Ich dachte, Sie sind in Mexiko, Ms. Breen, und helfen dort ein Techniklabor für Schulen aufbauen.«

»Das stimmt schon, aber – aber – ich wollte Sie sehen, ich muss mit Ihnen reden.«

Es wurde langsam zur ärgerlichen Routine, dass spätabends Fremde auftauchten und mit mir reden wollten. Immerhin fragte sie erst mal und brach nicht einfach bei mir ein.

»Na schön. Gehen wir rein.« Ich schloss die Haustür auf und streckte einladend den Arm aus.

Als wir in den Flur kamen, öffnete sich Mr. Contreras' Wohnungstür. Mitch und Peppy stürmten bellend und winselnd heraus, um mich zu begrüßen und die Unbekannte zu inspizieren.

»Sie haben dich draußen sprechen gehört, Spatz, und wollten keine Ruhe geben, bis ich die Tür aufmachte«, log Mr. Contreras schamlos. »Diese junge Dame hier war vorhin schon da und wollte zu dir. Ich hab versucht dich anzurufen, aber du bist nicht ans Telefon gegangen.«

Im Licht des Treppenhauses war Alison ganz klar ein Kind des Überflusses. Ihre reine, leicht gebräunte Haut, die gleichmäßigen schneeweißen Zähne, das schimmernde braune Haar, von einer Art mexikanischer Nadel aus dem Gesicht und hinten am Kopf gehalten, vor allem aber die Selbstsicherheit, mit der sie sich bückte, um die Hunde zu tätscheln, und Mr. Contreras die Hand hinstreckte – alles zusammen ergab eine Person, die sich ihrer Stellung nahe der Spitze sehr gewiss war.

»Alison Breen, Salvatore Contreras. Können wir kurz reinkommen und bei dir reden?«, fragte ich meinen Nachbarn. »Ich bin nicht sicher, ob der Heimatschutz meine Wohnung verwanzt hat.«

Die Augen des alten Mannes leuchteten auf: Er sehnte sich schon nach junger, energischer – und weiblicher – Gesellschaft, seit Petra dem Friedenscorps beigetreten war. »Es sieht nicht nach viel aus«, erklärte er Alison, »aber es ist sauber bei mir, und wir werden uns gut um Sie kümmern, die Hunde und Vic und ich, also kommen Sie rein, ruhen Sie sich aus. Möchten Sie Tee oder Kaffee oder so? Ich habe auch Bier da und Grappa.«

»Finger weg von dem Grappa«, warnte ich. »Mr. Contreras macht ihn selbst, der hat schon starke Männer umgehauen.«

Sie lächelte höflich, bat aber nur um ein Wasser. Sie ließ ihren Rucksack auf den Boden fallen und hockte sich auf die Kante vom durchhängenden Lehnsessel des alten Mannes.

Ich setzte mich ihr gegenüber auf die Couch. »Wissen Ihre Leute, dass Sie hier sind?«

»Ich – nein, keiner weiß, dass ich hier bin. Mein Flieger kam um vier an, ich warte hier mit Unterbrechungen seit fünf. Mr. Contreras kam an die Tür, als ich geklingelt habe. Er meinte, Sie sind in der Stadt und müssten bald zurück sein, also bin ich etwa alle Stunde wiedergekommen.«

»Ich bezweifle sehr, dass Ihre Abreise unbemerkt geblieben ist. Sie sind nicht die Unsichtbare, wissen Sie, Sie sind eine Erbin, Ihr Vater hat in Mexico City jemanden, der ihm berichtet, was Sie tun. Und er sagte mir, er wolle das FBI –«

»Jemand im Techniklabor überwacht mich?«, rief sie. »Das ist doch – grässlich! Wie kann er das tun? Kann ich denn nie etwas allein machen, ohne dass er mir im Nacken sitzt? Ich hatte gehofft – es ist Ramona, oder? Ich hab mich schon gewundert, als ich sie in meinem Zimmer antraf, aber sie sagte, sie suchte eine Kerze – oh Mann, wie soll ich denn irgendwem trauen, wenn ich nie weiß, ob man mich gerade bespitzelt?«

Mir fiel nicht mal eine fadenscheinige Antwort darauf ein. Ich lehnte mich auf der Couch zurück. Die Federn verschoben sich, und eine piekte mir in den Hintern. Vielleicht war das der einzige Grund, warum ich nicht auf der Stelle einschlief.

»Was führt Sie her?« Ich hielt nur mit Mühe die Augen offen. »Wie sind Sie an meinen Namen gekommen?«

»Durch meinen Vater«, sagte Alison. »Erst rief er mich wegen diesem kranken Schwachsinn über Martin an. Er fragte, ist Martin bei mir, und ich sagte, natürlich nicht, ich hatte seit Ende des Sommers nichts von ihm gehört. Wir alle haben die Mail von Jari bekommen – ich meine alle, die diesen Sommer Breen-Stipendiaten waren –, ob wir wissen, wo Martin ist, und daher wusste ich, dass er verschwunden ist. Mein Dad glaubte mir nicht, er dachte, dass ich Martin decke, da sind wir ziemlich heftig aneinandergeraten. Dann meinte er, dass Sie nach

Martin suchen, und ich soll ihm sofort Bescheid sagen, falls ich von Ihnen höre.«

»Und da sind Sie sofort in die nächste Maschine gesprungen und sechs Stunden geflogen, ohne zu wissen, ob ich überhaupt in der Stadt bin.«

Sie errötete. »Ich hab die Nachrichten über Martins Großmutter gesehen. Dass jemand sie ermordet und Martins Mutter angegriffen hat, meine ich. Ich dachte, Sie werden wissen, ob er aufgetaucht ist.«

Mr. Contreras kam mit einem Glas Wasser zurück. Er hatte einen Teller mit gemischten Nüssen und geviertelten Äpfeln arrangiert. »Sie sollten etwas essen, junge Dame. Sie sind bekümmert und haben den ganzen Tag im Flugzeug gesessen. Wenn Sie etwas im Magen haben, werden Sie sich besser fühlen.«

Alison produzierte ein Lächeln und ein paar kleine Jubelschreie, wie freundlich er war und wie wunderbar das Essen aussah. Sie war ihr Leben lang von onkelhaften Freunden ihrer Eltern verhätschelt worden, sie wusste, wie sie zu reagieren hatte.

»Ich bräuchte eine Tasse Kaffee, wenn es dir nichts ausmacht«, sagte ich zu meinem Nachbarn. »Wir haben wahrscheinlich noch einen langen Abend vor uns.«

»Sicher, Spatz, sicher.« Er eilte geschäftig zurück in die Küche.

»Er ist wirklich süß«, bemerkte Alison.

»Pures Gold, also seien Sie nicht gönnerhaft«, sagte ich. »Wenn es Sie so plagt, dass Leute Ihrem Dad Bericht erstatten, was sagt Ihnen denn, dass ich nicht für ihn arbeite?«

»Na, die Art, wie er über Sie sprach«, stammelte sie. »Das klingt jetzt grob, aber er meinte, Sie wären keine dolle Detektivin, Sie wären wie ein Elefant im Porzellanladen, keine Raffinesse.«

»Was für ein Klischee«, sagte ich, »wobei, wenn schon, dann Elefantin. Oder Elefantenkuh.«

Alison blinzelte verwirrt.

»Fehlende Raffinesse macht mich noch nicht männlich«, erklärte ich ihr. »Weiter im Text. Inwiefern sagt Ihnen der Umstand, dass Ihr Vater mich für untauglich hält, dass Sie mir trauen können?«

Ihre Lippen zitterten leicht. »Bitte machen Sie sich nicht über mich lustig. Ich sagte doch, ich weiß, wie grob das klingt, aber ich hab online über Sie recherchiert und gesehen, dass Sie ein paar große Fälle gelöst haben. Und dass Sie auch willens sind, sich mit der Polizei oder dem FBI oder Leuten wie meinem Vater anzulegen, um Ihre Klienten zu schützen. Ich wusste nicht, was ich sonst tun kann oder an wen ich mich wenden soll.«

Ich setzte mich wieder aufrecht, jetzt tat mir von den kaputten Federn der Rücken weh. »Sie haben recht, Ms. Breen, ich sollte mich nicht über Sie lustig machen. Ich habe einen langen Tag und eine abscheuliche Woche hinter mir, weil ich versucht habe, dahinterzukommen, was Martin im Schilde führt, von daher bin ich in puncto Einfühlung nicht in Höchstform. Erzählen Sie mir, was passiert ist, nachdem Ihr Dad Ihnen am Telefon unterstellt hat, Martin zu decken.«

Mr. Contreras kam mit Kaffee und Milch für mich und einem Glas Grappa für sich. Mit Hilfe einer mysteriösen Hundemathematik hatten sich Mitch und Peppy in genau gleichem Abstand zu jeder von uns dreien platziert. Ich gab dem alten Mann eine schnelle Kurzfassung dessen, was Alison bisher erzählt hatte.

»Jemand vom FBI kam ins Techniklabor und suchte nach Martin«, berichtete sie. »Dad hat mich nicht vorgewarnt, und als ein Agent der US-Regierung auftauchte, sind im Labor alle total in Panik geraten. In Mexiko gucken die Behörden einfach weg, wenn das FBI oder die DEA jemanden verhören will. Aber als ich Dad anrief und ihm sagte, dass er das Vertrauen der Leute zu mir zerstört, brüllte er los von wegen nationale Sicherheit. Er sagte, Martin hätte unsere Software gestohlen, ich meine die Metargon-Software, und dass das FBI ihn finden wird und ich mal meine sentimentalen Ideen ablegen muss, wenn ich je fähig sein will, die Firma zu leiten.«

Sie pulte an ihren Nagelhäutchen und sah sehr jung und kränkbar aus. »Ich konnte ihm das nicht ausreden. Ich konnte ihn nicht zu der Einsicht bringen, dass Martin so nicht ist.«

»Wie ist denn Martin?«, fragte ich. »Ich bin ihm nie begegnet, und niemand scheint ihn als Mensch zu durchschauen, höchstens seine Physiklehrerin von der Highschool.«

»Er ist ein Kaktus«, sagte Alison. »Außen hart und stachelig, innen so süß wie Honig.«

»Hatten Sie was miteinander?«, fragte ich. »Haben Sie ihn deshalb zu der Grillparty eingeladen, obwohl er kein Stipendiat war?«

Sie machte eine ungeduldige Geste. »Wir haben zweimal miteinander geschlafen, aber Martin hat es beendet, weil ich es meinen Eltern nicht sagen wollte. Er sagte, ich würde mich seinetwegen genieren, aber das war es nicht, sondern weil mein Dad ihn auf der Stelle gefeuert hätte. Martin ist auf eine Art Teil von Metargon, wie ich es nie sein werde. Ich bin eine gute IT-Technikerin, aber Martin ist etwas ganz Besonderes. Er sieht Dinge in 3-D, die die meisten von uns nur linear wahrnehmen.«

»Ein schwer zu hütendes Geheimnis«, sagte ich. »Dass ihr miteinander geschlafen habt.«

»Das ist mir jetzt auch klar«, sagte sie bitter. »Jemand, der sich bei Dad einschleimen wollte, hat ihm was gesteckt. Ich hoffe, es war nicht Jari, er ist ein guter Mann, aber bei Metargon herrscht ein solcher Konkurrenzdruck, da stößt jeder jeden aus dem Weg, selbst wenn sie alle zusammen am selben Projekt arbeiten! Es kann auch jemand von den Stipendiaten gewesen sein. Dieses Mädchen vom MIT, die hatte was gegen Martin. Egal, jemand hat es Dad erzählt, und er meinte, er will nicht, dass ein überambitionierter Schulabbrecher mich ausnutzt.

Auch das ist ungerecht. Martin ist kein Schulabbrecher. Er ist bloß nicht aufs College gegangen. Er besucht Abendseminare am Illinois-Circle, im Ernst, er ist so ein Superhirn – wussten Sie, dass er die volle Punktzahl im SAT-Mathetest hatte und die Bestnote in der Abschlussprüfung vom fortgeschrittenen Leistungskurs Physik?«

»Das erzählt man mir immer wieder«, sagte ich. »Seine Physiklehrerin wollte, dass er sich am Caltech oder MIT bewirbt, aber seine Familie war strikt dagegen.«

»Da haben Sie's. Er hat Minderwertigkeitskomplexe, weil meine Familie so reich ist und ich in Harvard studiere, aber wenn man da durchdringt, ist er herzallerliebst. Wissen Sie, was er mir zum Geburtstag gebastelt hat? Er hat sich erinnert, dass ich mal erzählt habe, wie ich als kleines Mädchen meinen Hund angefleht habe, mit mir zu sprechen: Ich war einsam und mein Hund mein bester Freund. Für meinen Geburtstag trieb er einen Spielzeughund auf, der aussah wie Lulu, und programmierte einen Chip, den er ihr einbaute. Sie singt Happy Birthday und sagt: ›Alison, du bist meine beste Freundin, niemand steht meinem Herzen näher als du.‹ Er hat's sogar hingekriegt, dass sie mit dem Schwanz wedeln kann. Er ist echt genial.«

Müdigkeit und unvergossene Tränen röteten ihre honigfarbenen Augen. Mr. Contreras nickte gütig. Er findet, *Romeo und Julia* ist eine großartige Geschichte, nur dass Shakespeare das Ende verbeutelt hat; wenn er, Mr. Contreras, dabei gewesen wäre, hätte er bei Julia in der Gruft gewacht und Romeo erklärt, dass sie nur schläft. Dieser Mönch war seiner Meinung nach ein Trottel. »Man lässt doch kein Mädchen im Drogenschlaf allein, ohne zu bedenken, dass ein nervenschwacher Junge wie Romeo überreagieren könnte«, so lautet sein Verdikt über den Barden.

»Sagen Sie einfach Vic hier, was zu tun ist, sie kriegt das schon hin«, erklärte er jetzt Alison. »Sie haben das Richtige getan, der lange Weg war nicht umsonst.«

Ich grinste gequält ob der Lobpreisung. »Na klar. Das FBI erledige ich mit links, was gut ist, weil mir der Heimatschutz ja die andere Hand schon auf den Rücken gefesselt hat.«

»Oh, ich hab gar nicht richtig aufgepasst, als Sie sagten, man hat vielleicht Ihre Wohnung verwanzt. Warum haben die – ist es wegen Dad? Oder wegen Martin?«

»Es geht um Papiere aus einem Haus auf dem Land, wo Martins Mutter gewohnt hat. Ich habe nur wenige Dokumente finden können – ich vermute, es gab noch mehr, die hat Martin an sich genommen. Was ich gefunden habe, wurde mir gestohlen, bevor ich es zur Analyse ins Labor bringen konnte. Der Heimatschutz glaubt mir das nicht. Man nimmt wohl an, Martin und seine Mutter besäßen Unterlagen mit Geheimwissen über Kernwaffen, die ich jetzt verstecke. Wissen Sie irgendwas darüber?«

»Sei vernünftig, Herzblatt«, sagte Mr. Contreras. »Wie soll sie denn, wenn sie nicht mal weiß, was du gefunden hast?«

»Es ist denkbar, dass Martin sich Ms. Breen anvertraut hat«, sagte ich. »Er war ein einsamer Mensch, er musste mit jemandem reden.«

Alison schüttelte den Kopf. »Er hat nie Kernwaffen erwähnt. Und er hat mit mir nie über seine Mutter gesprochen, jedenfalls nicht so.«

»Aber als er bei Ihrer Party war, hat er etwas entdeckt, das ihn erschüttert hat. Was war das?«

Sie machte ein tragisches Gesicht. »Ich hab keine Ahnung. Er war immer ziemlich still und noch stiller, wenn der Rest der Gruppe dabei war. Ich weiß auch nicht mehr, als dass er in der Werkstatt meines Großvaters irgendwas entdeckt hat. Alle wollten sie sehen. Wahrscheinlich dachten sie, da, wo Großvater seine brillanten Ideen hatte, könnte etwas von seinem Genie und seinem Glück auf sie abfärben. Seine Werkstatt ist im zweiten Stock unseres Hauses am Lake Forest. Zwar hat er den Kern für den Metargon-I noch in seiner ersten Werkstatt entwickelt, hinten in der Garage seines Hauses in Hyde Park, aber all sein Zeug und seine Papiere sind jetzt in Lake Forest.«

Ich nickte. »Also sind alle mit raufgegangen. Wer hat das als Erster vorgeschlagen?«

»Ich glaube ehrlich nicht, dass es Martin war«, sagte sie abwehrend. »Nicht weil ich ihn decken will, wie Dad sagt, sondern weil, ach na ja, seine Minderwertigkeitskomplexe. Er hätte nicht gern zugegeben, dass ihn etwas interessiert, was ein reicher und mächtiger Mann gemacht hat. Jedenfalls spielten alle mit den Modellen herum oder bewunderten die Briefe – Großpapa hatte gerahmte Briefe von lauter unfassbaren Leuten, Nobelpreisträgern, Präsident Eisenhower. Man weiß gleich, dass er Großes geleistet hat, wenn man nur sieht, wer ihm alles geschrieben hat.«

»Und irgendwas von diesen Briefen und Dokumenten hat Martin bestürzt. Denken Sie nach! Was genau hat er sich angesehen?«

»Ich sag doch, ich weiß es nicht! – Tad, das ist einer aus der Sommergruppe, er mochte Martin nicht, weil Martin einen Teil seiner Codes umgeschrieben hat, ohne ihn zu fragen, jedenfalls, der stand neben mir. Genau genommen hatte er einen Arm um mich gelegt.« Tränen traten ihr in die Augen. »Martin kam zu mir. Er sagte: ›Das geht so nicht auf. Wie viel weißt du über die Arbeit deines Großvaters?‹ Ich fragte, was er damit meinte, aber Tad machte diese boshafte Bemerkung, dass die menschliche Rechenmaschine doch unfehlbar ist, und wenn Martin sagt, dass beim Metargon-I etwas nicht aufgeht, dann war es wohl eine Illusion, dass er all die Jahre tadellos funktioniert hat.«

Sie kramte in ihrem Rucksack nach einem Taschentuch, aber Mr. Contreras hielt schon eine Serviette bereit und tupfte ihr die Tränen von den Wangen.

Alison dankte es ihm mit einem feuchten Lächeln. »Dann ist Martin gegangen. Ich bin ihm noch nachgerannt, aber er sagte:

›Ich muss das in Ruhe durchdenken. Ich hoffe, du hast mich nicht zum Narren gehalten.‹ Ich sagte: ›Was, meinst du das mit Tad?‹, und er sagte: ›Mit Tad und auch sonst.‹ – Das war das Letzte, was ich von ihm gehört habe. Ich hab später noch versucht, ihn anzurufen, aber er ging nicht ran, und er hat auf keine meiner SMS und Mails geantwortet, und da hab ich ihm dann eine richtig miese Nachricht geschrieben.«

»Ach?«, entfuhr es mir.

»Ja. ›Geh zum Teufel, Mister, mein Dad hatte wohl doch recht, und du bist bloß ein Prolet mit fetten Komplexen.‹« Sie murmelte die Worte so schnell, dass ich sie kaum verstand. »Natürlich meinte ich es nicht so«, fügte sie hinzu. »Aber warum hat er denn nicht zurückgeschrieben? Warum hat er mir nicht erklärt, dass er abtaucht und dunkel macht? All die Wochen in Mexiko dachte ich, dass er mich schneidet. Bis ich die Nachricht von Jari bekam. Und Jari sagt, er war auf Martins Server, und er hat Martins Mail- und Handydaten ausgelesen. Martin hat seit dem Tag, an dem er verschwand, keine Nachricht mehr versandt und seinen Posteingang nicht mehr gesichtet, weder auf dem Handy noch in der Mail – Jari hat fünf verschiedene Adressen von ihm gefunden. Sie sind alle unberührt seitdem.«

Ich trommelte mit den Fingern auf der Armlehne der Couch. »Ich möchte mir die Werkstatt Ihres Großvaters anschauen. Ich will wissen, was Martin gesehen hat.«

»Ich kann Sie da nicht mit hinnehmen! Dad darf nicht wissen, dass ich hier bin. Und nebenbei, wenn es der Entwurf für den Metargon-I war, wie Tad meinte, den kann sich jeder leicht ansehen. Er findet sich in jedem Einführungsbuch zur Computertechnologie im Abschnitt Geschichte. Da steht immer, was von Neumann und Bigelow in Princeton geschafft haben, was Rajchman an den RCA Labs tat und was Edward Breen in seinem alten Kutschenhaus zustande gebracht hat.« Trotz ihres Kummers schlich sich ein Hauch von Stolz in den letzten Satz.

»Wenn wir uns die Zeichnungen ansehen, wäre ich wohl imstande, ihre Bedeutung nachzuvollziehen?«, fragte ich.

»Ich kann sie mit Ihnen durchgehen, aber ich wüsste nicht, was die Modelle oder die Zeichnungen Ihnen verraten könnten«, sagte sie. »Ich weiß auch nicht, was sie Martin verraten haben oder ob es überhaupt das war, was er sich angesehen hat.«

Vielleicht hatte Cordell Breen recht, und ich war nicht die richtige Detektivin für einen so intellektuellen Fall. »Was hängt neben den Zeichnungen? Kann er noch etwas anderes gesehen haben?«

Sie machte eine hilflose Geste. »Ich hab da, wo Martin stand, alles überprüft. Da ist die Originalzeichnung für den Kern des Metargon-I, nur eine erste Skizze der Idee, die Großpapa gezeichnet hat, als er im Krieg an irgendeiner Front hockte. Sie hängt an der Wand. Und dann noch ein Brief von Stan Ulam, dem Mathematiker, der schreibt, Großpapas Vorlage für Register mit Kernspeicher sei kühn und revolutionär, aber sie seien am IAS schon zu weit fortgeschritten, um jetzt noch die Rechnerstruktur zu ändern, zumal auch noch nicht klar sei, ob die Fermi-Flächen akkurat berechnet werden könnten.«

Ich würde definitiv nichts davon haben, wenn Alison die Konstruktionspläne des Computers mit mir durchging. Schon eine Fermi-Fläche überforderte mich völlig.

»Nicht lange nach eurer Party ist Martin aufs Land zu seiner Mutter gefahren«, sagte ich. »Und da haben sie sich über die Papiere gestritten, die jetzt weg sind. Hat er je mit Ihnen über sie gesprochen?«

»Sie meinen, dass sie drogenabhängig ist? Ja, das macht ihm zu schaffen. Deswegen findet er auch, er sollte keine Kinder haben, sie könnten ja Crackheads werden. Ich konnte ihn nicht überzeugen, dass Sucht nicht genetisch bedingt ist.«

Ich rieb meine grindigen Augen. Der Kaffee half nicht, ich war unerträglich müde. »Tja, wo wir gerade dabei sind, es ist unmöglich zu verhindern, dass Ihre Eltern von Ihrer Anwesenheit erfahren. Jemand wird mitgekriegt haben, wie Sie in Mexiko Ihr Quartier verließen. Selbst wenn man das Ihrem Dad nicht berichtet hat, geben die in Mexico City eine Suchmeldung heraus, da Sie weg sind. Falls Sie eine Kreditkarte benutzt haben, um das Ticket zu bezahlen, haben Sie bereits eine Spur hinterlassen. Und wenn der Heimatschutz wirklich dieses Haus beschattet, hat man anhand der Überwachungsaufnahmen längst Ihre Identität ermittelt.«

Zerknirscht sackten Alisons Schultern nach unten. Mr. Contreras legte einen Arm um sie und sah mich stirnrunzelnd an. »Warum setzt du ihr so zu, Herzblatt? Sie ist nun mal hier, wir müssen uns eben was überlegen.«

»Sie kann nicht bleiben«, grübelte ich. »Wir sind zu exponiert, zu leicht angreifbar. Dasselbe gilt für mein Büro.«

Mr. Contreras wollte spontan protestieren, er könne doch auf Alison achtgeben, brach aber mitten im Satz ab. »Ich könnte, wenn es bloß gewöhnliche Schläger wären, aber nicht, wenn es um die Regierung und Leute wie ihren Dad geht. Komm schon, Spatz, setz deine Denkmütze auf. Du musst doch irgendeinen Schlupfwinkel kennen.«

Ich schenkte ihm ein müdes Lächeln. »So was wie Bruder Hases Dornendickicht? Was immer du tust, wirf mich nicht da rein*?«

Kaum ausgesprochen, löste das bei mir eine unerwartete Kette von Assoziationen aus. »Vielleicht weiß ich doch was. Kommen Sie, Ms. Breen. Verkleidung ist angesagt.«

* … sagt Bruder Hase zu Bruder Fuchs, der ihn prompt reinwirft, wodurch Bruder Hase frei wird. Die Trickster-Geschichten um »Br'er Rabbit«, der sich mit List und Witz gegen Überlegene behauptet, basieren auf *folktales* afrikanischstämmiger Plantagensklaven der Südstaaten (Erstveröff. 1879 als Onkel-Remus-Geschichten von Joel Chandler Harris, in den USA Standardliteratur).

30

Mummenschanz

»Also, Jungs, ihr wisst, wie ihr zur Union Station kommt? Sicher, dass ich euch nicht bringen soll?«, sagte Mr. Contreras laut.

»Ach komm, Opa, wir haben die Fahrt schon tausend Mal gemacht.« Das war Alison, die einen stämmigen Jungen in Jeans und T-Shirt gab. Eine Baseballmütze, Schirm nach hinten, bedeckte ihre glänzenden Haare.

»Ich weiß nicht recht«, nörgelte der alte Mann. »Es ist spät, es sind Perverse unterwegs. Ich sollte besser mitfahren.«

»Du hast doch die Hunde dabei, Opa. Uns belästigt schon keiner.« Cousin Boom-Booms alter Hockey-Pulli war ein bisschen dick für den warmen Abend, aber er verbarg meinen Busen. Abseits der Straßenbeleuchtung ging ich mit meiner Baseballmütze als älterer Enkel durch, neunzehn und Erstsemester an der Uni. Mr. Contreras drückte mir mannhaft die Schulter und umarmte Alison, die sich ihm entwand, genau wie es wohl sein jüngster Enkel getan hätte. Am Bahnhofsausgang sorgte er mit den Hunden für chaotischen Tumult. Das gab mir Gelegenheit zu prüfen, ob jemand von den spätabendlichen Fahrgästen, die über ihn fluchten, weil er seine Hunde nicht im Griff hatte, uns folgte. Es war schwer, ganz sicher zu sein, aber ich war zu fünfundneunzig Prozent überzeugt, dass wir schattenfrei waren.

Ich hatte die Szene nur grob entworfen, doch Alison und mein Nachbar hatten ihre Rollen mit Bravour zum Leben erweckt. Wir gingen durch die Sperre und drückten uns unten vor der Treppe herum, lasen die Aushänge. Als ich den einfahrenden Zug auf der Stadtauswärts-Seite hörte, ergriff ich

Alison am Arm, und wir sprinteten die Treppe hoch. Die Türen schlossen sich, als wir in den Zug sprangen.

Wir waren beide angespannt. Während der Routinefahrt rauf nach Howard sprachen wir kein Wort. Alison, die sich im Labyrinth von Mexico City zurechtfand, war noch nie mit der L gefahren; sie sah sich jedes Mal nervös um, wenn ein nächtlicher Bettler in unserem Wagen anfing, seinen Spruch aufzusagen. In Dempster hatten wir Glück – wir kriegten gerade noch den letzten Skokie Swift.

Von der Endstation mussten wir eine Meile laufen bis zu Kitty Binders Haus. Boom-Booms Pulli versteckte nicht nur meine Brüste, sondern auch Pickset, Taschenlampe und meine Waffe. Bis wir den Bungalow in der Kedvale erreichten, drückte die Taschenlampe unangenehm gegen meine Rippen.

Es war ein gutes Stück nach Mitternacht, die kleinen Häuser längst für die Nacht verrammelt, so hoffte ich zumindest. Das Letzte, was wir jetzt brauchten, war, dass uns ein schlafloser Spaziergänger erspähte.

Alisons Nervosität wuchs, als sie die Absperrbänder der Polizei und das Siegel der Staatsanwaltschaft sah. »Wenn wir erwischt werden, sperren sie uns dann ein?«, flüsterte sie.

»Wenn wir erwischt werden, hüpfen Sie davon wie ein Häschen. Falls Sie jemand aufhält, sagen Sie, ich hab Sie entführt«, raunte ich zurück. Ein tiefes Gefängnishofmurmeln trägt nicht so weit wie Flüstern.

Die Staatsgewalt hatte sich nicht die Mühe gemacht, auch die Garage zu versiegeln, sie hatte eine Hintertür mit einem simplen Schnappschloss. Während Alison mit unruhiger Hand die Taschenlampe hielt, sperrte ich schnell die Zuhaltungen auf. In unter dreißig Sekunden waren wir drin. Als sie sprechen wollte, legte ich ihr die Hand über den Mund und zählte lautlos acht langsame Atemzüge. Niemand rief oder drückte die Klinke hinter uns.

Ich benutzte die Taschenlampe sparsam, da die Garage zwei Oberlichter hatte. Wir sahen eine Werkbank, wo Len sein Handwerkszeug aufbewahrt hatte. Es war mittlerweile eingestaubt, aber Bohrer, Meißel und Schraubenschlüssel lagen akkurat der Größe nach geordnet auf einem Tuch. An der Wand hinter der Werkbank hatte er Bilder von sich und seinem Enkel aufgehängt. Das mit Martin und den Raketen kannte ich schon, andere zeigten die beiden beim Ballspielen oder wie sie zusammen an einem Auto schraubten. Alison gab einen Jauchzer von sich, als sie sie sah, und bestand darauf, sie abzuhängen und mit nach drinnen zu nehmen.

Auf der der Werkbank gegenüberliegenden Seite führte eine Tür in die Küche. Sie war ebenfalls leicht zu öffnen. Merkwürdig, dass Kitty mit ihren Ängsten und all den Riegeln an Vorder- und Hintertür diesen Zugang zu ihrem Haus ungesichert gelassen hatte. Genauso merkwürdig, dass die Einbrecher, die im Haus so rücksichtslos gewütet hatten, die Garage völlig unberührt ließen. Vielleicht hatten sie drinnen gefunden, was sie suchten, vielleicht hatten sie aber auch gar nichts gesucht. Wenn es Drogenhändler waren, die hinter Judy Binder her waren, hatten sie womöglich aus Prinzip Verwüstung hinterlassen – oder aus Mangel daran.

Im Haus war der Tatort unberührt. Bücher und Papiere lagen noch über den Boden verstreut. Was mir nicht aufgefallen war, als ich am Freitag hier durchrannte: Die Eindringlinge hatten alle Mehl- und Zuckerbehälter ausgekippt sowie den Inhalt des Kühlschranks. Die Lebensmittel begannen zu verrotten. Eine Ameisenstraße führte von der behelfsmäßig mit Brettern vernagelten Hintertür zu dem Haufen verschüttetem Zucker.

Alison rümpfte angeekelt die Nase. »Das stinkt ja wie in den Barrios, durch die ich auf dem Weg zu einer unserer Schulen musste. Hier können wir nicht bleiben.«

»Wenn Sie sich nicht ein Taxi rufen und nach Hause fahren

wollen, haben wir im Moment keine große Auswahl. Na los, Schwester, eine Runde putzen macht alles erträglicher.«

Ich wollte keine Geräte einsetzen oder Lichter einschalten, die auf unsere Anwesenheit aufmerksam machen könnten. Ich hinderte Alison auch daran, den Ventilator anzuwerfen. An der Kellertür hing ein Gestell mit Besen und Wischern, Mülltüten und Bleichmittel. Ich machte mich mit grimmigem Ernst an die Arbeit. Nachdem sie mir eine Weile zugeguckt hatte wie eine Tragödiendarstellerin, gab Alison sich einen Ruck, schüttelte sich die Baseballkappe vom kastanienbraun schimmernden Haar und packte mit an.

»Martins Zimmer ist unten«, sagte ich leise. »Ich glaube, er hat Verdunkelungsvorhänge, da lässt es sich leichter saubermachen.«

Alison wollte das gern übernehmen, während ich die Küche fertig putzte und mir Kittys Schlafzimmer vorknöpfte. Ich leuchtete ihr mit der Taschenlampe die Treppe runter und warnte sie, dass sie getrocknetes Blut auf dem Boden vorfinden würde. Die Unordnung in Martins Einliegerwohnung war nicht so schlimm wie in der Küche, weil er so wenig Habseligkeiten zurückgelassen hatte. Alison sah schon deutlich weniger elend aus, als sie anfing, den Ort zu erkunden, wo ihr zeitweiliger Geliebter aufgewachsen war.

Ich ließ sie Martins Raketen bewundern und ging hoch in den ersten Stock. Dort wuchtete ich Kittys Matratze wieder auf ihr Bett, hängte Kleider in den Schrank zurück, legte ihre ausgeleierten Büstenhalter und zerrissenen Schlüpfer in eine Schublade. Welche Regel schreibt eigentlich vor, dass man sich von schöner Unterwäsche verabschieden muss, wenn man Rente bezieht?

Auch wenn Kitty nicht darin umgebracht worden war, konnte ich es nicht ertragen, in dem Bett zu schlafen. Es war eine archaische Abscheu vor dem Tod oder vielleicht auch vor

Kittys gequältem Leben. Ihrem gegenüber fand ich ein zweites Schlafzimmer, weiß gestrichen mit weiß-rosa Vorhängen. Es musste mal Judy Binders Kinderzimmer gewesen sein, aber es sah ganz so aus, als wäre Len hier für die letzten Jahre seines Lebens eingezogen. Im Bücherregal stand Geschichte des Zweiten Weltkriegs mit Schwerpunkt Raketenprojekte und Atombombe. Dazwischen verschämt ein paar Westernromane von Loren D. Estleman.

Len hatte hier weitere Fotos aufgehängt. Die Rahmen waren zerbrochen, aber die Bilder weitgehend intakt. Eins von Judy mit etwa fünf auf einem Dreirad, ohne Schneidezähne in die Kamera grinsend. Auf einem anderen saß die acht- oder neunjährige Judy in einem Sessel und streichelte eine Katze. Es war schwer, die wütende Vogelscheuche von Frau, die am Krankenhausbett festgeschnallt war, mit diesem lebendigen kleinen Mädchen in Einklang zu bringen. Was war dem Kind auf dem Dreirad zugestoßen? Das Leben mit einer so unausgeglichenen Person wie Kitty dürfte ein Kind verunsichern, aber warum hatte sich Judy in Betäubungsmittel geflüchtet? Oder war das einfach passiert, ohne dass sie so recht wusste, was sie tat? Auf der Suche nach Liebe, nach Wärme durch Sex, dann high werden, noch higher werden, die Atmosphäre verlassen und nicht mehr auf den Planeten Erde zurückfinden.

Ich fegte Scherben und zerbrochene Rahmen in eine weitere Mülltüte, zog den Teppich glatt, spähte in die Kommodenschubladen. Sie waren leer, was erklärte, warum sich das Chaos der anderen Räume hier nicht fortsetzte. Ich bezog Lens Bett mit Bettwäsche, die ich in einem Schrank im Flur fand. Sie war so fadenscheinig, dass sie in der Mitte schon durchsichtig war, aber sie war sauber.

Ich wäre am liebsten Hals über Kopf ins Bett gefallen, aber ich ging in den Keller, um nach Alison zu sehen. Sie schlief tief und fest, obwohl alle Lampen brannten. Ihr Tag hatte vor fast vierundzwanzig Stunden in Mexico City angefangen, es stand ihr zu. Sie hatte rings um Martins Bett den Boden gewischt und Feynmans *Lectures on Physics* wieder an seinen Ehrenplatz auf dem Schreibtisch gestellt.

Sie wachte nicht auf, als ich durch den Raum ging, um die Lichter auszuschalten. Als ich zur Schreibtischlampe kam, sah ich einen Umschlag aus dem zweiten Teil der *Lectures* ragen. Es war ein behördliches Schreiben, datiert auf eine Woche vor Martins Verschwinden.

> Sehr geehrter Mr. Binder,
> Ihr Antrag gemäß *Freedom of Information Act* betreffend Martina Saginor führte zu keinen Suchergebnissen. Ihr Antrag betreffend Gertrud Memler ergab einen Brief, siehe Anlage.

Die Anlage bestand aus einer fotokopierten Seite eines Briefs vom Inspector General's Office im Handelsministerium der Vereinigten Staaten, gerichtet an die Abteilung Immigration und Einbürgerung.

> Wir ersuchen um ein beschleunigtes Visum für die österreichische Staatsbürgerin (Dr.) Gertrud Memler. Dr. Memler war in einer Waffenentwicklungsanstalt in den österreichischen Alpen nahe der Stadt Innsbruck tätig und half dort bei der Entwicklung des Reaktors I-IX mit. Sie wurde eigens zum Chemieingenieur ausgebildet und nach Innsbruck geschickt, um unterirdische Tests mit frühen Prototypen durchzuführen.
>
> Major Edward Breen von der Joint Intelligence Objectives Agency hat versichert, dass Dr. Memlers Aufgaben in Innsbruck ausschließlich im Bereich der reinen Forschung lagen. Er hat sich zudem vergewissert, dass ihre Mitglied-

schaft in der Nazi-Partei einzig den gegebenen Erfordernissen geschuldet war, um weiterhin an Universitäten oder Forschungseinrichtungen tätig sein zu können.

Die Einrichtung in Innsbruck umfasste eine größere Anlage zur Bombenproduktion. Memler teilte die Arbeits- und Lebensbedingungen der Frauen, die als Zwangsverpflichtete in die Fabrik geschafft wurden, um in der Waffenproduktion Zwangsarbeit zu verrichten. Memler sagte aus, dass die Arbeiter in manchen dieser Einrichtungen möglicherweise unterernährt waren, doch war dies in Innsbruck nicht der Fall. Auch wurde Memler niemals Zeuge von Prügelstrafen oder anderen schweren Züchtigungen von Personen, die sich dort als Zwangsarbeiter befanden. Darüber hinaus war sie niemals selbst für Arbeitseinsätze verantwortlich; ihre Pflichten waren strikt auf das Feld der reinen Forschung beschränkt.

Dr. Memlers Arbeit ist von entscheidender Bedeutung für den Fortschritt des Raketen- und Nuklearwaffenprogramms der Vereinigten Staaten von Amerika. Eine Kooperation Ihrerseits durch sofortige Erteilung eines Visums wissen wir sehr zu schätzen.

Ich starrte den Brief ein paar Minuten lang an, als enthielte der Text ein Geheimnis, das in Erscheinung treten würde, wenn ich nur lange genug draufstarrte. Alison wälzte sich im Schlaf und murmelte etwas auf Spanisch. Ich schob den Brief in die Gesäßtasche meiner Jeans und schaltete die Schreibtischlampe aus.

31

Muskelauto

Es war schon mitten am Dienstagnachmittag, als ich wieder erwachte. Ich duschte in Kittys Bad, was mir etwas unbehaglich war, als ob sie auf dem Bett säße und mir zusah. In der Küche traf ich auf Alison, die Erdnussbutter mit einem Löffel aus dem Glas aß.

»Wir haben gestern Abend alles Brot weggeworfen«, sagte sie. »Ich hab hinten im Gefrierschrank eine Packung Bagels gefunden, aber ich wusste nicht, ob es okay ist, den Toaster zu benutzen.«

»Ich glaube kaum, dass jemand den Stromverbrauch überwacht, also –« Ich brach mitten im Satz ab. Mir wurde gerade bewusst, dass Alison einhändig auf ihrem Smartphone textete, während sie weiter Erdnusscreme vom Löffel leckte. »Was machen Sie da?«

»Ich lass meine Mitbewohnerin wissen, dass es mir gut geht. Warum?«

»Sie haben mir gestern Abend gesagt, dass Sie Mexico City verließen, ohne es jemandem zu sagen, und jetzt funken Sie Ihren Standort in die Welt hinaus, wo ihn jeder erfahren kann, der Ihre Telefonnummer weiß?«

»Es ist meine Mitbewohnerin in Harvard, nicht die in Mexico City«, versicherte mir Alison. »Sie arbeitet bei einer NGO in Botswana, und wir simsen uns an die zwanzig Mal am Tag, daher war sie beunruhigt, als sie nichts von mir hörte.«

»Alison. Ms. Breen. Sie sind doch hier die Technikmagierin aus der Computerwelt, nicht ich. Wissen Sie denn nicht, dass jeder, der Ihre Handynummer kennt, ob es Ihr Vater ist oder Jari Liu oder Ramona in Mexico City, Ihren Aufenthaltsort aufspüren kann, sobald Ihr GPS-Signal gesendet wird?«

»Oh«, sagte sie mit dünner Stimme. »Ich bin so ans Simsen gewöhnt, das hab ich mir noch nie überlegt – ich hab auf mein Handy geguckt, als ich aufstand, und dachte, ich hätte vergessen, den Flugmodus auszuschalten, und Caitlin, meine Mitbewohnerin, sie schrieb, wenn sie bis zum Ende des Tages nichts von mir hört, simst sie meiner Mutter. Was sollte ich denn tun?«

»Wie lange haben Sie Ihr Handy schon an?«

»Seit ich aufgestanden bin. Vielleicht so dreißig Minuten. Ich mach das ganz automatisch. Ich hatte ungefähr zwanzig SMS von den Leuten aus Mexiko, und dann meine Mitbewohnerin, und meine Eltern haben beide gesimst, also …«

»Also fahren Sie besser schleunigst nach Lake Forest und lassen sie wissen, dass es Ihnen gut geht«, beendete ich den Satz für sie. Das hatte ich gestern Abend nicht richtig durchdacht. Zu viel Échezeaux, sonst wäre mir klar gewesen, wie viele Leute sofort anfangen würden, nach Alison zu suchen, wenn sie verschwand.

»Aber was soll ich ihnen denn erzählen? Ich will nicht sagen, dass ich zurückgekommen bin, weil ich gehofft hab, dass Martin auftaucht.«

»Wie wär's mit einer Halbwahrheit? Erklären Sie ihnen, das FBI auf Ihr Mexikoprogramm zu hetzen macht all die Mühe zunichte, die Sie hineingesteckt haben. Sagen Sie, Sie wollten das von Angesicht zu Angesicht besprechen, weil das Thema zu heikel für SMS oder Ferngespräche ist.« Ich war nicht wirklich auf ihr Problem konzentriert. Vielmehr fragte ich mich, ob nicht von der Seite des Hauses ungewöhnliche Geräusche kamen.

»Und wenn sie durch mein GPS-Signal schon wissen, dass ich in Martins Haus war?«

»Dann fragen Sie zurück, wie sie dazu kommen, Ihr Handy zu überwachen, und sagen, Sie besorgen sich ein Wegwerf-Handy, das Sie jeden Monat auswechseln, wenn die nicht aufhören, Ihnen ständig im Nacken zu sitzen.«

Doch, da waren ungewöhnliche Geräusche, irgendwo ganz in der Nähe. Ich sprang quer durch den Raum zur Küchentür und stellte mich flach an die Wand, Waffe in der Hand.

»Runter«, sagte ich zu Alison, »schnell, unter den Tisch. Da ist jemand. Ich will Sie nicht treffen, falls ich schießen muss.«

Alison stand da und starrte mich an, immer noch ihren Erdnussbutterlöffel in der Hand.

»Runter auf den Boden!«, fauchte ich.

Sie war zu verängstigt, um sich zu rühren. Dann sahen wir beide im Küchenfenster über der Spüle ein Gesicht auftauchen. Das flammend rote Haar darüber war unverwechselbar. Ich steckte meine Waffe zurück ins Holster und verließ die Küche durch die Garage, da die Hintertür vernagelt war.

»Voss Susskind«, rief ich, als ich in den Binder'schen Hof hinaustrat. »Was suchst du denn hier?«

Er fuhr herum, die Augen riesig vor Schreck. »Wer – oh. Sie sind doch die Detektivin, die nach Martin sucht. Haben Sie ihn gefunden?«

»Ich bin nicht mal nah dran. Was treibst du hier?«

Er stand auf einem Zementblock unter dem Küchenfenster, jetzt hüpfte er hastig herunter, das Gesicht fast so rot wie die Haare.

»Seit Sie bei meinen Leuten waren, halte ich so'n bisschen Wache hier ums Haus rum. Als ich von der Schule kam, dachte ich, ich seh was in der Küche. Das wollte ich erst überprüfen, bevor ich die Cops ruf.«

»Gut gemacht!«, sagte ich mit einer Überschwänglichkeit, die ich nicht empfand. »Wir suchen nach Hinweisen, die die Polizei übersehen hat. Du hast nicht zufällig an dem Abend Wache gehalten, an dem Ms. Binder ermordet wurde, oder?«

Er zog mit der Spitze seines Turnschuhs einen Kreis auf dem harten Hofboden. »Wenn ich es sage, versprechen Sie dann, meiner Mom nichts zu verraten?«

»Großes Pfadfinderehrenwort«, bestätigte ich feierlich.

»Es waren zwei Typen. Ich hab gesehen, wie sie die Hintertür eintraten, da bin ich losgerannt, um Mom zu holen, aber bevor sie noch 911 wählen konnte, hörten wir diese Schüsse, und mein Dad, tja, er meinte, es wär besser, wenn wir uns da raushalten.«

»Kannst du sie beschreiben?«, fragte ich. »Wenn du das kannst, verspreche ich dir, der Polizei nicht zu sagen, dass ich es von dir habe.«

Er schüttelte unglücklich den Kopf. »Sie hatten so dunkle Jacken, oder Pullover, und ihre Gesichter waren so komisch flach. Ich glaub, die haben sich Damenstrumpfhosen drübergezogen, so hab ich mir das nachträglich erklärt, wissen Sie, ich hab am nächsten Tag in der Schule mit Aaron Lustic drüber geredet, und wir fanden beide, dass Damenstrümpfe das Gesicht so komisch flachmatschen.«

»Aber du bist sicher, dass es Männer waren?«

»Es war, wie sie gingen«, sagte er einfach.

Ich lächelte. »Du hast das Zeug zu einem erstklassigen Ermittler, Voss. Nun frage ich mich, ob ich dich um einen Gefallen bitten kann. Das da in der Küche ist Martins Freundin. Sie hat mir geholfen, das Haus zu durchsuchen, aber jetzt muss sie heim nach Lake Forest. Kann sie sich dein Fahrrad ausleihen? Sie würde es dir morgen zurückbringen.«

»Ich, ach Mensch, sicher, ja klar. Ich denk schon, aber sie sollte besser mit Tobys fahren, wenn sie damit klarkommt. Er hat es nicht mit nach Rochester genommen.«

Wir gingen durch die Garage zurück in die Küche. Ich stellte Voss vor, der große Augen bekam, als er Alison sah. Er hatte nicht erwartet, dass Martin eine so cool aussehende Freundin hatte. Er wurde sowohl schüchtern als auch forsch. Er würde ihr zeigen, wie man mit Tobys Rad umging, und er würde bis zum Hubbard Woods-Radweg mitfahren, damit sie sich nicht verirrte.

Alison war an jugendliche Bewunderung so gewöhnt wie an onkelhafte ältere Männer. Sie dankte Voss mit passenden Schmeicheleien, sagte ihm, wie froh sie über die Begleitung war, weil sie sich in Skokie nicht auskannte. Ich scheuchte sie beide aus der Garage. Als Alison sich umdrehte, um mir zu danken, sagte ich, das hätte Zeit, bis wir alle in Sicherheit wären, einfach damit sie endlich wegkamen. Sobald sie und Voss in der Gasse gegenüber verschwanden, ging ich auf die Suche nach dem Schlüssel für den Subaru.

Ausnahmsweise hatte ich auf Anhieb Glück: Martin hatte ihn in der Garage gelassen, an einem Haken bei der Schiebetür. Ich sah nicht viel Sinn darin, mich verstohlen zu entfernen. Mit Voss' Eintreffen und Aufbruch wusste eh die halbe Nachbarschaft, dass wir im Haus gewesen waren. Ich vergewisserte mich, dass ich alles dabeihatte: Waffe, Taschenlampe, Pickset, Zahnbürste und Boom-Booms Pulli.

Der Subaru hatte diesen muffigen Modergeruch unbenutzter Autos, aber der Motor sprang sofort an. Ich musste ins Büro und nachsehen, was für Chaos der Heimatschutz dort angerichtet hatte, aber ich fuhr erst zu Hause vorbei. Mr. Contreras verdiente auf den Stand gebracht zu werden; zudem hatte ich mein Laptop und mein iPad bei ihm gelassen.

Ich parkte den Subaru sechs Blocks von meiner Wohnung entfernt und nahm eine Zickzackroute nach Hause, bei der ich mich gut nach Verfolgern umsehen konnte. Schnell berichtete ich Mr. Contreras von letzter Nacht und von Alisons Entscheidung, nach Hause zu fahren – samt seiner vorhersehbaren

Kritik: Wie konnte ich sie einfach mit einem Nachbarsjungen davonradeln lassen, hätte ich sie nicht nach Lake Forest fahren können? Was war falsch daran, mir die Zeit zu nehmen, dem Mädchen die Unterstützung zu gewähren, die sie brauchte? Dann verschaffte ich den Hunden einen dringend benötigten Auslauf, ehe ich mit dem Subaru zu meinem Büro brauste.

Meine Mitmieterin, die mit gigantischen Skulpturen aus Stahl und Eisenbahnschienen und richtig großen Stücken allerlei anderer Materialien ringt, war diese Woche mit ihren Eltern in Cape Cod. Normalerweise, wenn ich reinkomme, zischt ein Schneidbrenner oder singt eine Bandsäge, begleitet von ihrem Musikmix. Die Stille in dem Lagerhaus, das wir uns teilen, zerrte an meinen Nerven, als ob Monster in den Schatten lauerten.

Ich schaltete alle Lichter an, ließ Natalie Maines und die Dixie Chicks »Not Ready to Make Nice« auf Höchstlautstärke für mich singen und ging ans Werk. Der Heimatschutz war im Büro weniger gewaltsam vorgegangen als bei mir zu Hause. Vielleicht dachten sie, da sie schon die Festplatten aus meinem Mac Pro hatten, müssten sie nicht alle Unterlagen auf den Boden schmeißen. Sie hatten meine Schubladen offen stehen lassen und genug Unordnung in den Akten angerichtet, um deutlich zu machen, dass sie da gewesen waren, aber sie hatten keine Papiere verstreut, wofür ich dankbar war: Meine Steuern zahlten sich doch aus.

Ich schloss die Schubladen ohne den Versuch, ihren Inhalt zu ordnen. Ich fand immer, dass Hausarbeit eigentlich ein Zuschauersport sein sollte, keine Mitmachveranstaltung, und ich hatte in dieser Woche schon mehr Putzarbeit verrichtet als sonst in einem Jahr: eine Methgrube ausgelöffelt, bei Kitty Binder den Tatort eines Kapitalverbrechens gereinigt und zumindest angefangen, meine eigene Wohnung wieder in Ordnung zu bringen. Genug jetzt.

Ohne meinen großen Rechner war ich fast handlungsunfähig, aber ich hatte immerhin noch ein Back-up meiner Berichte in der Cloud, vorausgesetzt, kein eifriger Bundesagent hatte es gelöscht. Ich schaffte es, Klienten zurückzurufen und ein beachtliches Pensum Arbeit zu erledigen. Ich speicherte alles auf Datensticks, um es aus der Cloud rauszuhalten.

Während ich Anrufe beantwortete und leere Stellen in meinen Berichten füllte, fragte ich mich, ob ich meinen Klienten sagen sollte, dass ihre vertraulichen Daten abgezapft wurden. Ja, sie hatten ein Recht darauf, es zu wissen. Nein, sie würden mir nie wieder etwas anvertrauen.

Die Stimme meiner Mutter aus dem Sommer, als ich zehn war, echote in meinem Kopf. Ich war mit Boom-Boom auf unserer üblichen Route nach Wrigley Field gefahren: Wir kletterten über den Zaun zum Bahnsteig des Pendlerzugs, so dass wir einsteigen konnten, ohne den Fahrpreis zu bezahlen, kraxelten an der Roosevelt Road den Stützpfeiler hoch zur L und schwangen uns über die rückwärtige Mauer des Stadions auf die Tribüne. Und wurden erwischt. Boom-Boom schüttelte das lässig ab, aber ich bekam zwei Wochen Hausarrest. Als ich versuchte, die Schuld auf meinen Cousin zu schieben, reagierte meine Mutter zornig und verächtlich: *»Hast du noch nicht genug Probleme? Musst du auch noch* viltà *– Feigheit – hinzufügen?«*

Richtig, Gabriella. Ich schickte eine E-Mail an alle Klienten, erklärte, dass eine Ermittlung den Zorn vom Heimatschutz erregt hatte, dass sie meine Festplatten beschlagnahmt hatten und dass ich für die Zukunft extra Schutzvorkehrungen treffen würde (ich schrieb nicht, was für welche, da ich es nicht wusste), jedoch gegenwärtig die Sicherheit ihrer vertraulichen Daten nicht gewährleisten konnte.

Manchmal ist Aufrichtigkeit nicht nur die beste Politik, sondern hilft tatsächlich. Eine der Anwaltskanzleien, für die ich tätig bin, schrieb zurück und meldete, sie seien bereits in

Kontakt mit dem Bundesstaatsanwalt und forderten, die Vertraulichkeit meiner sämtlichen Daten zu garantieren. Ein weiterer Klient, ebenfalls eine Kanzlei, hatte schon beim Bundesrichter die Rückgabe meiner Festplatten verlangt. Ein paar Kunden waren weniger kulant, sie forderten die Erstattung ihrer Vorauszahlungen. Aber im Großen und Ganzen hatte ich das Gefühl, es stand Einzelkämpferin V. I. gegen Heimatschutz 1:0.

Ich schrieb gerade den letzten Rückerstattungs-Scheck aus, als ich einen Anruf erhielt, der auf dem Display nur als aus Palfry kommend angezeigt wurde. Ich war in Versuchung, nicht abzunehmen – mir war gerade so gar nicht nach Sheriff Kossels dröhnendem Gelächter –, aber kurz bevor das Telefonat zu meinem Anrufdienst überstellt wurde, ging ich doch ran.

»Ich möchte die Detektivin sprechen. V.I. Warshawski?«, sagte eine Frau.

Ich kannte die Stimme, konnte sie aber nicht einordnen. »Ja, am Apparat. Und Sie sind?«

»Hier ist Susie Foyle vom *Lazy Susan's*?«

»Natürlich, die Heimat des weltbesten BLT-Sandwichs. Was gibt's?«

»Das – ich bin nicht sicher, ob ich es Ihnen erzählen soll, aber Bobbie Wenger und ich haben heute Morgen mit Jenny Orlick darüber geredet, weil sie Glenns Partnerin ist, und wir haben beschlossen, dass Sie es wissen sollen.«

Ich machte bestätigende Geräusche.

»Es ist ein bisschen heikel, wissen Sie, weil, was ist, wenn wir jetzt eine große Sache draus machen und vielleicht gar nichts dahinter ist?«

»Wenn gar nichts dahinter ist, werde ich nichts mit der Information anstellen«, versprach ich.

»Es geht um Glenn, Glenn Davilats, der Deputy, wissen Sie?«

Wir stellten sicher, dass ich wusste, von wem sie sprach: der

Deputy, der bei mir gewartet hatte, als seine Kollegen ins Maisfeld zu Ricky Schlaflys Leiche gingen. Jenny Orlick war seine Partnerin.

»Er fährt einen neuen Charger. Ich weiß ganz genau, dass er zwei kleine Kinder hat und eine Hypothek, mit der er im Rückstand ist, also woher hat er das Geld für ein brandneues Muscle-Car? Jenny sorgt sich, deswegen hat sie mit Bobbie geredet. Bobbie ist ihre Tante, wissen Sie.«

Ich wusste es nicht, aber in einer kleinen Stadt sind alle irgendwie verbandelt.

»Jedenfalls, na ja, wie ich schon sagte, vielleicht hat er ja auch in der Lotterie gewonnen, dann wäre es mir peinlich, Sie damit behelligt zu haben.«

»Nein«, sagte ich. »Sie behelligen mich nicht, und es braucht Ihnen nicht peinlich zu sein.«

Während Susie weitersprach, um sich in einen aufgeräumteren Gemütszustand zu reden, kamen mir zwei Bilder aus Palfry in den Sinn: erstens, wie ich um vier Uhr morgens auf dem Parkplatz des Motels stand und einen Dodge Charger davonrasen sah, in dem zwei Gorillas saßen, die mein Kofferraumschloss aufgebrochen hatten, um die Schubladen zu stehlen.

Zweitens, die noch deutlichere Erinnerung an das Maisfeld, wo ich in der heißen Sonne stand. Ich hatte Deputy Davilats gebeten, mir zu helfen, Delilah, die abgezehrte Rottweilerin, in meinen Wagen zu heben. Bei mir war sie zutraulich gewesen, und sie war lieb zu allen in der Tierklinik, aber sie hatte die Zähne gefletscht und die Nackenhaare aufgestellt, als sich Glenn Davilats näherte.

32

Autoschlachterei

Mein erster Impuls war, Sheriff Kossel anzurufen. Doch nach allem, was ich wusste, konnte das gesamte Palfry County Sheriff's Department mit den ansässigen Drogenhändlern zusammenarbeiten. Roberta und Frank Wenger hatten gesagt, dass es mindestens drei weitere Meth-Häuser im County gab.

Es war denkbar, dass einer der Dealer Davilats bestochen hatte, für ihn zu arbeiten, und sonst keiner im County davon wusste. Aber meine Erfahrung mit Polizeikorruption ging anders. Da gibt es gewöhnlich nicht einen einzelnen faulen Apfel. Menschen haben nicht das Gefühl, sich unmoralisch zu verhalten, wenn sie tun, was die ganze Gruppe tut. Die beiden Deputys, die auf den Notruf hin zum Motel gekommen waren, hatten keinerlei Eifer gezeigt, den Charger aufzuspüren: Vielleicht hatten sie ja nur den Verdacht, dass er ihrem Kumpel gehörte. Andererseits machten sie dabei vielleicht auch ihren Schnitt.

Ich wanderte die Milwaukee Avenue entlang zu dem Subaru, so in fieberhaftes Grübeln vertieft, dass ich fast überfahren wurde, als ich die dreispurige Kreuzung an der North Avenue überquerte. Das wäre mal ein Ende mit Galgenhumor – die Schießerei in einer Drogenhöhle überlebt, nur um unter einem Transporter zu verenden.

Dass Davilats die Hand aufhielt, erklärte die zwei Sorten von Leuten, die sich für mich interessierten. Der Heimatschutz war durch die King Derrick-Auktion auf den Plan gerufen worden, Davilats wollte alles, was ich vielleicht an Wertvollem im Meth-Haus gefunden hatte. Davilats wusste, dass ich die Kommodenschubladen aufgestöbert hatte, weil er beim Footballspiel in Palfry davon hörte. Der Heimatschutz hatte meine E-Mail an Cheviot-Labs gelesen, doch von dem Diebstahl wussten sie nichts. Darum hatten sie mir auch nicht geglaubt.

So weit, so gut, oder so schlecht. Davilats hatte in dem Lincoln Navigator gesessen, mit dem dann Judy Binder abgehauen war. Er oder sein Komplize hatte Ricky und Bowser erschossen.

Ich blieb vor einem Sushi-Restaurant stehen. Judy hatte bei Freddie Walker den Navigator gegen ein paar Oxys eingetauscht, aber Freddie machte in Drogen, nicht in Autos. Obwohl, Nummernschilder. Da hatte ein Stapel Nummernschilder neben den Drogenvorräten gelegen. Ich fragte mich, ob Frettchen Downey oder seine Kriminaltechniker es für lohnend befunden hatten, sie einzutüten und ins System zu füttern.

Eine Frau mit einer Sportkinderkarre, die lebhaft in ihr Headset sprach, rannte von hinten in mich hinein. »Der Bürgersteig gehört Ihnen nicht«, keifte sie, als ich mich umdrehte und mir das Bein rieb.

»Ihnen auch einen schönen Tag, Ma'am. Seien Sie vorsichtig an den Kreuzungen, Sie wollen doch nicht, dass bei einem Unfall Ihr Handy beschädigt wird.«

Verfolgt von ihren wüsten Beschimpfungen trottete ich weiter die Straße entlang, sammelte Martins Wagen ein für die schleichende Schinderei zu Freddies Wohnort und sinnierte wie schon tausendmal zuvor, warum etwas Stoßzeit heißt, das sich dermaßen zieht.

Freddie lebte in einem Stadtteil, wo man sich mit dem Aufräumen nicht beeilte. Auf der Überwachungskamera pappte immer noch das Klebeband, die Autobatterie, auf die ich gestiegen war, stand noch neben der Tür, die immer noch Polizeisiegel trug. Shaq und Ladonna campierten ein Stück die Straße rauf auf dem Kantstein.

Als sie mich klingeln und dann wieder mit den Picks ans

Werk gehen sahen, kamen sie langsam in meine Richtung. Ich hörte bereits Ladonnas rasselnden Atem, als ich den komplizierten, durch mehrere Stifte festgehaltenen Zylinder endlich zum Zurückschnappen brachte.

»Freddie's auf Kaution draußen«, berichtete Shaq ungefragt.

Ich hielt inne, die Tür halb offen. »Ist er zu Hause?«

»Glaub nicht. Schätze, er's in seiner Bude oben am Lake Geneva. Hat 'n dickes Haus da, Boot und alles.«

Freddie Walker, treibt auf den Gezeiten des Koks, leckt sich die Wunden in Wisconsin. »Was ist mit diesem Bullet, der sich auf der Treppe den Schädel beschädigt hat?«, fragte ich.

»Der's noch auf der Intensivstation«, sagte Ladonna. »Freddie, der zahlt 'n Scheiß, und Bullets Ma, die's so abgedreht, die kapiert gar nich, dass er schwer verletzt ist, und so hängt's nu am County.«

»Das macht mich doch stolz, Steuerzahlerin zu sein«, sagte ich.

»Weiß die Polizei, dass Sie die Siegel aufbrechen?«, fragte Shaq.

»Schert es die Polizei, wenn ich die Siegel aufbreche?«, fragte ich zurück. »Freddie hat was, das ich haben will, wenn die Cops es nicht mitgenommen haben.«

»Ladonna und ich könnten ja Schmiere stehn, wenn Sie wollen«, schlug Shaq beiläufig vor.

Ich dankte ihm feierlich und hielt ihnen die Tür auf, wartete aber nicht auf sie, als sie schneckenlangsam die Treppe erklommen. Im ersten Stock sah ich mir erstmals die beiden Wohnungen dort an. Hier schien Freddie heimisch zu sein, wenn er nicht oben in Wisconsin weilte. Sein übergroßes Bett mit Deckenspiegel war nach dem Vorbild von Basketballstar Wilt Chamberlain mit Tierhäuten bedeckt, und die restlichen Gemächer waren ähnlich kostspielig und geschmacklos bis unappetitlich eingerichtet: hochglanzlackierte Hausbar, babyblauer Flügel, gigantische Stereoboxen. Eine Küche voller Viking-Geräte, offenbar nie benutzt. Der Kühlschrank war voll mit Charles Krug-Champagner. Zweihundert Dollar die Flasche, und Freddie hatte gleich ein paar Kisten gebunkert.

Als ich meine Tour beendete, hatten Shaq und Ladonna es keuchend bis zum zweiten Stock geschafft. Die Polizei hatte den Drogenladen versiegelt, aber ich öffnete auch ihn ohne Bedenken. Ich konnte mir nicht vorstellen, dass Frettchen Downey oder sein Team diesen Tatort je wieder aufsuchten.

Sobald die Tür offen war, strebten Ladonna und Shaq schnurstracks zum Drogenschrank. Die Polizei hatte zwar den Inhalt mitgenommen, aber die zwei suchten akribisch und fanden noch genug lose Pillen, um sich ein paar Tage glücklich zu machen. Ich war noch glücklicher: Lieutenant Downey hatte die Nummernschilder dagelassen.

»Darauf waren Sie scharf?«, fragte Shaq verblüfft, offenbar hatte er angenommen, mit mir um verbliebenen Stoff kämpfen zu müssen.

»Jau. Habt ihr 'ne Ahnung, mit welchem Autoschlachter Freddie arbeitet?«

Shaq und Ladonna wechselten Blicke, schüttelten die Köpfe, musterten mich nervös. Sie hatten vor Automardern so viel Angst wie vor Freddie, sie lebten in diesem Viertel. Ich nicht.

Es spielte keine große Rolle. Ich war nicht auf der Jagd nach Autoteilen, ich wollte nur wissen, auf wen der Lincoln Navigator zugelassen war, in dem Judy das Weite gesucht hatte. Mit ein bisschen Glück würde mich eins der Nummernschilder zu ihm führen. Ich stieg die Treppen wieder runter, Shaq und Ladonna hingegen blieben noch, wühlten sich durch Freddies Schreibtischschubladen auf der Suche nach Bargeld oder Pulver oder sonst was, was zu tragen sie die Kraft hatten.

Ich fuhr nicht direkt nach Hause, sondern erst zum Naked Eye, einem Laden, der auf Ausrüstung für Ängstliche spezialisiert ist. Überwachung ist kein Witz, besonders nicht für die Einzelkämpferin, also mach ich das nicht oft. Ich besaß eine überschaubare Grundausstattung, Nachtsichtgerät und dergleichen, aber jetzt wollte ich etwas, das mir verriet, ob ich Minisender am Wagen hatte. Sollte der Mustang sauber sein, dann wusste ich, dass die Überwachungsgefahr mich paranoid gemacht hatte. Ich nahm gleich noch vier Wegwerfhandys dazu, prepaid mit je zweihundert Minuten, nur für den Fall des Falles.

Was ich brauchte, war nicht billig, aber wie der Naked Eye-Slogan richtig feststellte: »Seelenfrieden ist den Preis wert.« Ich zahlte bar, was hieß, dass ich auch noch zur Bank musste, um Geld zu besorgen.

Den Subaru stellte ich in einer überdachten Garage am Broadway ab, etwa eine halbe Meile entfernt von meiner Wohnung, wo ich den Sweeper an ihm ausprobierte. Martins Wagen schien sauber zu sein.

Mein Mustang war eine andere Geschichte. Als ich meine ganzen Gerätschaften dorthin geschleppt hatte, wo er geparkt war, fand ich eine Wanze im Kofferraum, eine zweite unter dem Abgaskrümmer.

Ich betrachtete sie nachdenklich. Sie waren winzig, nur millimetergroß, trotzdem mit starken Magneten ausgerüstet, sehr schwer abzuhebeln. Sie hatten keinerlei Herstellerangaben oder Seriennummern, also wollte, wer immer sie nutzte, unbedingt anonym bleiben. Und wer immer sie einsetzte, hatte Zugang zu Oberliga-Elektronik.

Das konnte auf meine Freunde vom Heimatschutz hindeuten, aber ich musste auch an Metargon denken: »Wo die Zukunft zurückliegt.« Metargon konnte solche Aufspürelektronik herstellen und tat es wahrscheinlich auch. Cordell Breen hatte enge Beziehungen zum FBI, was man deutlich daran sah, wie leicht und schnell er einen Agenten zu Alisons Techniklabor in Mexico City schicken konnte, der dort das Personal kopfscheu machte. Wenn der Heimatschutz gestern Alisons Auftauchen bei mir zu Hause mitbekommen hatte, könnte Cordell sie veranlasst haben, meinen Wagen zu verwanzen, um seiner Tochter auf der Spur zu bleiben.

Ich brachte die Wanzen wieder an, wo ich sie vorgefunden hatte, und fuhr nach Hause. Ich setzte den Sweeper in meiner Wohnung ein, bei Jake und bei Mr. Contreras. In unseren Wohnungen konnte ich keinerlei Gerät aufspüren, aber Telefone werden heutzutage von ferne angezapft, und so ließ sich nicht feststellen, ob das Haus unter Lauschangriff stand. Das Leben als Paranoikerin ist kein Spaß.

Obwohl jetzt klar war, dass ich wirklich überwacht wurde, fuhr ich mein Laptop hoch und rief die Datenbank auf, mit der ich Autokennzeichen zuordnen kann. Abgesehen davon, dass das schrecklich teuer ist, ist es auch illegal. Wenn der Heimatschutz mich an die Staatsanwaltschaft verpfiff, bekam ich echte Schwierigkeiten. Ich setzte darauf, dass mich ihre unheilbare Schwäche für Geheimhaltung davor schützen würde.

Von den sieben Nummernschildern, die ich bei Freddie eingesackt hatte, gehörten zwei zu Lincoln Navigators. Einer war ein zwei Jahre altes Modell, vor neun Monaten als gestohlen gemeldet. Der zweite gehörte zur Flotte von Phoebus, einer Leihwagenfirma mit Hauptsitz in Dallas.

Es war lange nach Feierabend, aber eine Autovermietung muss rund um die Uhr besetzt sein, schon um auf Notfallmeldungen von Kunden zu reagieren. Ich verbrachte eine halbe Stunde in fruchtlosem Dialog mit einer Angestellten, die weder bestätigen noch dementieren konnte, dass eins ihrer Fahrzeuge entwendet worden war, und die mir ganz gewiss nicht den Namen des Mieters sagen würde. Und das würden auch weder ihr Vorgesetzter noch dessen Manager tun. Solange ich keine gerichtliche Anordnung hatte, war diese Information absolut vertraulich.

In knurriger Stimmung legte ich auf. Warum konnte der Navigator nicht Sheriff Kossel gehören oder wenigstens irgendwem in Palfry?

Ich holte mir eine Flasche Torgiano und setzte mich auf meine Veranda, um Jake anzurufen. Er übte gerade das Solo in Rautavaaras Kontrabasskonzert *Angel of Dusk* für einen Auftritt mit dem San Francisco Symphony Orchestra. Er unterbrach seine Arbeit, um kurz mit mir zu reden, doch als er sagte, er müsse weiterüben, bat ich ihn, nicht aufzulegen. Ihn spielen zu hören war alles, was ich im Moment von ihm brauchte. Er befestigte das Telefon an seinem Bogenarm, und ich lehnte mich zurück, sah zu, wie sich am östlichen Himmel Wolken ballten, und lauschte der Musik.

Auch nachdem wir aufgelegt hatten, hielt sich die tiefe Ruhe der Nacht und seiner Musik. Ich saß auf der Veranda, trank das zweite Glas Wein zu einem Teller Käse und Salat und dachte an nichts Bestimmtes. Ich hörte meine Türklingel nicht. Ich merkte erst, dass ich Gesellschaft hatte, als Mr. Contreras die Hintertreppe hochkam.

33

Ingenieurwesen

»Tut mir leid, Spatz, er hat sich einfach nicht abwimmeln lassen.« Mr. Contreras hielt sich am Geländer fest und keuchte von seinem hastigen Aufstieg. Peppy und Mitch, die vor ihm hergerannt waren, standen auf der obersten Stufe und starrten nach unten. Sie knurrten leise, dieser tiefe grollende Ton, der verrät, dass ein Hund es ernst meint. Im blässlichen Licht der

Straßenlaternen konnte ich nur einen großen, breiten Umriss erkennen.

»Wer ist ›er‹?« Ich stellte mein Weinglas unter meinem Stuhl ab, außer Reichweite, falls es zu einem Handgemenge kommen sollte. Die Smith & Wesson steckte in meinem Schulterholster, aber auf einer bevölkerten Veranda würde ich sie nicht ziehen.

»Sind Sie Ms. Warshawski?«, rief der Umriss.

»Ja.« Ich beugte mich auf dem Stuhl nach vorn, die Schenkelmuskeln angespannt, so dass ich jederzeit loshechten oder mich fallen lassen konnte. »Und Sie sind?«

»Mein Name ist Durdon, ich bin Mr. Breens Fahrer. Er möchte Sie sehen.«

»Ich dachte, er ist verheiratet«, sagte ich. »Egal, ich jedenfalls bin in einer festen Beziehung.« Dieser Facebook-Jargon klingt saublöd, wenn man ihn laut ausspricht.

»Hä?« Durdon kam eine Stufe weiter hoch, und Mitch stieß ein warnendes Wuff aus. »Könnten Sie Ihre Hunde zurückrufen? Es redet sich schwer, wenn sie da sitzen.«

»Sie sind uneingeladen hereingeschneit«, sagte Mr. Contreras. »Die Hunde wohnen hier, Sie nicht, also sagen Sie, was Sie zu sagen haben, von da, wo Sie stehen.«

Ich liebe Mr. Contreras. Ich ging zu den Hunden und legte die Hände um ihre Halsbänder. »Sagen Sie Mr. Breen, ich fühle mich geschmeichelt, aber ich bin nicht interessiert.«

»Wie meinen Sie das, Sie sind nicht interessiert?«

»Die uralte Geschichte, Mr. Durdon. Person X möchte Person Y sehen, aber Y erwidert das Gefühl nicht. X beharrt darauf, Y erwirkt ein Kontaktverbot. Gute Nacht.«

Durdon schob eine Hand in die Tasche. Ich ließ Peppy los, um nach meiner Waffe zu greifen, doch er zückte bloß sein Telefon. Er drückte eine Schnellwahltaste und beriet sich mit jemandem. Nach kurzer Zeit hielt er mir das Telefon entgegen. Ich streckte den Arm über die Hunde aus und nahm es.

»Ms. Warshawski?« Der schon vertraute warme Bariton. »Hier ist Cordell Breen. Ich habe Durdon beauftragt, Sie mit dem Wagen abzuholen und zu mir zu bringen. Wir müssen reden.«

»Mr. Breen, ich bezahle Miete für ein Büro, damit ich meine Abende in Ruhe daheim verbringen kann, genau wie Sie. Letzte Woche habe ich meinen Zeitplan umgestoßen, um Sie bei Metargon aufzusuchen. Jetzt sind Sie an der Reihe, mal ein bisschen Flexibilität zu demonstrieren.«

»Mein Argument ist dasselbe wie letzte Woche. Mein Haus ist abhörsicher, Ihres nicht. Ich habe keine Lust, den Heimatschutz oder meine Konkurrenz mithören zu lassen. Alison hat mir von dem Eiertanz berichtet, den Sie gestern Abend mit ihr veranstaltet haben, um ungestört zu sein. Ich gehe nicht in den Keller einer Toten, wenn ich reden will. Sie können ja Ihren Nachbarn mitbringen; Durdon sagt, er engagiert sich bei Ihren Tätigkeiten.«

Ich gab nach, weil ich mir das Haus in Lake Forest ohnehin ansehen wollte. Ich reichte Durdon sein Telefon.

»Willst du mit?«, fragte ich Mr. Contreras. »Mal gucken, wie die Milliardäre so leben?«

Er war begeistert und eilte die Treppe hinunter, um die Hunde in seiner Wohnung zu lassen. Ich sagte Durdon, wir würden vor dem Haus zu ihm stoßen, brachte das Weinglas meiner Mutter in Sicherheit und ließ mir kaltes Wasser übers Gesicht laufen in der Hoffnung, es möge meinen Verstand wach kriegen: Ein langer Arbeitstag und zwei große Gläser Wein sind nicht die ideale Vorbereitung auf ein Drahtseilakt-Gespräch. Ich tauschte noch Boom-Booms Sweatshirt gegen ein rotes Stricktop aus, behielt aber meine alten Jeans an.

Durdon war in einer Maybach-Limousine vorgefahren. Ich hatte so ein Ding noch nie leibhaftig gesehen, immer nur davon gehört, so wie man von Einhörnern hört. Mercedes baut diese Wagen für Leute, denen ein Mercedes einfach zu schäbig ist.

Der Kampfhund in mir wünschte, ich hätte Boom-Booms verschwitztes prolliges Kapuzenshirt angelassen.

Durdon war ein guter Fahrer, der Wagen dick gefedert und gepolstert. Ich döste an die wildlederne Kopfstütze gelehnt und murmelte gelegentlich etwas Zustimmendes zu Mr. Contreras' Wortschwall: Er hatte einen Anruf von meiner Cousine Petra erhalten und pendelte nun zwischen Petras neuesten Friedenscorps-Anekdoten und Unmut über die Arroganz von Leuten wie Cordell Breen, die von unsereins erwarten, dass wir nach ihrem Gutdünken alles stehen und liegen lassen und für sie springen. »Was du brauchst, ist eine Gewerkschaft, Spatz. Als ich noch Maschinenschlosser war, haben die Bosse uns nicht herumgeschubst, die wussten ganz genau, es gibt Höllenärger mit der Gewerkschaft, wenn sie sich so aufführen wie dieser Breen-Vogel.«

»Stimmt«, pflichtete ich ihm bei. »Die Detektivgewerkschaft, das gefällt mir. Wir brauchen eine Streikkasse. Hat heute eins von deinen Pferden beim Rennen gewonnen?«

Mr. Contreras schniefte. Er ist Stammkunde bei einem kleinen Wettbüro drüben in Belmont, aber ganz gleich, wie sorgfältig er die Ställe und Stammbäume studiert, ergattert er nie mehr als zwanzig Dollar an siegreichen Tagen – die deutlich seltener vorkommen als die verlustreichen.

Wir glitten vom Edens Expressway herunter und die Green Bay Road hoch. Nach etwa zehn Meilen lenkte Durdon den Maybach auf eine Nebenstraße. Es gab hier keine Laternen, aber im Licht der Scheinwerfer sah ich, dass wir an der Steilküste entlangfuhren, die diesen Teil des Seeufers säumt. Die Straße endete an einem großen Doppeltor: Sackgasse, doch Durdon ging kaum vom Gas – Metargons elektronisches Spielzeug beinhaltete eine Art Transmitter, der die Tore vor dem Wagen aufgleiten ließ, als wir noch etwa zwanzig Schritt entfernt waren.

Wir rollten eine lange Zufahrt mit Pseudo-Gaslaternen an beiden Seiten entlang. Sie führte zu einem weiß gestrichenen Backsteinhaus. Drei Stockwerke und zwei Seitenflügel zum Wasser hin. Als Durdon vor einem überdachten Eingang hielt und mir den Wagenschlag öffnete, hörte ich im Dunkeln die Brandung des Sees.

Durdon drehte sich um und ging zur Haustür, ohne sich zu vergewissern, dass wir ihm folgten. Also beschlossen Mr. Contreras und ich, das Terrain zu sondieren. Ich wusste, diese ›Ich zeig dir, wer hier das Sagen hat‹-Nummer war pubertär, zumal ich mich ja schon bereit erklärt hatte, herzukommen, aber Durdon hätte uns eben als Gäste behandeln müssen und nicht wie Befehlsempfänger.

Wir hatten eine gepflasterte Terrasse an der Nordseite des Hauses erreicht, ehe Durdon merkte, dass er uns verloren hatte. Als Mr. Contreras und ich in die Mitte der Terrasse traten, ging die Sicherheitsbeleuchtung an, so dass der Fahrer uns leicht ausmachen konnte und angesprintet kam.

Das Licht war hell, und ich sah ihn zum ersten Mal richtig. Ein vierschrötiger Mann in den Vierzigern. Womöglich hätte er ganz sympathisch ausgesehen, doch dank einer lila-gelben Schwellung auf seiner linken Wange war das schwer zu sagen.

»Mr. Breen wartet auf Sie«, sagte er. »Sie können hier nicht nach Belieben herumstrolchen.«

Bevor ich eine passende Entgegnung abfeuern konnte, riss Alison eine der Terrassentüren auf. »Vic! Gerade habe ich erfahren, dass Dad Sie herbestellt hat. Schon gut, Durdon, ich bringe die Gäste durchs Musikzimmer rein. Wir geben Ihnen Bescheid, wenn Dad so weit ist und Sie die beiden zurückfahren können.«

Auf ihrem angestammten Terrain klang Alison älter und selbstsicherer als heute Morgen bei Kitty. Erst als wir drinnen waren und sie unter dem Kronleuchter in der Mitte des Saals stehen blieb, sah ich die Fältchen der Anspannung um Augen und Mund.

»Ich bin froh, dass ich Sie da draußen gesehen hab«, sagte sie. »Dad will Sie zusammenstauchen, weil Sie mich verdorben oder auf Abwege geführt haben oder irgend so was Hirnverbranntes.«

Das Musikzimmer stammte noch aus einer Zeit, da Chicagos Räuberbarone wirklich baronenhaft gewesen waren. Die hohe Decke schmückten Friese von Musen, die für die Götter des Olymp musizierten. In einer Ecke stand auch noch ein Flügel, doch die Anordnung der Sofas und Sessel zu mehreren kleinen Sitzinseln legte nahe, dass Familie Breen den Raum für profanere Unterhaltung nutzte.

Am anderen Ende öffnete sich eine Tür, und eine Frau in einem silbrigen Pullover und schwarzen Hosen erschien. »Alison, dein Vater sucht seine Gäste.«

In ihrem Tonfall lag eine untergründige Warnung, oder war es ein Flehen? Alison zog eine Grimasse, stellte uns aber ihrer Mutter vor. Constance Breen war eine gertenschlanke Frau in meinem Alter mit den gleichen bernsteinfarbenen Augen wie Alison und den gleichen Stressfältchen drum herum.

»Bei uns liegt heute Abend alles im Argen«, entschuldigte sie sich. »Wir haben nicht damit gerechnet, dass Alison so dramatisch heimkommt, und Cordell ist – Cordell und ich sind etwas aus den Fugen. Mr. Contreras, kommen Sie, wir zwei trinken ein Gläschen in meinem Studio, solange Ms. Warshawski mit meinem Mann spricht.« Ihre Zunge war schwer, sie hatte schon irgendetwas gebechert. Mr. Contreras ließ sich durch eine Tür davonführen, während Alison mich durch eine andere geleitete.

»Mutter ist Malerin«, erläuterte sie. »Sie hat schon seit Jahren keine öffentliche Ausstellung mehr gehabt, von daher dürfte es ihr Freude machen, Mr. Contreras ihre Arbeit zu zeigen.« Es war ein galanter Versuch, doch ihre Stimme klang zweifelnd.

Sie brachte mich zum Büro ihres Vaters. Das Zimmer eines modernen Technokraten mit einem hauchdünnen Flachbildfernseher, auf dem Börsennachrichten liefen, und einer ganzen Batterie von ebenso dünnen Computerbildschirmen auf dem Glasplattenschreibtisch vor ihm. Die Fenster hatten Seeblick, waren aber so stark schallisoliert, dass wir nichts vom Wasser hörten.

Breen stand weder auf, noch hob er den Blick vom Bildschirm. Wartend herumzustehen sollte mich wohl nervös machen.

»War nett, Sie zu sehen, Mr. Breen«, sagte ich. »Wenn das alles ist, kann Durdon mich jetzt nach Chicago zurückfahren.«

Breen sagte: »Sie sind hier, damit wir reden können. Sie warten, bis ich so weit bin.«

Ich hielt im Türrahmen inne. »Stimmt ja, ich würde gern noch Edward Breens Werkstatt sehen. Alison, bringen Sie mich doch nach oben, solange Ihr Vater noch mit seinen Computerspielen befasst ist.«

»Weder Alison noch sonst wer wird Ihnen die Werkstatt zeigen. Als sie das letzte Mal Fremde da hochgelassen hat, fehlte hinterher ein wertvolles Stück.«

»Dad, fang jetzt bitte nicht wieder davon an«, rief Alison. »Martin hat die Zeichnung nicht gestohlen. Sie war am Ende des Abends noch da.«

»Was fehlt denn?«, fragte ich. »Ihr Lieblingspicasso?«

»Etwas noch viel Wertvolleres«, bellte Breen, »jedenfalls für uns. Edwards erste Skizze von dem, was später der BREENIAC wurde, der Metargon-I, ist verschwunden. Anscheinend sind Engel oder Vampire damit durchgebrannt, denn Alison behauptet steif und fest, dass sie nach ihrer verantwortungslosen Party mit einem unserer Angestellten noch da war. Der dieses Haus allerdings nie hätte betreten dürfen.«

»Dad, bitte!«, sagte Alison. »Wir haben das doch schon den ganzen Tag durchgekaut. Jari Liu hat dir selbst gesagt, dass Martin sämtliche Sommerstipendiaten locker in die Tasche stecken konnte, also hör endlich damit auf, ihn runterzumachen. Im Übrigen hat er Großpapas BREENIAC-Skizze nicht gestohlen.«

»Ach«, sagte ich langsam. »Ist es das, was sich Martin angesehen hat, als er feststellte, dass etwas nicht aufgeht?«

Alison hob die Hände, eine hilflose Geste. »Keine Ahnung. Aber ich bin ganz sicher, dass sie noch da hing, als die Party vorbei war. Außerdem hatte Martin Shorts und T-Shirt an, darin kann man keine gerahmte Zeichnung verstecken, ohne dass es auffällt. Irgendwer hätte etwas gesagt. Allen voran Tad: Er geht aufs MIT und erträgt es nicht, dass ein Typ, der Abendseminare an einer staatlichen Großstadt-Uni besucht, ihn beim Programmieren abhängt.«

»Genau deshalb traue ich dem jungen Binder nicht!« Breen hieb mit der flachen Hand auf seinen Schreibtisch. Es musste wehgetan haben, doch er verzog keine Miene. »Er hat Minderwertigkeitskomplexe, er hat den anderen Programmierern ständig Teile von Fitora überschrieben. Kann ja sein, dass Jari recht hat und er bloß das Programm verbessern wollte, aber vielleicht hat er auch versucht, mehr von den Komponenten in die Finger zu kriegen …«

»Was ist auf der Skizze zu sehen?«, unterbrach ich. »Ich dachte, es wäre nur ein völlig überholter Entwurf für einen Computer. Ist da noch etwas drauf, was es stehlenswert macht?«

Aus irgendeinem Grund traf die Frage Breen unvorbereitet. Er antwortete nicht sofort. »Es hat Sammlerwert«, sagte er schließlich, doch es klang, wie wenn ein Kind im Unterricht auf blauen Dunst irgendeine Antwort fabriziert.

Alison sagte: »Es ist bloß eine ganz grobe Skizze davon, wie der Kern aufgebaut ist, mit kleinen Pfeilen an den Input- und

Output-Wegen. Großpapa hat dazu noch Gleichungen für eine Hysteresekurve notiert.«

»Hysterese?«, fragte ich. »Dass Computer hysterisch machen können, verstehe ich, aber werden sie extra so gebaut?«

Alison schmunzelte unwillkürlich. »So was in der Art sagen alle im Grundkurs Technische Informatik. Hysterese ist nicht ganz leicht zu erklären, aber es hat was damit zu tun, dass man den Output gegenüber dem Input verzögert, damit sich derselbe Kern zum Auslesen und zum Beschreiben des Speichers verwenden lässt. Eins der großen Probleme mit den frühen Elektronenröhren war, dass die Röhren Verzerrungen im elektronischen Signal verstärkten. Großpapas Durchbruch war die Erkenntnis, wenn man anstelle der Speicherröhren ferromagnetische Kernspeicher benutzt, kann man es der Hystereseschleife überlassen, die Verzerrung zu dämpfen. Bei unserer Zeichnung waren oben in der Ecke Gleichungen für Fermi-Flächen und Hysterese notiert. Anscheinend haben sie Großpapa auf die Idee für den ferromagnetischen Kernspeicher gebracht.«

»Das macht es so wertvoll für Sammler«, warf Breen ein. »Es ist auf hauchdünnem Papier gezeichnet, eine Art Zeitungspapier – vermutlich hat er es aus einer alten *Stars and Stripes*-Ausgabe herausgerissen, als er bei der letzten großen Offensive des Krieges dabei war. Er hat oft gesagt, dass er das unter Gefechtsbedingungen geschaffen hat. Dieser Binder-Knilch wüsste gar nicht darauf achtzugeben. Was wieder belegt, was ich Alison schon den ganzen Tag klarzumachen versuche – sie will unbedingt auf eigene Faust globetrotten und mit den Armen und Ungebildeten auf Du und Du sein, aber ihr fehlt der gesunde Menschenverstand. Hätte jemand hier im Haus nach dem Rechten gesehen und auf dich aufgepasst, als deine Mutter und ich in Bar Harbor waren, dann hätte Binder nicht mit der Zeichnung hier rausmarschieren können.«

»Dad, das hat er nicht getan!« Alisons Bernsteinaugen füllten sich mit Tränen und liefen über.

»Oh, Sunny!« Breen kam hinter seinem Schreibtisch hervor und legte den Arm um sie. »Tut mir leid, ich will dich doch nicht zum Weinen bringen. Ich werde noch verrückt, solche Sorgen mache ich mir um dich und Binder und die Fitora-Software, und dass Edwards Skizze weg ist, hat mich die letzte Beherrschung gekostet.«

»Das ist ja wirklich rührend«, sagte ich, »aber nichts davon erklärt, warum ich unbedingt herkommen musste.«

Breen sah mich über den Kopf seiner Tochter hinweg an. »Ich wollte vis-à-vis mit Ihnen sprechen, nicht am Telefon, damit ich Ihr Gesicht sehen kann und wie Sie reagieren. Haben Sie Binder gefunden?«

Ich schüttelte den Kopf. »Keine Spur von ihm. Und Sie?«

Er gestikulierte ungeduldig. »Ich sagte ja letzte Woche schon, dass Ihnen meiner Meinung nach die Kompetenz für diese Fahndung fehlt, und Ihr Versagen gibt mir recht.«

Ich lächelte. »Sofern Sie ihn nicht in irgendein unterirdisches Loch gesteckt haben, von dem niemand weiß, sind Sie selbst doch genauso ahnungslos. Ich nehme an, Heimatschutz und FBI geht es ebenso, sonst würden die nicht mein Zuhause und Alisons Projekt in Mexico City aufmischen.«

Wieder hatte ich etwas gesagt, was ihn aus der Ruhe brachte. Unmöglich zu sagen, was genau es war, aber er stutzte fast unmerklich, als hätte jemand ganz kurz die Austaste gedrückt. Er fing sich sofort wieder und erklärte: »Mal abgesehen von der Affäre Martin Binder müssen Sie begreifen, dass Sie sich von meiner Tochter fernzuhalten haben. Sie haben gestern Abend eine Grenze überschritten, als Sie sie ins Haus dieser Toten mitnahmen. Sie haben Glück, dass ihr nichts passiert ist, aber das war mindestens unverantwortlich, um nicht zu sagen kriminell fahrlässig.«

»Dad!« Alison schüttelte ihn an der Schulter. »*Ich* bin doch zu Vic gegangen! *Ich* habe *sie* aufgesucht, nicht andersrum. Sie hat nur meine Privatsphäre beschützt, weil ich so ein Feigling war. Ich hätte den Mut haben sollen, gleich herzukommen und mit dir zu reden, statt sie da mit reinzuziehen.«

Einer der Rechner auf Breens Schreibtisch pingte. Breen küsste seine Tochter auf die Stirn und ging zum Tisch zurück. »Schön, Sunny, schön, wir sind gerade alle etwas durch den Wind. Ja, ja. Immerhin zeigst du jetzt das Rückgrat, das es braucht, um eine Firma zu leiten.« Seine Worte waren Stegreifgeplapper, seine Aufmerksamkeit bei dem Computer. Als wäre das »Ping« eben genau das gewesen, worauf er die ganze Zeit gewartet hatte.

Ich schob mich um den Schreibtisch herum, um zu sehen, was da so fesselnd war. Im ersten Moment konnte ich gar nichts damit anfangen, aber dann hatte ich den Eindruck, den Verkehr auf Chicagos Expressways zu sehen. Auf dem Bildschirm waren Tausende von Lichtstreifen. Der Ryan Expressway war völlig verstopft, besonders auf Höhe des Loops, aber auf der I-55 floss schnelle Bewegung dahin, ebenso auf den Mautstraßen der Randbezirke. Als der Computer erneut pingte, pulsierte einer der Streifen rot.

»Das ist auch eins von unseren Programmen, das ich hier zu Hause teste«, sagte Breen. »Kein Wunder, dass Alison sich selbständig macht: Ich bin einfach nicht aufmerksam genug, nicht mal, wenn ich mich über ihren Leichtsinn aufrege.«

Er schloss den Tab und richtete seine Aufmerksamkeit auf einen anderen Monitor, auf dem Codezeilen herunterliefen, die mir absolut nichts sagten.

34

Technikmuseum

Breens mit einem Mal mildere Stimmung führte dazu, dass er Alison doch noch gestattete, mir die Werkstatt ihres Großvaters zu zeigen. Wir holten Mr. Contreras in Constance Breens Studio ab, einem großen, voll verglasten Raum am Ende des Nordflügels. Constance wollte nicht mit, sie sagte, sie habe die Werkstatt schon öfter gesehen, als ihr lieb sei.

Eine der riesigen Fenstertüren zum Wasser hin war geöffnet, und dort stand Ms. Breen mit dem Rücken zu uns, ein Weinglas in der Hand. Alison setzte an, etwas zu fragen, vielleicht wie viel ihre Mutter schon getrunken hatte, doch Constance Breen trat einfach aus der Tür und wanderte auf den See zu. Alison sah ihr unschlüssig nach, schließlich straffte sie die Schultern und bat Mr. Contreras und mich, ihr nach oben zu folgen. Als wir den zweiten Stock erreichten, klatschte sie in die Hände, und in einer Reihe altmodischer Wandleuchter gingen die Lichter an.

Mr. Contreras und ich blieben bewundernd stehen. Wir befanden uns am Eingang eines kleinen Museums, in dem alle Exponate offen auslagen, so dass man sie berühren und damit spielen konnte. Es gab Modelle von Magnetkernspeichern, die wie eiserne Tinkertoy-Sets aussahen, Zylinder, in die tiefe Kerben gefräst waren. Ein maßstabsgetreues Modell des BREENIAC oder Metargon-I stand prominent in der Mitte des Raums, man konnte die Verkleidung abnehmen und den berühmten ferromagnetischen Kern sehen. An der Wand, die der Treppe am nächsten war, standen die Original-Metargon-

Computer vom BREENIAC bis zu den Großrechnern der 1970er Jahre.

Mr. Contreras war fasziniert von den ausgestellten alten Werkzeugmaschinen, den Bandsägen, Drehbänken und so weiter, mit denen Edward Breen seine Prototypen gebaut hatte. Er spielte an den Schwungrädern herum und erklärte Alison, dass eins davon eine Unwucht habe und er das für sie in Ordnung bringen könne, doch sie sagte, ihr Vater würde sie wirklich umbringen, wenn sie jemanden an Edwards Maschinen ließe.

Die gerahmten Briefe, die Alison erwähnt hatte, von Hans Bethe und anderen Physikern sowie einem Haufen Präsidenten, angefangen mit Truman, hingen an der Wand zwischen den Computern und den Werkzeugmaschinen. Ein alter Schreibtisch mit offenen Fächern auf beiden Seiten stellte aufgeschlagene Notizbücher zur Schau – auch das hatte etwas Museales; dies waren Edward Breens Notizbücher, sie zeigten seine Skizzen und die einzelnen Stufen, die er beim Entwickeln und Testen seiner frühen Geräte durchlaufen hatte.

»Wo war die BREENIAC-Skizze?«, fragte ich Alison.

Sie deutete auf einen freien Platz an der Wand über dem Schreibtisch. »Sie war das Prunkstück. Wie gesagt, ich erinnere mich nicht an Großpapa, aber nach allem, was ich höre, hatte er ein Ego so groß wie der Mount McKinley, also stell ich mir vor, dass er sie sich als Heiligenschein über seinem Haupt gedacht hat.«

»Wie sicher sind Sie, jetzt wo Ihr Vater außer Hörweite ist, dass Martin die Zeichnung nicht genommen hat?«

Alison lächelte trocken. »Technisch gesehen wäre es wohl möglich, dass er sie hinten in seine Shorts gesteckt hat, aber er war so aufgebracht, ich glaube nicht, dass er Diebstahl im Sinn hatte. Ich stand da drüben«, sie zeigte auf einen Tisch mit einem Datenzylindermodell, »und Martin kam zu mir rüber. Das hab ich Ihnen schon gestern Abend erzählt, wie er sich immer mehr ereifert hat und dann gegangen ist. Jedenfalls glaube ich wirklich, ich hätte es gemerkt, wenn die Zeichnung schon gefehlt hätte, als ich die anderen hier rauskomplimentiert hab.«

»Irgendeine Ahnung, wer sie sonst genommen haben könnte?«

»Es kann niemand gewesen sein, der hier arbeitet, die kennen wir alle seit Jahren. Viele Geschäftsleute kommen hierher, Dad meint, die Atmosphäre hier ist besser als in den Firmenbüros dazu angetan, dass sich Leute darauf einlassen, Projekte mit ihm zu realisieren. Er will in den Solarbereich einsteigen, das bedeutet Investoren umwerben, und die sehen sich gern Großpapas Werkstatt an. Vielleicht konnte jemand nicht widerstehen.« Sie zog ihr iPhone heraus und tippte eine URL ein. »Sehen Sie – das ist das Foto davon, das in Informatiktexten gern benutzt wird.«

Ich beugte mich über den winzigen Bildschirm. Die Website zeigte das Innere des Metargon-I, es schien sich nicht sonderlich von dem zu unterscheiden, was wir an dem Modell sehen konnten.

»Sieht aus wie eine Friteuse«, bemerkte Mr. Contreras. »Wie das Gerät, das mein Pa für Pommes benutzte – er war Burgerbrater in dem Woolworth im McKinley-Park.«

Mich erinnerte es eher an Topflappen, die wir in der Grundschule für unsere Mütter gemacht hatten. »Wo sind die Gleichungen, von denen Sie erzählt haben?«

Alison wischte das Bild nach rechts und deutete auf die linke obere Ecke. »Die hat er da in dieser Winzschrift hingekritzelt, nicht seine übliche Handschrift, an der Front mussten sie wohl Papier sparen. Und dann stand da noch ein Name neben dem Prozessor-Gatter, jemand namens Speicher, einer von Großpapas Kollegen, sagt Dad. Ich seh immer vor mir, wie er die Konstruktion mit seinem Freund bespricht, und dann stirbt der Freund, und Großpapa hat seinen Namen dazugeschrieben, als er das Schema skizziert hat.« Sie wischte über den Screen und wechselte zum unteren rechten Rand der Abbildung. »In dieser Ecke hier ist außerdem noch ein Kreis mit einem Symbol drin. Ineinandergreifende Dreiecke und so was wie ein Strahlenkranz, aber das ist schwer zu erkennen. Dad konnte mir nicht sagen, was es bedeuten soll, daher dachte ich, es ist vielleicht Teil des Tributs an den toten Freund. Ich meine, Speicher kann doch ein jüdischer Name sein und das Symbol eine Art stilisierter Davidstern.«

»Ein kleiner Kreis mit Dreiecken darin?« Meine Stimme klang ganz komisch, selbst in meinen Ohren. Alison und Mr. Contreras starrten mich an.

Ich nahm ihr das iPhone ab und ging auf die Virtual Bidder-Website mit King Derricks Bemühungen, authentische Nazi-Geheimnisse zu verkaufen. »Sah es so aus?« Ich zeigte ihr den kleinen Kreis mit dem Dreiecksmotiv unterhalb des Regelverstoß-Banners, der mir aufgefallen war.

»Wär möglich.« Alison linste auf den Screen, zoomte heran und wieder weg. »Es ist so körnig, ich kann kaum was erkennen.« Sie ging zum Schreibtisch ihres Großvaters und fischte aus einem der kleinen Fächlein eine Lupe. Als sie sie über ihr Telefon hielt, erkannten wir rundherum krakelige Linien, wie wenn ein Kind eine Sonne malt.

Wir hörten Cordell Breen die Treppe hochkommen. Alison ging zur Tür der Werkstatt. »Sieh mal, Dad.« Sie hielt ihm das Telefon hin. »Ist das nicht irre? Es ist genau das gleiche Logo wie auf der BREENIAC-Skizze.«

Breen riss ihr das Telefon aus der Hand und starrte darauf. »Was zum – was ist das? Wo habt ihr das her?«

Ich berichtete knapp von King Derricks Auktion, die jetzt geschlossen war. »Nur ein Nebenprodukt meiner stümperhaften Suche nach Martin Binder. Bis er vor zwei Wochen ermordet wurde, war Derrick Schlafly der Vermieter seiner Mutter.«

Breen ließ seine Daumen blitzartig über den Screen wirbeln

wie ein Teenager. »Ich fasse es nicht. Da geht es um das Kernwaffenprogramm der Nazis. Das ergibt doch überhaupt keinen Sinn, dass da das gleiche Bild drauf ist wie auf der Metargon-I-Skizze.«

Er setzte nochmals seine Daumen ein. »Ich schicke die URL sofort an unsere Forschungsabteilung, mal sehen, ob die was damit anfangen können. Ich muss bei Ihnen Abbitte leisten, Ms. Warshawski – hiermit waren Sie meinem gesamten Team weit voraus. Danke für den Hinweis. Wenn wir mehr darüber herausbekommen, lasse ich es Sie wissen.«

Ein Summer ertönte. Mr. Contreras und ich fuhren zusammen, woraufhin Alison und ihr Vater lachen mussten.

»Wir haben Monitore fürs ganze Haus«, erklärte Alison. »Dad und ich arbeiten beide gern hier oben, wenn wir größere Nüsse zu knacken haben, aber dann kriegen wir nichts mit. Mutter hat darauf bestanden, dass wir uns computermäßig anschließen.«

Die Monitore waren mir entgangen, doch jetzt sah ich, dass ganz hinten an der Wand ein moderner Arbeitsplatz eingerichtet war. Ich ging hin und erblickte das Tor, durch das wir gekommen waren. Jenseits davon stand ein Auto. Das Gesicht hinterm Steuer war nicht zu sehen, aber das Nummernschild gut beleuchtet.

Jemand im Haus sagte etwas in eine Gegensprechanlage, die die Stimme arg verzerrte. Wir hörten den Autofahrer erwidern, er würde auf Mr. Breen warten, ob draußen vor dem Tor oder drinnen im Haus, aber er würde nicht wegfahren, ohne ihn gesprochen zu haben. »Hörst du über eins deiner Spielzeuge zu, Cordell?« Die Elektronik verdünnte seine Stimme zu einem Quaken. »Ich hab es satt, dass du dich hinter der Mauer aus Sekretärinnen und Kampfhunden versteckst, die du dir mit Hilfe von Edwards kleiner Maschine gebaut hast.«

»Dad, wer ist das?«, rief Alison.

Breen bedeutete ihr, still zu sein, und sprach in ein unsichtbares Mikro. »Wir haben nichts zu bereden. Du hast einen banalen Vorfall zum Verbrechen des Jahrhunderts aufgebauscht, und du willst mich mit in deinen persönlichen Abgrund ziehen, aber da habe ich nichts verloren, mein Freund.«

»Ich bin nicht dein Freund, Breen, nicht eine Sekunde lang. Jemand hat meinen Namen benutzt, um in den Universitätsarchiven herumzustochern. Wenn du das warst …«

Breen drückte auf einen Knopf, der dem Mann im Auto das Wort abschnitt, und wechselte zu einem Raum innerhalb des Hauses, wo eine Frau in Jeans und T-Shirt stand. »Imelda, lassen Sie ihn rein. Durdon soll ihn hintenrum führen, ich bin in einer Minute da.«

Er wandte sich an seine Tochter. »Sunny, wärst du so nett, Ms. Warshawski und ihren Freund heimzufahren? Ich brauche Durdon hier. Das da ist ein Spinner, der mir seit längerem wegen angeblicher Patentverletzungen droht. Es ist absolut empörend, dass er mich jetzt auch noch hier zu Hause behelligt, und ich hätte gern Durdons breite Schultern dabei, damit ihm klar wird, dass er das nie wieder tun darf.«

Alison forderte, dass er den Familienanwalt hinzuzog. Breen lachte leichthin. »Süße, unsere Rechtsverdreher wissen alles über diesen Vogel. Ich will ihm aber persönlich klarmachen, dass er uns nicht zu Hause überfallen kann, als wäre das hier eine öffentliche Sitzung. Ja, ja, in einem Geschäft wie unserem gibt es immer Leute, die denken, man hat ihnen ihre Ideen weggenommen, und das da ist einer davon. Du fährst unsere Gäste in die Stadt zurück, ja?«

Alison stimmte zögerlich zu. Sie schickte Mr. Contreras und mich zu einer anderen Treppe, die in eine unterirdische Garage führte; sie selbst wollte noch ihrer Mutter Bescheid sagen, wo sie hinfuhr.

Unten durchquerten mein Nachbar und ich einen Raum

von der Größe eines Hörsaals mit einem Golf-Übungsbereich, einem Billardtisch und einem kleinen Basketballfeld. Auf der anderen Seite lag die Garage, so picobello wie der Rest des Hauses. Die Wagen reichten von der Maybach-Limousine bis zu zwei Cabrios, einem Miata und einem Lotus, den ich für Breens Testosteronschleuder hielt. Ein Land Rover und ein 1939er Hudson vervollständigten die Kollektion.

Als Alison wieder zu uns stieß, war ihre Miene noch immer bewölkt. »Mutter weiß gar nichts über diesen Mann, allerdings hält Dad sie aus Firmenangelegenheiten auch am liebsten raus. Jetzt, wo ich ein paar Jahre von zu Hause weg war, erkenne ich allmählich, wie schwer das für sie ist.« Sie deutete auf den Land Rover. »Mutter meint, wir sollten den da nehmen. Meiner ist der Miata, und ich liebe ihn heiß und innig, aber einer von Ihnen beiden müsste sich im Kofferraum zusammenfalten. Vermutlich Sie, V.I., Sie sind beweglicher.«

Sie versuchte, ihre Stimmung mit Geplänkel aufzuhellen, und Mr. Contreras und ich lachten bereitwillig. Wir stiegen in den Land Rover, ich nahm den Rücksitz. Alison tippte auf eine Taste am Lenkrad, und das Garagentor öffnete sich auf eine steile Ausfahrt an der Rückseite des Hauses. Ich sah mich nach dem Wagen um, der auf dem Monitor zu sehen gewesen war, konnte ihn aber nicht entdecken. Ein weiterer Tastendruck am Lenkrad öffnete die Tore am Ende der Ausfahrt und entließ uns auf die schmale Straße an der Steilküste entlang. Die Beleuchtung war schlecht, doch Alison fuhr so schnell, dass Mr. Contreras sie bat, langsamer zu machen. »An der Ampel da vorn steht ein Streifenwagen, falls Sie es nicht bemerkt haben«, fügte er hinzu.

Als wir an der roten Ampel Ecke Sheridan standen, spähte ich in das Polizeiauto, doch der Officer darin hatte nur Augen für sein Tablet, nicht für leichtsinnige Autofahrer. Während Alison südlich auf die Green Bay Road einbog, fuhr der Streifenwagen nach rechts, wo es zum Haus der Breens ging. Ich sah die

Markierung, Dunkelbraun auf Hellbraun, aber den Zuständigkeitsbereich konnte ich nicht entziffern. Hatte Breen sich von seinem Besucher doch so bedroht gefühlt, dass er die lokalen Cops zu Hilfe rief?

35

Phishing

Erst als wir auf dem Edens Expressway südwärts schnurrten, brachte ich das Emblem zur Sprache.

»Ihnen ist doch klar, dass es dieses kleine Motiv gewesen sein muss, was Martin aus der Bahn geworfen hat, als er bei Ihrer Grillparty war?«

»Doch, schon«, stimmte Alison mit mickriger Stimme zu. »Aber das heißt noch nicht, dass er Großpapas Zeichnung gestohlen hat.«

»Aber vielleicht ausgeborgt«, schlug ich vor. »Es ist nämlich so: Seine Mutter hat seiner Großmutter vor etwa sieben Jahren einen Stapel Dokumente gestohlen. Martin hat sie damals gesehen, aber da war er erst dreizehn oder so, es sagte ihm noch nichts. Diese kleinen Dreiecke auf der BREENIAC-Skizze führten dazu, dass ihm das identische Motiv auf den alten Dokumenten wieder einfiel. Womöglich hat er die Zeichnung abgenommen, um sie mit zu seiner Mutter zu nehmen und mit den Papieren zu vergleichen, die sie damals gestohlen hat. Aber dann musste er untertauchen. Ob aus Angst vor Derrick Schlaflys Mördern oder aus anderen Gründen, das werden wir erst wissen, wenn wir ihn gefunden haben.«

Alison scherte aus, überholte eine Reihe anderer Wagen und beschleunigte noch mehr.

»Langsamer, Mädchen«, sagte Mr. Contreras. »Vic will Ihnen nichts Böses, und so zu fahren kann uns alle umbringen. In meinem Alter ist das nicht so schlimm, aber Sie haben doch Ihr ganzes Leben noch vor sich.«

»Ich meins auch«, murmelte ich.

»Ich dachte, Vic wäre auf meiner Seite«, protestierte Alison.

»Ich *bin* auf Ihrer Seite«, sagte ich scharf. »Aber es führt uns nirgendwohin, wenn ich ›so tun als ob‹ spielen muss. Sie kennen Martin, ich nicht. Ich glaube Ihnen, wenn Sie mir sagen, er hätte kein Interesse daran, die Skizze oder den Fitora-Code zu verkaufen. Er ist nicht der Typ, dem Geld viel bedeutet, ihm bedeutet seine Arbeit viel mehr: Das habe ich verstanden. Ich sage lediglich, er könnte die Skizze mitgenommen haben in der vollen Absicht, sie zurückzubringen. Ist das so schlimm?«

»Wahrscheinlich nicht«, gab sie kleinlaut zu. »Aber wo kann er denn bloß sein, nach all der Zeit?«

Mir fiel die seltsame Reaktion ihres Vaters wieder ein, als ich gesagt hatte, er sei auch ahnungslos, was Martins Aufenthaltsort anging, sofern er ihn nicht in irgendein unterirdisches Loch gesteckt hätte. Er hatte nicht direkt alarmiert gewirkt, eher so, als hätte ich ihn mit einer Nebensache unvorbereitet erwischt. Mit Sicherheit hatte Cordell Breen Martin nicht umgebracht. Aber was war mit Durdon, dem Muskelmann, der nächtlichen Heimsuchern klarmachen konnte, dass sie sich unbedingt fernzuhalten hatten? Würde er auf Breens Geheiß auch morden?

»Erzählen Sie mir von Durdon«, sagte ich. »Ist das ein Vollzeitjob, Fahrer für Ihren Vater zu sein?«

Alison schien froh über den Themawechsel. »Das Fahren allein würde ihn nicht auslasten, zumal wir alle drei gern selbst am Steuer sitzen. Er ist ein guter Mechaniker, also wartet er die Autos und Geräte und kümmert sich um alles, was an Reparaturen rund ums Haus anfällt.«

»Sieht aus, als hätte irgendein Gerät sich gewehrt«, sagte ich. »Das ist ja ein beeindruckendes Veilchen auf seiner Wange.«

»Das war das Erste, was mir auffiel, als ich heute Nachmittag nach Hause kam. Durdon meinte, er hat sich mit einem der Wagenheber ungeschickt angestellt.«

»Da muss er sich ja ganz komisch hingelegt haben, dass es ihn so erwischen konnte«, warf Mr. Contreras ein. »Das hätte ihm leicht das Gesicht zermatschen können.«

»Bitte nicht!«, rief Alison. »Es klingt grässlich, wenn Sie es so ausdrücken.«

»Sie stehen ihm nahe?«, fragte ich.

»Nein«, sagte Alison langsam. »Er ist zwar schon bei uns, solange ich denken kann, aber – na ja, andere vom Personal, Imelda zum Beispiel, haben sich richtig reingehängt, als ich ein Kind war, nur Durdon, der war immer ein bisschen – ach, als ob er höflich ist, weil das zum Job gehört, aber mich nicht wirklich mag.«

»Wohnt er im Haus?«, fragte ich.

»Er und Imelda haben beide kleine Wohnungen im Südflügel. Ums Grundstück kümmert sich ein externer Dienstleister, und Imelda – sie ist die Haushälterin – hat noch eine Putztruppe, die dreimal die Woche für gröbere Reinigungsarbeiten kommt. Glauben Sie, jemand von der Putztruppe hat die Skizze genommen?«

»Behalten wir das im Hinterkopf«, sagte ich.

Als sie vor unserem Haus hielt, fragte ich, ob sie die Nacht lieber bei uns verbringen wolle, aber sie wollte zurück nach Lake Forest, sie machte sich Sorgen um ihre Mutter. »Ich müsste auch bald wieder nach Mexiko«, erklärte sie. »Nur mag ich irgendwie nicht weg, bevor – na ja, Sie wissen schon, Martin, die Skizze – und dann meine Mutter …« Sie sah unglücklich drein.

Mr. Contreras schloss sie fest in die Arme. »Kopf hoch, Alison. Überlassen Sie das alles Vic und mir. Wir geben Ihnen Rückendeckung, okay?«

Sie produzierte ihr galantes Lächeln und schwang sich wieder in den Land Rover. Ich ging noch mit Mr. Contreras und den Hunden raus. Es war ein langer Tag gewesen und ich war müde, aber ich versuchte trotzdem, meinem Nachbarn zuzuhören: Auch er hatte einen langen Tag gehabt.

Constance Breen hatte ihm ihre Bilder gezeigt und dabei eine Flasche Chardonnay niedergemacht. »Man sollte meinen, sie würde mal ihr Mädel malen. Alison hat ein Gesicht, das ich mir gern an die Wand hängen würde, das hab ich ihr auch erzählt. Sie hat gelacht und gesagt, sie macht mir ein Porträt.« Er kaute es im Stillen noch mal durch, dann fügte er hinzu: »Ihre Bilder wirken, als hätte sie das Innere ihres Schädels rausgeholt und auf die Leinwand getan. Jede Menge graue Farbe und ein roter Tupfer wie ein Punkt aus Wut.«

Es war eine eindrucksvolle Zusammenfassung und fügte sich nahtlos in Alisons Aussage, dass ihre Mutter sich abgeschnitten fühlte, fernab anderer Künstler, ihr Mann in seiner eigenen Welt aus Technik und Geld. Ihre Tochter ebenso, jedenfalls in Bezug auf die Technik. Wie war wohl das Verhältnis zwischen Constance Breen und Durdon, dem Fahrer-Mechaniker-Muskelmann? Mochte sie ihn, traute sie ihm, schlief sie mit ihm, oder hielt sie ihn auf Abstand?

Schließlich ging ich hoch in meine Wohnung, wo ich den Abend vor gut drei Stunden begonnen hatte. Ich rief noch mal die Datenbank der Zulassungsstelle auf, um das Nummernschild des Wagens zu überprüfen, der vor den Toren der Breens aufgetaucht war, als Cordell uns eilig verabschiedete.

Es gehörte zu einem siebzehn Jahre alten Honda. Eingetragen auf Julius Dzornen. Mir blieb der Mund offen stehen. Julius verlangte eine Audienz bei Cordell Breen? Ich rieb mir die gereizten Augen.

Cordell hatte sich Julius gegenüber abfällig über dessen Gejammer ausgelassen, über etwas, das er sarkastisch ›Verbrechen des Jahrhunderts‹ nannte. Doch Julius' Begründung dafür, nach Lake Forest zu kommen, hatte Breen überrascht, er hatte nichts davon gewusst, dass jemand Julius' Namen verwendet hatte, um sich Zugang zur Universitätsbibliothek zu verschaffen. Das war überhaupt merkwürdig – wieso hatte dieser Umstand Julius so erbost, dass er so spät noch so weit fuhr? Vielleicht war er betrunken. Oder es war der Tropfen, der das Fass zum Überlaufen brachte, die letzte Kränkung nach einem halben Jahrhundert der Kränkungen.

Noch interessanter waren die kleinen Dreiecke auf der BREENIAC-Skizze und King Derricks Dokumenten. Breen hatte verblüfft ausgesehen, als Alison ihm das Motiv zeigte, aber was genau hatte ihn verblüfft? Vielleicht dass ich die beiden Punkte miteinander in Verbindung gebracht hatte? Wo ich doch die Minderbemittelte sein sollte, die er lässig für dumm verkaufen konnte, während er gleichzeitig Kaugummi kaute, SMS schrieb und Tuba spielte?

Ich glaubte nicht, dass jemand von der Putztruppe die Skizze genommen hatte – wer auf schnelles Geld aus war, würde nicht zu einem Zettel mit einer technischen Zeichnung und ein paar Gleichungen greifen. Ich musste nochmals mit Judy Binder reden und herausbekommen, was sie über die Dokumente wusste, die sie ihrer Mutter geklaut hatte. Auch mit Julius wollte ich sprechen. Ich musste ihn dazu bringen, dass er mir verriet, um welches Verbrechen sich vor all den Jahren Detektive hätten kümmern sollen, als er und Cordell Teenager waren. Es musste eine Verbindung zu der Skizze geben.

Ich ächzte. Es war spät, ich war erschöpft. Sofern ich nicht nach Palfry fahren und Schlaflys gesamtes Grundstück aufgraben wollte, gab es heute Abend nichts mehr zu tun.

36

Ausflug mit Kind

»Was kriege ich dafür, wenn ich mit Ihnen rede?« Judy Binder grinste mich verschlagen an.

»Ihren Sohn«, sagte ich. »Sie sind der einzige Mensch, der wissen könnte, wie er zu finden ist.«

»Schert sich denn niemand um mich?« Ihre Stimme war ein hohes Quengeln. »Allen geht es nur um Martin, und was ist mit mir?«

Gestern Abend hatte ich trotz meiner Erschöpfung noch lange wachgelegen. Hatte Informationsbruchstückchen gedreht und gewendet wie ein Kaleidoskop und versucht, ein erkennbares Muster zu entdecken. Julius, Cordell, Martin. Kitty, Martina, Judy. Benjamin Dzornen und Edward Breen. Das Meth-Haus.

Ich ging sogar noch mal an meinen Computer und sah nach, was für unaufgeklärte Verbrechen sich in Chicago vor fünfzig Jahren abgespielt hatten, plusminus ein paar Jahre. Ich stieß auf nichts, was klang, als hätte es mit Julius und Cordell zu tun.

Judy Binder war vor fünfzig Jahren erst seit kurzem auf der Welt gewesen, doch Julius' altes Verbrechen war mit Kitty und mit den Breens verknüpft. Kitty hatte ihr ganzes Chicagoer Leben lang geglaubt, jemand bespitzele sie. Lotty zufolge war das eine regelrechte Besessenheit, die sie vor ihrer Tochter sicher nicht geheim gehalten hatte.

Kitty war Zeugin oder Opfer eines Verbrechens geworden, das mit den Breens und den Dzornens zu tun hatte. Sie hatten ihr Schweigen mit dem Konto erkauft, das Herta Dzornen später plünderte, aber Kitty hatte immer befürchtet, dass die

Dzornens oder die Breens ihr noch etwas antun könnten. Judy mochte keine Einzelheiten kennen, aber sie wusste genug für einen Versuch, Herta zu erpressen.

Als ich endlich schlafen ging, träumte ich schlecht. Aus einem Loch am Boden der Methgrube grinste mich Martins Skelett an, Alison weinte über seinen Knochen, und Kitty wrang wild ihre Hände und rief: »Ich hab's euch immer und immer wieder gesagt, wenn ihr nicht wisst, dass sie hinter euch her sind, habt ihr nicht aufgepasst.«

Trotz der unruhigen Träume schlief ich lange. Als ich endlich aufstand, hatte das Wetter umgeschlagen, wie es in Chicago schnell passiert: endlos trockene Hitze, dann urplötzlich kalt und verregnet. Ich mochte nicht mal laufen gehen, obwohl ich die Bewegung gebraucht hätte. Also warf ich von Mr. Contreras' rückwärtiger Veranda aus ein paar Bälle für die Hunde, nippte an einem doppelten Espresso und versuchte, nicht genervt von Jake zu sein, obwohl er so unverschämt glücklich klang, als er aus San Francisco anrief: Das Rautavaara-Konzert war ein Mordserfolg gewesen. Klar freute ich mich für ihn, aber ich wollte selbst auch Erfolge. Die machten sich dieser Tage rar.

Kurz nach zehn war ich im Krankenhaus, wo mich Judy Binder mit ihrer üblichen sonnigen Art begrüßte. Sie hatte eben ihren ersten Spaziergang gemacht, seit sie angeschossen worden war, einmal zum Stationszimmer und zurück. Ich kam genau rechtzeitig, um zu hören, wie sie Therapeutin und Pflegerin anpöbelte, weil die sie zu ihren Fortschritten beglückwünscht hatten: Sie war doch kein Kleinkind, sie brauchte keine Schönrederei, sie sollten verdammt noch mal die Schnauze halten.

Die Pflegerin half ihr in einen Rollstuhl und arrangierte die Infusionsflaschen sorgsam am Ständer, damit sich die Schläuche nicht verhedderten. Judy hatte vier Stück, die allesamt in den Falten ihres Krankenhausnachthemds verschwanden.

Ihre dünnen Arme waren schuppig, mit so vielen kollabierten Venen, dass sie auf ihren Rücken hatten ausweichen müssen, um Stellen zu finden, wo sie die Kanülen legen konnten.

»Wenn Martin verschwinden will, soll er doch verschwinden«, sagte Binder, als ich über ihren Sohn sprechen wollte. »Er hat mich letztes Mal total respektlos behandelt.«

»Sie machen es anderen Menschen nicht leicht, Respekt vor Ihnen zu haben, Ms. Binder.«

Wir dachten beide, dass sie jetzt eine unflätige Schimpfkanonade auf mich abfeuern würde, doch nach einem halben Satz machte sie den Mund wieder zu. »Gottverdammte scheiß Schlampe, kümmern Sie sich gefälligst …« Sie blickte leicht erstaunt drein, als habe sie sich erstmals selbst zugehört und sei verwundert über das, was sie sagte. Nach einer kurzen Pause murmelte sie missmutig, sie habe keine Ahnung, wo Martin steckte.

»Ich glaube Ihnen«, sagte ich, »aber Sie müssen mir unbedingt alle Einzelheiten über die Papiere erzählen, um die Sie und er gestritten haben. Er kam zu Ihnen, weil er ein merkwürdiges Logo auf einer alten Zeichnung entdeckt hat, ein Paar ineinandergreifende Dreiecke mit so was wie einem Strahlenkranz. Er glaubte dasselbe Motiv mal auf einem Zettel in Ihrem Besitz gesehen zu haben. Was hat er darüber gesagt?«

»Er kam so reingedonnert, brachte mir nicht mal eine Blume mit oder so. Er verlangte nur, diese scheiß Papiere zu sehen.«

»Das waren doch die Papiere, die Sie im Haus Ihrer Mutter gefunden hatten, als Sie bei Martins Bar-Mizwa waren, richtig?«

»Wollen Sie damit etwa sagen, dass ich –«

»Ich bin nicht hier, um Schuld zuzuweisen. Ich brauche Informationen, und ich brauch sie schnell. Das Leben Ihres Sohns könnte davon abhängen.«

Sie zog eine beleidigte Miene. »Na klar, Martins Leben, und was ist mit meinem?«

»Sie leben noch, weil Ihre Mutter mich rechtzeitig angerufen hat, um Sie zu retten. Jetzt will ich, dass Sie dasselbe für Ihr Kind tun«, sagte ich.

Sie warf bockig ihre drahtigen Haare nach hinten. »Also ich glaube, Martin spielt sich bloß auf, aber schön, ja, ich hab diesen Umschlag in Kittys Unterwäsche gefunden, als mir bei der Bar-Mizwa etwas unwohl wurde, ich wollte mich kurz hinlegen und suchte nach – einem sauberen Taschentuch.« Sie hielt inne und beäugte mich prüfend, ob ich ihre Schnüffelei kommentieren würde, aber ich sagte nichts. »Tja, Kitty hat rumgebrüllt, als sie gemerkt hat, dass die Papiere weg sind. Aber ich hab sie nur verwahrt!«

»Ja, das erwähnten Sie schon.« Ich versuchte, nicht ungeduldig zu klingen. »Was haben Sie damit gemacht?«

»Nichts. Ich meine, damals nichts. Ich suchte ja ein Aspirin, nur sah ich dann, dass in dem Stapel ein Sparbuch war, und da stand mein Name drauf! Das gehörte eindeutig mir. Kitty kam die Treppe hoch, und erst wollte ich sie fragen, warum sie mich bestahl, aber dann beschloss ich, den Stapel erst mal mitzunehmen, um zu prüfen, ob da noch mehr Finanzkram dabei war.«

Ich rieb ihr nicht unter die Nase, dass sie eben noch ein Taschentuch gesucht haben wollte. »Und gab es noch weitere Finanzunterlagen?«

»Nö, bloß Zettel mit Zahlen drauf. Ich hab sie Martin mal gezeigt, als er mich besuchen kam, also früher, in der achten Klasse, meine ich. Er war immer gut mit Zahlen, ich dachte, vielleicht sind es ja Kontonummern oder so was, aber er meinte, das sagt ihm nichts. Dann wollte er wissen, wo ich sie herhatte. Er war erst dreizehn, aber er hatte wahrhaftig die Frechheit, seiner eigenen Mutter Klauen zu unterstellen, wo sie doch eigentlich immer mir gehört hatten. Kitty hat sich wohl bei ihm ausgeheult, weil die Papiere weg waren.«

Zusammen mit Kittys Perlenohrringen und Bargeld, wie ich mich erinnerte, aber ich wollte das Gespräch jetzt nicht torpedieren.

»Also hab ich sie in eine Schublade gestopft und vergessen. Vor ein paar Wochen kam wie gesagt Martin in Palfry reingeschneit und wollte sie noch mal sehen. Er hat auf der Suche danach die ganze Bude durchwühlt. Ich hab ihm immer wieder gesagt, ich wüsste nicht mal, ob ich sie überhaupt noch hab, aber dann fand er sie zusammen mit meiner Geburtsurkunde in dieser alten Schuhschachtel im Wohnzimmer. Er wurde ganz aufgeregt und sagte: ›Die waren für mich gedacht! Wieso hast du sie mir nicht eher gegeben?‹ Ich sagte, ich hätte sie ihm gezeigt, als er dreizehn war, und es hätte ihn nicht interessiert. Sollte ich vielleicht in Demut verharren und täglich anfragen, ob er sich jetzt für ein paar olle Papiere erwärmen kann?«

Judy schlug mit einer schwächlichen Faust auf die Lehne ihres Rollstuhls. »Das war schon immer so mit ihm, immer nur ich, ich, ich. Wieso hat er nicht kapiert, dass ich auch Bedürfnisse habe! Schon als Baby war er so selbstsüchtig. Deshalb musste ich ihn zu meinen Eltern geben, ich kam einfach nicht zurecht mit so viel Selbstsucht.«

»Ja, Babys sind da manchmal etwas gedankenlos«, sagte ich, mein Hals war eng geworden. »Wie kam er darauf, dass die Papiere für ihn gedacht waren?«

»Weil er irgendwelche blöden Gleichungen darauf begriff. Dann plärrte er mich auf einmal voll, ob es mir denn gar nichts sagte, wer als Absender auf dem vordersten Brief stand.«

»Wer denn?« Mein Puls beschleunigte sich.

»Irgendein Weib namens Byron. Ada Byron. Was ist daran nun so besonders?«

Ich war enttäuscht. Ich war sicher gewesen, dass die Papiere von Martina kamen oder von Benjamin Dzornen. »War Byron ein Familienname? Ich meine, in Ihrer Familie, vielleicht ein

Mädchenname, oder die Familie, bei der Ihre Mutter in England gelebt hat?«

»Ach, die! Nö, die hießen Maler.« Unerwartet kicherte Judy, kein angenehmes Geräusch. »Er war Tischler und hieß Maler, lustig, oder? Maler, der Tischler. Sie haben Kitty adoptiert, und sie hat sie *angebetet*.« Das letzte Wort troff vor Sarkasmus.

»Das war das Paar mit den Mädchen auf dem Schnappschuss in Kittys Wohnzimmer? Was ist mit ihnen passiert?«

»Oh, sie hat nie aufgehört, mich deswegen vollzuheulen, obwohl das Ganze Jahre vor meiner Geburt passiert ist. Als der Krieg vorbei war, wollte Maler der Tischler sich in einer ausgebombten Straße in Birmingham ein Haus bauen. Kitty war noch in der Schule, als Mami und Papi und die Schwestern das Grundstück besichtigten. Ein paar Minuten, bevor sie dazustieß, ist ein Blindgänger explodiert. Na, war das nicht furchtbar, sie wollte zu ihrer richtigen Familie, wie sie das immer nannte, und fand stattdessen Feuerwehr und Körperteile vor.«

Sie ließ erneut ihr abstoßendes Gekicher vernehmen. Ihre Mutter hatte das Szenario viele Male beschrieben, und Judy hatte es nicht mehr hören mögen. Ich schob die Hände tief in die Hosentaschen, damit ich nicht aufsprang und sie schüttelte. »Bestimmt war Ihre Mutter schwierig im Zusammenleben, aber könnten Sie sich mal vor Augen halten, dass ihr Leben von grauenvollen Verlusten geprägt war? Erst verlor sie ihre leibliche Mutter und die Großmutter, die sie aufgezogen hatte. Dann die Familie, die sie adoptiert hatte. Und dann verlor sie Sie an die Drogen.«

»Versuchen Sie ja nicht, mir Schuldgefühle einzureden!« Judys Augen schossen Blitze. »Das hab ich mir die letzten fünfunddreißig Jahre morgens, mittags und abends anhören müssen.« Sie wiederholte meine Worte mit wildem Hohn: »*Bestimmt war sie schwierig im Zusammenleben*. Ja, sie war scheiß schwierig im Zusammenleben. Nie konnte ich andere

Mädchen zum Spielen einladen, weil sie zu misstrauisch war, um Fremde ins Haus zu lassen. Niemand lud mich jemals zum Geburtstag oder zu sonst was ein, weil sie so gruselig war. Alle anderen Mütter fühlten sich unbehaglich mit ihr. Sie dachte ständig, dass jemand sie verfolgt. Auf der Highschool hab ich mir dann eben selber Freunde gesucht.« Sie keuchte, die Wut zehrte an ihrem geschwächten Körper. Sie lehnte sich im Rollstuhl zurück, bleich im Gesicht wie Buttermilch, auf der rote Flecken trieben.

Ich ließ sie verschnaufen, aber als sie die Augen aufmachte, nur ein bisschen, kleine Schlitze, die meine Reaktion prüften, fing ich wieder an. »Wer hat sie verfolgt?«

»Fragen Sie mich nicht. Sie behauptete, das FBI würde ihre Post überwachen, oder manchmal war es auch die CIA. Als wäre ein Proletenflüchtling aus Österreich J. Edgar Hoover wichtig genug, um sie auszuschnüffeln.«

»Sie hat nie ein altes Verbrechen erwähnt, das begangen wurde, ehe Sie zur Welt kamen?«

Judy schien zu merken, dass das eine wichtige Frage war. Sie dachte gründlich nach, doch dann schüttelte sie den Kopf. »Höchstens, dass die Dzornens ihr ihr Erbe gestohlen haben, darüber sprach sie ohne Ende. Meinen Dad regte das immer auf, er arbeitete so hart, sorgte für uns, wir hatten es so gut wie alle anderen, wozu wollte sie das Geld von diesem Kerl? Das hat er oft gesagt.«

Leonard Binder hörte sich nach einem braven Mann an, dessen einziger Frevel darin bestand, dass er eine vom Leben und vom Krieg schwer gezeichnete Frau geheiratet hatte. Immerhin blieben ihm diese seligen Momente mit Martin, als sie die Garage mit Trockeneis vollstopften und die Raketen starteten.

»Ihre Mutter hat Ihnen also erzählt, wie die Dzornens sie behandelt haben? Dachte sie, das wären die Leute, die sie verfolgten?«

»Ich sag doch, ich weiß es nicht!« Judy versuchte zu schreien, aber ihr Bauch war zu schwach dafür, es kam als kratzendes Röcheln heraus.

»Sie wussten doch eine Menge über sie.« Ich sprach bewusst neutral, weder Zuspruch noch Vorwurf, bloß das unverbindliche Angebot, einen Vorhang zu lupfen und einen Blick in eine andere Welt zu werfen.

Es gab Judy tatsächlich zu denken, wieder brach sie mitten im Fluch ab und besann sich. »Sie war nicht immer wütend. Als ich klein war, hatten wir manchmal Spaß, mein Dad und Mom und ich. Dad ging leidenschaftlich gern in den Park oder in den Zoo, und er war sehr geschickt mit den Händen, er konnte tolle Sachen bauen, mechanische Sachen – die Holzarbeiten machte immer Kitty. Sie haben mir sogar ein Fahrzeug mit Motor gezimmert. Einmal hat sie mir einen kleinen Schrank voller Kleidung für mein Kätzchen gemacht. Die Mädchen in der Schule waren grün vor Neid, als ich Ginger mitbrachte, um damit anzugeben.«

»Wissen Sie noch, was dazu führte, dass Ihre Mutter sich veränderte?«

Judy starrte auf ihre knotigen Finger, die Hände einer sehr viel älteren Frau. »Sie war nie dauerhaft glücklich, das dürfen Sie nicht denken! Das Erste, was ich je von ihr zu hören bekam, war, dass ihre leibliche Mutter sie nicht mochte, dass sie sich nur für ihre Gleichungen und Atome interessierte. Ihre Mutter mochte Lotty lieber, und Mom fand, Lotty war eine Angeberin.« Sie lächelte schief. »Natürlich bin ich extra deswegen zu Lotty gerannt, als ich schwanger war, ich wusste, das würde Kitty zur Weißglut treiben.«

Ich nickte. Es gefiel mir nicht, aber ich konnte es nachvollziehen.

»Und genau wie Sie sagten, sie hat alle verloren. Das hab ich so oft gehört, dass es schon nicht mehr richtig wahr war, es war nur noch wie eine Gutenachtgeschichte, aber von der gruseligen Art, die einem Alpträume macht.«

Ich nickte wieder: So gesehen ergab Judys Drogengeschichte Sinn. Wer von klein auf mit Horrorstorys abgefüllt wird, ist dankbar für alles, was die Bilder verschwimmen lässt und abstumpft. Dabei fiel mir ›Duck and Cover‹ ein. Ich fragte Judy danach.

Sie spähte unwillkürlich zur Tür. »Wenn ich das erzähle, müssen Sie versprechen, nichts zu sagen.«

»Geht klar, ich versprech's.«

»Und machen Sie die Tür zu. Ich will nicht, dass die Pflegerinnen lauschen.«

Ich schloss die Tür und zog den Besucherstuhl dicht an sie heran.

Sie blickte mehrmals von mir zur Tür, unschlüssig, ob sie den Sprung wagen sollte, aber schließlich fasste sie sich ein Herz. »Das war, als ich sieben war, kurz nach meinem Geburtstag. Ich spielte morgens mit Ginger, meinem Kater. Meine Mom kam rein und brüllte: ›Setz die verdammte Katze ab. Du kommst mit.‹ Sie klang so wütend, dass ich Angst bekam. Ich drückte Ginger an mich, und sie riss ihn weg und schleuderte ihn quer durch den Raum aufs Bett. Ich schrie, ich dachte, sie hätte ihn umgebracht, es war furchtbar.«

Sie hatte Tränen in den Augen und ich hatte zum ersten Mal Mitleid mit ihr.

»Wir fuhren mit dem Auto weg. Ich weiß nicht wohin, aber es war eine lange Fahrt raus aufs Land. Da war diese Tankstelle irgendwo im Nirgendwo, und da war diese alte Dame. Sie und Mom sprachen Deutsch miteinander. Mom sprach manchmal Deutsch mit mir, und ich konnte ein bisschen was verstehen, aber ich mochte es nicht. Die alte Dame fragte nach irgendwem, und Mom sagte, sie sei tot.

Dann wollte die alte Dame wissen, wer uns gefolgt war, und

Mom sagte, niemand, ich hab aufgepasst, und dann kniete sich die alte Dame vor mich hin. Sie schaute mir ins Gesicht und fragte, ob ich so ein Mädchen wäre, das die Natur und die Sterne liebt, oder ein Mädchen, das lieber mit Puppen spielt und näht. Ich wusste nicht, was ich sagen sollte, ich wusste nicht, was die richtige Antwort darauf war, also sagte ich, ich liebe meinen Kater, und Mom hat ihm tolle Kleider genäht, und Mom bringt mir auch Stricken bei. Dann fingen die alte Dame und Mom an, sich zu streiten, auf Deutsch, es ging um …« Judy unterbrach sich und sah mich argwöhnisch an. »Das klingt jetzt dumm, also lachen Sie mich ja nicht aus.«

»Nein, ich lache Sie nicht aus«, sagte ich leise. »Es ist nichts Lächerliches an einer schweren Geschichte, und Ihre ist schmerzlich. Worüber haben sie gestritten?«

»Ums Stricken, ich muss manchmal daran denken und frage mich, ob ich das richtig erinnere. Das englische Wort *stricken* heißt ja befallen, und manchmal denke ich, vielleicht sprachen sie doch Englisch, und die alte Dame war von irgendwas befallen. Und dann kam noch ein Auto vorgefahren, und ein Mann stieg aus, und die drei fingen einen furchtbaren Streit an. Die alte Dame sprach Deutsch, aber der alte Mann sprach Englisch.

Er sagte so was wie: ›Mehr mache ich nicht, also was immer du willst, vergiss es.‹ Und die alte Dame sagte: ›Du bist so ein krummer Hund.‹ Das hab ich mir gemerkt, weil ich so einen aufziehbaren Clown hatte, der sang immer: ›Kunterbunt ist unser Hund, hat zwei krumme Beine.‹ Sie waren so furchtbar wütend, ich dachte, es liegt an mir. Ich hatte Angst, dass sie mich wegschicken, so wie meine Mom weggeschickt wurde, da war sie noch ein kleines Mädchen wie ich, als sie von ihrer Oma weggeschickt wurde. Ich dachte, sie sind wütend, weil ich stricke und Spielsachen habe. Ich hatte solche Angst, dass ich ganz laut ›Kunterbunt ist unser Hund, hat zwei krumme Beine‹ rief.

Alle starrten mich an, was mir noch mehr Angst einjagte. Ich fing an zu weinen, was meine Mutter wütend machte, und der Mann sagte, die alte Dame würde was mit mir tun, ich kannte das Wort nicht, obwohl es Englisch war, so was wie impfen, jedenfalls wusste ich nur, es hat was mit Arzt zu tun, und fragte mich, ob ich jetzt zum Arzt muss, weil ich das laut gesagt habe. Die Dame sagte: ›Ich wünschte, ich könnte. Wenn ich dadurch verhindern könnte, dass sie so ein krummer Hund wird wie du, würde ich alles riskieren, sogar das Gefängnis.‹

Und er sagte: ›Das ist ein …‹, ich weiß nicht mehr genau. Vielleicht hat er ›Affront‹ gesagt. Ich war erst sieben, sie benutzten eine Menge Wörter, die ich nicht kannte, und dann fing die Dame von dem Geschirr an. Sie sagte: ›Der Teller, du und der Teller, ihr habt Duck and Cover angerichtet. Das war eine grausame Lüge, die du und der Teller den Menschen aufgetischt habt.‹

Mom brüllte, alle waren wütend. Der Mann von der Tankstelle kam raus, da wurden alle still und gingen zu ihren Autos. Als wir in unserem Wagen saßen, sagte Mom: ›Das darfst du nie jemandem erzählen. Sie werden uns alle ins Gefängnis werfen, wenn du es irgendwem erzählst. Sprich auch nie über Duck and Cover, und sprich nie über Teller, sonst wissen sie sofort, von wem du redest.‹

Judy weinte jetzt. Ich legte unbeholfen einen Arm um sie, was wegen der Schläuche und des Rollstuhls nicht einfach war. Schluchzer schüttelten sie, bis es zu viel wurde für ihren hinfälligen Körper, sie sackte gegen mich, und der Herzmonitor piepte Warntöne. Ich schob den Rollstuhl zum Bett und nahm den Infusionsständer mit.

Am Bett fand ich den Notrufknopf und drückte ihn, aber Judy war so dürr, so leicht, dass ich sie ohne Hilfe ins Bett heben konnte. Eine Pflegerin kam dazu, als ich ein Kissen unter ihre Füße steckte.

Sie übernahm. »Was ist passiert?«, wollte sie wissen.

Ich schüttelte ratlos den Kopf. »Sie hat bloß von ihrer Kindheit erzählt, aber sie ist wohl doch angeschlagener, als ich dachte – auf einmal ist sie zusammengeklappt.«

Die Pflegerin fühlte Judys Puls, den Blick auf dem Monitor. »Ich piepe den Arzt an, aber Sie sollten jetzt gehen, wir müssen ihre Herzfrequenz wieder stabil kriegen.«

Ärzte erschienen, besorgte Fragen wurden gestellt, Befehle gebellt. Mich schob man hinaus.

Ich hoffte, Ginger hatte es überlebt, dass Kitty ihn quer durch den Raum warf, als Judy sieben war. Ich hoffte, Judy überlebte mein Gestocher in ihrer peinvollen Vergangenheit.

37

Nuklearschirm

Als ich Judy verließ, war ich fast so fertig wie sie. Ich stieg in Martins Auto, überlegte, was als Nächstes zu tun war, aber bekam meinen Verstand nicht organisiert. Versuchte, eine grobe Zusammenfassung des Gesprächs in meinem Schreibblock zu notieren, aber meine Arme waren zu schwer, um einen Stift zu halten. Ich klappte den Sitz nach hinten, so weit es ging, und schloss die Augen. Konzentrierte mich aufs Ein- und Ausatmen, so hatte meine Mutter immer die Musikstunde begonnen.

Die Crux der Geschichte war der Morgen, an dem Kitty mit Judy aufs Land gefahren war. Die alte Dame, die Judy gefragt hatte, ob sie Sterne oder Nähen vorzog – sollte das Martina gewesen sein, die gar nicht tot war? Und wenn, warum war sie dann nicht die ganze Zeit Teil von Kittys und Judys Leben?

Keine tolle Mutter, so hatten Lotty wie auch Kitty Martina Saginor beschrieben. Aber sofern sie den Krieg überlebt hatte, würde doch selbst eine Frau, der Protonen mehr bedeuteten als Menschen, ihr einziges Kind sehen wollen. Außerdem klang mir Martina nicht nach einer Person mit Hang zum Melodram, und das Treffen an einer abgeschiedenen Tankstelle wirkte extrem melodramatisch.

Vielleicht war es Martinas Studentin Gertrud Memler gewesen, die Nazisse, die zur Anti-Atom-Aktivistin geworden war. Sie hatte ja anscheinend eine tiefe Abscheu gegen ihre Nazi-Vergangenheit entwickelt. Womöglich suchte sie Kittys Vergebung, weil sie den Tod ihrer Mutter herbeigeführt hatte.

Memler bereute gewiss ihre Mitwirkung an Vernichtungswaffen, sowohl früher in Österreich als auch im Amerika der Nachkriegszeit. Ihre brieflichen Attacken auf das US-Kernwaffenprogramm sorgten dafür, dass das FBI Jagd auf sie machte: Sie verbrachte den letzten Teil ihres Lebens im Untergrund. Wenn sie Kitty treffen wollte, musste es heimlich geschehen.

»›Der Teller, du und der Teller, ihr habt Duck and Cover angerichtet. Das war eine grausame Lüge, die du und der Teller den Menschen aufgetischt habt.‹« Ich wiederholte die Worte laut, und ihre Bedeutung veränderte sich. Nicht der Teller, es ging nicht um Geschirr, es ging um Edward Teller, den Vater der Wasserstoffbombe.

Ich stellte den Sitz wieder gerade. Memler hatte Teller wegen der Wasserstoffbombe angegriffen. Vielleicht auch wegen dieser verlogenen, süßlichen Zivilschutzkampagne, die verbreitete, wir könnten einen Atomkrieg überleben, indem wir uns unter einem Tisch versteckten und die Hände über den Kopf legten.

Da, wo ich aufgewachsen war, im Süden Chicagos, wählten einige die Demokraten, aber alle standen voll hinter unserer Regierung und ihren Kernwaffen. Der Nuklearschirm: Ich erinnerte mich gut an die Zeichnung, die Mrs. Jostma im Sozialkundeunterricht in der Sechsten an die Tafel geheftet hatte. Sie zeigte eine streng blickende Freiheitsstatue, die einen großen schwarzen Schirm hochhielt, dessen Spitzen lauter Wasserstoffbomben waren. Es war ein gruseliges Bild, aber wir alle wussten, die Macht des US-Militärs sorgte für unsere Sicherheit. Diese hässlichen Bomben bildeten den Schirm, der für die Kommunisten genauso furchterregend war wie für meine Freundinnen und mich. Lieber tot als rot: Meine Tante Marie, Boom-Booms Mutter, hatte das Gabriella ständig entgegengehalten.

»Du musstest keinen Krieg überstehen, Marie«, erwiderte meine Mutter dann müde. »Wenn deine Mutter und Großmutter von Ideologen ermordet worden sind, hoffst du nicht mehr, dass eine andere Ideologie dich rettet.«

Judy hatte mitangehört, wie die ›alte Dame‹ und der Mann sich stritten. Sie verstand nur, dass es teilweise um sie ging, was ihr noch mehr Angst machte. Und dann hatte ihre Mutter sie gewarnt, ja nichts davon weiterzusagen, sonst würde sie schrecklich bestraft. Über vierzig Jahre hatte sie diese Furcht behalten.

Zu Anfang des Gesprächs hatten die ältere Frau und Kitty auf Deutsch darüber gesprochen, dass jemand tot sei. Vielleicht hatte Kitty Memler gesagt, dass Martina tot war. Oder umgekehrt?

Was mir Kopfzerbrechen bereitete, war die Vorstellung, dass jemand sich so wandelte: erst Leiterin eines Nazi-Zwangsarbeitslagers zur Waffenproduktion, dann Anti-Atom-Aktivistin. Irgendeine persönliche Katastrophe, die ihr letztlich doch noch die Augen öffnete? Aber was konnte so viel schlimmer sein als der Krieg und seine Verwüstung?

Ich habe deine Mutter ins Todeslager Sobibor geschickt, als wir keine Verwendung mehr für sie hatten. Kannst du mir vergeben? Selbst jemand viel weniger Gestörtes als Kitty würde in einem solchen Moment platzen vor Wut. *Du hast mir alles genommen und willst jetzt auch noch meine Vergebung?*

Schon die Vorstellung führte dazu, dass sich meine Fäuste ballten. Ich stieg aus, um Luft zu schnappen und meine verkrampften Arme zu strecken.

Mitten in den Streit zwischen Kitty und Memler war ein Mann geplatzt. Die ältere Frau hatte ihn als krummen Hund bezeichnet, weil er sich mit Teller eingelassen hatte. Dzornen. Es musste Dzornen gewesen sein. Breen hatte sich natürlich auch mit Teller eingelassen, um die Computer zu liefern, die zum Bau der Wasserstoffbombe gebraucht wurden, aber Dzornen war derjenige, den Memler und Martina in Wien gekannt hatten.

Der Mann hatte gesagt: ›Mehr mache ich nicht, also was immer du willst, vergiss es.‹ Er hatte sie nach Amerika geholt. Meinte er das?

Das konnte doch nicht stimmen. Hätte Dzornen als österreichischer Jude Martinas Nazi-Studentin unterstützt, aber Martina elend verrecken lassen?

Andererseits, vielleicht war das ja das Verbrechen, das Julius so belastete. Als die Dzornens Wien verließen, hatte Ilse vermutlich gehofft, nie wieder von Käthe und Martina hören zu müssen. Ich stellte mir vor, wie sie sich vor Groll und Eifersucht verzehrte und sich einredete, dass Käthes und Martinas Schicksal gar nicht so schlimm sein würde. Sie könnte Benjamin davon abgehalten haben, sich bei der Suche nach einem Labor, das Martina anstellte, allzu sehr ins Zeug zu legen. Sicher würde Martina darben, doch das verdiente sie auch dafür, dass sie mit Ilses Mann geschlafen hatte. Ilses vorherrschendes Gefühl, so stellte ich es mir vor, musste Erleichterung gewesen sein: Nie wieder würde sie daran erinnert werden, dass ihr Ehemann Käthes Vater war.

Und dann tauchte Kitty bei der Chicagoer Adresse der Dzornens auf. Ihre hektische Tour durch die Nachbarschaft, als sie nach Dzornen suchte, eine Reaktion von ihm einklagte, musste die alte Wunde frisch aufgerissen haben.

Seiner Schwester Herta zufolge verherrlichte Julius Benjamin und zeigte Potenzial für die wissenschaftliche Begabung seines Vaters. Doch dann peng! stand Kitty vor der Tür und sprengte sein Vaterbild in die Luft. Julius musste da etwa sechzehn gewesen sein, ein empfindliches Alter. Er versuchte noch ein paar Jahre, pro forma den Trott aufrechtzuerhalten, doch als er zwanzig war, ertrug er auch den Trott nicht mehr. Er brach sein Studium ab und ließ sein Leben los.

Ein Security-Mann kam zu mir herüber und wollte wissen, ob ich mich verirrt hatte oder in Schwierigkeiten war. Mir wurde bewusst, dass ich bei meinem angestrengten Gegrübel auf dem Parkplatz im Kreis lief. »Ich bin nur etwas mitgenommen von meinem Besuch eben.«

Der Wachmann blieb stehen und sah zu, wie ich einstieg und die Wagentür schloss.

Das Problem mit dem Szenario, das ich mir vorgestellt hatte, war, dass es die Breens außen vor ließ. Julius war gestern Abend zu Cordell Breen gefahren. Cordell hatte ihn damit aufgezogen, dass das alte Verbrechen noch immer an ihm zehrte. Doch das war nicht der Grund, warum Julius in Forest Lake aufgekreuzt war: Er kam erbost dorthin, weil jemand in der Universitätsbibliothek seine Identität benutzt hatte.

Mein Denken war wie ein Koffer, bei dem an allen Seiten BH-Träger und Pulloverärmel herausquellen. Jede Idee, die ich hatte, hinterließ neue unverstauliche lose Enden.

Ich nahm wieder den Stift zur Hand und schaffte es diesmal, Judys Erzählung zu notieren. Ich schloss ihre Kindheitsgeschichte mit ein, aber auch die jüngere Vergangenheit, namentlich Martins Ankunft beim Meth-Haus. Als er die Papiere fand, die Judy aus der Kommode ihrer Mutter gemopst hatte, geriet er außer sich. Die Unterlagen waren für ihn gedacht, und Judy hätte wissen müssen, dass sie wichtig waren, weil sie von Ada Byron kamen. Doch der Name sagte Judy nichts, und er sagte auch mir nichts.

Ich fuhr zu Lottys Klinik. Wie immer an den Tagen, an denen sie Dienst tat, war der Laden gerammelt voll, hauptsächlich mit Frauen und Kindern. Die Handvoll Männer sah verlegen aus: Was machen wir hier in dieser Frauenwelt?, schienen ihre Körper zu fragen.

Ms. Coltrain begrüßte mich mit ihrer üblichen Gelassenheit. Ich gab ihr einen Zettel, den sie Lotty hineinreichen möge. Nach ein paar Minuten kam Jewel Kim raus und rief mich sehr zum Ärger aller Wartenden herein. Ich lächelte entschuldigend in die Runde, folgte aber Jewel in Lottys Büro. Lotty selbst kam fast sofort, kurz angebunden, sie wird nicht gern unterbrochen, wenn sie Patientinnen hat.

»Von einer Ada Byron habe ich noch nie gehört. Vielleicht die Person, bei der Kitty in England gelebt hat?«

»Judy sagt, die Leute hießen Maler. Aber sie hat mir einen seltsamen Vorfall beschrieben, der sich ereignet hat, als sie sieben war.«

Lotty sah auf die Uhr. »Kann das nicht warten?«

»Vielleicht«, sagte ich, »aber jetzt bin ich schon mal hier.« Ich berichtete von der Fahrt aufs Land und den Erwachsenen, die Judy in ihre wütenden Wirrnisse hineingezogen hatten. »Sie konnte die Frau nicht beschreiben, nur dass sie alt war. Kann das Martina gewesen sein?«

»Ich wüsste nicht wie«, Lotty runzelte die Stirn. »Man hat sie von Terezin nach Sobibor geschickt. Das war ein Todesmarsch, und es gab keinerlei Eintrag über sie in irgendwelchen Flüchtlingsberichten. Max hat seine Netzwerke darauf angesetzt, als Kitty 1956 auftauchte. Und letzte Woche erst hat er das Holocaust-Museum in Washington dazu bewegt, alle verfügbaren

Archive zu durchsuchen. Es gibt nichts über Martina Saginor, weder bei den Terezin-Überlebenden noch bei den wenigen aus Sobibor.«

Ich erzählte ihr noch von meiner alternativen Idee, der mit Gertrud Memler. Lotty blickte angeekelt drein. »Eine vor Schuldgefühlen sabbernde Nazisse, zwanzig Jahre zu spät und dann noch überzeugt, dass alle sich verbeugen und ihren Sinneswandel feiern? Wenn Benjamin Dzornen mit der zusammengearbeitet hat, dann war er wirklich verabscheuungswürdig. Der Einzige, der mir leidtut, ist sein Sohn Julius, der die ganze Zeit die Bürde seines Vaters getragen hat.« Lotty nahm eine Krankenakte von ihrem Schreibtisch. »Wenn das alles war, was du willst, das hätte nun wirklich bis heute Abend warten können.«

38

Klatsch unter Nachbarn

Mir tat Julius Dzornen auch leid, aber ich wünschte, er würde mit mir sprechen. Ich konnte mir nicht vorstellen, dass er bei Cordell Breen, den er bezichtigte, unter seinem Namen in den Uni-Archiven zu wühlen, etwas anderes als eine Abfuhr kassiert hatte. Wenn ich rauskriegen könnte, wer sich als Julius ausgegeben und was für Dokumente dieser Jemand eingesehen hatte, könnte ich vielleicht ein Teilrätsel lösen, zum Beispiel, wieso die BREENIAC-Zeichnung so wichtig war oder was das kleine Motiv in der rechten Ecke bedeutete. Wenn ich Julius so eine Information auf dem Silbertablett servierte, hatte ich bestimmt einen besseren Hebel, um das mit dem alten Verbrechen aus ihm herauszuleiern.

Bevor ich mich zur South Side aufmachte, fuhr ich in meinem Büro vorbei. Um ermitteln zu können, ob irgendwelche Bibliothekare die Person wiedererkannten, die sich als Julius ausgegeben hatte, lud ich aus dem Netz Fotos von Cordell Breen und Jari Liu herunter. Ich dachte auch an Durdon, auch wenn er nicht der Typ für Archivrecherchen schien. Ohnehin konnte ich von ihm online kein Foto auftreiben, nur seinen Vornamen, Rory, und sein Alter, dreiundvierzig. Ich bekam nicht mal raus, wo er aufgewachsen war.

Das einzige verfügbare Foto von Julius war gut eine Dekade alt: Er und seine Schwester Herta waren bei einem Empfang am Fermi-Institut gewesen, um den hundertsten Geburtstag ihres Vaters zu begehen. Herta strahlte wie ein für Nachtlandeübungen bereiter Flugzeugträger, ihr silbernes Haar auf Hochglanz gebürstet, die Diamanten in ihren Ohren und um ihren Hals sprühten. Julius lümmelte sich neben ihr in einem schlecht sitzenden Sportjackett und sah griesgrämig drein. Ich druckte das Bild aus, dazu weitere Kopien von Martin Binders Porträtfoto.

Ich parkte am Ende der Straße, in der Julius wohnte. Es war eine ruhige Tageszeit, später Vormittag, wenn alle zur Arbeit oder in der Schule sind. Die einzige Person, die ich sah, war eine ältere Frau, die mikroskopische Unkräutlein aus einem makellosen Rosenbeet zupfte.

Ich blieb im Auto sitzen und rief von einem meiner Wegwerfhandys aus den Sheriff von Palfry County an. »Sheriff«, sagte ich, als ich das deftige Begrüßungsgelächter hinter mich gebracht hatte, »Glenn Davilats kommt ja ziemlich rum, macht sich Freunde und beeinflusst Leute.«

»Was zum Teufel reden Sie da, Schnüfflerin?«

»Ich hab gerade erfahren, dass Unmengen seiner Fingerabdrücke auf den Einzelteilen eines funkelnagelneuen Lincoln Navigator sind, der in der Nähe des Drogenladens geschlachtet wurde, den ich letzte Woche hab hochgehen lassen. Ich hörte auch, Ihr Junge fährt einen neuen Charger, wohl sein Ersatz für den Nav?«

Ausnahmsweise grölte Kossel nicht vor Lachen, aber er wurde trotzdem laut, als er mich fragte, was zum Kraftausdruck ich damit sagen wollte: Bloß weil ich einen pickligen Teenager nicht finden konnte, gab mir das nicht das Recht, seine Männer mit Chicago-Jauche zu überschütten.

Ich hielt das Telefon vom Ohr weg. Als es zu vibrieren aufhörte, sagte ich: »Die große Frage, Sheriff, lautet: Wer war noch mit ihm in dem Nav? Ich hoffe, es war nicht Detective Orlick, sie ist mir nämlich ans Herz gewachsen.«

»Keiner von meiner Mannschaft war in letzter Zeit auch nur in der Nähe Ihrer Güllegrube von Stadt, Schnüfflerin«, blaffte Kossel.

»Hab ich auch nicht behauptet, Sheriff. Tut mir leid, dass ich mich unklar ausgedrückt habe. Deputy Davilats und ein Komplize sind in dem Navigator raus zum Schlafly-Haus gefahren. Sie haben Schlaflys Hund erschossen und Schlafly in ein Maisfeld gejagt, wo sie ihn gekillt haben. Während sie damit beschäftigt waren, ist Schlaflys Freundin in den Wagen gesprungen – sie haben den Schlüssel stecken lassen, dummer Anfängerfehler – und nach Chicago gefahren. Aber bisher haben wir nur die Abdrücke von Ihrem Jungchen. Irgendeine Ahnung, wer der andere war?«

»Das sagen Sie!«, grollte Kossel.

»Sheriff, ich hab keinerlei Befugnis und keinen Einfluss, ich kann weder einen Haftbefehl ausstellen noch irgendwen zur Vernehmung einbestellen. Ich ruf nur an, um Ihnen einen Vorsprung vor dem Chicago Police Department anzubieten. Und um zu fragen, ob Sie wissen, wer noch in dem Navigator saß. Wenn Ihr Deputy für einen der anderen Methdealer im Landkreis arbeitet, wollen Sie das dann nicht wissen?«

Kossel sagte nichts mehr, nicht mal eine Verabschiedung, er legte bloß in ungewohnter Stille auf. Tatsächlich hatte er recht. Ich log. Was, wenn ich mit Davilats falsch lag? Nur weil er ein neues Muscle-Car fuhr und eine Rottweilerin ihn anknurrte, war er noch nicht des Mordes schuldig. Ich hoffte darauf, dass Kossel ab hier übernehmen würde – seinen Deputy befragte, herausfand, mit welchem Methdealer er zusammenarbeitete –, es sei denn natürlich, Kossel selbst war die andere Person im Navigator gewesen. Hatte ich nun ein Loch zugestopft oder eine Atombombe hineingeworfen?

Ich ließ das Telefon im Auto, wo es Nachrichten von Räubern und Gendarmen entgegennehmen konnte, und schlenderte zu dem großen Haus, das vor Julius Dzornens Kutschenhaus stand. Was für eine Absprache hatte er wohl mit den Eigentümern, warum ließen sie ihn hier hausen? Dies war nicht Benjamin Dzornens Wohnsitz gewesen, als er noch an der Universität war – so viel hatte ich nach meinem ersten Besuch überprüft: Dzornen hatte drei Blocks weiter in einem der vornehmen Herrenhäuser an der Greenwood Avenue gewohnt.

Ich folgte dem gepflasterten Pfad am großen Haus vorbei zum kleinen. Als ich stramm an die Tür hämmerte, flogen die Vögel mit aufgeregtem Gezwitscher von den Futterspendern auf, doch Julius reagierte nicht. Ich steckte den Kopf zwischen die Efeuranken und versuchte durch das schmutzige Fenster nach drinnen zu lugen. Kein Licht, keinerlei Lebenszeichen. Ich war in Versuchung, zwecks Recherchen eine kleine Ortsbegehung zu machen, doch als ich mein Pickset betastete, dachte ich an das unangenehme Gefühl von Verwundbarkeit, als der Heimatschutz in mein Zuhause eingedrungen war. Besser, ich ging in die Archive und sah zu, was ich durch geradliniges Fragenstellen herausbekam.

Auf der University Avenue war die ältere Frau ein paar Häuser weiter noch immer mit ihren Rosen zugange. Ich stellte mich in ihrer Nähe auf den Gehweg und wartete, bis sie aufsah. Ihr Blick war so kalt wie eisige Luft.

»Entschuldigung, Ma'am, ich bin Detektivin. Ich muss Julius Dzornen ein paar Fragen stellen und wüsste gern, ob Sie ihn in letzter Zeit gesehen haben.«

»Können Sie sich ausweisen?« Ihre Stimme, obschon dünn vor Alter, war so kühl wie ihr Blick.

Ich zückte meine Ermittlerinnen-Lizenz. Sie musterte sie mit verächtlich gekräuselter Nase. Weil ich Privatdetektivin war? Weil sie eine Grande Dame war und ich für meinen Lebensunterhalt arbeitete?

»Ich achte nicht auf sein Kommen und Gehen, aber er ist noch nicht herausgekommen, seit ich hier bin.«

»Es kommt mir merkwürdig vor, dass er hier eingemietet ist, so dicht beim Wohnort seiner Kindheit«, sagte ich. »Fast, als wollte er sich nicht von zu Hause lösen, dabei ist er über siebzig.«

»Alle möglichen Leute bessern heutzutage ihr Einkommen auf, indem sie Kutschenhäuser vermieten«, sagte die Frau trocken. »Wenn Sie eine Frage zu Julius Dzornen haben, stellen Sie sie, andernfalls gehen Sie bitte. Es ist kalt, und Sie halten mich nur auf.«

»Wie lange wohnt er schon in dem Häuschen?«

Sie rang sich ein winterliches Lächeln ab, als hätte ich in einem komplizierten Spiel endlich einen Hinweis entdeckt. »Seit seine Mutter starb.« Sie wandte sich wieder ihren Rosen zu, aber als ich langsam davonschritt, gab sie nach und sagte zu meinem Rücken: »Das war früher Edward Breens Zuhause. Er hatte hinten im Kutschenhaus seine Werkstatt.«

Mir war, als hätte mich ein Hieb zwischen die Schultern getroffen. Natürlich. Alison hatte mir gesagt, dass Edwards erste Werkstatt hinter seinem alten Haus in Hyde Park gewesen war.

Ich machte kehrt und marschierte zurück zu der Gärtnerin. »Julius Dzornen ist besessen von einem Verbrechen, das sich seiner Ansicht nach vor fünfzig Jahren zugetragen hat. Haben Sie eine Ahnung, was das sein könnte?«

Sie hockte sich auf die Fersen und sah mich zum ersten Mal offen an, aber sie schüttelte den Kopf. »Da kannte ich ihn noch nicht, und ich habe niemals irgendwelche Gerüchte darüber gehört – und dies ist ein Viertel, wo die Leute wirklich leidenschaftlich tratschen. Ich weiß nur, als Ilse Dzornen starb, haben die Töchter das Haus an der Greenwood Avenue verkauft, und Julius zog in Edward Breens Werkstatt ein. Wir waren alle überrascht, dass das Kutschenhaus immer noch den Breens gehörte.« Ihre Lippen zuckten abschätzig. »Ich nehme an, Edward Breen wollte, dass seine Werkstatt wie ein Schrein erhalten wird.«

Die Breens und die Dzornens, vereint über den Tod hinaus. Eine verstörende Art von Beziehung, wenn Leute die giftigen Fesseln nicht lösen können, die sie aneinander binden.

Ich ging weiter die Straße entlang Richtung Campus. Holte mir erneut einen Tagespass. Die Archive der Abteilung Spezialsammlungen lagen an dem Korridor, der die Hauptbibliothek mit dem futuristischen neuen Lesesaal verband.

Der Raum war still auf diese Art, von der man selbst ganz ruhig wird; für ein Weilchen vergaß ich Judy Binders Pein, den Mord an Kitty Binder, Julius Dzornens Bitterkeit. Ich blieb vor einer Bibel aus dem achten Jahrhundert stehen. Sah Mönche vor mir, die abgeklärt Psalmen auf Latein sangen, während sie Zeile um Zeile auf Pergament kopierten mit so sorgfältiger Handschrift, dass es heute noch lesbar war. Die Ikonen der Toten machen uns glauben, dass sie ein friedliches Leben führten, doch Mord und Schikane gab es schon lange, bevor Kain Abel abmurkste oder Jakob Esau beschiss.

Ein zweites Paar Türen führte in den Verwaltungsbereich

und den klimatisierten Lesesaal dahinter, wo sich fünfzehn bis zwanzig Leute über Boxen mit Dokumenten beugten.

Drei Frauen saßen hinter einer Theke an Computerbildschirmen und arbeiteten schwer. Transportwagen voller blauer Dokumentenboxen standen neben ihnen. Mehrere Leute kamen gleichzeitig mit mir an die Theke, einer brachte eine Riesenbox zurück, halb so groß wie er selbst, die anderen fragten nach Materialien. Ich wartete, bis sie weg waren, ehe ich meinen Führerschein zusammen mit meiner PI-Lizenz herausholte.

»Was können wir für Sie tun?«, fragte eine der Frauen.

Ich warf einen Blick auf den Ausweis, den sie um den Hals trug: Rachel Turley. »Ms. Turley, ich bin Privatdetektivin und untersuche den Tod einer Frau namens Kitty Binder. Ich weiß nicht, ob Sie diese Art Nachrichten verfolgen, aber sie wurde vor etwa einer Woche bei einem Einbruch getötet.«

Ms. Turley sagte, sie erinnere sich dunkel, fügte aber hinzu: »Wir befassen uns hier mit seltenen Ausgaben und Dokumenten, nicht mit aktuellen Nachrichten, also verstehe ich nicht ganz, wie wir Ihnen helfen können.«

»Ms. Binder hatte mich beauftragt, ihren Enkel zu suchen«, erklärte ich. »Er ist seit einigen Wochen verschwunden. Ich habe mich durch die Familiengeschichte gewühlt auf der Suche nach Menschen, die er kontaktiert haben könnte, und beim Wühlen habe ich festgestellt, dass Ms. Binders Vater Benjamin Dzornen war. Jemand hat kürzlich hier in der Abteilung Spezialsammlungen Dzornens Papiere eingesehen. Er hatte einen Ausweis, ausgestellt auf Dzornens Sohn Julius. Nur war er es nicht. Ich versuche herauszufinden, wer es wirklich war und was genau er sich angesehen hat.«

Ms. Turley und eine Frau am anderen Ende der Theke wechselten einen verblüfften Blick, doch Ms. Turley sagte: »Wir geben niemals preis, was jemand, der unsere Sammlung nutzt, recherchiert hat. Das ist eine unumstößliche Bibliotheksregel. Nicht nur hier bei uns.«

»Nicht mal, wenn es mir helfen kann, Kitty Binders Mörder zu finden?«

Turley schüttelte den Kopf. »Selbst wenn Sie mir beweisen könnten, dass es Ihnen oder der Polizei helfen würde, den Mörder zu fassen, könnte ich Ihnen keine Auskunft geben.«

»Ms. Turley, ich weiß ethische Prinzipien wirklich zu schätzen, aber –«

»Da gibt es kein Aber. Wenn Sie eine gerichtliche Anordnung hätten, würde ich Sie an den Rechtsbeistand der Bibliothek verweisen, aber Sie sind ja Freiberuflerin, nicht staatlich, richtig? Also bekommen Sie keine gerichtliche Anordnung. Gelehrte sind ein hart konkurrierender und skrupelloser Haufen. Wenn zwei davon hinter einer neuen Theorie her oder neuen Erkenntnissen auf der Spur sind, ist es schon vorgekommen, dass sie einander die Forschungsergebnisse stehlen. Sie versuchen unsere Akten einzusehen oder gar die Bibliothekare zu bestechen, um herauszufinden, ob Professor X dasselbe Material sichtet wie sie. Also schützen wir alle, indem wir unsere Server bereinigen und damit sicherstellen, dass es keine verfolgbaren Spuren davon gibt, wer welche Dokumente eingesehen hat.«

»Was, wenn jemand etwas aus der Sammlung entwendet? Wie kommen Sie dahinter, wer es war, wenn Sie die Server bereinigt haben?«

»Wir haben unsere Sicherheitsvorkehrungen«, erwiderte Turley. »Ich sage Ihnen nicht, worin die bestehen, denn woher weiß ich, dass Sie nicht nur vorgeben, in einem Mordfall zu ermitteln, und in Wahrheit hat Sie einer unserer streitsüchtigeren Gelehrten angeheuert, um seine Konkurrenten auszutricksen?«

Ihr unverbindliches Lächeln schien zu sagen, dass sie genau

wusste, wie sie mich auf die Palme brachte. Ich zog eine säuerliche Grimasse, nahm meine Fotosammlung aus der Aktentasche und legte sie vor ihr aus. Weitere Forschende kamen zur Theke und warfen Seitenblicke auf mich und meine Bildergalerie, während sie der anderen Bibliothekarin ihre Antragszettel hinhielten.

»Kommt Ihnen jemand von diesen Männern bekannt vor? Einer davon ist der echte Julius Dzornen, die anderen drei sind mögliche Kandidaten für den Betrug.«

»Ms. –« Sie nahm die Visitenkarte zur Hand, die ich ebenfalls auf die Theke gelegt hatte. »Ms. Warshawski, wir schreiben hier den Datenschutz größer als das Gesetz der Schwerkraft. Ich würde niemals dulden, dass jemand, der für mich arbeitet, Ihnen einen Namen nennt oder Ihnen sagt, ob er oder sie jemanden von diesen Leuten hier gesehen hat, und ich würde auch erwarten, selbst gefeuert zu werden, wenn ich das täte.«

Mittlerweile hörten alle im Verwaltungsbereich ganz unverblümt zu – die anderen vom Personal, die Nutzerinnen und Nutzer, sogar jemand vom Hausmeisterservice, der in der Ecke auf einer Leiter stand und eine Glühlampe auswechselte.

»Sie machen sich wohl gar keine Sorgen wegen Identitätsschwindel in dieser Bibliothek?«

»Wenn jemand so dringend in diese Bibliothek möchte, dass er sich eine falsche Identität zulegt, dann würde ich ihm gern die Hand schütteln und ihn bitten, eine öffentliche Bekanntmachung zu verfassen und beim Bibliotheksverband einzureichen«, gab Turley zurück. Ihre Kollegin nickte energisch.

Man sollte wissen, wann man sich geschlagen geben muss. »In dem Fall muss ich wohl selbst einen Blick auf die Dzornen-Papiere werfen und sehen, ob ich erkennen kann, worauf mein skrupelloser Konkurrent aus ist. Wie stelle ich das an?«

»Sie füllen einen Rechercheantrag aus und legen kurz dar, worin Ihr Forschungsprojekt besteht.« Turley tippte ein paar

Zeilen auf einer Tastatur. »Die Dzornen-Papiere umfassen siebenundsechzig Boxen, jede davon enthält etwa fünfzehn Akten. Wir begrenzen die Ausgabe auf jeweils zwei Boxen zur Zeit, also schauen Sie sich den Katalog an und prüfen Sie, womit Sie anfangen möchten. Wir hatten noch nie jemanden, der als Projekt eine Mordermittlung angegeben hat, aber wir akzeptieren das selbstredend.«

39

Byronische Oden

Ich schob meine Missetätergalerie wieder in meine Aktentasche und zog mich an einen Tresen mit einem Computerterminal zurück, wo ich mir grimmig das Inventar der Unterlagen von und über Benjamin Dzornen ansah: siebenundsechzig Boxen (elf Regalmeter, wie der Katalog hilfreich erläuterte). Es gab eine Sektion persönliche Biografie, die fünf Boxen umfasste. Seine Auszeichnungen, seine Vorträge, seine Forschung und seine Studenten nahmen die restlichen zweiundsechzig ein. Viele der Überschriften waren auf Deutsch.

Ich scrollte mich durch eine Liste von Studenten und Korrespondenzpartnern und suchte nach Namen, die ich kannte. Martina Saginor tauchte in den Dreißigern auf, ebenso Gertrud Memler, aber keiner der beiden Namen fand sich in den späteren Boxen.

Als ich nach Ada Byron schaute, stieß ich auf einen Brief von ihr an Dzornen, datiert auf Mai 1969. Das war die einzige Erwähnung ihres Namens, allerdings gab es reichlich Ordner, die einfach »Vermischte Korrespondenz aus Wien« hießen oder »Familienbriefe aus Bratislava« oder »Vermischte Korrespondenz mit Studenten«. Die würde ich wohl durchgehen müssen. Was viele, viele Ordner bedeutete. Ich gab mir Mühe, nicht laut aufzustöhnen.

Ich brauchte einen Praktikanten. Ich brauchte Martin Binder – ich glaubte nicht, dass Kitty je ein Kindermädchen für ihn gehabt hatte, aber vielleicht war Ada Byron ja eine frühere Geliebte von Benjamin Dzornen, die Martin für ihn im Auge behielt. Ich suchte online nach ihr.

Sechs Millionen Treffern in Metar-Quest zufolge war sie die längst verstorbene Tochter des Dichters Lord Byron. Ada selbst spielte eine so wichtige Rolle in der Geschichte der Computer und der Informatik, dass man eine Programmiersprache nach ihr benannt hatte. Da sie seit über hundertsechzig Jahren tot war, stellte sich die Frage, wie sie 1969 an Benjamin Dzornen hatte schreiben können und noch wesentlich später an Kitty.

Martin wusste, wer sie war. Er war verschwunden, um nach ihr zu suchen. Oder er war umgebracht worden, flüsterte eine gehässige Stimme in meinem Kopf. Ich rieb mir die Stirn. Je mehr ich erfuhr, desto dümmer kam ich mir vor. »Martin, warum hast du mir nicht wenigstens eine Fährte aus Brotkrumen hinterlassen?«, knurrte ich.

Ich wandte mich wieder dem Katalog der Dzornen-Papiere zu, aber ich hatte einen anstrengenden Vormittag hinter mir und Mühe, die Augen offen zu halten. Philip Marlowe war abhängig von seinem zuverlässigen halben Liter Bourbon, um wieder auf die Füße zu kommen, wenn man ihn zusammengeschlagen hatte. Mein Ermittlungs-Treibstoff war Espresso. Bis zu dem Café, wo ich letzte Woche gewesen war, waren es nur zehn Minuten zu Fuß.

Ich erhob mich und bemerkte eine junge Frau, die in meiner Nähe gestanden hatte, als ich den Bibliothekarinnen die Fotos zeigte. Sie warf mir jetzt die gleichen Seitenblicke zu wie vorhin den Bildern. Ich spazierte in den Ausstellungsbereich und blieb vor einer neueren Bibel stehen, nur sechshundert Jahre alt, geschrieben auf Hebräisch und Latein. Ich tat lange genug fasziniert, um einer zögerlichen Person Zeit zu geben, zu einem Entschluss zu gelangen.

Als ich sah, wie sie zum Ausgang des Lesesaals strebte, schlenderte ich langsam weiter nach draußen. In dem langen Korridor stand ich völlig gebannt vor einer Beschreibung der Ausstellung. Endlich hörte ich hinter mir die Tür aufgehen. Ich wartete noch eine Sekunde, dann wandte ich mich um.

Die Frau schien in Alison Breens Alter zu sein. Sie trug die löchrigen Jeans und Motorradstiefel, die der Generation Y als Uniform unserer Tage dient. Sie trat von einem Fuß auf den anderen und wusste nicht, wie sie anfangen sollte.

»Ich hab hier studiert, aber ich hatte keine Ahnung, dass sie hier eine Bibel haben, die tausenddreihundert Jahre alt ist«, sagte ich. »Und von Fermi-Flächen hab ich auch keine Ahnung. Manchmal frage ich mich, ob mein Stipendium an Sprachen und Politik verschwendet war.«

Sie lächelte nervös. »Ich hab Teile Ihres Gesprächs mit der Bibliothekarin mitgekriegt.«

»Ich weiß ja nicht, was Sie gehört haben, aber ich bin Detektivin.« Ich zeigte ihr meine Lizenz und gab ihr einen Kurzabriss von Kitty Binders Tod und meiner Suche nach Martin.

»Und Sie glauben wirklich, zu wissen, wer sich als Julius Dzornen ausgegeben hat, hilft Ihnen den Mörder finden?« Sie zwirbelte eine Haarsträhne und sah sich nach allen Seiten um, ob auch niemand mithörte.

»Ich weiß es nicht«, sagte ich ganz offen. »Aber ich habe viel Energie in die Suche nach Martin gesteckt und bin nicht vorangekommen. Wenn Sie etwas wissen, kann ich versprechen, nicht weiterzugeben, dass ich es von Ihnen habe.«

»Es wird sich blöd anhören«, warnte sie.

»Ich bin seit über zwanzig Jahren Detektivin und habe gelernt, dass die kleinsten, blödesten Dinge manchmal das Wichtigste sind. Wollen wir einen Kaffee trinken gehen, so dass Sie sich keine Sorgen machen müssen, wer Sie hört?«

Sie nickte dankbar und führte mich den Gang zur Hauptbibliothek entlang. Ich folgte ihr eine Treppe hinunter in eine Cafeteria. Sie war eher spartanisch, Teil des alten Magazins mit ein paar Tischen und Stühlen und hellen Lichtröhren. Sie ließ mich ihr eine Cola ausgeben, aber ich verzichtete auf Kaffee, als ich merkte, wie er aussah. Wir setzten uns in eine Ecke, wo wir sicher sein konnten, dass niemand uns belauschte.

»Haben Sie wirklich hier studiert«, fragte sie, »oder haben Sie das nur gesagt, um mich zum Reden zu bringen?«

»Ich war wirklich Studentin hier«, versicherte ich ihr. »Hab sogar zwei Abschlüsse. Meine Masterarbeit handelte von Verbindungen zwischen Mafia, Chicagoer Politikern und Müllabfuhr und wie dafür gesorgt wurde, dass der Müll der ganzen Stadt in South Chicago landet.«

Ihre Lippen rundeten sich zu der Art Respektsbezeugung, mit der Menschen ein Thema bedenken, das in ihren Ohren sterbenslangweilig klingt, aber sie revanchierte sich mit ihrem Namen, Olivia, und dem Thema ihrer eigenen Masterarbeit, Erzählungen über Hexerei im Frankreich des siebzehnten Jahrhunderts. »Deshalb greife ich auf die Spezialsammlungen zurück. Es klingt vielleicht trivial verglichen damit, die Mafia zu studieren, aber ich habe mittelalterliches Französisch und Latein gelernt und ein paar von den alten Texten gelesen. Na ja, und letzte Woche, ich glaube, es war Donnerstag, da hatte ich Menses-Krämpfe und war längere Zeit auf der Toilette, und da kamen die zwei Bibliothekarinnen rein, die heute Dienst haben. Ms. Turley, die, mit der Sie vorhin geredet haben, hat Ms. Kolberg gefragt, ob sie sich an den Jungen erinnert, der vor einiger Zeit die Dzornen-Papiere gesichtet hat. Sie meinte, er hätte sich Julius Dzornen genannt, und sie wäre davon ausgegangen, dass er so was wie ein Enkel oder Urenkel von Benjamin Dzornen sein muss. Der hat beim Manhattan-Projekt mitgearbeitet, wissen Sie, ein ganz großer Name in der Physik, sein Werk kommt auch im Grundstudium vor.«

Sie hielt inne und wartete auf eine Reaktion. Ja, ich erinnerte mich an den Grundkurs Physik.

»Und dann meinte Ms. Turley, letzte Woche wäre jemand anders da gewesen und hätte etwas in den Papieren gesucht, und die Box, die er verlangt hat, enthielt einen Stammbaum. Es gibt gar keine jungen Dzornens, sagte Ms. Turley. Der einzige Julius ist an die siebzig oder so. Also, inzwischen war ich echt am Lauschen, weil, mein Dad kennt nämlich Julius Dzornen. Ich weiß ja nicht, ob Sie ihn kennen – Julius meine ich –, aber er ist ein ganz schräger Typ, voll der Einzelgänger, aber er ist eben auch Vogelbeobachter, so wie mein Dad, da sehen sie sich jeden Sonntagmorgen auf der Wooded Isle. Und als ich an dem Abend meine Leute sah, habe ich es Dad gegenüber erwähnt, also dass ein junger Julius Dzornen in der Spezialsammlung gewesen ist.« Sie blinzelte mich unglücklich an. »Ich schätze, mein Dad hat es wohl Julius erzählt, als sie am Sonntag Vögel gucken waren, denn am Montagmorgen kam Julius Dzornen in den Lesesaal. Er war fuchsteufelswild und wollte wissen, wer seinen Namen benutzt hat. Und natürlich verstößt es gegen die Bibliotheksregeln, das zu sagen, genau wie Sie es vorhin auch zu hören bekamen. Und da ist Julius hinter die Theke gestürmt und hat Drohungen ausgestoßen, und jemand musste die Campus-Security rufen.« Olivia sah mich an wie das leibhaftige schlechte Gewissen. »Ich fühl mich so mies deswegen. Er ist dieser armselige Typ, dessen Vater den Nobelpreis gekriegt hat und der selber gar kein Leben hat, und nur meinetwegen hat er solchen Ärger bekommen. Ich meine, die Bibliothekarinnen dachten ja, sie wären allein auf der Toilette … Meinen Sie, ich sollte es ihnen beichten?«

Ich schüttelte den Kopf. »Ich würd's lassen. Es ist eh schon vergossene Milch. Die beiden hatten nichts Böses im Sinn, Sie hatten nichts Böses im Sinn, rühren Sie nicht dran. Und so viel kann ich Ihnen sagen: Gestern Abend zumindest war der echte Julius Dzornen noch unterwegs und nicht in Haft, also würde ich mir keine allzu großen Sorgen machen.« Betont beiläufig fügte ich hinzu: »Waren Sie auch Ende August in dem Lesesaal?«

Olivia wurde rot. »Mein Freund hat im August mit mir Schluss gemacht. Er war auf Forschungsreise in Avignon und ich im Roussillon, wir wollten uns in Arles treffen und den Pilgerweg gehen, aber am Abend davor hat er mir gesimst, dass er jemand anders kennengelernt hat. Können Sie sich das vorstellen? Macht per SMS Schluss, ohne auch nur mit mir zu reden? Na jedenfalls, mir war echt nicht danach, alleine wandern zu gehen, also bin ich zurückgekommen und hab mehr hier gearbeitet.«

Ich zog wieder die Fotos aus der Tasche. »Kommt Ihnen einer davon bekannt vor?«

»Ich bin ganz sicher, der war es.« Olivia zeigte auf Martin. »Er ist mir aufgefallen, weil er und ich als Einzige im ganzen Lesesaal unter hundert waren.«

»Sie haben nicht zufällig mitbekommen, was er sich angesehen hat?«

Sie grinste, mit einem Mal recht schelmisch. »Sie meinen so was wie Box sieben, Ordner neun? Nein. Das hätte ich gar nicht gekonnt. Quer durch den Lesesaal sieht man nicht, woran jemand arbeitet.« Sie sah sich noch einmal die Fotos an, die ich auf den kleinen Tisch gelegt hatte. »Der hier war heute Vormittag auch da, aber ich weiß nicht, was er gesucht hat.« Sie tippte mit dem Radiergummiende ihres Bleistifts auf Jari Lius Gesicht.

Ich fuhr auf. »Ist er noch da?«

»Ich glaube nicht. Er ist bloß eine Stunde oder so geblieben.«

Sie wurde wieder rot. »Ich sollte eigentlich alte französische Gerichtsunterlagen übersetzen und nicht die anderen Bibliotheksbenutzer studieren. Apropos, ich habe heute schon viel zu viel Zeit verplempert. Danke für die Cola.« Sie stand auf. »Sie werden das wirklich nicht weitersagen, das mit mir und den Bibliothekarinnen?«

»Was ist denn mit Ihnen und den Bibliothekarinnen?«, fragte ich. »Ich kann mich nicht erinnern, dass wir über so was geredet hätten.«

Sie eilte davon und warf auf dem Weg zur Tür ihre Dose in die Recyclingtonne.

Es war nach zwei, ich hatte Hunger und immer noch Lust auf Koffein, aber der Lesesaal würde in ein paar Stunden schließen. Ich aß eine Banane von der Snack-Bar der Cafeteria und hoffte, die würde mich durch den Nachmittag bringen.

40

Radetzkymarsch

Als ich zurückkam, saß Olivia an einem Tisch in der Mitte des Lesesaals. Ich scannte den Raum nach Jari Liu und tat, als sähe ich sie nicht. Er war nicht da. Warum waren die Chicagoer Bibliothekarinnen bloß so übergewissenhaft? Ich hätte sofort meine private Altersvorsorge dafür gegeben, zu erfahren, welche Akten Liu sich angesehen hatte.

Ich verbrachte eine halbe Stunde mit der Aufstellung der Liste, welche Boxen und Ordner ich außer dem Ada Byron-Brief noch sehen wollte. Eine Notiz wies mich darauf hin, dass ein Großteil der Korrespondenz rund um das Manhattan-

Projekt wie auch Dzornens Beteiligung an der Wasserstoffbombe nach wie vor einer Topsecret-Sperre unterlag und nicht verfügbar war.

Ich sah, dass Dzornen etliche Patente angemeldet hatte, unter anderem für Verbesserungen an den Reaktorkomponenten für die Wasserstoffbombe und für Röntgenkristallografie. Ein paar für Erfindungen, deren Anwendungsbereiche mich nicht weiter interessierten, Nebelkammern, Spektrometer, eins für eine Verbesserung am ferromagnetischen Kern eines Trommelspeichers.

Vielleicht war mein zynischer Gedanke, dass Breen die BREENIAC-Skizze selbst versteckt hatte, ja unzutreffend. Er hatte Jari Liu hergeschickt, um Dzornens Patente durchzusehen, denn sobald Julius gesagt hatte, dass jemand sich in der Bibliothek für ihn ausgegeben hatte, wusste Breen, das konnte nur Martin sein. Breen wollte wissen, welche Patenthistorie Martin sich angesehen hatte. Oder vielleicht auch nicht.

Da ich immer nur wenige Ordner gleichzeitig anschauen konnte, bestellte ich mir als Erstes den mit dem Ada-Byron-Brief und bat um die Familiendokumente und die Korrespondenz aus Wien zwischen 1936, als die Dzornens nach Amerika ausgewandert waren, und 1941, als der Eintritt der USA in den Krieg der Möglichkeit ein Ende setzte, Post aus Europa zu bekommen.

Es war fast drei, als ich meine erste Ladung Material bekam, und die Bibliothekarinnen wiesen mich darauf hin, dass der Lesesaal um Viertel vor fünf schloss. Der Ada-Byron-Brief war nicht dabei, die Gehilfin erklärte, sie müssten erst noch die Box lokalisieren.

»Sie fehlt doch wohl nicht?«, fragte ich.

Die Gehilfin versicherte mir, sie sei lediglich noch nicht zurückgeräumt. Das war hilfreich: Es überzeugte mich, dass Jari Liu hergekommen war, um Ada Byrons Brief zu lesen.

Ich sah mir den Stammbaum an, aber er führte die Dzornens auf, von denen ich schon wusste, Benjamin, Ilse, die drei gemeinsamen Kinder, dazu Ahnen in dem Land, das heute die Tschechische Republik ist. Eine Handvoll hatte es durch den Krieg geschafft, aber die meisten waren 1942 oder '43 gestorben. Kitty Binder oder ihre Familie waren nicht erwähnt. Ich blätterte rasch durch die Ordner in der Familiendokumente-Box, aber das bezog sich alles auf Dzornens Leben, bevor Martina Teil davon wurde.

Man nahm mir die Dokumente wieder ab und gab mir dafür den Ordner, der Ada Byrons Brief enthielt, in einer Extrahülle etwa in der Mitte des Ordners. Der getippte Name »Ada Byron« stand ohne Absenderadresse oben links auf dem Umschlag, und die Empfängeradresse beschränkte sich auf »Benjamin Dzornen, Enrico-Fermi-Institut«.

Vorsichtig zog ich den Umschlag aus der Plastikhülle und nahm den gefalteten Brief heraus. Er war auf dem Florpostpapier geschrieben, das ich aus meiner Kindheit kannte, als meine Mutter mit Freunden in Italien korrespondierte. Der Text war auf einer alten Schreibmaschine getippt, von einer Person, die damit eher wenig Erfahrung hatte – etliche Buchstaben hatten Doppelanschläge, wo die Schreiberin zurückgegangen war, um sich zu korrigieren. Es begann ohne Anrede.

Es hat mich traurig gemacht, von Deiner Krankheit zu lesen. Ich betrachte das als Teil der langen Krankheit unseres Jahrhunderts, das bisher so voller Leid und Tod gewesen ist. Es gibt vieles, was ich Dir gern schreiben würde, aber ich weiß gar nicht, ob Du diese Seiten je zu sehen bekommst: Ich weiß nicht, wer Deine Korrespondenz überwacht. Und außerdem, welchen Sinn hat es, die alten Querelen wiederaufzuwärmen, seien es die privaten oder die öffentlichen? Es tut mir leid, dass Du das Gefühl hattest, ich sei wortbrüchig geworden, aber Du warst der beste Wissenschaftler meiner Zeit, und ich konnte nicht mitansehen, wie Du Dich herabwürdigst, nur um denen gerecht zu werden, die so weit unter Dir stehen.

Jetzt jedoch wünsche ich Dir nichts als Frieden, daher sollst Du bitte wissen: Wenn Du von uns gehst, werde ich Deinen Namen lebendig halten, auf fruchtbare und wohlgesonnene Weise. Ich werde mich Deiner erinnern, wie Du in den Tagen meiner Jugend warst, als die Ideen so schnell und üppig flossen, dass es war, als könnte ich sie mit Händen greifen. Die Deinen waren immer die aufregendsten, sie nötigten uns alle, die Welt neu und anders zu sehen. So werde ich mich Deiner erinnern.

Ich weiß, Dir ging es stets wie mir mit meinem mangelnden Interesse an

Hier endete der Brief abrupt. Ich schaute im Umschlag nach, ob es noch eine Seite gab, aber da war keine. Mangelnden Interesse woran? An Religion? Politik? Nachwuchs?

Ich steckte den Brief in seine Hülle zurück und legte ihn beiseite, um ihn zu fotokopieren. Als ich den Ordner schloss, sah ich, dass im Inventar von einem zweiseitigen Brief die Rede war. Noch einmal holte ich den Umschlag heraus und überprüfte ihn. Es war nichts weiter darin.

Ich sah die anderen Dokumente auf dem Tisch durch, falls die Seite irgendwo dazwischengerutscht war, aber ich fand sie nicht. Ich nahm den Ordner mit zur Theke und zeigte Rachel Turley den Brief. Sie schüttelte den Kopf und runzelte besorgt die Stirn. »Sind Sie sicher, dass sie nicht zwischen die anderen Papiere auf Ihrem Tisch geraten ist? Es ist ja so hauchdünnes Papier.«

»Ich glaube es nicht, aber Sie können jemanden zur Kontrolle rüberschicken, falls ich sie doch übersehen habe.«

Sie kam selber mit und ging die Ordner auf meinem Tisch Seite für Seite durch. Ich ließ sie sogar in meine Aktentasche gucken. Ich drehte meine Hosentaschen um, doch der einzige Brief darin war der *Freedom of Information Act*-Schrieb über Gertrud Memler, den ich in Martins Einliegerwohnung gefunden hatte.

»Das ist nicht gut«, sagte Turley. »Wenn wir die Seite verlegt haben, ist das unerträglich fahrlässig von uns, aber wenn jemand sie entwendet hat – also ich schätze, dann ist das ebenfalls fahrlässig von mir.«

Sie eilte aus dem Lesesaal zur Ausgabestelle, wo ich sie erregt mit der anderen Bibliothekarin konferieren sah. Die beiden verschwanden in einem Hinterzimmer.

In einem Film hätte die Detektivin an dieser Stelle mit einem Bleistift über die Rückseite des ersten Blatts gerieben, und schon wäre das zweite aufgetaucht, zusammen mit Ada Byrons Adresse. Im wirklichen Leben hatte die Detektivin gute Lust, vor Frust in den Ordner zu beißen.

Ich starrte vor mich hin. Eine Person, die als Ada Byron schrieb, hatte Dzornen lange gekannt, hatte ihn als den herausragenden Wissenschaftler ihrer Jugend gekannt. Sie hatte nicht unter ihrem Namen geschrieben, weil sie verhindern wollte, dass Dzornens Ehefrau oder Sekretärin den Brief ungelesen entsorgte.

Der versöhnliche erste Absatz sprach dafür, dass Ada in Wirklichkeit Gertrud Memler war. Sie hatte Dzornen öffentlich angegriffen, weil er die H-Bombe unterstützt und gegen den Vertrag über das Verbot von Kernwaffenversuchen in der Atmosphäre, im Weltraum und unter Wasser opponiert hatte. Wer konnte sagen, was zwischen ihnen privat los gewesen war?

Dzornen hatte mit Martina Saginor geschlafen, das war vielleicht nicht seine einzige Affäre mit einer Studentin. Memler war schließlich auch am Institut für Radiumforschung in Wien gewesen. Dann ging sie zu den Nazis und durfte eine Kernforschungseinrichtung leiten, also war sie eine ehrgeizige und politisch gewiefte Nazisse. Und bei irgendeinem Damaskuserlebnis fielen ihr dann die Schuppen von den Augen, und sie wurde zur Pazifistin.

Ich sah auf die Uhr. Ich musste mich in sehr kurzer Zeit noch durch sehr viel Material arbeiten. Ich wandte mich Dzornens Post von 1930 bis 1941 zu. Er hatte eine riesige Korrespondenz gehabt. Ich spürte ein Kitzeln stellvertretender Erregung, als ich Einsteins Namen auf mehreren langen Briefen sah. Auch Lise Meitner hatte Dzornen geschrieben, ebenso Fermi, Segrè, Rabi, das ganze Pantheon der Physiker des zwanzigsten Jahrhunderts. Ich überflog genug von den Briefen, um zu sehen, dass sie entweder voller Gleichungen waren oder sich mit Fragen zur Rüstungspolitik auseinandersetzten. Nirgends schrieb Einstein: Schade, dass du solchen Ärger mit Ada hast, alter Kumpel, oder mit Gertrud oder Martina.

Ich warf einen schnellen Blick in die Box mit den Patenten. Nichts, was Dzornen erfunden hatte, schien mit dem BREENIAC zusammenzuhängen, jedenfalls soweit ich das dem Abstract oben auf der jeweiligen Seite entnehmen konnte.

Viel von Dzornens Post aus Europa, insbesondere nach 1938, war handgeschrieben und auf Deutsch. Schwer zu entziffern, zumal ich die Sprache nicht konnte. Am Ende hatte ich drei Briefe ausgemacht, die vielleicht von M. Saginor kamen, wobei die Unterschrift durchaus auch W. Oaginow heißen konnte.

Da ich nicht mit meinem Smartphone unterwegs war, konnte ich sie nicht schnell fotografieren. Ich legte sie beiseite, um Fotokopien zu machen, und ackerte mich langsam weiter durch die dicken Ordner. Blick auf die Uhr: Viertel nach vier. Ich bekam allmählich Panik, weil die Zeit davonglitt und ich nicht weiterkam, da geriet mir eine Zellophanhülle in die Finger, in der die Titelseite eines Buchs steckte. *Radetzkymarsch* von Joseph Roth. Erst dachte ich kurz, sie sei versehentlich bei der Korrespondenz gelandet, doch als ich sie umdrehte, sah ich, dass auf die Rückseite mit Bleistift ein Brief geschrieben war.

Er war so verblasst und schwer lesbar, dass ich ihn beinahe weglegte, aber das Datum ließ mich aufmerken. 17. November 1941, drei Wochen vor Pearl Harbor. Der Text entzog sich mir völlig, und die Unterschrift war nervtötend unlesbar. Doch diesmal war eine Adresse angegeben: Novaragasse 38A.

Novaragasse, dort hatten doch Lotty und ihre Großeltern gelebt, nachdem die Nazis sie aus ihrer Wohnung ausquartiert hatten. Ich stierte erneut auf die Unterschrift. Es könnte Herschel heißen. Ein Schauder überlief meine Arme: Ich hielt ein Stück von Lottys Geschichte in der Hand. Ich trug es mit den mutmaßlichen Briefen von Martina Saginor zum Kopierer. Meine Hände zitterten leicht vor Aufregung, und ich hatte Angst, das brüchige Papier zu beschädigen.

Ms. Turley kam in den Lesesaal, um daran zu erinnern, dass es Zeit war, für heute zusammenzupacken. Sie sah, dass ich Mühe hatte, die Dokumente aus ihren Schutzhüllen zu ziehen, und kam mir zu Hilfe. Sie nahm den Schrieb auf der Buchtitelrückseite und stellte am Kontrast des Geräts herum, um die blasse Bleistiftschrift so deutlich wie möglich zu bekommen. Dann half sie mir die drei Briefe von M. Saginor kopieren. Anschließend bat sie mich, noch zu warten, während sie herumging und die anderen ermahnte, dass sie jetzt schließen würden. Ich suchte meine Papiere zusammen und stellte mich an die Theke.

»Ms. Warshawski, ich werde mit der Direktorin der Bibliothek über diese fehlende Seite sprechen. Wir nehmen ein solches Verschwinden äußerst ernst, und wir werden eine Untersuchung einleiten. Ich wollte, dass Sie das wissen.«

»Wenn Sie mir sagen würden, wer sonst noch an diesen Unterlagen war, könnte ich Ihnen vermutlich helfen, das Blatt wiederzubeschaffen – es sei denn, Jari Liu oder die Person, die sich als Julius Dzornen ausgab, hat es zerstört.«

Sie zuckte zusammen. »Das kann ich Ihnen nicht sagen, nicht einmal unter den gegebenen Umständen. Aber falls Sie irgendwo über die fehlende Seite stolpern, sagen Sie mir bitte sofort Bescheid, in dem Fall würden wir Strafanzeige erstatten.«

41

Der Vogelmann von Hyde Park

Als ich nach draußen kam, hatte der Regen aufgehört, aber der Wind pfiff kalt durch meine Jacke. Ich joggte rüber zu dem Café. Während sie mir ein paar Espressi bereiteten, nahm ich eins der Wegwerfhandys und rief Lotty an. Sie war noch in der Klinik, sagte mir Ms. Coltrain, aber wollte danach zu Max. Ich hinterließ eine Nachricht, dass ich sie dort treffen würde.

Ich nahm mir ein Hummus-Sandwich mit und machte mich auf zu Martins Subaru. Auf der University Avenue kam ich an dem alten Breen-Haus vorbei. Julius' Honda war nirgends zu sehen. Spontan ging ich nochmals nach hinten. Immer noch kein Licht im Kutschenhaus, immer noch reagierte niemand auf Klopfen. Die einzigen Lebenszeichen kamen von den Vögeln, die einander die Plätze an den Futterspendern streitig machten.

Vielleicht war Julius ja ausgerutscht und gestürzt und lag jetzt im Koma. Aus dem großen Haus schien niemand herzusehen, also holte ich mein Pickset raus. Als ich den ersten Dietrich einführen wollte, ging die Tür quietschend auf. Sofort hatte ich unwillkürlich meine Waffe in der Hand. Mit dem Rücken zur Wand schob ich mich hinein.

Im vorderen Raum, wo ich letztes Mal mit Julius gesprochen hatte, wirkte nichts verändert, nur der Kippenhaufen war gewachsen. Ich ging durch in die Küche, der einzige andere Raum im Erdgeschoss. Auch sie sah normal aus, unberührt. Genaugenommen sah sie aus, als hätte sich hier seit 1950 nichts verändert, Resopalarbeitsplatten, ein Kühlschrank aus der Ära des Kalten Kriegs.

Eine überdimensionierte alte Truhe verstellte die Küchentür nach hinten raus. Ich klappte sie auf, doch sie enthielt nichts als große Säcke mit Vogelfutter. Es war ein Sicherheitsrisiko, den zweiten Ausgang so zu blockieren; sämtliche Fenster hatten diese schmalen gekuppelten Rahmen, die ein Entkommen im Brandfall unmöglich machten. Vermutlich war Julius zu deprimiert, um sich darum zu scheren.

Ich ging die steile Treppe hoch zu den Schlafzimmern, zwei kleine Räume mit Blick auf das große Haus und den Rasen dazwischen. Gerade kamen zwei Kinder mit Badmintonschlägern aus der Hintertür. Trotz des kalten Windes begannen sie energisch, wenn auch stümperhaft zu spielen.

Wie seltsam musste es für Julius sein, in Edward Breens alter Werkstatt zu sitzen und auf ein Haus zu blicken, das zu seiner Kindheit gehört hatte. Er musste oft hier gewesen sein, als sein Vater und Edward Breen zusammengearbeitet hatten.

Ich nahm eine schnelle Durchsuchung der beiden Zimmer vor, hoffte auf ein Tagebuch, fand jedoch nichts bis auf ein paar Vogelbeobachterzeitschriften und alte Ausgaben der *Physical Review*. Julius mochte sein Studium abgebrochen haben, aber er hielt sich im Fach seines Vaters noch immer auf dem Laufenden. Was einem Psychoanalytiker wahrscheinlich mehr sagen würde als mir.

Als ich wieder runterging, sah ich auf dem Klapptisch in der

Ecke ein altes Fotoalbum zwischen den Kippen, die aus dem übervollen Aschenbecher quollen. Ich blätterte es durch. Julius als Kleinkind mit seinen beiden Schwestern, jede hielt eins seiner drallen Händchen. Julius mit seinem Vater, sie standen vor Chicago Pile 1, dem von Fermi 1942 für die erste Kernspaltungs-Kettenreaktion gebauten Reaktor. Benjamin Dzornen mit weißer Krawatte neben Präsident Eisenhower. Ilse Dzornen mit Julius und seinen Schwestern.

In der Mitte des Albums, gleich nach den letzten Fotos, lag ein grob ausgerissenes Blatt Papier, so altersmürbe, dass es sich auflösen würde, wenn ich es nur berührte. Der linke Rand war mit Gleichungen vollgeschrieben. Den größten Teil des Blatts bedeckte eine Zeichnung, die aussah wie ein dicker fetter … Nein. Es handelte sich um eine Bleistiftskizze vom ferromagnetischen Kern eines Computers, die Fließrichtung des Stroms durch kleine Pfeile markiert, daneben stand in winzigen verblassten Blockbuchstaben ›Speicher‹, und ganz links etwa fünfzehn Zeilen mit Gleichungen. Unten rechts war ein kleines Motiv, so verblasst, dass ich nur vermuten konnte, dass es ein Paar ineinandergreifende Dreiecke zeigte.

Ich starrte es an, völlig von den Socken. Wie kam Julius zu der BREENIAC-Skizze? Sie war doch schon weg gewesen, bevor er unvermittelt beim Herrenhaus auftauchte.

Ich blickte überhaupt nicht mehr durch. Bisher war ich davon ausgegangen, dass Cordell Breen die Skizze selbst hatte verschwinden lassen, um es Martin anzuhängen. Vielleicht war Julius ja ein regelmäßiger Besucher auf dem Anwesen in Lake Forest. Er wohnte in Edward Breens altem Kutschenhaus, die beiden Männer waren zusammen aufgewachsen. Es schien denkbar, dass Breens Frau oder Haushälterin Julius eingelassen hätten, wenn er unerwartet aufkreuzte, weil er ein von Cordell geduldeter, wenn auch nicht unbedingt willkommener Gast war.

War dies das Verbrechen, das Julius so bedrückt hatte? Diese BREENIAC-Zeichnung? Oder der Computer selbst?

Ich löste die Klemmringe des Albums und hob die Seite heraus, auf der die Skizze lag. Ganz vorsichtig schob ich sie in den Hefter mit den kopierten Briefen aus der Bibliothek. Sofern ich Julius zu fassen bekam, konnte ich ihn vielleicht überzeugen, mit mir zu reden, wenn ich ihm sagte, dass ich die Zeichnung hatte.

Beim Weggehen benutzte ich mein Pickset, um die Haustür abzuschließen. Die Kinder, ein Junge und ein Mädchen um die acht und zehn, unterbrachen ihr Spiel, um mich anzustarren.

»Eure Ma zu Hause?«, fragte ich.

Das Mädchen brüllte mehrmals laut »Mom!«, ohne sich von der Stelle zu rühren. Nach dem dritten Brüllen erschien eine junge Frau in Bürokleidung, ein Telefon zwischen Schulter und Ohr geklemmt, die sich die Hände an einem Geschirrtuch abwischte.

Ich ging hinüber und stellte mich vor. Die Frau sagte zu ihrem Handy, sie sei gleich wieder dran, und nannte mir ihren Namen, Melanie Basier.

»Ich suche Julius Dzornen, Ms. Basier, und mache mir Sorgen, weil er heute noch gar nicht aufgetaucht ist. Seine Haustür stand offen, wissen Sie, ob das bei ihm normal ist?«

Ms. Basier zog eine Grimasse. »Ich glaube, normalerweise schließt er ab, aber ehrlich gesagt, ich bemühe mich eher, nicht auf ihn zu achten.«

»So gut kenne ich ihn nicht«, sagte ich. »Ist er ein Ruhestörer?«

»Nein, nichts in der Art, nur – er ist so seltsam. Er hat nie gearbeitet, er lebt von einer Art Behindertenrente oder so was. Mein Mann hat nichts gegen ihn, er findet, ich bin da irrational. Die beiden unterhalten sich über Vögel – Julius hat ja all diese Futterspender da hängen – aber …« Sie lachte nervös auf. »Ich denke immer, vielleicht ist er ja so ein Typ, der nach außen hin unscheinbar wirkt, aber sich dann als Axtmörder entpuppt.«

»Verstörend«, pflichtete ich ihr bei. »Warum lassen Sie ihn denn hier wohnen?«

»Das war nicht unsere Idee. Er war schon da, als wir eingezogen sind. Unser Haus war ja günstiger wegen des bizarren Niesbrauch-Arrangements mit dem Kutschenhaus. Sonst hätten wir uns das hier nie leisten können. Aber manchmal wünschte ich, wir wären doch nach South Shore oder sogar Forest Park gezogen, dann hätten wir nicht so einen gruseligen Mann auf unserem Grundstück.«

Ich hob die Brauen. »Das klingt ungewöhnlich. Wie ist es denn zu so einer schrägen Vereinbarung gekommen?«

»Das stand so im Testament vom alten Breen. Er hat das Kutschenhaus nicht mitverkauft, als er 1961 ausgezogen ist, sondern nur das große Haus. Als Julius' Mutter starb, haben die Breens verfügt, dass er ins Kutschenhaus ziehen und den Rest seines Lebens da wohnen kann. Wenn er stirbt oder auszieht, haben wir Vorkaufsrecht, Gott sei Dank! Na ja, also wir haben das hier vor drei Jahren gekauft, als mein Mann die Stelle am Fachbereich Anthropologie bekam, und ich glaube, das ist auch der Grund, warum er mit Julius klarkommt – mein Mann betrachtet ihn wie ein wissenschaftliches Projekt.«

Ihr Telefon klingelte, und sie fing wieder an hineinzureden.

»Ms. Basier – ich lasse Sie gleich in Ruhe, aber wann haben Sie Julius zuletzt gesehen?«

Sie sagte ihrem Handy, sie sei gleich wieder bei ihm, und legte eine Hand über das Mikro. »Ich weiß es nicht mehr. Vielleicht Sonntag, als er vom Vögelbeobachten zurückkam. Er fing an, in der Gasse einen Höllenlärm zu veranstalten. Als mein Mann nachsehen ging, war er dabei, in einer Mülltonne Porzellan zu zerschlagen. Ich selber hab ihn nicht gesehen. Okay? Ich hab zu tun.« Sie begann wieder in ihr Handy zu sprechen.

»War heute noch jemand im Kutschenhaus? Außer mir, meine ich?«

»Cece, hier unterbricht mich jemand andauernd, ich muss dich gleich zurückrufen.« Basier drehte sich zu mir. »Ich hab den ganzen Tag zu tun. Ist es dringend?«

»Schon, ja, ziemlich. Julius' Halbschwester ist vorige Woche ermordet worden, und ich untersuche ihren Tod.«

Basier sah ihre Kinder an, und ihr Mienenspiel wechselte von Genervtheit zu Besorgnis. »Sie glauben, er hat sie umgebracht?«

»Nein. Aber es gibt da etwas in seiner und ihrer Vergangenheit, das ihn niedergedrückt hat, so dass aus ihm dieser gestörte und verstörende Mann geworden ist. Ich glaube, jemand war heute in seiner Abwesenheit bei ihm im Haus, aber das ist schwer zu sagen. Sie könnten natürlich die Polizei rufen, aber da es keine Hinweise auf einen Einbruch gibt, werden sie es kaum zum Tatort erklären.«

Basier biss sich auf die Lippe, sah wieder ihre Kinder an und bat mich, hier zu warten und ein Auge auf sie zu haben. Sie eilte ins Haus und kehrte mit einer sehr jungen Frau zurück, etwa im Collegealter.

»Mindy ist eine Doktorandin meines Mannes. Sie hilft uns ein bisschen im Haushalt und betreut die Kinder zwischen Schulschluss und Abendessen«, erklärte Basier.

Ich spulte erneut meinen Vortrag ab. Ja, Mindy war gegen ein Uhr in der Küche gewesen und hatte jemanden an Julius' Tür gesehen.

»Ich glaube aber, der war von der Polizei, denn als der Mann die Tür öffnete, hat er sich umgedreht, und ich konnte sehen, dass er ein Schulterholster trug. Ich bekam erst ganz schön Panik, aber dann habe ich vorne rausgeguckt, und da stand ein Polizeiwagen in zweiter Reihe. Also bin ich wieder an die Arbeit gegangen.«

Nachdem ich beiden gedankt hatte, war Ms. Basier besorgt

genug, Mindy zu bitten, dass sie draußen bei den Kindern blieb. Sie war allerdings nicht besorgt genug, um ihr Handy wegzulegen: Als ich um die Ecke verschwand, hörte ich sie angeregt hineinsprechen.

42

Bruchlandung

»Der Mann, der heute in den frühen Morgenstunden auf der Sheridan Road die Kontrolle über sein Fahrzeug verloren hat und in eine Schlucht gestürzt ist, konnte inzwischen als Julius Dzornen identifiziert werden, einziger Sohn des Physik-Nobelpreisträgers Benjamin Dzornen. Er befindet sich im Evanston Hospital, sein Zustand ist kritisch.«

Ich hörte mit halbem Ohr die Nachrichten, als ich am Lake Shore Drive im stockenden Verkehr festsaß, aber diese Ansage schüttelte mich so durch, dass ich fast selbst die Kontrolle über mein Fahrzeug verlor. Die Sprecherin machte mit einer Meldung über einen vermissten Hund weiter, der nach dreizehn Monaten wieder nach Hause gekommen war. Ich versuchte es auf anderen Sendern, aber ich erfuhr nichts weiter über Julius' Unfall.

Ein SUV, der an meiner hinteren Stoßstange klebte, hupte laut. Mir wurde bewusst, dass ich die Todsünde begangen hatte, eine Autolänge Abstand zwischen mich und den Wagen vor mir kommen zu lassen. Statt die Lücke zu schließen, zwängte ich mich rüber auf die rechte Spur und fuhr am Navy Pier raus.

Ich rollte bis ans Ende des Piers, saß da und starrte aufs Wasser. Julius war wütend gewesen, als er gestern Abend beim

Breen-Anwesen eintraf. Bei einem Zusammentreffen zwischen Cordell und Julius würde Cordell immer der Überlegene sein, weil er der kühle Erfolgstyp war, Julius hingegen der cholerische Taugenichts, der von der Gnade der Familie Breen abhing.

Er war erbost da rausgefahren, weil irgendwer in der Bibliothek seinen Namen benutzt hatte, aber vielleicht spielte auch die Metargon-Zeichnung bei dem Disput eine Rolle. Wie auch immer das Gespräch verlaufen war, als er wegfuhr, musste Julius blind vor Zorn gewesen sein, so aufgebracht, dass er von der Straße abkam.

Eine Möwe stieß vor mir aufs Wasser herab und kreischte über ein Stückchen Abfall. Vier weitere Möwen kamen herbei, schrien, hackten einander aus dem Weg, bis eine sich triumphierend in die Luft erhob, eine Pommes im Schnabel.

Breen war eine starke Möwe. Nette Möwen gehen leer aus. Julius war kein netter Mann, nur einer, der sein Leben nicht im Griff hatte.

Ich verließ den Pier und gesellte mich wieder zu den langsam nordwärts Kriechenden. Das Krankenhaus, in das man Julius gebracht hatte, war nur eine halbe Meile von Max entfernt. Ich legte dort einen Zwischenstopp ein.

Julius' Zustand sei kritisch, sagte man mir am Empfang.

»Ich bin seine Nichte«, erklärte ich. »Er hat ja keine eigenen Kinder. Ist es möglich, dass ich ihn besuche?«

Man schickte mich in den sechsten Stock, wo ich das Märchen von der Nichte wiederholte. Die Stationsschwester erklärte mir, mein Onkel habe Frakturen an beiden Armen und am Becken sowie ein schweres Schleudertrauma. Er sei bewusstlos gewesen, als man ihn aus dem Auto holte, aber die Scans zeigten keine sichtbaren Hirnverletzungen. »Er ist stark sediert, vielleicht wacht er nicht auf, aber er wird es hören, wenn Sie mit ihm sprechen, also reden Sie über positive Dinge, das wird ihn beruhigen und ihm guttun – schöne Familienerinnerungen oder geliebte Tiere.«

Ich nickte schuldbewusst, denn meine eigentliche Hoffnung war, dass Julius sich vielleicht in einer Gemütsverfassung befand, in der er sich seines düsteren Geheimnisses entledigen wollte. Und vielleicht würde darüber zu reden ihm sogar mehr bringen als müßiges Geschwätz über eine tote Katze. Ich folgte der Wegbeschreibung der Stationsschwester durch eine Schleuse aus pneumatischen Türen.

Julius Dzornen sah aus wie ein Ritter in schneeweißer Rüstung, so vollständig war er eingegipst. Sein Atem kam in kurzen schweren Stößen. Infusionsschläuche führten in den Gips hinein. Die einzig sichtbare Haut war sein Gesicht, das wächsern und unwirklich aussah. Im Schlaf fiel die Bitternis, die seinen Wachzustand beherrschte, von ihm ab, er wirkte jünger.

Ich zog mir einen Stuhl ans Kopfende und lehnte mich zu ihm vor. »Julius, hier ist V.I. Warshawski. Vic. Es tut mir leid, dass Sie verletzt sind. Die Schwester sagt, ich soll mit Ihnen über geliebte Tiere reden. Ihre Vögel fressen gut, Julius, ich war eben beim Kutschenhaus, und sie sehen alle verdammt fidel aus. Ich sorg dafür, dass die Basier-Kinder die Futterspender auffüllen, solange Sie hier festsitzen, Julius.«

Ich wiederholte immer wieder seinen Namen in der Hoffnung, dass ihn das reanimierte. Er schien sich ganz leicht zu rühren, aber vielleicht war das auch nur meine Einbildung.

»Cordell ist ein fieser arroganter Knochen, was, Julius? Sie haben ihn bestimmt ganz schön zur Weißglut getrieben, als Sie ihm diese BREENIAC-Zeichnung weggenommen haben.«

Er murmelte etwas, aber ich konnte keine Worte ausmachen.

»Julius, es war Martin Binder, nicht Cordell, der unter Ihrem Namen in die Bibliothek gegangen ist. Er hat Adas Brief an Ihren Vater gefunden. Julius, haben Sie Ada Byron gekannt? War sie auch eine Geliebte Ihres Vaters?«

Seine Augenlider flatterten leicht, und sein Puls beschleunigte sich.

Ich schwitzte schon vor Angst, ich könnte ihm Schaden zufügen. Ich würde noch einen Vorstoß versuchen und ihn dann in Ruhe lassen.

»Gertrud Memler, Julius. Ist das ihre wahre Identität, Julius?«

»Mem«, murmelte er. »Mem-ler.« Ein Fädchen Spucke rann aus seinem Mund. Ich nahm ein Taschentuch und wischte es weg.

»Memler, Julius? Wo ist Memler?«

»Rabe.« Seine Lippen waren aufgesprungen, seine Kehle heiser, ich war nicht sicher, was ich hörte. »Rabe. Gella.«

»Was tun Sie denn hier?«

Ich fuhr zusammen. Herta Dzornen war unbemerkt hereingekommen und empört, als sie mich bei ihrem Bruder sitzen sah. »Man hat mir gesagt, eine von Julius' Nichten sei hier. Ich dachte, es wäre meine Tochter Abigail, aber Sie sind es. Verschwinden Sie auf der Stelle.«

Ich erhob mich fügsam, entschuldigte mich aber nicht. »Ich habe Ihren Bruder gestern spätabends bei Cordell Breens Haus gesehen, Ms. Colonna. Er war sehr zornig.«

»Julius?« Sie war so verblüfft, dass sie ihren eigenen Zorn vergaß. »Er hasst Cordell!« Ihre Miene wurde wieder streng. »Woher wissen Sie das? Sind Sie ihm etwa gefolgt?«

»Nein, Ma'am. Cordell hat mich nach Lake Forest holen lassen, um mir den Marsch zu blasen. Julius kam, als ich gerade ging. Er hat Cordell bezichtigt, sich für ihn ausgegeben zu haben, um sich an der Bibliothek der Universität Chicago Zugang zu den Papieren Ihres Vaters zu verschaffen.«

»Das ist unglaublich.«

»Welcher Teil jetzt?«, fragte ich.

Julius wand sich unbehaglich in seinem Panzer und sagte erneut: »Rabe … Gella.«

Herta ging zum Bett und legte die Finger an den Hals ihres Bruders. »Mach dir darüber keine Gedanken, Jules. Ruh dich einfach aus und werd gesund.« Sie sah mich an. »Ich wüsste nicht, wieso Cordell Vaters Papiere würde sehen wollen, es sei denn, er war hinter einem abgelaufenen Patent her, um es sich unter den Nagel zu reißen. Er und Julius sind nie gut miteinander ausgekommen, aber nach der Inbetriebnahme des BREENIAC konnte man sie nicht mehr im selben Raum lassen. Unsere Familien hörten auf, Thanksgiving zusammen zu verbringen. Das war nicht lange, nachdem Edward Breen nach Lake Forest gezogen ist. Aber wenn Julius wirklich so zornig war, dann nehme ich an, er hat sich Mut angetrunken und ist hochgefahren, um Cordell zur Rede zu stellen.« Sie seufzte und tätschelte ihrem Bruder das Stück Kopf, das nicht eingegipst war. »Und da hat er dann wohl die Kontrolle über seinen Wagen verloren.«

»Wenn er Cordell so gehasst hat, wieso lebt er dann in Breens altem Kutschenhaus?«

Hertas Nasenlöcher blähten sich verärgert. »Er ist da eingezogen, als Mutter starb. Bettina und ich konnten es nicht fassen! Julius war vierzig, und bis Mutter starb, wohnte er immer noch in seinem alten Zimmer. Er wollte am liebsten bleiben, wo er war, aber Bettina und ich bestanden darauf, zu verkaufen. Julius hatte keine Arbeit, er hätte nicht mal die Grundsteuern zahlen können, ganz zu schweigen von den Unterhaltskosten.

Dann lud Cordell ihn ein, in das alte Kutschenhaus der Breens in Hyde Park einzuziehen. Bettina und ich, wir haben ihm beide erklärt, dass das ein schrecklicher Fehler ist, aber Julius interessierte nur, dass Cordell keine Miete nimmt, wenn er sich um das Häuschen kümmert. Cordell, und Edward vor ihm, die taten, als wäre das Kutschenhaus ein heiliger Ort – weil Edward dort seinen ersten Computer zusammengebaut hat. Nach Edwards Tod hat Cordell genauso an dem alten Ding festgehalten! Bettina und ich haben Julius immer wieder gesagt, dass er seine Depressionen nie überwindet, wenn er sich nicht endlich ein eigenes Apartment sucht und lernt, für seinen Lebensunterhalt zu arbeiten, aber wir hätten genauso gut mit einem Stück Holz sprechen können.«

Julius rührte sich erneut, und sie tätschelte wieder geistesabwesend seinen Kopf.

»Er sagt immer wieder: ›Rabe, Gella‹. Haben Sie eine Ahnung, was er meint?«, fragte ich.

Herta schien zu bereuen, dass sie so offen mit mir gesprochen hatte. »Was immer es heißt, es geht nur ihn etwas an. Ich werde der Schwester nicht melden, dass Sie sich fälschlich als meine Tochter ausgegeben haben, aber nur, weil Sie mir erklärt haben, was Julius auf der Sheridan Road zu suchen hatte. Trotzdem sind Sie hier unbefugt eingedrungen und haben ihn sogar gefährdet, und ich will, dass Sie gehen.«

Ich nahm meine verbliebene Würde zusammen und ging.

43

Teddybär, Teddybär, mach dich krumm

Es hatte angefangen zu nieseln, während ich mit Herta sprach. Als ich durch die dunklen Straßen zurück zum Subaru trottete, rauschte mit blitzender Lichtorgel ein Streifenwagen auf mich zu. Ich sprang beiseite, aber meine Beine wurden trotzdem völlig durchnässt. Der Wagen war hellbraun, nicht weiß-lila wie die aus Evanston. Vielleicht nur jemand vom Krankenhaus-Sicherheitsdienst, der sich wichtigmachen wollte.

Bis ich den Subaru erreichte, war ich fadennass von Kopf bis

Fuß. Ich machte die Heizung an und bekam einen Schwall kalte, stinkige Luft ins Gesicht. Dann lieber frieren.

Lotty war fast eine Stunde vor mir bei Max angekommen. Sie saß in einen Lehnstuhl gekuschelt vor seinem Kamin und sah mehr wie ein Gossenkind aus als wie eine Chirurgin von internationaler Reputation. Ich hockte mich dicht ans Feuer und wärmte mir die Hände.

»Du bist durchnässt«, sagte Lotty, »zieh deine Schuhe und Socken aus, Max hat sicher ein paar Hausschuhe für dich.«

Meine Zähne fingen an zu klappern. Max eilte hinaus und kehrte mit einer Decke und einem Paar Wollsocken zurück. Lotty ging in die Küche und brachte mir einen Becher heißes Zitronenwasser.

»Was ist passiert, Victoria?«

»Julius Dzornen.« Ich erläuterte, woher ich wusste, dass er gestern in Lake Forest gewesen war. »Julius ist also kampfbereit hingefahren, aber wie bei jeder Auseinandersetzung zwischen ihm und Cordell Breen hat er den Kürzeren gezogen.«

»Das klingt ja fast, als ob du annimmst, dass Breen Dzornens Unfall herbeigeführt hat«, bemerkte Max. »Das kann ich mir nun wirklich nicht vorstellen.«

Ich sah Max an und lächelte kläglich. »Bei all diesen Leuten würde mich rein gar nichts überraschen, aber Breen ist viel zu clever: Wenn er Julius Dzornen loswerden will, bedient er sich einer todsicheren Methode und verlässt sich nicht darauf, an Julius' Wagen herumzupfuschen oder ihm Zolpidem in den Brandy zu mixen. Und wie es aussieht, hat Julius überlebt. Er ist in erbärmlichem Zustand, aber er lebt.«

Max nickte. »Am Telefon hast du gesagt, du möchtest, dass ich mir – dass wir uns ein paar Dokumente ansehen?«

»Oh, ach ja.« Julius' Unfall hatte mich so aus der Bahn geworfen, dass ich vergessen hatte, was mich eigentlich nach Evanston führte. »Ich war heute Morgen in Hyde Park, um einen Blick auf

Benjamin Dzornens Nachlass zu werfen. Ich habe darin drei Briefe gefunden, die vielleicht von Martina Saginor stammen, und einen, der von der Adresse kam, wo Lotty mal gewohnt hat. Selbst wenn ich die Handschrift lesen könnte, verstehe ich kein Deutsch.« Ich nahm die gefalteten Kopien aus dem Hefter und reichte sie Lotty. Sie warf einen Blick darauf, und ihr Gesicht verzog sich zu einer Fratze aus Schmerz.

»Lotty!« Ich fiel neben ihr auf die Knie.

»Victoria! Ich – dieser Brief – wo kommt der her!« Sie brach ab, und Max nötigte sie, einen Schluck Wein zu trinken.

»Es tut mir so leid«, sagte ich hilflos. »Wenn ich gewusst hätte, dass es dich dermaßen aus der Fassung bringt, hätte ich das nie angeschleppt.«

»Darum geht es nicht.« Lotty kämpfte mit den Tränen. »Es ist nur – das ist – mein Opa …« Sie nahm noch einen großen Schluck Wein. »Er ist von meinem Opa, Felix Herschel. Das fühlt sich an, als wären die Geister in meinem Kopf ganz plötzlich zum Leben erwacht.«

Sie versuchte den Brief zu lesen, aber schließlich reichte sie ihn an Max weiter, der an ihrer anderen Seite stand. Er übersetzte laut, blieb manchmal an einem Wort hängen, wo die Fotokopie zu blass war, um es gut lesen zu können.

Mein lieber Professor Dzornen,

ich hoffe, Sie und Frau Dzornen befinden sich wohl. Jetzt, da der Winter naht, wird die Feuchtigkeit in Wien rau und bitter, insbesondere hier so nah am Kanal. Auch Nahrung ist schwer zu bekommen.

Wir vermissen Ihre geliebte Studentin, Fräulein Martina, die gezwungen wurde, fern von Wien Arbeiten zu verrichten. Auch ihre Mutter und ihre Tanten haben uns verlassen, ebenso unsere Tochter und ihr Gemahl. Für Fräulein

Martina ist ein Brief gekommen, der vermutlich nicht von Bedeutung ist, doch in diesen ungefestigten Zeiten dachte ich, ich lasse es Sie besser wissen, auf dass Sie es ihr mitteilen können, wenn Sie sie das nächste Mal sprechen. Wir haben das Schreiben an einem vertrauten Familienplatz hinterlegt, jenem Ort, wo ihre kleine Tochter Käthe den Teddybär unserer Charlotte hintat.

Mit den besten Wünschen für Ihre Gesundheit, mein hochgeschätzter Professor, verbleibe ich hochachtungsvoll

(Dr.) Felix Herschel

Lottys Hände bebten, als sie Max den Brief aus der Hand nahm. »Mein Opa. Seine Schrift.« Sie folgte mit dem Zeigefinger der Unterschrift. »Nach der Invasion in Polen habe ich nie wieder von ihm gehört, nicht einmal durch Rotkreuzbriefe. Ich habe ihm aus London immer wieder geschrieben, auch meiner Mutter und meiner Großmutter, aber nie Antwort bekommen.« Ihr Ton wurde bitter. »Jetzt weiß ich immerhin, in welcher Reihenfolge sie gestorben sind: erst meine Eltern, dann meine Großeltern.« Nach einem Moment des Schweigens fügte sie hinzu: »Mein Opa liebte seine Bücher, und doch musste er anfangen, sie zu verbrennen, um uns warm zu halten. Er hob seine Lieblingstitel auf, aber er muss dies hier in Ermangelung von Schreibpapier benutzt haben. Ich war noch zu klein, um viel mit Literatur anzufangen, aber er hat mir *Radetzkymarsch* oft gezeigt und gesagt, es sei einer der größten Romane, die je geschrieben wurden. Dass er die Titelseite abgerissen hat … Ich muss in die Bibliothek gehen, ich muss das Original sehen.«

Wir saßen eine Weile schweigend da. Schließlich sagte ich: »Kannst du mir das mit deinem Teddybär erklären? Wo hat Käthe – Kitty ihn hingetan?«

Lotty versuchte ihre persönliche Seelenpein beiseitezuschieben. Ihre Stirn legte sich in tiefe Runzeln, als sie sich bemühte, Erinnerungen zurückzuholen, die sie zeit ihres Lebens verdrängt und vergraben hatte.

»Ich erinnere mich gut an meinen Teddy. Als wir aus der wunderschönen Wohnung meiner Großmutter in der Renngasse ausquartiert wurden, hatten wir fast keine Zeit zum Packen. Sie ließen uns einen kleinen Koffer pro Person mitnehmen. Sie plünderten die Zimmer, stahlen das Silber meiner Oma, ihren Schmuck, sogar die militärischen Orden meines Opas aus dem Ersten Weltkrieg. Opa nahm ein paar seiner Bücher mit, die Nazis waren nicht auf Bücher aus.

Mein Opa sagte mir, ich sollte mich schnell zwischen meinen Stofftieren entscheiden, eins könnte ich mitnehmen, und ich suchte mir Teddy aus. Er war ein wunderschöner goldbrauner Bär, und er blieb viele Jahre mein Trost. Er reiste mit mir nach London, und im seelenlosen Haus meiner Cousine munterte er mich auf. Am Ende, als ich erfuhr, dass ich für das Geburtshilfepraktikum hier in Chicago am Northwestern angenommen war, habe ich ihn reinigen und überholen lassen und der Kinderstation am Royal Free Hospital vermacht.«

»Aber wo hat Kitty ihn hingetan? Und warum fand dein Großvater das erwähnenswert?«

»Der Brief an Fräulein Martina muss wichtig gewesen sein, sonst hätte dein Großvater deswegen nicht extra an Dzornen geschrieben, richtig?«, fragte Max. »Sie kannten sich doch gar nicht so gut, oder?«

»Nicht dass ich wüsste«, sagte Lotty. »Natürlich war mein Großvater vor dem Krieg ein relativ bedeutender Rechtsanwalt. Wien war so gesehen eine kleine Stadt, Leute von Rang und Namen begegneten sich. Meine Großeltern kannten vermutlich die Gerüchte, dass Dzornen Käthes Vater war, aber entscheidend muss tatsächlich der Umstand gewesen sein, dass der

Brief etwas Wertvolles enthielt, zumindest für Martina. Mein Opa wusste – er muss gewusst haben, dass man sie … dass er und meine Oma nicht … nicht überleben würden. Er hat den Ton ganz beiläufig gehalten, damit der Brief es durch die Zensur schafft.«

»Hat Kitty dir den Bären weggenommen?«, hakte ich nach und wünschte, ich müsste Lotty nicht so bedrängen. »Du hast gesagt, sie war früher manchmal in der Renngasse, und dann habt ihr gegenüber gewohnt, als man euch zwang, in die andere Gegend zu ziehen.« Die andere Gegend, das Ghetto. Ich mochte es jetzt nicht laut aussprechen.

Lotty kniff die Augen fest zu. »Als wir in die Novaragasse gezogen waren, kam dieser furchtbare Nachmittag, als Käthe und ich sahen, wie man einen Mann vom Dach stieß. Damals gab es so viele verstörende Szenen, und ich habe immer versucht, sie nicht meinen Kopf füllen zu lassen, aber dieser Mord … irgendwie hängt er mit meinem Teddy zusammen, nur wie?« Sie schlang die Arme um sich selbst und schauderte. »Ach, Victoria, wenn ich gewusst hätte, wie viel Schmerz diese Erinnerungen mit sich bringen, hätte ich dich nie auch nur in die Nähe von Kitty Binder und ihrer Tochter gelassen. Der Tod ist schlimm genug, aber all diese Tode, all diese Gewalt – alles, was ich als Kind in Wien sah, und jetzt Kitty selbst …!«

Ich nahm ihre Hände und rieb sie zwischen meinen.

Nach einer Weile hub Lotty wieder an: »Ich kann nicht sagen, warum der Tod dieses Mannes Kitty so wütend gemacht hat. Ich weiß nicht mehr, wieso wir darüber gesprochen haben, aber ich weiß, ich hatte Angst, alle um mich herum würden sterben. Wir waren Juden, wir konnten vom Dach geworfen werden, genau wie dieser Mann. Ich glaube, Teddy wurde mein Avatar: Wenn ich ihn beschützen konnte, dann konnte ich auch meine Familie und mich selber retten.« Sie sprach langsam, stellte allmählich ihre Erinnerungen scharf. »Wir waren in unserer Wohnung. Ich weiß nicht, wo mein Bruder und all meine Cousins waren, vielleicht waren sie auch da, und ich habe es nur vergessen. Ich war dabei, meinem Bären ein paar dünne Streifen von einem zerrissenen Laken umzuwickeln, ich tat so, als wären es Verbände, fast als ob Teddy der Mann wäre, den man von dem Gebäude gestürzt hatte, und ich dachte, ich könnte so tun, als wäre er nicht tot, nur verletzt.«

Sie hielt wieder inne, die Augen noch geschlossen. »Die Erwachsenen kamen ins Zimmer, aber wer genau? Wieso erinnere ich mich nicht? Mein Opa war da, aber wer noch? Kitty wurde so wütend über mich mit meinem Bären, dass sie ihn mir wegnahm. Sie warf ihn die Treppe runter? Nein, aus dem Fenster, ja, das war es. Wir haben ihn natürlich wiederbekommen, sonst hätte ich ihn ja nicht mit nach London nehmen können.«

»Raus auf die Straße?«, fragte ich.

»Möglicherweise in einen Hof«, schlug Max vor. »So sind doch fast alle diese alten europäischen Wohnblocks angelegt, selbst in einem Ghetto, wie es die Leopoldstadt dann wurde. Das Haus liegt an der Straße, und man geht durch eine Einfahrt, die sich auf einen Hof öffnet. Zumindest in der Theorie hat jede Wohnung Fenster zum Hof. In einem großen, begüterten Haus befindet sich dort vielleicht auch ein Garten.«

Lotty verzog das Gesicht. »Unser Hof war nichts dergleichen. Jeder Grashalm war längst futsch. Es gab nur dieses Kopfsteinpflaster. Manche Leute warfen sogar Müll aus dem Fenster. Mein Opa stolperte über einen der Pflastersteine, als er mit mir den Bären holen ging.«

Ich glaube, wir hielten alle gleichzeitig den Atem an, als uns dämmerte, wo Felix Herschel das Schreiben verwahrt hatte, das für Martina gekommen war. Die alte Standuhr an der Wand gegenüber klang plötzlich unheilvoll laut. Ein Ticktack, eine Sekunde, zwei Ticktacks, vier, sechzehn, und schon waren Jahrzehnte vergangen.

Waren die Papiere, die Felix Herschel unter dem Kopfsteinpflaster verwahrt hatte, noch dort? Und wie kam ich an die Erlaubnis, nachzusehen?

Lotty raffte sich auf und fragte nach den anderen Briefen, denen von Martina an Dzornen. »Allerdings habe ich jetzt vielleicht nicht die Kraft, sie zu lesen, je nachdem. Max, du liest sie durch und gibst uns eine Zusammenfassung.«

Max hielt sie direkt unter eine Lampe, trotzdem musste er die Augen zusammenkneifen, um die alte Handschrift zu entziffern. »Im ersten geht es um ihre Forschung, sie fasst ein paar Artikel zusammen, die sie geschrieben hat, die aber die deutschen Wissenschaftsjournale nicht publizieren, weil sie Jüdin ist. Sie möchte, dass Dzornen sie in amerikanischen Wissenschaftsmagazinen veröffentlicht. Diese Texte zeigen, wie sie höchst kreativ das Problem des instabilen Kerns beim ^{235}U-Atom angeht. Wenn er die Artikel für sie in Publikationen unterbringen kann, dürfte das eine der amerikanischen Universitäten überzeugen, ihr eine Stelle anzubieten und ein Visum zu verschaffen. ›Ihr Wort hat allerorten Gewicht, Professor. Und ich würde bereitwillig überall hingehen, es muss nicht so eine prestigeträchtige Universität sein wie die, an der Sie selbst lehren. Ein kleines Labor würde mir genügen.‹«

Lottys Mundwinkel zuckten. »Sie versichert ihm damit, dass sie Ilse und ihn in Ruhe lassen will.«

Max nickte. »Der nächste Brief ist von nach dem Anschluss, aber noch vor Kriegsbeginn. Die Gesetze schnüren den Juden die Luft ab – sie erwähnt deine Familie, Lottchen, und dass ihr in die Novaragasse umquartiert worden seid.«

Sophie Herschel bringt es fertig, wunderschön zu sein, obwohl sie am Verhungern ist und nur noch die fadenscheinigen Lumpen der Kleider trägt, die meine Mutter ihr einst schneiderte. Es ist uns allen ein Rätsel, doch es spendet jedem Freude, besonders der kleinen Käthe, die all die fraulichen Eigenschaften besitzt, von denen Du immer gesagt hast, ich sei ohne sie geboren. Ich bin fest entschlossen, dafür zu sorgen, dass Käthe all diese Entbehrungen überlebt. Herr Dr. Herschel spart Geld, um seine Enkelkinder nach London zu schicken. Wenn Du uns Dollars senden magst, kann ich eine Fahrkarte erwerben und Käthe mit Hugo und der kleinen Charlotte mitschicken.

Max blickte auf das Datum. »Du bist im Juni '39 gefahren, ja, Lottchen? Dies hier schrieb sie im Dezember '38, als man noch längere Briefe schicken konnte. Der dritte Brief ist wesentlich kürzer, von Juli '39, um Dzornen wissen zu lassen, dass Käthe England sicher erreicht hat und nach Birmingham gebracht wurde. Eine jüdische Familie nimmt sie dort auf.«

»Und dann kam der Krieg, und dann nichts mehr.« Lottys Stimme klang rau.

Ich wünschte, Jake wäre da, wünschte, er würde Bach spielen, wünschte, die Töne und schwingenden Saiten könnten eindringen in die bittere Geschichte der letzten hundert Jahre und die Knoten entwirren, die in uns allen steckten und drückten. Max hatte den gleichen Impuls, er ging zu seiner Stereoanlage und legte eine CD von seinem Sohn Michael ein, Bachs Suiten für Violoncello solo.

Als die Musik den Raum durchflutete, sagte Max: »Was glaubt ihr, was hat Herr Herschel für Martina versteckt? Geld kann es nicht gewesen sein: Das wäre sofort konfisziert worden, bevor der Brief zugestellt wurde. Und wenn es ein Visum gewesen wäre – ich weiß nicht recht, aber ich stelle mir vor, dass deine Großeltern es benutzt hätten.« Er sah Lotty an.

»Ich hoffe es«, sagte sie nüchtern. »Es wäre wirklich der Gipfel der Pein, denken zu müssen, dass sie gewissenhaft ein Visum im Hof verscharrt haben, wo es absolut niemandem nützen konnte.«

Max machte sich daran, die Fotokopien in den Hefter zurückzulegen, hielt jedoch inne, als er die BREENIAC-Skizze entdeckte. »Was ist das denn? Hat Lottys Großvater das an Dzornen geschickt?«

»Nein – Vorsicht damit.« Ich referierte rasch die seltsame Geschichte der Zeichnung. »Der aktuelle Teil von Kitty Binders Alptraum fing damit an, dass Martin Binder dies in der Breen'schen Werkstatt hängen sah. Er hat dieses kleine Motiv hier als dasselbe wiedererkannt, das er auf Dokumenten gesehen hat, die seine Mutter bei Kitty entwendete.« Ich deutete auf die verschwommenen Dreiecke in der unteren Ecke.

Max sagte keinen Ton, sondern ging ins Arbeitszimmer und holte sein Vergrößerungsglas. Als er das Papier wortlos untersuchte, rückten Lotty und ich näher, neugierig, was er da unter die Lupe nahm.

»Ich bin kein Experte«, sagte Max schließlich. »Aber wie ihr wisst, war ich nach dem Krieg eine Zeitlang in Flüchtlingskreisen aktiv, erst, weil ich meine eigene Familie aufspüren wollte, dann, um anderen zu helfen. Dieses Papier hier, das sieht aus wie die Bestände, die uns häufig bei im Krieg angefertigten Briefen und Bildern untergekommen sind, vor allem aus den Lagern. Es ist aus wiederverwertetem Altpapier hergestellt, jedoch ohne Pulper und ohne neue Fasern hinzuzugeben, so dass es sich sehr schnell auflöst. Oft wurde es aus dem billigen Zeitungspapier gemacht, das die Lageraufseher nach dem Lesen wegwarfen.«

»Cordell Breen sagt, sein Vater hat das in einer Gefechtspause an der Front gezeichnet; vielleicht hat er das Papier ja im Schützengraben gefunden«, bemerkte ich.

Max lachte auf, es klang irgendwie peinlich berührt. »Das hier sieht mir nicht amerikanisch aus. Und Speicher ist doch eindeutig Deutsch.«

»Breen sagt, sie haben nie herausbekommen, wer Speicher

wirklich war, aber die Familie nimmt an, es handelt sich um einen Kampfgefährten, der ihm bei der Zeichnung geholfen hat.«

Max legte das Vergrößerungsglas weg und sah mich milde an. »Du sagst, das ist eine sehr grobe Skizze einer neuen Art von Computer. Und da steht Speicher, also für mich ist das kein Name, sondern das deutsche Wort, ein Datenspeicher. Und was die Gleichungen angeht – nicht dass ich irgendetwas davon verstehe, aber das hat jemand geschrieben, der im selben Teil der Welt zur Schule gegangen ist wie ich. Kein Amerikaner.«

44

Hyperlink

Um acht döste ich zum dritten Mal beim Abendessen weg, und Max quartierte mich in seinem Gästezimmer ein. Wir hatten darüber diskutiert, wer die Gleichungen geschrieben haben mochte: Gertrud Memler? Martina Saginor? Vielleicht Benjamin Dzornen? Max brachte immer wieder vor, dass Martina den Krieg nicht überlebt hatte.

»Aber was ist mit dieser Frau an der Tankstelle?« Ich beschrieb die makabre Szene, wie Kitty Binder mit Judy aufs Land gefahren war. »Sie hat sich mit Kitty angelegt über die Frage, ob Judy als Girlie-Girl aufwachsen sollte, und dann hat sie sich mit dem Mann gestritten, der dazukam.«

»Victoria, du bist schon so unkoordiniert, dass du kaum noch sprechen kannst, geschweige denn Auto fahren«, sagte Max. »Du hast einen stürmischen Tag hinter dir, außerdem war dieser Brief, den du mitgebracht hast, ein heftiger Schock für

Lotty. Hören wir jetzt auf mit dem Versuch, diesen Knoten zu entwirren, und gönnen uns etwas Ruhe.«

Ich erhob Einspruch, doch Max bestand darauf und schob mich ins Gästezimmer. Tatsache ist, sowie ich lag, fiel ich in einen so tiefen Schlaf, dass ich mich im Bett keinen Millimeter bewegte. Bis kurz vor fünf. Dann träumte ich, ich wäre in der Küche von Julius Dzornens Kutschenhaus. Ich öffnete die riesige schwarze Truhe, die die Hintertür versperrte, und Judy Binder erhob sich mit seltsam verzerrtem Schädel unter der dünnen Haut. »Graben, immer schön graben, Warshawski.«

»Natürlich!« Meine Stimme weckte mich. Graben, nicht Rabe. Graben oder vergraben. Und Keller, nicht Gella.

Was immer es war, dieses Verbrechen, das Julius Dzornen begangen hatte oder dessen Zeuge er geworden war, der Beweis war im Keller des Kutschenhauses vergraben. Deshalb wollte Cordell, dass er dort wohnte. Um ihn damit zu knechten. Und um zu verhindern, dass neue Eigentümer auf die Beweise stießen, wenn sie das Häuschen renovieren oder abreißen wollten.

Ich machte rasch das Gästebett, bediente mich in der Küche mit einer Grapefruit und einem Stückchen Käse und schrieb Max eine Bedankemich-Notiz, die ich neben der Kaffeekanne deponierte. Er und Lotty schliefen noch tief und fest oder lagen zumindest still im Bett. Ich ging durch die Garage hinaus, deren Tür ein Schnappschloss hatte, das hinter mir zufiel.

Der Regen hatte in der Nacht aufgehört, doch der Himmel war im Osten noch schwarz, als ich gen Süden aufbrach. Ich fuhr zu meinem Büro, scherte mich nicht um Verfolger und nahm dort den erstbesten Parkplatz.

Ich wollte unbedingt zum Kutschenhaus, aber zuallererst musste ich die BREENIAC-Zeichnung verstecken. Mit der Waffe in der Hand schloss ich auf, betrat das Gebäude und machte in Tessas und meinem Bereich sämtliche Lichter an, um sicher zu sein, dass nirgends jemand lauerte. Schon zweimal hatten elektronisch versierte Einbrecher mich auf meinem Terrain überrascht. Wie meine Kumpel vom Heimatschutz mir bewiesen hatten, waren noch die ausgeklügeltsten Sicherheitsvorkehrungen machtlos gegen Leute mit der richtigen Ausrüstung.

Alles sauber. An meinem großen Arbeitstisch nahm ich behutsam die Skizze aus ihrer Schutzhülle, wobei ich sie nur ganz am Rand anfasste, die Finger in Latexhandschuhen. Trotzdem bröckelte ein Stückchen von einer Ecke ab. Ich wusste, grelles Licht war nicht gut für so alte Dokumente, aber die Skizze war zu bedeutsam, ich konnte sie nicht aus der Hand geben, ohne eine Kopie zu machen. Danach schnitt ich von einer Rolle stabiler transparenter Plastikfolie in Tessas Vorratsraum zwei Stücke ab und legte die Zeichnung dazwischen. Dann von beiden Seiten Pappe drauf und eine Notiz für die Bibliothekarin der Spezialsammlung.

Liebe Ms. Turley,

ich schicke Ihnen dieses zerbrechliche Dokument mit der Bitte um sichere Verwahrung. Es ist sehr wahrscheinlich in den 1940ern in Deutschland oder Österreich entstanden und gilt als Ursprungszeichnung für das, was Edward Breens erster Computer wurde. Wer es gezeichnet hat und wem es gehört, sind im Moment zwei große ungeklärte Fragen, aber in den letzten Wochen wurden deswegen mehrere Morde begangen, und ich möchte, dass es sich in Sicherheit befindet und auch bleibt.

Ich weiß, es ist viel verlangt, vielleicht sogar eine Zumutung, aber ich bitte Sie, es in der Bibliothek an einem sicheren Ort zu verwahren, bis ich Ihnen mitteilen kann, wem es gehört und ob die Bibliothek es behalten kann. Das sollte ich binnen einer Woche wissen.

Hochachtungsvoll

V. I. Warshawski

Ich verstaute mein Päckchen in einem Expressumschlag und ging damit zu einem vierundzwanzig Stunden geöffneten Post- und Kurierdienst in der Ladenzeile ein Stück die Straße runter. Die Nachricht an Rachel Turley hatte ich mit der Hand geschrieben, falls ein Trojaner die Tastatureingaben auf meinem Laptop überwachte. Aber in der Postfiliale loggte ich mich an einem Computerterminal ein, um einen Adressaufkleber auszufüllen.

Wenn ich eine gründlichere Recherche nach Ada Byrons Identität durchführen wollte, brauchte ich dafür Zugriff auf meine kostenpflichtigen Personensuchmaschinen und Datenbanksysteme. Der Zeitpunkt schien mir ideal, jetzt, wo ich schon mal an einem Rechner saß, von dem Cordell oder die Feds nichts wussten. Ich startete eine Suche nach Ada Byron-Einträgen zwischen 1940 und 2010. Während ich darauf wartete, dass LifeStory und die anderen Datenbanken mit Ergebnissen rüberkamen, checkte ich meine E-Mails. Jake wollte wissen, wo ich war und warum ich nichts von mir hören ließ. Als ich eine ausführliche Antwort an ihn fertig hatte, kam auch das Signal, dass meine Ergebnisse zur Sichtung bereitlagen.

In der von meiner Suche abgedeckten Zeitspanne hatte es in den USA viele Tausend Leute namens Byron gegeben. Dreiundzwanzig hießen tatsächlich Ada, aber keine einzige davon wies irgendwelche Querbezüge zu Benjamin oder Julius Dzornen auf, auch nicht zu Martina Saginor oder Gertrud Memler.

Ich las die sehr dürftigen verfügbaren Angaben über sämtliche Ada Byrons durch, doch nur eine davon stach heraus: eine Frau, die in Tinney, einer kleinen Universitätsstadt im westlichen Illinois, vor sieben Jahren gestorben war. Also zu der Zeit um Martins Bar-Mizwa, als Judy Binder aus der Kommode ihrer Mutter einen Stapel Papiere entwendet hatte.

Die *Huron County Gazette* hatte einen Nachruf abgedruckt. Byron war nicht mal Computerprogrammiererin gewesen, bloß eine kleine Bibliotheksgehilfin am Alexandrine College in Tinney. Nach ihrer Pensionierung hatte sie sich ehrenamtlich als Tutorin an Schulen und Hochschulen des Städtchens engagiert. Sie war mit 102 Jahren verstorben und hinterließ keine Angehörigen. In einer Großstadt wäre ihre magere Biografie wohl kaum einen Nachruf in der Presse wert gewesen, aber in Huron County hatte ihr hohes Alter sie nachrichtenwürdig gemacht.

Diese Ada Byron war etwa zehn Jahre jünger gewesen als Benjamin Dzornen. Und das war so ziemlich alles, was meine Datenbanksysteme hatten ausgraben können. Kein Anzeichen, dass sie früher Physik studiert hatte, kein Hinweis darauf, dass sie Tinney je verlassen hatte, um in einem Labor oder an einer naturwissenschaftlichen Fakultät zu arbeiten. Es war eine äußerst dürftige Spur, aber sie war die einzige Ada mit einem Datum, das sich überhaupt mit meinem Fall in Verbindung bringen ließ.

Ich druckte den Nachruf aus, dann checkte ich noch mal die Mails, bevor ich ausloggte. Jake, auf der letzten Etappe seiner Tour in L. A., würde erst in sechs oder sieben Stunden aufstehen, aber Murray hatte geschrieben und sich beschwert, dass ich nicht ans Telefon ging. Ich rief ihn von einem meiner Wegwerfhandys an und war überrascht, dass er schon auf war.

»Warshawski, wer ist in Chicago immer für dich da gewesen?«

»Mein Hund Peppy«, sagte ich.

»Falsch. Ich. Ich bin für dich über mehr Schatten gesprungen, als die Wälder von Illinois überhaupt werfen können, nur um dir bei deinen Fällen zu helfen. Also warum lässt du mich jetzt außen vor?«

»Murray, ich stecke knietief in der guten alten Scheiße und muss schleunigst weiter, also könntest du das Rätselraten vertagen und auf den Punkt kommen?«

»Der Punkt, oh Detektivin ohnegleichen, ist der: Du hättest mir wegen Julius Dzornen Bescheid sagen können.«

»Was, wegen seines Autounfalls? Das war doch längst im Radio. Ich hab's auf NPR gehört, als ich gestern nach Hause fuhr.«

»Und dann hast du ihn im Krankenhaus besucht.«

»Woher weißt du – ach, du hast mit Herta gesprochen, die nun nicht zu meinen treuesten Fans gehört.«

»Ich habe mit ihr gesprochen, als er tot war«, sagte Murray. »Der verstorbene Sohn eines Nobelpreisträgers verdient durchaus ein paar Zeilen –«

»Er ist gestorben? Wann?«

Murray wurde misstrauisch. »Das wusstest du nicht? Wirklich? Es muss passiert sein, gleich nachdem du da warst. Die Pflegerinnen sagten, er schien stabil, und als ein Cop kam, um ihn zu befragen, hatten sie keine Einwände. Seine Pumpe gab auf, während der Cop mit ihm sprach.«

Armer alter Mann. Ein trauriges Leben, ein schmerzhafter Tod, und wofür? Ich dachte an Kitty Binders letzte Worte: Wozu das alles? Das Unglück, das diese Familien aus dem alten Wien zu umgeben schien, war bedrückend.

Murray redete immer noch, er hatte von Cordell Breen einen Kommentar zu kriegen versucht. »Er und Julius sind zusammen aufgewachsen, von daher fand ich das einen guten Ansatz. Ich hoffe, Global TV nimmt mir die Reportage ab, aber dafür muss ich dem Rest des Rudels ein Stück voraus sein und brauche einen besonderen Aspekt. Breen war nicht da, aber ich habe mit seiner Frau gesprochen, die wirkte ziemlich abgefüllt. Sie meinte, das wäre alles höchst verstörend, weil Julius nämlich bei ihnen gewesen und auf dem Nachhauseweg von der Straße abgekommen sei.«

»Ja?«

»Und sie fügte noch hinzu, dass du dort warst.« Murray klang mit einem Mal fuchsteufelswild. »Wieso konntest du mir das nicht sagen?«

»Ach, Murray, mach es doch wie der Heimatschutz und häng mir ein GPS um den Hals, damit du Tag und Nacht weißt, wo ich gerade bin. Warum in aller Welt sollte ich dir das denn erzählen?«

»Du hättest mir sagen können, was los war, nachdem Julius ankam.«

Ich sah, wie der Gebührenzähler für die Computernutzung anstieg. Ich kopierte alle meine Ergebnisse auf einen Datenstick und loggte mich aus. »Ich war nicht dabei. Er kam, als ich aufbrach. Ich hab erst später erfahren, dass es Julius war, der da am Tor vorfuhr.«

»Gib mir was, Warshawski. Nur einen Krümel. Ich bettele.«

»Das steht dir nicht«, sagte ich, aber ich gab nach und berichtete ihm von Julius' Ankunft und dass er Breen das mit der Bibliothek unterstellt hatte.

»Und, war es Breen?«, fragte Murray. »Der sich als Dzornen ausgegeben hat, meine ich.«

»Sprich mit den Bibliothekarinnen an der Uni«, sagte ich. »Das hab ich gestern auch getan.«

»Erspar mir den Ausflug, Warshawski. Du schuldest mir noch was.«

»Murray, du weißt verdammt genau, dass ich dir einen Scheiß schulde. Aber ich verrate dir trotzdem, was sie mir gesagt haben: Niemals, nicht mal wenn man ihnen brennende Bibliothekskataloge unter die Fingernägel steckt, enthüllen sie, wer auf die Archive zugegriffen hat. Sie werden nicht mal preisgeben, dass ich da war.«

Ich legte auf.

45

Unterirdischer Heimweh-Blues

Als ich zum Kutschenhaus kam, stritten die Basier-Kinder darum, wer in dem Volvo, der in der Einfahrt wartete, vorne sitzen durfte. Sie hörten kurz auf, einander zu treten, um mich anzustarren, während ich mein Pickset an Julius' Haustür zur Anwendung brachte. Das Schloss ließ sich leicht öffnen; ich winkte ihnen zu, und sie kletterten still zusammen auf den Rücksitz. Die Eltern sollten mich anheuern.

Ihr Vater erschien einen Augenblick später. Ich wartete, bis er rückwärts aus der Einfahrt setzte, dann ging ich zum Subaru und holte mir meine Ausrüstung.

Ich hatte in der hinteren Gasse geparkt, nicht um unbemerkt zu bleiben, in dieser Nachbarschaft ein Ding der Unmöglichkeit, sondern weil es zweckdienlich war: Für Taschenlampe, Arbeitsstiefel und Handschuhe hatte ich bloß zu Hause vorbeifahren müssen, aber unterwegs hatte ich noch an einem Eisenwarenladen gehalten und Stemmeisen, Spitzhacke, Schaufel, Schwanenhalslampe und Atemmaske besorgt. Zwar erwartete ich nicht, Plutonium unter dem Küchenfußboden zu finden – Julius hatte immerhin dreißig Jahre hier gewohnt –, aber Schimmel und Ratten waren durchaus denkbar. Ich schloss die Haustür von innen ab und ging die Kellertreppe suchen.

Ich war mir so sicher, dass es hier einen Keller gab, dass es mich schwer verblüffte, als ich keine Tür finden konnte. Ich schaute in Schränke und hinter Heizungen. Ich räumte den ganzen Krimskrams aus der schmalen Abseite, die Besen und Werkzeug beherbergte, aber da war nichts weiter.

Vielleicht war der Zugang zum Keller ja draußen, neben der verbarrikadierten Hintertür. Die Truhe voller Vogelfuttersäcke ließ sich nicht bewegen. Ich versuchte es mit dem Stemmeisen, bekam aber den Trumm mit all seinem Inhalt nicht von der Stelle. Also stieg ich über die Seitenwand hinein und hob einen der Fünfzig-Pfund-Säcke an, da hörte ich es an der Vordertür hämmern.

»Kleinen Moment«, murmelte ich und strengte mich an, den Sack über die Seite zu wuchten.

Die Tür ging auf, und der Vater der Basier-Kinder kam in die Küche. »Wer sind Sie? Sind Sie befugt, sich hier aufzuhalten?«, fragte er.

»Ja«, ich rang nach Luft. »Haben Sie einen Schlüssel oder sind Sie eingebrochen?«

»Ich wohne im Haupthaus, wir haben die Schlüssel bekommen, als wir einzogen. Meine Tochter sagt, sie hat gesehen, wie Sie –«

Ich unterbrach ihn. »Los, helfen Sie mir mal kurz mit dem Vogelfutter hier.«

Er starrte mich an. Der Sack kippte über die Seitenwand, fiel zu Boden, platzte auf, und Vogelfutter ergoss sich über den Küchenboden.

Basier wich zurück. »Was machen Sie denn? Haben Sie vor, das wieder in Ordnung zu bringen, bevor Julius heimkommt?«

»Mr. Basier, ich räume natürlich hinter mir auf, aber Julius kommt nicht mehr heim. Er ist tot. Das, was ich hier mache, ist sehr anstrengende Arbeit, also wenn Sie mir nicht helfen wollen, gehen Sie bitte. Ich hab einen zu langen Tag vor mir, um mich mit Ihnen herumzustreiten.«

»Julius ist tot?«, fragte er entgeistert.

»Sie wussten, dass er einen Unfall hatte, oder? Er ist gestern Abend gestorben.« Ich schaute auf die Stelle, wo der Sack gestanden hatte, und merkte, dass ich auf Linoleum starrte. Das war gar keine Truhe, es war ein Kasten ohne Boden, ein Verschlag, den jemand hier fest eingebaut hatte.

»Geben Sie mir mal das Stemmeisen, ja?«, sagte ich zu Basier.

Er machte ein finsteres Gesicht, unsicher, ob er Beweise für meine Berechtigung verlangen sollte, hier im Haus zu sein. Nachdem er mich noch einen Moment angefunkelt hatte, um zu zeigen, dass er streng sein konnte, drehte er sich auf dem Absatz um und ging.

Ich seufzte und kletterte aus der Truhe, um mir mein Werkzeug zu holen. Bevor ich an die Arbeit ging, schloss ich die Vordertür wieder von innen ab.

Ich stöpselte die Schwanenhalslampe in eine Steckdose hinterm Kühlschrank ein und hängte sie über die Seitenwand des Kastens. Dann holte ich zwei Stühle aus dem Wohnzimmer und stellte sie beiderseits des Verschlags auf, damit ich leichter ein- und aussteigen konnte.

Mit Stemmeisen und Schaufel wuchtete ich die Säcke herum, bis ich die Falltür fand. Zum Öffnen diente ein Ring, der in eine Rille eingelassen war, doch als ich ihn anhob und zog, rührte sich nichts. Es gab keinerlei Schloss; Dekaden von Dreck und verzogenes Holz hatten die Falltür an den Boden geschmiedet.

Ich verpasste ihr denselben finsteren Blick, den Basier eben mir zugeworfen hatte, doch davon ging sie auch nicht auf. Ich steckte das Stemmeisen in den Ring, bekam aber die Klappe trotzdem nicht bewegt. Schließlich nahm ich die Spitzhacke und drosch auf die Mitte der Falltür ein. Nach fünf Minuten schaffte ich es, einen dicken Span herauszuhauen. Es gelang mir, das Stemmeisen darunterzuhebeln; noch ein letzter gewaltiger Kraftakt, und die Falltür brach in Stücke.

Ich rieb mir die Schultern, aber jetzt war ich zu aufgedreht, um Zeit mit Ausruhen zu verschwenden. Ich legte die Maske an und zog die Schwanenhalslampe heran, um sie an die geborstene Ecke der Falltür zu hängen.

Siehe da, steile Stufen, kaum mehr als eine Leiter, führten hinab in einen Keller mit Erdboden. *Oh, V.I., du Detektivin ohnegleichen. Nun musst du da hinunterschleichen.*

Vorsichtig stieg ich mit all meinem Werkzeug hinab. Mein Schatten hüpfte und waberte auf dem Boden, und die Spitzhacke sah aus wie des Knochenmanns Sense. Oder der Knochenfrau. Gevatterin Tod war mir in letzter Zeit auf dem Fuße gefolgt; es gefiel mir gar nicht, ihre Vorbotin zu sein. Ich warf die Geräte hin, mit einem dumpfen Aufprall landeten sie auf der platten Erde. Ich streckte den Arm nach der Schwanenhalslampe aus und zog sie so weit nach unten, wie das Kabel reichte.

Der Keller war klein, er hatte nur die Maße der Küche darüber. Eine Spinne so groß wie meine Handfläche krabbelte an der Wand hoch und verschwand durch eine Ritze in den Dielen. Spontan wünschte ich mir einen Helm.

Die Wände waren mit Regalen gesäumt, weitgehend leer bis auf etwas Elektrikgerümpel sowie Schrauben, Draht, eine Kneifzange. Unpassend standen in einer Ecke ein paar Gläser mit breiigem grauem Zeugs. *Eingemachte Birnen* behauptete ein verblasstes, abblätterndes Schildchen. Die Vorstellung, was es jetzt war, ließ mich schaudern.

Ich zog die Stabtaschenlampe aus meiner Jeans und leuchtete sorgfältig den Boden ab auf der Suche nach einer Stelle, wo die Erde vielleicht vor einem halben Jahrhundert ausgehoben worden war. Ich wollte nicht alles aufgraben, und ich wollte auch nicht mit der Spitzhacke draufloshauen, falls hier etwas Bruchgefährdetes lag. Schließlich stieg ich wieder hinauf und durchwühlte Julius' Abseite nach Werkzeug. Er hatte nicht viel, aber er besaß ein paar Schraubendreher.

Ich nahm die beiden längsten mit nach unten, um sie als Sonden zu verwenden, drehte sie behutsam bis zum Griff ins Erdreich. Etwa zwei Meter vom Fuß der Treppe entfernt stieß ich auf etwas Festes. Ich benutzte das gebogene Ende des Stemmeisens als behelfsmäßiges Grabwerkzeug und fing an, die Erde wegzukratzen. Dann hielt ich die Stabtaschenlampe in das Loch, das ich ausgehoben hatte.

Etwas Bräunliches, filzig. Ich zog den rechten Handschuh aus und griff zögernd in das Loch. Stoff, mit viel Erde drauf. Ich zog sachte daran, bekam es aber nicht heraus. Stück für Stück hob ich weiter Erde aus, an einer Linie entlang, die mein sondierender Schraubendreher mir vorgab. Mein Nacken tat weh und meine Arme und hinteren Oberschenkelmuskeln zitterten vor Anstrengung, als ich eine rechteckige Mulde von etwa sechzig mal neunzig geschaffen hatte.

Ich holte mein Messer heraus und machte einen Schnitt in den Stoff, dabei hob ich ihn vorsichtig an, so dass möglichst keine Erde auf das Darunterliegende fiel. Wieder leuchtete ich mit der Taschenlampe. Moder und Feuchtigkeit hatten den Stoff gräulich braun werden lassen. Nur die Knöpfe glänzten noch im Schein meiner Lampe.

Meine Hand zitterte nicht nur vor Erschöpfung, als ich den Stoff wegzog. Er zerfiel in meinem Griff und gab die darunter liegenden Knochen frei.

»Mein Gott, Julius, all die Jahre hast du damit direkt unter dir gelebt? Wie konntest du?« Nach dem stundenlangen Alleinsein sprach ich unwillkürlich laut, und meine Stimme erschreckte mich in dem abgeschiedenen Raum. »Wer war sie? Martina? Gertrud Memler? Hast du sie getötet? Dachtest du deshalb, dass ein Detektiv hätte kommen müssen?«

Aber dies war Breens Haus gewesen, Breens Werkstatt. Wer auch immer dies war, wie auch immer sie hierhergekommen war, ihr Tod und ihr Begräbnis waren ein Geheimnis, das mindestens vier Männer teilten, die Breens und die Dzornens.

Keine Ahnung, wie lange ich so da hockte, in das Loch starrte, nicht willens, weiterzugraben, doch dann hörte ich Schritte über mir, Männerstimmen. Ich dachte, vielleicht wäre es Basier, forsch durch Begleitung, und stand auf.

Ich wollte schon die Treppe hochsteigen, aber meine Beinmuskeln krampften. Als ich auf der untersten Stufe stand und mir die Schenkel massierte, hörte ich einen Mann sagen: »Es ist nicht da. Ich hab es genau hier hingelegt.«

Ein zweiter Mann sagte: »Guck unterm Sofa nach, vielleicht ist es rausgefallen.«

Es gab ein scharrendes Geräusch und dann ein Poltern, als sie Julius' Couch umkippten. Diese Stimmen hatte ich schon mal gehört, konnte sie aber nicht einordnen. Ich hob eine Hand und schaltete die Schwanenhalslampe aus, damit sie nicht meinen Schatten an die Wand warf. Schlich dann verstohlen die Stufen hoch, eine nach der anderen.

»Das Mädchen drüben beim Haus meinte doch, dass gestern ein Detektiv hier war, eine Frau. Wahrscheinlich diese Warshawski-Schlampe.«

Der zweite Mann grunzte.

Lautlos glitt ich durch die Öffnung, die ich in die Falltür geschlagen hatte. Ein Stückchen Holz löste sich und klackerte die Treppe hinunter.

Die zwei Männer kamen in die Küche. Rory Durdon. Glenn Davilats, der Deputy von Palfry County. Ich war so überrascht, dass Davilats seine Kanone zog, bevor ich reagieren konnte. In letzter Sekunde ließ ich mich hinter einen Sack Vogelfutter fallen. Er feuerte, aber der Schuss ging in den Sack. Körner begannen um meine Füße zu rieseln.

»Verdammt, Mann, schieß doch nicht hier drin, du hetzt uns die ganze Nachbarschaft auf den Hals. Benutz deinen Taser!«

Ich stemmte den Sack hoch und warf ihn blindlings nach den Männern. Einer fluchte, als er ihn ins Gesicht kriegte, aber der andere schwang sich über die Seitenwand des Verschlags, ehe ich meine Waffe aus dem Holster bekam. Durdon.

Ich trat ihm mit meinem Arbeitsstiefel gegen die Kniescheibe. Er grunzte und zielte mit einem Boxhieb auf meinen Kopf. Ich duckte mich weg, packte seinen Fuß, rutschte auf dem losen Vogelfutter aus und landete rücklings auf einem anderen Sack. Er verlor das Gleichgewicht, aber ich kam immer noch nicht an meine Waffe. Ich schleuderte ihm meine Taschenlampe an den Kopf, streifte seine Schläfe, doch jetzt hatte sich Davilats berappelt. Er zielte mit einem Taser auf mich. Ich versuchte über die Kastenwand zu hechten, doch da drückte er ab. Jeder Nerv in meinem Körper schien mit einem heißen Bügeleisen versengt zu werden. Ich sackte über die Seitenwand, unfähig mich zu rühren.

Die beiden Männer hoben mich hoch und schleppten mich in den Keller. Einer griff in meine Taschen, zog Papiere heraus. Ich konnte nicht mal eine Hand heben, um mich zur Wehr zu setzen.

Sie richteten eine Taschenlampe auf die Papiere und sahen die Kopie der BREENIAC-Skizze. »Also hast du tatsächlich die Zeichnung geklaut, du Miststück!«, sagte Durdon.

Unter dem brennenden Schmerz des Tasers war mir extrem kalt. Die junge Doktorandin, die die Basier-Kinder betreute, hatte gesagt, gestern sei ein Cop an Julius' Tür gewesen. Aber keiner vom Chicago Police Department, sondern Glenn Davilats, der die Skizze platziert hatte. Und gestern Abend, als Julius starb, während ein Cop ihn befragte, das war auch Davilats gewesen, der die Sache für Cordell Breen zu Ende brachte. Dienstagabend, als Alison uns nach Hause fuhr, war ein Streifenwagen in die Straße eingebogen, die zu Breens führte. Hellbraun mit dunkelbrauner Markierung. Die Farben der Palfry County-Flotte. Davilats auf dem Weg zu Breen, um sich Anweisungen zu holen oder sich bezahlen zu lassen.

»Was hast du mit der Zeichnung gemacht?«, fragte Davilats.

»Wie jetzt, ihr habt sie hier deponiert, und jetzt schickt

Cordell euch sie zurückholen, bevor die Chicago-Cops oder die Basiers sie finden?« Die Worte knirschten aus mir heraus wie stumpfer Schotter; ich war nicht mal sicher, ob sie zu verstehen waren, doch die Anstrengung machte mich atemlos.

Davilats trat mir in den Bauch und betastete seinen Taser. »Wo ist die scheiß Zeichnung?«

»In meinem Büro«, sagte ich, so schnell meine tauben Lippen sich bewegen ließen. »Im großen Safe ganz hinten. Kombination 09-19-06-08-07-27.«

»Gleich noch mal«, befahl Durdon und zückte ein Notizbuch.

Ich hatte die Geburtstage meiner Eltern und meinen eigenen genommen. Ich wiederholte sie langsam. Davilats trat mich noch mal, nur so zum Nachdruck. Die beiden Männer gingen nach oben. Nachdem sie über die Seitenwand des Kastens gestiegen waren, legten sie den Deckel wieder drauf. Hilflos lag ich da, als sie ihn von außen zunagelten.

46

Die Grube und das Skelett

Endlich war ich fähig, meine Hände zu bewegen. Ich setzte mich auf, langsam, mühselig, massierte meine Finger, die kribbelten, als hätte ich sie in Säure gebadet. Meine Weichteile schmerzten, wo Davilats mich getreten hatte. Ich spürte die Projektile, eins links im Brustkorb, das andere im Oberschenkel. Ich zog mir das eine aus dem Bein, meine Jeans hatten ein allzu tiefes Eindringen verhindert. Das Projektil in meinem Brustkorb zu entfernen war mühsamer, erst musste ich das herausguckende Ende im Dunkeln richtig zu fassen kriegen und dann gewaltsam herausreißen. Kurz verlor ich das Bewusstsein, aber als ich wieder zu mir kam, ging es mir besser.

Mein armer Körper lechzte nach Schlaf, aber ich konnte mich jetzt nicht ausruhen, eingesperrt in einem Rübenkeller mit einem Skelett neben mir. Ich robbte die Stufen hoch und drückte gegen den Kastendeckel in der Hoffnung, ich hätte das Hämmern missdeutet. Der Deckel rührte sich nicht. Bei dem Kampf hatte ich meine Taschenlampe geworfen, konnte sie aber nicht finden, als ich rings um die Falltür den Boden des Verschlags abtastete. Ich glaubte, behaarte Beine über meine Hand krabbeln zu spüren, und unterdrückte einen Aufschrei. Meine Finger schlossen sich um das Kabel der Schwanenhalslampe. Ich hielt den Atem an, fühlte am Kabel entlang nach dem Schalter. Das Licht ging nicht an: Meine Angreifer hatten den Stecker gezogen.

Mir wurde schlecht vor Enttäuschung. Ich hockte mich oben auf die Reste der Falltür, den Kopf in den Händen.

Selbst wenn Davilats und Durdon meinen Bürosafe aufbrachen, würden sie die Zeichnung nicht darin finden; sie würden also zurückkommen und mich fertigmachen. Wenn ich hier nur herumsaß und wartete, würden sie mich umso schneller fertigmachen.

Ich setzte meine Füße rechts und links vom Falltürloch und stemmte mich mit aller Kraft gegen den Deckel, aber er gab nicht nach. Ich verbannte Spinnen, Ratten, Schlangen und Skelette aus meinem Bewusstsein und kletterte vorsichtig die steile Treppe wieder hinunter. Meine Kehle war ausgedörrt, meine Haut brannte noch immer. Ich verbannte auch das.

Als ich von der untersten Stufe stieg, stellte ich mich auf ein Bein und tastete mit dem anderen Fuß im Kreis nach meinem Werkzeug, aber mir war noch schwindelig, und ich konnte das Gleichgewicht nicht gut halten. Ich ließ mich auf Hände und Knie runter und kroch langsam umher. Meine linke Hand landete in dem Loch, das ich gegraben hatte, und berührte Stoff. Ich zog sie rasch weg, aber hatte das Gefühl, dass Fäden wie Spinnenbeine an meiner Hand klebten.

Nach einiger Zeit stieß ich auf mein Wegwerfhandy. Es gab hier unten kein Signal, doch im Licht des Screens fand ich meine kleine Stablampe und das übrige Werkzeug. Die Taschenlampe unter den Arm geklemmt, Spitzhacke und Stemmeisen an die Brust gedrückt, quälte ich mich Stufe für schmerzhafte Stufe nach oben. Zehn Stufen. Zehn Jahre schien es zu dauern, bis ich oben war.

Ich musste mich setzen. Meine Arme waren schon ganz matt.

»Ihr habt einen Haufen Arbeit vor euch, Freunde«, erklärte ich ihnen streng. »Kein Gejammer jetzt. Los, ans Werk.«

Ich legte die Taschenlampe in eine Ecke, wo ich nicht drauftreten würde. Stieß den verbliebenen Sack Vogelfutter durch die Falltüröffnung, um mir Platz zu verschaffen.

»Tschuldigung«, murmelte ich dem Skelett zu. »Wollte es dir nicht auf den Kopf schmeißen.«

Ich konnte in dem Verschlag nicht aufrecht stehen; ich musste die Spitzhacke von der obersten Stufe aus schwingen und mich dabei in der Öffnung einstemmen. Meine Schultern zuckten in unwillkürlichen Schüttlern. Flüssigkeitsentzug, Elektroschock, suboptimal für körperliche Arbeit. Wie verzweifelt musste ich wohl werden, um die Einmachgläser mit dem grauen Zeug darin zu öffnen?

Schwung, Schlag, Pause. Die äußere Hülle des Verschlags war aus Blech, deshalb sah er auch wie eine Truhe aus. Jeder Hieb prallte federnd davon ab.

»Ich hoffe, du warst tot, bevor du begraben wurdest«, sagte ich zu meiner Gefährtin. »Versprich mir, dass du es nicht Davilats und Durdon erzählst, aber ich hab ein bisschen Schiss. Natürlich darfst du Angst nie zeigen: Ungeziefer wie die beiden kann sie riechen.«

Ich verstand jetzt, was geschehen war, aber nicht, warum. *Schwung, Schlag, Pause.* Max hatte gesagt, die Gleichungen auf der Skizze hatte jemand geschrieben, der wie er in Mitteleuropa zur Schule gegangen war. Zum Beispiel in Österreich, obwohl, vielleicht auch in Deutschland oder der Tschechoslowakei. *Schwung, Schlag, Pause.*

Das hieß, dass Martina Saginor, Gertrud Memler oder Benjamin Dzornen die Erfindung gemacht hatte, nicht Edward Breen. *Schwung, Schlag, Pause.* Das kleine Logo, die Dreiecke in der rechten unteren Ecke, war die Signatur des Erfinders oder der Erfinderin. *Schwung, Schlag, Pause.*

Als Martin die Dreiecke sah, erkannte er sie wieder - von den Dokumenten, die seine Mutter seiner Großmutter geklaut hatte. *Schwung, Schlag, Pause.*

Er sprach mit Cordell, fragte ihn nach den Dreiecken. Das war es, was für ihn nicht aufging: dieselben Dreiecke auf dem BREENIAC-Entwurf und seinen Familiendokumenten. Dieses Gespräch hatte Breen hellhörig gemacht, woraufhin er nach Martin suchen ließ, was er Jari Liu gegenüber als Sorge ausgab, dass Martin Metargon-Geheimnisse öffentlich machen könnte. Edward Breen war Ingenieur gewesen, er war clever und erkannte das Potenzial eines ferromagnetischen Kernspeichers, aber er war nicht brillant: Er hatte die Idee nicht von den Hysteresegleichungen ausgehend selbst entwickelt, so wie die Person, die wirklich hinter der Erfindung stand. *Schwung, Schlag, Pause.*

Als King Derrick dieses Atomgeheimnisse-Dokument auf der Auktions-Website online stellte, unterschrieb er damit sein eigenes Todesurteil. Cordell Breen konnte es sich nicht leisten, dass das Dokument in fremde Hände fiel. Er ließ Rory Durdon in Palfry County Witterung aufnehmen, um zu prüfen, welcher Deputy sich am ehesten bestechen ließ. *Schwung, Schlag, Pause.*

Möglicherweise kassierte Glenn Davilats schon vorher Schmiergeld von anderen Methküchen, und deshalb wusste Durdon, es würde leicht sein, ihn anzustiften, sich eine noch tiefere Grube jenseits von Recht und Gesetz zu graben. Egal wie die Beziehung nun zementiert wurde, jedenfalls kamen die zwei Männer noch vor dem Morgengrauen zum Schlafly-Haus und brachten Ricky um. Vielleicht hatte Cordell sie losgeschickt, um Martin zu töten – jedenfalls war er eine Schlüsselfigur.

Den Navigator, mit dem Judy nach Chicago geflohen war, hatte Metargon angemietet. Das könnte ich überprüfen, falls ich je – sobald ich hier rauskam. *Schwung, Schlag, Pause.*

Armer Julius Dzornen. Er war in den Tod der Frau im Keller verstrickt gewesen, und das Geheimnis lastete so schwer auf ihm, dass er jede Handlungsfähigkeit einbüßte. Es war, als hätten die Breens seinen Geist getasert.

Was ihm endgültig den Rest gab, war die Komplizenschaft seines Vaters. »Hat Benjamin Dzornen dich umgebracht?«, fragte ich meine Gefährtin. »Oder war es Edward Breen? Haben die beiden Julius gezwungen, dich zu töten oder zu verscharren? Du hast ihn viele Jahre lang heimgesucht.«

Meine Taschenlampenbatterie ließ nach, und ich konnte die Seitenwand des Kastens nur noch schwach erkennen.

Schwung, Schlag, Pause. Der Verschlag wurde stellenweise grau. Ich blinzelte, setzte mich. Halluzinationen, nicht gut. Ich legte einen Finger auf den grauen Fleck. Es war ein Loch, Licht sickerte aus der Küche herein. Jetzt zitterte ich vor fieberhafter Aufregung. Ich packte das Stemmeisen und gab alles, was ich noch an Kräften hatte, um ein Stück aus der Seitenwand herauszubrechen. Es schälte sich ab wie bei einer Sardinenbüchse, das Blech lappte auf wie eine große Lippe.

Ich legte mich auf den Rücken, Stiefel gegen die Öffnung. Trat zu, trat erneut zu, spürte, wie mehr von dem Metall nachgab. Es war kein sonderlich großes Loch, aber es genügte mir zum Durchschlüpfen. Ich landete als unbeholfenes Knäuel auf dem alten Linoleumboden.

Selbst Sonnenschein auf dem Lake Michigan hatte nie so klar und hell ausgesehen wie das dämmrige Licht, das durch die efeuüberwucherten Küchenfenster hereinfiel. Ein paar Minuten lag ich einfach nur da, badete darin, atmete den Muff und Moder des Linoleums ein, als wäre es reiner Sauerstoff aus der Flasche.

Ein alter Digitalwecker über der Spüle zeigte mir die Zeit an. Drei Uhr nachmittags. Vor sechs Stunden war ich in den Kasten gestiegen. Höchste Zeit, Hilfe zu holen. Höchste Zeit, weiterzumachen. Ich drehte den Wasserhahn auf, hielt meinen Kopf unter den Strahl, trank in großen Schlucken.

Ich mochte mich kaum bewegen, aber Durdon und Davilats konnten jeden Moment zurück sein.

Ich nahm meine Taschenlampe und mein Pickset mit, ließ aber die Grabwerkzeuge, wo sie waren. Meine Schultermuskeln waren zu labberig, um die Spitzhacke noch mal anzuheben. Mein Rücken fühlte sich an, als würde jemand Taserprojektile meine Halswirbelsäule rauf- und runterjagen.

Als ich aus der Haustür stolperte, stieg Ms. Basier mit ihrer Tochter aus dem Volvo. Die beiden starrten mich wortlos an, dann huschten sie eilends ins Haus. Als ich mich im Rückspiegel des Subaru sah, konnte ich es ihnen nicht verdenken. Mit Julius' Küchenwasserhahn hatte ich den Schmutz in meinen Haaren und auf meiner Haut in Matsch verwandelt. Auch meine Klamotten starrten vor Dreck. Meine Augen sahen aus wie Tore zur Hölle.

Ich fuhr langsam, hielt mich auf den kleinen Seitenstraßen. Es dauerte über eine Stunde, die zwölf Meilen zurückzulegen, aber immerhin konnte ich mein schmerzendes Kreuz anlehnen.

Als ich heimkam, legte Mr. Contreras mit seiner Strafpredigt los, noch bevor er seine Tür ganz offen hatte. Er hatte nichts mehr von mir gehört, seit ich vor zwei Tagen weggegangen war, er verstand wirklich nicht, wieso ich ihm nicht Bescheid geben konnte, und hier war die junge Sunny Breen – er brach ab, als ich taumelte und auf die unterste Stufe der Treppe sackte.

Peppy kam und fing an, mir den Schlamm vom Gesicht zu lecken. Mr. Contreras' Schimpftirade verwandelte sich in besorgtes Glucken. Hinter ihm hörte ich Alison rufen: »Ach du … was ist denn passiert, ach je, bitte sagen Sie, dass das nicht mein Vater war.«

Ich war zu kaputt, um die Augen aufzumachen. »Rory Durdon«, sagte ich. »Rory Durdon und ein korrupter Cop, den er in Palfry aufgegabelt hat.«

Ich hörte, wie sie anfing zu weinen, aber ich kuschelte mich nur an die Wand, einen Arm um den Hund.

»Was war denn los, Spatz, was ist dir zugestoßen?«, fragte Mr. Contreras.

»Der Typ, der uns neulich gefahren hat.« Meine Lippen fühlten sich dick an, die Worte kamen so zäh heraus wie kalter Zuckerrübensirup aus einer Flasche. »Rory Durdon. Sein Cop-Kumpel hat mich getasert. Dann haben sie mich in den Rübenkeller gesperrt. Ich musste mich heraushacken.«

»Getasert? O nein«, jammerte Alison. »Ich hatte Angst – nachdem der Reporter da war, hat Mutter Dad angerufen – sie und ich, wir hatten beide Angst. Was läuft denn hier nur?«

»Sie kann jetzt nicht reden«, sagte Mr. Contreras zu ihr, und zu mir: »Wir müssen dich saubermachen, Spatz. Schaffst du es die Treppe hoch in dein eigenes Bad, oder willst du meins benutzen?«

Der zweite Stock schien sehr weit entfernt, aber ich wollte in meinen vier Wänden sein, wollte mir sauberes Zeug anziehen und dieses entsorgen. Ich zerrte die Schnürsenkel meiner Stiefel auf, und Mr. Contreras zog sie mir aus. Ohne ihr Gewicht an den Füßen schaffte ich es die Treppe hoch. Als ich das dritte Mal die Schlüssel fallen ließ, nahm Mr. Contreras sie mir aus der Hand und schloss auf. Er drehte den Hahn der Badewanne an. Doch als ich begann, mein Hemd aufzuknöpfen, verzog er sich hastig und machte die Tür hinter sich zu.

Ich setzte mich in die Wanne, spülte mir mit der Dusche den Schlamm aus den Haaren, ließ dann die Badewanne volllaufen und streckte mich aus, halb komatös, ließ das heiße Wasser meine zerknautschten Muskeln erweichen. Die Stelle an meinem Brustkorb, wo ich das Projektil rausgezogen hatte, war dunkelrot angelaufen, aber mein Schenkel zeigte nur einen kleinen rosa Kreis.

Als das Wasser kalt wurde, stieg ich schließlich heraus und hüllte mich in den flauschigen Bademantel, den mir Jake zum Geburtstag geschenkt hat. Im Wohnzimmer reichte Mr. Contreras mir einen Becher heißen Tee mit Unmengen von Milch und Zucker. Ich schüttete ihn dankbar in mich rein. Alison nahm den Becher zum Auffüllen mit in die Küche und kam mit einem Teller Rührei auf Toast zurück.

Mr. Contreras sah mir beim Essen zu und nickte ernst bei jedem Bissen. Als ich fertig war und fast einschlief, warf er mir einen verlegenen Blick zu und sagte: »Es passt dir wahrscheinlich nicht, Spatz, aber ich habe Frau Doktor angerufen. Sie kommt auf dem Heimweg vorbei, um sich dich anzusehen.«

»Geht klar«, sagte ich und gähnte. »Machen wir eine Party.«

Rührei und gezuckerter Tee hatten mich so weit wiederbelebt, dass ich ihm und Alison eine etwas zusammenhängendere Schilderung der Ereignisse im Kutschenhaus liefern konnte. Alisons Lippen zitterten, aber sie hatte sich im Griff und machte mein Erlebnis nicht zu ihrem persönlichen Drama.

Als ich fertig war, fragte ich sie: »Vorhin meinten Sie, ein Journalist sei bei Ihnen gewesen. War das Murray? Murray Ryerson?«

Sie warf die Hände in die Luft. »Ich weiß seinen Namen nicht mehr. Groß, rötliche Haare, fährt ein Mercedes Cabrio.«

»Ja, das ist Murray. Er kam, um zu fragen, was Julius Dzornen am Dienstagabend gewollt hat, richtig?«

»Mutter wusste nicht, worüber Mr. Dzornen und Dad gesprochen hatten, aber als sie Dad bei Metargon anrief, kam er sofort nach Hause gerast. Das hat er noch nie gemacht, nicht mal, als ich klein war und mir den Arm gebrochen hatte, nicht mal, als Mutter bei ihrer zweiten Fehlgeburt Blutungen bekam. Entsprechend war ich ziemlich angespannt. Erst hat er den Reporter rausgeworfen, dann fing er an, Mutter anzubrüllen, wie sie so dämlich sein kann, den Mann überhaupt reinzulassen. Und Mutter sagte, sie hat gesagt …« Alisons Augen wurden groß, und ihre Stimme kippte.

»Was denn?«, fragte Mr. Contreras.

»Sie sagte, Dienstagabend hat sie Durdon in der Garage hämmern gehört, die liegt ja unter ihrem Studio. Also ist sie runtergegangen und hat gesehen, dass er unter Mr. Dzornens Auto lag! Dad war so wütend, er hat sie fast geschlagen! Dann sagte Dad, wehe, wenn er rauskriegt, dass Warshawski – ich meine Vic – die BREENIAC-Skizze an sich genommen hat, und ich sagte, wie sollte sie denn, die war doch schon weg, als sie am Dienstag hier war! Und auf einmal meinte er, er würde Durdon nach Hyde Park schicken, um sich zu vergewissern, dass sie sie nicht aus dem Kutschenhaus entfernt hat, und das Ganze war so dermaßen irre, dass ich es dort einfach nicht mehr ausgehalten habe. Ich konnte zu keinem meiner Freunde, ich kann ja keinem erzählen, was vorgeht, und da bin ich dann hierher gefahren.«

Ihre Stimme verlor sich. Mr. Contreras streichelte tröstend ihre Hand. Dann klingelte Lotty. Als der alte Mann ihr aufmachen ging, bat ich ihn, mir mein iPad mitzubringen. Mir war nicht danach, mit der Polizei zu reden, aber ich musste sie auf das Skelett aufmerksam machen, das ich im Kutschenhaus entdeckt hatte – und zwar bevor Alisons Vater den nächsten Geistesblitz hatte und Durdon losschickte, um es auszubuddeln und zu entsorgen.

Ich tippte eine E-Mail an Conrad Rawlings im Vierten Bezirk und setzte Murray Ryerson als unsichtbaren Empfänger hinzu.

> Was Sache der Polizei ist, überlasse ich der Polizei, aber ich bin heute Vormittag im Keller eines Kutschenhauses in Hyde Park über eine verscharrte Leiche gestolpert. Ich hätte gern eher Bescheid gegeben, aber zwei Schläger haben mich getasert und in den Keller gesperrt, einer heißt Rory Durdon und arbeitet für Cordell Breen, der andere ist ein Palfry County Deputy namens Glenn Davilats. Es ist eine lange Geschichte, aber vielleicht wollt ihr die Leiche bergen, bevor Cordell Breen sie wegschaffen kommt.
> Ciao, Vic

Die Adresse schrieb ich ins Betreff. Lotty trat ein, als ich auf Senden drückte. Sie hatte sechs Stunden im OP verbracht und war selbst entsprechend müde. Sie verkniff sich jede Spitze, untersuchte nur mit sanften Fingern die beiden Wunden. Aus meinem Schenkel hatte ich das Projektil ganz herausbekommen, aber das andere war über meiner Brust abgebrochen. Lotty spritzte mir ein örtliches Betäubungsmittel und holte es raus, tat antibiotische Salbe auf beide Wunden und gab mir noch eine Lage Antibiotika in Tablettenform.

»Dies ist eine Premiere in unserer Bekanntschaft, Victoria«, bemerkte sie, als sie fertig war. »Kein Ertränken diesmal, keine Schießereien, Messerstechereien oder Säureattacken, dafür ein giftiger Pfeil. Eines Sherlock Holmes würdig, oder?«

»So was in der Art«, murmelte ich. »Meine Schultern – ich hab mir die Muskeln geschreddert, weil ich erst ein Skelett teilweise ausgraben und dann aus meinem Gefängnis ausbrechen musste.«

»Ja, damit wirst du ein paar Wochen zu tun haben, fürchte ich.«

»Kannst du da nicht was machen? Ich kann's mir nicht leisten, wochenlang im Bett zu liegen, nicht mal tagelang.«

»Selbst wenn ich dir neue Muskeln implantieren könnte, würde es Monate dauern, bis sie angewachsen sind«, sagte Lotty. »Lass ausnahmsweise mal der Natur ihren Lauf, du Dickkopf.«

Ich schüttelte den Kopf. Es gab etwas, das ich tun musste, etwas ganz Dringendes, aber ich wusste nicht mehr was. »Ich muss handlungsfähig sein. Ich muss Auto fahren. Ich muss mich wehren können, wenn ich wieder angegriffen werde. So kann ich nichts tun außer rumsitzen wie ein krächzender Vogel! Kannst du mir nicht was geben, irgendein Wunder der modernen Medizin, wie sie es Footballspielern spritzen, damit die wieder aufs Feld rauskönnen?«

»Was, damit deine Gelenke in spätestens zehn Jahren weggerottet sind und du Parkinson hast?« Lottys Augen wurden dunkel vor Zorn.

Ich sah sie ernst an. »Wenn Martin noch am Leben ist und ich ihn retten kann – dann muss ich eben meine Gelenke aufs Spiel setzen. Ich nehme ja nicht jede Woche Cortison.«

Sie runzelte die Stirn. »Selbst wenn ich wollte, dass du so eine Injektion bekommst, muss das im Krankenhaus gemacht werden, mit einem Röntgenbild oder CT, an dem die Anästhesiologin sich orientieren kann. Und auch dann würde es mehrere Tage dauern, bis du stark genug bist, um durch die Gegend zu hüpfen. Ich kann dir ein Muskelrelaxans verabreichen, aber das wird dich sehr schnell umhauen. Du wirst lange schlafen. Falls du um deine Sicherheit besorgt bist, es kann sein, dass du nicht so leicht wach wirst.«

»Geht es mir dann morgen besser?«

»Oh, selbst wenn nicht, wirst du jedenfalls ausgeruht genug sein, um dich vor eine wütende Elefantenherde zu werfen oder ohne Fallschirm aus einem Flugzeug zu springen oder sonst eine Aktion, die dir beweist, dass Gesetze normalmenschlicher Sterblichkeit für dich nicht gelten«, sagte Lotty genervt.

»Ich bleibe bei ihr«, sagte Alison. »Schließlich ist mein Vater schuld, dass sie das alles durchmacht.« Sie wandte sich mit ernster Miene an mich. »Ich will Sie nicht stressen, aber war die BREENIAC-Skizze nun im Kutschenhaus?«

Die Skizze. War das das Dringende, was ich tun musste? Nein, ich hatte das Original heute früh an die Bibliothekarin geschickt. Die Kopie hatten Durdon und Davilats mir aus der Tasche gezogen. Zusammen mit dem Nachruf auf Ada Byron.

Die beiden Schläger wussten nicht genug über die Hintergründe, um zwei und zwei zusammenzuzählen, aber wenn Cordell Breen den Nachruf sah, würde er nach Tinney, Illinois durchstarten wie eine von seines Vaters Raketen. Und falls es dort irgendwelche Indizien zum Thema Martina Saginor oder Gertrud Memler gab oder auch nur einen Hinweis darauf, warum die BREENIAC-Skizze so wichtig war, dann würde Breen das alles vernichten, bevor ich dorthin gelangen konnte.

Nevada 1953

Verlorene Liebe

Die nächtliche Gebirgsluft beißt auf ihrer Haut. Früher hat sie diese scharfe Kälte in großen Höhen geliebt. Damals, als sie auf die Wildspitze gestiegen ist, hat sie am Berg übernachtet, um ihre Experimente mit kosmischer Strahlung gleich im ersten Sonnenlicht zu beginnen. Als sie aus ihrem Schlafsack stieg, in einen Gletschersee sprang, wieder hinaushüpfte und nackt um die Bergwiese lief, um trocken zu werden, hat sie sich erfrischt gefühlt, umarmt von der Luft. Sie hat diese Luft zu schmecken geglaubt, sie war prickelnd, wie Sekt, aber leichter, heller, frischer.

In jenen Tagen hat sie die physische Welt erlebt wie einen Geliebten. Photonen und Gammastrahlen, kalte Luft, steile Klettertouren, alles berauschte sie. Jetzt liegt sie auf fremdem Boden, schaut in die Sterne. Die Konstellationen sind die gleichen, die Papa ihr gezeigt hat, als sie ein kleines Mädchen war, aber sie pulsieren nicht mehr von dem Leben, das sie einst darin fand.

Sie zerkrümelt die Erde unter ihren Fingern. Es liegt kein Sinn in der Arbeit, die sie hier verrichtet, es ist dieselbe betäubende Schufterei, die sie in Uranverein 7 abgeleistet hat. Es gibt mehr zu essen, ihre Schuhe passen, ihr Körper ist anständig untergebracht, aber jeden Morgen, wenn sie von ihrem Zimmer zu ihrem Labor geht, umgeben sie dieselben hohen Zäune, dieselben Aufseher. Und ihr Geist muss sich einer Wüste zuwenden, so öde wie die am Fuß dieses Berges.

Sobald Männer entdeckten, dass sie das Atom nutzen konnten, um Bomben zu bauen, verloren sie die Begeisterung für die Jagd nach seinen Geheimnissen. Selbst ihre eigene Arbeit wurde entwertet vom Streben nach der Bombe. Die Anordnung, die sie entwickelt hat, warum hat sie sie überhaupt zu Papier gebracht? Die Götter herausgefordert, die dir immer ins Gesicht lachen werden.

»Ich kenne dich, Fräulein Martina«, hat die Memler an jenem Morgen gekeift, als sie von Innsbruck ostwärts geschickt wurde. »Du kannst nicht aufhören mit dem Krakeln und Kritzeln und damit, dir Gleichungen und Apparate auszudenken. Ich will das alles haben. Du kannst damit sowieso nichts mehr anfangen, wenn du dein Reiseziel erreichst.«

Sie hat die Jüngere ausdruckslos angestarrt. Wieso ist ihr deren Brutalität nicht aufgefallen, als Memler sich 1943 um die Stelle im Labor des Radium-Instituts bewarb? Wieso hat sie einfach angenommen, dass die junge Frau ihre Leidenschaft dafür teilt, das Herz der Natur offenzulegen?

Benjamin hat recht gehabt, als er sagte, dass Martina etwas für menschliche Beziehungen Unentbehrliches fehlt. Er hat Liebe gemeint, hat vielleicht gemeint, dass sie vernarrter in ihn sein sollte, doch was ihr in Wahrheit fehlt, ist Urteilsvermögen.

In der Grotte bei Innsbruck hat sie nur leicht den Kopf geschüttelt, traurig über ihre eigene Blindheit, doch die Memler fasste das prompt als Weigerung auf. Ihre Aufseher rissen Martina die Kleider vom Leib und fanden mit Leichtigkeit ihre Papiere, die sie im Saum eingenäht hat. Der Anblick ihrer groben Stiche ließ Martina unwillkürlich an ihre Mutter denken. *Selbst in einem Zwangsarbeitslager musst du doch nicht nähen, als hättest du Eselshufe anstelle menschlicher Finger*, hörte sie Mama sagen und musste lächeln, wobei sie diesmal darauf achtete, ihr Mienenspiel für sich zu behalten. Und doch half ihr dieses innere Lächeln dabei, teilnahmslos zuzusehen, wie die Memler ihre Papiere in ein Notizbuch steckte.

Der Aufseher warf Martina ihr Kleid vor die Füße. Nachdem sie es übergestreift und den fadenscheinigen Witz von Mantel darübergezogen hatte, sagte sie: »Meine letzten Worte an Sie als Ihre Professorin, Fräulein Memler: Man kann nicht klar denken oder bedeutsame Forschung betreiben, solange man von Wut oder Gehässigkeit erfüllt ist.«

Memler zog ihr die ringgeschmückten Finger hart über den Wangenknochen, und Martina spürte, wie ihr das Blut übers Gesicht lief. Also hatte ihr armer Körper tatsächlich noch Blut in sich. Ihr Monatsfluss war schon lange versiegt, und sie fragte sich manchmal, ob ihr ganzer Organismus zu etwas Leblosem mutiert war, ein Hautsack voller Sägemehl.

»Ich sollte dich in die Mine sperren«, grollte Memler, doch der Aufseher erinnerte sie daran, dass der Transport nach Wien schon wartete, sie hatten der Begleittruppe bereits die Anzahl der zu überführenden Häftlinge gegeben. Einen Häftling wegzusperren hätte bedeutet, den gesamten Papierkram neu zu machen.

Das war das letzte Mal, dass Martina die Memler gesehen hat: Sie rieb sich ihre Ringe, als hätte der Hieb ins Gesicht ihrer Professorin auch sie versehrt. Das letzte Mal, bis vor sechs Tagen.

Das üppige flachsfarbene Haar der Memler ist dunkler geworden, und sie hat ihren obszön dicken Hitlerjugend-Zopf abgeschnitten und sich eine modische Debbie Reynolds-Dauerwelle zugelegt, aber ihre Haltung – das kriecherische Neigen des Kopfes vor dem ranghöchsten Mann im Raum, die arrogante Gestik gegenüber der Gruppe der Monteure – Martina hätte sie überall auf Anhieb wiedererkannt.

Die Memler ist noch viel erstaunter, als sie Martina sieht. Sie spricht gerade mit den Männern, unterbricht sich jedoch mitten im Satz. »Du bist aber doch tot«, keucht sie, und ihre Haut wird kränklich weiß.

»Sie sind hier nicht mehr die Königin der Uran-Folterkammern, Fräulein Memler«, sagt Martina mit einer Stimme wie aus Eis. »Wenn Sie mich unbedingt ansprechen müssen, werden Sie das höflich tun oder gar nicht.«

Rote Flecken erscheinen auf Memlers Gesicht. »Was machst – was machen Sie denn hier?«

»Die bessere Frage ist, was machen Sie hier? Wissen Ihre neuen Meister, was Sie in den Höhlen bei Innsbruck getan haben? Das wird sie doch bestimmt interessieren.«

Die Memler grinst unangenehm. »Ich helfe den Kommunismus bekämpfen. Die Vergangenheit interessiert niemanden mehr.« Sie wendet sich den Männern zu, die sie neugierig ansehen. »Eine Labortechnikerin, die ich aus Österreich kenne. Verzeihen Sie, dass wir Deutsch gesprochen haben, wir haben uns viele Jahre nicht gesehen.« Ihr Englisch hat einen starken Akzent, aber korrekte Grammatik. Memler konnte immer schon hart arbeiten, das muss man ihr lassen.

»Ach, die Gehirnerschütterung, die Sie in der Nazi-Waffenfabrik erlitten haben, hat Ihr Gedächtnis getrübt«, sagt Martina auf Englisch und lächelt die Männer um Memler an. »Sie kamen doch als meine Studentin ans Institut für Radiumforschung. Ich weiß noch, wie erpicht Sie darauf waren, von mir zu lernen. Und jetzt, wo Sie hier sind, können Sie vielleicht wieder etwas lernen.«

Martina fragt jemanden aus der Gruppe der Monteure, was sie da installieren. Eine Art Rechenmaschine, die in Chicago gebaut wurde, um Professor Dzornens Team bei der Berechnung der Neutronenstreuung zu unterstützen. Martina will schon weggehen, da sieht sie das kleine hämische Grinsen in Memlers Mundwinkel, derselbe Mund hat vor noch gar nicht so langer Zeit »Heil Hitler« gerufen. Sie bleibt stehen und betrachtet die Rechenmaschine genauer, geht drum herum, mustert die Seitenpaneele, während die Männer ihr unbehaglich zuschauen. Die Memler tritt von einem Fuß auf den anderen, unfähig zu verbergen, dass Martinas Verhalten sie nervös macht.

»Ich würde mir sehr gern das Innere ansehen«, sagt Martina zu einem Elektriker aus der Crew, die schon oft mit ihr zusammengearbeitet hat. »Die Konstruktion interessiert mich enorm.«

Der Elektriker wirft ängstliche Blicke auf seinen Vorgesetzten. Memler sagt scharf, dass es ein schwerer Fehler wäre, mit dem Gerät herumzupfuschen, und dass es ihm strengstens verboten ist, die Seitenpaneele abzuschrauben.

Martina lächelt Memler schmallippig an. »Das Entscheidende haben Sie mir soeben gezeigt, Fräulein Memler. Ich gratuliere.«

Martina geht in ihr Labor, oder vielmehr an ihre zwei Meter einer Werkbank, wo sie ausarbeitet, was sie in den Blasenkammern beobachtet hat.

Ihre ersten Monate in Nevada hat sie damit verbracht, sich in aller Eile Unterlagen und Bücher einzuverleiben, Feynman-Diagramme zu lernen, die Lamb-Verschiebung, Quantenelektrodynamik. Anfangs ist ihr die Physik schwergefallen, genau wie die Wiederaufnahme ihres Flötenspiels, genau wie die englische Sprache, die sie zwar am Gymnasium gelernt, aber dann vergessen hat. Nach sieben Monaten jedoch hat sie wieder ihr volles Selbstvertrauen auf all diesen Gebieten – auch wenn ihr Englisch nun das südwestliche Näseln der Monteure und Elektriker in ihrem Umfeld angenommen hat.

Sie verzehrt sich danach, an der Cornell University zu sein, wo Bethe seine Theorien weiterentwickelt, oder an der Columbia, wo die aufregendsten neuen Experimente stattfinden. Doch sie ist keine Drückebergerin. Trotz des Umstands, dass ihr Projekt hier von jeder beliebigen Doktorandin durchgeführt werden könnte, ackert sie sich akribisch durch ihre Gleichungen, reicht sie zur Gegenprobe an ihren Laborpartner weiter, so wie sie morgen seine Ergebnisse nochmals überprüfen wird.

Heute bleibt sie so lange, bis alle außer den Wachen das Labor verlassen haben. Dann kehrt sie zu der Rechenmaschine zurück und schraubt selbst die Seitenpaneele ab. Dies ist nicht das Innere des Computers, den von Neumann und sein Team in Princeton konstruiert haben. Obwohl die in Princeton durchgeführten Arbeiten streng vertraulich sind, hat sie es geschafft, Fotos und Zeichnungen zu sehen zu bekommen. Dieses Gerät aus Chicago ist nur zwei Drittel so groß wie das von Neumann'sche, und es enthält keine Elektronenröhren. Stattdessen gibt es eine Reihe von Leiterplatten, aus denen Drähte ragen, wie ein Webstuhl für Kupfertischdecken.

Martina schraubt die Paneele wieder an. Nach Einbruch der Dunkelheit wandert sie zum Berg, um nachzudenken. Ein Soldat, der um das Lager herum Patrouille geht, erinnert sie daran, dass sie nicht weiter nach oben darf als bis hierher. Sie nickt ihm zu, bestätigt die Anweisung. Sie sagt nichts; der Anblick von Stacheldraht und bewaffneten Wächtern dreht ihr den Magen um.

Am Morgen sieht sie zu, wie Memler eine Besichtigungstour durch das Labor, durch die ganze Basis bekommt. Martina plaudert mit den Monteuren auf eine Art, die ihr sonst fremd ist. Die Männer erzählen ihr, dass Memler schon früher hier in Nevada war, dann aber dem Chicagoer Projekt zugeteilt wurde, um für den Mann zu arbeiten, der ihre Einwanderung befürwortet und finanziert hat. Edward Breen ist Elektroingenieur, erzählen sie, er war mit der U.S. Army in Europa stationiert; bei Kriegsende hat er die Memler in einer Waffenfabrik bei Innsbruck aufgetan und mit hergebracht, um bei der Raketen- und Rüstungsforschung für die Vereinigten Staaten zu helfen.

Die Männer reden offen mit Martina, nicht, weil sie eine kumpelhafte Art hat – die hat sie keineswegs. Sie spricht eher formell mit ihnen, aber sie respektiert die Arbeit, die sie machen.

Im Gegensatz zu etlichen anderen Wissenschaftlern konsultiert sie sie auch zu Fragen der Ausstattung und Entwicklung. Zuerst achteten sie sie wegen ihres Arbeitsethos, doch nach fünfzehn Monaten täglichen Beieinanderseins haben sie eine widerwillige Bewunderung für sie entwickelt: Sie ist eine Frau, sie ist eine Fremde, aber sie ist die geborene Problemlöserin. *Ein kluges Köpfchen*, nennen sie sie unter sich. Es ist zwar ganz untypisch für sie, sich für Klatsch zu interessieren, aber die Mannschaft lässt sich bereitwillig darauf ein.

»Das Memler-Weib war für 'n paar Jahre hier, aber als Breen nach Chicago zurückging, um an Computern zu arbeiten, hat er sie mitgenommen. War auch gut so. Das verdammte Krautweib – 'tschuldigung – hat uns behandelt, als wären wir zu blöd, um einen Lötkolben am richtigen Ende anzufassen.«

»Sie gehört nicht zur Fakultät der Universität Chicago, oder?«, fragt Martina.

»Also das kann ich leider nicht sagen. Ich weiß bloß, dass sie an das Projekt angeschlossen ist, das die Berechnungen für die H-Bombe in Arbeit hat. Wenn Sie mal das Innenleben von Breens Apparat sehen wollen, das können wir Ihnen zeigen, wenn Memler und ihre Arschkriecher sich verpisst haben – die fliegen nach dem Lunch zurück nach Chicago.«

Martina schenkt ihm ein dankbares Lächeln und sagt nicht, dass sie schon geguckt hat. Während ihr Abteilungsleiter Memler und ihre Speichellecker zu der wartenden C-47 geleitet, schraubt das Monteurteam die Paneele ab, und Martina sieht die magnetischen Gatter im Inneren. Diesmal schaut sie sich die Verbindungen genauer an. Vielleicht nicht die effizienteste Konstruktion – sie hätte feineren Draht benutzt und ihn spiralförmig um den Anker gelegt –, aber es erfüllt seinen Zweck.

Martina dankt den Männern, kehrt in ihr Labor zurück, doch gegen Ende des Nachmittags sucht sie ihren Abteilungsleiter auf. Sie sagt ihm, dass die Memler in Wien ihre Studentin war. »In den Dreißigern, als die Partei in Österreich verboten war, gehörte sie noch zu den heimlichen Nazis, nach dem Anschluss hat sie ihre Parteiverbindungen öffentlich und mit Stolz zur Schau getragen. Im Krieg hat man sie dann zur Leiterin der Abteilung von Uranverein 7 gemacht, die sich mit der Entwicklung der Atombombe befasste.«

»Die Vergangenheit von Miss Memler ist uns bekannt, Miss Saginor. Viele Menschen mussten sich zum Nazitum bekennen, um ihre Arbeit zu behalten, das gilt auch für Miss Memler.«

»Uranverein 7 wurde mit Zwangsarbeitern betrieben, und ich war eine davon«, sagt Martina. »Die Memler hatte Vergnügen daran, unsere Folterung und Bestrafung persönlich zu überwachen. Als die Deutschen kein Geld mehr hatten und das Interesse am Bau der Bombe verloren, war ich entbehrlich, und sie hat mich nach Osten ins Vernichtungslager geschickt.«

Martina gibt sich keine Mühe zu lächeln, sie will nicht das brave Mädchen sein, das einen Gefallen erbittet. Hier geht es nicht mehr um den Krieg, um die Entbehrungen und Foltermethoden in Uranverein 7, nicht einmal um den Todesmarsch von Terezin nach Sobibor. Zehn Jahre lang ist sie in Wien Forschungsleiterin gewesen, die anerkannte Ebenbürtige ihrer männlichen Kollegen, ihre Meinung stand beim Direktor hoch im Kurs.

Martina erwartet Respekt, doch ihr amerikanischer Abteilungsleiter ist an Frauen in der Wissenschaft nicht gewöhnt. Im Gegensatz zu den Monteuren und Elektrikern auf der Basis, die vielleicht ihre Physik nicht verstehen, aber ihren Verstand im Einsatz erleben, betrachtet er sie nur als eine Technikerin, die von Chicago nach Nevada geschickt worden ist.

»Miss Memlers Hintergrund wurde sorgfältig untersucht«, sagt er zu Martina. »Sie hat eine hohe Sicherheitsfreigabe und ist ein wertvolles Mitglied unseres Projekts. Menschen wie Sie müssen ihre Kränkungen mal hinter sich lassen und über die Vergangenheit hinwegkommen.«

»Menschen in Stickstoffkammern beim Sterben zusehen hat wenig mit Kränkung zu tun, aber das war ein spezielles Hobby von der Memler«, sagt Martina.

»Sie hat mir erzählt, dass Sie Kommunistin waren und dass Sie vielleicht versuchen werden, sie in Misskredit zu bringen«, sagt der Abteilungsleiter. »Es heißt, Sie haben nach Kriegsende vier Jahre in der Sowjetunion verbracht.«

»Wie so viele Leute in meiner Lage saß ich hinter den sowjetischen Linien fest. Sie haben mich in einen Gulag gesteckt, aus dem ich mit Mühe geflüchtet und zu Fuß nach Westen gegangen bin. Sie können meine Vergangenheit nicht überprüfen, weil alle Dokumente im Krieg zerstört wurden, aber ich war niemals Anhängerin irgendeiner Ideologie oder Partei. Hingegen sind Memlers Nazi-Zugehörigkeit und die Macht, die sie in Uranverein 7 ausgeübt hat, leicht nachprüfbar.«

Der Abteilungsleiter starrt sie an. »Wenn sie recht hat, was Ihre kommunistische Gesinnung betrifft, dann ist Ihre Position hier durchaus gefährdet. Ich wäre an Ihrer Stelle vorsichtiger damit, eine Schlammschlacht anzuzetteln.«

Diese Warnung bedeutet nicht nur, dass das Gespräch beendet ist. Sie bedeutet, dass Martina deportiert werden kann. Ohne Anhörung, ohne alles.

Sie kehrt zu den Baracken zurück, wo man ihr zwei Räume zugeteilt hat, ein Schlafzimmer und eine Wohnküche. Es gibt ein Telefon, allerdings werden alle Anrufe von der Vermittlung durchgestellt. Sie bittet die Telefonistin, ihr eine Verbindung nach Chicago zu machen, doch die Frau erklärt ihr, dass ausgehende Gespräche für sie vorläufig gesperrt sind.

Sie geht in den kleinen Garten bei den Baracken, von wo aus sie zuschaut, wie die Sonne hinter den Bergen versinkt. Jetzt patrouilliert eine Wache vor ihrer Bleibe. Sie lächelt säuerlich. Das Land der Freien, Heimat der Tapferen.

In ihren Räumen zieht sie sich um, Kordhose, Wanderstiefel, wirft eine Jacke über und füllt zwei Kanister mit Wasser. Nahrung: Sie sollte etwas zu essen bei sich haben, auch wenn sie – trotz der Jahre an der Grenze zum Verhungern – noch immer häufig die Mahlzeiten vergisst. Rosinen, ein Apfel, ein Stück von dem, was die Amerikaner Käse nennen, das reicht. Sie hat eine Mütze gegen die Wüstensonne.

Die Berge hier sind zerklüftet, aber sie hat auf Frostbeulen zu Fuß die Karpaten überquert, nachdem sie aus dem moldawischen Gulag geflohen ist. Sie wartet, bis es ganz dunkel ist, schlüpft dann durchs Schlafzimmerfenster hinaus. Duckt sich tief in den Schatten der Baracke, doch der Posten vorne hat nicht gehört, wie sie auf dem Schotter gelandet ist. Auch die zwei Soldaten, die an der Straße Patrouille gehen, bemerken sie nicht.

Die Army verlässt sich hier weitgehend auf das Gelände, steil, unwirtlich, auf den Stacheldraht rund um die Basis, auf die Schilder, die vor Atomexplosionen warnen, das alles wird Unbefugte schon abhalten. Und man setzt auf die Zäune, die Angst vor wilden Tieren und Steinschlag, um die Basisbesatzung drinnen zu halten. Die Posten sind nur Beigabe.

Im Licht der Sterne findet Martina die Erosionsrinne, die sie zuvor schon benutzt hat. Sie klettert bis dorthin, wo der Maschendrahtzaun vom Gestrüpp verdeckt ist. Sie kennt die Stelle, an der ein Felsbrocken den Zaun so weit angehoben hat, dass eine dünne Frau darunter durchschlüpfen kann.

Sie hat keinen Kompass, aber die Sterne sind dieselben, anhand deren ihr Vater sie Orientierung lehrte, dieselben, die sie von der Wildspitze aus gesehen hat.

Sie schaut auf zu Pegasus, blinzelt ein paar Tränen weg. Schon ihr ganzes Leben lang ist sie verliebt in das Licht und jenen

Punkt in der Unendlichkeit, wo Schönheit schier unerträglich ist und sich anfühlt wie Schmerz. Ist es zu viel verlangt, wenn sie das Universum bittet, sie an diesen Punkt zurückkehren zu lassen? Ich brauch kein Labor, ich brauch keine Veröffentlichungen, nur Harmonie, fleht sie. Die Sterne geben ihr keine Antwort, kein Mitleid, aber ihr Licht wird sie den Berg hinaufgeleiten, fort von dem Stacheldraht und der Stachelsprache einer Waffenfabrik.

47

Wo ein Wille ist

Wir waren unterwegs, bevor die Sonne aufging, Alison saß am Steuer meines Mustangs. Ich hatte die magnetischen Sender vom Abgaskrümmer und aus dem Kofferraum entfernt – Letzterer immer noch mit dem Spanngurt zugehalten. Alison erkannte die kleinen Magnetsender, es waren Metargon-Produkte. Sie setzte an zu erklären, dass jemand sie gestohlen haben könnte, brach aber mittendrin ab und errötete beschämt. Von den Machenschaften ihres Vaters zu erfahren hatte ihre Welt schwer erschüttert.

Bei der Auffahrt zum Kennedy Expressway bat ich sie, rechts ranzufahren. Ich wartete am Kantstein, bis ein Achtzehntonner in die Auffahrt Richtung Norden einbog. Ehe er wieder beschleunigte, heftete ich rasch die beiden Magneten unter seine Hinterradachse.

»Gute Fahrt, Kumpel, hoffentlich bis rauf nach Seattle«, murmelte ich und stieg wieder in den Mustang.

Die Drogen, die Lotty mir verpasst hatte, schickten mich erst mal für über zehn Stunden ins Koma. Dann endlich quälte ich mich aus dem Bett und zwang meine kreischenden Muskeln, sich zu dehnen und zu beugen. Selbst nach einem zweiten doppelten Espresso war ich noch groggy und weit davon entfernt, mich vor eine wütende Elefantenherde zu werfen.

Kaum dass wir die Aufspürer los waren, wandten wir uns nach Westen. Ich sollte meine Fahrten immer im Morgengrauen erledigen. Der Verkehr baute sich gerade erst auf, alle fuhren deutlich über der Geschwindigkeitsbegrenzung. Alison machte die fünfzig Meilen bis zu den entfernten Ausläufern der Vorstädte in weniger als einer Stunde.

Sobald wir Chicago hinter uns ließen, dünnte der Verkehr vollends aus. Wir konnten prüfen, ob wir Verfolger hatten. Als ich sah, dass wir sauber waren, lehnte ich mich im Beifahrersitz zurück und schlief, bis Alison etwa drei Stunden später vom Gas ging, weil die Ausfahrten nach Tinney kamen.

»Welche Ausfahrt?«, fragte sie.

»Fangen wir mit dem College an«, sagte ich. »Aber zuerst was essen und mehr Koffein.«

Ein großes Schild am Ortseingang nannte uns Tinneys Einwohnerzahl: zwölftausend und ein paar; es verriet uns, dass die Alexandrine Explorers 2003 und 2010 die Hockeymeisterschaften gewonnen hatten, führte die nächsten Treffen der hiesigen Rotarier und des Lion's Club auf sowie Gottesdienste verschiedener Religionen und rühmte die Schönheit nahegelegener Nationalparks. Von Ada Byron war nicht die Rede.

Tinney lag wie eine lange Schlange auf einem hohen Bergkamm über dem Illinois River. Das Alexandrine College, wo Byron Bibliotheksgehilfin gewesen war, bildete eine Beule etwa in der Mitte der Schlange. Sandsteinbauten rings um einen quadratischen Campus, Neuengland-Stil.

Alison folgte der Beschilderung zum Besucherparkplatz. Fünfzig Cent für eine ganze Stunde. Wenn das das Unternehmen merkte, das Chicago in Sachen Parkhoheit auspresst, gäbe es dort Herzinfarkte: undenkbar, dass irgendwo irgendwer parkte, ohne erbarmungslos geschröpft zu werden. Während Alison ihre Nackenmuskeln dehnte, schaute ich mir die Studierenden an – Pärchen gingen Hand in Hand am Steilufer spazieren, andere warfen auf einem nahen Spielfeld eine Frisbeescheibe. Ich sah sogar jemanden lesen. Mit den in der Sonne golden leuchtenden Gebäuden wirkte es wie ein Hollywoodset für ein College.

Ich unterbrach ein Frisbeespiel, um nach dem Weg zur Bibliothek zu fragen. Die konnten wir nicht verfehlen, wurde uns versichert, sie und die Verwaltung seien die ältesten Bauten auf dem Gelände und lägen sich am Hauptgeviert gegenüber. Der Jugendliche deutete vage in Richtung der höchsten Stelle am Steilufer, also wanderten wir den Pfad oberhalb des Flusses entlang bis zum Eingang.

Die Dürre hatte den Fluss in ein träges Rinnsal verwandelt. In der Mitte reckten Sandbänke ihre langen Finger. Äste, die flussabwärts unterwegs gewesen waren, hatte es im seichten Wasser ausgebremst. Braunes Gras und totes Gestrüpp bedeckten die Ufer zu beiden Seiten.

Der Weg gabelte sich an der Campusgrenze, ein Pfad folgte hinter der Uni weiter dem Flusslauf, der andere führte in die Gevierte hinein. Dort war das Gras grün. Eltern blättern einen Haufen Geld hin, um ihre Kinder auf Unis wie diese zu schicken; man braucht viel Wasser, um einen guten Eindruck zu machen.

Wie Frisbee gesagt hatte, war die Bibliothek leicht zu finden. Das war der einfache Teil. Niemand dort hatte je von Ada Byron gehört, was mir hätte klar sein müssen – selbst wenn sie bis neunzig gearbeitet hatte, war sie vor Jahrzehnten in den Ruhestand gegangen. Wenn ich ihre Privatadresse aufstöberte, mochten die heutigen Besitzer etwas wissen – wir alle hinterlassen irgendwelche Überbleibsel. Vielleicht hatten sie Tagebücher gefunden oder einen Hort nuklearer Geheimnisse. Am College gab es keine alten Telefonbücher, aber die Bibliothekarin an der Auskunft meinte, die Stadtbücherei könnte noch welche haben. Sie sagte auch, eventuell hätte das Personalbüro Ada Byrons Adresse noch in der Rentenkartei.

Um die folgende fruchtlose Stunde kurz zusammenzufassen: Soweit es das Alexandrine College betraf, hatte Ada Byron nie existiert.

Ich zeigte allen, mit denen wir sprachen, das Foto von Martin Binder. War er hier gewesen und hatte nach Ada Byron gefragt? Die Reaktionen waren aufschlussreich: unmerklicher Rückzug, Pokerface, neutrale Verneinung. Martin war hier gewesen. Sie beschützten ihn.

Auf dem Weg zur Stadtbücherei nahmen wir uns endlich Zeit, etwas zu essen. Wir setzten uns kurz in ein Indie-Café, das auch Sandwichs anbot, dann machten wir weiter.

Es überraschte mich nicht, zu erfahren, dass die Stadtbücherei alle alten Telefonbücher entsorgt hatte. Wann? Ach, irgendwann vor kurzem, sie hatten Platzprobleme gehabt und aussortiert.

»War das, nachdem Martin Binder kam und danach fragte?«, forschte ich und hielt ihr ein Foto von ihm entgegen.

Die Frau errötete und sah zur Seite, aber sie blieb fest: Sie hatte Martin noch nie gesehen, und alle Büchereien mussten heutzutage schwierige Entscheidungen treffen.

Bei der *Huron County Gazette* am anderen Ende der Stadt bestätigte uns ein Angestellter, dass sie vor sieben Jahren einen Nachruf auf Ada Byron abgedruckt hatten, konnte jedoch ansonsten im Archiv der Zeitung nichts über sie ausgraben. Was war mit den Schulen und Unis, wo sie ehrenamtlich tätig gewesen war, wie der Nachruf bekundete? Dazu konnte der Angestellte nichts sagen. Sie druckten bloß, was das Bestattungsinstitut ihnen vorgab.

Wieder im Auto, überlegten Alison und ich, wie wir sonst an Ada Byrons Adresse kommen oder jemanden auftreiben konnten, der zugab, sie gekannt zu haben. Wenn sie in Tinney geboren war, musste ihre Geburtsurkunde im Kreisamt archiviert sein. Falls sie ein Testament gemacht hatte, wäre im Kreisnachlassgericht eine Kopie abgelegt.

LaSalle, Kreishauptstadt von Huron County, lag etwa fünfzehn Meilen südlich. Es war nach drei, ich ging selbst ans Steuer und fuhr so schnell ich konnte. Wir erreichten das Gerichtsgebäude fünfundvierzig Minuten vor Büroschluss.

So weit von Chicago entfernt hatte ich mir irgendwie vorgestellt, auf hurtige, hilfsbereite Gerichtsbeamte zu treffen, doch die waren hier genauso grantig und übergewichtig wie zu Hause. Die beiden Frauen am Tresen im Archiv debattierten gerade über die beste Art, Lasagne zu machen. Es dauerte mehrere Minuten, bis sie Notiz von uns nahmen.

Die Frau, die sich schließlich herüberbequemte, seufzte, als hätten wir sie gebeten, sich persönlich durch die lokale Mülldeponie zu wühlen, doch sie reichte mir ein Formular, seufzte nochmals laut mit Blick zur Uhr, als ich es ihr ausgefüllt zurückgab, und schlurfte dann nach hinten.

Sie kehrte mit der Nachricht zurück, dass es im Archiv keine Geburtsurkunde von Ada Byron gab, wir aber für zehn Dollar eine Kopie ihres letzten Willens bekommen konnten. Auf ein Testament zu stoßen war so unwahrscheinlich, dass ich sie einen Moment lang nur verblüfft anstarrte.

»Wollen Sie nun eine Kopie oder nicht? Ich möchte gern pünktlich Schluss machen.«

»Na klar«, sagte ich hastig und zog einen Zehner aus meiner Brieftasche.

Unsere Sachbearbeiterin füllte in aller Ruhe eine Quittung aus, stempelte gemächlich »bezahlt« darauf und verschwand erneut nach hinten. Sie tauchte wieder auf, als die Uhr hinter dem Tresen gerade auf fünf wechselte. Sie hatte bereits ihre Jacke an und einen dicken Einkaufskatalog unterm Arm, aber sie reichte mir ein dreiseitiges Dokument: Letzter Wille und Testament von Ada Byron.

»Sie können sich das draußen ansehen. Wir schließen jetzt nämlich.«

Alison und ich setzten uns auf eine der Bänke vor dem Kreisamt, um das Testament zu lesen. Ada Byrons Haus in der Talgrass Road Nummer 2714 in Tinney ging zur Nutzung auf Lebenszeit an eine Dorothy Ferguson unter der Bedingung, dass der gesamte Inhalt aufbewahrt wurde. *Es ist nicht zwingend notwendig, dass alles vor Ort bleibt, aber dann muss es sicher eingelagert werden.* Ihr Teleskop vermachte Byron der Öffentlichen Bücherei von Tinney für das Kinder-Wissenschaftsprogramm.

Es war die zweite Seite ihres Testaments, die mir die Haare zu Berge stehen ließ. Byron hinterließ ihre Papiere zur treuhänderischen Aufbewahrung für einen Nachfahren oder eine Nachfahrin Martina Saginors, die sowohl ihre Abkunft als auch eine ernsthafte Wertschätzung von Martinas Arbeit belegen konnten. Der oder die Erbende musste nicht Physik studiert haben, aber eine Liebe zur Naturwissenschaft unter Beweis stellen.

Ich gab das Testament an Alison weiter, doch die Landschaft verschwamm so vor meinen Augen, dass ich den Kopf zwischen die Knie nehmen musste.

»Was denn, hat sie Ihnen nichts hinterlassen?«

Es war die Angestellte, die mir das Testament kopiert hatte und uns jetzt mit aufdringlicher Neugier anstarrte.

Ich hob den Kopf und brachte ein Lächeln zustande. »Im Gegenteil, sie hat mich als Alleinerbin eingesetzt. Mich hat nur die Erleichterung umgehauen, weil ich jetzt doch nicht die Farm verkaufen muss, um Mamas Herzoperation zu bezahlen.«

Die Frau machte ein böses Gesicht, dann schlurfte sie in Richtung Parkplatz davon. Alison lachte los. »Vic, du verblüffst mich immer wieder. Das war genau der richtige Spruch zur richtigen Zeit. Ich verstehe dieses Testament einfach nicht. Wieso wusste Ada Byron von Martins Urgroßmutter?«

Die ganze Zeit hatte ich mich gefragt, ob Martina den Todesmarsch zum Konzentrationslager Sobibor überlebt haben konnte. Ada war Martina, oder zumindest jemand, der Martina so nahestand, dass sie ihre Interessen in Ehren hielt.

Wenn Martina überlebt hatte, warum hatte sie sich dann nie bei Kitty oder Kittys Kindern gemeldet?

Das hatte sie: Sie zitierte Kitty und Judy zu einem Treffen irgendwo im ländlichen Illinois. Sie blieb in der Nähe von Chicago, um ein Auge auf ihre Familie zu haben, daher wusste sie von Judys Fehlern. Sie starb, bevor Martin alt genug war, dass sie seinen Charakter beurteilen konnte.

Warum lebte sie im Untergrund?

Das war mir ein Rätsel.

48

Ali Babas Höhle

Kurz vor Tinney hielten wir an einer Tankstelle und besorgten uns eine Straßenkarte. Die Tallgrass Road schlängelte sich am nördlichen Ende des Städtchens vom Fluss weg. Die meisten Häuser so weit draußen waren Fertigbauten, die in schmalen Abständen hingesetzt waren; ein paar Hausnummern gehörten zu kleinen Farmen. Wir kamen an Kühen vorbei und Schildern, die Bio-Freiland-Eier anpriesen oder »Tomaten zum Selberpflücken«.

Tallgrass Road 2714 lag fast am Ende der gepflasterten Straße, kurz bevor sie in eine schmale Schotterpiste überging. Im Norden und Westen grenzten bereits offene Felder an. Der nächste Nachbar war gut eine Viertelmeile entfernt.

Was an Adas Haus sofort auffiel, war die hohe Plattform, die dahinter errichtet war, als hätte sie auf gleicher Höhe mit ihrem Dachbodenfenster ein Sprudelbad haben wollen. Sie war jetzt mit blühenden Pflanzen gefüllt.

Wer auch immer hier wohnte, hatte ein Kind – neben der Treppe zu der Plattform stand eine Schaukel, und als wir die flachen Stufen zur Haustür hochgingen, hob Alison einen Stofflöwen auf.

Eine Fliegentür saß in einem Rahmen, der für ein so kleines und bescheidenes Haus auffallend reich mit Schnitzereien verziert war. Dies war nicht Chicago: Die Tür hinter dem Fliegengitter stand sperrangelweit offen. Noch ehe ich klingeln konnte, tauchte eine Frau in meinem Alter auf. Ohne die Fliegentür zu öffnen, fragte sie, ob sie uns helfen könne. Die Worte waren höflich, doch der Ton eher einschüchternd.

»Ich weiß es nicht«, sagte ich. »Sind Sie Dorothy Ferguson?«

»Warum wollen Sie das wissen?« Ihre Tonlage wechselte von einschüchternd zu offen bedrohlich.

»Mein Name ist V.I. Warshawski«, sagte ich. »Dies ist Alison Breen. Wenn Sie Ms. Ferguson sind, erkläre ich Ihnen gern unser Anliegen. Wenn nicht, wüsste ich lieber, wo ich sie finden kann.«

Eine zweite Frau tauchte im Türrahmen auf. »Wer ist es, Meg?«

»Fremde, die nach Dorothy Ferguson suchen.«

Die zweite Frau schob sich an Meg vorbei und trat heraus auf die kleine Veranda. Sie war über achtzig mit dünnem weißem Haar, das ihr in Büscheln um den Kopf stand, als wäre sie gerade von einem Schläfchen aufgestanden. Sie war so klein, dass sie zu mir hochgucken musste, aber trotz der zerzausten Haare und ihres Alters blickten die Augen unter den hängenden Lidern kühl und scharfsinnig. »Wer seid ihr zwei, und wieso sucht ihr Dorothy Ferguson?«

Ich schaute ihr gerade ins Gesicht. »Es ist Ada Byron, für die ich mich eigentlich interessiere, aber mehr kann ich nicht erklären, ehe ich weiß, wer Sie sind und ob ich mich auf Ihre Diskretion verlassen kann.«

Die großen Nasenlöcher der alten Frau blähten sich – vor Belustigung oder Geringschätzung, das war schwer zu sagen. Ein etwa vierjähriges Mädchen kam von der Seite um das Haus gelaufen. Die braunen Rattenschwänze waren mit rosa Schleifen zusammengehalten, und sie trug ein rosa ›Hello Kitty‹-Sweatshirt.

»Ist es Gracie, Tantchen Dorothy? Kann sie heute Nacht hier schlafen?«

»Du gehst jetzt rein, Lily, und bleibst bei deiner Mutter, bis ich dir sage, dass du wieder rauskommen kannst. Und Meg, du holst die Schrotflinte und hältst dein Handy bereit, falls du die Polizei rufen musst.« Tantchen Dorothys Stimme klang so streng, dass Lily sich die Hand vor den Mund schlug und an uns vorbei in den Hausflur rannte.

Mir gefällt es nicht besser als anderen Menschen, mit einer Waffe bedroht zu werden, aber ich war plötzlich zu müde zum Stehen, egal wie viele Gewehr- oder Pistolenläufe auf mich gerichtet waren. Ich sackte auf der untersten Stufe zusammen und lehnte den Kopf an einen narbigen Pfosten. Alison ging geschmeidig neben mir in die Hocke.

»Bis vor einer Stunde hatte ich Ihren Namen noch nie gehört«, sagte ich, »aber ich habe ihn in dem Testament gelesen, das Ada Byron hinterlassen hat und das Sie vollstreckt haben.«

»Herman Voles hat Sie Adas letzten Willen lesen lassen?«, empörte sich Dorothy. »Wie kann er einen solchen Vertrauensbruch be–«

»Ma'am, jeder kann das Testament einsehen, es ist ein öffentliches Dokument. Ich habe es im Kreisamt von LaSalle aufgestöbert. Ich bin verzweifelt auf der Suche nach Informationen über Ada Byron und Martina Saginor und Martinas Urenkel Martin.« Ich hörte, wie Meg den Hahn spannte, machte mir aber nicht die Mühe, aufzublicken.

»Verzweifelt? Das ist ein starkes Wort für etwas so Flüchtiges wie Informationen.«

»Mein Name ist V.I. Warshawski.« Ich wühlte in meiner Aktentasche nach meiner Brieftasche und holte meine Lizenz heraus.

Dorothy warf kaum einen Blick darauf. »Eine Detektivin aus Chicago. Soll ich jetzt beeindruckt sein oder weiche Knie kriegen?«

»Sie sollen sich revanchieren, indem Sie mir Ihre Identität nachweisen«, sagte ich.

»Hmmf.« Sie schnaubte wieder, diesmal deutlich belustigt, dann rief sie ins Haus, Lily solle ihre große Handtasche holen und zu Meg bringen.

Lily fand die schwere Handtasche und schleppte sie bei ihrer Mutter an. Meg hielt einen Führerschein ans Fliegengitter: Dorothy Ferguson, sechsundachtzig Jahre alt, wohnhaft Tallgrass Road 2714.

Ich fand mich mit ihrer Scharade ab, obwohl es mir ein Leichtes gewesen wäre, ins Haus einzudringen, Meg zu entwaffnen und mich nach Belieben umzusehen. Sie waren sehr angreifbar, diese beiden forsch auftretenden Frauen.

»Das wird eine lange Geschichte, Ms. Ferguson, und ich gehe ein kalkuliertes Risiko ein, indem ich Ihnen vertraue«, sagte ich.

»Sprechen Sie weiter«, sagte Dorothy.

»Wir suchen einen jungen Mann namens Martin Binder.« Ich holte sein Foto heraus und reichte es Dorothy. Sie warf einen Blick darauf, legte es dann aber aufs Verandageländer, ohne etwas zu sagen.

Alison sah Dorothy flehend an. »Bitte, wenn Sie Martin gesehen haben, sagen Sie es mir – uns!«

»Dann sind Sie wohl seine Freundin?«, fragte Dorothy.

Alison wurde rot. »Eine Freundin. Oder zumindest eine Art

Kollegin. Wir haben den Sommer über zusammen an einem Projekt gearbeitet. Er war bei mir zu Hause, unmittelbar bevor er verschwunden ist, und ich mache mir furchtbare Sorgen um ihn.«

»Leicht zu behaupten, junge Frau, aber schwer zu beweisen.«

»Alle in dieser Stadt sind so erpicht darauf, Martin zu schützen«, sagte ich. »Das war mir erst ein Rätsel – die Bibliothekarinnen, die Zeitungsredaktion –, denn er ist eindeutig in Tinney gewesen. Er ist hier fremd, aber er hat alle hinter sich. Sie hingegen sind genau die Art Respektsperson, die es braucht, um die ganze Stadt auf Linie zu bringen. Waren Sie hier Bürgermeisterin?«

Dorothy warf mir einen kurzen Seitenblick zu, antwortete aber nicht direkt. »Sie sagen, Sie ›machen sich furchtbare Sorgen‹, aber die Frage ist, worum Sie sich Sorgen machen.«

»Martins Großmutter wurde vorige Woche umgebracht«, sagte ich. »Die Mörder haben auf Martins Mutter geschossen, aber sie hat überlebt. Martins Großonkel Julius Dzornen starb vor zwei Tagen nach einem Autounfall, weil jemand an seinen Bremsen herumgepfuscht hat. Ich mache mir Sorgen, dass die Männer, die all diese Leute ermorden, Martin im Visier haben.«

Meg schnappte nach Luft. Dorothys Kiefer mahlte, während sie nachdachte.

Als sie eine ganze Weile schwieg, verkniff ich mir ein hörbares Seufzen und breitete die ganze Geschichte vor ihr aus: Kitty, Judy, die Papiere, um die Martin und Judy gestritten hatten, und die BREENIAC-Zeichnung. »Was Martin an diesen Papieren mit am meisten in Erregung versetzte, war ein Brief von Ada Byron.«

Ich blickte Alison an, die ihr Stichwort erkannte und kurz erläuterte, warum Ada Byrons Name wie eine Signalflagge auf Leute wirken musste, die Ahnung von der Geschichte des Computers hatten.

Als sie fertig war, ergriff ich wieder das Wort. »Martin wusste, wer die echte Ada Byron war, also erriet er genau wie wir, dass es eine falsche Identität sein musste. Ich würde wetten, dass Martin Byrons Nachruf gefunden hat und hierhergekommen ist, zu Ms. Byrons Haus, um Sie dasselbe zu fragen wie wir: Hat sie noch andere Papiere hinterlassen?«

Dorothy spitzte die Lippen. »Kann sein, kann auch nicht sein. Warum sollte ich Ihnen trauen?«

Ich sah zu ihr hoch. »Eine ganze Menge Leute wollen wissen, was aus Martin und aus den Dokumenten geworden ist. Der Heimatschutz ist scharf auf irgendwelche vertraulichen Kernwaffeninfos, die Martin haben könnte. Sie verfolgen die Spur einer alten Nazi-Raketentechnikerin, die dem FBI früher mal diverse Schnippchen geschlagen hat, und sie denken, Martin hat Geheimpapiere, mit denen sie sich seinerzeit abgesetzt hat. Der Chef von Metargon wiederum glaubt, Martin will seine Unternehmensgeheimnisse an die Chinesen oder Iraner verhökern.«

Neben mir stieß Alison unwillkürlich einen Laut des Unmuts aus. Das alles war ihr nicht neu, aber es tat ihr noch weh, es ausgesprochen zu hören.

»Ms. Breen und ich haben uns unbemerkt aus Chicago verdrückt, jedenfalls glaube ich das, aber ich weiß nicht, wie viel Zeit uns bleibt, bevor andere die gleiche Fährte aufspüren, der auch wir gefolgt sind. Schlägertypen, die für den Chef von Metargon arbeiten, haben mich gestern ausgebootet, sie haben einen Ausdruck von Byrons Nachruf aus meiner Jeanstasche geklaut. Wir könnten Gesellschaft kriegen, noch ehe der Nachmittag rum ist.«

Dorothy sah zum Haus, als überlegte sie, wie Lily beschützt werden konnte. Als ich ihrem Blick folgte, riss ich die Augen auf – sie schaute nicht ins Haus, sondern auf den Rahmen der Fliegentür. Zwischen den Schnitzereien verbargen sich kleine

Kameraaugen, ähnlich wie die an Martins Türrahmen in seiner Einliegerwohnung in Skokie. Und mitten in einer geschnitzten Traube steckte der gleiche kleine Lautsprecher.

Ich stand auf. »Ms. Ferguson, wenn Martin nicht noch hier ist, dann war er es jedenfalls und hat eine beträchtliche Zeitspanne hier verbracht.«

»Martin ist hier?«, rief Alison. Sie kam direkt hinter mir die Stufen hoch, als ich die Fliegentür öffnete. Meg versuchte uns aufzuhalten. Ich duckte mich und traf sie mit der Schulter ins Zwerchfell. Sie ächzte und lockerte den Griff um die Schrotflinte. Ich nahm sie ihr weg. Alison lief an uns vorbei ins Haus. »Martin! Martin! Ich bin's, Alison! Wo bist du?«

Lily hatte eben noch ferngesehen, jetzt drehte sie sich um und starrte auf das Live-Drama, einen Finger im Mund. Meg rieb sich den Bauch, das Gesicht verzerrt, aber mehr vor Ärger als vor Schmerz: Ich hatte sie vor ihrer Familie blamiert. Dorothy folgte uns ins Haus, Müdigkeit in den Furchen ihres Gesichts. Zu dritt standen wir im Flur und hörten Alison im hinteren Teil des Hauses nach Martin rufen.

»Es tut mir leid«, sagte ich. »Ich muss ihn wirklich dringend finden, bevor es Cordell Breens Schläger tun. Bringen Sie mich zu ihm?«

»Wer ist das Mädchen wirklich?«, fragte Dorothy.

»Ihrem Vater gehört Metargon, aber sie ist auf Martins Seite. Zumindest hoffe ich das.«

»Da Sie nun schon drin sind und uns vor Augen geführt haben, dass wir nicht stark genug sind, um uns zu verteidigen, werde ich Ihnen wohl das Haus zeigen müssen«, sagte Dorothy bitter. Meg funkelte sie böse an, sagte aber nichts, ging nur ins Wohnzimmer und setzte sich zu ihrer Tochter auf den Boden. Dorothy führte mich durch die Räume, Esszimmer, Küche, zwei kleine Schlafzimmer, als wäre sie Immobilienmaklerin und ich eine potenzielle Kundin. In der Küche stand ein Computermonitor, der mit den Kameras an der Vordertür verbunden war. Ich sah einen Schulbus vorbeizuckeln und in Richtung der offenen Prärie verschwinden.

Vom Esszimmer führte eine steile schmale Treppe nach oben, bei der Dorothy mich aufforderte, sie allein zu erklimmen: Ihre Beine mochten keine Stufen mehr. Ich lächelte säuerlich – sie wusste genau, dass dort nichts zu finden war. Die Kletterei war die Revanche dafür, dass ich ihre Nichte entwaffnet hatte. Mir war zwar auch nicht nach Ertüchtigung, aber ich tat, als würde ich alles genau untersuchen. Das Zimmer oben gehörte Lily, das Bett war mit Stofftieren bedeckt und die Schubladen voller winziger Klamotten. Da ich schon hier oben war, öffnete ich auch noch die Dachbodenklappe und stemmte mich hoch, sehr zum Protest meiner Bauchmuskeln, um einen Blick auf staubige Glaswolle zu werfen.

Als ich wieder runterkam, sagte Dorothy: »Bleibt noch der Keller. Ihre junge Frau ist schon unten.« Sie öffnete eine Tür, hinter der Licht brannte, eine nackte Vierzigwattbirne, blieb aber selbst in der Küche stehen.

Ich holte tief Luft und stieg die Treppe hinunter. Meine Beine zitterten und mir brach der Schweiß aus. Keine Erschöpfung, sondern Panik. Ich mochte nicht schon wieder unter die Erde. Alles, was mit Martin zu tun hatte, schien unterirdisch zu sein: seine Wohnung in Skokie, die tief vergrabenen Familiengeheimnisse, die Leiche im Keller seines Onkels Julius.

Ich versuchte es mit tonlosem Singen, doch alles, was mir einfiel, war »O terra, adio«, das Lied, wo Aida im Tempel eingemauert wird, um dort zu sterben. Nicht hilfreich. Ich rief stattdessen nach Alison.

Sie kam mir mit hängenden Schultern am Fuß der Treppe entgegen, Tränenspuren im Gesicht. »Vic, wieso glaubst du, dass Martin hier war? Ich habe überall gesucht.«

»Die Kameras an der Haustür«, sagte ich. »Die gleichen hat er in Skokie. Die Frauen hier haben einen Monitor dranhängen: Sie konnten uns kommen sehen. Meg war an der Tür, bevor wir geklingelt haben.« Ich sprach laut genug, dass Dorothy mich oben in der Küche hören konnte.

»Aber wo ist er dann?«, fragte Alison.

»Er muss hier irgendwo sein, oder zumindest noch weitere Hinweise außer den Kameras.« Ich ging umher und untersuchte die Wände. Dies war ein richtiger Keller mit Fundament, kein Rübenkeller mit Erdboden. Es gab sogar ein paar kleine Fenster, falls also Dorothy die Tür zunagelte, würden wir um Hilfe rufen können. Aber wer sollte uns hören?

Ich sah die üblichen Installationen, Heizung, Waschmaschine und Trockner. Der Boden war aus gegossenem Zement. Da das einzige Licht von zwei schwachen nackten Glühbirnen kam, stolperten wir beide mehrmals über kleine Unebenheiten. Dorothy, oder vielleicht auch Ada, hatte an einer Wand ein paar billige weiße Standregale aufgestellt. Darin befanden sich Gartenwerkzeuge sowie genug Schraubendreher und Zangen für den Hausgebrauch, ferner das übliche Treibgut eines Alltags mit Eigenheim: ein Weihnachtsbaumständer, die Überreste eines Staubsaugers, alte Gymnastikschuhe, ein mottenzerfressener Bärenschädel. Das vielleicht irritierendste Stück war eine Urne auf einem niedrigen Bord mit der Aufschrift »Mutters Asche«.

Der Bärenschädel ließ sich anheben, doch die Urne rührte sich nicht. Ich löste die Verschlussklappen des Deckels.

»Vic!« Alison war schockiert. »Du kannst doch nicht in der Asche anderer Leute herumwühlen.«

Ich ignorierte sie und betrachtete eine Vase voll feinstem Aschestaub. Menschliche Überreste verbrennen nicht zu so pudriger Gleichmäßigkeit. Ich hob die Vase heraus. Darunter kam ein Tastenfeld mit Ziffern zum Vorschein.

»Du bist dran«, sagte ich zu Alison. »Was für Zahlen würde jemand wie Martin als Türcode verwenden?«

»Vic! Was … ist da eine Geheimtür?«

»Jedenfalls irgendwas Geheimes«, sagte ich. »Wenn Martin das programmiert hat, welche Ziffern würde er nehmen?«

»Ich weiß nicht. Er hat mir mal erzählt, dass Feynman alle Safes von Los Alamos knacken konnte, weil er wusste, dass Physiker die Feinstrukturkonstante lieben, von daher glaube ich nicht … es sei denn … wir wissen ja nicht mal, wie viele Ziffern es sind.«

»Probier irgendwas aus«, sagte ich ungeduldig. »Diese Fein-Dingsda oder Pi oder was weiß ich.«

»Meistens hat man bei so was nur drei Versuche.« Sie tippte langsam, nervös, besorgt, einen Fehler zu machen. Nichts geschah. Sie versuchte es erneut, noch langsamer, aber es tat sich immer noch nichts.

»Erinnere dich noch mal, was Martin gesagt hat, als er dir von Feynmans Safeknackerei erzählt hat. Lass dir Zeit. Überleg genau, ob er zum Beispiel gewitzelt hat, welche Konstante er –«

»Natürlich!« Alisons Gesicht hellte sich auf. »Nur leider weiß ich die Zahlen nicht auswendig. Kann ich kurz mein iPhone anmachen?«

Noch ein kalkuliertes Risiko. Ich nickte, und sie schaltete ihr Gerät ein. »Sechs-sechs-zwo, sechs-null-sieben«, hauchte sie. Ich tippte die Zahlen ein.

Wir starrten uns verdrossen an in dem sicheren Gefühl, alle unsere Chancen verspielt zu haben, da hörten wir ein knirschendes, scharrendes Geräusch. Ich konnte mir nicht helfen: Kurz dachte ich, uns würde die Decke auf den Kopf fallen, doch es war die Wand hinter den weißen Regalen, die sich bewegte. Langsam glitt sie auf, während die Borde an ihrem Platz blieben.

Der Raum hinter den Regalen war größer als der Keller, in dem wir standen. Die Wände waren getäfelt, der Boden gefliest und mit Navajo-Flickenteppichen bedeckt. In einem Alkoven an der Seite stand ein Bett.

Helles Licht beschien einen langen Arbeitstisch, der mit Metallstücken und Drähten bedeckt war. Ein junger Mann mit krisseligen dunklen Locken stand neben dem Tisch, einen Schraubendreher in der Hand, und starrte nervös auf die sich öffnende Wand.

Als er uns sah, entspannte sich sein Gesicht. »Alison. Du hast dich an das Planck'sche Wirkungsquantum erinnert.«

Chicago 1953

In der Werkstatt

»Benjamin, wir müssen reden.«

Er steigt gerade aus seinem Wagen, als sie aus den Schatten auftaucht. Sie hört ihn schwer schlucken, dann scharf Luft holen. Mag sein, dass sie ihn erschreckt hat, aber ihr Kommen kann ihn eigentlich nicht überraschen. Die Memler muss schon lange vor ihr bei ihm gewesen sein, und irgendwer wird ihm von ihrem Verschwinden vom Testgelände berichtet haben.

Sie weiß, dass es nicht in den Nachrichten war: Auf ihrer Reise hierher hat sie Zeitungen gelesen, in diversen Busbahnhöfen zwischen dem Südwesten und hier manchmal auch Radionachrichten gehört. Doch sie ist aus einer Hochsicherheits-Einrichtung zur Waffenproduktion verschwunden, und die Memler hat den Amerikanern weisgemacht, sie sei eine sowjetische Spionin. Sofern sie nicht annehmen, dass ein Bär sie gefressen hat, werden sie weiter nach ihr suchen.

Sie hat eine Woche gebraucht, um hierherzukommen. Am ersten Tag, als sie vom Berg hinabstieg, ist sie per Anhalter gefahren. Sie ist davon ausgegangen, bis mittags Zeit zu haben, ehe sie merken, dass sie weg ist, und Alarm schlagen. Sie hat sich bis Las Vegas mitnehmen lassen und dann den Greyhoundbus nach Albuquerque genommen.

Da sie einen Großteil der letzten dreizehn Jahre damit verbracht hat, der Hase vor der Hundemeute zu sein, ist sie geübt darin, auf Nebenstraßen zu wandern oder sich flink in den offenen Waggon eines langsam fahrenden Güterzugs zu schwingen. Fernab des Versuchsgeländes entspannt sie sich sogar zuweilen. Es gibt keine Soldaten hier, die Busse anhalten, ins Heu stechen, auf der Suche nach einer entsprungenen Jüdin. Amerikaner sind im Großen und Ganzen eher freundlich, gar vertrauensvoll.

Eine Frau in einer texanischen Kleinstadt erzählt Martina, dass sie selbst harte Zeiten erlebt hat, geht in ihre Küche, holt einen Apfel und ein Sandwich mit Bratfett. Das Fett auf dem Brot: Sophie Herschels Kinderstube, das Prisma auf dem Boden blitzt durch Martinas Kopf, macht sie für einen Augenblick ganz schwach. Sophie, das Kinderzimmer, ihre Mutter, ihre Tochter, das Licht selbst, alles ist ihr genommen worden. Die Texanerin gibt ihr zuckersüßen Eistee, um sie zu beleben, nimmt sie mit ins Haus, lässt sie sich auf ein altes Sofa legen, das nach Katzen und gebuttertem Popcorn riecht.

In St. Louis mischt sie sich unter die Menge am Busbahnhof, kauft sich eine Fertiglunchbox, hält sich eine Weile auf der Toilette auf, setzt sich auf eine Bank im Wartesaal, vertieft sich in eine liegengelassene Zeitung. Niemand nimmt Notiz von ihr. Sie holt sich einen Fahrschein und findet einen Platz dicht am hinteren Ausstieg, hellwach bei jedem Halt. Um neun Uhr früh kommt der Bus in Chicagos Innenstadt an.

Ein Nickel in einer Telefonzelle verschafft ihr die Information, dass Professor Dzornen zwar in Chicago ist, sich aber den Tag über im Argonne-Labor aufhält. Nein, sie möchte keine Nachricht hinterlassen, sie ruft morgen noch mal an.

Sie fährt mit dem Bus ins Universitätsviertel, wo Benjamin Dzornen ein Haus gekauft hat, ein Herrenhaus, denkt sie, als sie dort vorbeigeht, um es sich anzusehen.

Sie stellt sich vor, wie sie klingelt, mitten am Vormittag, sieht vor sich, wie Ilse Dzornens Schreck sich in Wut verwandelt: *Du solltest doch tot sein.*

Es gibt keinerlei Unterlagen über Martina Saginors Ankunft in den Staaten. Die Passage nach Amerika hat sie mit einem am überfüllten Bahnhof von Wien aus einer Handtasche gezupften Pass gebucht. Martina hat auf ihrer langen Reise von Moldawien in die USA eine Woche in Wien verbracht. Sie hat gehofft, ihre Tochter wäre auf der Suche nach ihr zurückgekommen. Keine der Flüchtlingshilfe-Stellen fand eine Spur von Käthe Saginor, weder in England noch in Österreich. Wien lag in Trümmern, öde, voller Hungernder, Mutter, Tanten, Cousins, alle tot, nichts mehr, was Martina hielt, und so zog sie weiter westwärts, fand einen Platz auf einem Schiff von Lissabon nach Montreal, schlüpfte über die Grenze in die USA, dann Chicago, dann Nevada. Wie geübt sie darin geworden ist, Grenzen zu überschreiten.

Sie ist sicher, dass Benjamin Ilse nie von ihrer Ankunft vor fünfzehn Monaten erzählt hat, wie fassungslos bestürzt er war. Sein schockiertes Gesicht, sein Gestammel: Du hast überlebt, na ja, das ist doch gut.

Ja, ich habe überlebt, zuerst mit Glück: Der Zug ins Konzentrationslager Sobibor blieb stehen, kaputt, wir wurden in den Schnee hinausgetrieben, viele erschossen, aber der Schnee fiel sehr dicht. Ich floh in den Wald und kam irgendwie durch, bei Partisanen, bei Bauern, bis das Kriegsende mich nach Moldawien verschlug, dann Internierung in den Lagern des paranoiden Stalin und schließlich der lange Marsch zu Fuß über die Berge zurück nach Österreich.

Was sie wolle, fragte er. *Mein Leben, meine Physik, einen Job in meinem richtigen Beruf,* doch er verfrachtete sie nach Nevada. So schnell, dass sie mit einem Security-Pass im Zug saß, noch ehe sie eine Nacht in Chicago verbracht hatte. Sein leeres Versprechen, dass dies nur für den Übergang sei, dass er eine richtige Stelle für sie finden würde.

Beim ersten Mal ist sie zur Universität gegangen, nicht direkt zu seinem Haus. Worauf hat sie gehofft? Auf Neuigkeiten über Käthe, das sicherlich, aber auch irgendein Zeichen, vielleicht ein spukhaftes Überbleibsel seiner einstigen Zuneigung zu Martina, das ihn dazu bringen könnte, sie zu protegieren. Doch davon ist nichts geblieben.

Er zeigte keinerlei Interesse daran, ob Käthe den Krieg überlebt hat oder nicht. Vielleicht war es das schlechte Gewissen, so wenig für das Kind getan zu haben. Käthe war ein mürrisches kleines Mädchen, sie gab sich keinerlei Mühe, ihn zu bezaubern oder für sich einzunehmen, wenn Martina sie mit ins Institut brachte. Er wollte sie nicht nach Amerika mitnehmen, als er ging, obwohl Martina für ihr Kind bat. Und auch Martina wollte er offenbar nicht mitnehmen, seine begabteste Studentin, seine fähigste Kollegin, wie er sie einmal genannt hat. Ist es Ilse gewesen, die diese Tür zugeschlagen hat, oder seine Ängste, oder Gleichgültigkeit?

Heute Abend ist ihr Geschäft genau das und sonst nichts: Geschäft. Sie spricht Deutsch mit Benjamin, das ist leichter, so muss sie die Sätze nicht im Kopf strukturieren und umstrukturieren. »Die Memler hat dir sicher gesagt, dass sie mich gesehen hat. Du musst mich erwartet haben.«

»Du kannst hier nicht mit mir sprechen«, zischt er auf Englisch.

»Ich spreche mit dir, wo du willst«, sagt sie kalt, weiterhin auf Deutsch. »Möchtest du mich mit nach drinnen nehmen? Brauchst du Zeit, um das FBI anzurufen? Weißt du, was die Memler in Innsbruck getan hat? Ist es dir egal, dass Menschen in Käfigen über Schmelzöfen gehängt wurden, dass sie zusah, lächelnd, wie Häftlinge zu Tode geröstet wurden? Oder dass sie Häftlinge in stickstoffgefüllte Kammern sperren ließ, um zu beobachten, wie sie platzten? Ich sah sie viele Male lachen bei dem Anblick von nackten Häftlingen in Ketten, die vergewaltigt und dann totgeschlagen wurden. Männer wie Frauen.«

Er versucht den Fluss ihrer Worte zu bremsen, doch sie will nicht still sein.

»Und jetzt treffe ich sie hier, mit unbegrenztem Zugriff auf Geld und Flugzeuge, sie arbeitet an einem Computer, dessen Konstruktion sie gestohlen hat, und mir sagt man, ich darf mich nicht an die Vergangenheit klammern, sondern soll sie loben, weil sie eine Kriegerin gegen den Kommunismus ist. Hör mir zu, du, ich bin in den Lagern der Nazis gewesen und in den Lagern der Kommunisten, sie unterscheiden sich nicht, außer dass in der Sowjetunion niemand absichtlich versucht hat, mich zu ermorden.«

Ilse kommt an die Haustür. »Benjamin! Bist du das? Ist jemand bei dir? Julius und ich haben vor zwei Stunden zu Abend gegessen. Jetzt ist alles kalt.«

»Ja, ich weiß, tut mir leid. Es hat länger gedauert in Argonne«, ruft er zurück. »Ich beende nur noch schnell ein Gespräch. Ich komme gleich.«

Er wendet sich wieder Martina zu. »Was genau willst du?«

»Ich will die Rechte an meinem Computer. Ich will, dass die Memler als Kriegsverbrecherin überführt und eingesperrt oder sogar hingerichtet wird. Ich will eine Stelle in einem Spitzenlabor. Ich will meine Tochter. Ich will die US-Staatsbürgerschaft. Meine Wünsche sind gewaltig, Benjamin, und ich werde Mittel und Wege finden, sie zu verwirklichen. Bei dir fange ich lediglich an, ich höre nicht bei dir auf.«

Ilse steht noch immer im Türrahmen, ihr Körper hebt sich als vierschrötiger Umriss ab, eine Brunhild, bereit, jeden niederzumetzeln, der ihr wehtut, sogar ihren Ehemann. Wieder ruft sie nach Benjamin, der jetzt in seiner Brieftasche wühlt.

»Hast du Geld?«, flüstert er Martina zu. »Geh zum Shore Drive Motel, es ist nur ein paar Straßen entfernt. Ich ruf dich da an.«

»Ich setze mich nicht mehr in Apartments oder Hotelzimmer und warte darauf, dass Polizisten kommen und mich ins nächste Abschiebungslager abführen. Wir reden jetzt, du und ich, oder gar nicht mehr. Glaub mir, die nächsten Gespräche führe ich dann mit Edward Murrow und Walter Cronkite. Auch wenn die Kriegsverbrechen der Memler dich und meinen Abteilungsleiter in Nevada nicht interessieren, denke ich, dass Mr. Murrow der Geschichte seine Aufmerksamkeit schenkt.«

Ilse kommt jetzt die Stufen vor dem Haus herunter. »Wer spricht da mit dir, Benjamin? Ist das ein Bettler? Soll ich die Polizei rufen?«

Ein Jugendlicher taucht hinter ihr im Türrahmen auf. »Wer ist da, Mutter?«

Dzornen stößt Martina auf den Rücksitz des Wagens und ruft Frau und Sohn zu: »Es ist jemand aus Nevada mit einer dringenden Nachricht. Ich fahre sie schnell rüber zu Breen. Bin in einer halben Stunde wieder da.«

Er steigt ins Auto, schlägt hart die Tür zu, um ihr seine große Wut zu zeigen. »Du kannst mich nicht mit deinem Kind erpressen. Du bist während der Schwangerschaft nie zu mir gekommen, jeder in Göttingen könnte der Vater sein.«

»Oh, das ist ziemlich nebensächlich«, sagt Martina. »Ich bin heute Abend nicht wegen meiner Tochter hier, sondern weil dieses Memler-Monster meinen Apparat gestohlen und deinem Freund Breen gegeben hat. Er hat ihn gebaut und als seine Erfindung ausgegeben, und du, du benutzt ihn, um eine abscheuliche Waffe zu bauen, die jede Mutter und jedes Kind auf diesem Planeten töten kann. Ich kann in dieser Welt nichts kontrollieren, oder nur sehr wenig, und ich kann dich nicht davon abhalten, dich für Geld zu prostituieren oder für Macht oder was immer du dir davon versprichst, nach der Pfeife von Männern wie Edward Teller zu tanzen. Aber ich kann verhindern, dass die Memler weiterhin auf meine Kosten Profit macht. Und das werde ich auch.«

Breen wohnt nur vier Straßen weiter, der Rest der Fahrt vergeht in Schweigen. Als Benjamin rechts ranfährt, fragt er Martina, was sie Breen zu sagen gedenkt.

»Ich werde mich ihm vorstellen. Ich will sehen, was für eine Sorte Mann er ist.«

In dem großen Haus an der University Avenue brennen die Lichter. Benjamin klingelt an der Tür. Nach kurzem Warten öffnet ihnen Breens Sohn Cordell, benannt nach dem Außenminister, für den Breen einst gearbeitet hat. Cordell kennt Professor Dzornen und sagt ihm, dass sein Vater im Kutschenhaus ist, in seiner Privatwerkstatt. Neugierig schaut er Martina an, deren Kordhosen und Wanderstiefel schmutzig vom Reisen sind, aber er schickt sie und Benjamin den Plattenweg entlang nach hinten.

In der Werkstatt wird jede Idee von höflichem Bekanntmachen, von einem vorbehaltlosen Gespräch darüber, wer Breen ist und ob er weiß, dass er seinen Apparat nach einem gestohlenen Entwurf erschaffen hat, im Keim erstickt: Gertrud Memler befindet sich im Raum.

»Buddelt das Nazischwein wieder anderer Leute Eicheln aus?«, sagt Martina auf Deutsch zu ihr.

Memler steigt das Blut ins Gesicht. »Du warst in Deutschland schon Dreck, und du bleibst auch in Amerika Dreck. Das FBI wird sich freuen zu erfahren, dass deine hässliche Judenfresse wieder aufgetaucht ist.«

»Das FBI wird sich freuen zu hören, wie du hässliche Judenfressen gefoltert hast«, gibt Martina zurück. »Und sie werden sich freuen zu hören, wie du zwischen deinen übrigen Gräueltaten meine Gleichungen und Entwürfe gestohlen hast.« Sie fasst sich ins Gesicht, die Narbe von Memlers letztem tätlichem Angriff zieht sich über ihren linken Wangenknochen.

»Ach, *deine* Gleichungen, ja? Als ob Fermi Gleichungen nur für dich geschrieben hätte und der Rest der Welt nicht den Grips hat, sie zu verstehen.«

Martina lächelt verkniffen und sagt auf Englisch zu Breen: »Sagen Sie mir, wie Sie darauf gekommen sind, dass die Fermi-Flächen der Schlüssel dazu sind, bei der Konstruktion eines ferromagnetischen Kerns Hystereseschleifen einzusetzen.«

Breen schüttelt den Kopf. »Meine Entwürfe und Formeln sind patentiert, ich rede darüber nicht mit Fremden.«

»Vergeben Sie mir.« Martina verbeugt sich leicht. »Ich bin Martina Saginor, ich habe 1931 in Göttingen über die ferromagnetischen Eigenschaften von Kristallsystemen promoviert. Professor Dzornen hat meine Forschungen betreut. Die Memler wurde drei Jahre später meine Studentin. Dann wurde sie meine Aufseherin, denn ich war als Physikerin im Zwangsarbeitslager bei Innsbruck. Die Entwürfe, die sie mir gestohlen hat, als ich ihre Gefangene war, sind möglicherweise die Grundlage, auf der Sie Ihren Metargon-I gebaut haben. Genau weiß ich das, sobald ich Ihre Entwürfe sehe.«

»Damit Sie sie als Ihre ausgeben können?«, sagt Breen abschätzig. »Ich bin doch nicht von gestern. Da kann ja jeder kommen und so tun, als wäre der Entwurf von ihm, nachdem ein Ingenieur ein funktionierendes Modell gebaut hat. Deswegen haben wir in diesem Land ein Patentgesetz.« Er wendet sich an Memler. »Ist das die Frau, von der Sie sagten, sie würde herkommen, um mich zu erpressen?«

»Das Patentgesetz Ihres Landes, ja, ich weiß darüber Bescheid«, sagt Martina. »Deshalb habe ich für meinen ursprünglichen Entwurf 1939 das Patent nach amerikanischem Recht beantragt. Wenn das Patentamt meinen Antrag vorlegt, können wir die beiliegende Zeichnung von mir mit der Skizze vergleichen, die die Memler mir gestohlen hat, und mit den Zeichnungen, die Sie von Ihrer Arbeit angefertigt haben. Dann können wir zusehen, wie sich die Diebin aus dem kleinen Spinnennetz herauszuwinden versucht, das sie selbst gewoben hat.«

»Dr. Memlers Tipps und Hinweise waren mir bei der Ausarbeitung meines Entwurfs sehr nützlich, aber sämtliche grundlegenden Ideen stammen von mir selbst.«

»Edward!« Memlers Augen sprühen Blitze. »Das ist doch nicht – es ist nicht – Sie wissen genau, ich habe sie Ihnen nur überlassen, weil ich die Finanzierung nicht selber auftreiben konnte.«

»Sie haben die amerikanische Staatsbürgerschaft«, sagt Breen gelassen. »Sie wurden großzügig belohnt. Die Patente laufen alle auf meinen Namen.«

Für einen Augenblick herrscht Schweigen im Kutschenhaus.

Plötzlich ergreift Memler einen Meißel und stürzt sich auf Martina. »Ich hätte dich von den Aufsehern töten lassen sollen«, schreit sie. »Ich wollte dich über einen Ofen hängen und rösten sehen, stattdessen haben sie dich in diesen Zug gesteckt.«

Benjamin, der stumm dabeigestanden hat, greift nach Memler, kann sie aber nicht festhalten. Martina schlüpft hinter eine Werkbank, Memler springt hinterher und stößt Elektronenröhren, Destillierkolben und Brenner um. Benjamin versucht Memler zu packen, Breen versucht seine Ausrüstung zu schützen. Drähte, Kabel, Werkzeug, Arme verheddern sich ineinander.

Breens alte Handfeuerwaffe, der Colt, den er als Offizier in Europa getragen hat, liegt auf einem Bord. Sie alle sehen ihn gleichzeitig.

49

Isaac Newtons *Opticks*

»Du hast bei Alisons Grillparty die BREENIAC-Skizze entdeckt«, sagte ich. »So viel wissen wir. Aber nicht, was du zwischen diesem Fund und der Fahrt zu deiner Mutter vor drei Wochen gemacht hast.«

Wir saßen um den Arbeitstisch und versuchten die verschiedenen Teile des Puzzles zusammenzusetzen. Dorothy war bei uns: Als sie merkte, dass wir den geheimen Eingang geöffnet hatten, kam sie die Treppe herunter. Sie nickte grimmig, als sie Martin einen Schritt von Alison entfernt stehen sah. Die zwei waren aufeinander zugeeilt und dann abrupt stehen geblieben, als wäre beiden plötzlich die Höhe der Hürden zwischen ihnen bewusst geworden.

Dorothy rief nach oben, dass mit Martin alles klar war und Meg möge Tee herunterbringen. Meg kam mit einer Kanne heißem Wasser, Bechern und einer Schale Teebeutel, stampfte jedoch sofort die Treppe wieder hinauf. Sie würde sich nicht mit einer Person verschwestern, die sie entwaffnet hatte, ganz egal, was ihre Tante tat.

»Ich habe recherchiert«, antwortete mir Martin. »Ich wusste, ich hatte dieses Emblem, ihr wisst schon, diese Dreiecke unter der Zeichnung, schon mal gesehen. Es sind natürlich Newtons Prismen, aber eben noch mehr.«

»Natürlich«, sagte ich trocken. »Welcher Dummkopf erkennt denn Newtons Prismen nicht?«

»Ich«, sagte Alison. »Ich hab mein Leben lang draufgeguckt und bin nie auf Newton gekommen. Wieso du, Martin?«

»Seine Experimente mit Prismen sind das Erste, was man sich anguckt, wenn man über Licht nachdenkt.« Er sprach sachlich-beiläufig, als würde die ganze Welt täglich so über Licht nachdenken wie er. »Ich wusste, ich hatte sie genau so schon irgendwo gesehen. Im Verlauf der Grillparty fiel mir wieder ein, dass es auf einigen von den Papieren war, die meine Mutter meiner Großmutter, ähm, na ja, geklaut hatte. Also ging da was nicht auf. Ich wusste, es muss eine Verbindung zwischen dem BREENIAC und meiner Familie geben, aber ich kam nicht dahinter.«

»Bist du daraufhin zu Benjamin Dzornens Kindern gegangen?«, fragte ich.

»Ja, aber sie wollten nicht mit mir reden.« Er schürzte mit rückblickendem Unmut die Lippen. »Guck, ich hab mich gefragt, ob es Benjamin Dzornen war, der die Prismen auf das BREENIAC-Dokument gekritzelt hat. Ich wusste, er hat mit Edward Breen an der Wasserstoffbombe gearbeitet, und es war ja möglich, dass er Edward die Skizze überlassen hat. Meine Oma hat seit jeher verkündet, Benjamin Dzornens Tochter zu sein, also dachte ich, vielleicht hat Dzornen ihr testamentarisch ein paar Papiere vermacht, so eine Art Beweis, dass er ihr Vater war. Aber als ich das Julius Dzornen und seiner Schwester zu erklären versuchte, haben sie mir beide die Tür vor der Nase zugeschlagen.« Sein verwunderter Ton ließ ihn jünger und zugänglicher erscheinen, als er anfangs gewirkt hatte.

»Sie dachten, du bist auf Geld aus«, bemerkte ich.

»Geld?« Er war indigniert.

»Tut mir leid, aber deine Ma hat da mehr als einmal Druck gemacht.«

Er schloss die Augen, ein unwillkürlicher Reflex wie Schmerz. »Natürlich.« Es klang bitter. »Natürlich, ja, das sieht ihr ähnlich. Sie hat immer behauptet, Herta Dzornen habe ihr Geld gestohlen. Ich hätte nur zwei und zwei zusammenzählen müssen.«

Ich legte den Kopf schief, mir war, als hätte ich Schritte gehört.

Es war bloß Lily auf der Suche nach Tantchen Dorothy. Sie kletterte der alten Frau auf den Schoß und drückte den Stofflöwen an sich, den Alison auf der Verandatreppe gefunden hatte.

Ich warf einen Blick zum Bildschirm auf der Werkbank, auch er war mit Martins Türrahmenkameras verbunden. Es machte mir Sorge, hier zu verweilen. Sorge, jemand von Metargon oder vom Heimatschutz könnte unseren Aufenthaltsort mitbekommen haben, als Alison kurz ihr iPhone anmachte. Auch fragte ich mich, ob Breens gedungene Schläger ihm Ada Byrons Nachruf gezeigt hatten.

»Hast du mit Dad gesprochen, bevor du verschwunden bist?«, fragte Alison kleinlaut.

»Ich hab mit Jari Liu gesprochen und er wohl mit deinem Dad, denn der rief mich von Stockholm aus an. Ich hab versucht, mehr über die Geschichte des Metargon-I in Erfahrung zu bringen. Du weißt das wahrscheinlich, aber nach dem Krieg war dein Großvater an einer Maßnahme namens Operation Paperclip beteiligt. Sie haben Nazi-Experten in Waffen- und Raketentechnik angeworben und ins Land geholt, manche davon hatten grauenhafte Folterverbrechen begangen. Zu den Leuten, die Edward reingewaschen hat, gehörte eine Nazifrau namens Gertrud Memler, die Martinas Studentin gewesen war.

Ich hab versucht, die Verbindung zwischen, na ja, deiner Familie und meiner zu finden, indem ich Memlers Geschichte nachging. An ihre Akte bin ich durch den *Freedom of Information Act* gekommen, aber da stand nicht viel drin, und nach 1953 verschwand sie völlig von der Bildfläche bis auf diese Briefe, mit denen sie diverse Zeitschriften bombardierte. Memler hat bei der Installation von Metargon-I auf dem Nevada-Militärgelände mit deinem Großvater zusammengearbeitet, als sie gerade anfingen, Wasserstoffbomben zu testen.«

»Mein Großvater war doch kein Nazi-Kollaborateur!«, rief Alison.

»Das sage ich ja auch gar nicht«, beteuerte Martin rasch. »Es war im Kalten Krieg, alle rückten zusammen. Jedenfalls hab ich Patente recherchiert, weil ich wissen wollte, was für Patente unter Dzornens Namen angemeldet waren, und keins davon hatte mit dem BREENIAC zu tun, jedenfalls nicht mit der ersten Generation, die sie in Nevada benutzt haben. Ich hab dann auch nach Memler und Saginor gesucht, und da kam was Merkwürdiges bei raus. Laut Index wurde 1941 ein Patent auf Martina Saginor zugelassen, aber in der Datenbank tauchte es nicht auf. Ich schrieb ans Patentamt, aber bei der Digitalisierung der Patente von vor 1970 haben sie alles Schriftliche entsorgt, also konnten sie nicht mehr auf die Akten zugreifen. Was nicht online steht, ist, als hätte es nie existiert.«

»Also weißt du auch nicht, wofür das Patent war?«

Er schüttelte den Kopf. »Aber ich krieg nicht aus dem Kopf, dass es so was gewesen sein muss wie diese Zeichnung an der Wand bei Alisons Dad.«

»Wenn sie von Martina stammt, wie ist dann Edward Breen da rangekommen?«, fragte ich.

Martin schüttelte den Kopf. »Ich weiß es nicht.«

»Mein Großpapa hat den Entwurf nicht gestohlen.« Alisons Stimme bebte jetzt an der Tränengrenze. »Er war ein brillanter Ingenieur! Der BREENIAC war ein Meisterstück, in jeder Computergeschichte steht, dass er raffinierter war als von Neumanns Apparat und seiner Zeit voraus. Redet nicht über meine Familie, als wären wir eine Gangsterbande!«

Martin warf einen Blick auf ihr gewittriges Gesicht und wandte sich seinem Tee zu, drehte die Tasse in den Händen. »Es tut mir leid, Alison«, murmelte er. »Es ist kein Verbrechen, bei einem so großen Projekt wie der Entwicklung eines neuen Computers mit jemand anders zu kooperieren. Steve Jobs hat den Macintosh doch auch nicht allein erfunden.«

Als Alison nichts sagte, fragte ich: »Warum hast du dunkel gemacht?«

»Das war, nachdem ich mit Mr. Breen gesprochen hatte. Ich schätze, Jari hat ihn angerufen und er dann mich. Er war in Metargons schwedischer Fabrik in Stockholm, und er hat mich, na ja, nervös gemacht.«

»Hat er dich bedroht?«, fragte ich.

»Nicht direkt.« Sein Blick huschte zu Alison, die blass und sehr still dasaß, dann starrte er wieder in seinen Tee, als enthielte der das Geheimnis dunkler Materie. »Er hat mir erklärt, ich wüsste gar nicht, was für ein großer Fehler es wäre, wenn ich diese Sache nicht komplett auf sich beruhen lasse. ›Dieses Patent ist 1970 abgelaufen‹, hat er gesagt, ›also bilden Sie sich ja nicht ein, damit wäre Geld zu machen.‹ Dann kam er mir mit der nationalen Sicherheit, mit Kernwaffengeheimnissen und damit, dass ich mich gefälligst von Alison fernzuhalten hätte. Ich konnte nicht recht einschätzen, ob er dachte, ich mach mir Hoffnungen, dass Alison mich aushält, oder ob er fürchtete, dass ich etwas Schändliches über das US-Kernwaffenprogramm herausfinde, aber er sagte, wenn ich mich in Dinge einmische, die mich nichts angehen, würde er das sofort mitkriegen und entsprechende Maßnahmen ergreifen. Er erinnerte mich daran, wie leicht es für Metargon ist, Leute aufzuspüren. Ich hab an solchen Programmen mitgearbeitet, von daher wusste ich, dass er mich überall finden konnte, wenn ich auch nur ein elektronisches Zehennagelfragment hinterließ, es muss gar kein kompletter Fußabdruck sein.«

»Ich hör mir das nicht länger an«, platzte Alison heraus und stand auf.

»Ich sag das doch nicht, um dir wehzutun«, rief Martin.

Alison warf frustriert die Hände in die Luft, lief aus dem Raum und rannte die Treppe hoch.

»Du sprichst immerhin von ihrem Vater«, sagte ich. »Sie

möchte dir nicht glauben, auch wenn sie eigentlich weiß, dass es wahr ist.«

Martin schaute wieder zur Treppe, sprach aber weiter. »Als Mr. Breen aufgelegt hatte, wusste ich, ich muss irgendwie klarstellen, dass es mir einzig darum geht, wo die Idee für den BREENIAC hergekommen ist. Ich meine, niemand könnte nur mit der Zeichnung an seiner Werkstattwand einen Rechner bauen – sie zeigt das zentrale Konzept, ist aber noch meilenweit entfernt von nutzbarem Speicher. Ich wusste aber auch, wenn ich recherchieren will, kann ich das nicht online tun. Selbst wenn ich mir eine separate Online-Identität zulege, kann Metargon mich aufspüren, sobald ich Daten zusammentrage, die mit dem BREENIAC oder Edward Breen oder irgendwelchen Leuten zusammenhängen, die an der Wasserstoffbombe beteiligt waren.

Ich bin also runter zu meiner Mutter. Ich hab einfach mal gehofft, dass sie die Papiere noch hat, die sie aus Omas Kommode geklaut hatte, und ich hab sie auch gefunden. Da war dieser Brief von Ada Byron dabei, in dem stand, dass Martina Saginor, noch bevor Amerika in den Krieg eintrat, ein Patent für einen ferromagnetischen Kernspeicher angemeldet hat, und wer immer das Patent findet, kann beweisen, dass Martina das Konzept für den Metargon-I erschaffen hat.

Als ich den Namen Ada Byron sah, wusste ich sofort, dass das mein Stichwort ist, ein Wink mit dem Zaunpfahl. Ganz klar ein Deckname. Ich fuhr zurück nach Chicago und suchte in der öffentlichen Bibliothek nach ihr. Eine von den Bibliothekarinnen hat mir geholfen, sie fand Byrons Namen auf der Liste der katalogisierten Dzornen-Papiere.«

»Und da bist du in die Unibibliothek gegangen und hast die zweite Seite des Briefs gestohlen, den sie an Benjamin Dzornen geschrieben hat, als er im Sterben lag?«

Er wurde rot. »Ich gebe sie ja zurück. Ich dachte, wenn irgendwer, ich weiß nicht, Jari Liu vielleicht, denselben Fährten folgt wie ich, wird er auf den Brief stoßen – und auf der zweiten Seite stand diese Adresse in Tinney. Also bin ich hergekommen und hab die Tests bestanden, die Martina hinterlegt hat. Dann hat Dorothy mich hier in die Werkstatt gelassen, und da wurde mir klar, dass Ada in Wahrheit Martina war. Erst wollte ich es nicht glauben, aber je länger ich hier war, desto eindeutiger wurde es.«

»Wie bist du dahintergekommen?«

Er grinste unvermittelt. »War nicht so schwer. Sie hat ihren Namen auf all ihre Arbeitshefte geschrieben. Ich dachte – ich weiß nicht mal, was genau ich dachte, dass Gertrud Memler so tut, als wäre sie Martina oder so, keine Ahnung. Aber Martina hat eine Liste von allem angelegt, was sie in den 1930ern, als sie noch in Wien war, geschrieben und veröffentlicht hat. Sie hat Schritt für Schritt festgehalten, wie sie zu ihren Lösungen und Ergebnissen gekommen ist, und sie hat …«

Er unterbrach sich, nahm ein altes Arbeitsheft zur Hand und blätterte darin. »Guck, sie hat es auf Deutsch und Englisch geschrieben, hier: ›Ich notiere die einzelnen Schritte, so dass jeder sehen kann, dass ich, Martina Saginor, diese Entdeckungen gemacht habe.‹ Und außerdem hat sie an den Anfang und ans Ende von jedem Arbeitsheft diese Prismen gesetzt. Und sie hat Kopien von den Briefen aufgehoben, die sie unter Gertrud Memlers Namen geschrieben hat.«

»Also kamen diese Briefe in Wahrheit von Martina«, sagte ich. »Keine Nazisse, die sich plötzlich ein Gewissen zugelegt hat. Aber wieso hat sie das all die Jahre geheim gehalten? Warum stand sie nicht mit Kitty – mit deiner Großmutter und deiner Mutter in Kontakt? Ist sie noch vor dem Krieg rübergekommen? Waren all diese Meldungen über ihre Internierung in Terezin und Sobibor falsch?«

Martin schüttelte den Kopf, sein schmales Gesicht düster.

»Über das alles weiß ich nicht Bescheid. Falls sie ein persönliches Tagebuch hinterlassen hat, muss es eins dieser auf Deutsch geschriebenen Notizbücher sein.« Er nahm ein anderes altes Schulheft und zeigte mir die verblichene deutsche Handschrift. »Auf Englisch hat sie ihre Arbeitshefte nur geführt, wo es um Physik geht. Bis zum Ende ihres Lebens war sie fachlich immer auf dem neuesten Stand, sie hat sich Gedanken über dunkle Materie und Supersymmetrie gemacht. Sie besaß ein Teleskop, sie führte ein Sternenlogbuch, sie hat zu Gammablitzen geforscht.«

Dorothy nickte, und zum ersten Mal, seit wir die verborgene Werkstatt gefunden hatten, sagte sie etwas. »Sie hat mich oft eingeladen, herzukommen und durch ihr Teleskop zu schauen – das stand draußen auf der Plattform. Sie hat mir nie verraten, dass sie in Wirklichkeit eine österreichische Wissenschaftlerin ist, obwohl ich hören konnte, dass sie mit leichtem Akzent sprach.

Als ich erfuhr, wer sie wirklich war, erklärte das so einiges. Ada – ich sollte Martina sagen, aber ich hab sie fünfzig Jahre als Ada gekannt – Ada verstand viel mehr von Naturwissenschaft als ich mit meinem Master in Chemie, dabei behauptete sie, an keinem College gewesen zu sein. Sie hielt Vorlesungen über Physik und Astronomie an der Highschool, sie ließ Jugendliche herkommen und durch ihr Fernglas schauen, erzählte ihnen von Schwarzen Löchern, ließ all so was für sie lebendig werden. Sie übernahm auch Tutorien für Collegestudentinnen, half ihnen bei ihren Aufgabenstellungen, solche Sachen.

Anfangs drängte ich sie dazu, sich einen akademischen Titel zu besorgen und um eine Stelle an einer großen Uni zu bewerben, aber sie sagte, sie mag das Kleinstadtleben, sie mag den ruhigeren Rhythmus, ohne Wettstreit und Konkurrenzgebaren. Irgendwann ließ ich sie damit in Ruhe.«

»Ich will das Teleskop sehen«, sagte Lily.

Dorothy lachte. »Das kannst du, Flöckchen, es steht drüben bei der Bücherei, damit du und alle kleinen Mädchen in Tinney jederzeit durchgucken können.«

Ich dachte an das Skelett, das ich gestern gefunden hatte. Wenn Martina sich unter falschem Namen vor dem FBI versteckte, mal als Ada Byron, mal als Gertrud Memler, war das in Edward Breens einstigem Keller dann die echte Memler? Wer hatte sie umgebracht? Wer hatte sie begraben?

»Woher wussten Sie, dass es richtig ist, Martin in die Werkstatt zu lassen?«, fragte ich Dorothy.

Sie lachte bellend auf. »Ada hat gesagt, wenn jemand kommt und behauptet, mit Martina verwandt zu sein und etwas von Physik zu verstehen, soll ich prüfen, ob die Person einen Stapel Aufgaben lösen kann, den sie hinterlegt hat. Wie der Prinz im Märchen, der das Schwert aus dem Felsen zieht, hat Martin die Aufgaben in wenigen Tagen bewältigt. Ich muss dazusagen, als der Anwalt mir die ganzen Dokumente gab, die Ada mir hinterlassen hat, und ich die Aufgaben sah, habe ich mich daran versucht – es hat einen Monat gedauert, und meine Lösungen waren alles andere als elegant. Ada hat aber auch eine Art Handbuch mit verschiedenen Lösungsansätzen bereitgestellt, und Martin hat zwei der Aufgaben auf die Art gelöst, die laut Ada die geschickteste war, die anderen drei nicht ganz so brillant, aber immerhin richtig – und das alles in drei Tagen! Und er kannte die Familiengeschichte der Saginors und wusste, dass seine Großmutter Martinas Tochter war.«

»Und was machst du jetzt hier in der Werkstatt?«, fragte ich Martin. »Hoffst du Material über das Patent zu finden?«

»Ich versuche, nach Martinas Aufzeichnungen den BREENIAC nachzubauen, indem ich mich an das halte, was auf vor 1953 datiert ist. Ich dachte mir, guck, wenn ich beweisen kann, dass Martina den ersten Magnetspeicher entwickelt hat, muss Mr. Breen aufhören, mir zu drohen. Martina hat ein besonderes

Format von Drähten benutzt, von dem ich glaube, dass Edward Breen darauf nicht gekommen ist. Dadurch hat sie einen gleichmäßigeren Strom erzeugt als er. Aber ich krieg es noch nicht richtig hin.«

Das kam mir ausgesprochen absurd vor, vollkommen praxisnah, aber total praxisfern, etwa so, wie wenn man eine Garage mit Trockeneis füllt, um damit Modellraketen einzufrieren. »Das wirst du wohl vertagen müssen«, sagte ich. »Es ist nur eine Frage der Zeit, bis Cordell Breen oder der Heimatschutz angaloppiert kommen. Wir wollen hier nicht als lebende Ziele rumsitzen. Pack die wichtigsten Papiere und deine Notizen zusammen, wir lagern sie in Chicago sicher ein.«

»Fürs Erste nehmen wir lieber meine Bank in Tinney«, sagte Dorothy. »Da können wir ein Schließfach mieten. Besser, als das ganze Zeug quer durch Illinois zu karren.«

Martin versuchte Einspruch zu erheben. »Aber ich bin so nah dran, und ich bin doch hier vollkommen in Sicherheit. Wenn Alison sich nicht erinnert hätte, dass ich mal gesagt habe, ich würde das Planck'sche Wirkungsquantum anstelle der Feinstrukturkonstante verwenden, hättet ihr die Geheimtür nie aufbekommen.«

Ich schüttelte den Kopf. »Metargon und der Heimatschutz, wer immer zuerst herfindet, haben dermaßen ausgeklügelte elektronische Spielzeuge, dass sie den Code in einer Sekunde knacken. Oder die Schläger von Metargon hauen die Wand einfach mit der Axt weg. Du würdest hier nur in der Falle sitzen.«

Martins Kiefer schob sich halsstarrig nach vorn, da tauchte Alison auf der Treppe auf. »Martin! Vic! Ihr müsst raufkommen! Im Fernsehen kommt gerade ein Bericht über Julius Dzornen und eine tote Frau!«

50
Malware

Als wir ins Wohnzimmer kamen, lief ein Werbeblock. Wir sahen eine Frau die Vorzüge einer neuen Trinkjoghurtmarke anpreisen, dann fuhr ein Mann seinen SUV durch die La Brea-Teergruben. Schließlich erschien Beth Blacksin, eine Nachrichtensprecherin von Global Entertainment.

»Die heutige Top-Nachricht ist die dramatische Entdeckung eines Skeletts, das seit mindestens fünfzig Jahren unter der Küche eines Hauses in Hyde Park gelegen hat.«

Sie stand in dem Keller, in dem ich gestern lebendig begraben gewesen war, und deutete auf das Loch im Boden, wo die Polizei das Skelett ausgegraben hatte. Ich wollte sofort nach draußen und frische Luft atmen, aber ich zwang mich, neben Alison stehen zu bleiben und weiter auf den Bildschirm zu schauen.

»Was die Geschichte noch tragischer und zugleich noch bedeutsamer erscheinen lässt, ist der Umstand, dass dieses Kutschenhaus der Standort von Edward Breens einstiger Werkstatt ist«, sprach Blacksin weiter. »Breen, dessen revolutionäres Rechnerkonzept zur Gründung des weltberühmten Unternehmens Metargon geführt hat, gestattete es Julius Dzornen, hier zu leben, nachdem Familie Breen nach Lake Forest gezogen war. In seinem heute abgegebenen Kommentar sagte Edward Breens Sohn, der heutige Unternehmensleiter von Metargon Cordell Breen, er sei schockiert, wie sehr Julius Dzornen die Großzügigkeit der Familie missbraucht hat, indem er eine Frau ermordet und ihren Leichnam unter der Küche vergraben hat.«

Meg stand auf und ging mit Lily in die Küche. »Sie ist erst vier, sie soll dieses Zeug nicht hören.«

Die Einstellung wechselte zum Metargon-Firmensitz. Breen wurde in seinem Büro interviewt, im Hintergrund das Bild von Rothko. »Diese Entdeckung ist ein Schock für uns alle hier in der Metargon-Familie.« Breens volltönender Bariton klang angemessen ernst. »Julius Dzornens Vater Benjamin hat eng mit meinem Vater zusammengearbeitet, um Amerikas Kernwaffenarsenal aufzubauen. Als Julius und ich Kinder waren, glaubten alle, aus ihm würde ein Wissenschaftsgigant werden, wie sein Vater einer war. Stattdessen wurde er depressiv und brach sein Studium ab. Julius sprach oft davon, dass er ein schlimmes Verbrechen begangen habe, aber ich dachte immer, er meine damit die Verschwendung seiner wissenschaftlichen Begabung. Ich kann mir beim besten Willen nicht vorstellen, was ihn veranlasst haben mag, einen gemeinen Mord zu begehen. Allerdings kam er am Dienstagabend zu mir und klang, als wollte er etwas beichten. Letztlich hat er sein schreckliches Geheimnis dann doch nicht enthüllt, aber nachdem er mein Haus verließ, fuhr er mit seinem Wagen an der Sheridan Road in den Abgrund.«

Das war alles, was Breen zu sagen hatte. Nach seiner Ansprache erschien Murray Ryerson vor dem Firmensitz von Metargon.

»Die Polizei hat bislang noch keine Hinweise auf die Identität der Toten«, berichtete Murray, »aber man hat der Historikerin Eva Kuhn vom Modeinstitut Chicago einen Knopf vorgelegt, der bei dem Leichnam gefunden wurde. Kuhn zufolge stammt er von einem Dior-Kostüm aus dem Jahr 1952, folglich wurde die Tote möglicherweise 1952 oder '53 ermordet. Die Polizei ist dringend daran interessiert, mit der Chicagoer Privatdetektivin V.I. Warshawski zu sprechen, die das Skelett gestern entdeckt hat, aber seitdem verschwunden ist. Sie hörten Murray Ryerson live aus Northbrook.«

Murray wurde von zwei Männern verdrängt, die bis zur Hüfte in Cranberries standen. Dorothy stellte den Fernseher stumm.

Meine Haut wurde kalt. Cordell Breen hatte da ein sauberes kleines Kunststück hingelegt. Er hatte Julius die gesamte Verantwortung für die Tote in die Schuhe geschoben. Es gab keine Möglichkeit, seine Version zu widerlegen, da Julius tot war. Und meine Annahme, dass die Breens Julius ins Kutschenhaus gesetzt hatten, um zu verhindern, dass jemand auf die Leiche stieß, war letztlich eben nur eine Annahme.

Alison jubelte. »Seht ihr! Mein Dad hatte mit Julius Dzornens Tod gar nichts zu tun! Durdon hat nicht an seinen Bremsen herumgepfuscht. Ich hätte nie auf dich hören dürfen, Vic, du machst mir ja noch Angst vor meinem eigenen Dad.«

»Alison, Rory Durdon hat gestern versucht, mich umzubringen.« Ich hätte am liebsten geschrien vor Frustration.

Alisons Augen leuchteten, als ob die Anstrengung des Leugnens sie fiebrig machte. »Dad hat ihn zum Kutschenhaus geschickt, um zu prüfen, ob Julius Dzornen unsere Zeichnung gestohlen hat. Vielleicht hat er ja überreagiert, als er dich dort antraf, aber das heißt noch nicht, dass mein Dad –«

»Dorothy!« Das war Meg, die aus der Küche rief. »Gerade ist ein SUV vorgefahren. Ich bringe Lily rüber zu Gracie, vielleicht erlaubt ihre Mama, dass wir mit ihnen *Clifford* gucken.«

Dorothy sagte rasch: »Geht zurück in die Werkstatt und schließt euch ein. Falls diese Männer Ärger bedeuten, bleibt da drin, bis ich Entwarnung gebe.«

Martin und ich eilten in den Keller, doch Alison zögerte und versuchte durch den Spalt zwischen den Wohnzimmervorhängen zu spähen. Der Schalter, mit dem sich der geheime Zugang schließen ließ, befand sich unter dem Arbeitstisch. Martin hatte den Finger darauf, aber er wartete schwitzend und schweigend ab in der Hoffnung, dass Alison noch kam. In letzter Minute, als die Männer schon an die Tür hämmerten, rannte sie die Treppe herunter und stieß zu uns.

Martin drückte auf den Knopf. Wir sahen, wie die Wände langsam zuglitten. Rumpelnd stießen die Kanten aneinander, dann verankerte ein Klicken sie an ihrem Platz.

Ich drehte mich zu dem Monitor auf dem Arbeitstisch um und sah, dass die Männer vor der Tür Moe und Locke waren. »Heimatschutz«, murmelte ich.

»Seht ihr?«, zischte Alison. »Mein Vater ist gar nicht hinter euch her!«

Ich gab mir wirklich Mühe, nicht in Panik zu geraten, aber ich glaubte nicht, dass ich es aushalten würde, zwei Tage hintereinander in einem Kellerverlies eingesperrt zu sein. »Martin, gibt es hier noch einen anderen Ausgang?«

»An der hinteren Wand, unter Martinas Teleskop-Plattform.«

Durch das Mikro in der Haustür hörten wir Dorothys barsche Stimme fragen, was die Männer wollten. Wir sahen, wie Moe und Locke geschmeidig ihre Agentenausweise zückten. Dorothy sagte, sie könnten von der Veranda aus mit ihr sprechen, sie ließe keine Fremden ins Haus, egal mit wie vielen Ausweisen sie wedelten.

»Der Mustang vor Ihrem Haus gehört einer Frau, die von der Chicagoer Polizei gesucht wird, und wir haben Grund zu der Annahme, dass Sie noch einen weiteren Flüchtling beherbergen«, sagte Moe.

»Wir können diese Tür ohne Mühe aufkriegen«, warf Locke ein. »Wir geben Ihnen jedoch die Chance zur Kooperation in einer Angelegenheit, die die nationale Sicherheit betrifft.«

»Sie schauen zu viele Fernsehkrimis, junger Mann, wenn Sie glauben, dass diese Art zu reden mich beeindruckt.«

Ich sah, wie ein zweiter Wagen hinter dem SUV hielt. Den Fahrer konnten wir nicht erkennen, als er ausstieg, aber wir sahen, wie er sich bückte und ein langes, seltsam geformtes

Bündel vom Rücksitz zerrte. Erst dachte ich, er schleppte eine Schaufensterpuppe vor sich her, doch als er näher kam, erkannte ich, dass er eine Frau festhielt, eine ausgezehrte Vogelscheuche von Frau mit wilden grauen Locken, ihre nackten Beine kaum mehr als dünn mit Fleisch bedeckte Stöcke.

»Das ist meine Mutter!« Martin war entsetzt. »Was … wie …«

»Mit Durdon?«, flüsterte Alison.

Ihre Ankunft kam auch für Moe und Locke überraschend, sie unterbrachen ihre Predigt an Dorothy und drehten sich um. »Wer zum Teufel – oh. Der Typ von Metargon«, sagte Locke. »Was machen Sie hier?«

Durdon setzte Judy auf den Verandastufen ab, wo sie gegen das Geländer sackte. »Wir kommen den Jungen und die Dokumente holen.«

»Das ist eine Bundesermittlung und betrifft möglicherweise einen Akt von internationalem Terrorismus«, sagte Moe.

»Klar, wissen wir. Mr. Breen war es doch, der Ihnen Bescheid gegeben hat, dass wir vielleicht einen ausgescherten Programmierer haben, der Rüstungsgeheimnisse nach Übersee verkauft«, sagte Durdon. »Wir haben Ihre Ermittlung im Auge behalten. Ich bin Ihnen hierher gefolgt, um die Unternehmensgeheimnisse zurückzuholen, die der Binder-Gangster bei Metargon gestohlen hat.«

»Wer's'n das Skelett da?« Moe deutete mit dem Schuh in Judys Richtung.

Durdon zeigte ein hässliches Lächeln. »Wunderknabes Mutter. Wir lassen sie gehen, wenn er sich stellt.« Er setzte seine Ellenbogen ein, um an den Agenten vorbei Dorothy durchs Fliegengitter gegenüberzutreten. »Wollen Sie dem kleinen Binder das mal ausrichten? Wir wissen, dass Sie ihn hierhaben.«

»Dann wissen Sie wohl nicht viel, was? Sie haben da eine ziemlich krank aussehende Lady. Sie braucht einen Arzt, wir rufen ihr einen Krankenwagen.«

Durdon zerrte so heftig an der Fliegentür, dass er sie aus den Angeln riss. Wir hörten einen Schrei von Dorothy und einen Aufschlag, als wäre sie gestürzt, aber wir hatten keine Sicht mehr auf die Männer, da sie durch die Tür und damit aus dem Kamerablickfeld traten. Moe befahl Locke, Dorothy am Hilfeholen zu hindern, verzog sich dann aber außer Hörweite. Wir vernahmen donnernde Schritte über uns, als Durdon und ein Heimatschützer sich durch das kleine Haus wühlten.

Martin griff nach dem Knopf, um den Werkstatteingang zu öffnen, aber ich fiel ihm in den Arm. »Ich kümmere mich um deine Mutter. Du hast genau eine Chance, dich und Alison in Sicherheit zu bringen, los, bevor sie diesen Raum finden!«

Ich rannte zur hinteren Wand und sah eine Leiter, die in die Decke eingelassen war. Ich zog an einem Griff. Mit lautem Quietschen kamen die Sprossen herunter. Ein Topf mit Geranien kam ebenfalls runter und traf mich beinahe am Kopf: Die Leiter bildete zugleich eine Falltür am Aufgang zur Plattform.

Ich drückte Martin den Mustangschlüssel in die Hand und zerrte ihn in Richtung Leiter. »Los, raus hier! Alison Breen, zeig mal etwas Rückgrat. Martin braucht deine Hilfe, um aus Tinney rauszufinden. Ich bringe Judy ins Krankenhaus.«

Jemand begann, auf die äußere Werkstattwand einzuschlagen. Ein Schuss dröhnte, dann noch einer. Die Wand erzitterte, öffnete sich aber nicht.

»Los jetzt!«, brüllte ich.

»Mein Apparat, Martinas Entwurf!«, rief Martin. Er huschte um mich herum und belud sich mit einem Armvoll Arbeitshefte. Mit der anderen Hand packte er Alison und zog sie zur Leiter.

Ich sah sie durch die Öffnung verschwinden, hörte ihre Füße auf den Holzsprossen. Im nächsten Moment vernahm ich laute Rufe, konnte aber weder Worte noch Stimmen unterscheiden. Ich zog meine Waffe aus dem Holster und wollte eben hinter

Martin und Alison her, als oben in der Falltür Moes Gesicht auftauchte.

»Wir kommen runter. Bleiben Sie, wo Sie sind.«

»Lassen Sie ihn machen.« Das war Dorothy, ihre Stimme kaum wiederzuerkennen. »Sie haben Lily gefunden. Die haben Lily.«

51

Ausgeschaltet

Ich trat von der Leiter weg, steckte rasch meine Waffe in den Hosenbund und hoffte, dass Moe sie nicht gesehen hatte. Er ließ sich mit einem leisen Grunzen in den Raum herab.

»Tür aufmachen!«, bellte er und schwenkte seine Kanone in Richtung Wand.

»Warum?«, sagte ich. »Sie sind doch schon drin.«

»Sie haben hier keinen Hund, keine Anwältin und keinen vorlauten Nachbarn zu Ihrem Schutz, und wir haben das kleine Mädchen und die Junkiemutti. Sie werden tun, was wir wollen.«

»Auf welcher Seite stehen Sie eigentlich?«, fragte ich. »Doch bloß ein Freiberufler im Auftrag von Metargon? Oder gehört es etwa zu Ihrem Job, die Bürgerschaft zu terrorisieren –«

Er schlug mir mit der flachen Seite seiner Waffe ins Gesicht. Mein Mund füllte sich sofort mit Blut. Als ich Moe anspuckte, fühlte sich ein Schneidezahn locker an. Ich erwischte seinen Arm und hebelte ihn runter. Seine Waffe entfiel ihm und schlitterte über den Boden.

Ich bekam sie schneller zu fassen, aber inzwischen war Durdon die Leiter runtergekommen. Er trug Lily. Das kleine Mädchen brüllte wie am Spieß. Die Schleifen waren ihr aus den Haaren gerutscht, und ihr Gesicht war dreckverschmiert.

»Waffe fallen lassen, Warshawski«, befahl Durdon.

Ich ließ die Waffe fallen.

»Auch die hinten im Hosenbund.«

Ich ließ die Smith & Wesson fallen.

»Gestern hatten Sie Glück«, fügte Durdon verächtlich hinzu. »Aber Mr. Breen hat das nicht beeindruckt. Falls Sie dachten, Sie wären clever genug, um ihn auszutricksen, zeigt das nur, wie dumm Sie sind.«

Dumm war ich, keine Frage. Ich hätte den Mustang nie vor dem Haus stehen lassen dürfen, das war schon mal klar. Und ich hätte Martin und Alison sofort hier wegschaffen müssen, statt zum Plaudern zu verweilen.

»Wo ist denn Ihr guter Kumpel Deputy Davilats?«, fragte ich.

»Den brauche ich nicht, wenn ich Bundesagenten habe.«

Alison und Martin kletterten die Leiter herunter, Dorothy und Meg langsam hinterher. Am Schluss kam Locke, der die ganze Gruppe mit einer hässlichen stumpfnasigen Zweiundzwanziger in Schach hielt.

Durdon setzte Lily hart auf dem Boden ab. Sie weinte noch, aber jetzt nicht mehr brüllend vor Entsetzen, sondern ein verzweifeltes Heulen.

»Wir wollten zu deinem Wagen, aber sie haben gedroht, meine Mutter zu erschießen«, sagte Martin mit kraftloser Stimme. Seine Hände waren leer. Erst dachte ich, er hätte die Papiere fallen lassen, doch dann sah ich, dass Locke sie hatte.

»Sie!« Durdon wandte sich an Dorothy. »Bringen Sie das Gör zur Ruhe.« Er stieß Lily in Dorothys Richtung, und sie trug die Kleine zu dem Bett. Sie setzte sich, nahm Lily in den Arm und strich ihr mit dicken, arthritischen Fingern über die Haare.

Meg war so unter Schock, dass sie davon nichts mitbekommen hatte. Sie sah sich panisch um, bis sie ihre Tochter und Dorothy entdeckte. Dann stolperte sie hin, setzte sich daneben, zog ihre Tochter auf ihren Schoß und drückte sie an die

Brust. »Warum haben Sie diese Männer hergeführt?«, fragte sie mich.

Ich hatte keine Antwort, nur Reue, die jetzt gar nichts nützte.

»Durdon, wieso tun Sie das?«, fragte Alison. »Bezahlt Dad Ihnen nicht genug?«

Er sah sie erstaunt an. »Ich bin im Auftrag Ihres Vaters hier. Ich helfe ihm Metargon schützen. Darum haben wir den Heimatschutz dazugeholt, wir müssen unsere Aktivposten absichern.«

»Aber doch nicht so!«, protestierte sie. »Dad würde Ihnen nie auftragen, kleine Kinder zu ängstigen, harmlose Leute zu schikanieren. Er wird furchtbar empört sein, wenn ich ihm das erzähle.«

»Ihr Vater weiß, dass er sich auf mich verlassen kann, weil ich alles Notwendige tue, um Metargons langfristige Interessen zu wahren«, sagte Durdon. »Ich weiß allerdings nicht, ob er sich in dem Punkt auf *Sie* verlassen kann.«

»Dad will doch nicht, dass wegen Metargon Menschen zu Schaden kommen«, widersprach Alison. »Martins Großmutter – das waren doch nicht Sie? Warum sollte eine alte Frau sterben müssen?«

»Metargon geht vor, unsere Firmengeheimnisse haben Priorität. Sie sind zum Teil von existenzieller Bedeutung für Amerikas Sicherheit. Die alte Frau wollte verhindern, dass wir uns Dokumente zurückbeschaffen, die für unseren Fortbestand unverzichtbar sind.«

Alisons Hand fuhr zum Mund. Sie sah aus, als würde ihr übel.

»Ich schätze, das ist die logische Folge, wenn die Herrschenden entscheiden, dass Unternehmen Personen sind«, warf ich ein. »Leute entwickeln dieselbe Lehnstreue für ihre Firma, die Menschen im Mittelalter an ihre Könige band. Teilt Cordell Breen Ihre Ergebenheit?«

»Hä?« Durdon starrte mich finster an.

»Sie wissen schon. Kommt Metargon für ihn an erster Stelle

vor allem anderen? Wird er begeistert sein zu erfahren, dass Sie seine Tochter mit Waffengewalt festhalten?«

»Wenn Alison Metargon so im Blick hätte, wie ihr Vater es von ihr erwartet, wäre das hier gar nicht passiert. Sie hat sich das Ganze selber eingebrockt.«

Ich schwätzte weiter, hoffte die Männer zu beschäftigen, suchte nach einem Ausweg. Der Monitor auf dem Arbeitstisch zeigte, dass die Kameras noch liefen, aber ich sah nichts von Judy Binder. »Was haben Sie mit Martins Mutter gemacht?«

»Die Junkiebraut? Ein hoffnungsloser Fall«, meinte Durdon. »Mr. Breen hat mich angewiesen, sie im Krankenhaus abzugreifen. Er dachte, auch wenn sie ein Methhead ist, wird Binder nicht wollen, dass ihr etwas zustößt, aber die Schlampe kann kaum gehen. Wir haben sie in der Küche gelassen.«

»Lebt sie noch?« Ich beäugte das ferromagnetische Gerät, an dem Martin gebastelt hatte. Ließen sich die losen Drähte, die aus dem Kernstück ragten, irgendwie als Waffe einsetzen?

»Wen schert das? Wo haben Sie die Zeichnung, die Sie uns gestohlen haben? Wir haben den Safe aufgebrochen und alles abgesucht, in Ihrer Wohnung waren wir heute früh auch schon. Was haben Sie damit gemacht?«

»Es ist genau, wie Mick Jagger singt, Durdon: *You can't always get what you want.*« Ich zwang mich zu einem lockeren Ton, aber ich hatte Angst um Mr. Contreras und fragte nicht, ob er versucht hatte, sich ihnen entgegenzustellen. Wenn ich meine Sorge zeigte, würde Durdon ihn nur auf die Liste der potenziellen Geiseln setzen.

»Die Zeichnung?«, wiederholte Alison entgeistert. »Wollen Sie damit sagen – Vic, hast du etwa die BREENIAC-Skizze gestohlen? Ich dachte, du warst am Dienstag zum ersten Mal in der Werkstatt.«

»So ist es. Aber Deputy Davilats hat sie am Mittwochmorgen in Julius Dzornens Haus deponiert, nachdem er Julius ermordet hatte. Ich stieß am Mittwochnachmittag im Kutschenhaus darauf. Dein Vater hat Julius den Diebstahl angehängt, damit es aussieht, als hätte Julius all die Jahre einen Groll gegen deinen Großvater gehegt.«

»Das ist nicht wahr – es kann nicht wahr sein! Die Zeichnung hat immer dort an der Wand gehangen, schon seit ich denken kann. Jeder, der uns besucht hat, konnte sie sehen. Mr. Dzornen muss sie gestohlen haben.«

Ich schüttelte den Kopf. »Nein, Schätzchen, so war es nicht. Edward hatte sie über seinem Schreibtisch hängen, weil er klammheimliche Freude darüber empfand, dass er sich den Entwurf angeeignet und mit Erfolg als sein Werk präsentiert hatte. Cordell hat die Zeichnung und die klammheimliche Freude geerbt. Erst als Martin Newtons Prismen erkannte und merkte, dass er sie genau so schon mal gesehen hatte, bekam dein Vater einen Schreck. Da wusste er, er muss alle Papiere in die Finger kriegen, die Martina hinterlassen hat, bevor Martin sie veröffentlichen kann. Cordell hat seine Verbindungen im Verteidigungsministerium genutzt, um den Heimatschutz da reinzuziehen.«

»Unsere Mission besteht darin, die Kernwaffengeheimnisse unseres Landes zu schützen«, knurrte Locke. »Der Scheiß, den Sie da vom Stapel lassen, gehört überhaupt nicht zur Sache.«

»Ja, klar, ich weiß schon«, sagte ich müde. »Die nationale Sicherheit, bla, bla, bla. Wissen Sie überhaupt, schert es Sie überhaupt, dass Cordell Breen Sie zur Beihilfe an einem Mord eingespannt hat? Er hat Durdon nach Palfry geschickt, da sollte er sich mit einem korrupten Bullen zusammentun und Ricky Schlafly die Papiere abknöpfen. Schlafly war nun wirklich kein Chorknabe, aber er hat es auch nicht verdient, dass die Krähen ihm die Augen aushacken.«

»Er hat nicht kooperiert«, sagte Durdon. »Und Sie tun das auch nicht. Sie hätten Ihre polnische Nase aus unseren Angelegenheiten raushalten sollen.«

»Ich hätte eine viel wachsamere polnische Nase haben müssen«, sagte ich. »Ich hätte Sie gleich wiedererkennen sollen, als Sie Mr. Contreras und mich am Dienstagabend abholen kamen. Dieses Veilchen – das hatten Sie von mir, als ich Ihnen auf dem Parkplatz in Palfry meine Knarre übers Gesicht gezogen habe. Als Sie mein Auto aufbrachen, um die Dokumente zu klauen. Von Deputy Davilats wussten Sie, dass ich sie gefunden hatte.«

Alisons Beine gaben unter ihr nach. Sie griff noch nach der Ecke des Arbeitstischs, sackte aber trotzdem zu Boden. Als Martin zu ihr ging, richtete Moe seine Waffe auf ihn, entschied aber, dass Martin nichts Drastisches unternehmen würde.

»Schon klar, tolle Geschichte«, sagte Durdon. »Sie können denken und sagen, was Sie wollen, über kurz oder lang erzählen Sie niemandem mehr etwas.«

Ich fuhr fort, als hätte er nichts gesagt. »Das Patent für den Metargon-I ist ja schon vor Dekaden abgelaufen, also geht es nicht darum, ob Metargon die Rechte an der Erfindung verliert, aber die Firma riskiert einen beträchtlichen Gesichtsverlust. Wenn bekannt würde, dass Edward das BREENIAC-Konzept geklaut hat, würden die Leute auch die Produkte infrage stellen, die heute auf den Markt kommen. Man würde Erfolgskonzepte wie den Metar-Genie scheel ansehen und nach Mängeln suchen, weil Metargon ja gar keine echte Kompetenz in Sachen Computer hat. Die Aktienkurse würden fallen, und das Verteidigungsministerium könnte sich nach einem anderen Designer für Prinzessin Fitora umsehen.«

»Sie reden zu viel«, sagte Durdon. »Sagen Sie, wo die BREENIAC-Skizze ist, oder ich erschieß das kleine Mädchen.«

Meg schrie auf und warf sich über Lily, die erneut zu brüllen begann.

»Sie ist in der Bibliothek der Universität Chicago«, sagte ich schnell. »Ich hab sie in einem Umschlag in ein Buch gelegt, das ich gestern zurückgebracht habe.«

Durdon starrte mich misstrauisch an. Woher sollte er wissen, ob ich die Wahrheit sagte? »Was für ein Buch?«, fragte er.

»*Das geheime Tagebuch eines gewissenhaften Beobachters des Kalten Krieges.*« Es war der erste Titel, der mir einfiel.

»Die lügt doch, wenn sie nur den Mund aufmacht«, sagte Locke. »Vielleicht ist die Zeichnung hier zwischen den Papieren. Gucken wir sie durch, bevor wir sie verbrennen.«

»Nicht verbrennen!«, flehte Martin. »Das ist unersetzlich, es ist Martina Saginors Lebenswerk.«

»Du kommst wegen Diebstahls von Rüstungsgeheimnissen sowieso ins Bundesgefängnis, also braucht dich das nicht zu kümmern«, sagte Locke, ohne wirklich auf ihn zu achten. Er blätterte durch die Papiere und ließ zu Boden fallen, was er angesehen hatte.

»Mr. Breen muss sich das alles erst anschauen«, verkündete Durdon. »Er will wissen, ob noch weitere Patente beantragt wurden, und wenn ja, was für welche.«

»Wir brauchen aber eine Kiste, um das ganze Zeug zu transportieren«, sagte Moe, und zu Dorothy: »Wo haben Sie so was?«

»Im Keller«, antwortete Dorothy mit tonloser Stimme. »Auf der anderen Seite der Wand.«

»Zeigen Sie uns, wie die Tür aufgeht«, verlangte Moe.

»Sie haben die Elektrik zerschossen«, sagte Dorothy im selben leblosen Ton. »Ich habe ja versucht, Ihnen zu sagen, dass es einen Totmannschalter gibt, als Sie zu schießen anfingen. Die Paneele verriegeln sich automatisch, wenn jemand einzubrechen versucht.«

»Sie können doch über die Leiter und außenrum gehen.« Ich nickte zu dem Ausgang, der auf Martinas Observatorium führte.

»Jemand hätte Ihnen beibringen sollen, die Klappe zu halten, als Sie klein waren«, sagte Durdon. Er wollte mir einen Fausthieb verpassen, aber ich duckte mich und rollte darunter weg.

»Sie da, alte Lady, Sie wohnen hier, Sie müssen einen Trick kennen, wie man die Tür trotzdem aufkriegt.«

Dorothy schaute von seiner Waffe zu Lily. »Es gibt einen Knopf unterm Tisch. Ich weiß aber nicht, ob er noch funktioniert.«

»Jetzt Sie.« Durdon schwenkte seine Kanone zu mir. »Machen Sie sich zur Abwechslung mal nützlich. Den Knopf drücken.«

Ich bückte mich unter den Tisch und suchte nach dem Knopf, den Martin hatte drücken wollen. Wenn es weniger Gegner wären, wenn ich nicht auf so viele wehrlose Leute achtgeben müsste, darunter eine geschockte Vierjährige, dann wäre dies meine Chance.

Aber so – aber so entdeckte ich direkt neben dem Knopf einen Hauptschalter! Ich holte tief Luft und drückte beide zugleich.

Der Raum wurde finster. Durdon fluchte und feuerte, doch über den Knall der Waffe hinweg hörte ich das Knirschen der Wandpaneele. Tief geduckt bewegte ich mich auf das Geräusch zu. »Meg! Dorothy! Schnell mit Lily die Leiter hoch. Los!«, bellte ich. »Alison, Martin, ihr kommt mit mir.«

Jemand krachte gegen den Arbeitstisch, worauf mir eine Drahtspule auf den Kopf fiel. Eine Hand griff nach meiner Schulter. Ich rollte mich davon weg und trat wild um mich, traf aber nur Luft.

Durch die entstehende Öffnung zwischen den Paneelen sickerte jetzt mattes Licht aus den Kellerfenstern herein. Ich sah die große Gestalt von Moe über mir aufragen. Hinter mir erklangen Kampfgeräusche, eine Faust traf auf Fleisch, gefolgt von einem Stöhnen. Moe packte meine Haare. Ich trat erneut zu, erwischte eine Kniescheibe. Moe riss meinen Kopf nach hinten.

»Ich hab den Jungen«, sagte Durdon. »Ich erschieße ihn auf der Stelle, wenn in fünf Sekunden das Licht nicht wieder an ist.«

Der Heimatschützer ließ mich los und verpasste mir einen Tritt in die Kniekehlen. Ich hinkte zum Tisch und tastete nach dem Hauptschalter.

Als das Licht wieder anging, hielt Durdon einen halb bewusstlosen Martin aufrecht, einen Arm um seine Brust geschlungen. Locke hatte Alison am Fuß der Leiter zu fassen gekriegt. Tränenspuren zogen weiße Streifen über ihr Gesicht. Dorothy saß noch auf dem Bett, aber Lily und Meg waren verschwunden.

Als Durdon klar wurde, dass er zwei seiner Geiseln eingebüßt hatte, fluchte er laut. »Schnappen wir uns, was wir brauchen, und dann weg hier«, sagte er zu den Heimatschutz-Agenten. »Wir können zwar nachweisen, dass wir Befugnisse haben, falls ein Gesetzeshüter auftaucht, aber es gibt zu viele lose Enden.«

Genauer gesagt Dorothy, Alison und Martin. Und mich.

»Und schließen Sie die Schnüfflerschlampe mit Handschellen am Tisch fest. Soll sie im Feuer verrecken.«

»Geht nicht«, wandte Locke ein. »Wenn man sie nach dem Brand findet, kann man zu leicht nachweisen, dass es Heimatschutz-Handschellen sind.«

Durdon machte eine obszöne Geste. »Dann schließen Sie sie halt mit Alison zusammen. Uns fällt später was ein. Packen Sie die Papiere ein und das kleine Teil, an dem der Knabe gebastelt hat.«

Locke zerrte mich zu Alison hinüber und schloss uns mit Handschellen aneinander. Moe ging durch die jetzt offenen Paneele nach nebenan in den Keller. Wir hörten ihn Sachen zu Boden werfen, nach einer Minute tauchte er mit ein paar leeren Kartons wieder auf. Er warf Martins ferromagnetischen Kern in einen davon und fegte die Unterlagen in den anderen.

Martin hatte sich von seiner Halbohnmacht berappelt, aber er blutete am linken Auge. Elend sah er zu, wie Moe und Locke einen Meißel in einen Apparat rammten, den er mit viel Mühe zusammengebaut hatte, aber er blieb stumm.

»Du gehst mit dem Binder-Knaben zuerst«, sagte Locke zu seinem Partner. »Durdon und ich folgen dir mit den drei anderen.«

Moe schleppte Martin aus der Werkstatt, die Waffe gegen seine Rippen gedrückt. Durdon schob seine Knarre unter Dorothys Achsel und sagte: »Auf die Beine, Oma.«

Sie erhob sich langsam. »Ich nehme an, selbst ein Soziopath wie Sie hat mal eine Großmutter gehabt. Und wenn sie nicht genauso ein Scheusal war wie Sie, dann wäre sie entsetzt, Sie so mit mir sprechen zu hören.«

Er schlug sie. »Was ist das hier, eine Fernsehshow? Maul halten und los.«

»Das ist der wahre Geist von Metargon, Durdon«, sagte ich mit Inbrunst. »Genau so hat der alte Edward Breen damals angefangen, als er erst Nazissen ins Land holte, sie dann später umbrachte und kurzerhand im Keller verbuddelte. Kein Wunder, dass Cordell Sie so mag.«

»Sie können reden, wie Sie wollen, es spielt keine Rolle.« Durdon ließ sich nicht provozieren. »Mr. Breen hat das längst mit der Polizei geklärt. Dieser Versager Dzornen hat die Frau vergraben.«

»Das behauptet Cordell, aber das macht es noch lange nicht wahr. Wir erfahren, was mit Gertrud Memler passiert ist, wenn wir die deutschen Tagebücher von Martina übersetzen lassen.«

»Schaffen Sie Warshawski hier raus«, sagte Locke zu Durdon. »Die schindet bloß Zeit, damit die andere Frau einen Cop holen kann. Diskutieren Sie nicht mit ihr.«

»Nehmen Sie die beiden hier«, sagte Durdon. »Ich mache mit Oma das Schlusslicht. Meine Waffe zielt auf sie, Mädels, also hurtig, wenn ihr sie nicht tot sehen wollt.«

Locke packte Alisons freien Arm. Er zerrte sie so grob vorwärts, dass sie stolperte. Unsere Füße verhedderten sich, und ich fiel beinahe hin. Er zog uns schnell weiter, die Waffe an Alisons Hals.

Martin und Moe erreichten gerade das obere Ende der Treppe.

»Martin?« Judys kratzige Stimme drang zu uns herab. »Was haben die mit dir gemacht? Hat der Mann dich etwa geschlagen? Warum tun Sie meinem Kleinen so was an?«

»Ach, geh aus dem Weg, du vertrocknete Junkieschlampe«, sagte Moe genervt.

Jetzt sah ich ihre schwankende Silhouette, die sich gegen den Türrahmen abhob. »So redest du nicht mit mir, und meinem Kleinen tust du auch nicht weh«, krächzte sie, packte urplötzlich einen Schrubber, der neben dem Treppenabsatz hing, und schwang ihn nach Moes Kopf. Er sprang hastig beiseite, verlor das Gleichgewicht, ließ Martin los und schwankte.

Ich spürte, wie Locke seine Waffe von Alison wegrichtete. Ich packte ihr Handgelenk unterhalb der Schelle und zog sie die Treppe rauf. »Los!«, brüllte ich sie an, als sie zögerte.

Moe gewann wieder festen Stand. Er sprang mich an, und im selben Moment feuerte Locke hinter uns her. Moe schrie auf und stürzte schwer vor mir hin.

Ich riss an Alisons Arm, zerrte sie über Moe hinweg nach oben und durch die Kellertür. Judy war zusammengebrochen, sie umklammerte den Schrubber. Martin beugte sich über sie, unsicher, was er tun sollte.

»Martin, trag sie nach draußen«, befahl ich.

»Aber Dorothy?«, fragte Alison bebend.

»Meg holt Hilfe«, sagte ich. »Wenn wir uns aufteilen, tun sie ihr nichts, sie müssten es ja dem Sheriff erklären. Los, los, los!« Ich stieß Alison aus dem Weg und schlug den Agenten die Kellertür vor der Nase zu. Martin sammelte seine Mutter ein und folgte uns zur Hintertür hinaus.

52
Virtuelle Realität

Wir saßen seit einer Stunde bei der Polizei von Tinney, in getrennten Verhörräumen untergebracht, und erzählten unsere jeweiligen Versionen der Geschichte, als Cordell Breen eintraf. Er wurde in der firmeneigenen Gulfstream eingeflogen und hatte genug Anwälte bei sich, um auf der Stelle ein Großunternehmen zu eröffnen. Außerdem hatte er noch die North Central-Direktorin vom Heimatschutz dabei, eine energische Frau namens Zeta Molanu.

Als Molanu und Breen ankamen, holte der Polizeichef von Tinney, Duke Barrow, uns alle in seinem Büro zusammen, um zu klären, wer mit wem wohin ging. Barrow war mit Meg Ferguson zusammen aufgewachsen. Er schnitt einem von Breens Anwälten mitten im Satz das Wort ab, um einen Streifenpolizisten zu beauftragen, Meg zusammen mit Lily und Dorothy nach Hause zu fahren. »Ich sorge dafür, dass ein Officer über Nacht bei euch bleibt, also macht euch keine Sorgen, schlaft euch einfach aus«, sagte Barrow zu Meg.

»Diese Frauen haben Anschuldigungen gegen zwei Bundesagenten erhoben«, wandte Zeta Molanu ein. »Sie können sie nicht gehen lassen.«

»Das ist hier kein Gericht, Ms. Molanu«, erklärte der Chief. »Vor dem Richter können Sie von mir aus wochenlang Beschwerde führen. Ich bin bloß ein Bulle, der zu entscheiden versucht, wer in eine Zelle kommt und wer heute Nacht im eigenen Bett schlafen darf.«

Auch unser Entkommen hatten wir letztlich dem Umstand

zu verdanken, dass Meg Chief Barrow kannte. Während Martin noch mit Judy in den Armen über den Hof stolperte, stürmten Locke und Durdon aus der Küchentür und eröffneten das Feuer. Doch ehe wir getroffen wurden, kamen zahlreiche Streifenwagen angerast, die Meg herbeigerufen hatte.

Einer davon fuhr Judy Binder ins Krankenhaus von Tinney, mit Martin auf dem Rücksitz. Als eine Einheit nach drinnen eilte, um Moe und Dorothy rauszuholen, sahen sie, dass Moe heftig aus der Schulter blutete. Sie riefen ihm einen Krankenwagen, aber Alison, Dorothy und mich brachten sie zusammen mit Locke und Durdon aufs Revier.

Molanu belehrte Barrow, dass er keinerlei Befugnis hatte, Heimatschutz-Beamte festzunehmen. »Wenn meine Agenten ihr Mandat überstrapaziert haben, klären wir das in einem internen Disziplinarverfahren.«

Locke wurde dunkelrot. »Aber, Ma'am, Direktor, Sie haben doch befohlen, mit jedem zu kooperieren, den Metargon …«

»Sie müssen selbstredend bei jedem Außeneinsatz Ihr Urteilsvermögen und Ihre Diskretion unter Beweis stellen, Bonner. Weder Sie noch Gleason haben Urteilsvermögen bewiesen, als Sie ein kleines Kind als Geisel nahmen.«

»Wir haben doch nur gemacht, was Breens Mann gesagt hat, Direktor«, versuchte Locke zu diskutieren, aber Molanu erklärte barsch, das alles könne warten, bis sie wieder in Chicago seien.

Der Chief legte aus ganz anderen Gründen Protest ein. Er wollte, dass das FBI sich mit einer Anklage wegen Kidnapping befasste. Er hatte bereits das Büro in Peoria kontaktiert und gefordert, dass jemand kam und Durdon sowie die beiden Feds wegen Freiheitsberaubung an Lily und Meg verhörte, es sollte jeden Moment jemand eintreffen.

»Wir haben es hier mit einem gewaltigen Missverständnis zu tun«, setzte Breen in seinem warmen Bariton an. »Ich glaube nicht, dass das FBI …«

»Mach dir deswegen keine Sorgen«, sagte Zeta Molanu zu Breen. »Ich regle das mit dem Leiter der Abteilung Nord. Ich weiß, du warst in Sorge, dass vertrauliche Rüstungsinformationen in iranische Hände geraten, das mag deine Leute übereifrig gemacht haben. Wir nehmen Binder zur Befragung mit und prüfen ganz genau, was er mit dem Fitora-Code vorhatte.«

»Nein«, sagte Alison laut.

»Sunny …«, begann Breen.

»Nix Sunny, Dad. Ich bin gerade ganz und gar nicht sonnig. Du kannst Martin nicht unterstellen, den Fitora-Code gestohlen zu haben. Du weißt genau, dass er nichts mit dem Code angestellt hat – Jari Liu hat dir und mir und Vic bereits erklärt, dass niemand auch nur einen Hauch von Interesse an diesem Code zeigt, weder im Netz noch unter unseren Wettbewerbern. Alles, was Martin getan hat, war zu erforschen, woran seine Urgroßmutter gearbeitet hat, bevor Großpapa ihren Entwurf für einen ferromagnetischen Kernspeicher gestohlen hat.«

»Sunny, du hast heute Nachmittag etliche Schocks erlitten«, sagte ihr Vater drängend. »Diese Warshawski hat dich da in etwas hineingezogen, womit du überhaupt nicht klarkommst. Wir verklagen sie dafür, noch ehe wir wieder in Chicago sind. Chief – Barrow, richtig? –, sagen Sie, haben Sie hier nicht einen Ort, wo ich unter vier Augen mit meinem Mädchen sprechen kann?«

»Wir brauchen nichts unter vier Augen zu besprechen, Dad.« Alisons Blick war steinern, ihre Stimme scharfkantig. »Wenn du irgendetwas gegen Vic oder gegen Martin unternimmst, gehe ich sofort zum Vorstand und decke auf, wie du deine Macht missbraucht hast. Ich stimme mit meinen gesamten Anteilen gegen dich und kriege Mama dazu, das auch mit ihren zu tun.«

Breens Ego stand auf einem bombastischen Fundament. Er sagte: »Alison, du stehst unter Schock. Wir reden, wenn du wieder ganz du selbst bist. Wir fliegen jetzt mit der Gulfstream nach Chicago zurück, du kannst an Bord etwas essen und ein Nickerchen machen, dann kommst du schnell darüber hinweg.«

»Nein, Dad. Ich komme nicht darüber hinweg, dass du dich verhältst wie ein Amok laufendes Rhinozeros. Es wäre eine große Hilfe, wenn du mal zuhörst. Kein Wunder, dass Mutter so viel trinkt, sie hat es einfach satt, dass du dich aufführst, als wäre sie gar nicht da.«

»Deine Mutter hat doch kein Alkoholproblem«, sagte Breen. »Es ist höchst ungezogen von dir, dich öffentlich über unser Privatleben zu verbreiten. Habe ich dir das nicht schon tausendmal gesagt?«

»Ich habe versucht, Sie vor ihr zu warnen«, warf Durdon ein. »Ich habe Ihnen gesagt, ich glaube nicht, dass auf ihre Loyalität Verlass ist.«

»Wir suchen dir einen guten Therapeuten, Sunny. Du leidest am Stockholm-Syndrom«, sagte Breen. »Chief Barrow, ich denke, meine Anwälte haben wohl alle losen Enden versorgt, so dass ich Mr. Durdon jetzt mit nach Chicago nehmen kann. Und Alison brauchen Sie doch hier auch nicht mehr, oder?«

»Dad, ich bleibe bei Vic und Martin. Wenn du Durdon beauftragen willst, sie und mich in die Luft zu jagen, wirst du schon die nötigen Befehle geben. Oder vielleicht kannst du ja Direktorin Molanu dafür einspannen, sie wirkt sehr beflissen, es dir recht zu machen.«

Unter Molanus Make-up wurde ihr Gesicht fleckig rot. Ob sie mit Breen schlief?

»Das reicht jetzt, junge Dame!«, explodierte Breen und packte sie am Arm. »Du kommst mit nach Hause, du begibst dich in Therapie, und dann ist Schluss mit diesem Unsinn.«

»Nein!« Sie riss sich los und lief zu Martin.

Breen schien endlich zu begreifen, dass er sie verloren hatte, zumindest für den Augenblick. Oder vielleicht machte er sich auch nur Sorgen, wie viel Treibstoff er verblies, da die Motoren der Gulfstream immer noch liefen. Er ließ sich von Durdon und den Anwälten wegführen.

Danach regelte Chief Barrow die verbliebenen Fragen ziemlich zügig. Er war sauer, dass der Heimatschutz die Befehlsgewalt an sich riss und damit seine Autorität untergrub; er sah Martin, Alison und mich eher auf seiner Seite und gab uns seine Handynummer – »falls jemand Sie zu schikanieren versucht, solange Sie noch hier sind«.

Einer seiner Officer fuhr uns zu Dorothys Haus, wo immer noch mein Mustang stand. Martin wollte außerdem die Unterlagen seiner Urgroßmutter holen. Dorothy und Meg waren wenig begeistert, uns wiederzusehen, obwohl sie ein bisschen auftauten, nachdem Alison sich bei ihnen ernst für ihren Vater und Metargon entschuldigt hatte.

»Ich kümmere mich gern darum, dass jemand die Werkstatt von Martins Urgroßmutter wiederherstellt«, versprach sie. »Sie kommt mir vor wie, na ja, wie heiliger Boden. Diese Lady hat die Nazis überlebt, hat all die Jahre hier gearbeitet, sich weiter mit Physik befasst und die Sterne beobachtet. Wäre es Ihnen nicht lieb, wenn es wieder so hergerichtet wird, wie es war, bevor die hier heute alles zerlegt haben?«

Dorothy sagte bärbeißig, sie würden drüber nachdenken. »Aber ich verstehe immer noch nicht, hinter was die Kerle her waren, warum sie Lily überfallen und alles kaputt machen mussten.«

»Breen wollte Metargons Ruf schützen«, sagte ich.

»Aber den zerstört er doch dadurch!«, rief Alison. »Wenn bekannt wird, was er getan hat, verlieren alle das Vertrauen in seine Firmenleitung.«

»Ich verteidige ihn keineswegs«, sagte ich, »das ist alles unverzeihlich. Ich versuche nur zu begreifen, was ihn angetrieben hat. Ich denke, er will um jeden Preis, dass Metargon den Ruf eines Vorreiters in Sachen Computer und Technologie behält.

Metargon, ›jenseits von Energie‹, ›wo die Zukunft zurückliegt‹. Das sind die Slogans eurer Firma. Wenn an der Wall Street bekannt wird, dass dein Großvater den BREENIAC gar nicht erfunden hat, dass er den Entwurf einer Holocaust-Überlebenden gestohlen hat, dann geht die Aktie den Bach runter. Die Öffentlichkeit dürfte auch nicht gerade gnädig reagieren.«

»Aber wieso waren die hinter mir her?«, fragte Martin. »Mr. Breen wusste doch offenbar gar nicht, dass die Prismen Martinas Signatur waren.«

»Doch, das wusste er. Und er wollte alle Unterlagen, die Martina hinterlassen hat, um jeden Beweis zu vernichten, der sie mit dem BREENIAC verband. Außerdem wollte er die Patenturkunde, die damals an sie geschickt worden ist. Du hast gesagt, die im Patentamt hinterlegte Urkunde ist verschwunden, es gibt zwar einen Eintrag, dass sie das Patent für den Entwurf 1941 erhalten hat, aber keine Spur des eigentlichen Dokuments mehr. Nach so langer Zeit werden wir wohl nicht mehr erfahren, was genau damit geschehen ist, aber ich würde wetten, dass Edward Breen, ein Mann mit guten Verbindungen nach Washington, die Akte vernichten ließ, als er erkannte, dass er mit dem gestohlenen BREENIAC-Entwurf ein Vermögen machen kann.«

»Aber was wollten sie von mir?«, beharrte Martin.

»Falls die Dokumente, die 1941 per Post an Martina geschickt wurden, den Krieg überstanden haben, hoffte Breen, dass du ihn zu ihnen führst.«

Martin schüttelte den Kopf. »Die hab ich nie gesehen, weder hier noch in den Unterlagen von Martina, die meine Mutter geklaut hat.«

»Ich weiß, wo sie sind«, sagte ich. »Oder zumindest weiß ich, wo sie im November 1941 waren.«

Wien, November 1941

Post aus Amerika

Schon seit die Kinder nach England geschickt worden sind, fühlt sich die übervölkerte Wohnung in der Novaragasse leer an, wie ausgehöhlt. Doch jetzt, nach zwei Jahren Krieg, ist sie wahrhaftig leer. Seine geliebte Tochter, Sophie, sein Schmetterling, geschwächt durch ihre schwierige Schwangerschaft, ist ihm gestern genommen worden, zusammen mit ihrem Ehemann und dessen Eltern und all den Tanten und Neffen und Vettern.

Ein Vater sollte imstande sein, seine Tochter zu schützen. Ein Vater sollte nicht nutzlos danebensitzen, wenn Männer Gewehre auf seine Tochter richten und sie zum Aufstehen zwingen. Ein Vater sollte seine Tochter nicht so sehen müssen: so mager und schwach von Mangelernährung, dass Brustbein und Rippen hervorstechen wie bei einer gerupften Taube, doch all das hat er getan. Er möchte sich auf Sophies Matratze setzen, sich die Haare ausreißen und laut heulen. Er schaut das Bettzeug an, von seiner Frau nach der Deportation ihrer Lieben sorgsam gefaltet, mit zitternden Händen hat sie die dünne Decke umgeschlagen und immer wieder darübergestrichen, als läge ihr Kind noch darin. Wenn er sich hinsetzt und wehklagt, wird er nie wieder auf die Beine kommen, und seine arme Charlotte wird allein übrig und ganz auf sich gestellt sein.

Felix Herschel blinzelt gegen Tränen an, schlüpft in seinen einzig verbliebenen Anzug und das Hemd – die anderen längst für Essen eingetauscht – und geht einer lebenslänglichen Gewohnheit nach. Er rasiert sich mit kaltem Wasser, bürstet seine Zähne, bringt Wasser zum Kochen, um eine Tasse Ersatzkaffee für Charlotte zu machen.

Wenigstens ist die kleine Lotte sicher in England, zusammen mit ihrem Bruder und Käthe Saginor. Bevor der Krieg ausgebrochen ist, bevor Europa abgeschottet wurde, haben sie zwei Briefe von ihrem Lottchen erhalten. Er sorgt sich unablässig, wie die Cousine seiner Gattin, Minna, ihren Liebling wohl behandelt. Minna ist eine zornige Frau, immer eifersüchtig auf seine Gemahlin, gehässig gegenüber Sophie. Er befürchtet, dass sie ihre kleine Charlotte malträtiert, doch welche Wahl blieb ihnen? Nur den Kindern hat man Visa nach England gewährt.

Er geht die vier Treppen hinunter und stellt sich draußen hin, um die Atemübungen zu machen, die Teil seiner morgendlichen Routine sind, seit er um die Jahrhundertwende an der Universität studiert hat. Er versucht, seinen Tagesablauf so genau wie möglich einzuhalten: rasieren, sich für den Tag kleiden, seiner Gemahlin ihren Morgenkaffee bringen.

Es sind zwei Jahre vergangen, seit er zuletzt in dem Büro am Parkring gewesen ist, wo er einst ein sehr gefragter Rechtsanwalt war. Bis Kriegsbeginn haben ihn etliche seiner Klienten weiterhin heimlich aufgesucht: Felix Herschels Rat ist immer umsichtig, kenntnisreich, gut durchdacht gewesen. Er hat stets gewusst, was machbar ist und was nicht, selbst noch nach dem Anschluss.

Im Gegenzug hat er Goldmünzen erhalten, die seine Frau unter Lottchens Rockbund genäht hat. Als sie bei Cousine Minna ankam, hat Klein-Lottchen ihm vorsichtig geschrieben: *Hugo und Käthe und ich sind in Sicherheit. Ich habe noch alle meine Knöpfe. Ich liebe und vermisse dich, Opa.* Minna wäre es ebenso zuzutrauen wie den Nazis, die geringe Rücklage zu stehlen, die Felix für das Überleben seiner Enkelin vorgesehen hat; die Botschaft hat ihn wissen lassen, dass es ihr gelungen ist, ihr Vermächtnis zu bewahren.

Vor dem Krieg hat Felix versucht, seine reichen Klienten zu überreden, ihn mit Visa zu bezahlen, wohin auch immer, Argentinien, Kuba, ja sogar Iran, doch sie waren ihm nicht so zugetan, dass sie ihre Vorräte an Staatsgunst eines Juden wegen angetastet hätten.

Während Herr Herschel mit rudernden Armen in der Toreinfahrt steht, trifft der Briefträger ein. So wenig Post erreicht oder verlässt dieser Tage die Leopoldstadt, dass die Ankunft von Sendungen immer etwas Besonderes ist. Sein Herz schlägt schneller: vielleicht etwas von seiner Enkelin. Seit dem Krieg haben sie zwei Briefe von ihr erhalten, fünfundzwanzig Worte, vermittelt durchs Rote Kreuz und dennoch zensiert. Sie wissen nicht, ob ihre Antwortbriefe durchgekommen sind oder nicht.

Es ist nichts für seine Familie dabei, doch der Postbote hat ein Schreiben aus Amerika, adressiert an Miss Martina Saginor, 38A Novara Street, Vienna 2, Austria. Herr Herschel nimmt es mit nach oben. Ein Brief aus Amerika birgt so viele Möglichkeiten, dass ihm das Atmen schwerfällt.

Felix zeigt den Brief Charlotte, die schließlich aufgestanden ist, ihren langen Wasserfall von Haar gebürstet und sich um den Kopf gesteckt hat und jetzt am Fenster zum Hof ihr Bettzeug ausschüttelt. Sie nickt, und er hilft ihr die dünne Decke wieder feststecken. Sie zieht eine Haarnadel aus ihrem gewickelten Zopf und schlitzt den Umschlag damit auf.

Es ist ein behördliches Dokument, aber nicht die Visa, um die sie gebetet haben. U.S. Patent D124603 für ein ferromagnetisches Gerät mit der Eigenschaft, Informationen speichern zu können. Die Skizze, die Fräulein Martina vor zwei Jahren zusammen mit dem Antrag eingereicht hat, ist an die Patenturkunde geheftet, die siebzehn Jahre nach dem Ausstellungsdatum abläuft.

Felix bringt es nicht über sich, seine Frau anzusehen, doch sie drückt seine Hand. »Immerhin«, sagt sie, »denn selbst wenn es ein Visum wäre, wie könnten wir Wien verlassen, solange unser Liebling Sophie irgendwo in Europa verschollen und in Not ist?«

53
Killer-App

Lotty war sehr bleich. Als wir zur Ecke Novaragasse kamen, blieb sie stehen, die Augen fest zugekniffen. Sie hatte diese Straße zuletzt als Neunjährige an dem Morgen gesehen, als ihr Großvater sie und ihren Bruder und die heulende Käthe Saginor zum Bahnhof brachte. Die Polizei, die ihr bei diesem Besuch ehrerbietig begegnete, hatte damals ihren Teddy mit Bajonetten durchbohrt, um sich zu vergewissern, dass ihre Familie keine Juwelen darin versteckt hatte.

»Okay«, sagte sie schließlich, öffnete die Augen, holte tief Luft.

Herr Lautmann nahm uns am Eingang zur Novaragasse 38A in Empfang. Er war von der Abteilung für staatliche Bauprojekte, der Mann, der Genehmigung und Arbeitskräfte bereitstellte, um die alten Pflastersteine im Hof auszugraben.

Max hatte Lautmann aufgetan, als ich meine Absicht erklärte, nach Wien zu fliegen und Martinas Patent suchen zu gehen. Max war belustigt gewesen: »Wien ist nicht Chicago, Victoria. Du kannst nicht plötzlich vor einem Haus auftauchen und anfangen, die Pflastersteine zu demontieren. Du brauchst eine Genehmigung, du brauchst eine Person mit Amtsgewalt, wahrscheinlich zwei oder drei Personen mit Amtsgewalt. Denk nicht, wenn du der Concierge deine Kanone zeigst, wird sie oder er dir schon helfen.«

»Ich kann auch subtiler, Max«, erwiderte ich würdevoll.

»Da bin ich mir sicher«, sagte er. »Ich hoffe, eines Tages zeigst du es mir mal. Für dieses Unterfangen jedenfalls brauchst du jemanden wie mich, der Deutsch spricht und weiß, wie man ein Boot durch die bürokratischen Untiefen navigiert.«

Max hatte losgelegt, E-Mails geschrieben und Telefonate geführt, bis er mit Herrn Lautmann in Kontakt gekommen war. Ein Prozess, der sich über Monate oder Jahre hätte hinziehen können, wurde dank Max' Verbindungen zu Flüchtlingsorganisationen und Holocaustüberlebenden in wenige Wochen gepresst.

Da Max sich von der Reise bis zur Ausgrabung um das gesamte Arrangement kümmerte, richtete ich meine Aufmerksamkeit darauf, die Beziehungen zu meinen vernachlässigten Klienten wieder auf bessere Füße zu stellen.

Außerdem beantwortete ich der Chicagoer Staatsanwaltschaft eine Menge Fragen. Als ich dem Staatsanwalt nahelegte, dass der Leichnam unterm Kutschenhaus vermutlich zu Gertrud Memler gehörte, kontaktierten sie das FBI. Die Feds wurden ganz aufgeregt: Sie hatten Memler seit fünfzig Jahren gejagt. Das Problem war, niemand hatte irgendwelche Genproben für einen Vergleich.

Was mich in den Wochen nach dem Tinney-Vorfall schier verrückt machte, war mein Unvermögen, das Augenmerk der Staatsanwaltschaft auf Breens Rolle bei Julius Dzornens Tod oder bei meiner Einkerkerung im Rübenkeller durch seine Lakaien zu lenken.

Der Staatsanwalt fand den Gedanken lächerlich, dass der Chef eines Unternehmens wie Metargon, das im vorigen Jahr acht Millionen Einkommenssteuer gezahlt hatte, in die Art Verbrechen verstrickt sein könnte, die ich beschrieb. Und was den guten Durdon anging, so hatte Mr. Breen eindeutig klargestellt, dass ihn ein paar übereifrige Heimatschutz-Agenten auf Abwege geführt hatten, als er vermissten Computercode hatte wiederbeschaffen sollen.

»Acht Millionen Steuern und zweihunderttausend Wahlkampfspenden, was für Sie noch wichtiger ist«, blaffte ich. »Wird Breen also weiterhin versuchen, Martin Binder ermorden zu lassen, oder kann der junge Mann friedlich seiner Wege gehen?«

Der stellvertretende Staatsanwalt empfahl mir, mich im Ton zu mäßigen. Mr. Breen hatte höchst formell Abbitte geleistet und sich entschuldigt, dass er Martin Binder verdächtigt hatte, unternehmenseigenen Programmcode verkaufen zu wollen. Wenn Metargon bereit war, die Sache auf sich beruhen zu lassen, sollte ich das gefälligst auch tun.

Wenigstens Sheriff Kossel in Palfry nahm das Ganze ernst. Er versuchte den Staatsanwalt von Palfry County zu bewegen, Anklage wegen Mordes gegen Deputy Davilats und Durdon zu erheben. Ich versprach Kossel, dass ich als Zeugin aussagen würde, sollte es ihm gelingen, einen der Männer oder beide vor Gericht zu bringen.

In den Tagen nach Tinney verbrachte ich meine kleinen arbeitsfreien Zeitfensterchen mit Jake, der von der Westküste zurück war. Ich lag auf seiner Couch, hörte ihm beim Üben zu, oder lag mit ihm im Bett nach einer langen Nacht mit Musik und Tanz, das alles belebte und erneuerte mich.

Alison hatte beschlossen, sich eine längere Auszeit von Harvard zu nehmen. Ursprünglich wollte sie zurück nach Mexico City, aber je mehr sie darüber sprach, desto mehr Zweifel kamen ihr. »Es ist alles so markenfixiert. Ich statte sie großzügig mit Metargon-Produkten aus – das heißt doch, unter der Maske der Wohltätigkeit machen wir mexikanische Schulkinder zu unseren Kunden. Wir geben den Kids Metar-Genie-Rechner, dann müssen sie die Apps und Spiele von uns kaufen. Ich muss dringend mal weg von diesem Marketinggetue. Hinzu kommt die Geschichte mit dem FBI-Agenten – sie vertrauen mir dort nicht mehr.«

Sie mietete eine Wohnung in Ravenswood, nur etwa eine Meile

von meiner entfernt, und vergnügte sich damit, Flohmärkte und Auktionen nach Möbeln abzuklappern. Als sie von der Expedition nach Wien erfuhr, wollte sie mit. »Du glaubst doch nicht, dass Dad euch bis nach Österreich verfolgen lässt, oder, Vic?«

»Ich weiß es nicht«, gab ich zu. »Kommt drauf an, wie viel Bedeutung er diesem Patent beimisst.« Ich war wieder dazu übergegangen, mein eigenes Telefon und meinen Computer zu benutzen – es ist fast unmöglich, meinen Beruf inkognito auszuüben, und es verschlingt viel zu viel Zeit und Energie. Wenn Breen immer noch besessen davon war, die Veröffentlichung von Martinas Patent zu verhindern, dann ließ er mit ziemlicher Sicherheit Max' und meine E-Mail überwachen, also auch Max' Korrespondenz mit Herrn Lautmann.

Ich sah Alison nicht sehr oft, aber sie schneite ab und zu bei mir im Büro herein und benutzte mich als Resonanzboden. Nachdem sie Max überzeugt hatte, dass es ihr zustand, an der Novaragasse-Ausgrabung teilzunehmen, kam sie vorbei, um mit mir über Martin zu reden.

»Er hat doch eindeutig ein Recht darauf, dabei zu sein, es geht um seine Urgroßmutter. Aber er will nicht zulassen, dass ich ihm ein Ticket kaufe.«

»Das ist gut«, sagte ich.

»Wie kann das gut sein? Er hat so viele Ausgaben und keinen Job. Dad hat ihn gefeuert und in der IT-Branche übel angeschwärzt, so dass Martin nicht so leicht Arbeit findet. Seine Mutter ist in der Reha, und sie ist zwar Medicaid-versichert, aber Martin zahlt sämtliche Extras.«

Als Judy Binder so weit bei Kräften war, das Krankenhaus von Tinney verlassen zu können, war sie in ein Rehabilitationszentrum in Chicago gezogen, das ihr gestattete, die Rottweilerin Delilah mitzubringen. Das war ihre Idee gewesen. »Delilah und ich, wir haben viel zusammen durchgemacht. Sie wird sich um mich kümmern«, sagte sie zu Martin, als er ihr heldisch vorschlug, zu ihm nach Skokie zu ziehen. Sie war nach wie vor extrem launisch, jähzornig, oft gehässig. Ihre Genesung verlief in holprigen Schüben, fünfunddreißig Jahre Abhängigkeit überwindet man nicht mal eben so. Aber Martin berichtete, dass sie ernsthaft motiviert wirkte.

Mr. Contreras war schrecklich enttäuscht gewesen, dass wir Delilah nicht behalten konnten, doch da Judys Rehazentrum nur sechs L-Stationen entfernt war, gewöhnte er sich an, den Hund zu besuchen, und zeigte sich dickfellig gegenüber Judys Stimmungsschwankungen. Der Umstand, dass sie in ihm einen regelmäßigen Besucher hatte, wirkte sich bei ihrer Reha positiv aus.

Max war einverstanden, dass Martin mit nach Wien kam, und Alison tauschte ihren Luxusflugschein gegen ein Zweiter-Klasse-Ticket, um mit ihm zusammen zu fliegen. Und mit mir.

Und Jake. »Victoria Iphigenia, du stürzt dich von Klippen, ohne zu wissen, ob du einen Fallschirm eingepackt hast. Ich komme mit nach Wien, dann kann ich ein Lamento spielen, wenn deine Leiche aus der Donau gefischt wird.«

Also waren wir zu viert in der Economy Class, zu fünft, wenn man Jakes Bass mitzählte, der einen eigenen Sitzplatz beanspruchte. Wir erreichten Wien am späten Nachmittag. Während Max Lotty im Imperial Hotel verwöhnte, wohnte der Rest von uns bescheidener in einer kleinen Pension, die Jake von seinen Tourneen her kannte. Sie lag nur wenige Meilen von der Novaragasse entfernt, wir hätten leicht mit der Tram hinfahren oder sogar zu Fuß gehen können. Aber Max, besorgt um Lottys Reaktion auf das Wiedersehen mit dem ehemaligen Ghetto, hatte einen Wagen gemietet, der uns am nächsten Morgen gleich nach dem Frühstück abholte.

Wir fuhren über den Ring, der sich durch die Stadt zog, wo einst die alten Befestigungen gestanden hatten. Wir passierten Straßen, in denen die grauen Gebäude so dicht an dicht standen, dass man die Sonne nicht sah. Es war irgendwie deprimierend, hier die gleichen Gang-Graffiti zu sehen, die in Chicago Brücken und Hauswände überzogen.

Sobald wir den Donaukanal überquert hatten, der uns ein mürrisches Grau zeigte anstelle des Humptata-Blaus der müden alten Walzer, waren wir in der Leopoldstadt, dem Viertel von Wien, das Hitler zum Ghetto gemacht hatte. Der Wagen hielt in einer Seitenstraße in der Nähe eines Mahnmals, das an die Deportierten aus der Leopoldstadt erinnerte. Lotty wollte wissen, ob ihre Familie dort aufgeführt war.

»Man nannte es die Mazzesinsel«, erzählte Max, »weil so viele Juden hier lebten. Freud ist hier aufgewachsen, Billy Wilder, die Physikerin Lise Meitner, viele, viele Berühmtheiten.«

Lotty stieß auf die Namen ihrer Familie: Herr Doktor Felix Herschel (1884–1942) und Frau Doktor Charlotte Herschel (1887–1942), Mordecai Radbuka (1908–1942), Sophie Herschel Radbuka (1912–1941), Ariadne Radbuka (1940–1940). Sie rief Martin herbei, der etwas abseits gestanden hatte, als hätte er das Gefühl, nicht ganz dazuzugehören.

»Hier ist die Großmutter deiner Großmutter – die Frau, die Kitty großgezogen hat, so wie Kitty dich großzog.«

Wir scharten uns um sie, um die Inschrift zu lesen: Liesl Saginor (1885–1942).

»Ihr Mann starb an Tuberkulose, soweit ich weiß, deshalb ist er hier nicht aufgeführt. Sie waren alle noch so jung«, sagte Lotty. »Selbst meine Großeltern und Kittys Großmutter waren damals jünger, als ich es heute bin.« Sie zog einen Stadtplan aus ihrer Handtasche. »Ich erinnere mich nicht mehr an die Straßen, obwohl ich über ein Jahr lang täglich hier durchgegangen bin. Natürlich gab es diese Läden damals nicht. All die Lebensmittelgeschäfte, die Shops voller Elektronik – unsere Läden waren unsere Großeltern, die ein Buch oder einen Mantel für ein Brot eintauschten.«

Martin streckte zögernd eine Hand aus. Sie ließ ihn ihren Arm nehmen, und zu zweit studierten sie den Stadtplan. Die Novaragasse lag nur ein paar Querstraßen weiter. Als wir die Hausnummer 38A erreichten, war Herr Lautmann schon da, er hatte ein paar Arbeiter mit Spitzhacken und Schaufeln bei sich.

»Es sieht vertraut aus und doch wieder nicht«, sagte Lotty.

»Bombenschäden«, sagte Herr Lautmann. »Diese Straße wurde schlimm zerstört, diese Wohnhäuser, einige konnten erhalten werden, aber viele wurden neu gebaut.«

Wir stiegen vier Treppen hoch. Lotty schloss die Augen, ließ ihre Füße den Weg zur richtigen Tür finden. Eine türkische Familie lebte jetzt in der Wohnung. Die Frau, die an die Tür kam, ein Kleinkind auf der Hüfte, erschrak beim Anblick so vieler Fremder, doch nachdem Lotty ein paar Minuten auf Deutsch mit ihr gesprochen hatte, nickte sie und sagte etwas zu Lotty, die sich zu uns umwandte.

»Die Frauen können reinkommen, aber die Männer müssen im Treppenhaus bleiben, es ist im Augenblick kein Mann zu Hause, die Nachbarn würden reden. Max, du kannst mit Martin und Herrn Lautmann nach unten gehen, und ich werfe etwas hinunter. Dann sehen wir, wo es landet.«

Die Türkin trat beiseite und sprach wieder mit Lotty, ich meinte das Wort Kaffee zu vernehmen, aber Lotty verneinte.

Alison und ich folgten ihr nach drinnen. Die Wohnung war voll mit Möbeln und bunten Wandbehängen. In einer Ecke stand ein großer Fernseher mit einer gerahmten Türkeikarte darüber. Zwei Kinder guckten Zeichentrickfilme auf Deutsch.

Lotty sprach wieder mit der Frau, und wir durften ein Zimmer mit Fenster zum Hof betreten. »Alles ist sehr anders«, meinte Lotty. »Meine sechs Radbuka-Cousins, Hugo, meine Eltern und ich, wir haben uns zusammen auf vier Matratzen gedrängt. Wir hatten ein paar Stühle, keine Vorhänge, nichts an den Wänden.«

Wir traten ans Fenster. Der Hof unten war ein kleiner unregelmäßiger Kreis. Auf dem Kopfsteinpflaster standen Fahrräder, Kinderwagen und ein paar Grillgestelle. Lotty öffnete ihre Handtasche, räumte sie aus und gab mir den Inhalt zum Halten. Dann machte sie das Fenster auf und warf die Tasche hinaus.

Martin war vor den anderen im Hof angekommen. Er hob die Tasche auf und setzte einen Fuß auf die Stelle, wo sie gelandet war.

Lotty bedankte sich bei der Frau und erzählte ihr ausführlich irgendetwas. Ihren Hand- und Armbewegungen nach beschrieb sie, wie sie als Kind hier gelebt und warum sie die Tasche in den Hof geworfen hatte. Die Frau nickte und legte mit blanken Augen eine Hand auf Lottys Arm. Mit der freien Hand zeigte sie auf Alison und mich. »Ihre Töchter?« Lotty lächelte, schüttelte aber den Kopf.

Unten im Hof begannen die Männer mit dem Ausgraben der Pflastersteine. Rasch bildete sich eine Schar Schaulustiger, die übliche Ansammlung aus Betrunkenen, arbeitslosen Männern, die ihre Hilfe anboten, Frauen mit Kindern, die noch nicht im Schulalter waren.

Die Mannschaft arbeitete schnell. Rund um den Punkt, wo Lottys Tasche gelandet war, hoben sie etwa ein Dutzend Pflastersteine heraus. Dann gruben sie den Boden darunter auf und siebten den Aushub durch eine Art grobes Netz. Es entstand eine erstaunlich große Kollektion von Schutt, alten Stiften, Haarklammern, dem Kopf einer Porzellanpuppe. Alles wurde abgeklopft und auf einer kleinen Plane ausgebreitet.

Das Päckchen lag unter dem Stein, der dem Haus am nächsten war. Sie gaben es Herrn Lautmann, der es Lotty reichte.

Es war in ein Stück Öltuch eingeschlagen, darunter kam schwarze Seide zum Vorschein, die grünlich angelaufen war. »Ich glaube, das hier ist von einem Regenschirm«, sagte Lotty und strich über die Seide. »Wo hatten sie bloß das Ölzeug her? Möglicherweise aus einem kaputten Regenmantel herausgeschnitten.«

Wir alle bückten uns und beäugten den Briefumschlag, der in die Seide eingewickelt war, mit den Drei-Cent-Marken der US-Post darauf und der Adresse: Miss Martina Saginor, 38A Novara Street, Vienna 2, Austria.

Liebe Miss Saginor,

ich bin erfreut, Ihnen mitteilen zu können, dass das Patentamt der Vereinigten Staaten von Amerika Ihnen nach sorgfältiger Prüfung Patent erteilt für ein ferromagnetisches Gerät mit der Eigenschaft, Informationen speichern zu können. Zugewiesen ist das U.S. Patent Nr. D124603. Dieses Patent bleibt siebzehn Jahre wirksam vom Zeitpunkt seiner Ausstellung an, d.h. dem 13. Mai 1941.

Bitte lassen Sie mich wissen, ob ich Ihnen gegenwärtig oder zukünftig noch in weiteren Angelegenheiten zu Diensten sein kann.

Hochachtungsvoll
Lester Tulking
Patentanwalt

Dem Schreiben lag die amtliche Urkunde des Patentamts bei sowie eine Kopie von Martinas Zeichnung, ein Gitterzylinder, der aussah wie etwas, das man mit Kartoffeln darin in eine Friteuse hängt, ringsum ragten Drähte heraus, daneben stand in sauberer Blockschrift das Wort Speicher, dazu ein paar Zeilen Gleichungen und unten rechts in der Ecke die Zwillingsprismen.

Alison starrte die Skizze an. »Es ist die BREENIAC-Zeichnung. Es ist wirklich wahr: Wir haben sie ihr gestohlen.«

Lotty verpackte alles wieder und gab es Martin, der nicht recht wusste, was er damit tun sollte. Auf Max' Vorschlag hin fuhren wir zum Imperial Hotel, wo Martin im Büro die Patenturkunde einscannte. Wir schickten eine Dateikopie an Murray, zusammen mit Fotos, die Martin auf dem Hof in der Novaragasse gemacht hatte, auch vom Ausgrabungsprozess. Ich schrieb eine kurze Geschichte des Patents auf, eine Zusammenfassung unserer Mutmaßungen, wie Edward Breen dazu gekommen war. Und ich ließ Murray wissen, dass er die Infos vierundzwanzig Stunden exklusiv hatte, bevor wir sie auf Youtube öffentlich machten.

Danach verbrachten wir noch drei Tage in Wien. Max besichtigte mit Lotty die frühere Wohnung ihrer Großeltern in der Renngasse, und sie suchten auch das einstige Büro ihres Großvaters am Parkring auf, wo ein ernster junger Anwalt, dessen Kanzlei es jetzt war, sie zum Mittagessen einlud. Jake und ich spazierten inzwischen durch die Parks, trafen seine Musikerkollegen auf ein paar Drinks, was sich zum gemeinsamen Abendessen in irgendjemandes Wohnung ausweitete, gefolgt von spontanem Musizieren bis tief in die Nacht.

Martin schleppte Alison ins Institut für Radiumforschung. Der Direktor dort gestattete ihm geduldig einen ausführlichen Rundgang, und anscheinend war Martins Begeisterung für Quarks und Leptonen so einnehmend, dass er einem Seminar beiwohnen durfte, was ihn viel mehr erregte als der Fund von Martinas Patent.

Als wir nach Chicago zurückkamen, hatte sich der Börsenkurs von Metargon im Wert halbiert. Einer der Direktoren im Aufsichtsrat von Metargon war mein Klient Darraugh Graham. Am Nachmittag nach unserer Rückkehr berief er mich zu einem vertraulichen Treffen ein, um zu erfahren, wie viel von den wilden Gerüchten, die in Finanzkreisen zirkulierten, ich bestätigen konnte.

Wir sprachen so lange, dass wir irgendwann in die Bar des Trefoil Hotels an der Delaware Avenue wechselten und uns ein Glas von ihrem legendären Armagnac genehmigten. Darraugh fand die ganze Geschichte höchst verstörend. »Das Patent ist doch mittlerweile längst Schnee von gestern«, sagte er. »Wie kann Breen dermaßen besessen davon sein?«

»Es muss mit dem Skelett in der Werkstatt seines Vaters zusammenhängen«, antwortete ich. »Die sprichwörtliche Leiche im Keller. Wir werden nie erfahren, was genau sich dort abgespielt hat, wer sie nun erschossen hat, aber beide Vater-Sohn-Gespanne, die Breens und die Dzornens, waren an dem Begräbnis beteiligt. Julius Dzornen hat das sein Leben lang schwer belastet, Cordell Breen hingegen war danach überzeugt, seinesgleichen stünde so weit über dem Gesetz, dass er mit allem durchkommt, sogar mit Mord.

Breen wusste, dass sein Vater Martina Saginor das Patent gestohlen hat. Als Martin die BREENIAC-Skizze zu hinterfragen begann, dachte Breen erst, Martin sei einfach bloß eine weitere lästige Fliege zum Totschlagen. Als ich dazukam und zu ermitteln begann, worauf die Situation eine Eigendynamik entwickelte, da dachte Breen gar nicht mehr, er machte einfach weiter, als wäre er, was weiß ich, ein Napoleon oder Hitler auf dem Weg nach Moskau.«

Darraugh lachte trocken auf. »Darin steckt eine schöne Lektion für Wirtschaftsbosse wie mich, Victoria. Ich werde mit den anderen Aufsichtsräten sprechen. Die junge Frau, wie heißt sie gleich, Alison? Sie ist ein helles Köpfchen und hält einen beachtlichen Anteil an der Firma, aber für die Chefetage ist sie viel zu unerfahren.«

Chicago 1953

Opferlamm

»Dad? Dad, was ist los?« Es ist Cordell, der das Gebrüll und Gepolter bis in sein Schlafzimmer drüben im großen Haus gehört hat.

Martina erschrickt bei seinem Auftauchen. Unwillkürlich zieht sie den Abzug durch, während sie Cordell anstarrt. Der Knall, aberwitzig laut, füllt den ganzen Raum. Breen entreißt ihr die Waffe. Sie geht erneut los. Die Memler greift sich an die Seite, und die Wut in ihrem Blick verwandelt sich in Erstaunen. Ein Blutfleck erblüht auf der weißen Bluse unter ihrem Dior-Kostüm, sie schwankt leicht, dann bricht sie über der Werkbank zusammen.

Im Türrahmen hinter Cordell steht noch ein Jugendlicher. Seine Mutter hat ihn hergeschickt, um zu prüfen, was Benjamin treibt. Er schreit entsetzt auf. »Papa!«

Edward Breen entschied, ich sollte das Opferlamm sein: Er wollte die Polizei rufen und mich als Mörderin hinstellen, das Ende einer Auseinandersetzung, die vor Jahren in Wien begonnen hat. Der letzte Teil mag stimmen, aber der erste nicht. Ich spiele in diesem Leben nie wieder für irgendwen das Opferlamm. Während Benjamin unglaublich halbherzige Einwände vorzubringen begann, marschierte ich aus der Werkstatt und tauchte ab. Sobald ich in Sicherheit war, schrieb ich an Benjamin und versprach ihm, dass ich ihm keinen Ärger mehr bereiten würde.

Hab nur ein Auge auf Käthe für mich, auf die arme, arme Käthe, die so viel Mühe mit der Welt hat, schrieb ich, flehte ich, doch er tat es nicht. Nur ein einziges Mal habe ich ihn danach noch gesehen, als unsere Enkelin sieben war. Ich berief ein verstohlenes Treffen unweit der Argonne-Laboratorien ein, um zu prüfen, ob das Kind unserer Tochter vielleicht den gewissen Funken in sich hat.

54

Alte Post

Alison ging ihre Mutter besuchen und kam mit einem beunruhigenden Eindruck von ihrem Vater zurück, der allerdings zu dem Bild passte, das ich Darraugh vermittelt hatte.

»Er scheint verrückt geworden zu sein, Vic. Ich meine buchstäblich. Er marschiert durchs Haus und rezitiert Sätze aus *König Lear*, über mich, die undankbare Tochter, und er droht mir und allen Anteilseignern, die sich gegen ihn wenden, mit schrecklicher Vergeltung. Jari Liu sagt, Dad erteilt ständig Anweisungen, denen niemand Folge leisten kann. Er will, dass Jari einen Auftragsmörder auftreibt, der Martin umbringt, und dann erklärt er, er wird es selber tun, wenn sonst keiner die Eier dafür hat.«

Sie war so beunruhigt, dass sie einwilligte, mit mir zum Staatsanwalt zu gehen. Der reagierte immer noch zögerlich und wollte nicht handeln, aber dann griff die Polizei von Skokie Breen und Durdon auf, als sie sich bis zu den Zähnen bewaffnet an das Binder'sche Haus anschlichen. Beide Männer wurden festgenommen und schlussendlich angeklagt wegen versuchten Mordes und Verstoß gegen das Waffengesetz.

Das zu erwartende Gerichtsverfahren würde meinen Exmann, dessen schicke Kanzlei Breen vertrat, vermutlich noch reicher machen, als er schon war. Das einzig Gute daran: Breens Frau beschloss, dass sie genug hatte. Constance würde nicht länger an der Seite ihres Mannes ausharren. Sie mietete sich ein Studio in der Nähe von Alisons Wohnung und fing wieder ernstlich mit Malen an. Wie das ausgehen würde, blieb offen, denn nach wie vor suchte sie die Antworten auf die Fragen des Lebens in einer Flasche Sancerre.

Was uns alle freute, auch Max und Lotty, war Martins Stipendium am California Institute of Technology. Als er sich dazu durchrang, sich darum zu bewerben, hatten Max und Darraugh als Gegengewicht zum Breen'schen Rufmord ihre Verbindungen spielen lassen, damit das College seine Bewerbung wohlwollend prüfte.

Wie Alison tauchte auch Martin in den Wochen nach unserer Rückkehr aus Wien ab und zu in meinem Büro oder bei mir zu Hause auf. Wir sprachen über sein Leben, seine Familie, Martinas Vermächtnis an ihn. Sollte er sich Arbeit in der IT-Branche suchen oder doch lieber an einer großen Forschungsuniversität studieren?

»Wenn du Internetmilliardär werden willst, hast du sicher den Grips und das Know-how dafür«, sagte ich. »Aber wenn du in Martinas Fußstapfen treten willst, solltest du dich vielleicht lieber mit Leuten zusammentun, die dir ihre Arbeit verstehen helfen. Soweit ich das nachvollziehen kann, galt ihre eigentliche Leidenschaft solchen Sachen, wie du sie in ihren Aufzeichnungen gefunden hast, Supersymmetrie, Dunkle Materie verstehen, sich an Orte denken, wo das Licht sich krümmt und Normalsterblichen wie mir nur noch der Mund offen steht.«

An einem kalten, hellen Januartag schaute Martin bei mir im Büro vorbei und berichtete, dass das Caltech ihn angenommen hatte und sogar mitten im Semester einsteigen ließ. Er hatte den Subaru dabei, um gleich nach Pasadena durchzustarten, doch er reiste mit leichtem Gepäck: etwas bescheidene Kleidung, seine Rechner, sein Feynman-Poster und seine Ausgabe von dessen *Lectures on Physics*.

»Du warst so eine Riesenhilfe, Vic. Ich weiß, dass meine Großmutter dich beauftragt hat, ich hab den Vertrag gefunden, als ich das Haus leergeräumt habe. Momentan kann ich dein

Honorar nicht bezahlen, aber falls das Buch ein bisschen was einbringt …«

»Stopp«, sagte ich. »Wenn das Buch etwas einbringt, machst du irgendwas für Martinas Andenken. Dr. Herschel hat mein Honorar doch längst übernommen.«

Wir hatten Arthur Harriman, den Deutsch sprechenden Jungbibliothekar, damit beauftragt, Martinas Tagebücher zu übersetzen. Sie waren spannend genug, dass der Verlag Gaudy Press Martin und Harriman unter Vertrag nahm, um ihre Memoiren zu veröffentlichen, in denen ihre Lebensgeschichte mit der Geschichte der Kernwaffenentwicklung verwoben werden sollte. Ich war mit Martin auch in der Abteilung Spezialsammlungen der Unibibliothek gewesen, wo wir die zweite Seite des Briefs von Ada Byron an Benjamin Dzornen zurückgaben, die Martin im August entwendet hatte. Zusammen mit Alison veranstalteten wir eine semiformelle Schenkungszeremonie und überließen der Bibliothek offiziell das Original der BREENIAC-Skizze, das ich an Rachel Turley geschickt hatte. Im Gegenzug sah sie davon ab, den Diebstahl der Briefseite zu ahnden.

»Jedenfalls tausend Dank, Vic«, sagte Martin verlegen. Er bat mich, manchmal nach seiner Mutter zu sehen, wenn er in Kalifornien war. Und nach Alison. Er und sie hatten entschieden, dass ihre Leben zu unterschiedlich für eine Liebesbeziehung waren, wollten aber Freunde bleiben. »Kaum zu glauben, dass eine Multimillionärin es schwer haben soll, aber du weißt ja, ihr Vater ist in Haft, ihre Mutter säuft immer noch, und sie ist ziemlich allein. Kannst du ihr zeigen, dass wir sie nicht vergessen?«

Ich versprach ihm, die beiden im Auge zu behalten, und ließ ihn ziehen. Am Abend dieses Tages fuhr ich zu Lottys Wohnung. Angel, der Portier, warnte mich vor, dass sie am nächsten Morgen sehr früh operieren musste.

»Ich hab was für sie«, sagte ich. »Etwas, das sie auf jeden Fall sehen will.« Denn während die gestrenge Bibliothekarin Rachel Turley mit Alison und Martin sprach, hatte ich mir nochmals einen Ordner aus dem Dzornen-Nachlass geben lassen. Und am Fotokopierer ein wenig herumgetrickst. Ich nahm in Verwahrung. Ich konfiszierte. Ich erstattete zurück.

Als ich aus dem Fahrstuhl stieg, wartete Lotty in ihrem roten Drachenmorgenmantel auf mich, voller Unruhe, was für eine neue Krise ich wohl diesmal mitbrachte.

Ich reichte ihr den Hefter. Sie schlug ihn auf und sah den Brief ihres Großvaters an Dzornen, mit Bleistift auf die Titelseite von *Radetzkymarsch* geschrieben. Lange starrte sie darauf, ehe sie den Blick hob. »Oh, Vic, Tochter meines Herzens – hierfür danke ich dir.«

Tinney, Illinois

Zu den Harmonien

Sie weiß, dass die Januarluft bitterkalt ist, aber ihre dicke Jacke ist ihr im Weg, wenn sie die Linsen einstellt. Sie zittert gar nicht, als sie ihr Teleskop auswickelt. Es ist, als wäre sie wieder achtzehn auf der Wildspitze, tauchte nackt ins Wasser des Gletschersees.

Die Himmel liegen offen über ihr, und ihr Herz, dieser gealterte morsche Muskel, regt sich, wie es das immer getan hat, vor der Reinheit des Lichts.

Benjamin hat in der letzten gemeinsamen Nacht in Göttingen zu ihr gesagt: »Du bist nicht menschlich, Martina. Man liegt nicht bei seinem Liebsten, um über Spektrallinien zu reden, man sucht den Trost und die Behaglichkeit, die unsere menschlichen Körper bereiten. Es ist, als hättest du keine Gefühle.«

»Ich hatte nie ein kaltes Wesen, Benjamin«, sagt sie heute Nacht: Wie viele alte Menschen, die allein leben, merkt sie nicht, dass sie laut denkt. »Aber meine Leidenschaften waren zu heftig für dich. Ich glaubte, du teiltest meine Sehnsucht nach den Harmonien. Ich dachte, mit dir könnte ich den Ort finden, wo die Musik so rein ist, dass allein schon der Klang dich in Stücke reißen könnte, wenn er nicht vorher deinen Geist zertrümmert. Diese Körper, ja, wir leben in diesen Körpern und müssen uns um sie kümmern, aber ich wollte in den Zahlen sein, in der Funktion, wo sie sich der Grenze nähert. Ich sehne mich nach den Sternen. Ich kenne ihre Rotverschiebung und ihre Spektrallinien, aber ich will sie nicht beschreiben: Ich will im Innern des Lichts sein.«

Sie weint jetzt, und ihre Tränen werden auf ihren Wimpern zu Eiskristallen. Und dann, weil es ihr vorkommt wie das Natürlichste der Welt, knöpft sie ihre Jacke und ihr Hemd auf, legt sich auf die Plattform und öffnet ihre Arme den Himmeln.

Anmerkung der Autorin

Vor ein paar Jahren, als ich wieder mal in meines Mannes Ausgaben von *Physics Today* blätterte, stieß ich auf einen Artikel, den ich tatsächlich verstehen konnte: Peter Galisons Tribut an die österreichische Physikerin Marietta Blau. Ich hatte noch nie von ihr gehört, aber sie leistete in den 1930er Jahren bahnbrechende Forschungsarbeit auf dem Gebiet der kosmischen Strahlung. Sie war wissenschaftliche Mitarbeiterin am Institut für Radiumforschung der Österreichischen Akademie der Wissenschaften (IRF) in Wien.

Das IRF, das heute unter dem Namen ›Stefan-Meyer-Institut für Subatomare Physik‹ noch immer im ursprünglichen Gebäude existiert, war in der Ära zwischen den Weltkriegen einzigartig darin, dass es offensiv Frauen einstellte und Forscherinnen und Wissenschaftlerinnen unterstützte. Es war die erste Forschungseinrichtung der Welt, die Laborreinigungspersonal einstellte, statt von den Frauen unter den Forschenden zu verlangen, dass sie nebenher putzten. Es war außerdem das erste und ist vielleicht bis heute das einzige naturwissenschaftliche Institut mit der gleichen Anzahl von Toiletten für Männer und Frauen. Vor dem Anschluss waren achtunddreißig Prozent des wissenschaftlichen Personals Frauen. Als die Nazis an die Macht kamen, wurden binnen kurzem die jüdischen Mitarbeitenden und die Frauen gefeuert, und das IRF verlor seine führende Position in der Forschung.

Marietta Blaus Arbeit wurde von Erwin Schrödinger (Nobelpreis 1933) so hoch geschätzt, dass er sie immer wieder für den Preis nominierte, den sie allerdings nie bekam. Als der Krieg über Europa heraufzog, bemühte sich Einstein, für Blau eine Stelle an einer amerikanischen Universität zu finden. Dieser

Versuch blieb erfolglos, erst im allerletzten Moment konnte er für sie eine Anstellung an einer Oberschule in Mexico City erwirken. Das ihr aufgezwungene Exil aus dem Herzen der Physik hatte zur Folge, dass sie bei Kriegsende als Forscherin den Anschluss verloren und keinen Biss mehr hatte. Sie arbeitete noch kurze Zeit am Brookhaven National Laboratory auf Long Island und starb unbekannt und zurückgezogen in Österreich.

Blaus Geschichte verfolgte mich über Jahre. *Kritische Masse* hat seinen Ursprung in Blaus Leben, doch die Physikerin, die ich erschuf, Martina Saginor, ist Fiktion. Nichts in Martinas Biografie basiert auf Blaus Leben außer ihrer Position als Forscherin am Institut für Radiumforschung. Wahr ist allerdings auch, dass eine von Blaus Studentinnen, Herta Wambacher, geheimes Mitglied der Nazipartei war, als diese in Österreich verboten wurde. Doch Wambacher hatte nichts mit Waffenfertigung oder mit der Folterung von Gefangenen zu tun.

Die Technische Hochschule für Mädchen, die Martina als Schülerin ab dem Gymnasialalter besucht und an der sie später als Lehrerin arbeitet, ist meine Erfindung. Ungeachtet der frauenfreundlichen Politik des IRF zahlte die Universität Wien Frauen prinzipiell kein Gehalt. Der Direktor des IRF Dr. Stefan Meyer zahlte ihr Gehalt aus seiner eigenen Tasche, doch viele mussten diese Bezüge mit anderweitigen Lohnarbeiten aufstocken, um ihren Lebensunterhalt zusammenzukriegen.

Die deutschen Anstrengungen, aus dem Atom genug Energie freizusetzen, um eine Massenvernichtungswaffe zu erschaffen, fanden vorwiegend in einer Institution namens Uranverein statt. Es gab in Deutschland eine Anzahl von Forschungsstätten, wo Wissenschaftler und Techniker Reaktoren zu bauen versuchten, die eine selbsterhaltende Kettenreaktion ermöglichen. Ich habe mir eine fiktive Einrichtung bei Innsbruck in Österreich ausgedacht und sie Uranverein 7 genannt, aber meines Wissens gab es in Österreich keinen solchen Reaktor.

Am Ende des Zweiten Weltkriegs, als sich die Besorgnis der US-Politik vom Faschismus abwandte und auf den Kommunismus konzentrierte, holte sich die amerikanische Regierung jede Menge Nazi-Waffenexperten und -Raketentechniker. Unter der Bezeichnung »Operation Paperclip« warben die Vereinigten Staaten für die US-Rüstungslaboratorien Nazis an, deren Hintergrund sie nur sehr flüchtig oder gar nicht durchleuchteten. Einige dieser Leute waren persönlich an den schrecklichsten Foltermaßnahmen beteiligt, was ich im Roman auch erwähne.

Für den Hintergrund und die Geschichte des IRF nutzte ich Maria Rentetzi: *Trafficking Materials and Gendered Experimental Practices,* New York 2008, sowie Brigitte Strohmaier und Robert Rosner: *Marietta Blau, Stars of Disintegration*, Riverside CA 2006, deutsch: Marietta Blau. Sterne der Zertrümmerung. Biographie einer Wegbereiterin der modernen Teilchenphysik, Wien 2003.

Dr. Johann Marton, stellvertretender Direktor des Stefan-Meyer-Instituts, nahm sich einen ganzen Tag seiner kostbaren Zeit, führte mich durch das Institutsgebäude in der Bolzmannstraße und vermittelte mir einen persönlichen Eindruck von der Geschichte des Instituts und der Weise, wie es von der Nazi-Ära betroffen war.

Einzelheiten zur Operation Paperclip las ich bei Linda Hunt: *Secret Agenda: The United States Government, Nazi Scientists,* und *Project Paperclip, 1945–1990,* New York 1991.

Hintergrund zur Physik und zum Wettlauf um die Atombombe fand ich bei Richard Rhodes: *The Making of the Atomic Bomb,* New York: Simon & Schuster 1986, deutsch: Die Atombombe oder Die Geschichte des 8. Schöpfungstages. Nördlingen 1988; bei Steven Weinberg: *The Discovery of Subatomic Particles*, New York 1983; und bei Richard P. Feynman, *QED: The Strange Theory of Light and Matter,* Princeton 1985, deutsch: QED: Die seltsame Theorie des Lichts und der Materie, München 1992.

Für die Geschichte des Computers und die Entwicklung der Wasserstoffbombe fand ich viel Inspiration bei George Dyson: *Turing's Cathedral,* New York 2012, deutsch: Turings Kathedrale: Die Ursprünge des digitalen Zeitalters, Berlin 2014; und bei Stanislaw Ulam, *Adventures of a Mathematician*, New York 1976.

Obwohl die Physik in *Longing for the Harmonies* von Frank Wilczek und Betsy Devine zu komplex für mich war, bringen sie darin so vollkommen meine eigene Sehnsucht nach Harmonien zum Ausdruck, dass das Buch mir die Hand führte, als ich den Charakter von Martina Saginor erschuf.

Paretskys englische Weggefährtin: Packend bringt Cody britische Gegenwart auf den Punkt

Liza Cody

»Wie sonst niemand schafft Liza Cody es, hochgradig unterhaltsame Genreliteratur zu schreiben, in der beiläufig die großen und kleinen Übel der Gesellschaft verhandelt werden.« *taz*

Gimme more

Deutsch von Pieke Biermann · Ariadne 1243

Bühne frei für Birdie Walker, schnell, skrupellos, härter als das Leben, kampflustige Witwe eines Rockstars. Der Rock'n'Roll-Musikmafia-Krimi.

Ballade einer vergessenen Toten

Deutsch von Martin Grundmann · Ariadne 1238 · Radio-Bremen-Krimipreis

Amy will über das Leben der Musikerin Elly Astoria schreiben, die schlagartig berühmt und dann ermordet wurde. Ständig ändert sich das Bild – bis das Ringen um Ellys Biografie Amy selbst verändert.

Miss Terry

Deutsch von Grundmann & Laudan · Ariadne 1219 · Deutscher Krimipreis

Nita hat Arbeit und eine hübsche Wohnung. Aber sie ist nicht weiß. Als ein Verbrechen geschieht, zeigen prompt alle Finger auf sie …

Lady Bag

Deutsch von Laudan & Szelinski
Ariadne 1222 (HC) & 1228 (TB) · Deutscher Krimipreis

Kann eine Pennerin den Teufel aufhalten? Die rotweingetränkte Odyssee der Baglady ist ein furioser London-Krimi, unvergesslich!

Die Eva-Wylie-Trilogie

Was sie nicht umbringt · Eva sieht rot · Eva langt zu

Deutsch von Regina Rawlinson

Eva Wylie, bärbeißige Profi-Catcherin, haust mit Hunden auf einem Schrottplatz und jobbt als Kellnerin. Heißes Pflaster …
»Eine der faszinierenden Heldinnen der Kriminalliteratur. Milieugenau, witzig, spannend, bravourös übersetzt.« *Tobias Gohlis*

Krimis als Fenster zur Welt:
Die besten Autorinnen des dunkel-realistischen Genres

Denise Mina

Blut Salz Wasser

Deutsch von Zoë Beck · Ariadne 1230

Helensburgh, Refugium für Reiche und Touristen: Verloren irrt ein Killer durch malerische Gässchen. Alex Morrow sucht eine Wirtschaftsganovin.

»Brillant, wie Denise Mina die Erzählfäden immer enger miteinander verzwirbelt und spannt, bis sie am Ende mit einem Übrraschungscoup reißen. Deshalb: Unbedingt lesen!« Jochen Vogt, *WAZ*

Götter und Tiere

Deutsch von Karen Gerwig · Ariadne 1246

Überfall auf Postfiliale endet im Blutbad: Martin Pavel, noch unter Schock, muss Fragen beantworten. Er gibt Kriminalermittlerin Alex Morrow Rätsel auf, der junge Mann scheint ein undurchsichtiger Typ zu sein. Was bedeuten seine Tattoos? Und warum steht auf seinem Hals ›Beasts‹ – Tiere? Ein philosophischer Noir.

Klare Sache

Deutsch von Zoë Beck · Ariadne 1242

True-Crime-Podcast über eine versunkene Jacht klingt toll. Nur ist der Fall mit Anna McDonalds Vergangenheit verknüpft. Ihr Hausfrieden ist am Ende, eine Jagd durch Europa beginnt ... Krimi, Schauerroman, Roadmovie, Überwachungsthriller: Mina jongliert genial mit Erzählformen.

»Mit breitem Pinsel aufgetragen, aber nie zu dick: Großes Kino!« *Buchkultur*

Totstück

Deutsch von Karen Gerwig · Ariadne 1254

Endlich erfährt die Ärztin Margo Dunlop, wer ihre leibliche Mutter war. Aber deren Schwester bringt zum ersten Treffen wenig erbauliche Neuigkeiten mit: Margo ist die Tochter einer Prostituierten. Und ihre Tante Nikki ist vulgär, abergläubisch und besessen von einer Idee: dass in Glasgow jemand seit Jahren ungestraft Huren ermordet. Spinnt sie oder gibt es den Killer wirklich? Hat er jetzt Margo im Visier?

Krimis als Fenster zur Welt:
Die besten Autorinnen des dunkel-realistischen Genres

Tawni O'Dell

Wenn Engel brennen

Deutsch von Daisy Dunkel · Ariadne 1239

Es schwelt in den Kohleflözen, in den Redneck-Familien. Tödlich. Aber Polizeichefin Carnahan kennt sich aus mit Täuschung und Geheimnissen. Ausgefuchster Country Noir.

»Fast schon klassischer Whodunit, der zeigt, wie viel Potenzial in der ›Wer hat's getan‹-Frage steckt, und sich durch ein exzellentes Gespür für die Region auszeichnet. Hoffentlich der Auftakt einer Serie mit Chief Carnahan.« Sonja Hartl, *Deutschlandfunk Kultur*

»Eine Polizistin, in die man sich sofort verliebt. Sie besitzt etwas im Krimigenre Seltenes – Humor und Selbstironie.« H. Hintermeier, *FAZ*

Sarah Schulman

Trüb

Deutsch von Else Laudan · Ariadne 1241

Ex-Cop Maggie Terry muss neu anfangen, doch mit sich ins Reine zu kommen scheitert an der Schwere eigener Fehler und Versäumnisse. So hangelt sie sich von AA- zu NA-Meetings, sucht nach Bodenhaftung. Ein neuer Fall könnte helfen – oder die endgültige Katastrophe herbeiführen …

»*Trüb* erzählt davon, wie eine Stadt ihre Seele verliert. Eine stellenweise wütende, dann wieder überraschend komische Anklage gegen die Auswüchse der Gentrifizierung, streift aktuelle Themen wie Polizeigewalt und strukturellen Rassismus.« Marcus Müntefering, *Spiegel online*

»Der schönste, bitterste, süßeste und überhaupt allerbeste Detektivroman, den ich seit Jahren gelesen habe. Ein wildes Buch voller Tiefe und Weitblick, akkurat, erkenntnisreich, herzzerreißend und ein Pageturner – lest alle dieses Buch, sofort!« Sara Gran

Krimis als Fenster zur Welt: Die besten Autorinnen des dunkel-realistischen Genres

Malla Nunns Emmanuel-Cooper-Zyklus

»Keine Folklore im Kraal, sondern eine sparsam orchestrierte Landeskunde.« Hannes Hintermeier, *Frankfurter Allgemeine Zeitung*

»Zu den sympathischsten Eigenschaften von Emmanuel Cooper gehört seine Unfähigkeit, Ärger aus dem Weg zu gehen. Ohne Sentimentalität deckt er Lügen, Gier und Niedertracht auf, die in der einen Welt zum Glauben an böse Geister gerinnen, in der anderen zur Staatsräson.«
Thekla Dannenberg, *Perlentaucher*

Ein schöner Ort zum Sterben

Emmanuel Cooper 1 · Deutsche Neufassung von Else Laudan · Ariadne 1261

Südafrika 1952 – Detective Emmanuel Cooper klärt an der Grenze einen Mordfall auf. Fanatischer Oldschool-Rassismus und neue Segregationsgesetze erschweren die Wahrheitsfindung. Der Auftakt der großen Reihe.

Lass die Toten ruhen

Emmanuel Cooper 2 · Deutsche Neufassung von Else Laudan · Ariadne 1262

Strafversetzt nach Durban, stolpert Emmanuel Cooper über einen erstochenen jungen Inder, trifft auf eine Femme Fatale und weigert sich wegzusehen.

Tal des Schweigens

Emmanuel Cooper 3 · Deutsch von Laudan & Szelinski · Ariadne 1207

Südafrika 1953, die Apartheid blüht. Zwei Außenseiter-Cops ermitteln in den Drakensbergen, aber niemand hier redet mit Polizisten aus der Stadt.

Zeit der Finsternis

Emmanuel Cooper 4 · Deutsch von Laudan & Szelinski · Ariadne 1217

Shabalalas Sohn ein Mörder? Ein klarer Fall für die weiße Apartheid-Polizei. Doch Cooper, der selbst Geheimnisse hat, schießt quer – und riskiert alles.

Sara Paretsky, eine der weltweit renommiertesten Krimiautorinnen, studierte Politikwissenschaft, war in Chicagos Elendsvierteln als Sozialarbeiterin tätig, promovierte in Ökonomie und Geschichte, arbeitete eine Dekade in der Wirtschaft und begann Anfang der 1980er Jahre, den Detektivroman mit starken Frauen zu bevölkern. Paretsky gehört zu den wichtigsten Vorreiterinnen in der Geschichte der feministischen Genre-Eroberung, die den Hardboiled-Krimi aus der Macho-Exklusivität befreite und zur aufklärerischen Erzählung über die ganze Welt machte. Ihre Kriminalromane um Privatdetektivin Vic Warshawski wurden mit zahllosen Preisen geehrt, verfilmt, in über 30 Ländern verlegt. Paretsky ist Mitgründerin des internationalen Netzwerks *Sisters in Crime*, engagiert sich gegen Sexismus und Rassismus und bloggt kritisch zur US-Politik. Sie lebt in Chicago, dessen Straßen auch das angestammte Pflaster ihrer wehrhaft alternden Ermittlerin sind.
saraparetsky.com/blog/